希望被這世界愛着

寶劍鋒

著

山頂文化

目錄

他從這個世界路過。

初入紅塵不知人間疾苦，

暮然回首已是苦中之人。

那日坐於竹林，回望一生，

陽春垂暮，日色斜陽，拂照斑竹。

知不可乎驟得，託遺響於悲風。

這是一個平凡人的一生……

第一章

少年苦難

陽江這一地名起源於「漠陽江」，別稱鼉城、陽江城。秦始皇三十三年（前 214 年），兩陽地區屬南海郡地和桂林郡地，後為江門市屬縣。

陽江是海上絲綢之路的重要中轉站和補給站，曾是漢代、兩晉、南北朝古高涼郡治和隋時冼夫人幕府治所。

那年夏天，蟬鳴。

陽西縣新圩鎮的一個農村家庭。

三歲的林啟周坐在門檻上，黑黝黝的眼睛茫然地注視着空蕩蕩的院子。

周圍一切聲音都會在傍晚的夜色中被無限放大，包括身後嬰兒尖鋭的啼哭。

這是母親在三年中生下的第二個孩子，林啟周不懂什麼是添丁進口的喜悦，也看不懂父母臉上那一層層疊摞起來的笑容是什麼意思，只是呆呆地，有些怔愣地，將小小的手悄悄按在肚皮上。

「咕——」

他餓了一整天，大人們都圍在新生兒周圍説着吉祥話，進進出出卻沒人記得他還沒吃飯。

小短腿撐着瘦弱的身板站起來，身上的衣服空空蕩蕩，是一件大人洗到發白的舊長衫，裁掉一截的邊緣毛毛糙糙，寒酸又可憐。

搖搖晃晃走到廚房，坑灶裏的火早就滅了，踩着凳子伸着腦袋看向鍋裏，籠屜上只有一個冰涼的番薯。

不等他伸手去拿，身後急匆匆的腳步聲傳來，父親懷裏抱着一個紅色布包，喜氣洋洋地笑着。

「周仔，這是小弟弟，以後你要照顧他啊。」

林啟周抿了抿唇，還不等他說什麼，就看見父親的大手抓起番薯又快步走了回去，念叨着：「給你媽媽吃了補充點體力，今天真是林家大喜的日子！」

小小的林啟周站在凳子上，看看父親的背影，又看看空無一物的籠屜，默默垂下了頭。

此時的他還分辨不出，心裏的失落是因為父母的疏於關心，還是因為自己餓着肚子。

拖着虛軟的腳步走回院子，仰頭看着面前的老樹，黑褐色的樹幹盤虯臥龍，蜿蜒着向天空伸展，每一截都帶着密密麻麻經久癒合的傷疤，看上去死氣沉沉。

越過乾枯醜陋的樹幹，最上面的一截彷彿得到了月光的滋潤，陡然地，溢出許多蒼翠的生機，隨着沉悶的晚風簌簌擺動，綠葉間滲漏的皎潔，輕而易舉地晃花了孩子的眼。

林啟周揉了揉眼睛，乖巧又安靜地坐在下面，他還不知道，這棵樹將見證他十幾年的成長時光，並伴隨着陣陣啼哭和日復一日的熬煎。

但屈指西風幾時來，又不道流年暗中偷換。

破落庭院中的老樹四季蒼翠，林啟周恍惚間就已經長成了少年模樣。

十三歲稚嫩的臉在風吹日曬中逐漸黝黑，粗糙的臉蛋和乾癟的身板，遠遠看過去像是才八九歲的孩童。

「周仔！把弟弟的尿布洗了。」

梁玉珍大着肚子，一腳踩在門檻上，揚聲呼喚。

林啟周抬眼看過去，默不作聲地放下手中的柴火，點了點頭：「我做好飯就洗。」

「那你快一點啊，興仔都快沒有尿布換了！」梁玉珍一邊說，一邊扶着肚子轉回房間。

林啟周抹了把臉，將泡着尿布的大盆端到院子裏，母親口中的興仔就是他最小的弟弟林啟興，剛剛出生百天。

這十年裏，母親像不知疲倦一般，給家裏添了四個孩子，三男一女，他是大哥，已經操持家務，起早貪黑地照顧一大家子，而最小的還在嚶嚶啼哭。

隔着門窗，聽着母親輕柔地哼着兒歌，跟肚子裏那個尚未出世的孩子交流，林啟周眼中閃過幾分倦怠。

大盆裏散發出陣陣尿騷味，廚房的灶火還沒生起，院子裏胡亂跑跳的弟弟妹妹將早上拾掇乾淨的地面又弄得一片狼藉。到處都是活計，彷彿永遠都幹不完。

「媽——」

未見其人先聞其聲，外面變聲期的少年扯着一副公鴨嗓，踢踢踏踏地跑進來。

林啟周看着大弟弟林啟揚滿頭大汗，鞋底不知從哪沾了一腳泥巴，在院子裏一步一個泥腳印，心裏當即生出一股火氣。

伸手揪起弟弟耳朵：「整天就知道瘋玩，我早上才刷乾淨的院子！」

「疼疼疼！」林啟揚嚎叫着，一甩身掙脫開，扭頭進了屋子。

「媽！外面有賣冰棍的，你給我點錢。」

林啟周沒聽清裏面說了什麼，認命似的坐在小馬扎上搓洗尿布，沒多時，弟弟捏着錢興沖沖地跑出去，胳膊一揮，帶走了院子裏玩鬧的兩個蘿蔔頭。

他們兄弟的名字取「周揚聲興」四個字，一個妹妹叫林啟蘭。他沒念過幾天書，這些人名的字都是費了好大力氣才學會寫的，不過也是歪歪扭扭拼湊起來的筆畫。

那個年代，整個村子也沒有什麼重視教育的意識，孩子們都是散養在外，下河摸魚，上樹抓鳥，只要不玩沒了小命，只要在吃飯時回家就好。

夏季的廣東悶熱潮濕，坐在大樹的陰涼下，也免不了生出一身臭汗。

林啟揚捏着冰棍回來，涼絲絲地冒着冷氣，一口口小心翼翼地舔着，身後的蘿蔔頭你一口我一口地分吃一根，這般炎熱的天氣吃冰棍，看着就透心涼。

林啟周餘光掃過他們，一顆汗水滴進眼睛裏，酸酸澀澀的，用力眨了眨才隱掉發花的視線。

「大哥，給你吃。」

最小的妹妹舉着冰棍遞到他嘴邊，圓溜溜的眼睛清澈乾淨。

冰棍製作得很粗糙，一根木棍歪歪斜斜地插在裏面，可那奶香氣和冰塊的涼意鑽進鼻孔裏，他知道要是狠狠咬上一口，肯定能瞬間緩解渾身暑意。

看着小妹妹白嫩的臉蛋，明明很饞，卻執意把冰棍送到他嘴邊，林啟周縮了縮泡在水裏的手指，輕輕用舌尖舔了一下。

只是一下，冰棍的甜味都不等在味蕾上綻放，就收了回去，笑着說：「阿蘭乖，你們吃吧。」

看着阿蘭蹦跳着走了，他咂咂嘴，盡力回味那一點點甜，用手背抹掉額上的汗珠，垂下頭接着搓洗尿布。

家裏孩子多，而收入只有父親出去做工那一點，日子過得緊巴又可憐，能養活一大家子已經很不容易了。這些冰棍之類的小零食，偶爾吃一次，都像過年一般開心。

可他知道，這種開心只存在於幾個弟妹之間，他這個做大哥的，早早就被灌輸着懂事聽話的思想，這些「好東西」都是要讓給弟妹，輪不到他嘴裏的。

傍晚，昏暗的廳堂只有一盞吊着的電燈搖搖晃晃，飯桌上更是寒酸，只有幾個番薯，一碟鹹菜，唯一一碗飄着白米的粥水是要留給做工晚歸的父親，大大小小的孩子擠擠挨挨坐在一起，都看着那碗白米粥嚥口水。

林啟周拿着番薯分給弟妹，可孩子多，番薯不夠，小妹妹眼饞地盯着他手中那最後一個，他頓了頓，掰了一大半塞到她手裏，輕聲說：「快吃吧。」

他手心裏只剩下一小塊，半大的小子幹了一天的活計，明顯是不夠吃的，可看着弟妹們狼吞虎嚥的模樣和那碗冒着熱氣的白米粥，咬咬牙，將視線挪開，一口口咬着手裏的番薯。

太少了，錢不夠，糧食不夠，衣裳也不夠。

他從小到大穿的都是父親的舊衣服，一件穿三年，穿不下了就留給大弟弟穿，而腳上的鞋子也從來沒合腳過，都是趿踏着，跑得快一點就不知會甩到哪裏。

林啟周不知道外面的世界是什麼樣子，反正周圍的人家都過得差不多，唯一一次生出憧憬，就是在一本圖畫書上，看見一幢幢高樓，與生活的環境天差地別。

可不等他看到下一頁，就會有數不盡的家務堆到眼前，而放下的書就不知道什麼時候才能再撿起來。

洗刷碗筷，把父親的布鞋擦拭乾淨，接着馬不停蹄地拿着掃帚打掃院子，看見兩根雪糕棍扔在地上的時候，林啟周驀然頓了一下。

低着的眼瞼在臉上投下一片陰影，借着月光也看不清他的神色，少年單薄的脊樑佝僂着，纖瘦的臂膀微微顫抖，猛然伸出腳尖，將雪糕棍一腳踢到牆邊，然後視而不見。

做完全部活計，父親已經響起鼾聲，他走回房間，原本小時候只有他自己的木板床，已經四仰八叉地躺着兩個孩子，衣裳凌亂地扔在床頭，林啟揚和林啟聲早就進了夢鄉。

兩張寬大的木板鋪着被褥，他彎腰撿起衣裳疊好放在弟弟們枕邊，輕手輕腳地摸黑上床，但凡動作大一點，木板床就要吱吱呀呀響個不停。

躺在床上的時候，勞累一天的身體驟然放鬆，每一塊肌肉都在叫囂着酸痛，扯過一角被子搭在身上，扭頭看向窗外。

月光十幾年如一日的皎潔，老樹沒再變得茂盛，而他卻身量漸長，卻依舊縮手縮腳的生活在這個家裏。

餓肚子是常態，做活到夜深人靜也是常態，身為長子活得最累，吃得最差亦是常態，彷彿所有人都默認了他這樣的生活方式，心裏偶爾冒出來的一點酸楚無人知道，只能在這樣寂靜的夜晚，悄然在心裏挖個坑，深深地埋藏起來，不足為他人道。

夏日悶熱，本就不夠寬敞的房間，因為弟弟們一個接一個的出生而更加逼仄，林啟周已經適應這樣的生活，但他或許並不認命。

瘦弱的少年閉上疲倦的眼睛，進入夢鄉之前，他想道，老樹啊，童年都是如此辛勞嗎？

院子裏的老樹被夜風吹拂，撲簌簌落下兩片葉子，彷彿在回答他懵懂的詰問……

清晨，天邊泛起魚肚白，光亮漸漸浸潤着淡藍色的天空，整個世界慢慢明亮起來。

林啟周被院子裏唰唰的磨刀聲叫醒，用手狠狠揉搓着臉，趕走睏倦，清醒起來。

弟弟們還在酣睡，他穿上衣服，仔細的拍了拍下擺的褶皺，這布料很薄，避免頻繁清洗才能穿得更久一些。

趿拉着鞋走到院子，父親正坐在房檐下打磨鐮刀，清水沖刷着石頭，開過刃的彎刀變得越加鋒利，為今年第一季成熟的稻子做着準備。

林啟周下意識地揉了揉肩膀，家裏頂用的勞動力只有他和父親，但父親在外面還打着零工，白天的時候只有他自己下地幹活，每年都要被一茬茬水稻累得腰酸背痛，手上經常有一條條鐮刀割出來的口子，對十三歲尚且營養不良的他來說，收割就是一年當中最辛苦的活計。

「周仔起來啦。」父親抬眼看了他一下，接着説，「吃完飯你跟隔壁嬸子家一起去收稻，等我下工回來去田裏幫你。」

林啟周默默點頭，他不善言辭，就算心裏再不喜歡，也知道家裏的情況根本容不得他偷懶，甚至叫一聲苦累都要被念叨大半天。

「揚仔也大了，讓他跟我一起去吧。」林啟周説話的時候不自覺地摳着褲縫，林啟揚比他小三歲歲，還從來沒下過田，而他十歲的時候早就在稻田裏來回打轉了。

林明芬磨刀的手沒停，隨意點了點頭：「那就讓他一起跟你幫忙吧。」頓了一下又説，「中午別忘了回來做飯，你媽這胎不穩，不能生火。」

林啟周很不理解，家裏的孩子已經很多了，日子窮得叮噹響，母親卻依舊對生孩子有一種不可思議的執着，難道明知出來受苦也要讓他們降生嗎？

他對父親口中的多子多福保持懷疑，但知道只要家裏的孩子再多下去，他身上的苦累就永遠不會結束，這樣的生活就像一團亂麻，摸不到頭緒，算不清道理。

趁着太陽還沒完全升起，吹在身上的風還帶着一絲清涼，林啟周匆匆吃過早飯，拉着弟弟的手，拿着鐮刀直奔稻田地。

農忙時節，去稻田的村路上三三兩兩的人結伴而行，有半大孩子抱着水壺小跑着跟在後面，互相打鬧嬉戲，林啟揚陰着臉色，將鐮刀藏在身後，羨慕地看向那些玩鬧的孩子，臉上還帶着一絲羞惱。

「把褲腿挽起來，要是讓泥弄髒了，明天你就沒褲子穿了。」林啟周熟練地固定好鞋子，將褲腿挽到膝蓋以上，稚嫩的小手握着鐮刀，彎腰弓背給弟弟講解割稻子的方法。

「……小心點，別割到手。」林啟周看着大片的稻田，泡在泥裏的腿肚子彷彿已經預感到未來的酸痛，一陣陣發虛，「動作麻利點，趁着中午之前收完這兩畝。」

林啟揚站在田壟邊上，遲疑着不想下來，臉上的嫌棄都要溢出來了：「大哥，這也太髒了，我不想下去，而且地裏還有蟲子的。」

林啟周已經甩開膀子，左手握住稻子，右手鐮刀乾脆利落，齊刷刷斬斷了一大把，隨手扔在邊上，頭也沒回地說：「我十歲的時候早就下地幹活了，快下來吧，再磨蹭你中午就要遭罪了。」

「我現在就在遭罪。」林啟揚噘着嘴，磨磨蹭蹭的探出一個腳尖，看大哥離得遠了，眼睛一閉踩進了泥裏。

林啟周懶得理他，這剛開始算什麼遭罪，等一會腰酸背疼，裸露的皮膚被稻穗扎得又疼又癢，手上劃出口子還要泡在泥裏，眼睛被汗水漬到的時候，才叫真正的遭罪。

而這種罪，他已經連續經歷了三四年。

稻穗沉甸甸地彎着腰，放眼望去是一大片金黃色的稻田，泥窪地的水波上不時泛起一圈圈漣漪，渺小的水生物蹦跳着掠過。

林啟周是熟練工，左右手配合默契，露出的臂膀被陽光曬得通紅，身上的布衫也被汗水洇濕，貼在身上又悶又潮。踩在泥水裏的腳和小腿，不時被小蟲子咬上一口，不痛，卻癢得人心神凌亂。

弟弟第一次下田幹活，不得要領，被遠遠甩在後面，臉上悶悶不樂覺得這簡直是天底下最難的事情，還是爬樹抓魚更有趣。

日頭漸漸大起來，林啟周僵硬的脊背連直起腰都感到刺痛，手上的動作也慢了下來，胳膊上都是被稻穗尖尖的芒刺扎出的紅點，虎口上也被鐮刀磨掉一層皮，透着水汪汪的粉紅色，汗水流過就是一陣痛楚。

「揚仔！回家了，咱媽和弟妹們還沒吃飯呢。」

林啟周扶着腰蹚着水走回田壟上，腳丫隨意地在路邊水溝裏涮涮，匆匆洗掉淤泥，就拽着累成狗的弟弟往家趕。

「周仔你們回來了。」梁玉珍坐在大樹下乘涼，見他們進門，走上去用大蒲扇搧涼。

「年年收稻子都是最累的，看看這身上曬的。」梁玉珍有些心疼地摸着兩個孩子的胳膊。

被炙烤過的肌膚，即便輕輕拂過也會撩起一陣刺痛，林啟揚叫嚷着躲開：「媽我都疼死了！我哥幹那麼快，也不知道等等我！」

梁玉珍順手用蒲扇在他背上拍了一下，皺着眉說：「你哥幹活麻利，哪像你，肯定偷懶了。」

説着，就愛憐地摸摸長子的頭髮，説：「去用涼水洗洗臉，等下午日頭沒這麼足了再下田吧。」

林啟周平時再沉默，也是個少年，對母親的溫柔是眷戀的，輕輕點點頭，走進屋裏。

掬起一捧水，清清涼涼的水花撲在臉上，暑意頓時消散，每一個毛孔發出舒爽的喟歎。

用小刷子刷掉指甲裏的淤泥，小心翼翼地擦拭着通紅的胳膊和肩膀，等到明天身體裏的熱度退下，這一大片的皮膚都會爆皮脱落，在整個勞作期間反反覆覆曬傷又好轉，直到收割結束。

他餘光看見堆放在大盆裏的尿布，眼神沉下去，這些東西都是要他洗乾淨晾曬的，而懷孕的母親和弟弟妹妹們還等着午飯進肚呢。

把洗臉水倒出大門外，轉身走進廚房，每到做飯都是他最頭疼的時候。

上上下下六七張嘴要吃飯，母親要吃得有營養，最小的弟弟興仔嗷嗷待哺要吃得精細，菜葉要和着麵糊才能下嚥，而揚仔和自己忙了一上午更是飢腸轆轆。

米缸裏薄薄一層的存糧只有父親能吃，更加珍貴的雞蛋更是母親的專屬，他們能進肚的只有噎人的番薯和一把小青菜。

微微歎了口氣，把番薯扔進蒸籠，舀出半瓢粗麵用溫水化開，再把切碎的青菜葉子扔進去，一起倒進鍋裏熬煮，這就是興仔和他們一家人的午飯了。

林啟周從廚房出來，聽見揚仔在屋裏跟母親發着牢騷，扭股糖一般歪纏着説下午不想去收稻子了。

他卻早就忘記在母親懷裏撒嬌是什麼感覺，默默把尿布端出來，坐在大樹下搓洗，一言不發，也不關心弟弟的撒嬌哭鬧會不會奏效。

虎口處被鐮刀磨壞的皮肉沾上胰子水，疼得他猛地抽回手，緊緊捂在懷裏，一邊抽氣，一邊紅了眼眶。

這種痛感並不陌生，兩個妹妹和小弟弟興仔的尿布他都洗過，以前手更嫩的時候，常常搓掉一塊皮，整個水稻種植期下田勞作，該做的活計也沒少過一點。

整個家裏，母親最常做的事就是在家裏養胎坐月子，父親早出晚歸不見人影，弟弟妹妹在院子裏玩耍，或者滿村子亂逛淘氣，而他，整個家的大哥可以說又當爹又當媽，裏裏外外一手抓，從早到晚忙忙碌碌又不受重視。

偶爾能從父母眼中看見一絲憐惜和欣慰，但只要更小的孩子發出一聲啼哭，那一點落在他身上、本就少得可憐的注意力，就會立刻被分走。

所以林啟周最常見的狀態，就是圍着這個家打轉，或是坐在大樹下默不作聲，看着弟妹歡愉，看着年月一天天從枝丫間流走。

洗好的尿布晾在院子裏，風一吹，飄飄蕩蕩，滿是胰子的味道。

林啟周攥了攥發麻的手，虎口已經泡得發白，磨損後露出來的肉皮也泛着刺目的鮮紅。

此時，整個院子裏彌散着番薯蒸熟後的香氣，林啟周剛要進廚房，就看見林啟揚怒氣沖沖地摔門而出，一溜煙跑進睡覺的小房間。

不用想都知道，肯定因為母親讓他下午接着跟自己下田，所以正在鬧脾氣呢。

林啟周不以為然，淡定地走進廚房。反正以前林啟揚也沒去過，等到傍晚父親下工回來他也一樣能輕鬆一些。

餐桌照例寒酸，林啟揚因為賭氣沒出來吃飯，林啟周拿着一個番薯三四口就下了肚，一雙筷子連鹹菜都很少夾，剛要拿下一個吃，院子外步履匆匆跑進來一個人。

「林家嫂子！你家稻田地出事了，快去看看吧！」

隔壁王嬸子衝進來，氣喘吁吁地說：「村長騎的三輪車翻了，正好倒在你家地裏，壓壞了一大片糧食，趕緊去看看能收的趁早別糟踐了。」

這年代，每一顆糧食都格外珍貴。

林啟周倏地起身，在衣服上蹭蹭手就往外走：「媽，我去看看。」

走到院子裏，又想起了什麼，喊道：「揚仔！你把大盆裏的水倒掉，別在那放着絆倒人！」

林啟揚沒動靜。他顧不得那麼多了，被王嬸子拽了個踉蹌，跟着跑了出去。

頂着大太陽一路小跑，等他趕到的時候，三輪車已經被拉了上來，可留下了一個深坑，壓倒了一大片稻子，倒在田埂上的水稻也殘缺不全，被損壞的穀殼飄在泥水上，林啟周看着心疼死了。

顧不上挽褲腳，直接跳下地裏，把還沒完全倒下的撈起來扔在田埂上，而已經被砸進泥裏的那些，都救不回來了。

「周仔，真是對不住。」村長滿臉愧色的迎上來，小腿上沾的全是泥漿，「等你爸回來，我們研究一下看這些能打出多少稻子，我賠給你家。」

他抿抿唇，手裏捏着鐮刀：「不打緊的，我爸等會就下工了，到時候讓他去您家商量。」

村長幫着拾掇了一會就走了，林啟周收拾完看着稻田，反正已經出來了，索性多幹一會，回去也沒飯吃了。

弓腰曲背揮着鐮刀，旁邊的地裏都有大人幹活，只有他家就自己一個半大的少年，路過的村民見了，誰不說林家養了個好兒子，這麼大點年紀就能自己下田幹活，動作又麻利，比大人都利索呢。

這些讚美的話順着悶熱的風吹進耳朵，林啟周不想理會，他只有滿心苦澀。

他也想偷懶，也想像弟弟一樣耍賴哭鬧，不順心就能摔門而去……可他不能這麼做，長子長兄的責任從記事起就烙在身上，父母耳提面命了十幾年，分擔勞力早就成為他心中磨滅不掉的責任。

他也不確定耍賴之後，等着他的是母親的縱容，還是一頓劈頭蓋臉的責罵。

豆大的汗水從頭上砸在稻田裏，輕輕泛起一圈波紋，林啟周一邊割稻子，一邊記誦在隔壁嬸子家聽來的詩句。

他們村子裏很少有孩子念書。王嬸子的爸爸以前念過私塾，已經是難得的文化人了，他家的孩子也能跟着念幾句詩。有時候林啟周在家掃院子會聽見幾句，每次都會留神用心，便也磕絆着記住一些。

縱然不會寫那些字，可詩句彷彿能帶給他一個不一樣的世界，於是樂此不疲，喜歡上了聽王嬸子家的牆根。

「清明時節雨紛紛，路上行人……欲斷……魂……」

他沒有爛筆頭，也不會寫什麼字，只能靠耳朵聽，今天聽一點，明天再聽一點，有些詩句記得並不牢靠，背起來也磕磕巴巴的。

陽光明晃晃地照在身上，鐮刀一下下割斷稻子，嘴裏不厭其煩地重複着相同的詩句，記不準的地方就略過，等下次再聽見的時候就能補全了。

他不太理解讀書的意義，但他知道，書上有很多沒見過的東西，有不曾被灌輸的道理，這種東西就叫做知識。

有了知識，就能去書上的世界，能離開這個滿是辛勞的家，能再也不用面朝黃土背朝天。

但這也只是想一想罷了，林啟周知道家裏沒錢供他讀書，父母也從未提起過這件事情，這一棵幼小的對知識充滿渴望的萌芽，未曾破土，就已失去雨露的希望。

「周仔！上來歇歇，我替你一會。」

田埂上父親攏着雙手呼喚，林啟周猛然直起身，眼前驟然一片漆黑，眩暈感直衝腦門，手腳不聽使喚，一屁股坐在了泥地裏，身上的衣服褲子濕了個遍。

張着嘴，呼哧呼哧喘着粗氣，從指尖逐漸蔓延的麻木讓他說不出話來，直到父親跑過來一把拉起他送回田埂上，緩了好半天才慢慢睜開眼睛。

林明芬把水餵到兒子嘴邊，看着那乾涸的嘴唇，蒼白的臉色，心裏說不出是什麼滋味，有愧疚也有欣慰。

「喝點水，你坐着別動了，一會我幹完一起回家。」

剛剛睜開眼睛的林啟周，還沉浸在那瞬間眩暈的恐懼中，父親的大手在他肩上拍了兩下，遲鈍的大腦反應過來，低頭喝了一口水。

坐在田埂上等身體裏的不適感一點點褪去，看着父親挽起褲腳，露出一截黝黑又乾瘦的小腿。

他仰視着不算強壯的父親。這是在生活中賦予了自己最多安全感的人，即便他不善言辭，也沒有什麼細膩又溫暖的舉動，整日在外奔波，回家說不上兩句話倒頭就睡，弟弟妹妹們都對父親並不親近——

可林啟周知道，他不是不想陪着孩子成長，只是身上壓着養家糊口的重擔，讓他不得不起早貪黑耗盡全部精力，帶着滿身的疲倦和灰塵回家。

這份責任，遠比林啟周自己做活要付出的更多，所以他從未埋怨過父親為何讓他在家裏像陀螺一般打轉。

少年的心思帶着如同春日般的細膩惆悵，也有如同烈日的炙熱情感，可林啟周比少年人更多了一些秋霜層疊的委屈，和冬日蒼勁的韌性。

很難想像，一個十三歲的孩子，會有這樣複雜的性格，或許這就是貧窮打造的筋骨，忍得了辛勞，也擔得起責任。

林啟周捧着水壺小口小口的啜着，看着父親走下稻田。

他覺得父親此時彎下的脊樑，比成熟的稻穗還要沉重，可內裏的責任與堅強又比任何一株水稻都要堅挺。

第二章

誤解偏頗

「爸！大哥！爸……爸！」

林啟周循聲望去，八歲的林啟聲像個小炮彈似的跑過來，等人到了眼前，就被弟弟臉上一片青白的驚慌嚇了一跳。

「怎麼了？」林啟周一骨碌站起身。

林明芬沒走出多遠，也折返回來了，目光盯在兒子身上。

林啟聲拄着膝蓋，不等喘勻粗氣，就急匆匆的開口：「媽，咱媽……呼呼——」

林啟周聽着弟弟扯風箱似的呼吸，連忙上前拍着背順氣：「咱媽怎麼了？」

「倒，倒了，全是血，就在院子裏……」林啟聲艱難地吞嚥着唾沫，好不容易把話説完了。

林啟周沒反應過來，什麼倒了？還出血了？媽摔倒了？

不等他想明白，身邊的林明芬已經衝了出去，連鞋都沒穿好，一步一個泥腳印地往家裏跑，那背影倉皇又急促，比剛才林啟聲的樣子還要可怕。

林啟周從未見過這樣的父親，心裏咯噔一聲，下意識覺得媽媽在家一定出大事了，連忙拽着弟弟緊隨其後跟上去。

沒等走近家門，就聽見弟弟妹妹的哭聲震天響，林啟周跑了一腦門子汗，哭聲越大，心裏的恐慌越大。

一進院子，饒是他一路上給自己做了心理準備，也陡然汗毛倒豎，腳步定在門口，愣在了原地。

母親倒在大樹底下，身體以一種極度痛苦的姿態蜷縮着，手緊緊按在肚子上，而身下滿是鮮血。

刺目的鮮紅蔓延了整片空地，讓人看着就觸目驚心，此時他耳邊沒有弟妹的哭聲，只有母親微弱的呻吟。

林明芬一個箭步衝上去，伸手一抱，就沾了滿手心的血。

「玉珍？玉珍？」林明芬喊了兩聲，沒得到一點回應，當即抱起妻子就往外衝。

路過林啟周的時候腳步踉蹌，讓被嚇住的他回了神。

「我去村長家借車。」林啟周轉頭跑在前面，小旋風似的。

林啟周見到母親的狀況就明白了，那麼多血，不知道未出生的小弟弟或者小妹妹還能不能留住，本心雖然懵懂，卻為母親止不住地擔心。

等把梁玉珍放在三輪車上，他一抬腳也要上去，卻被父親攔住了。

「你回去看着弟妹，鎖好門。」

林啟周站在路口，看着父親坐在三輪車上，懷裏抱着悄無聲息的母親，這麼一會時間，那些從身體裏流出來的血，已經染紅了父親的衣衫，這場景在他稚嫩的心裏留下了不可磨滅的驚懼印象。

回家的村路上，腳步虛浮抬不起來，帶起一片黃土塵煙。

弟弟妹妹們擠在大門後面，伸着腦袋，臉上的眼淚還沒乾，最小的妹妹林啟蘭縮在三哥懷裏，抽抽搭搭地看着他漸漸走近。

「大哥，咱媽怎麼了？」老三林啟聲啞着嗓子問道。

林啟周看着年幼的弟妹，哽咽了一下，拉着他的手，說：「就是生病了，沒事的，等大夫看好了就回家了。」

林啟聲眨眨眼睛，一串眼淚珠子噼里啪啦的就掉下來，抽噎着說：「可是媽媽流了好多血，我當時都嚇壞了。」

林啟周帶着弟妹們進家門，轉身落鎖，一回頭就看見大樹下紅豔豔的一灘血跡，心裏揪着疼了一下，閉了閉眼睛才重新說話。

「咱媽在家出什麼事了？」

梁玉珍年紀大了，懷上這個孩子之後各種不舒服，平時坐臥都格外小心，一點重活都不幹，就在床上養胎，按照往常是根本不會出現這種驚心動魄的意外，還是在院子當中的老樹底下。

兩個孩子你看看我，我看看你都沒說話。

林啟周覺得不對勁，眼睛在他們臉上一一看過去，剛才太慌亂都沒發現，現在才察覺大弟弟林啟揚一直都沒出現。

「怎麼不說話了？揚仔呢？」

小妹妹林啟蘭推了一下林啟聲：「三哥你說啊。」

林啟聲咬着嘴唇，遲疑了一下，才開口：「你走了之後我們就睡午覺了，然後我就聽見二哥跟媽拌嘴，媽讓他去田裏幹活，二哥不去，咱媽就在院子裏罵他。」

「二哥一生氣就把水盆踢翻了，媽追他的時候踩到泥了，就滑倒了，然後就……」

林啟周還有什麼不明白的，媽媽高齡懷孕本就危險，結結實實摔了一跤，肯定受不了。

指甲狠狠掐了一下掌心，壓抑着胸膛裏翻湧的怒火，沉着臉問：「你二哥人呢？」

林啟聲和林啟蘭對視一眼，小手指了指房間。

「出事以後我讓二哥去找你，但是他說小弟會害怕，就讓我去了。」

呸！林啟興剛過百天，人都不認識呢，他能怕個屁！

林啟周徑直走向兄弟幾個睡覺的房間，一把推開門，林啟揚正縮在床腳靠着牆瑟瑟發抖。

「林啟揚！」

上前幾步揪着他領子就拖到了門外，生平第一次將弟弟摜在地上，林啟周氣得渾身發抖，指着他的手指都輕輕哆嗦。

「你知不知道咱媽懷着弟弟辛苦，你怎麼能跟她拌嘴！現在出了事，你怎麼交代！」

家裏的孩子頭一次見大哥發火，林啟聲護着妹妹躲到一邊，林啟揚趴在那，掌心在地上擦破了，嘶哈着反駁道：「還不是你非要讓我跟你下田，要不然我也不能跟媽吵架，她就是偏心你！」

林啟周聽他説出這些話，眼睛裏除了怒火，還有幾分怔忡和難以置信。

「我……？

「我中午走的時候有沒有告訴你把水倒了？我有再強迫你跟我下田？我照顧一大家子髒活累活都是我幹，你説這是媽偏心我？」

他從未這樣高聲説過話，臉色憋得漲紅，胸膛急速起伏，看着不懂事的弟弟，想着他的誤解，母親的慘狀，單薄的少年逼紅了眼眶，拳頭卻攥得死死的不肯哭出來。

林啟揚也被今天的事情嚇到了，知道母親出事是因為自己，氣勢被大哥壓下去以後，哭着不敢回嘴，負氣般地從地上爬起來，狠狠推開面前的大哥，進了屋子，把門摔得震天響。

林啟周也想肆無忌憚地發泄心裏的怒火，可看着縮在一旁像鵪鶉似的弟弟妹妹，就只能拚命壓制下去，嘴唇抿成一條直線，腰板僵硬地站在院子裏。

小妹妹林啟蘭邁着小短腿走過去，輕輕扯了扯他的衣角，奶聲奶氣地說：「大哥不生氣。」

衣角被扯動，小小的軟軟的手塞進他掌心，柔嫩的觸感讓他心裏也跟着一軟，微微勾了一下唇角：「餓了吧，大哥給你們做飯去。」

巧婦難為無米之炊，再加上惦記母親，林啟周一雙眼睛時常向大門外眺望，心思根本不在灶台上，晚飯隨便糊弄一下就端上了桌。

他抱着襁褓裏的林啟興，小口餵着麵糊，仔細地吹涼送到嘴邊，動作熟稔，一看就是經常餵飯。

「興仔乖，再吃一口。」林啟周用勺子細心拭去黏在弟弟嘴邊的麵糊，語氣溫和。

要是往常，林啟蘭看見大哥這宛若母親的樣子，都要打趣幾句，今天飯桌上格外沉悶，誰都沒有說笑的心情。

家中沒有長輩，孩子們就算信任大哥也難免內心惶恐，林啟聲手裏攥着半個番薯，大眼睛咕嚕嚕轉了兩圈，輕聲道：「二哥沒出來吃飯，我……我給他留點。」

林啟周雖然對弟弟還有火氣，但也做不出故意餓着他的行徑，拍了拍懷裏的孩子，說：「你吃你自己的，廚房裏給他留了。」

要不是今天發火，他還不知道林啟揚心中竟然對自己有這麼大的誤解。所謂偏心，他是一點都沒感受到，反倒在這個家裏是最任勞任怨的那個。

將興仔和阿蘭哄睡以後，林啟周搬着凳子坐在大樹下，眼巴巴看着院門，希冀着能有一點消息傳回來，或者父親能帶着母親回到家裏。

今晚月色澄明，大樹下的血跡已經沖刷乾淨，留下的小水坑被月光照耀，宛若一塊晶瑩的玉石，枝丫的光影投射這地上，佈滿蜿蜒的參差。

林啟周輕輕敲打着雙腿，身體的疲倦一度想將他拖進睏睡，卻總是在最後一刻陡然清醒，也不知道媽媽怎麼樣了，止不住的擔心讓他難以平靜。

木門吱呀一聲輕響，林啟揚走出來卻不靠近，站在角落裏，察覺到大哥看過來的眼神，彆扭地說：「我就是出來上廁所的。」

林啟周懶得理他，重又盯着大門看。

過了一會，林啟揚期期艾艾地開口：「大哥……咱媽怎麼還沒回來啊？」

哼，這時候知道擔心了。

林啟周本想嘲諷他幾句，但借着月色看見他臉上的擔憂，話到嘴邊又說不出口，小小哼了一聲，說：「不知道。」

林啟揚撇撇嘴：「我真不是故意的，我就是生氣……我也沒想到媽能摔倒。」

林啟周沉默不語，家裏因為有他在，長兄的責任一直扛在肩上，揚仔長這麼大從未下過田，也沒操心過一星半點的家務，無論是父母還是下面的弟妹，都習慣了有事找大哥，彷彿他生來就該承受這樣的重擔。

可下午揚仔那句「偏心」，實打實地讓他心中生出了委屈，密密麻麻扎在心裏——這個家真的「偏心」過他一絲一毫嗎？

可林啟周沒有問出來，因為他知道，無論是誰口中的答案都不會是他想要的，這滿腹的心酸和倦怠只能自己消化。

此時的他還沒什麼文化，不知道人的心理有一個詞彙叫理所應當，他的付出成了常態，就變成了全家人眼中的理所應當。

「喂，你怎麼不說……」

不等林啟揚說完，大門外傳來車輪滾滾的響動，林啟周猛地衝過去，打開門鎖，伸着頭向外張望。

看見父親從車上抱下虛弱的母親，心裏頓時一喜：「爸，媽！」

一行人匆匆進屋，將梁玉珍塞進被子裏安頓好，林啟周看着母親灰白的面孔，唇上沒有半分血色，緊緊抿了抿唇。

「爸……媽怎麼樣了？」他問道。

林明芬坐在床邊掖着被角，嗓音沉重的說：「孩子沒了，你媽傷了身子，需要好好休息，你是當老大的，家裏的事情你多操心吧。」

說着頓了一下，又開口道：「以後洗完東西的水記得倒掉。」

這一句話，讓林啟周的心從裏到外都冰涼起來。

雖然沒有半句指責，可父親的態度已經將所有的責任都說盡了，甚至都沒有問過前因後果，就這麼給他定罪了？明明當時他也在地裏幹活啊！

林明芬沒注意到大兒子震驚又委屈的臉色，狠狠瞪了一眼縮在牆角的二兒子，說：「明天滾到地裏幹活去，再偷懶我打斷你的腿！」

他想解釋，但看看躺在床上虛弱的母親，那些話在嘴邊打轉又說不出來，他已經習慣將心事都壓在心裏，轉身出了房間。

站在院子裏，眸色晦暗，鼓了鼓兩頰，彷彿將氣悶一股腦的吞嚥進肚子裏，手指捏着衣角反覆揉搓，十三歲大的孩子被這股委屈憋得胸膛起伏。

他不善言辭，下午那場對着弟弟的火氣已然是最大程度的發泄了，不分青紅皂白的父親和身體虧損的母親，讓他連質問都說不出口。

少時，林啟周倏地冷哼一聲，唇邊帶起一抹灰心的笑意。從小就這樣不是嗎，他應該早就習慣了的。

「大哥……」揚仔心虛的聲音從身後傳來。

算了，誰讓他是老大呢，林啟周沒答話，轉身摔着簾子進了廚房，不多時又抱着一大捆竹篾出來坐在大樹底下。

借着月色，手指飛快地掐着幾根竹篾編筐，他這手藝還是跟隔壁王嬸子學的。等明天拿着幾個竹筐到村長家給母親換些雞蛋補營養，他們家也實在沒有別的東西能拿出手了。

手指上下翻飛，竹篾在他手中服服帖帖，用不上多長時間一個竹筐就初具形態了，林啟周一言不發，整個院子裏只有輕微的摩擦聲。

不知道做了多久，脖子酸痛，手指也磨紅了，林啟周看看腿邊堆着四五個大竹筐，應該夠換了，才揉了揉眼睛，準備回去睡覺。

一抬眼，看見弟弟靠在牆邊上，抱着肩膀睡着了，心裏一軟，終究血濃於水，也不能看着他睡在外面，這樣明天一準生病。

走過去，用腳尖碰碰他：「起來，回房間睡去。」

林啟揚驚醒，眼神迷離：「大哥你做完了？」

「走吧，睡覺去。」

林啟周背着手走在前面，揚仔踢踢踏踏的跟着，聲音輕鬆了不少：「明天我跟你一起下田，我肯定不偷懶了……」

林啟周第二天起了個大早，在廚房忙活完就帶着晚上編的竹筐去了村長家。

村裏人都沒有睡懶覺的習慣，天放亮以後，犬吠雞鳴為村莊增添活力。

矮屋疏籬四五家，炊煙裊裊日邊斜。挎着竹筐走在村路上，清晨的霧氣讓空氣和黃土都變得濕潤，大口呼吸着空氣，清爽在脈絡中涓涓流淌，趕走了疲乏和睏倦。

村長媳婦給了四個雞蛋，還裝了二兩紅糖給他帶走，這放在村裏已經是難得的好東西了，林啟周慢悠悠地往回走，貪戀般享受着此時的輕快。

一碗紅糖水蒸蛋，甜絲絲的暖心窩，弟妹們盯着碗都很饞，但知道這是給母親吃的，也都很懂事沒叫嚷着爭搶。

梁玉珍靠在床頭，頭巾包裹着額頭，輕輕撫摸長子的臉頰，舀了一勺糖水湊到他嘴邊，輕聲說：「你也甜甜嘴吧。」

林啟周搖搖頭，不肯喝，白糖都是奢侈品了，這紅糖更是難得，推回母親唇邊：「您吃，等我晚上再編點竹筐，吃沒了還能再換。」

梁玉珍知道長子懂事，她下不去床，家裏的事情都要靠他張羅，心裏哪能不疼呢，拉着他的手，指腹上還有被竹篾磨紅的印記，輕輕吹了幾下：「你懂事，辛苦了，孩子。」

林啟周用臉頰蹭着母親的掌心，少年許久沒露出這樣眷戀的神色，臉上帶着一絲羞赧的微紅，剛要張口說些什麼，一陣嬰孩的啼哭驟然響起。

母親帶着繭子卻溫暖的手瞬間從臉上離開，抱着興仔又拍又哄，林啟周欣喜的眼神頓了一下，有些失落地說：「您吃吧，我去下田了。」

走出房間，林啟揚已經拿着鐮刀站在院子裏了，不像昨天那般抗拒，還笑着打招呼，林啟周也不是斤斤計較的人，大踏步帶着弟弟出門了。

下田從來就不是一個輕鬆的活計，不管之前皮膚多麼白皙，頂着太陽讓汗水澆灌幾天，也能變成個黑煤球。

以前林啟周也算得上是眉清目秀，現在這幾年經常在田地裏，整個人都是小麥色的，反倒襯得一口牙晶瑩潔白。

所謂「足蒸暑土氣，背灼炎天光」，到了中午，太陽高掛，熱辣辣的陽光炙烤着肌膚，連稻子都被曬得打蔫，無精打采期盼着吹來一陣清風。

林啟周抹掉腦門上的汗珠，攥着衣服下擺用力一擰，嘩啦啦擠出一股水，全是身體裏流出的汗，晃晃腰間的水壺，已經空了。

直着腰緩緩力氣，揮着手說：「揚仔，回去吃飯了。」

「來啦！」林啟揚這一上午倒是沒偷懶，進度雖然趕不上大哥，但是態度端正，耳朵後邊別着一根狗尾巴草，蹦跳着追上去。

日子就這樣一天天過去，等田裏的稻子收完，還要趁着沒雨的天氣趕快晾曬脱殼，村子裏最大的曬穀場每天都擠滿了村民，家家戶戶都指望着這一茬稻子給家裏多添幾頓葷腥。

而下一季稻子還沒播種，中間有難得清閒的幾天，林啟周坐在大樹下乘涼，搖着蒲扇放鬆。

眯着眼睛看那絲絲縷縷從樹葉中滲漏下的陽光，此刻，光是有形狀的，落在身上宛若絲緞，曬的人暖洋洋。

「大哥！」林啟蘭蹦躂着從門外進來，把小腦袋一下伸到眼前：「你看你看！」

林啟周笑着看過去，烏黑鋥亮的頭髮綁成兩個小鬏鬏，紅豔豔的頭繩帶着一朵小花，更顯俏皮。

「真好看，誰給買的？」

阿蘭才五歲，説話的時候稚嫩的嗓音像春天的黃鸝鳥，清脆動聽：「爸爸説今天賣稻子了，給我買了一個紅頭花，我也覺得好看。」

摸摸妹妹的頭髮，就看見小姑娘又蹦跳着出門找小夥伴炫耀去了，想着今天父親賣糧回來，家裏也能吃上兩頓好的了。

正盤算着，林明芬就回來了，手裏拎着一條肉，臉上也難得帶着幾分喜氣。

林啟周眼睛一亮，迎上去接過來，一年到頭家裏也吃不上一頓肉，這窄窄的一條還沒有兩根手指粗，可對他們家來説已經是頂好的伙食了，過年都不一定能吃上一口呢。

「拿着晚上做了吃。」林明芬把肉塞到兒子懷裏，自己摸摸胸前包裹的錢布包，喜滋滋地進屋了，「玉珍，我有事跟你説。」

梁玉珍這次流產以後，身體就一直不好，現在還沒力氣下床呢，看丈夫喜氣洋洋的臉，問道：「你發大財了？還是撿錢了？」

林明芬從懷裏掏出一個塑料袋，打開以後是個布包，裏面又是用報紙包着的幾張紙幣，一股腦塞到老婆懷裏：「你看看，賣了這麼多呢。今天碰上村長了，之前咱家的稻子不是讓他家三輪車壓壞一片嗎，他補給我兩塊錢呢。」

梁玉珍沾着唾沫，來來回回數了兩遍，也笑了：「加上去年賣糧的錢，家裏也攢下二十多塊了。等過年的時候給孩子們都做一件新衣服。」

林明芬仰頭咕嘟嘟灌了一口水，說：「今天村長還跟我說了一件事。他家二小子上學了。」

「上學？」

梁玉珍一時間沒反應過來，上學念書在村裏可是個稀罕事，鮮少聽說誰家送孩子去學校的，一是學校離家遠，二是孩子多，學費可是筆不小的負擔呢。

「咱家孩子這麼多……要是……」梁玉珍面露難色，手裏捏着的錢瞬間就滾燙起來。

林明芬透過窗戶看着院子裏玩耍的孩子，也沉了沉心，忖度半晌，說：「咱們一輩子面朝黃土背朝天的，沒什麼出息，以前也沒意識到這個，今天要不是村長跟我提起來，我也沒這些想法，我總想着為孩子多打算點。」

梁玉珍半天沒說話，摩挲着手裏的錢袋，開口道：「興仔還小，不到年紀念書，阿蘭……她到底是個女孩子，以後嫁人就算了，可周仔揚仔和聲仔，讓誰去不讓誰去啊？咱們家可沒那麼多錢。」

這話雖然聽着刺耳，卻也是大實話，他們不識字，可也知道從古至今讀書都是件好事，就是家庭供不起三個孩子一起念書。

林明芬抹了抹臉，說：「周仔……都十三歲了，小學沒念過，這個年紀再上……可能也跟不上初中，也就算了吧……」

「他是當大哥的，要是越過他讓弟弟去了，那周仔心裏要不舒服了。」梁玉珍心裏是疼愛這個大兒子的，只是這些年家裏孩子越來越多，落在大兒子身上的關照也少得可憐，心裏難免有幾分愧疚。

林明芬沉默半晌，點了一根煙，蹲在床邊狠狠抽了幾口，眯着眼睛眼神落在廚房的林啟周身上，等這一根煙抽完，沉着嗓子開口：

「咱家只能供一個孩子上學，周仔年紀大了不合適，他是當大哥的，能理解這難處，就在揚仔和聲仔裏選一個吧。」

梁玉珍沒説話，屋子裏陷入沉默。

上學念書這件事對每一個農村孩子來説都是一件珍貴的事情，想要改變命運的途徑太少了，而他們能接觸的機會，也只有讀書這一個渠道。

梁玉珍和林明芬也聽過林啟周蹲在牆根跟着隔壁念詩，若是有條件，哪個家長不希望孩子們都有出息，走出農村，脱離這樣窘迫貧窮的生活。

理想是豐滿的，可是，現實卻宛若一座座大山，將一切都阻隔在外面。

家裏的錢只夠一個孩子讀書，難得的機會自然要選擇最合適最有出路的孩子，而林啟周在他們眼中已然長大，是個最懂事又最聽話的好孩子。

懂事二字，歷來都是褒義詞，可如今卻充滿了難言的辛酸和偏頗。

梁玉珍許久後回神，終究是點了頭。

第三章

貧窮飢餓

林啟周在廚房生火做飯，不知道這些事情，將父親帶回來的肉小心翼翼地洗乾淨放在菜板上，薄薄地切成片，只切了三分之一就猶豫着收了起來，掛在窗口的房樑上。

不能一頓都吃完，留着以後在菜裏放上幾片，借借肉味，青菜也能變得很香。

「一二三……六七八，夠了。」

家裏八口人，一人一片正好，林啟周算計着數了又數，下鍋炒菜的時候，恨不得將菜刀上沾的油水都涮進去，難得打開豬油罐子，小小的挖了一塊融化，平時澀嘴的青菜多了肉味，整個廚房都香起來。

揚仔領着弟弟妹妹蹲在廚房探頭探腦，一個個眼巴巴的盯着大鍋嘛口水，上次吃肉還是過年的時候呢，燉菜裏放了幾片肥肉，香得一直回味了半年。今天竟然有肉吃，連小夥伴叫他們出去玩都沒有吸引力了。

林啟周看着弟妹們饞鬼似的樣子，心裏好笑，好在還剩了點肉，等過兩天再做一次，好好長長身體。

端着菜放到桌子上，孩子們一瞬間圍在周圍，一眼不眨地盯着看。

林啟周在他們腦門上挨個拍了一下：「不許偷吃，等爸媽來了再動筷子。」

林啟揚當時就扯着嗓子喊開了：「爸——媽——吃飯了！」

一盤青菜上沾着油花，八片一指長的肉整整齊齊的碼在上面，肉香衝進鼻腔，勾起饞蟲，都在吞嚥着口水。

林明芬看着孩子們好像八百年沒吃過肉的樣子，心裏微酸，勉強勾出一絲笑：「吃飯吧。」

林啟揚歡呼着，伸出筷子夾走一片肉，塞進嘴裏，幸福得眯起眼睛，反覆咀嚼，想讓肉味在口中多多停留，像隻偷油吃的小老鼠。

林啟蘭年紀小，夾着肉不小心掉在桌子上，撿起來送進嘴裏，還用手指在桌面上刮了一下，粉嫩的舌尖舔了舔手指，意猶未盡。

看着父母和弟妹都吃了，林啟周拿着筷子伸向菜盤。這時，卻大喇喇的從旁邊又伸出一雙筷子，倏地夾走了最後一塊。

林啟周一愣，看向弟弟。

「這是……」我的。

林啟揚把第二塊也放進嘴裏，細細咀嚼過嚥下去，一抬眼看滿桌人都在盯着他：「怎麼了？」

盤子裏的肉都是有數的，偏偏他多吃了一塊，氣得阿蘭紅着眼睛喊：「那是大哥的！你憑什麼給吃了！」

林啟揚一縮脖子，見到大哥的筷子還停在盤子邊，轉了轉眼睛說：「大哥就是做菜的，他肯定都吃過了嘛！」

林啟周握着筷子的手微微發抖，使勁攥着手心，夾了一筷子青菜放在嘴裏，有豬油的味道，比平常好，可吃肉的味道一定更好吧……

「大哥才沒偷吃呢！」林啟蘭清脆的聲音噼里啪啦地說出來，「咱們都看見了，大哥才沒自己吃肉，這明明就是一人一片，你把大哥那份吃了，你吐出來！」

林啟揚也知道自己嘴饞虧心，可肉味實在太好，再說吃進去的哪能再吐出來，梗着脖子說：「下次再做大哥多吃一塊不就行了，多大點事！」

林啟周垂着眼睛。弟弟總是這樣，嘴饞又不愛幹活，從小就搶東西吃，今天只是一片肉，可這些年從他手中嘴裏拿走的東西還少嗎？

一個貧窮的家庭總是很難做到一碗水端平，物質本就已經極度缺乏，落在他身上的更是少得可憐。

林啟周看向父母，母親默不作聲，父親沉着臉，兄弟倆因為一塊肉片鬧得難堪，他臉上也掛不住。

啪地一聲放下筷子，看着林啟揚說：「你就會欺負你大哥，下次你不許吃了，給你大哥補回去。」

林啟揚憤憤不平，也不敢回嘴，低頭啃着番薯，夾一筷子青菜，吸溜上面的油水。

林啟周輕輕嚼着嘴裏的青菜，那一點點油花格外香甜，他快忘記肉片是什麼味道了，但也知道那一定比嘴裏的豬油味更好吃。

快吃完的時候，林明芬在幾個孩子身上看了一圈，說：「有件事告訴你們。」

林啟周放下筷子之前，用舌頭在上面捲了一圈，將油花都嗦乾淨，把最後一口番薯也塞進嘴裏，靜靜看着父親。

「咱們家孩子多，條件也不好，去年和今年賣糧的錢攢下來，也算有點家底，我和你們媽媽就有個想法。」

林明芬頓了一下，眼神有些閃爍地避開大兒子的視線：「送一個人去讀書。」

林啟周放在桌下的手指驀然縮緊，「上學」這兩個字對他的誘惑太大了，要是能正常背着書包去學校讀書，以後是不是就不用躲在牆根下面聽人家背詩了？

書上的知識和那從未見過的世界都會撲面而來吧。

想到這些，林啟周興奮得臉都紅了，身體裏的血液都在倒流，剛剛沒吃到肉的苦澀全部退去，嗞着口水等待結果。

他是家裏的老大，就算按照人頭排輩，他也會是第一個能去上學的人吧。

緊緊盯着父親的臉，他從未像此刻這般緊張過，希冀着下一秒耳朵聽見的名字就是他。

林明芬掃過幾個孩子的臉，開口道：「周仔你……過了上村小學的年紀，就算直接念初中也很難跟上。」

林啟周愣住了。

他是聽到了自己的名字，但這名字裏挾在被否決的消息中，乍然間，剛剛還沸騰的熱血瞬間冷卻，一陣嗡鳴聲充斥大腦，看着父親開開合合的嘴唇，一個字都聽不進去了。

他不是老大嗎？他不是第一個孩子嗎？這樣難得的機會難道不是要從頭開始嗎？

全家的勞作都壓在他身上，吃了苦，受了罪，起早貪黑管着每個人一日三餐，甚至連下田都是兄弟中獨一份的辛勞。

可這些加在一起，都換不來一次上學的機會？

林啟周無法認同父親的理由，有活幹的時候，他年紀大就是優點，等有了珍貴的能改變命運的機會，他年紀大又變成缺點了。

他剛剛有多興奮，現在就有多憤怒，第一次在飯桌上紅着眼眶，顫抖着打翻了碗筷，哆嗦着聲音，問道：「為什麼？」

林明芬愣了一下，他沒想到長子會發作出來，也是第一次見到如此失態的兒子。

林啟周的目光在父母之間來回逡巡，哽咽着説：「我為這個家為弟弟妹妹做的還不夠多嗎？我九歲跟着你們下田，那時候阿蘭不滿百天，我背上背着她，在田裏一幹就是一天。」

「揚仔兩歲那年生病，一哭就是一整宿，媽你懷着聲仔要好好休息，我抱着揚仔整夜都合不上眼，早上還要給爸你做飯，揚仔的尿布拉屎拉尿都是我來，我有説過一句埋怨嗎？」

林啟周指着弟妹，聲聲淚下，問着父母，他委屈，從長大的那一刻就在委屈，可家庭如此條件如此，他沒辦法撂挑子，能分擔的都用稚嫩的肩膀撐起來了，可現在這一個契機，將所有的不甘都挑了起來，他忍不下，也不想再漠視心中那一份澎湃着意難平的心緒。

梁玉珍捂着嘴啜泣，甚至不敢對上長子的眼睛，她知道虧欠了孩子的太多，只怪自己沒能耐，這輩子都只能在小鄉村裏掙扎過活。

一個個都是她十月懷胎掉下來的肉，手心手背哪個不疼。

林明芬嘬着煙屁股，垂着頭説：「你是當大哥的！」

「對！我就是當大哥的！」林啟周實在聽夠了這句話，猛然站起來説：「就是因為我最大，平時我幹的活最多，吃得最少，我都能忍，因為我是大哥。」

「可我捱餓的時候怎麼沒人想着我是大哥，我在田裏曬掉幾層皮的時候怎麼沒人想着我是大哥，現在有了這個上學的機會，怎麼沒人知道我是大哥了？」

少年單弱的肩膀顫抖着，胸膛起起伏伏都能看見一條條肋骨，倔強又執着的眼神讓人不敢直視，被淚水籠罩的清凌凌的目光彷彿能直接穿透人的內心。

六七月正是廣東颱風盛行的季節，窗外風雨呼嘯，院子的老樹被吹得沙沙作響，枝葉摩擦的聲音在室內格外清晰。

林明芬用腳尖捻滅了煙頭，隔着煙霧看向長子：「你這是怨我偏心？你多照顧弟弟妹妹怎麼了？」

林啟周聽着這句話，渾身生出一種無力感。説了這麼多，父親還是不明白他的意思。

他是大哥，他也願意照顧這個家，用自己的力氣為弟妹遮風擋雨，這份責任他從未想過要逃避。

可他只是想在該公平的時候得到公平，該被重視的時候得到重視，就算孩子多做不到一碗水端平，可至少也讓他有一絲選擇的權利，而不是從一開始就被排除在外。

少年心性中的倔強和衝動在此刻展現得淋漓盡致，林啟周挺着僵硬的腰板站在那，像一棵小白楊，挺拔卻孤單。

「你十三了，小學已經上不了了，初中你又跟不上，這機會咱家就一個，給揚仔他們或許能走得長遠一點。」林明芬說。

「那揚仔也十歲了，也過了村小入學的年紀。」林啟周指着弟弟說。

林明芬心煩地搓着手指：「那就讓聲仔去。」

「我不去。」林啟聲脆生生地開口道，「大哥二哥都沒能念書，我也不去。」

林啟揚左看右看，嘴唇動了動，最終沒說什麼，低下了頭。

「你……」林明芬看看長子，欲言又止，沉默一會，重新開口，「咱家情況就是這樣，要是有錢你們都去上學才好，周仔，你體諒體諒爸媽，弟弟們確實比你更合適。」

林啟周鬆開緊握的掌心，鋪天蓋地的疲倦將他淹沒，頹然坐在凳子上，他心心念念要上的學破滅了。

剛剛燃起的一點希望，不能燃燒，就被摧毀，連一絲火星都沒有留下。

「那就讓揚仔去，等九月份考了試就入學。」林明芬一錘定音，上學的機會給了二兒子。

「我都聽爸媽的。」林啟揚心裏雀躍，但也能看出大哥心情不好，抑制着上揚的嘴角。

林明芬板着臉嚴肅的說：「雖然讓你上學，但是你該幹的活不許偷懶，等過兩天播種一起到地裏幹活去，家裏除了學費多餘的錢就沒有了。」

「我知道了。」

林啟揚亮晶晶充滿喜悅的眼神，和林啟周落寞又不甘的眼神對比鮮明。

林啟周低下頭遮掩掉眼中的豔羨，默默收拾着碗筷，端着徑直出了門，被迎面的大風吹個踉蹌。

不知是被風眯了眼睛，還是心中真的想哭，晶瑩的眼淚不等從臉上滑落，就被大風吹沒了影蹤。

清爽的帶着泥土氣息的風灌進口鼻，鬱鬱蔥蔥的樹冠有風從枝丫間穿過，帶出一片呼嘯，彷彿在呼應他此時難言的心境。

這風從不知名的遠方來，那是少年不曾觸及的世界，有着各種各樣的美好，從前他或許會因為這樣的念想心潮澎湃，可現在他對未來的看法如同這昏黃的傍晚的風，看不清前路，也充滿了迷離。

未來？

這對林啟周而言概念太過模糊，十三年的人生連村子都沒有邁出去過，只能看見眼前這一點點天地，不是做不完的家務，就是田裏一望無際等待播種的田野。

站在廚房，涼絲絲的淨水透過指尖，讓心情也變得冰冷，麻木地搓洗着碗筷。

「春眠不覺曉，處處聞啼鳥。夜來風雨聲，花落知多少。」

隔壁朗朗書聲隨着風傳到耳邊，隱隱約約帶着孩童稚嫩清越的聲線，這聲音在此刻如同一記重錘，狠狠敲在他心上最脆弱的地方。

一瞬間，憋了很久的眼淚落下，倔強地一邊哭，一邊模糊着視線刷碗，那念詩的聲音就像一道魔咒，不想去聽，卻拚了命地鑽進耳朵裏。

「啪！」

林啟周發泄似的，將抹布摔在盆中，飛濺的水花落在臉上身上，狼狽至極。

他見識少，只知道讀書可以改變命運，離開這個充滿委屈和辛勞的家。

與其說今天是失去了一次讀書的機會，不如說這次讓他徹底看不到離開的希望，走不出這個逼仄的鄉村。

他的委屈來自父母下意識的忽略，他的不甘來自這份沉重又窒息的長兄責任，他的落寞是對於以後幾十年如一日的辛勞，卻無可奈何。

讀書啊，多美好，有能力去過不一樣的人生，去看看書上絕無僅有的風景。

林啟周對弟弟的豔羨無以復加，卻也只能停在這裏了。

現實的貧窮和環境的落後是他身上脫不掉的枷鎖，這一場痛苦就當作發泄，哭過之後，活還是要做，稻子還是要播種，他這個長兄還是要撐起這個家。

除了流過一場淚，任何事情都沒有改變。

颱風天來的格外猛烈，即便村裏不沿海，也受到狂風暴雨的侵襲，好在他家的稻子都收割了，只等着風雨過後就能開始下一茬播種。

林啟周坐在房間裏，聽着外面大風小號，手上輕柔的拍着興仔哄睡，旁邊的母親坐在床邊做針線，阿蘭和聲仔把一個布口袋丟來丟去。

「揚仔來看看，媽給你做的書包好不好看。」梁玉珍柔聲說道。

林啟周抬眼看過去，一塊深藍色的布，三面縫上，一面敞開，縫着兩顆從舊衣服上拆下來的扣子，長長的肩帶掛在身上正好垂在腰間，雖然沒有一點繡花紋樣，但他看在眼裏卻格外好看。

林啟揚喜滋滋的轉了兩圈，珍惜地拍着書包，說：「媽，我想要一身新衣服，這個都舊了，你看這上面都有補丁了。」

他伸着袖口湊到母親面前，梁玉珍嗔怪着拍了他兩下：「臭小子，有了新書包就要新衣服，媽拿什麼給你買布去！你哥以前還有兩身舊衣服都能穿呢。」

「大哥穿的都是爸以前的衣服，一點也不合身，我想要新的。」林啟揚是幾個孩子裏最會撒嬌的，歪纏起來比小妹妹都厲害。

「沒有沒有，一邊玩去。」梁玉珍揮揮手，收起籮筐。

林啟周收回視線，看向窗外，風真大啊。

時間一點點溜走，等風停雨歇，颱風天全然離去，村子裏又是一派祥和，家家戶戶都出來走動，研究着什麼時候開始播種。

去田裏的一路上，林啟揚跟小夥伴們炫耀，一會說有了新書包，一會說要去上學了，收穫了一大片羨慕的眼神之後，心滿意足地去幹活了。

林啟周狀若未聞，眼中只有秧苗，這麼多天過去，他心裏的火氣早就沒了，反正也改變不了什麼，還是好好幹活吧，等他長大了一定要走出去，絕不能在這個村子裏待上一輩子。

是的，即便不能上學，可這件事帶來的後果，就是讓十三歲的林啟周更加嚮往外面的世界，那種迫切，恨不得自己一夜之間長大，到時候再也沒人能阻攔掉他向外闖蕩的腳步。

少年人的心理掩藏得很好，所有人都沒察覺，表面上他還是那個任勞任怨懂事的長兄。

驕陽似火，汗水砸在地上摔成八瓣，罐頭瓶子裏的水也被曬得溫熱，喝下去從裏到外都浸透着暑熱。

梁玉珍流產之後休養了一個多月，已經能出來下地幹活了。

要說農村的大姑娘小媳婦就沒有不羨慕她的，一個是能生，接連五個孩子裏有四個男孩，那腰桿子挺得直直的。

再加上這年月，誰家媳婦坐月子能安安穩穩待夠一個月啊，那都是有點見好就趕緊裏裏外外的操持，想要徹底恢復元氣再幹活，是從沒有過的事情。

可梁玉珍就攤上了一個好老公和好兒子，老公在外面掙錢，大兒子洗洗刷刷下地種田一把抓，半點不用操心，村子裏說起來都羨慕得眼紅。

不用操心一日三餐，林啟周覺得身上輕鬆了不少，下田回來就坐在大樹下抱着興仔看花看鳥，或者給阿蘭梳頭髮。

紅頭花一直都是小姑娘的心頭好，林啟周被她磨得不行，一雙只會幹活的手，也學會了綁頭髮。

帶着繭子的手指粗糙地從髮絲間穿過，那小心翼翼的樣子，比做農活都認真，鼻尖都逼出汗水了。

梳頭髮這種事實在是太難為十三歲的小夥子了！

「大哥，二哥就要上學了，你會去送他嗎？」阿蘭坐在板凳上，托着下巴問道。

林啟周雙手不停，將紅頭花一點點纏繞緊綁：「爸會去送的。」

「大哥你肯定很想上學是不是？」阿蘭問道。

他沒說話，那天在飯桌上暴起質問，全家都知道他想上學，可事到如今這樣的糾結已經沒有意義了。

「等我長大了，我也想上學，到時候我教大哥寫字好不好？」

小姑娘懵懂清澈的眼神一下撞進了他心裏，笑着點點妹妹鼻尖：「你丁點大的蘿蔔頭，知道什麼是上學嗎？」

阿蘭搖搖腦袋：「我不知道，但是一說上學，二哥就那麼高興，大哥也那麼想去，我就知道上學是好事。」

林啟周梳好頭髮，攥着兩個小鬏鬏，心裏化成一灘水，小妹妹縱然童言童語，這這份關愛他的心，也是最乾淨的。

「好，以後咱們阿蘭長大了也上學去。」

雖然這麼説，但林啟周知道這是很難實現的事情，阿蘭已經五歲了，按照村小學招生的年紀，明年就能上一年級了，可家裏供林啟揚已經掏空家底了，沒可能再供一個人讀書。

就算撞了大運，他家天上掉餡餅有了這個能力，那首選也是八歲的聲仔，畢竟在父母眼中，滿村的小姑娘都沒有上學的，他家的阿蘭自然也不例外。

林啟揚上學那天，家裏的人都早早起來了。

母親從自己的碗裏扒了一個雞蛋放在林啟揚碗裏，父親一早就問村長借了三輪車，而背着新書包美滋滋的林啟揚正享受着弟妹羨慕的眼神，鼻孔都要翻到天上去了。

「揚仔，今天第一天上學，你爸送你熟悉熟悉路，以後你就跟村長家一起走。」梁玉珍摸摸次子的頭，滿是戀愛，這可是他們家第一個讀書人呢。

「到學校要聽老師的話，跟同學好好相處，認真聽課，好好學習，別偷懶，爸媽供你讀書不容易的。」

為了給林啟揚交學費和買書本，家裏剛剛積攢的錢又快見底了，梁玉珍一遍遍不厭其煩地在孩子耳邊念叨，殷殷叮囑。

林啟揚大口吃着雞蛋，不耐煩地揮揮手：「我知道了媽，您都説好幾次了。」

林明芬在外面蹭蹭鞋底上的灰，冷硬地哼了一聲説：「你小子要是不好好學習，趁早到田裏幫你哥去，別浪費老子的錢。」

林啟揚可不敢跟父親頂嘴，縮了縮腦袋飛快吃完了。

林啟周在旁邊給興仔餵飯，眼睛都不抬一下，恍若未曾察覺屋子裏發生的事情，眉目冷淡，跟一家子的喜氣洋洋格格不入。

到底他也還是個孩子，能不吵鬧已經不錯了，別想着讓他看着弟弟上學還能帶着三分笑模樣。

吃完飯，聽着弟弟嘻嘻哈哈出了大門，然後車輪聲嘰裏咕嚕的越來越遠，林啟周攥着抹布的手有些怔忡。

那遠去的車輪，彷彿帶走了他的心神。

半晌，自嘲地笑了一聲，重新埋頭幹活，早就接受這個結果了不是嗎，還在這矯情什麼呢，早點下田幹活才是正經。

從村子到小學的路程徒步要走一個多小時，周邊五六個村子的孩子都在那上學，早上有林明芬騎三輪車送去，下午放學就要林啟揚跟着村長家的孩子一起走回來了。

第一天出門，梁玉珍時不時地朝門口張望，一整天都心不在焉，擔心他帶去的飯盒會涼，擔心他不好好聽講，擔心他走回來的時候會不會出現意外。

當天色漸晚，林啟揚笑鬧的聲音出現在門口的時候，梁玉珍這顆心才算落地。

「媽——我回來啦！」林啟揚小跑着進來，書包帶子都甩到身後去了，小臉上全是笑意。

林啟周端着飯菜從廚房出來，上下打量着弟弟，衣服上除了沾點灰塵，沒見到什麼傷，看來這一來一回的路上還算安全，也輕輕的鬆了心神。

晚飯的時候，就聽林啟揚嘰嘰喳喳地講在學校發生的事，從同學說到老師，又說今天講了什麼，還把自己寫的字拿出來炫耀。

林啟周被吸引了心神，聽得入迷，看着弟弟那嶄新的書本更是羨慕，心裏像有一隻小爪子撓癢癢一般，讓他忍不住反覆覷着眼睛去看。

自此之後，他又愛上了一件事，就是在房間裏看着弟弟寫作業，聽他讀課文，在心裏默默記誦。

平時幹活的時候也會回想，每每記住一句就會油然生出一份開心。

家裏只有父母住的房間有電燈，昏黃的燈光點在頭頂，林啟揚捏着鉛筆一筆一劃寫着生字，林啟周坐在他旁邊，手裏編着竹筐，不時抬頭看上兩眼，空閒下來就在褲子上反覆臨摹着筆劃。

場面溫馨平靜，只是看着就能生出一股安然。

日月跳丸，光陰脫兔。

林啟周重複着勞累又千篇一律的時光，拿着大掃帚將狂風過後的落葉掃走，腦海中就會想起在弟弟課本上看見的圖畫，知道在千山之外，萬裏土地的那端，有四季分明的城市，有樹木會榮枯，冬季也不是像村裏這般草木茂盛，而是雪落滿天銀裝素裹。

啊對了，「銀裝素裹」這個詞，也是新學的。

轉過年，他就十四歲了，長高了兩公分，但身板依舊瘦弱，這一年很少見到油星，數月之前賣糧買回來的肉，也只有零星幾片進了他的肚子。

自從弟弟上學以後，家裏支出更加精打細算，原本一分錢掰成兩瓣花，現在能不花就不花了，緊緊巴巴的全家都跟着節衣縮食。

從前每年能給父親做一身新衣服，然後他就能撿一套舊衣服穿，而今年過年的時候，他還是穿着前年父親換下來的衣服，袖口長長地挽起來，褲腳被針線固定起一大塊，鞋子倒是因為身量長高而變得合腳一些。

值得一提的事，村裏新裝了廣播，一個大喇叭豎在長杆上，每到下午就會放一首激昂的紅色歌曲，他站在田裏都能清楚聽見，每每都站在那等歌放完，就當做放鬆了。

看着田裏的稻子從青翠到金黃，隨着清風泛起波浪，置身其中彷佛能感受到稻子的香甜。

稻田一望無際的橙黃，如同農人臉上的笑意，那般濃烈熾熱，帶着欣欣向榮的生機。

所謂稻花香裏說豐年，每一棵辛苦插進泥裏的秧苗長成沉甸甸的模樣，林啟周都會帶着滿滿的成就感，在田埂邊走上一趟又一趟。

每到在田野裏閒逛的時刻，他都會看向通往村外的方向，十足的誘惑力讓他躊躇着腳步，想一再踏出這個憋悶的村莊，然後去探尋外面的世界。

天空上白雲流動，變幻無窮，絲絲縷縷的雲層仿若淡奶油，塗抹在湛藍的天空畫布，微風輕吹，便自由靈動地游走，帶着少年欽羨的目光漸漸遠行。

第四章

顆粒無收

突如其來的雷暴天氣打了眾人一個措手不及，尚未收割的水稻，被雞蛋大的雹子摧毀，沉甸甸的稻穗深陷淤泥，整片金黃的稻浪染上黑色污泥，死氣沉沉地訴説着一季辛苦告吹。

僥倖逃脱的幸運兒也在緊隨其後的大風中徹底沒了收割的希望，周圍十幾個鄉村愁雲慘淡，農人看着汗水澆灌出的稻田全軍覆沒，那股心酸和疼痛難以言表。

林啟周身上披着的氈布被大風撕出幾個口子，裏面的衣服濕透了，鞋子被泥漿包裹，跟在父親身後一趟趟走在田裏，企圖從雹子和狂風肆虐過的戰場中，找到一絲絲尚可拯救的稻穗。

沒了這一季的收成，全家年前的口糧都沒了着落，就連弟弟上學的費用也不知要從什麼地方節省出來。

全家七口人張嘴等着吃飯，可老天爺偏偏不長眼，讓這幾十年難得一遇的災害降落在他們頭上，這真是連一絲笑容都擠不出來。

王嬸子更是潑辣，直接坐在田裏哭，把被糟蹋的莊稼捂在胸口，痛斥老天不賞飯吃。

悲愴淒厲的哭聲傳到他耳中，林啟周也忍不住鼻子一酸。

「周仔，回吧，都救不回來了。」林明芬淌着泥漿走出田地。

「爸，家裏吃的不多了……」

梁玉珍在搶救糧食的第一天就淋雨病倒了，現在全家人的伙食又重新落到他身上，別説米缸空空如也，就是常吃的番薯也不剩幾個了。

父親在外做工，他和揚仔都是正在長身體的小夥子，還有個嗷嗷待哺的興仔，餓着哪一個都不行，想想都滿目愁雲，心裏像堵了一團棉花。

林明芬陰沉着臉半晌沒説話，等快走到家門口，才説：「我來想辦法。」

種地本就是靠天吃飯，現在天公不作美，一場雹子落下，涼的不只是天氣，還有這眾多農人的心。

晚飯的時候，桌子上點了兩根蠟燭，村子裏的電線在大風天的時候就颳斷了，黑沉沉的氛圍又給全家添了一絲壓抑。

盤子裏少少的一點鹹菜，六個番薯，屬於父親的白米飯都沒有了，半碗稀得像水的麵糊湯是給興仔的口糧。

一大家子對着六個番薯面面相覷，一人一個都不夠分的，林啟周率先拿起最大的放在父親碗裏：「您多吃點，明天還上工呢。」

番薯大小不一，給母親和弟妹分完以後，盤子就空了，林啟周眼神暗淡，悄悄摸了摸肚子，勉強笑着説：「我還不餓呢，你們先吃，我一會拿着竹筐看去別人家換點糧食回來。」

以前他們家還沒到吃喝不繼的程度，但從揚仔上學以後，本就不多的收入要交給學校三分之二，他們的日子就更加捉襟見肘起來，災害突如其來，根本沒給他們準備應對的機會，現在三餐吃飽都成問題，多吃一口都是奢侈。

梁玉珍眼睛酸澀，掰了一半番薯給大兒子，摸摸他的頭：「你也吃，在田裏一天了，別餓着。」

林啟聲看看手裏的番薯也掰了一半：「大哥你幹活最多，給你吃。」

林啟周看着碗裏的糧食，心裏揪着疼，把母親的遞回去：「您還生着病呢，現在換不到雞蛋，您多吃點也好得快。」

他和聲仔分吃一個番薯，每一口都格外珍惜，碟子裏的鹹菜連盤子底都刮乾淨了，可大家都意猶未盡。

林啟揚舔着嘴唇，皺着眉頭說：「這麼點東西塞牙縫都不夠！大哥你想想辦法啊！」

林啟周收拾着碗筷，低聲說：「哪有辦法，大家都遭災了，就算換糧食也換不到多少，剩下的番薯都得算計着吃呢。」

飯後，梁玉珍把眼神落在牆角，跟丈夫說：「明天你出去把我的樟木箱子帶走吧，換點糧食回來，不能讓孩子們跟着餓肚子啊。」

林明芬洗臉的動作一頓，甕聲甕氣地說：「那是你陪嫁，就剩這一個箱子了，留着吧。」

梁玉珍的眼睛裏也滿是不捨，摩挲着箱子一下又一下：「這箱子的木料是好東西，咱家也就這個還有點價值，拿走吧。」

林明芬沉默半晌點了頭。

他們林家往上數三代都是貧農，家底不豐，當初娶老婆的時候，媳婦帶來兩個樟木箱子，裏面整整齊齊擺着兩套紅面被褥，羨慕壞了一眾大姑娘小媳婦。

可這日子眼見着越過越差，當年的紅被面早就沒了，僅剩的一個樟木箱也保不住，他這個一家之主眼裏心裏都是酸澀。

林啟周躺在床上，門窗關得嚴嚴實實，最近的天氣幾乎是他經歷的十幾年來最冷的時候，晚上睡覺要蓋得嚴嚴實實，稍不注意就要生病。

可他們兄弟三個睡在一起，卻只有兩床薄被，揚仔睡在中間，每次翻身都要帶走一大塊被子，到了後半夜，他都會被吵醒，蜷縮着身體靠近弟弟，聽着外面風雨呼嘯往來，直至天亮。

清晨的村莊霧氣繚繞，整夜雨水讓空氣中的濕度驟然提升，在外面走一圈衣服就變得潮濕。

灰濛濛的天讓人也跟着提不起精神，林啟周挎着竹筐深一腳淺一腳的走在村路上，挨家挨戶敲門，只盼換點糧食回來。

可就像他說的，大家的日子都不好過，老天爺也沒格外開恩饒過誰家，他這一早上竹筐沒換出去，倒是吃了好多閉門羹。

有些態度好的，還能好言好語的把他送出去，那些脾氣不好的，直接把門摔在他臉上，林啟周摸摸鼻子，垂頭喪氣地往家走。

「周仔！周仔你等等！」

聽見後面有人喊，林啟周轉身，看見村長家的嬸子站在門口，招手叫他回去。

「嬸嬸。」

「你叔昨天上鎮裏換了半袋番薯回來，知道你家孩子多口糧不夠，這是勻給你的，拿回去救救急吧。」

王大鳳自己沒兒子，就有一個姑娘，全村的孩子裏最喜歡的就是這個周仔，小小年紀就懂事，愛憐地摸着他頭髮：「你媽身體不好，弟弟妹妹也多，你受苦了。」

林啟周在家不覺得什麼，可現在看着懷裏這七八個番薯，心裏酸澀，一低頭落下淚來。

「謝謝嬸嬸。」聲音哽咽，這對他家來說無異於雪中送炭了，至少能讓整日勞累的父親多吃幾口。

「你這孩子還跟我見外。」王大鳳擦掉他臉上的眼淚，「風大，別吹煽了臉，快回去吧。」

林啟周把竹筐塞到嬸子懷裏，眼神認真地說：「我只會編筐，等我回家再給您編幾個送來，我編的筐又大又結實。」

「好，嬸嬸等着。」王大鳳拎着竹筐回家，看見丈夫披着衣服坐在床上抽煙，感歎一聲，「林家孩子不少了，這周仔又當爹又當媽的，也是不容易。」

村長皺了皺眉：「咱家吃飯的人不多，能幫就幫一把吧，周仔送東西來你就收着，那孩子要臉面，你不收他不高興的。」

王大鳳拍拍竹筐笑着説：「還用你囑咐，我都知道。」

林啟周拿着番薯回家，舀了兩瓢存的雨水，一個個洗乾淨，放到蒸籠上，有了這些番薯，摻上一些麵糊煮粥，能多吃幾頓。

一邊在灶台前看火，一邊拿着竹篾編筐，他別的手藝沒有，只能多做點竹筐給村長家，之前母親流產也是人家幫忙及時送到衛生院的。

有恩必報，他年紀雖小卻懂得這個道理，縱然身無長物，可只要能辦到的，都會盡力去做。

這熬粥的麵糊是粗麵，依稀還能看見裏面有沒脱淨的稻殼，吃起來又硌牙又劃嗓子，跟番薯放在一起煮，看着就沒什麼食慾，可現在哪還講究什麼色香味俱全，能填飽肚子就算萬幸了。

昨晚只吃了小小一半番薯，到現在早就餓了，聞着這番薯粥的香氣，林啟周飢腸轆轆，肚子轟隆隆地打起鼓來。

肚子裏的饞蟲蠢蠢欲動，林啟周從鍋裏扒拉出一根番薯，沾着滾燙的麵糊，那香味爭先恐後鑽進鼻子裏。

用筷子戳起來，他小小地咬了一口，味蕾從未像現在這般滿足，餓了大半宿的腸胃得到安撫。

他十四歲的身體正在生長期，飯量本來就大，可吃不飽是常態，以前還能吃個七八分飽，這幾天連墊墊肚子都是勉強，不多的糧食分給父母和弟妹，落在他嘴裏的，能保持他幹活不暈倒就算很好了。

一連吃了兩口，小心翼翼地添上半碗粥，剩下的一大鍋都留給家人吃。

「哥！你竟然偷吃！」林啟揚突然出現在廚房門口，指着他手裏的碗憤怒地喊道。

林啟周慌亂了一瞬，端着碗有些手足無措：「我沒有……我就是……」

不等他解釋完，林啟揚扯着嗓子叫喊：「媽！林啟周背着咱們偷吃！」

「我說你怎麼正經吃飯的時候都給我們呢，原來你是自己在廚房都吃飽了啊，給我們那點東西都是你剩下的！」

林啟周慌亂地擺手：「不是的，我沒有偷吃……」

看着梁玉珍從屋子出來，眼神更亂了，往前走了兩步說：「我不是偷吃，還有很多呢，都是給大家的……媽。」

林啟揚一個箭步衝上去，劈手奪下他手裏的碗，說：「媽你看，他背着大家偷吃，本來東西就不多，他自己倒是吃飽了，咱們大家可都餓着呢！」

「我去上學，中午帶的飯盒都只有一個番薯，下午餓得我都聽不進去課呢！結果他自己躲在廚房，說給咱們做飯，他自己倒是吃飽了！」

梁玉珍看着碗裏被咬過的番薯，又看着二兒子可憐巴巴地捧着碗，也帶了三分火氣，指着大兒子說：「咱家就這個情況，大家要餓就一起捱餓，你太不像話了！」

林啟周被母親吼了兩句，眼睛都紅了：「我餓了一晚上，剛才去村長家換了點番薯，我實在太餓了就咬了兩口，可是我做了一鍋都是給大家吃的，我沒想自己吃獨食。」

越慌亂說話越着急，林啟周張着兩隻手，一邊說一邊搖頭，拚命解釋，架不住林啟揚在一邊撥火，簡直越描越黑。

「你就是趁着做飯偷吃，我都看見了！媽，我真是親眼看見的！」林啟揚端着碗，就像抓到了天大的把柄，完全忘了他這個大哥往日是怎麼照顧家裏的。

「我和爸一個要上學，一個要做工，都吃不飽肚子，你整天在家待着還好意思偷吃，媽你評評理，有這麼當大哥的嗎？」

林啟揚聲音越來越大，把林明芬和弟弟妹妹都引出來了，就差指着鼻子說大哥壞話了。

林啟周沒有弟弟口舌伶俐，被搶白一番，臉都白了，慌亂之下的解釋顛三倒四，只能用濕漉漉的眼睛看向母親：「我沒有，我沒偷吃……」

林啟揚像是上頭了，跑進廚房掀開鍋蓋，得意地一笑：「媽你看看，他給咱們留的都是稀粥，他碗裏的都是乾糧食。」

「你就是存心填飽肚子，好東西都留給自己了！」

林啟周被弟弟指到臉上，氣的渾身亂顫，什麼叫他整天在家待着？

這裏裏外外的活哪樣不是他伸手操持的，要不是他熬夜編筐換糧食，鍋裏現在還沒有這些呢。

剛要開口說出來給自己辯駁，臉上就火辣辣的一痛，母親瞪着眼睛滿是失望。

「媽……」

他捂着臉，不可置信地看向母親。

弟弟念書不在家，可母親是整天都能看見的，他的付出竟然都比不上這兩口番薯嗎？

更何況，他什麼時候只顧自己吃飽了？家裏有什麼東西不是可着弟妹們先吃，他有時候連剩下的都撈不着，卻因為在廚房先吃了兩口番薯捱打。

少年被弟弟指責到面前的時候只有生氣，可現在他看着母親，臉上那一巴掌的刺痛，心裏升起一股密密麻麻的痛感。

他喉嚨哽得發疼，胸腔像被一團棉花塞住，眼淚翻滾而出，滑落的一瞬間，立刻被手抹去，倔強地看着母親，一絲哭聲都不肯溢出來。

陣風裹挾着雨滴吹過，帶着濃烈的土腥味吹進口鼻，林啟周被嗆得涕泗橫流，心裏過往積攢的委屈絲絲縷縷地冒出來，那一股不知名的心氣像被針扎過的氣球，不停地外泄，漸漸乾癟。

梁玉珍把碗塞進揚仔手裏，看着長子說：「今天不許吃飯！」

林啟揚盛了滿滿一碗番薯粥端進屋子，路過大哥的時候，重重地哼了一聲。

林啟周愣在那，恍若未聞，看着母親離開的身影，眼神如同此刻陰沉的天氣，漸漸失去光彩。

他張了張嘴，想告訴所有人他沒偷吃，桌上現在的番薯都是他不知道敲了多少戶門才換來的。

可最終沒發出一點聲音，林啟周骨子裏帶着倔強，當弟弟說出那些顛倒黑白的話，當母親帶着仿若雷鳴般的巴掌落在臉上，那眼中的指責已經可以代替萬千話語，讓他看清家人的態度。

他即便說出來又有什麼用，該受到的傷害並不會因此少上一點，該餓的肚子也不會因此填飽，該失望的態度更不會減少一分。

人生幾回傷往事，山形依舊枕寒流。

林啟周坐在大樹下，樹葉上積攢的雨水點點滴滴落在身上，打濕了衣裳，寒涼從毛孔滲進血液，在周身奔流，最終連整顆心都是冷的。

父母的偏心不是一時一刻，更多的孩子降生後，他彷彿成了家中最累的隱形人，數年如一日的操勞，卻換不來弟弟的理解，換不來母親一時的維護，他究竟在奢望些什麼呢？

長兄的名號壓在身上，讓他覺得連一滴雨水落下都是沉重的。

我這輩子就是來受苦的嗎？

十四歲的林啟周仰起頭，看着被驟雨打亂的樹木，手掌撫摸着崎嶇的樹幹，比樹幹更粗糙的是他的雙手。

少年的詰問讓老樹也沉寂下來，風停了，可他覺得身上更冷了。

就這樣枯坐着，他沒見過更美好得風景，肚子裏沒什麼墨水，想不出更浩大貼切的比喻形容此刻的心情。

只是覺得冷，覺得失望，鋪天蓋地的委屈將他拉近泥沼，掙扎得滿身泥濘，卻找不到脫離的辦法。

暗淡的天色帶來笨拙的風，明明是一日之計的清晨，卻恍若傍晚，雜草和腳印凌亂地院子，還有像昨日陰沉的天，記憶中親切的家仿若不識。

少年垂着頭，單薄的脊樑顫抖着，肩背起伏的弧度越來越大，破碎的嗚咽聲被風吹亂。

看啊，不被寵愛的孩子，連哭都不能盡興。

人之愛子，罕亦能均。

父母用理所應當的語氣將長兄的責任壓在他身上，套上一層又一層枷鎖，讓他磨糙了手，累壞了筋骨，也寒涼了心。

被迫的忍讓成為懂事的標籤，他得到的誇讚都源自對弟妹無微不至的關懷，他自己價值從何而來？難道就是這些幹不完的家務，還有對弟妹們「天經地義」的照顧？

林啟周想不明白，他只知道自己的委屈要連同盈盈淚水埋進臂彎，今天就算哭出血來，明天依舊是這個家的長子，他身上的重擔不會減少，此時衰蔽殘損的生活不會改變分毫。

委屈和苦楚會像沾染灰塵的書冊，藏在心中的土坑裏窖藏，等着漸漸生潮腐爛，除了自己的隱痛，不會有任何人知曉。

林啟周坐在樹下，看着父親提着布包出門上工，看着揚仔背着書袋昂着頭上學。他眼神空洞，心中凌亂，也不知道自己在想什麼。

可是很快，就沒有這個時間留給少年傷春悲秋了，因為積攢了一盆的尿布堆在角落，院子落滿了樹葉，早飯過後的廚房也並沒有人收拾，樁樁件件都是他的活。

林啟周吃的兩口番薯提供不了什麼熱量，空着肚子搓洗尿布，手臂無力，一下下搓着洗衣板，軟綿無力的感覺深入骨髓，彷彿下一刻就要靠着牆壁倒下。

腹如擂鼓，雙手死死按着肚皮，那一塊凹陷像一團巨大的漩渦，吸引着意志不停下墜，可手上的活計一刻不停，整個脊背都緊緊貼着牆面，萎靡的精神在冰涼的觸感與緊迫的飢餓中間來回拉扯，喉嚨艱難地吞嚥着口水，像有一雙手扼住咽喉，連呼吸都顯得拖沓。

整整一天，一粒糧食都沒吃。

他站在廚房，看着生番薯，此時家人都不在眼前，完全可以煮熟填飽肚子，但林啟周像在置氣一般，一腳踢開裝着糧食的袋子，摔着簾子回了房間。

躺在床上，五臟六腑都在叫囂着飢餓，窗外的風聲聽在耳中滿是煩躁，舔了舔乾涸的嘴唇，林啟周不停催眠自己，睡吧，睡着了就感覺不到餓了。

緊閉的雙眼帶着乾癟的細胞下墜，多巴胺撞上名為倦怠的列車，駛向沉寂的神經元，身體像超負荷的齒輪，終在此刻有了破損的缺口，冒出絲絲拉拉的火花，徹底停止轉動。

窗外不知何時風消雨歇，院子低窪處積水空明，樹影傾瀉而下，明月帶着暗淡的光在雲層之後悄悄露出一角臉頰，居高臨下地看着窗內眉眼淒涼的孩子。

林啟周睡得並不安穩，他的夢境複雜又激烈，疲倦的風在血管內呼嘯，那些不曾說出口的詰問都在夢中嘶喊出來。

即便得不到回覆，可只有做夢才能將這些話毫無顧忌的說出口。

他不知道自己怎麼了，身體裏一會極寒冰冷，一會又燥熱得彷彿被火烤，冰火兩重天的滋味折磨了整個夜晚。

等他睜開眼睛，一片重影，就溢出了一聲嚶嚀，迎面對上小妹阿蘭擔憂的目光。

「大哥你醒了。」

林啟周張張嘴想要說話，嗓子像被熔岩灼燒，伸着脖子吞嚥口水都變得異常艱難，溢出嘴邊的呻吟像小動物無助的嗚咽。

「大哥你先喝點水。」聲仔捧着小碗湊到嘴邊，「你生病了，一直昏睡着，腦袋特別熱，把我們都嚇壞了。」

水流劃過喉嚨，像刀鋒割過，又像細嫩的肌膚狠狠揉搓着粗糙的鋼絲球，帶起一片細密的疼。

林啟周清醒了一下，環視周圍，只有阿蘭和聲仔在身邊，眼神又暗了下去，遲疑着問：「咱媽呢？」

「咱媽做飯呢。」阿蘭像隻小兔子般湊到他耳邊，小聲說，「你一天沒吃東西，我看見咱媽給你煮了細粥呢，你一會多吃點，剩下了就便宜二哥了。」

他扭頭看看外面的天色說：「揚仔放學了？」

阿蘭撇撇嘴，不服氣地嘟囔着：「早就放學了，之前在窗戶外面念書可大聲了，都吵到你了，讓我給攆走了。」

「大哥，二哥越來越討厭了，我不想喜歡他了。」阿蘭年紀小，可小孩子最是眼明心亮，周遭的一點點變動都能敏銳察覺，她雖然也說不好二哥變化在哪裏，可就是讓人感覺不舒服。

林啟周動動手指，在她頭上撫摸一下：「不許這麼說，他是你二哥，以前還帶你抓過蝴蝶呢。」

「可是他欺負你！」阿蘭噘着嘴憤憤不平地說，「你是家裏最累的人了，他還那麼說你，讓你一天都沒吃東西，二哥就會欺負人！」

聲仔拽了拽她衣服說：「別說這個了，讓大哥好好休息吧。」

阿蘭抿着小嘴唇，小手嫩呼呼的摸着大哥額頭：「不燙了，一會吃完東西就不難受了。」

聲仔往外走了兩步，又退回來，趴在他耳邊説：「我給你留了半個番薯，一會趁着二哥沒進來睡覺，你吃掉，肚子就好受了。」

林啟周雖然身體難受，打不起精神，可看着弟妹這樣的關心，讓心裏暖洋洋的，連眼底都跟着有了溫熱的意味：「謝謝聲仔。」

林啟聲靦腆地笑着，臉上染了一絲緋紅，扭頭跑了出去。

林啟周渾身滾燙，躺在硬板床上翻身都硌的肉疼，胸口像壓着一塊大石頭，呼吸間灼熱的氣息讓人迷蒙起來，隱隱約約看着母親端着碗坐在床邊。

大手貼着額頭，又放在自己臉上試着溫度，呢喃着：「快退燒了，起來喝點粥，好得快。」

林啟周鼻子裏如同塞了棉花，可碗裏白花花的大米看着就喜人，他有些錯愕：「這……咱家不是沒有大米……」

梁玉珍看着長子蒼白的臉，心裏一抽，臉上帶出幾分愧疚：「你能去村長家換番薯，媽也能換到大米。」

林啟周舔了舔嘴唇，他很餓，餓得頭腦發脹，可他還記得父親比他更需要吃白米飯，忍了忍還是將嘴邊的勺子推遠了：「留給爸爸吃吧，他幹活得吃飽了才有力氣。」

這一句話，嘶啞的嗓音讓梁玉珍驀然掉下淚來，低頭背過身擦掉眼淚，説：「傻孩子，你爸還有呢，你喝點白米粥有營養，好得快。」

他試探着去喝勺子裏的粥，生病期間味蕾罷工，可他卻看着母親的眼睛，嘗到了甜味，很甜很甜，比白糖比冰棍都要甜。

一口接一口地吃着白米粥，軟糯的大米在口中展開，美好到極致的口感讓他熱淚盈眶，卻捨不得將眼睛從母親臉上挪走。

梁玉珍擦着他的臉，嗔怪道：「傻孩子，哭什麼，鍋裏還有呢，多吃點。」

林啟周搖搖頭：「不吃了，我都吃飽了。」

第一次吃到白米粥，還是母親親手餵到嘴邊的，他縱然沒能嘗到一絲白米原有的味道，可卻深覺甘甜醇厚，渾然忘卻了不久前深重的飢餓感與那些無處訴説的委屈。

重新躺下，林啟周覺得每個毛孔都在舒展，母親的手在身上輕拍，一下下地摩挲着頭頂，心裏緩緩流淌的不再是疲憊，而是一股股暖流。

他眼饞弟弟們被母親輕哄，現在他也感受到了，原來還是這般溫柔，跟小時候記憶中的母親一模一樣。

至於以後怎樣，他沒心思去思考，少年貪戀地用臉頰蹭着母親的掌心，漸漸合眼睡去。

十四歲的少年身量尚未長開，被子蓋在身上也只有薄薄一層，平日總是深沉地彎着脊背勞作，此時躺在這，病容蒼白脆弱，可眉眼間雲霧溶溶光華霽明，神情舒展清秀，不曾被病態折損分毫。

天下少年的姿態，因環境不同，便不能同一而論。

有騎馬倚斜橋，滿樓紅袖招的風流少年；有滿堂花醉三千客，一劍霜寒十四州的俠氣少年；有酒酣耳熱説文章，驚倒鄰牆，推倒胡床的意氣少年。

更有眼下這身披風雨，從貧困和苦難中走來，攜着滿腔酸澀卻不改溫柔本意，撞破南牆仍舊以櫛風為杖，用千錘百鍊打造的筋骨，面對這繽紛世相。

海壓竹枝低復舉，風吹山角晦還明。

窗外那場毀天滅地的風雨已然過去，晚霞燦爛如錦繡，沿着天際鋪展，天幕、老樹、飛鳥都帶着雨後清新的氣息，彷彿是新的開始，雖夜色漸漸浸潤，卻可遙想明月落落大方的掛在樹梢時的光亮。

清夜無塵，月色如銀。

第五章

看見希望

林啟周很少生病，這一場洶湧的病退去時，如抽絲剝繭，也帶走了他身上本就不多的肉，現在穿着大一號的衣服站在那，風一吹，就像要馬上倒下一般。

孱弱。是眾人見到他的第一反應，帶着與十四歲少年極不相符的瘦弱。

弟弟林啟揚和林啟聲年紀比他小，卻都看着比他結實。

也許是外形上的形銷骨立讓父母心驚，病好之後，不但沒了一日三餐做飯的活，連下田都讓聲仔跟着一起分擔。

要是林啟揚放假在家，就會被梁玉珍趕着去田裏，不管他樂不樂意，以前那摸魚抓鳥的快樂日子，肯定一去不返了。

上一季水稻顆粒無收，但下一季播種不能耽誤農時，村子老老少少一起上陣，跟大自然搶着時間，把秧苗栽種進地裏。

農忙的時候田地裏是熱鬧的，一棵棵油綠的秧苗背在竹筐裏，彎腰低眉，栽種進泥地，淺淺的一灘水恰好沒過腳面。

林啟周帶着草帽，褲腳高高挽起，站在被田壟隔出的新月形稻田中，身後的聲仔已然是個小大人，兄弟倆配合默契，不多時竹筐裏的秧苗就插完了。

抬頭看看天色，林啟周說：「你回家吃飯吧，我一會看着灌田。」

聲仔蹲在田壟上，把腳丫中間的淤泥搓洗掉，脆生生地應下：「那我一會給你送飯來。」

看着弟弟拎着竹筐蹦跳着走了，林啟周在大樹下席地而坐，靠着樹幹，把草帽蓋在臉上，感受微風輕輕吹拂在身上，勞作一天的疲憊漸漸舒緩。

此時陽光並不濃烈，滿鼻都是土壤清新的氣息，這是他熟悉的環境，即便在樹下睡着，也會感到格外安心。

剛剛過去的天災讓人心有餘悸，滿心祈禱着這一茬水稻可千萬不要重蹈覆轍，讓他們豐收一次，至少能好好過個年。

腦海裏胡亂想着，雙手枕在腦後，瞌睡如同潮水一層層湧上來，林啟周半眯着眼睛，從草帽的縫隙裏看見藍天，看見白雲在眼前浮動，很近，彷彿觸手可及。

這是鄉村最常見的景色，他從小就看過各種各樣的天空，可如今他越來越大，對外面的世界卻一無所知，那種迫切的想要瞭解並走出村子的感覺更加強烈，期待着有一天，他眼中不再是如此純粹的天，而是圖畫書上帶着摩天高樓，或者人潮鼎沸的新氣象。

不知迷蒙了多久，村裏廣播喇叭絲絲拉拉的電流聲把他從瞌睡中叫醒。

「廣大村民注意了，廣大村民注意了……梅田礦務局來招工了，要招礦工去湖南，有意向的可到村委會諮詢……」

林啟周聽着大喇叭裏村長有些失真的聲音，唰地一下從地上爬起來，站在原地又聽了一遍，心裏存在了很久的想法被觸碰到，癢癢的恨不得立時就飛奔去村委會。

正愣着，聲仔拎着飯盒叮叮咣咣地走過來：「大哥，你看什麼呢？」

林啟周回過神，看見弟弟眼睛一亮，把草帽往他手裏一塞，胡亂放下褲腿，說：「你在這看一會，我去去就來。」

林啟聲被大哥弄的一頭霧水，端着飯盒說：「你不吃飯了啊……」

話音未落，眼前的人早就跑出去了，腳步輕快，彷彿趕着去撿錢。

林啟周一邊跑，一邊想着梅田礦務局，那是什麼地方他不知道，也不清楚湖南離這多遠，但他知道只要走出村子就是新天地，有許許多多未曾接觸的新鮮事物，這對少年來說，就已經是極大的誘惑了。

跑到村委會，氣喘吁吁的站在院子裏，已經有不少人放下農活來諮詢了，林啟周仗着身量小，鑽過人群擠到前邊，小臉紅撲撲的。

「村長大叔，誰都能去嗎？」

村長正跟一個不認識的人寒暄，聽見聲音，隨意擺擺手：「小孩別湊熱鬧，不滿十八歲的不要。」

林啟周一腔熱情被兜頭澆了一瓢涼水，他今年才十五，這樣招工的機會村裏並不常有，錯過這次還不知道要等到什麼年月去。

有時候就是這樣，心裏的一點念想不碰則矣，只要輕輕騷動一下，就心癢難耐，腳步尚未走出去，腦海中的萬千想像便已經如同炸開的煙花，怎樣都抑制不住了。

林啟周跟在村長身後亦步亦趨，眼中滿是期盼：「為什麼一定要十八歲，我很能幹活的。」

「大叔，你幫我說說吧，我很想出去打工的。」

他一遍遍的在後面念叨，寧可少要些工錢，也想走出這個村子。

村長猛地轉身說：「人家就是這麼規定的，你年紀不夠肯定不行。趕緊回家去吧，別在這添亂了。」

林啟周咬了咬唇，失魂落魄地走出村委會，大喇叭還在廣播着招工，一步一蹭地往家去，走進家門才想起弟弟還在田壟上坐着呢。

剛要轉身回去，屋子裏一陣朗笑吸引了他。

父親今天下工這麼早，天沒黑就回來了，正想着，林明芬從屋裏走出來，臉上喜氣洋洋的。

「周仔回來啦！」

看見這笑臉，林啟周心裏咯噔一下。

父親歷來是個內斂沉默的人，情緒從不外露，這樣的笑聲只在一種情況下見過，那就是母親懷孕。

果然，下一秒他就聽見父親說：「你媽又懷上了，明天你拿點錢去買幾個雞蛋回來。」

興仔剛剛兩歲，還在蹣跚學步，下一個孩子就到了，他雖然見過幾個弟妹降生，家裏人口越來越多，可依舊不能理解，父母為什麼對孩子的數量如此執着，彷彿多一個孩子，他家就真的能應對那句多子多福一般。

實際上，多一口人吃飯，家裏的負擔就會越來越重。

林啟揚上學了，啟聲才十歲，啟興更小，家裏的勞動力只有他自己和父親，微薄的收入支撐到如今已經捉襟見肘，加上大弟弟的學費，這副沉重的負擔快要達到頂峰了。

林啟周站在院子裏默不作聲，他也疼愛弟妹，可只有付出勞動的人才知道，如今的林家已經超出負荷，當母親肚子裏的孩子再出生，嗷嗷待哺地張着嘴等吃飯，不知道又要壓縮誰的口糧才能養活。

他遊魂似的走回田裏，接過聲仔懷裏乾巴巴的番薯，坐在樹下一口口啃着，食不下嚥。

他想出去，可出去以後家裏的重擔就全壓在父親一個人身上，田裏的秧苗剛剛栽種下去，母親高齡懷孕養得精細，這一大片稻田的活計也不知要如何打理。

更何況，村長說他年紀不夠，那一點剛剛燃起的希望又噗地一聲熄滅了。

「周仔，你去村委沒有？那招工呢，你爸去不去？」王嬸子問道。

林啟周抿了抿唇，開口問：「他們招幾天？」

「呦，好像只停留兩三天吧，還要去別的地方招工呢。」王嬸子在地上蹭蹭鞋底的泥，說，「你爸要是有這個打算就盡快，晚了就趕不上了。」

林啟周沒說是他想去，點了點頭，仍舊坐在那出神。

心頭泛起焦慮，走出村子的念頭如同野草般瘋長，在心裏摧枯拉朽般蔓延，掙扎和糾結讓他坐立難安。

大水漫灌稻田，汩汩清流匯進泥灘，在水源處泥漿泛起白沫，打着旋的逐漸渾濁。

林啟周看着水流從清變濁，心中五味雜陳。

勞作和貧窮讓他感覺自己就是一灘渾水，不知道未來是何種模樣，不知道終日辛苦的意義在哪。

只有走出去，走出去見到更廣闊的世界，形形色色的人事，只要想到這些，他一團棉絮的心胸才算舒暢，彷彿見到天光。

少年人本該恣意的年歲，在他身上變得清寡衰豔，暗淡失色。

拎着鋤頭沿着田埂走過一遍，確認了沒有溢水的地方，便踏着月色回家。

「晨興理荒穢，帶月荷鋤歸」，就是他十五歲人生最真實的寫照。

或許這世界上有很多同齡的孩子跟他過着相似的生活，但林啟周不甘於此，只要有一個能走出去的機會，讓他離開這個逐漸窒息的家，離開這面朝黃土背朝天的生活，他都要緊緊抓住不想放手。

回家路上，他一遍遍在心裏措辭，想着用什麼樣的話語才能說服父親，村長看他是個孩子不能理會他，但父親去說也許還能有一絲轉機。

就算去不上那個梅田礦務局，讓他自己出去闖蕩打工也是很好的。

走進院門的時候，林明芬正在院子裏洗腳，光着膀子，蒲扇一搖一晃地搧涼，臉上帶着星點喜色。

林啟周深呼吸，提着一口氣走過去，手不自覺地抓緊衣角，踟躕着開口：「爸……」

他鮮少跟父親要求得到什麼，隱忍和謙讓已經是他身上最顯著的色彩，如今開口讓爸爸替他去跟村長説情，話尚未出口，臉就已經漲紅了。

「怎麼了？」林明芬看向大兒子，「田裏出事了？」

林啟周搖搖頭，蹲下來給父親洗腳，雙手揉搓着腳踝，眉眼低垂看不清神色，緩緩道：「今天村裏説有梅田礦務局的人來招工，去湖南宜章縣梅田鎮。」

「我知道，回來的時候聽説了。」林明芬看着大兒子的髮頂，回答道，「你媽剛剛懷孕，家裏要是只留下你自己看着弟弟妹妹我不放心，所以我不打算去，還是在外面找找零工，能照看這一家子。」

林啟周呼吸一滯，父親不去的理由跟他想的一模一樣，把雙腳清洗乾淨，抱在懷裏，用細棉布擦乾水珠，才猶豫着將自己的打算説出來。

「是我想去。」

他聲音有些低沉，事實上，在説出口的這一刻，他是不報希望的，家中唯二的勞動力已經很少了，要是再走一個，説不準家裏的日子會變成什麼模樣。

「你……」林明芬愣住，萬沒想到長子會生出這樣的想法。

「爸，媽懷孕了，等孩子生下來也是要養活的，揚仔的學費和家裏七個人的口糧都要錢，您就自己掙實在太辛苦了，我想幫你分擔一點。」

不，最真實的原因不是這個，但他不敢説，只能用這樣冠冕堂皇的理由企圖去說服父親，實際上他被壓抑得太久了，迫切想要得到自由。

在他為數不多的見識裏，認為只要離開，就是自由。

至於外面的世界是黑是白，是不是有更加複雜的事情，都暫且沒有出現在他的意識裏。

走出去是執念，但如今只是一個稚嫩少年不成熟的執念。

「你才十五，招工要滿十八，你年紀不夠的。」林明芬遲疑着。

林啟周將擦腳布疊好，鼓足勇氣抬頭看向父親，說：「我想過了，我的年紀外邊人不知道，只要報上去說我十八，招工的人應該也不會詳查，所以您能不能幫我跟村長說說，我也想去礦上。」

林明芬皺着眉，定定地看着長子。

在他的印象中，這個孩子一直都是沉默的，手腳勤快，從未讓他操心，印象中那張充滿稚嫩的臉如今彷彿長開了，眉眼間有了堅定，有了自己想要的東西，兒子潛移默化中的改變，如果不是仔細觀察都不曾發現。

如今，孩子依然比同齡人瘦弱，可那雙眼睛，卻比其他十五歲的少年多了一層陰霾，不夠明亮澄澈。

林明芬踩着布鞋站起來，背着手說：「你媽有孕，弟妹都小，家裏家外都離不開你。」

林啟周手指驀然收緊，他就知道父親會用這個理由拒絕，可他還是要堅持下去。

「揚仔已經十二了，放學和休息的時候都能幫忙。聲仔雖然十歲，但家務活已經能做好了，阿蘭和興仔還小，如果等到他們長大再出去謀出路，那時候我怕什麼都晚了。

「現在有這個機會能帶我出去，說不定就能掙點錢，也幫家裏緩緩，至少一年能多吃兩頓肉。」

他的眼睛充滿渴望，與父親對視上，堅定地説：「爸，我想出去打工。」

林明芬猶豫着，有長子在家照看，他出去幹活都不用操心，要是大兒子走了，家裏弱的弱小的小，一時間出什麼事都沒人能幫上忙。

可是孩子第一次跟他開口，那眼睛亮晶晶的看着他，拒絕的話一時間還説不出口，內心也一樣糾結。

林啟周看父親不言語，心裏沉甸甸地往下墜，難道真的不行嗎，要被捆綁在村子裏一輩子？

眼中的光芒漸漸暗淡，就在要放棄的時候，父親説：「我先想想。」

看着爸往屋子裏走，林啟周急切地往前追了兩步，説：「就兩天，他們就走了，晚了就沒機會了。」

林明芬沒説話，一言不發回了房間。

梁玉珍正拍着阿蘭睡覺，見他進來，低聲説：「我聽見了，周仔要出去打工？」

林明芬點點頭，翻身上床。

梁玉珍摸摸肚子，説：「之前上學的事周仔就不大高興，這次要是再攔着，孩子心裏只怕不舒服。」

黑暗中看不清丈夫的臉色，隔了半晌，聽見一聲歎息：「你去年流了一個，這胎肯定辛苦。揚仔上學，聲仔又小，你們在家沒有周仔怎麼能行？」

梁玉珍沉吟一下説道：「其實還好，我這次還沒那麼大反應，再説村裏別人懷孕照樣幹活，我也沒那麼嬌貴。」

「讓孩子去吧，家裏我能應付來。」梁玉珍給女兒掖了掖被子，轉身跟丈夫説，「周仔十歲的時候都忙着幹活了，聲仔也滿十歲了，能跟着我下地。」

「就是周仔這年紀不夠，你得找村長好好説説，明天下工回來給送點禮也行，周仔鮮少開口，他想出去闖，咱們當爹媽的不能拖這個後腿啊。」

林明芬蓋着被，當初選孩子上學的時候，長子那憤懣的表情至今歷歷在目，驀然想起來，心裏那點愧疚被勾起來，無限放大。

可家裏條件就是這樣，一碗水終究是端不平的，大兒子一直都很懂事，也許他們正是因為這種懂事，才不可避免地一次次忽視掉他的感受。

林明芬翻了個身，說：「睡吧，我明天去看看。」

林啟周不知道父親的想法，躺在床上輾轉反側，心裏七上八下的，生怕明天得到的消息不盡人意，竟然失眠了。

早上天濛濛亮起床，一張小臉黃黃的，看上去就精神不濟。

他其實有點懦弱，聽見院子裏父親的聲響也沒敢走出去問，怕聽到自己失望的答案，就等父親出門上工，才磨蹭着從房間出去。

當天晚上，從田裏回家，一進家門，就看見林明芬穿着板正的灰布衫，腳上的布鞋也沒有泥濘，手裏拎着一包白糖。

「正好你回來，跟我去一趟村長家。」

林啟周乍然間有點發懵，磕巴着問：「去村長家做什麼？」

旁邊的梁玉珍笑着拍了他一下，說：「你年紀不夠，可不得找村長好好説説，要不人家礦務局能要你啊？」

林啟周被這消息砸懵了，他沒想到父親真的同意了，願意去村長那説情，一時間沒反應過來，手腳不聽使喚，順拐着跟父親走了出去。

阿蘭在後面噗嗤一笑：「媽，哥哥高興傻了。」

林啟周在後面看着父親的背影，臉上慢慢被笑意填滿，不自覺的嘿嘿傻笑出來。

可林明芬在前面聽着長子的笑聲，心裏卻充滿了酸澀，昨晚媳婦的話讓他想了一宿，他們對這個大兒子忽略得太多了，現在只是給了一個自己闖蕩打工的機會，就這麼開心，如果當初上學的是他，一定更加歡喜吧。

想這麼多沒用，林明芬收起思緒，往村長家去。

村長叼着煙捲，聽他說完來意，十分詫異，在林啟周身上上下打量：「周仔他……我記着才十四五吧，這年紀太小了……」

林明芬把一包白糖推過去，滿臉賠笑：「是小了點，所以來找老大哥你幫忙想想辦法，這孩子手腳麻利，幹活是一把好手，他實在是想出去，您給周轉一下。」

村長連忙擺手把白糖推回去：「都鄉里鄉親的，用不上這些東西。周仔，出去打工可不是鬧着玩的，在外邊沒人能照顧你，你要是苦了受委屈了，可不能喊着回家啊。」

林啟周見村長並未咬死說不行，連連點頭：「我不怕苦，我就是想出去掙錢。把年紀報大三歲，就說我發育得不好個子矮，別人也不能知道。」

村長狠狠吸了兩口煙，轉而看向林明芬，遞過去一支煙：「孩子這麼小，你當爹的也能放心？」

林明芬接過來點上，隔着火星看着大兒子，說：「窮人家的孩子早當家，孩子大了，也不能一直在家待着，早點為人民服務也好。」

「對了，我媳婦又懷上了，周仔要是走了，以後還得麻煩你家我嫂子幫忙多去照看照看。」

村長確實被林明芬這強悍的播種能力震驚到了，他家已經五個孩子了，這放眼整個村子都是不小的數量了，沒想到還能再生。

「沒事。隊上大家夥兒都能幫忙。就是現在正是農忙的時候，你家少個勞動力，可別耽誤生產啊。」

林啟周站在旁邊趕忙接話：「我走之前會把秧苗都插完的。」

村長哈哈一笑，拍了拍林明芬的肩膀說：「你可真是得了個好兒子啊。你家那二兒子在學校聽說表現也不錯，雖然上學晚了點，但是聽我家姑娘回來說，揚仔總被老師表揚呢。這等老了，孩子們都有出息，你就等着享福吧。」

林明芬笑着跟村長又互相寒暄了一會才離開，那包白糖最終還是留下了。

林啟周一顆七上八下的心終於落下了，等後天就能跟着招工的人一起走了，想到心願達成，能走出村子，連腳步都輕快了許多。

「爸，我會經常寄錢回來的。」林啟周仰頭看着父親。

林明芬看着快活得像隻小鳥般的兒子，心裏也跟着舒坦了，說：「在外邊注意安全，別輕易相信誰，有什麼困難就找同鄉，你年紀小，我會跟其他出去打工的人說，讓他們關照你。」

「攢錢也給自己花點，打工幹活累，別虧了身體。出去了別惹事，能忍則忍，吃虧是福，但也別任人欺負，說話做事要在心裏多想想。

「……別跟着不三不四的人學，勤勤懇懇幹活，老老實實拿錢，咱們家雖然窮，但都是正經人，從來沒做過虧心事，你在外邊要經得住誘惑，別走岔了路……」

林明芬想着孩子即將離開家，滿肚子的擔憂，一句句地叮囑在耳邊，恨不得反反覆覆念上幾遍，又怕孩子在外邊被人勾搭壞了，又怕吃不飽穿不暖，總之兒行千里，做父母的哪裏能真的放下心來。

回到家，梁玉珍知道事情定下來了，又是高興又是憂心，一會把林啟周拉在眼前看，一會又把那些樸實的話叮囑幾遍，字字句句都是關懷。

「大哥，你要走了嗎？」阿蘭站在他面前，大眼睛裏全是眼淚。

林啟周蹲下來，摸摸弟妹的頭，聲音也有些暗啞：「是啊，大哥出去掙錢，以後給阿蘭買更多好看的頭花。」

阿蘭瞬間就掉了一串金豆豆出來，小手抹着眼淚說：「我不要頭花，我想要大哥在家陪着我。大哥什麼時候能回來啊？」

「等大哥穩定下來，過年了，就回家看你們，好不好？」

對這個唯一的妹妹，林啟周總是有很多耐心和溫柔，妹妹不像皮猴子似的弟弟，摸摸她柔軟的髮絲，因為缺食少糧髮色有些發黃，他看在眼裏只覺得酸澀。

總要出去多賺點錢，至少要讓弟弟妹妹們吃飽穿暖，不再撿多年前的舊衣服穿。

對於背井離鄉四個字，他尚且沒有很大的認知，一心想着離開這個滿是桎梏的地方，走出去就能看見另一番天地。

少年人對於獨自闖蕩總是充滿萬丈豪情，可內心對從未遠行過的他而言，除了激動還有不捨。

這裏雖然讓他感到困頓，可大到遠山蒼翠，稻野茫茫，小到一草一木，柴扉灰瓦，都已經深深刻進骨血。

在陌生的城市，站在不熟悉的巷道，接觸到每一個不熟悉的人，都會讓他不自覺地想起記憶中的一切。

可這些，並不是能阻止他向外奔走的理由，想要走出鄉村，走出這個處處落後，看不到未來希望的地方，已經在日復一日中成為了他的執念。

吃過晚飯，林啟周戴着頭燈背着滿滿一竹筐的秧苗下田了，後天就走，他要把家裏的水稻都打理清楚。

好在天色黑得晚，六七點鐘還有餘暉。

忙碌一天的農人都在此時歸家，一縷縷炊煙從家家戶戶飄出，看門的大黃狗衝着路過的人狂吠，野貓和老鼠在路上明目張膽地鬥智鬥勇。

遠遠近近的炊煙，有的成絲，有的成捲，有的帶着或沉重或慘白的色彩，在半空中濃濃升起，又漸漸消散。

林啟周背着竹筐，跟左近的鄰居打招呼，一步步走向稻田。

一去二三里，煙村四五家。

不知道走出去以後，還能不能聞到如此熟悉親近的煙火氣息。

他一邊走，一邊將所有景色看進眼中，小小的愁緒在眉間縈繞。

時時刻刻想着離開，現在馬上就能走了，卻又生出這樣的愁腸，林啟周折斷一隻樹杈，抽打着路邊不知名的野花，深覺自己這樣的想法有些矯情，卻又不可避免地一陣陣湧上心頭。

到了田裏，沉默不語地低頭彎腰插秧，傍晚的風消散了白日的暑熱，可田裏的水窪還帶着餘溫，一腳踩進去，溫度剛剛好。

大顆大顆的汗珠順着鬢角流下，有的汗珠鑽進眼眶，辣得他狠狠眨了幾下眼睛，本能用手去揉，卻又突然反應過來自己雙手滿是泥濘，只好作罷，靜靜站着喘息，等待這眼前的一片迷蒙自己褪去。

當竹筐裏的秧苗盡數用完，就只剩一小片水田還光禿禿的。

林啟周在身上蹭蹭手，扶着腰站在田壟上，有些欣慰地看着僅剩的空地，思量着明天早點起來就能全部幹完了。

趿拉着泥鞋回家，主屋的燈光還亮着，梁玉珍坐在蠟燭下面，拿着針線修改衣服。

林啟周推門進去，燭火微微顫動，母親捏着銀色的繡花針在髮絲上蹭蹭，笑着看過來招招手說：「來試試合不合身。」

他眼睛落在母親手中的衣服上，這是父親之前穿過的，但沒有一點補丁，看着嶄新。

「這是你爸的衣裳，袖子和褲腿有點長，我改好了你試試。」梁玉珍給長子穿上，仔細地拍拍衣襟，說：「好歹是出遠門，沒有一套像樣的衣服可不行。」

林啟周之前穿的衣服都是父親穿不了淘汰下來的，這些年家裏的錢幾乎沒有什麼富餘，就算過年也鮮少見到母親捨得扯布料做新衣裳。

父親在外打工做零活，身上的舊衣服要不就是磨花的袖口，燙壞了衣襟，或者連褲襠都是用其他布料填補上去的，這樣板正的一整套很少能穿到他身上。

林啟周稀罕地摩挲着新衣裳，看着整齊的針腳，和母親有些紅的眼眶，他突然就萌生了些許退意。

留懷孕的母親和年幼的弟妹在家，真的行嗎？

梁玉珍彷彿看出他的擔憂，愛憐地摸了摸孩子的頭髮，說：「真是長大了，以前給你改衣服都要縫進去七八公分呢。」

「在外面好好的，不用擔心家裏，我懷着你的時候也一樣下地幹活了。」梁玉珍一想到要看着長子遠走不在眼前，哪裏能忍得住心中的酸澀，話音裏都帶着哽咽。

「這些年，外面的事有你和你爸，沒讓我操一點心，現在就是你出門了，媽也能像以前一樣，家裏你放心，都有我呢。

「好在啊，揚仔和聲仔也都懂事了，也能幫着媽忙活，就是你自己一個人在外面，我這心裏實在放心不下。」

看着昏暗燭火下的母親包着眼淚盈盈欲墜，他覺得就算光線暗淡，母親眼角滿是皺紋，可一樣溫柔得像一汪陽光下的湖水，澄澈又溫暖。

緊緊拉着母親的手，垂下頭：「我放假就回來，也會給家裏寄錢，您不用擔心我，好幾個鄉親都一起去呢。

「我也不會學壞，你和爸叮囑的話我都記着了，放心吧。」

梁玉珍一邊摩挲着，一邊說着傻孩子。

窮人家的孩子早當家，十五歲就知道要幫家中分擔壓力了，她這心裏又驕傲又難受，免得孩子擔心，梁玉珍背過身去擦掉眼淚，笑着連連點頭。

「知道你懂事。」梁玉珍欣慰地說，「也別苦了自己，吃好穿好，別餓着凍着。你是個好孩子，媽就在家等着你回來。」

林啟周垂淚無言，默默點頭。

第六章

背井離鄉

蟬鳴火熱。

一家人齊刷刷地坐在飯桌前，平時總有孩子的歡笑聲，或者母親輕言細語的聊天，今日氣氛就顯得格外沉悶。

梁玉珍從廚房端出一碗熱騰騰的白米飯，放在林啟周面前：「今天你要出門了，在家好好吃飽了，以後……」

雖然這只是一碗白米飯，桌上除了鹹菜沒有其他豐富的菜色，可這是屬於家的味道，以後哪怕吃到了更好的菜，也嘗不到這份質樸又特殊的味道了。

林啟周激動的心情瞬間被傷感代替，眼眶陣陣發酸，看着尚且冒着熱氣的米飯，彷彿整顆心也被熱氣蒸騰着。

他的記憶中，只在生病時吃到過白米，眼前這一碗是第二次。往常都是父親的專屬，他如今吃到就代表着他身上也將承擔起一部分曾屬於父親的責任，真正成為這個家的頂樑柱。

這碗米飯是香甜的，也是沉重的，在即將分別的時間，每一粒大米更是酸澀的。

拿起筷子，夾起一口米飯放進口中，唇齒間細細研磨，米粒軟嫩彈牙，馨香在口中綻放。

在他們這個一貧如洗的家，能吃到大米絕對是一件不容易並且值得高興的事，可林啟周一口口嘗到的全是五味雜陳。

一頓飯的時間，靜悄悄的，梁玉珍滿眼都盯在長子身上，連平時最活躍的林啟揚都察覺到分別的滋味，一改常態沉默起來，一雙眼睛在大哥身上轉來轉去卻不知道要説什麼好。

林啟周背着行囊，裝着母親準備的乾糧，卻裝不下他對家中濃濃的牽掛。

穿着板正的舊衣裳，帶着父親的氣息，卻帶不走父母沉甸甸的關懷。

手裏攥着阿蘭塞進去的紅頭花，卻攥不住妹妹一邊跑一邊哭泣的聲音。

揚仔今日休息，也站在村口看着他一步步走遠，他知道大哥比自己聰明，也知道大哥身上的背包裏裝的都是責任，連一張多餘的紙幣都沒有。

林啟周一步三回頭，看着母親抱着興仔，眼睛紅紅的，父親緊緊抿着嘴角，所有擔憂都藏在沉默中，幾個弟妹依依不捨地看着他，阿蘭更是哭得厲害。

他心中一陣陣發緊，咬了咬舌尖，狠下心猛地轉回身大步跟上了外出打工的隊伍。

落葉他鄉樹，寒燈獨夜人。

他聽帶隊的礦務局的人説過了，湖南的氣候跟這裏不同，從走上這條路開始，他就是孑然一身，身後再沒有父親高大的脊樑遮風擋雨，勞作一天也不會有弟妹貼心遞上的熱水。

這是一次少年人不知艱險的旅途，歸期不定，未來縹緲，只有一腔孤勇和熱血，掙扎着，將深扎在鄉村的根含淚抽離，到更大更遠的世界，找到更加滋潤的土壤，然後，反哺家人。

林啟周坐在顛簸的汽車上，緊緊靠着車窗，將沿途的景色一一看盡。

他連縣城都沒有去過，這一段路是第一次走，卻也是離開家鄉的第一次。

坐上車的一刻，他心中對前景更加迷茫，他不知道這條路通向何處，不知道眼前下一秒的景象會變換成什麼樣子。

可他知道，離開鄉村，是他改變人生的最好選擇。

既然如此，車已經駛出起點，便不要再回頭了。

一往無前，應該是所有少年人都擁有的勇氣，只能祈禱這一路櫛風沐雨，永遠保有本心，所向披靡。

從汽車轉上綠皮火車，第一次坐火車的林啟周背着行李緊緊跟在負責人身後，這裏的人流量是他生平僅見，對這個有着數不清的輪子，還會嗚嗚作響的大傢伙，也充滿好奇。

「周仔，到這裏坐！」同村的林啟德招呼着。

林啟周從擠擠挨挨的過道走過去，坐在位置上，把包裹緊緊抱在懷裏，對面坐了三個陌生人，一伸腿就能踩到對方的腳。

在車開動的一瞬間，緊繃着身子，吃驚地看着窗外漸漸後退的站台。

原諒他這個沒見過世面的少年吧，外面的一切都有着極致的新鮮感，帶着誘惑的手，吸引着他走向更廣闊更鮮亮的旅途。

「人生如寄」四個字他還沒有好好理解，只覺得一切都是聞所未聞見所未見的，坐在硬梆梆的椅子上，警惕地打量着周圍每一個人，聽着熙熙攘攘的聲音，看着列車員推着餐車，上面裝着從未見過的食物，忍不住摸了摸背包裹的乾糧。

那些東西一定比乾巴巴的粗麵餅子更好吃吧。

可他身上沒錢，吃不起這些新鮮的餐食，只能看着。暗暗下定決心，總有一天，他一定要嘗嘗火車上的盒飯。

火車上的新奇總會過去，取而代之的是一陣陣襲來的腰酸背痛，硬板座並沒有舒適的弧度，連腿腳都伸展不開。

車廂裏瀰漫着一股難聞的味道，林啟周四下一看，對面大哥連鞋都脱了，盛夏天氣，還能看見那硬挺的襪子冒着熱氣，跟隔壁座大媽手裏的韭菜盒子味道完美融合。

林啟周緊靠着座位，窗外錯落的景致漸漸失去興致，對面坐着一個礦務局招工的負責人，遞過來一個橘子。

「吃點吧，還早着呢。」

他連忙雙手接過來，圓溜溜的果子帶着甜香，可他沒吃過，家裏的情況讓他沒機會碰過這樣普通的水果。

覷着眼睛，觀察對面人的動作，跟着一步步剝開果皮，汁水溢出留在指縫間，橘子的香氣溢出，直鑽進鼻孔裏，他暗自挑眉，竟然這般香甜。

掰開一片黃澄澄的橘瓣放進嘴裏，豐富的汁水和果香在唇齒間綻開，讓他忍不住眯起眼睛，私想着，等掙到錢回家的時候，要給家人都帶回去嘗一嘗。

「看你年紀不大啊？」李國富長着一張國字臉，看上去眉眼端正，天然帶着一股剛正之氣。

林啟周點點頭，吞嚥下嘴裏的果肉，説：「剛滿十八。」

第一次説謊，還有些緊張，手指在桌板下面捏着衣角不停地摩擦，生怕他察覺自己謊報了年齡，把自己攆下車去。

李國富點點頭：「看你身量不高，以後到了廠子裏多吃點，大小夥子就得壯實點看着才陽剛。」

「嗯嗯！」林啟周頷首應下，問道，「咱們還得多久能到啊？」

李國富看看手錶説：「還得一宿呢。」

聞言，林啟周眼前一黑，這硬板座再坐上一宿，等下了車，他這腰也快廢了吧。

李國富是東北人，脾氣豪爽，特別健談，跟左右鄰座的人打成一片，還帶着林啟周和林啟德一起玩，不多時便打得火熱。

林啟德比林啟周愛説話，人也機靈，不等到下一個停靠站，就已經跟李國富勾肩搭背，一口一個李哥的叫上了。

火車途徑站點，李國富大手一揮，招呼着道：「走啊，下去直直腰，抽根煙。」

看着對方遞過來的煙捲，林啟周擺擺手：「我不會抽，你們去吧。」

他在家見到父親抽煙，總是煙霧繚繞的，嗆人得很。

同行的人都跟着下去透風，林啟周自己待在座位上，懷裏還抱着包袱，站起來活動着僵硬的腿腳，暗暗思量，來村子裏招工的人態度都還算和藹，也不知道去了湖南還會遇見什麼樣的人。

少年對任何新鮮的事物都帶着探究和好奇，就像小貓遇見沒吃過的魚，總想伸出爪子觸碰，如果魚蹦躂着搧搧尾巴，就會一個激靈收回爪子，然後不長記性再次試探，樂此不疲。

十五歲的林啟周就在這個狀態中，一雙眼睛亮晶晶的打量着一切，默默觀察着身邊人的着裝眼神，聽着那些他聽不懂的方言，或者看着沒吃過沒見過的東西，記在心裏，就等着有朝一日滿足自己的好奇心。

車上的時間是難熬的，撲克打多了也沒意思，何況他從來沒玩過，規則聽得一知半解，幾圈下來臉上就貼滿了紙條。

有人提議賭錢，林啟周慌忙撂下手中的牌，連連擺手：「你們玩吧，我不太會，不玩了。」

他身上一張紙幣都沒有，可不想到站還沒掙錢，就先欠了一屁股賭債。

林啟德耐不住熱鬧的場面，興致勃勃加入，頂替了他的位置，林啟周坐回原位，依靠着車窗，靜靜看着外面匆匆掠過的景色。

不多時，便隨着車廂搖晃泛起睏意。

不知睡了多久，火車從一道分叉路口駛過，顛簸讓他的頭狠狠磕在玻璃上，懵懂地睜開眼睛。

頭腦還沒清醒，就聽見車廂裏嘭的一聲響，然後就有人大喊：「有小偷！你大爺的！誰拿了我的包？」

聽見小偷，林啟周一下子精神了，下意識摟緊懷裏的背包，檢查拉鍊，緩緩吐出一口氣，還好沒丟。

然後豎着耳朵，跟着站起來的人群一起往前邊伸着腦袋看熱鬧。

一個瘦弱的男人瞪着眼睛，怒氣沖沖地站在過道上，一邊罵一邊打量着行李架上的包裹，眼睛從每個人身上看過，很顯然就是他剛才喊丟了行李。

咒罵聲一句比一句難聽，林啟周揉了揉耳朵，興致缺缺地坐下了，看來這車上也不太平。

把背包帶子緊緊繫在褲腰帶上，就算上廁所都不摘下來，要是有一點輕微的響動，都能馬上察覺。

一場鬧劇直到列車員匆匆趕來才逐漸平息，男人跟着乘警走了，一節節車廂察看有沒有他丟的包裹。

林啟周事不關己，仍舊靠在車窗上眯着眼睛睡覺，想着到了下一個站點一定下車走一走，現在兩條腿都是發麻的，腰眼更是酸疼，動一下都會引來針扎似的痛感。

就這麼被硬板座折磨了整整一天，李國富終於號召大家帶好東西，馬上就可以下車了。

林啟周精神一震。再高漲的熱血也被一路硬座折磨得差不多了，此時精神萎靡，跟着眾人排隊下車，對新廠充滿期待。

梅田礦務局所在的湖南郴州，比他認知中的村子要整潔寬闊，路面上時常能看到汽車來回跑，店鋪招牌掛在道路兩側，他識字不多，勉強能分清哪個是飯館哪個是理髮室。

這是他沒見過的城市，完全陌生，還帶着不由自主的緊張和激動，攥着背包帶子的手指泛白，他以後就要在這工作了。

這裏的樓房就跟弟弟的書中畫的一樣，比村子的平房更高，有的院子裏飄着紅旗，跟村委會的一樣，有的車子比村長家的三輪車跑得更快，有的人穿得體面整潔，比他身上父親的舊衣裳更好看。

一切的一切都那麼引人入勝，讓這個剛剛走出村莊的少年目不暇接，緊緊貼着車窗，一點都不捨得錯過。

下了汽車，李國富又帶着大家坐上了拖拉機，車身上貼着橫幅「梅田礦務局」。

這拖拉機就沒有汽車坐着舒服，周圍的建築漸漸變得低矮，轎車沒了不說，路上的人也慢慢變少。

林啟周被顛簸得反胃，下火車之前吃的大餅已經開始翻江倒海地抗議了。

有一些人扒着車身歪着頭向外面吐了，他剛要張口，就被一陣風帶來的柴油味熏得頭腦發脹，臉色蒼白，嘴唇緊緊抿着，一句話都不說了。

好不容易等拖拉機開到地方，林啟周顧不上打量四周，慌忙跳下去，扶着一棵大樹就彎腰吐了出來，吃的那點餅子都消化成食糜，嘴裏又酸又苦，胃一抽一抽的疼。

差點把膽汁都吐出來，他抹抹嘴角，面前出現一個水壺，抬眼看去正是李國富。

「你這身體太弱了，以後外出都得坐這個，那還了得？」李國富說，「喝點水漱漱口，一會分了宿舍就去歇着吧，明天才幹活呢。」

林啟周吐得眼眶都紅了，啞着嗓子說：「謝謝領導。」

李國富擺擺手，嗤笑一聲：「叫什麼領導，叫李哥就行。你們是我招回來的，以後有什麼事跟我說就行，能辦的李哥絕不含糊。」

林啟周已經感受了一路他的熱情，見怪不怪，心裏也對他的親近暖暖的，微笑着叫了一聲：「李哥好，以後就麻煩李哥多照顧了。」

「應該的，都小事。」李國富接過他身上的背包，往肩上一甩，豪氣地一招手，「走吧，我帶你們看看宿舍。」

林啟周擦擦嘴緊忙跟上。

整個礦區遠離縣城，附近的人都灰頭土臉的穿着工作服，一旁有機器嗡嗡作響，跟着李哥穿過了一片鐵軌道，還正好撞見有運送貨物的火車駛離，他看得認真，經常被腳下的碎石絆住。

走了一刻鐘，才見到遠遠的一處平房，柵欄圍起來的院子裏拴着幾根晾衣繩，有床單被風吹動，隱隱帶着肥皂的香氣，各式內衣褲隨風飄揚，帶着廠區的不羈。

李國富掏出鑰匙打開門，一股子憋悶許久的霉味撲在臉上，林啟周下意識緊緊捂住嘴巴，生怕一彎腰又吐出來。

一眼看進屋子，靠牆擺着六張上下鋪鐵床，齊刷刷落着一層灰，角落擺着一個大衣櫃，一張破舊的桌子，桌上放着一溜十二個茶缸，也都掛着灰。

李國富一下拍在他背上，指着說：「能住十二個人呢，廁所在外面左轉，吃飯跟着食堂一起吃，到時間會響鈴，要是錯過飯點就只能餓着了，別去晚了。」

「明天給你們分配工作，今天就好好休息吧。」

林啟周看着大家都從背上拿下行囊，各自找床鋪安置下來，他有些羞赧地往牆角靠靠，落寞地看了一眼李哥懷裏的背包，他就帶了這一個包，裏面只裝了幾件換洗衣服，和吃剩的乾糧，沒想到這不提供被褥，看來他晚上就要沒被子蓋了。

「你咋不去呢？」李國富問道。

林啟周羞手羞腳的，眼神都不知道往哪擺，磕磕巴巴地說：「我……我忘帶被子了……」

李國富也一愣，隨即朗笑着說：「我那還有一套多的，一會給你送來蓋吧。」

林啟周撓撓頭髮，不好意思的說：「不能白拿你的東西。」

「沒說送你，等你自己買了，就還給我唄，也不是新的，湊合用吧。」

林啟周哪敢挑揀什麼新的舊的，他在家的時候能分到一個被子角就不錯了，連連鞠躬：「謝謝李哥，我開了工資就去買，到時候洗乾淨了還你。」

李國富擺擺手，示意這不算什麼，轉身就走了，不多時就送了一床被褥來。

林啟周收拾妥當，直接脫鞋上床，這幾天都沒直過腰，可把他累壞了，就算這木板床嘎嘎作響，也硌得人骨頭疼，可他還是舒服得喟歎出聲。

這腰板終於躺平了，要是再顛簸一天，他生怕自己腰都要斷了。

雙手枕在腦後，仔細觀察起周圍。

牆皮潮濕有脫落的痕跡，牆角還生了大片的霉斑，上鋪的床板上不知道被上一個工人塗抹過什麼，黑乎乎的一大片。其他室友有同村的，有同樣是廣東的，也有操着一口方言嘰哩呱啦什麼都聽不懂的。

總之，一切還是那麼新奇。

他在室友的談話中漸漸睡着，能平躺着舒服地睡上一覺，就是他現在最大的願望。剛一翻身，深沉的呼吸聲就響了起來，幾秒入睡。

等他酣甜的一覺過後，睜開眼睛，窗外天都黑了。

林啟周是被餓醒的，揉揉眼睛，就着黑暗的光，隱約能看見其他床鋪上高低不同的起伏，看來大家是都睡着了。

趿拉着鞋走到窗口，外面月亮高掛，想來已經是深夜了。

這是在廠區的第一個夜晚，看着跟老家相同的月亮，想起那棵茂盛的老樹，總是能用樹蔭將月亮高高地挑掛在枝頭。

可眼前既沒有老樹，也沒有熟悉的院落。

遠處不停掃射的白熾燈，從一片片磚瓦上掠過。礦區是荒涼的，除了大坑，就是機器，人們勞作一天都睡夢正香，有閒心看月亮的，估計只有睡了一下午的他了。

不知道明天會被分配什麼樣的工作，遠處有廠房有礦井，期待着能在這學上三分手藝，以後走到哪都有個謀生的飯碗。

就這樣想着，思緒不知發散到何處。

一會擔心母親帶着弟弟搞不清楚田裏的活計，一會又擔心晚上稻田灌水衝垮田埂，一會又想起阿蘭哭着追在車後面的樣子，也不知道小姑娘晚上有沒有好好睡覺……

總之心裏繚亂，一直站到腿腳發麻，才轉身重新上床。

第七章

新生活伊始

清晨六點，一夜露水還掛在青草尖上，整個廠區的喇叭響起鈴聲，不多時並排的宿舍房就傳出響動，三三兩兩的人端着臉盆拿着牙缸，套着灰濛濛的工作服走出來。

連排的盥洗池幾十個水龍頭前瞬間擠滿了人，林啟周把毛巾打濕蓋在臉上，冰涼的水花趕走睏意，旁邊的大哥指甲縫裏殘存着黑泥，要用小刷子才能清洗乾淨。

「新來的？」那大哥虎背熊腰，麻利地刷着指縫。

林啟周嘴裏含着牙刷，點點頭。他們新來的工人沒有工作服，最好認了。

「這小身板，你成年了嗎？跟小雞仔似的。」大哥一巴掌拍在他後背上。

林啟周被拍了個趔趄，周圍幾人哄笑起來。

「我發育得慢。」

林啟周站在這些膀大腰圓的工人中間，看上去格外瘦弱，對外説十八歲，可實際上才十五，但這身高看着連十三都覺得矮小，難怪別人要調笑他。

「走走走，吃飯去。」

一進食堂，林啟周愣在原地。

這寬敞的廳堂，比他們村子的曬穀場還大，飯菜香氣一窩蜂的往鼻子裏鑽，看着其他人端着飯碗，裏面的菜色都飄着油花，跟他們家清湯寡水的鹹菜根本不是一個等級的。

「咱們一週就能吃一次大米飯，平時就吃點粗麵包子饅頭，你們習慣就好了。」李國富給他們分發着飯盒。

林啟周眼睛黏在打飯窗口，連連點頭，這已經很好了，比他們家過年吃的都好，那炒菜的味道香極了，怕是要用不少油吧！

就衝着這麼好的伙食，他也想留在這不走了。

一路上奔波三四天，他只吃過從家裏帶來的粗麵餅子，乾巴巴的得扯着嗓子才能嚥下去，這一頓早飯還有包子吃，林啟周狼吞虎嚥吃得頭不抬眼不睜，嘴裏塞得滿滿的，轉着圈在飯盒邊吸溜粥水。

這跟他家那飄着米花的粥可不一樣，也許是因為這裏的工人幹的都是力氣活，這粥黏稠得插着筷子都不倒，滿滿一碗下去就能吃個半飽。

李國富喜歡吃大蔥蘸醬，自己就託廚師每次採買都幫他捎點蘸醬菜回來，一天三頓都落不下，嘎吱嘎吱吃得歡實。

拿着蔥白在醬碗裏沾一下，狠狠咬一口，說道：「你們一會領完工作服就下車間，新人都有老師傅帶，說話客氣點，別吆五喝六的，要是吃了虧都沒處說理去。」

林啟周暗暗點頭，有人帶就更好了，他就勤快點多幫着打打雜，早點學到一身本事，多開兩個工資就是最重要的了。

走出食堂的時候，李國富從後面一把摟住他肩膀，低聲說：「你不跟他們在一個車間。」

「你去零件加工那邊，雖然掙得低一點，但是那邊不算太累，只要你幹活精細也不用忙到二半夜去。」

林啟周一聽掙得少就不太樂意，皺着眉頭想反駁。

李國富看出他的意思，接着說：「你那點小心思瞞得了別人，可瞞不過我。就你這身板，別當我看不出來。正長身體呢別去湊熱鬧，到零件加工好好幹幾年，一樣能變成老手漲工資。我跟你說啊，身體是革命的本錢，啥都沒有身體重要不是。你小子可別犯虎。」

林啟周聞言一愣，沒想到李哥是真為自己考慮，汗顏地摸摸鼻子，他還以為自己撒謊撒得挺好呢，也不知道是什麼時候露餡的，幸好李哥沒說出去讓他滾回家。

剛才那一點不滿也都變成感激，眼睛濕漉漉地看向身邊高大的男人：「謝謝李哥。」

「甭客氣，都哥們兒！」

看着李國富大步流星往前走了，林啟周摸着頭憨憨地笑了，他十五歲跟一個三十多歲的男人當哥們，這感覺還真有點奇妙！

零件加工車間在宿舍後面，一進廠房，機器巨大的轟鳴聲讓人耳膜一震，工人們都在埋頭幹活，李國富領着他七拐八拐走到最角落的一台機床。

「趙師傅！這是分給您的新人，您帶帶看，教他幹點活。」李國富提高音量喊道。

林啟周有點緊張，耳朵發紅。

他面前的老師傅穿着深藍色工作服，前襟上沾着點點汽油污漬，鼻樑上卡着一隻老花鏡，專心地看着手裏的零件。零件體積很小，但他手指很靈活，三下五除二就切割出一枚形狀完整勻稱的零件。

等手裏的活做完，才伸手停下機床，抬眼從眼鏡上方看向他們。

林啟周停止了腰板，直接就是一個九十度大鞠躬：「趙師傅好！我叫林啟周，來自廣東陽江，今年十八歲了，我的特長是……」

趙寶剛被這孩子的大嗓門嚇了一跳，這自報家門的憨厚勁讓他忍不住發笑，擺了擺手説：「行了行了，跟着我就好好幹，保準你用不上一個月就能自己操作機器。」

林啟周咧着嘴嘿嘿一笑：「謝謝您。」

李國富伸手遞過去一支煙：「這孩子心眼直，您多關照關照。」

趙寶剛接過去夾在耳後，點了點小徒弟説：「你親戚？」

「哪呀，就是看他身板不壯實，怕扔前邊挑石頭給糟踐壞了，這還沒娶媳婦呢，身體不行那還了得！」李國富朗笑着説。

林啟周聽懂了，臊得面紅耳赤，端着旁邊的大茶缸子就往外跑：「我，我給您接點水去。」

李國富看他手忙腳亂的樣子，笑着喊道：「跑反了嘿，在那邊呢！」

趙寶剛是幹過大半輩子的老工人了，手上的絕活不止一星半點，別看他戴着老花鏡，可零件從機床上拿下來，就算跟圖紙差着兩毫米也能一眼看出來。

這個車間就屬他資歷最高，多少人上趕着給他送禮拜師，偏偏他圖個清靜一個都不要，這次李國富把林啟周安排給他，也是花了心思的。

林啟周察覺到這其中的關竅，心裏對李國富這個東北大哥更感激了，只要在食堂遇上了，都搶着幫忙打飯。

少年有些拙劣的示好雖然看着粗糙，可那份淳樸卻讓人心裏暖和，李國富也經常到這邊溜達關照他，連帶着趙寶剛也看見他純淨的心性，對他更上心了幾分。

「這個不對，這圖紙上是五毫米，你看看你這外圈都做到八毫米了，這要是用到機器上，是要出事故的。」趙寶剛按停了機器，把他手裏的東西放在卡尺上，果然就是八毫米，一點不差。

林啟周垂着眼睛，又緊張又羞愧，師傅教他三次了還是做不熟練，越心急錯誤越多，一上午幹廢好幾個材料了，合格的成品少之又少。

趙寶剛推了推眼鏡，把他從機器前邊拉開，說：「我再做一遍你好好看。」

機床轟鳴運轉，在林啟周手中一塌糊塗的零件，到了師傅趙寶剛手中就變得聽話起來，食指靈活地轉動方向，鋸條輕緩地落下，火星四濺，不多時一枚完美的零件就呈現出來了。

趙寶剛停下機器，把零件拋給他：「學去吧，都是功夫。」

林啟周手忙腳亂地接住，仔細打量，真是比自己切割的完美多了，比例更協調，笑着說：「我會好好練習的，師傅。」

「你手不穩，回去用筷子夾着綠豆多練練，什麼時候不抖了，什麼時候再上機器吧。」趙寶剛摘下手套，接着說，「吃飯去吧。」

「欸，好嘞。」林啟周端起師傅的大茶缸，跟屁蟲似的追上去。

食堂一到飯點擠擠挨挨的都是工人，大家都敲着飯盒等着填肚子，林啟周身量小，一開始根本搶不過那些人，總是被擠到最後，等排到窗口的時候經常剩個菜底不夠吃。

趙寶剛知道以後，就帶着他到旁邊的小飯堂開小灶。

這個飯堂都是給高級技工的老師傅們特設的待遇，林啟周跟着蹭飯，趙寶剛也不讓他多花錢，就按照普通食堂的標準讓他把錢補上。

林啟周不太好意思，每次吃完飯都搶着刷碗，端茶倒水圍着師傅轉，又勤快又麻利，其他老師傅都打趣說趙寶剛收了個貼心的徒弟。

「去年這個飯堂擴大了一倍，有些下礦井的工人家屬也會到這來吃飯，算是領導給的優待。」趙寶剛看着隔壁排隊沒穿工裝的隊伍說。

「趙叔！今天吃什麼菜啊？」

少女清脆的嗓音從身後傳來，林啟周循聲看去。

少女穿着一條水洗藍的碎花布裙，兩條烏黑濃亮的辮子垂在身前，莞爾一笑，眼眸明亮，唇邊帶着兩個淺淡的梨渦。

林啟周形容詞匱乏，只是覺得眼前的曼妙的人比他見過的任何一朵花都要美麗，就像村子裏清晨的薄霧，婉約朦朧，又帶着獨特的屬於自然的清麗。

「翠芬啊，食堂今天包餃子，我就好這一口。」趙寶剛笑着答話，「你爸下井了？」

崔翠芬點點頭：「是啊，我媽還說趙叔最愛吃餃子，正好家裏有兩瓶正宗的山西陳醋，讓我晚上給您送去呢。」

趙寶剛笑得更開懷了，點了點她說道：「你們就是太客氣了。你爸下井累得很，有什麼事就去找我，別客氣。」

「嗯，我知道了。」崔翠芬抱着飯盒，眼睛落在林啟周身上，微微點頭致意，就轉身離開。

林啟周第一次見到這樣的女孩子朝自己笑，一瞬間，從臉頰到耳朵紅了個徹底，像水煮大蝦似的。

「這翠芬他爸啊，跟我是一個師傅教出來的，當年在機床上傷了一根手指，不能幹精細活了，後來她媽又得病了，家裏用錢沒辦法，到了礦務局以後就申請下礦井了。」趙寶剛說起這些還帶着歎息。

「那工作又累又危險，為了家裏也沒辦法。」

林啟周不知道怎麼接話，就在旁邊默默聽着。

「他家人多，還有一個姐姐與弟弟，本想着供姑娘讀書，但翠芬心疼他爸，初中畢業以後就主動輟學不念了，趕上咱們這招工就報名了，現在一家都在東邊的家屬區住着，很少回鎮上了。」

林啟周摳摳手指，怪不得覺得看見這女孩就覺得跟村裏的姑娘不大一樣呢，原來是念過書的。

有知識的人身上都帶着一股他說不清楚的氣質，連家裏的揚仔上學以後都慢慢穩重起來，看來讀書還是有用的。

想到這，他難免自卑。

沒上過學，也不認識幾個字，那樣出眾的女孩，就是站在她面前都帶着三分羞慚，手腳都不知道放在哪裏好。

隊伍排到他們，林啟周拿着飯盒湊過去：「來一斤薺菜餡餃子，多倒點醋。」

趙寶剛要把自己那份錢給他，林啟周說什麼都不要，說：「您夠照顧我了，這頓算我請的。」

趙寶剛用筷子虛點了他兩下：「臭小子，你也學滑頭了。平時下了班少跟他們鬼混，那些臭毛病學不得，好好練本事，以後手上有個吃飯的傢伙，保證你餓不着。」

車間工人下班以後，有一部分就喜歡三五成群的出去喝酒，踩着箱子吆五喝六地抒發勞作之後的疲累，也有愛蹲在角落打牌的，更有甚者會掛賭，廠區屢禁不止，上有政策下有對策，下面的風氣慢慢就形成了，連同村出來的林啟德也喜歡打牌。

林啟周最心疼錢，除了一日三餐，什麼都捨不得買，大家都笑話他是鐵公雞。

他下了班就回宿舍，端着一碟子從廚房要來的綠豆，用筷子夾來夾去，一坐就是小半天也不嫌煩悶，態度相當認真了。

「您放心，我知道的。」

他家孩子多，大弟弟等着要學費，最小的還在母親肚子裏，上下多少張嘴等着吃飯生活呢，真是恨不得將一份工資掰成八瓣花，哪敢出去喝酒打牌啊。

「你老家廣東的？」趙寶剛問道。

「嗯。」林啟周摸着鼻子嘿嘿一笑，「我說話口音重，您平時聽着累吧？」

趙寶剛吃了一個餃子說：「不累，我年輕的時候在廣東待過。再說了，咱這哪的人都有，各地方言都能聽見。」

「我跟你講啊，那李國富是東北人，當時他們宿舍就他一個北方的，結果一塊住了沒倆月，帶出了一屋子的東北口音，連新疆的都被帶變味了，你說這邪不邪乎。」

話音未落，林啟周想到那場面就笑起來，他這個師傅脾氣隨和，也不藏私，就是工作的時候很嚴厲，只要離開車間就像個溫和的長輩，很大程度上撫慰了他背井離鄉有些慌張的心神。

吃過飯，林啟周回到宿舍，從枕頭底下掏出兩張草紙和一根鉛筆。

他想給家裏寫封信，把這裏的情況說說，告訴他們自己很好，可是剛剛寫了兩個字，就難住了。

他會寫家裏人的名字還是村裏人教的呢，揚仔上學以後也跟着他學了幾個簡單的字，但這不足以支撐他獨自完成一封信，急得抓耳撓腮，緊緊捏着鉛筆。

想了半晌，拿着紙筆走出去，拐過宿舍徑直往後面去了。

這一片生活區，最前面就是他們住的地方，是十幾人住一起的集體宿舍，大多都是外地的，往後走就是家屬區，常常有人拖家帶口的過來，廠子裏給安排一兩間屋子住宿，象徵性的每個月收兩塊錢，給大家一個落腳的地方。

因為這片家屬區能開伙做飯，人情味比他們的宿舍濃多了，不等走近就能聞到陣陣飯菜的香氣。

林啟周走進一個院子，這裏住着三戶人家，最左邊的就是李國富家。

「李哥，你在家嗎？」輕輕敲敲門，揚聲問道。

不多時，李國富擦着嘴從屋子走出來，披着外衣問道：「啥事啊？」

林啟周記得在村子裏招工的時候，李國富是給他們登過記的，說明他會寫字，自己認識的人也不多，只能來找他了。

說明來意之後，李國富把草紙拿過去正反兩面翻着看看，說：「這紙太薄了不行，你等會，我給你換兩張。」

林啟周笑得眯着眼睛，在院子裏來回踱步。

中間的屋子吱呀一聲打開門，崔翠芬端着水盆走出來，看院子裏站這個陌生人嚇了一跳。

林啟周也沒想到能這麼巧在這看到她，頓時有些慌亂，束手束腳地站在原地，指着李國富的屋子磕磕巴巴地解釋：「我來找李大哥幫我寫信……」

崔翠芬認出他就是跟在趙叔身邊的年輕人，笑着頷首，到院子外面潑了水，看他還在那腰桿筆直地站着，笑着說：「你是趙叔的徒弟？坐一會吧。」

林啟周緊張地勾着嘴角連連點頭，看她讓座就擺擺手：「不了不了，我寫完就回去了。」

畢竟兩個人也不熟悉，崔翠芬客氣地笑了笑，就轉身回了屋子。

房門一開一關，林啟周聞到一股晦澀的藥味，想起師傅說她母親身體不好，想來這就是常年吃藥的味道吧。

「看什麼呢？」李國富從屋子裏走出來，手裏拿着兩張嶄新的稿紙和一枝鋼筆，「你說，我寫。」

林啟周抿抿唇，眼神微斂。

「爸媽，弟弟妹妹們：我已經到工作的地方了，你們不要擔心。這裏有住的地方，吃的食堂飯菜也很香，頓頓都有油花。我認了一個師傅，人很好，很照顧我，我跟着他能學到很多東西。到咱們村子招工的李大哥人也好，我走得急沒帶被子，都是李大哥借給我的，我師傅也是李大哥幫忙介紹的。」

林啟周將自己在這的一點一滴都說得很好，典型的報喜不報憂，他在車間打雜的事情沒說，學手藝多苦多難熬夜練習也沒說，就想讓在家裏的親人們都放心。

「……揚仔你好好上學，學費大哥會給你攢出來的，平時多幫媽幹點活，媽懷着孩子不容易。聲仔要好好照顧弟弟妹妹，你也是大哥哥了，二哥上學的時候家裏的活多幹點，別讓媽累着。

「……阿蘭是全村最好看的小姑娘，大哥在外邊看見一個更好看的紅頭花，等發了工資就給你買回去，過年回家的時候你戴上，一定更好看了。

「興仔還小，這麼久不見估計就不認識我了，你們要告訴他，大哥也很惦記他，希望再回家的時候他能長的高高的。」

林啟周一邊說，一邊想着弟妹們或笑或玩鬧的場面，忍不住紅了眼眶。

「爸媽，你們保重身體，爸下工之後少喝點酒，你們也別擔心我，我在這一切都好，等我學好了手藝，咱家的日子就能過的更好了。等我攢攢工資寄回去，等過年的時候給你們都做一身新衣裳。

「兒林啟周。」

楚鄉飛鳥沒，獨與碧雲還。

破鏡催歸客，殘陽見舊山。

他遠行至此，每到想念家人的時候，就連記憶中的一草一木都帶着濃濃愁緒，想念院子裏從小看到大的老樹，聞着飯菜香就能想起村子裏裊裊不絕的炊煙。

離開村子的豪情已經在一個個孤枕難眠的夜晚中變成了牽掛，他知道同一輪明月之下，他和家人們都是相互掛念的，火車鏈接起的距離，他們之間有一條看不見摸不着的絲線顫動着，叫做思念。

李國富刷刷落筆，不多時就將兩張寫滿字跡的紙遞給他。

林啟周小心翼翼地捧在手上，吹乾筆墨，抬頭首句寫着：「父母兄弟……信……」

後面三個字不認識，李國富說：「父母兄弟展信佳，就是看見這封信，祝你一切安好。」

林啟周點點頭，笑意盈盈地看向他：「謝謝李哥了。我沒念過書不會寫字，麻煩你了。」

「都是小事，以後再要寄信來找我就行。」李國富豪爽地揮揮手，「你知道怎麼寄信不？」

「知道，我都打聽好了。」

林啟周將信紙摺好，仔細地裝進口袋，用手拍了拍說：「那我就回去了，不打擾李哥了。」

有人幫忙寫信，讓家裏人知道自己的消息，林啟周心情雀躍，往回走的時候哼着小調，腳步都輕快了不少。

一進宿舍，林啟德的大嗓門就傳出來。

「三個二！有沒有人要！沒人我出了啊！」

林啟周微微皺了皺眉，宿舍裏濃重的煙味讓他不適，牆角的桌子上被牌局佔據，他向來不湊這個熱鬧，也不多話，從床底端出盤子就到窗台邊上夾綠豆去了。

林啟德光腳踩在凳子上，叼着一顆煙，眯着眼睛問道：「周仔，你幹什麼去了？怎麼吃完飯沒看見你呢？」

林啟周淡淡的說：「找人給我寫封信，寄回家。」

「來啊，一起玩一會。」

「不了，你們玩吧，我不會。」

林啟周透過煙霧看向林啟德，他記得在村子裏的時候，他不是這樣的，每天下田耕種，是個很穩當的漢子，怎麼到了這裏之後，喝酒打牌抽煙樣樣都學會了，脾氣一改從前，好像有點不認識了。

而且這第一個月的工資還沒開呢，他聽說林啟德就已經輸沒一大半了，連欠條都寫了好幾張。

他們這些新來的車間學徒，一個月只有十七塊錢的工資，放在農村，夠他們一家人吃用好幾個月了，輸掉那麼多錢也不知道他心不心疼。

反正林啟周是想想都覺得難受，他也從來不跟他們打牌，即便有人說他不合群，也不願意去做這些事。

他始終記得，自己拚命從農村走出來，是要給自己找到一條新的路，一條能讓自身和家庭都變得更好的路，就算他沒文化，也不圓滑，可憑藉這一雙手，也要實現自己的想法。

抽煙喝酒看上去豪邁能跟很多人打成一片，可太費錢了，他捨不得，也不想變得像林啟德一樣，通宵喝酒上班的時候心不在焉，都沒有師傅願意帶他了。

坐在窗台邊，一雙筷子穩穩地夾着小綠豆，從左邊移到右邊。

一開始，他根本夾不住，十次有七次都會掉，狠心練了一週，每天晚上都練到手抖才肯停下，現在已經能穩穩當當夾着綠豆了，一絲顫抖都沒有，看來再有兩天就能換成更小更滑的東西了。

林啟周沒讀過書，不會說什麼大道理，可是他明白，想要變好，就跟秧苗長大是一樣的。

要插得穩，根扎得深，才能立得住，以後開花結果成就沉甸甸的稻穗，才算秧苗圓滿的一生。

學手藝也是這樣，基礎打得牢固，以後就算遇上再難的零件，也能游刃有餘。像趙師傅一樣，之所以成為整個車間公認的王者，必然少不了這日復一日又枯燥的練習。

少年人也許總是三分鐘熱度，可他確也屬於難得能坐得住板凳的，所以這練習已經初見成效。

眨了眨酸澀的眼睛，向窗外望去，在一盞燈下，他看見灰塵與光束共舞，此時盛夏正在流亡，群星閃耀着渡過深藍色的天幕湖。

一場來自他鄉的風從窗口吹進，這是他夢寐以求的自由，在山村之外的地方，有自己的生活自己的工作，自己賺錢的能力，一切都在按照他想像的樣子進行。

即便他知道這世上還有更美好得地方，更舒適的工作，但他清楚的知道那是如今自己觸碰不到的地方，便停下腳步，做好眼前應該做的事，抓緊所有機會，只為了將來的一天。

或許，他可以到更美好的所在，享受不一樣的夜風。

宿舍外的機器晝夜不停，即便躺在床上，也能聽見微微轟鳴，林啟周閉上眼睛，雙手交握，活動着酸澀的關節。

同宿舍還有人在打牌，一連串的髒話或者高聲讓環境變得嘈雜，林啟周充耳不聞，老神在在地躺着，閉目凝神，想着明天用午休的時間把信寄出去，揚仔識字他會讀給父母聽的，也不知道能不能收到回信。

但想到家裏的情況，估計是不會捨得花上幾毛錢寄一封無關緊要的問候信，不過沒有信來也是好事，説明家中一切安好。

算算時間，等過年回家的時候母親就該生了，也不知道這裏的休假制度是怎樣的，他能不能趕上小弟弟或小妹妹出生。

就這樣想着念着，不知什麼時候就進入了夢鄉。

第八章

溫暖的被褥

忙碌的日子不堪細數，林啟周越發適應礦務局的工作節奏，一眨眼就整整滿了一個月，正巧就是發工資的時候。

一大早他就肉眼可見地激動，拍了拍身上的工裝，大步流星往車間走去。

「師傅，早上好！」少年清越的嗓音開朗的打着招呼。

趙寶剛有點意外，平時這個孩子都有些沉默，靦腆不太愛笑，怎麼今天這麼亢奮，問道：「什麼事這麼高興？」

林啟周摸摸後腦勺，嘿嘿笑着說：「今天不是發工資嘛。」

「你小子，從第一天來就最關心工資了。」趙寶剛淺啜着茶水，抿着舌頭吐出一截茶葉梗，「開了工資給家裏寄回去？」

林啟周搖搖頭：「每個月都寄也寄不回去多少，我三個月寄一次，還能省點郵費。」

「也成。」趙寶剛點點頭，「那你趕緊去財務室吧，今天大家都發工資，排隊的人肯定多。」

林啟周興沖沖跑了，趙寶剛看着他活力的背影，想到自己年輕的時候，也是這麼朝氣蓬勃，對一切都充滿期盼。

現在年紀大了，就想安穩過日子，再也找不到這股衝勁了。

十七塊錢，新鮮熱乎的鈔票捏在手裏，林啟周興奮得紅了眼眶。

他父親在外面起早貪黑一個月也只能掙二十塊，還不包吃住，他來這一個月吃得好睡得好，能拿到十七塊錢，這對他來説已經是一筆巨款了。

在食堂吃飯一天只合幾毛錢，睡覺不花錢，他也不買什麼東西，能攢下一半留給家裏。

從裏面抽出三張揣進口袋，這是要等休息的時候去買一床新的被褥，好還給李哥，剩下的除了吃飯就不動了。

等他午休回宿舍的時候，就想個辦法藏好，不是他太過小心，實在是有幾個人輸錢太多，這一個月的工資都擋不住。他掙點錢不容易，可不能不明不白的就沒有了。

手指沾着唾沫一遍遍數着鈔票，喜氣洋洋的臉上全是擋不住的笑意，第一次靠自己的雙手勞動拿到工資，這種感覺無比自豪，像是這幾張鈔票就證明了他的價值一般，讓他更加堅定的知道，自己選擇走出離開家鄉的這一步是沒有錯的。

午飯的時候，他還是一個素菜一碗免費的湯，兩個粗麵餅子。

趙寶剛笑着打趣他：「都發工資了，不吃頓好的改善改善伙食？」

林啟周吃了一口青菜，搖搖頭：「這個便宜，也挺好吃的，我吃什麼都行。」

趙寶剛和妻子一輩子都沒孩子，看着瘦弱的徒弟有些心疼，把自己碗裏的雞肉夾了兩塊給他，説：「不吃肉哪有力氣，多吃點身體好。」

林啟周嬉笑着，他不是不愛吃肉，只是節儉習慣了，以前一年到頭也嘗不到兩次肉味，現在食堂有這樣的伙食，他咬咬牙，半個月就能讓自己開開葷，已經是神仙日子了。

「明天休息，你要進城不？」趙寶剛問道。

林啟周點點頭：「我去買一床被子，我來的時候沒帶鋪蓋，都是李哥借給我的，我買一床新的還給他。」

趙寶剛目露讚許。這孩子一開始見到他的時候就眼神清正，只是沒見過世面行事有些畏縮，現在改變已經很大了，雖然摳，但也只是對自己摳，對他這個師傅和關照他的人向來都是大方又熱心的，懂得心懷感恩，以後他的路就走錯不了。

「你沒自己進過城，別一個人走，找個人跟你一起，要不然趕不上回來的車，就只能在外面住了。」趙寶剛叮囑道。

這可就讓他犯難了，他就認識這幾個人，趙師傅不出門，李大哥明天有事，林啟德還不靠譜，他也不知道還能找誰。

看出他的為難，趙寶剛笑着說：「反正出去的站點就那一個，你到時候就跟着咱們廠子的人走就行了，反正記住回來的站點就走不丟。」

「進城買東西的時候多比下價，他們聽見你不是本地口音說不定會欺生，不認識路就多問問，鼻子下面一張嘴別白放着不用。」

「對了。」趙寶剛猛然想來什麼，問道，「發你多少布票？」

林啟周一愣：「二尺，還有幾張糧票，我都換成食堂的券了。」

趙寶剛歎口氣：「二尺布夠幹嘛的。一會跟我回去，我給你兑幾張布票，做被子得有棉花，再給你幾張棉花票。」

看林啟周一臉懵的樣子，又說：「供銷社沒有賣成品被的，只能把東西買回來自己做。」

「您都換給我了，您用什麼？」

趙寶剛擺擺手說：「我家就我和你師母倆人，用不上那些，放着也是放着，你就用吧。」

看小徒弟有些為難，就知道他不想白拿，便說道：「也不白給你，按外邊的價你給錢就行了。」

趙寶剛也住在後邊的家屬院，作為高級技工，他的屋子比李國富的大上好幾倍，裏邊的陳設也好上很多，家具都蓋着乾淨的蕾絲布簾，生活水平算得上不錯了。

從櫃裏掏出一沓票，生活各個方面的都有，趙寶剛找出幾張布票和棉花票塞到他手裏。說道：「這些肯定夠你做一床被了，剩下要是多了你就自己留着用，也給自己扯點布做身衣裳。」

「咱們這經常有活動，穿得新鮮點看着也板正。」

林啟周拿在手裏，覺得師傅這樣子窩心得很，感謝的話還沒說出口，手心又被塞了兩張：「這是兩張糖票，你肯定不會做被，找人做不能白幫忙，買二斤糖塊送去，多少是那個意思。」

林啟周一邊聽一邊點頭，這殷殷叮囑的樣子很熟悉，就像他離開家的時候父母的叮囑一樣，讓他聽着心裏暖暖的。

朝着師傅展顏一笑，少年明亮的眼睛點燃了周圍的陽光，即便黑瘦的臉頰看上去並不是那麼帥氣，可這真誠的笑容同樣打動人心。

「謝謝師傅。」

把這些布票糖票都換成錢給趙寶剛，緊緊攥着回了宿舍。

工廠一個月休息兩天，上一次休息車間組織新人培訓沒出去，他這回急着進城趕緊把被子買回來，正好手裏有錢了，總拖下去也不好意思。

下了班剛會到宿舍，就被林啟德從後面一個熊抱摟住了。

「周仔！明天一起出去玩啊？」

被人摟着脖子的姿態太過親近，林啟周不太適應，聳着肩膀躲開了。

「我明天要進城買被褥，就不跟你玩了。」

林啟德一直跟在他身後，屁顛屁顛地還幫忙打熱水，殷勤得很，林啟周直覺他肯定有事，在又一次伸手幫他鋪床的時候，開口問道：「你有事嗎？」

林啟德憨笑一聲，湊近了點問：「你領工資了吧？發了多少？」

一聽到工資，林啟周的戒心直線上升，說：「車間新人不都一樣嘛。」

林啟德見他不接話，就轉到另一邊低聲說：「你也知道我這陣子輸了點錢，你先借我點唄，下個月我發了工資就給你。」

林啟周都不用考慮，直接拒絕：「不行，我得給家裏寄回去呢。我弟弟妹妹多，都等着吃飯呢。」

「哎呀這才第一個月，你借給我又不是不還了，咱倆都同鄉，你還信不着我嘛！」林啟德把胸脯拍的啪啪響，「我林啟德辦事絕對有信譽。」

這話要是放在從前林啟周肯定就信了，但自從林啟德打牌賭錢之後，這話聽着就多了幾分不靠譜。

不過念在同鄉，一個村子出來的，也算光着屁股一起長大的，林啟周放下手裏的被褥，看着他說：「我勸你一句，打牌消磨消磨時間也就算了，要是玩錢的你還是慎重點吧，有多少工資能夠你輸啊，有那些錢不如攢一攢拿回家去，還能……」

林啟德不耐煩聽這些，打斷他道：「我就借這一次，你說你不幫我還有誰能幫我了，救救急我就還你，最晚下個月，保證這錢能還。」

林啟周咬着不鬆口，搖搖頭：「我不借。你自己輸的就自己還吧，我得給家裏郵回去。」

林啟德咬咬牙，半邊臉隱在陰影下看不清神色：「你真不幫我？咱倆可都是鄉里鄉親的，出門在外不就得互相幫助嘛。」

林啟周被纏得心煩，踢着他腳讓他離遠點，說：「救急不救窮，你要是正經事要用錢我二話不說就給你，但賭錢絕對不行。你當初玩的時候怎麼不想想自己能不能還得起呢。我肯定不借，你找別人吧。」

說完也不管他臉色怎麼樣，端着臉盆就出去洗漱了。

不是他多摳門，就像說的那樣，林啟德要是用錢去辦正經事，哪怕看在同村的香火情上，也絕沒有二話，可賭博這種不着四六的事，有一就有二，這錢拿出去多半是要打水漂的，他辛辛苦苦掙的可捨不得這麼肉包子打狗了。

回宿舍的時候，正好看見林啟德靠在床邊上跟另一個工友點頭哈腰，無非就是求人家寬限幾天。林啟周瞟了一下就收回視線，那嘴臉，簡直把姿態都低到塵埃裏了。

總之拒絕之後這件事就跟他沒關係，等熄了燈夜深人靜，看大家都沒了動靜，林啟周從枕頭底下拿出發的工資，拆開褥子的邊，塞進去，再用針線將封口縫上，被子一蓋根本看不出來。

十幾張鈔票也沒有多厚，藏好之後林啟周才安心睡下。

第二天一早，起床鈴一響，林啟周就睜開眼睛，今天要進城的，得去站點趕車。從背包裏拿出母親給改的那套衣服，板板正正的穿在身上，照着鏡子咧嘴一笑，轉身走了出去。

他從來沒到城裏溜達過，心裏有點興奮，但臉上還是那副板着看不出多餘表情的樣子，可要是瞭解他的人就能知道，這眼睛亮晶晶的，顯然心情很好。

車站就在廠子大門外邊，林啟周過去的時候已經有不少人在等車了，他站在人群外面看着上面的時刻表。

最晚一趟回來的末班車是下午五點，要是錯過了就得在城裏住一宿了，第二天再趕回來。

「你也要進城啊？」

一道熟悉的女聲傳進耳朵，林啟周下意識回頭，就看見崔翠芬站在身後，身上還是那件藍色碎花裙，只是在髮尾多了兩朵小野花，粉白粉白的，襯得臉色更嬌嫩好看了。

他瞬間就有些緊張，結巴着說：「嗯嗯，我要去買點東西。」

崔翠芬看他這臉紅又笨拙的樣子，心裏發笑，主動伸出手説：「見到三次了都不知道你叫什麼，我叫崔翠芬，翠鳥的翠，芬芳的芬。」

林啟周連忙把手心在身上蹭蹭，輕輕碰了一下少女的指尖，眼神飄忽，整張臉都要燒起來似的，聲音低沉着説：「我叫林啟周，就是一個戶下面一個口的启（啟），然後是周全的周。」

崔翠芬宛然一笑，結束了這個話題，轉而問道：「你第一次從這出去吧？要是不認識路就跟我走，我常進城的，走丟了很麻煩的。」

林啟周摸摸頭，他正愁進城了不知道去哪買呢，問道：「你去做什麼？」

崔翠芬晃晃手裏的袋子：「給我媽買藥，你買什麼？」

「李大哥借我一床被褥，我打算買床新的還他。」

「那正好，藥店旁邊就有賣的，你跟着我就行。」

崔翠芬性格爽快，一點也不扭捏，笑起來像小鈴鐺似的悦耳動聽。

就是林啟周這紅撲撲的耳朵熱度一直下不去，眼神飄忽不定，一會看看站牌，一會看看花草，連樹葉子都能盯着看好半天，就是不敢看身邊的女孩，讓人看着就好玩。

公車搖搖晃晃開過來，等車的人一窩蜂湧上去，售票員站在門口掐着腰吆喝：「都別擠別擠，一個個買票再上車——」

林啟周看崔翠芬肩膀被撞了一下，就不動聲色地站到她身後，伸着胳膊擋着兩邊擠過來的人，胳膊僵硬地抬着，小心翼翼不碰到少女的裙子。

好不容易上去，九月份的天氣悶熱，車廂裏擠得像沙丁魚罐頭，售票員用吃奶的力氣才把車門關上，朝窗戶外面喊：「沒地方了，等下一輛吧。」

崔翠芬是擠車的老手，拽着他就站在最角落裏，反正大家都是要進城的，也不愁下車的時候擠不出去。

林啟周挺着身板站在外面，他身量小，跟十八歲的崔翠芬站在一起肩膀齊平，車開起來的時候更加搖晃，難免要有個擦碰，他更不自在了，每一塊肌肉都緊繃着。

少女裙子上清新的肥皂香氣往鼻子裏鑽，林啟周紅着臉擋着身後的人潮，又時刻注意不碰到她，沒多會鼻尖就冒出汗珠，小口小口的喘着粗氣。

車廂悶熱的溫度加上不斷冒出的汗味混雜在一起，讓人心裏不由得生出煩悶，售票員每個站點不停地吆喝，以及人群中摩肩接踵不時擦碰的抱怨聲，更是讓整個氛圍喧鬧到極致。

林啟周緊張地護着女孩子，到站的時候，腿腳發麻，胳膊僵硬得放下來，不自然地揉了揉肩膀。

崔翠芬從口袋裏拿出一塊手帕，遞給他：「擦擦吧，早上大家都急着進城，人就多，等買完東西咱們趕着回去，人就少了。」

手帕上帶着最普通的肥皂香氣，柔軟乾淨的疊放在他掌心，林啟周擦擦額角，看着汗漬印在手帕的花紋上，竟生出一種窘迫，彷彿玷污了這份帶着陽光味道的美好事物。

崔翠芬大方地接回來，說：「不要緊，洗洗就好了。」

「咱們先去買被子料……」

林啟周連忙打斷，說：「先買藥吧，被子不着急，你不說都挨在一起嘛。」

崔翠芬一笑，梨渦在唇邊綻放。

林啟周突然覺得，今天的陽光格外刺眼，竟讓他不好意思直視。

「行，那你先陪我買藥。」

她母親常年臥床，每個月都需要進城囤藥，這是一筆不小的開支，父親工作忙，這個任務就交給崔翠芬了，她來得次數多，跟售貨員都熟悉了。

一進門，售貨員就招呼道：「小崔又來啦，這次吃得好像快了點？」

「嗯，加了點劑量，這次多給我拿兩盒。」崔翠芬熟練地打開布袋放到櫃台上，看着售貨員一盒盒往裏裝。

林啟周在旁邊看着暗暗咂舌，這麼多怕不是把藥當飯吃吧。

裝滿之後結了賬，他上前接過袋子：「我幫你拿。」

崔翠芬也不扭捏，笑着説道：「那行，一會我幫你問價，你口音一聽就不是本地人，容易被宰。」

「這邊還不算主城區，東西物價都不算太貴，你想買什麼樣的？」

林啟周一手拎着袋子，一手撓撓頭髮：「我也不太懂，質量不差就行。」

「有棉紗的，有純棉布的，有滑溜溜緞子面的，裏面填充的都是棉花。」崔翠芬掰着手指頭數給他聽。

「就純棉布的吧，蓋着舒服。」他想着李大哥一個大男人，估計也不喜歡滑溜溜的面料，那東西嬌貴，在廠區不大實用。

「我也覺得棉布的好，選個深色的耐髒。」

兩人挑挑選選，林啟周指着一個深藍色的面料説：「這個就不錯。」

崔翠芬在櫃台下面扯了扯他衣角，小聲説道：「一會你別説話，我問好了你再買。」

林啟周沒怎麼買過東西，懵懂地點了點頭，勝在聽話。

崔翠芬出面幫他問價，問定了六毛五一尺。「扯十二尺就夠了。啟周，把布票給人家。」

「啊？噢。」林啟周站在一邊都聽愣了，被拽了兩下才反應過來，從兜裏掏出布票數好了遞過去。

「小姑娘，棉花來點不？十二尺布用五斤棉花就夠了，蓋着暖和。」售貨員拿着米尺量布，用剪子豁開一個小口，滋啦一聲就扯了下來。

「棉花多少錢？」

「看你買得多，就八毛吧。」

崔翠芬在心裏一算，隨即點頭：「行，那就來五斤。」

林啟周全程就是掏錢數票，最後拎着兩大包棉花，腋下夾着棉布，手裏還拎着一大兜子藥，跟着走出了店門。

走兩步想起什麼，把東西往道邊一放，說：「你等我一會。」轉身又跑了回去。

「同志，再給我來二斤糖塊，和一斤茶葉。」

散賣的糖塊帶着包裝紙，裝在一起五顏六色的格外鮮豔好看，抓了兩塊在手心，又拎着茶葉才出門。

「給你。」

崔翠芬低頭一看，掌心躺着兩塊紅色的水果糖，甜甜一笑拆開放進嘴裏，糖水化在嘴裏，笑着眯起眼睛：「真甜，謝謝。」

林啟周下意識就要摸頭髮，抬了一半發現手裏都是東西，憨憨地笑着說：「多虧你幫忙了，請你吃兩塊糖應該的。」

往車站走的時候，少女藍色的碎花裙隨着腳步搖晃，在小腿處劃出優美的弧線。

「你這東西都買了，會做嗎？」

林啟周為難地皺着眉，他幹家務活是一把好手，但是做針線還真是一點不會，在家的時候都是母親做好的。

崔翠芬見他蹙着眉尖，想了一下說：「一會都送我那去，我幫你做好了你再給李大哥吧。」

「這⋯⋯這多麻煩你。」林啟周有些不好意思。

崔翠芬指了指他手裏剩下的糖說：「挺甜的，我愛吃糖。」

林啟周連忙點頭：「都給你，都給你。」

這憨憨的模樣讓崔翠芬抿着嘴一直笑，這麼實心眼的人可真好玩。

回程的車果然沒那麼多人了，兩人都有一個座位。

林啟周把東西都搬到家屬院去，崔翠芬開門讓他進屋，剛邁過門檻，一股刺鼻的藥味直充腦門，只是聞着都覺得嘴裏發苦。

小房間並不大，東西兩側靠牆擺着兩張床，中間用一道花布簾子隔開，小小的放着兩張椅子和一個小火爐，冒着火星的煤塊上坐着一個熬藥用的小銚子，其他的物件都沒用，倒是收拾得乾淨整潔，在屋裏燒煤也沒見有黑灰落在家具上。

「你喝點水，幫我拎回來累壞了。」崔翠芬遞過去一個玻璃杯。

林啟周接過來說：「沒事，大多數都是我的，還麻煩你幫我做被。」

少女搖搖頭，繞過簾子，林啟周站在門口聽她輕聲說：「趙叔的徒弟來了，您歇着吧，藥我都買好了……」

他就知道這是跟臥床的母親說話呢，眼睛規規矩矩的落在門外，也不亂看。

「我媽病着不方便見客，你見諒。」

林啟周慌忙擺手：「不好驚動阿姨的，已經很麻煩你了。」

崔翠芬熟練的用爐勾挑起爐火，笑着說：「別再說麻煩了，你是趙叔的徒弟，這點事不算什麼，趙叔對我家一直都很照顧的。」

「等做好了我告訴你，你自己給李大哥送去。雖然我們住在一個院子裏，但這是你的心意，我就不在中間摻和了。」

等一杯水喝完，林啟周起身告辭，掌心不知什麼時候滲出汗水，在身上蹭蹭，即便相處了一天，說話的時候還是不由自主的緊張。

「謝謝你，那我就回去了。」把手裏的二斤糖塊一股腦的推過去，

「你慢慢吃，我，我先走了。」

不等崔翠芬說話，就邁下台階，一溜煙地跑了出去。

看着椅子上的糖塊，崔翠芬失笑：「這人真是……哪用得上這麼多啊。」

隨手抓起兩顆剝開回身進了簾子：「媽，吃塊糖甜甜嘴。」

第九章

人心易變

回去的路上，林啟周有點雀躍，慶幸自己認識了這麼美好的姑娘，見過兩次面就幫忙做被子，説話溫溫柔柔的，跟村子裏的女孩都不一樣，像個大姐姐似的處處照顧他。

抬頭看着天上肆意遊走的雲，真白啊，跟崔翠芬的臉頰一樣白。

今天休息，宿舍裏沒有幾個人，林啟周在外面轉了一圈，有些累了，剛翻身上床，想起今天帶出去的錢沒花完，打算跟藏起來的放到一處攢着，等再有兩個月一起郵回家裏去。

坐起來翻開褥子，手剛一碰上就察覺不對，他昨天明明記得用針線把豁口縫上了，怎麼這邊上多出這麼長一根線頭。

心裏咯噔一下，雙手一扯，直接撕開，裏面的錢一分不剩，空空如也，林啟周裏裏外外翻開了兩遍，就是一張都沒有了。

後背的冷汗唰地冒了出來，眼睛在屋子裏環視一圈，兩個人坐在角落的床上打牌，根本沒理會他，當視線轉到林啟德的床鋪的時候，瞳孔一縮。

攥着被角的手漸漸收緊，難不成是借錢的時候自己沒鬆口，他就直接偷走了？

除了林啟德，他想不到還能有誰來偷自己的錢。

如果說是大咧咧放在外面的，可能誰看見起了壞心思就拿走了，但這麼隱蔽的地方，如果不是目標明確的仔細翻找，根本不可能找到的。

想到那十幾塊錢不翼而飛，他這心裏就跟被油煎過似的，一刻也坐不住了，那些錢足夠一家人吃上幾個月的飽飯了。

一下跳到地上，問屋子裏的人說：「林啟德去哪了？」

「不知道，中午就沒看見他。」

「你進城了？都買什麼了？」

顧不上回答工友的話，林啟周踩着鞋跑出去，看着偌大的廠區，想着林啟德能去哪，腳步一頓，徑直往平常眾人聚堆打牌的圍牆邊上去了。

遠遠地，就能聽見一幫人七嘴八舌的叫嚷，撲克牌在桌子上摔得震天響，林啟周衝過去，撥開看熱鬧的人群。

「林啟德？林啟德在不在？」拽着兩邊的人一一詢問。

「你誰啊？動手動腳的！」

林啟周從人群的臉上挨個看過去，沒有林啟德，轉身就走向另一桌。

「林啟德！」

大家都是一個村子長大的，看背影就知道不能認錯，上去抓住對方的領子，問道：「我錢呢？你是不是拿我的錢了？」

林啟德正踩着凳子玩得興起，猛地被拽了個趔趄，一幫人聽見動靜，紛紛湊過來圍觀。

林啟周可不在乎有多少人，想着那些工資急得眼睛都紅了，薅着對方脖領子又問一遍：「我問你，是不是拿我錢了？」

林啟德察覺眾人的眼光都落在自己身上，自覺丟了面子，臉色漲紅，一揮手甩開：「你有病吧，誰拿你錢了！」

「不是你還能是誰！你打牌輸了還不起，我沒借給你，你就直接拿的！你這叫偷知不知道！」

林啟周直接上手掏兜，別的都好說，誰要是動他辛苦掙的錢，那就是當場能翻臉的地步，更何況他從心裏不待見林啟德這種「不問自取」，恨不得將人翻到地上去。

林啟德推着他，捂着口袋，指着鼻子罵道：「你神經病啊？別來找我晦氣！你自己看不住錢就賴到我頭上？我輸不輸錢關你什麼事，上一邊發瘋去，有病啊！」

說完整理着領子，斜着眼睛瞪了他幾下，又重新往牌桌上伸手。

林啟周見他這樣子更是氣不打一處來，火氣直沖天靈蓋，上前一把掀翻了牌桌：「你偷了我的錢就是不對，咱倆去保衛科說理去！」

「X！」林啟德被當眾下了面子，臉上掛不住，對着林啟周當胸就是一拳，「你他媽有什麼證據？我偷你錢？我偷你大爺的！」

林啟周本來就矮小，面對人高馬大的林啟德根本沒有勝算，一拳砸在胸口，嗆得他捂着胸咳嗽，憋得臉都紅了，不等緩過來，下一拳就落在了臉上。

嘴角被砸開一個口子，血絲順着嘴角溢出，林啟周趴在地上半天沒爬起來，用指腹抹了抹嘴角，擦掉血跡，眼裏迸發出恨意。

「林啟德你真是好樣的，偷錢你還有理了！今天不把錢還我，這事就沒完！」

林啟周呸地吐出一口血沫，撐着地站了起來，身上滾得都是灰塵，臉上掛彩，看着狼狽不堪。

林啟德來這一個多月的時間，工作不見得多出色，但通過打牌身邊也聚集了一幫狐朋狗友，見他有了衝突，紛紛圍了上來，把林啟周一個人團團圍在中間。

「林啟德你偷錢還有理了？」林啟周環視一圈，死死瞪着林啟德。

這個時候，十幾塊錢足夠普通家庭幾個月的嚼用了，他家在農村有個這錢揚仔兩個學期的學費都不用發愁了，他省吃儉用才攢下來的自然捨不得。

更何況，這個最大的嫌疑人還是同村的鄉親，身在異鄉，有鄉親在身邊就像等同於自己人一般，可此等行為無異於背後插刀，在情感上，更讓林啟周難以接受。

「你這是血口噴人！要說我偷你錢，你就拿出證據來！」

笑話，那宿舍區當時除了床板連個鬼影子都沒有，上哪整證據去。

可林啟周藏錢的位置相當隱蔽，如果不是有心人特意翻找，怎麼可能會把褥子都拆開拿走錢，這明擺着就是奔着他去的。

思前想後，林啟德都是那個最有嫌疑的人。

「啟德，甭跟他廢話，這種人打一頓就老實了，我看看他到底嘴有多硬。」剛剛在牌桌上的一人扭了扭手腕就要動手。

「他媽的，敢污衊我兄弟，今天必須廢你一隻手！」

一幫人一擁而上，林啟周站在中間形單影隻，下意識地護住腦袋，拳腳如同雨點般落在身上，每一塊皮膚都帶着痛意。

緊緊咬着牙不肯出聲，心裏的恨意一陣陣的翻湧上來，林啟德做了壞事還義正嚴辭，而這些動手的傢伙全是幫兇，哪知道什麼青紅皂白。

林啟周被壓制得站不起身，只能忍受着拳打腳踢。

少年人一時的衝動不計後果，來找林啟德對峙完全就是一時熱血，讓自己陷入如此被動的境地，也從未想過要求饒。

林啟周認為，錯了就是錯了，他是有理的那個更不能鬆口，故而即便有人一腳踢在他腰上，也死死忍住呻吟，咬着舌尖讓自己保持清醒。

這麼大的動靜瞞不過人，一會就有保衛科趕過來，這些人一個都跑不了。

「住手！」

一道爽利的女聲穿過吵鬧，炸在他耳邊。

「幹什麼呢你們！廠區裏就敢聚眾鬥毆，你們工作都不要了！」崔翠芬本來是要去辦公室出海報的，遠遠路過牆邊聽見吵嚷聲，沒想到過來一看就見到了這一幕。

原本想等保衛科過來，但林啟德一邊動手一邊咒罵着林啟周，聽見這個名字她哪裏還等得了，生怕人被打壞了，只能先冒頭制止這場群毆。

「跟你沒關係啊，趕緊離開。」林啟德指着她鼻子說。

崔翠芬推開圍觀的人，直接把林啟周拽起來，看他鼻青臉腫的樣子，氣不打一處來，伸手拍拍他身上的灰塵，問道：「怎麼樣？還能站住嗎？」

林啟周嘴裏全是血腥味，舔了舔被牙齒磕破的腮幫子，點了點頭。

崔翠芬轉而看向林啟德，眼神輕蔑地看着一幫烏合之眾，淡淡開口：「我已經通知保衛科了，現在走還來得及，不然都給你記大過，這工作就別想要了。」

一些圍觀看熱鬧的人聞言都趁亂抓着牌桌上的錢三五成群地結伴走了。

林啟德朝地上呸了一口吐沫，看向她身後的林啟周：「你還真是沒用，都得一個女人來救你了，有能耐你跟爺爺我單挑啊，剛才那樣子怎麼沒了？」

「怕不是嚇得尿褲子了吧！」一桌子牌友站在旁邊起鬨，看着林啟周褲襠指指點點哄堂大笑。

林啟周就算脾氣好，可泥人尚有三分血性，一層層怒氣疊加到現在，捏着拳頭就要往上衝。

崔翠芬手疾眼快一把抓住他，仰着臉跟林啟德對上：「你別太過分，這麼多人欺負他一個，你也不嫌丟人！」

「要走趕緊走，一會保衛科來人了，都給你們送保衛科去。」崔翠芬指着林啟周臉上的傷說，「看見沒有，這就是你們群毆的證據。」

林啟德朝着林啟周唾了一口，心有不甘地在二人臉上看了一圈，一揮手帶着人走了。

轉身的那一刻，林啟周不死心地問：「到底是不是你拿的？」

林啟德腳步一頓，頭也沒回地離開了。

林啟周看着那個背影，突然覺得很陌生。

曾經他們也一起下過田，在稻田地裏光着腳嬉鬧，互相調侃着身上的泥點，坐在大樹下乘涼，甚至喝過一個碗裏的水。

就連兩家的長輩也是通家之好，沒想到出來到了另一片天地，性格竟然有了翻天覆地的變化。

從前憨厚老實的莊稼漢，變得好吃懶做、滿臉戾氣，手腳不乾不淨偷到了自己人身上。

看着夥伴變成如此模樣，林啟周黯然低着頭，心裏的難過不知道是為錢多一點，還是為這份變了質的情誼多一點。

崔翠芬掏出手絹輕輕點在他嘴角，疼得他抽一口涼氣。

「現在知道疼了，招惹人的時候怎麼不想着點自己能不能打過他們。」她沒好氣地翻了個白眼，手上依舊不停，擦拭着他臉上的灰塵。

林啟周不知為何，面對少女的訓斥格外氣短，塌着肩膀細聲細氣地說：「我沒想打架，就是氣不過。」

「因為什麼啊？」崔翠芬拉着他往回走，一邊問道。

林啟周自己捏着手絹按在嘴上，說：「之前他管我借錢還賭債，我沒借。今天回來就發現縫在褥子裏的錢沒了，我一想就知道是他，別人是不會特意去我那翻的，還是那麼隱蔽的地方，顯然就是衝着我來的。」

「你找他自己也就算了，看見那麼多人都在你還往前衝，這不就是傻嗎，說你沒心眼你還真一根筋啊！」崔翠芬一邊教訓人，一邊往家裏走。

「我家有藥酒和紅花油，你讓李大哥幫你上好藥，養幾天就沒事了。」

林啟周聞着鼻尖淡淡的馨香，憋了半天才乾巴巴地說一句：「謝謝，要不是你及時過來，我真就……」

那幫人都膀大腰圓的，透過落在身上的拳腳力度就能感受得到，是一點都沒手下留情啊，再多一會估計就被打沒半條命了。

「這次是我，下次就不一定還有沒有能看見了。」崔翠芬走在前面念叨着，「知道你是激憤，可人得識時務，你說什麼時間對峙不好，非要趕在那麼多人在的時候去，被打了也活該。」

林啟周垂頭喪氣跟在後面走，一聲不敢吭。剛才只顧着護頭了，現在從上到下就沒有一塊皮肉不疼的。

最狠的兩腳他看清楚了，都是林啟德踢的，十幾塊錢把這從小到大的情分都打沒了。

李國富看見林啟周這一瘸一拐的樣子也嚇了一跳，聽完前因後果，直接拍着桌子站起來。

「這廠子裏還能有這麼不要臉的人，你等着，我給你出氣去，奶奶個腿的！」

崔翠芬這邊剛把林啟周安撫好，轉身看李國富要往外衝，只能無奈地歎口氣，把人叫住：「怎麼出氣啊？一點證據都沒有，要是鬧大了，說不定還得追究他一個聚眾鬧事呢，咱們沒優勢。」

「那就這麼嚥了這口窩囊氣？這都給打成什麼樣了！」李國富往掌心倒了點藥酒，使勁搓熱之後在他身上揉搓起來。

林啟周抽着氣忍着疼，這還真是窩囊氣，憋在胸口不上不下的，讓人煩悶。

「那這錢就算拿不回來了。」林啟周黯然地說。

他還是心疼，相當於這一個月白幹，一分沒攢下，幸好之前把糧票都兑換了食堂券，要不接下來就要餓肚子了。

「人沒事就好。」崔翠芬只能安慰他，「這樣的人品性不端，以後總有他吃虧的時候，十塊錢你就當看清這人的本質了。」

林啟周抿了抿唇，不管怎麼說還是心疼，就是心疼！

李國富給他搓了不少藥酒，沉思了一會說：「我幫你換個宿舍，要不看着他在眼巴前晃悠，你也難受。」

崔翠芬點點頭：「對，沒有千日防賊的道理，總不能以後攢錢都提心吊膽的。」

林啟周抬起頭看着李國富，眼神濕漉漉的，期期艾艾地說：「會不會太麻煩你了？」

李國富伸手在他頭上拍了一下：「跟我客氣啥呢。」

「啊！」林啟周冷不防被打了一下，倒吸一口涼氣。

崔翠芬連忙探着頭去看，嗔怪道：「李大哥你輕點，別傷上加傷了。」

李國富憨笑着：「知道了知道了。」

這件事並沒有掀起什麼風浪，就是林啟周身上一股子藥味，臉上還掛了彩，路過的人都免不了要探究地看上一番，讓他渾身都不自在。

錢沒了，還捱一頓胖揍，怎麼想怎麼憋氣，李國富動作倒是快，當天晚上就給換了宿舍。

林啟周搬東西的時候正好撞見林啟德從外面回來，跟身邊人嘻嘻哈哈地說笑，看上去根本沒將這件事放在心上。

路過他的時候，林啟周眼神都沒瞟他一下，徑自走了出去。

「以後可把你的錢看好了，要是再丟可怨不着我了！」

林啟德有恃無恐地在後面抬槓，林啟周緊緊攥着拳頭，到底沒再回頭。

崔翠芬說得對，他沒證據，一旦鬧大了，保衛科的人可不會聽他的猜測，要是落了一個處分下來，以後幾個月的工資都要泡湯。

拚一時之勇林啟周不怕，大不了再掛一身彩，可只要跟錢瓜葛上了，那就只能忍氣吞聲，以後形同陌路罷了。

第二天到車間上工，趙寶剛看他這狼狽樣，端着的茶水都灑了出來，指着他半天沒說出話來。

「你……你這是？跟誰打架了？」

也不怪師傅震驚，他一向表現得與人無爭，默默低頭幹自己的事，沒想到就放一天假，便帶着一身的傷回來。

林啟周帶着手套搬材料，支支吾吾地說：「錢丟了，我去找人要，結果就被打了。」

趙寶剛嘴角抽抽，不用問都知道，這徒弟哪都好，就是一遇上錢就變成一根筋了，肯定不管不顧的指着對方鼻子要了，這種事肯定不會認啊。

冷哼一聲，說：「還是打輕了。」

聽着跟崔翠芬一樣的話，林啟周委屈地癟癟嘴，沒敢說話。

趙寶剛到底心疼他，一上午都讓他坐着挑揀零件，重活都沒讓他伸手。

吃飯的時候，看他飯盒裏清湯寡水的，除了最便宜的一個素菜，就是免費的湯了，從自己的飯票裏勻出兩張塞到他手心。

林啟周嚇了一跳，慌亂着往回送：「不，不能要，我還有食堂券的。」

趙寶剛說：「不是白給的，下個月開工資了還我。」

這麼一說，反倒提醒了林啟周，從口袋裏掏出一大袋子茶葉，雙手遞過去：「昨天進城買的，不是什麼好茶，給您喝。」

趙寶剛愣了一下，一包茶葉在他眼裏不值什麼，還有一些茶葉末摻雜着，可這份心意難得，讓他覺得窩心。

嗔怪地看着小徒弟：「就會亂花錢，給自己買點吃的補補身體多好。」

林啟周向來嘴笨，不知道怎麼表達心裏的感激，笨拙地說：「您照顧我教我手藝，一點茶葉不算什麼。」

此事不提，他的工廠生涯除了林啟德這麼一個損人不利己的異類，一直都是風平浪靜的。

白天在車間跟師傅學手藝，晚上下工之後就待在宿舍練習，從最開始的綠豆變成了玻璃珠子，更滑更圓潤，輕輕顫抖就能脱手掉落，他一連練了好幾天都沒什麼長進。

這天，他正彎腰在地上撿珠子，舍友洗漱完進來，説：「林啟周，外面有人找。」

他茫然了一下，反應過來，算時間應該是崔翠芬幫忙做的被子完工了，走出去，果然看見少女站在遠處。

這一片都是男工人住着，她一個小姑娘自然不方便走得太近，紅着臉抱着一床被子在原地踱步。

「做，做好了？」

也不知怎麼，平時説話聊天都挺正常，一面對崔翠芬就免不了臉紅磕巴，總被她打趣像隻呆呆笨笨的呆頭鵝。

「給你。」崔翠芬將手裏嶄新的被子遞過去。

摸着柔軟的被，針腳整齊，棉花均勻，被面還帶着清洗後的香氣，看得出縫製的人心靈手巧。

崔翠芬看他愛惜地摩挲着，有些羞澀：「我家經常熬藥，上面可能沾着點藥味，別介意。」

林啟周連連搖頭：「不，不介意。辛苦你了。」

兩人站在樹下，一片翠綠的葉子被風吹拂着，飄飄搖搖的落在少女柔嫩的肩上。

天際一片火燒雲，含着一顆小小的散發着橙黃色餘暉的落日，漸漸隱入山脈，氣氛和暖又凝滯，兩人相顧無言，不知道要説些什麼。

林啟周抱着被子，摸了摸鼻尖滲出的汗珠，半晌問道：「糖，好吃嗎？」

崔翠芬點頭，撩開貼在臉頰的髮絲，拂去一絲癢意。

「那我下次出去再給你帶。」

少女輕啟紅唇，噗嗤一笑：「那二斤糖塊夠我吃到過年了，快給李大哥送去吧。」

林啟周腳步輕移，回頭看着少女，眼神想落在她臉上，又怕太過唐突，匆匆轉開，輕聲説：「那謝謝你。」

崔翠芬揮揮手，轉身離開。

晚上，林啟周抱着嶄新的被子躺在床上，手指從針腳處滑過，他有些不捨得將被子送出去了，這觸感讓他想到在家時母親臨燈做活，那溫柔的模樣，應該跟崔翠芬縫製被子的時候一模一樣吧。

離家快兩個月了，看到了與家鄉不同的景色，也見識了所謂品性污糟的一面，他開始不可抑制地想家了。

當這一床被子送到面前的時候，這種思念達到頂峰。

即便身邊有和藹的師傅，有仗義的李大哥，有婉約溫柔的崔翠芬，有這麼多給他溫暖的朋友，可心中屬於家人的那一份思念和牽掛，依舊在夜不能寐的時候縈繞在心裏，揮之不去，亦無法替代。

此夜曲中聞折柳，何人不起故園情？

這份自由是他曾經輾轉反側也要追求的東西，無數次地從書本上，從大人口中得知外面的世界是如何豐富多彩。

當身處其中，所思所念又變成了家鄉的一切，連院子裏的那棵老樹，也在記憶中更加蒼翠，彷彿連牆角邊的一處青苔，都值得在他鄉明月中拿出來反覆呢喃。

翌日，新被子送到李大哥家的時候，他是肉眼可見的開心，但也不停嗔怪林啟周太見外，他一床舊被子換了一床新的，摸着厚實柔軟，就知道連裏面的棉花都是用心鋪陳的。

「這不是你的手藝吧？」李國富一邊把被子收到櫃子裏，一邊問道。

林啟周喝口水頷首道：「我請翠芬同志做的。」

李國富有點驚訝，沒看出來這麼靦腆的人，能跟小姑娘開口。撞了撞他肩膀，揶揄道：「什麼時候這麼熟了？我們住一個院子裏，我咋不知道呢？」

林啟周臉唰地一下就紅了：「沒有，就是我進城買東西的時候正好碰見，我也不認識別的人，她跟我師傅關係挺好的，就主動幫我了。」

「那你有沒有什麼表示啊？」李國富瞭然地點頭，「你小子不會白使喚人家給你做被吧？」

「買、買了糖塊的。」

李國富知道他實際年齡就十五歲，還是個孩子，平常相處的時候難免多關照他，就像看小弟弟一樣，知道他心裏有數，也就不再多說什麼。

廠區的生活林啟周適應得很好，不必為了溫飽發愁，每個月還有工資拿，身邊的人都帶着親和的善意，讓他這個初出茅廬的小夥子，見到最質樸的人性，迎接這個完全嶄新的世界。

眼看着十二月就過去了，下個月就是新年了，他整天尋思的就是能不能放假回家，但看着車間十幾個學徒工，好像希望渺茫。

「想什麼呢？」趙寶剛停下機器，碰了碰他。

林啟周回過神來，說道：「快過年了，您說我要待在廠子裏值班嗎？」

趙寶剛斟酌一下，說：「往年，都是幾個老師傅帶學徒留守車間，我們這些家在廠區或者附近的，都是最先考慮的，把放假的機會留給家遠的人。」

「今年應該也差不多是這樣，你家在廣東，主任應該能考慮一下。」

林啟周心裏卻並沒有這麼樂觀，往車間前面努努嘴，說：「李三家是東北的，王守安家是西北的，別人就不用說了，在湖南的就沒有幾個，這批新來的學徒工幾乎都是外地的，大家都想回家。」

見他愁雲滿面，趙寶剛說：「別想了，說不定到時候就給你假了，不過一共就七天假，你坐車回去得一整天，往返就得兩天，在家滿打滿算就能住四宿，還折騰啊？」

林啟周堅定地點了點頭：「遠是遠了點，但第一次出門，我總想着回家一趟，讓他們看看我過得好，父母也能放心。」說着，有些不好意思的揉了揉鼻子，「我也有點想家了。」

趙寶剛哈哈一笑：「那就回吧，到時候我幫你給主任那打個招呼。」

林啟周連連擺手：「您之前就為了我沒少操心，這回哪能再麻煩您了。排到我就回去，要是排不到就算了，大家都不容易，都想回家過個年。」

趙寶剛吹吹茶水，白了他一眼：「人不大，想的還不少。」

雖然聽了他的話，但趙寶剛是真心疼這個小徒弟，能幫他辦的肯定不會推辭，打算等臨近新年的時候就去找找主任，大不了送半斤煙草，費不了什麼事。

林啟周確實是想家了，本以為這滿車間的人，放假名額說什麼都落不到他一個學徒工的頭上，可剛剛過了小年，他就被突如其來的假期砸懵了。

他看着手裏的放假通知，揉了揉眼睛，問道：「還真是有我啊？」

趙寶剛頷首，他親自去找車間主任說的，那肯定有他寶貝徒弟一個啊：「板上釘釘了，你就收拾收拾準備回家吧，路上時間長，但也能在家睡幾宿。」

林啟周一轉念，就知道師傅肯定在中間出了大力氣，不然這車間好幾十人，他一個初來乍到的學徒工，能榜上有名可不容易。

「謝謝師傅！」

這一句謝真心實意，謝他毫不藏私的教授手藝，謝他在異鄉的諸多關照，謝他給自己爭取回家的假期，也謝他像父親一樣的關懷。

趙寶剛不是個喜歡矯情的人，隨即擺擺手：「別說這個，整得我汁毛都起來了，怪膩歪的。」

林啟周喜滋滋地捧着通知單，回宿舍的時候羨慕壞了一眾室友。他離開廠區趕往車站的時候，心裏是熱乎乎的，揣着錢，背着行李捲，整個人都雀躍着。

第十章

近鄉情怯

從廣東山村到湖南郴州梅田礦務局，跨越數百公里，一路顛簸，見識人心善變，學會手藝飯碗，也變得認字讀書，整個人的變化是從內到外的，熟悉的人一眼就能看出來，這個少年看人不再低着頭，昂首挺胸的模樣，看着就讓人喜歡。

車廂裏人擠着人，連座位下面都鋪着報紙有人躺下，林啟周蜷縮在角落，懷裏抱着自己的行李，靠着窗戶打盹。

企圖用睡覺規避各種嘈雜的聲音和難聞的氣味，不過他腳底下那雙不老實的腳，非但一會踢他一下，還脱了鞋釋放臭氣攻擊，熏得他眼睛發酸，恨不得將頭伸到窗戶外面去。

不過想着馬上就能回家過年，腰包裏的錢比父親幹半年的活還多，有了這個，揚仔的學費就不用操心了，連聲仔和阿蘭的上學計劃説不定也能提上日程。

他鄉縱有當頭月，不及家中一盞燈。

在外面見過的風景人情再好，他還是想念院子裏的那棵老樹，也不知今年冬天它是否還蒼翠依舊。

當火車載着他一點點靠近家鄉，從湖南到廣東的路程中，溫度漸漸升高，身上的棉襖逐漸穿不住，點點汗意從肌膚透過襯衣，他拿着棉襖，就知道已經越來越近了。

離家半年，他已經瞭解書中的思鄉之情到底是何滋味。

是近鄉情怯，緊張和激動不停地在心上揉捏，然後讓掌心滲出汗水。

是在聽到進站播報時向外不停地張望，彷彿看見一草一木都變得迫切起來。

是坐着輾轉的長途車，跟司機說「前面停一下」時，語氣中活躍着的波動，與血脈一起僨張，拎着行李頭也不回地向村口走去。

是在熟悉的沙石小路上，看見父親扶着大着肚子的母親蹣跚而來，猛然停下的腳步，和再次向前時陡然加快的節奏。

是腦海中想起當時離開父母的殷殷叮囑，將從前所有不滿和偏心一一蓋過，只剩下柔情和思念。

他本以為，母親臨產必然不會出來，可扶着母親的手臂，看着那滾圓的肚子，他知道，偏心雖然在所難免，可父母的疼愛也並不曾從生命中流失。

「在外面好不好？吃沒吃苦？我看着好像長高了些。」梁玉珍摩挲着長子的髮頂，眼睛緊緊盯着他看，又高興又心疼。

十五歲的年紀離開家，就算看着他更加穩重，可這心裏卻難受得五味陳雜，也不知道在外面受了多少罪，才有了這些改變。

「沒吃苦，大家都對我很好，我不是在信裏跟您說了，我師傅很照顧我，教我很多東西，現在身體可好了。」林啟周小心地扶着母親往家走。

他有些哽咽，卻忍着不哭出來，他覺得自己長大了，但看見父母的時候心裏生出的依戀，告訴他其實還是個孩子。

「大哥！」

「大哥你回來了！」

林啟聲和林啟蘭從遠處跑過來，一個接一個撲進懷裏，林啟周看看弟弟，又摸摸妹妹的頭，一抬眼，林啟揚站在門口，雖然沒有這麼熱切，可那雙眼睛也開始紅了。

「走吧，先進去再說。」林明芬拎着兒子的行李，一家人熱熱鬧鬧地進了家門。

路過老樹的時候，林啟周看着繁茂的樹冠，跟半年前一模一樣，他在廠區見到數不清的樹木，也站在窗外樹下讀書，可唯有家中這一棵，是他心裏最喜歡的一處。

梁玉珍拉着他在床上坐下，她月份太大了，走了這一段路微微喘息，卻緊緊拉着長子的手不肯鬆開。

「媽，我一切都好，您在家別擔心，我這不是好好的回來了嘛。」林啟周安慰着母親，他走的時候剛剛跟母親一樣高，現在鍛煉了這大半年，已經能把母親摟在懷裏了。

「大哥，你累不累？」阿蘭也長高了，出落得更加清秀，就是整天在外面跑，膚色是健康的小麥色，兩隻眼睛亮晶晶的，看着就活潑開朗。

「我聽別人說，到外面做工的人都很累，你走得那麼遠，是不是更累了？」

小妹妹不知道他生活的環境，但這童言稚語卻更能撫慰人心。

林啟周摸着她的頭髮，還綁着走時見過的紅頭繩，從包袱的夾層裏掏出一個小花髮卡，輕輕別在她髮上，仔細端詳着，說道：「大哥給你買的髮卡，城裏的小姑娘都戴這樣的，阿蘭更好看了。」

林啟蘭輕輕碰了碰，甜甜地笑着：「謝謝大哥，我最喜歡這個了。」

見兩個弟弟也站在旁邊，他招招手叫他們過來，拿出一個線裝本子遞給林啟揚：「每次跟家裏通信都是你寫的，字很好看，大哥給你買個本子，好好學習，以後也進城念書去。」

線裝本是深藍色的外皮，比村裏賣的那些發黃的格子本好看太多了，林啟揚小心地摸着，輕輕點了點頭：「謝謝大哥，我……我之前對你……」

林啟周打斷話茬，說：「親兄弟不說那些，我走出去是打工，希望你以後出去是念書，外面還有很多人很多事比這裏更精彩。」

他的改變就足以給幾個弟妹做出榜樣，走的時候還是畏畏縮縮的，可現在一回來，明明鼻子眼睛都還是那般模樣，可就是覺得大哥不同了，跟他們身邊的小夥伴都不同，說話更好聽，眼睛裏也有一些他們現在還看不明白的東西，就是隱隱覺得大哥很厲害。

等林啟揚有朝一日讀的書更多了，就知道今天在大哥身上看見的感覺，叫做氣質。

林啟周拉着林啟聲的手，捏捏他的肩膀，這個弟弟也很懂事，身體也很壯實，小胳膊上隱隱有了肌肉塊，就知道在家的時候沒少下地幹活。

「這是一根跳繩，身體很重要，沒病沒災就是福氣，大哥不在家，你和二哥就要好好照顧爸媽，這個送給你，希望你健健康康的。」

林啟聲接過去，點着頭，眼睛裏滿滿的都是孺慕。

他從小就是大哥帶大的，在哥哥背上睡覺，跟在哥哥後面玩耍，連受傷了生病了，第一個想找的都是大哥，這半年大哥不在，他都牢牢記着哥哥的話，幫着分擔家務下田幹活，現在得到一句誇獎就分外高興。

看着長子給弟妹們分禮物，林明芬心中滿是欣慰，在外面就是鍛煉人，出去才半年就已經有了事事周全的風範。

「這是我這半年攢的錢，您收好，給家裏改善條件也好，給揚仔交學費也好，總之趕在年關算給家裏一個好的開始。」

林啟周省吃儉用攢下的錢，可給出去的時候一點都不心疼，他不喜歡那種頓頓餓着肚子的感覺，也不希望在自己有了點能力之後，再讓弟妹過那樣的日子。

梁玉珍抹着眼淚，看着手裏的錢，看着愈發懂事的長子，心裏的酸澀就沒停下過。

他們當父母的哪能不知道對誰的關注最少，可現在就是這個他們忽略最多的孩子，開始反哺家中，一心一念都是弟妹家人。

在這個瞬間，心中的愧疚上升到最高點。

「阿蘭啊，快去做兩個菜，你大哥回來了，咱們吃點好的，把掛着的肉切了，做得香香的。」梁玉珍一疊聲的吩咐着。

林啟周下意識地看向妹妹，才七歲的小女孩，因為小時候營養不良，現在比灶台剛剛高出一個頭，聽母親的語氣這半年已經沒少做飯了，也不知道那雙小手有沒有被燙壞割破。

他趕忙站起來挽着袖子說：「我很久沒做飯了，好不容易回來一趟，你們再嘗嘗我的手藝吧。」

「你坐着你坐着，好好歇歇，坐那麼長時間的車肯定累了。」梁玉珍拉着他，滿眼心疼。

「沒事的媽，我不累，給你們做飯我高興着呢。」林啟周給阿蘭使着眼色，「走，跟哥去廚房看看。」

他在廠子吃食堂，雖說儉省，但也不必為了食不果腹發愁，甚至隔三差五給自己吃一頓白米飯改善伙食。

這走進熟悉的廚房，一掀開米缸就愣了一下，薄薄一層陳米，都帶着些黑點，另一邊的番薯同樣少得有些可憐，倒是籃子裏放着幾個雞蛋。

「我走了以後，家裏少個人吃飯，怎麼還就這點糧食？」

阿蘭熟練地掀開鍋蓋倒進清水刷洗，回道：「咱爸上班的供銷社減工資了，開得少了，家裏吃的糧食就少了，不過也沒餓着肚子，糧票還是以前那些數。」

林啟周抿了抿唇，好在他拿回來點錢，改善伙食盡夠了的。

趁着燒火做飯的時間，他蹲下來，跟阿蘭看着坑洞裏的火苗，女孩子嫩生生的小臉上映着火光，連小絨毛都能看得一清二楚。

「阿蘭七歲了，都是大姑娘了，等過了年就八歲了。」

阿蘭點點頭，往火裏扔了一根柴火。

他看着一雙小手上有星星點點的疤痕，抓過來捧在手心裏，問道：「這是怎麼弄的？」

阿蘭往回抽了抽手，小聲說：「媽肚子大不能做飯，我燒火切菜的時候不小心弄傷的，沒事，都不疼了。」

可是林啟周聽着心疼。

這些活計他都做過，小時候會受怎樣的傷他很清楚，看着妹妹懂事的樣子，像極了他七歲那年，那時的他被門檻絆倒，柴火上突出一節的木刺徑直扎到手上，拇指的指腹被貫穿，鮮血一汩汩的流出來，他放聲大哭。

可母親懷裏抱着弟弟，只是看了一眼，就讓他自己拿父親喝的燒酒消毒，然後草草用布條包上。

直到現在，他都記得母親當時的眼神，是慌亂的，但是沒有上心，因為懷裏的弟弟正在哭鬧，奪走了她的注意力。

如今，他的指腹上仍舊有一道兩厘米的傷疤，每每看到都會想起當時的情景。

「你想上學嗎？」他啞着嗓子問道。

阿蘭抬起眼睛看着她，亮晶晶的像外面夜空閃爍的星星，不，比星星更閃耀，因為帶着生機，一眨一眨的。

他看得出來，這一瞬間妹妹是有動搖的。

「就像二哥一樣，每天上學校，學習知識，讀書寫字，跟同學們玩，以後走出這個村子，看看外面的世界。阿蘭想不想去？」

林啟蘭蹲在那，小小一團，瘦弱的脊背將衣衫頂出棱角，抿着唇默不作聲，半晌搖了搖腦袋，低了下去。

小聲說道：「我不想。」

「為什麼呢？」

「上學是男孩子的事，二哥能上學，三哥也能上學，可我要做家務，要照顧興仔和沒出生的小弟弟，我沒時間念書，而且，家裏也沒有那麼多錢供好幾個人一起讀書。」

阿蘭的每一句話每一個字都像一把尖刀插在他心上，上學是男孩子的事，這麼可怕的話不知道是誰教她的，簡直禁錮了一個小女孩稚嫩的思想。

林啟周再開口的時候聲音有些顫抖，捧着妹妹的手緊緊握着：「女孩子怎麼不可以上學呢？」

「大哥有一個同事，也是女孩子，她就從小念書，念了很多年，會背詩，會寫文章，會花很好看的畫，跟村子裏的女孩子都不一樣，阿蘭也可以變成那樣的。」

可是不管他怎麼說，阿蘭始終沉默着，每次問都搖頭，說自己不喜歡念書。

但林啟周看得分明，那雙眼睛裏帶着渴望，就像他自己曾經站在村口看向外面時一樣渴望。

柴火燃燒噼啪作響，時不時炸出幾朵金色的火花，林啟周的臉被烤得火熱，可心裏卻冰冷。

他一直都知道貧與富的距離，他們可能吃不飽飯，可能穿不上新衣服，但今天卻實實在在感受到這個差距所帶來的認知上的暴擊。

阿蘭理所當然認為女孩讀書沒用，家境貧窮不應該去讀書，這樣的思想會造成的後果，他想着都心痛。

他已經見過外面的世界，見到了讀書會給人帶來的改變，他便也想讓疼愛的弟妹躍上不同的階層，去見更好的風景和人情，永遠依仗着知識生活在永晝的日子中，而不是被貧窮清洗大腦，覺得生活本該是極夜。

「大哥，你那時候沒有念書不就是因為家裏只能供一個人上學嗎？」阿蘭摳着地面上的磚縫，說道：「現在二哥正在上學，家裏連吃飯都成問題，我和三哥怎麼可能還有書念呢。」

話尾那聲輕淺又短暫的歎息像一方巨石堵在林啟周的心口，他摸摸阿蘭的髮卡，搖搖晃晃的小花就像妹妹此時的境遇，在貧窮和讀書中搖擺，渴望着希冀着，卻懂事地不去觸碰，甚至不敢去想。

「阿蘭乖，大哥會讓你去讀書的。」他一把將妹妹抱在懷裏，「阿蘭要走出這個村子。」

阿蘭瘦弱的身板抽動兩下，從他懷裏鑽出來，紅着眼睛說：「我不要，大哥掙錢很辛苦，我不讀書也能認字的，大哥不就是學會了嗎？我以後讓二哥教我認字就好了。」

林啟周憐惜地看着她，笑着說：「傻孩子，上不上學是不一樣的，掙錢的事不用你操心，大哥答應你了，你等着就好。」

「來，大哥給你做飯吃，晚上咱們多切點肉。」

林啟周將酸澀逼回眼眶，拉着妹妹站起來做飯。

晚上吃飯的時候，三個弟妹圍坐在他身邊，興仔太小，自己坐硬板凳還有些搖搖晃晃，梁玉珍挺着大肚子給小兒子餵飯，林明芬也打了一杯老燒酒。

桌上兩道炒菜裏都有肉，梁玉珍有點心疼，可看着長子第一天回家便沒有說什麼。

「多吃點。」林明芬給長子夾菜，一筷子下去沒帶出一塊肉片，接着說道：「能在家待幾天？」

「路上花的時間多，回去還要用兩天，只能住三宿了。」林啟周一邊答話，一邊將自己手裏的番薯掰給弟弟。

梁玉珍筷子一頓，嗔怪道：「怎麼就待這兩天，明兒就除夕了，豈不是初三就要走？」

「在外邊上班肯定跟在家是不一樣的。」林明芬喝了口酒，長子能掙錢了，拿回來的這些能讓家裏的日子輕鬆許多，至少給揚仔的學費是不用從牙縫裏節省了。

「爸媽，我有件事要跟你們商量。」林啟周看向兩人，神情鄭重。

梁玉珍笑了笑，給懷裏的小兒子擦擦嘴，問道：「什麼事啊？」

阿蘭想到在廚房大哥說的那些話，有些擔憂地看過去，林啟周對她安撫地笑笑。

「我這次回來也帶了點錢，我想着聲仔和阿蘭也都大了，總在家待着也不是長久之計，在村子裏瘋跑沒什麼長進，能不能也送到學校去。

「聲仔十歲，上小學雖然晚了幾年，但揚仔也是超了年紀才上的，想來也沒什麼大問題。阿蘭才七歲，上一年級正好。」

林啟周一邊說一邊觀察着父母的表情，剛剛還其樂融融說笑的氣氛，瞬間停滯下來，父親看不出什麼反應，倒是母親臉上的神情不大好。

「咱家供一個揚仔已經很費力了，要是再有兩個上學的，全家都餓死好了。」梁玉珍冷着臉，甩着手裏給兒子擦嘴的手絹。

阿蘭聽着，抿着嘴低下頭，看不清神色，倒是林啟聲還有些雲裏霧裏的，疑惑地看向大哥。

林啟周聽見母親的話，臉色也涼了，沒想到母親竟然是這個態度，沉聲說：「我帶回來的錢，給兩個孩子交學費綽綽有餘，我看上學是沒什麼問題的。」

「綽綽有餘？你在外邊有了點見識就回家跟我顯擺了？」梁玉珍

拔高聲音，摸着肚子胸膛喘着粗氣，「那除了學費之外，書本費不是錢嘛？三個孩子的用度你怎麼不算算？一年交兩次，三個人就是二十塊呢，家裏不要吃喝了？我肚子裏這個生出來還要不要活？！」

這話説得太嚴重，駭得林啟周趕忙站起來：「媽，我不是這個意思。」

「孩子能讀書，以後受益一輩子。你只看揚仔，他上學之後比以前懂事多了，腦瓜也聰明，以後説不定就有大出息，咱家多幾個讀書人不好嗎？聲仔和阿蘭的年紀也合適，不去學校的話難道要在田裏待一輩子不成？」

梁玉珍也不知怎麼了，當初揚仔上學的時候沒見她這麼阻攔，今日説起這個話題卻像吃了槍藥似的。

只聽她啪地拍着桌子：「這話你不用跟我説，咱們家幾代人都沒讀過書，也沒見就餓死了。揚仔上學那是就他一個，現在再多出兩個來，咱們什麼家庭能負擔得起？讀書那都是有錢的人家才能供得起呢！」

林啟揚看着激動的母親和堅持的大哥，咬了咬嘴唇，説：「我……我已經跳級了，明年小學就畢業了，我字早就認全了，我可以輟學，讓聲仔和阿蘭上學去。」

一桌人都詫異地看向他，林啟揚起早貪黑日夜苦讀，那勁頭大家都看在眼裏，他成績好也是有目共睹的，全村人都説他是小天才，可現在竟然説要輟學，怎能不讓人驚訝。

「不行！」林啟周第一個反對。

「弟弟妹妹要上學，你也要接着讀書，家裏的孩子有一個算一個，都不能當睜眼瞎子去！」

他太知道知識對一個人的改變了，林啟揚既然有這個天分，中途輟學就太可惜了。

林明芬見母子兩個僵持着，放下了酒杯，說：「你動這麼大氣幹什麼，小心孩子。」

梁玉珍扶着肚子，撇過臉去不做聲。

林明芬又看向大兒子，眼中神色複雜：「我知道你是好心，但咱們家的情況你也清楚，供三個人實在有點困難。」

林啟周剛要說他的工資可以寄回來，就被父親打斷了。

「你莫要說你掙錢了，你過了年也十六了，不得攢點老婆本嗎？再說讀書越久，那費用就越高，我現在一個月掙不了幾塊錢，難道等他們上了學，還要再因為沒錢就再不念了？何苦折騰呢！」

林啟周卻並沒有被父親的話說服，看着弟弟妹妹，他沉了沉心，接着說道：「您遠的不看，就看揚仔，他上了學以後懂事明理，比村子裏胡亂在外面瘋跑的孩子不知道優秀多少，這不就是咱家未來的希望嗎？」

「現在家裏勉強能吃得起飯，我在外頭上班帶回來的錢確實能把日子過得更好，可是這種好，也不過是不餓肚子而已。」林啟周看着弟妹孱瘦的身體就越發心疼。

「要是把他們送去念書，一個個的都有了文化，那就是要有大出息的！那現在投入點錢怎麼了？爸媽，我覺得這是對他們人生最好的選擇了。」

他的一番話擲地有聲，眼神堅定，就算看着父親陰沉的臉，母親責怪的目光，也沒有退後半步。

林明芬抽着煙，一番出神，待火光燒到煙屁股，手指感到灼熱，才猛然回神，一鬆手甩掉了煙蒂。

「你們，想上學不？」

林啟周聽見父親這麼問，心中一喜，連忙看向弟妹，鼓勵他們抓住機會。

阿蘭看看大哥，咬了咬嘴唇，小手摳着桌角，點了點頭，然後閃躲着避開母親的眼睛。

她就是想上學，想做大哥口中那樣優秀的人，她不喜歡這個村子，她羡慕大哥能走出去，以後她也會這樣做的。

「聲仔，你呢？」林明芬看向三兒子。

原本應該毫不猶豫的林啟聲，卻有些沉默地垂着頭，林啟周有點着急，能説服父親鬆開口風可不容易，這孩子可別犯傻啊。

他拽了拽弟弟的袖子，説：「跟二哥一樣去上學好不好？」

林啟聲聽出大哥語氣中的小心翼翼，他從小生活在大哥的關懷下，二哥上學之後鋒芒更盛，他在家儼然成為第二個隱形人，所以縱使年紀小，可心裏對很多事情都有自己的考量。

沉默的時候就在打量着大哥，這個看上去並沒有多健壯的男人卻如此傻，明明已經有能力擺脱這個家庭了，卻還是要用自己的積蓄將他們都送進學校。

「大哥，我不想上學。」

林啟周呆住了：「你，你説什麼？」

「我説我不想上學。」林啟聲驀然一笑，仰着小下巴説，「二哥每天那麼累，還要被人管着，我才不喜歡呢，上了學就不能在地裏玩了，也不能找小夥伴了，我不要去。」

林啟揚也愣了一下，趕忙拽着弟弟的袖子説：「上學多好啊，你再想想。」

可林啟聲打定了注意，不管兩個哥哥怎麼勸説，就是咬緊牙關不鬆口，怎麼問都不想去上學，氣得林啟周渾身亂顫，真想把這個不靈活的腦子敲開看看裏面是什麼構造。

「既然這樣，那就讓阿蘭去吧。」勸説無果，林啟周有些失望地開口，能送去一個是一個吧。

梁玉珍看看女兒，有看看長子堅持的樣子，撇撇嘴沒說什麼，扭身抱着小兒子回屋了。

事已至此，林明芬還能說什麼，只好妥協，等開了春就送女兒去學校，但同樣的，家裏多了一個要上學的人，一應學費書本費都要林啟周承擔起來。

對於這個結果，林啟周沒有異議，撫摸着阿蘭的頭髮，說：「咱們家阿蘭也能上學了，以後好好學習，給大哥考個滿分回來。」

但他看見林啟聲笑吟吟的小臉，還是忍不住歎氣，這孩子怎麼就咬死了不上學呢，等明天還是要找他好好聊一聊，上過學就多個出路啊。

不過，這個機會始終沒遇上，因為當天晚上，他剛躺下要入睡，主屋就鬧出動靜來了。

「周仔！揚仔！快去找接生婆來，你媽要生了！」

聽見父親在外面急匆匆地叫人，林啟周唰地一下坐起來，一邊穿衣裳一邊搖醒弟弟。

「揚仔，快起來，你去廚房燒水，我去接人。咱媽要生了！」

林啟周剛走到院子，隔着窗子就聽見母親的叫喊聲，連鞋都顧不上提，趿拉着就往外面跑，他長大之後母親接連生了四個孩子，這一套流程他最熟悉，連最近的接生婆家在哪都知道。

這個時候村子裏有人生孩子都很少去醫院，自己在家找個有經驗的接生婆就能生產，他們村子大多找東邊李奶奶，一輩子給村子裏接生了不知道多少孩子，阿蘭和興仔就是她接生的。

林啟周跑得滿頭大汗，天色黑得深沉，砂土路上坑坑窪窪的，在月光下看不清楚，他深一腳淺一腳地跑，從西邊跑到東邊，身上的外套都汗濕了。

「李奶奶！李奶奶！我是林家周仔，我媽要生了，請您幫忙過去看看！李奶奶！」

李奶奶接生了兩代人，也是上了年紀，他在外邊敲了好一會才有人來開門。

「是周仔啊。」李奶奶披着衣裳走出來，「你媽啥時候疼的？」

「有十幾分鐘了。」

「那不着急，你別慌，你什麼時候回來的？不是出去上班了嗎？」李奶奶一邊鎖門一邊跟他閒聊。

林啟周看她慢悠悠的動作，急得臉上汗珠掉得更歡實了，隨口應了兩句，就拉着人往家走，偏偏李奶奶年紀大了，腿腳自然跟不上小夥子，快步走一會就彎腰直喘粗氣。

他急得團團轉，乾脆俯下身說：「您上來，我背您過去。」

就這樣，林啟周背着接生婆又跑了回去，等把人送到院子裏的時候，已經累得直接坐在地上，覺得心臟要從胸腔裏跳出來，抹掉腦門上的汗珠，甩了一手。

林啟揚燒水出來，看大哥坐在那，又兑一碗溫水過去：「喝點水歇歇吧。」

「嗯。」林啟周三兩口灌進肚子，見主屋燈火明亮，問道：「興仔和阿蘭呢？有沒有嚇到？」

林啟揚搖搖頭：「媽剛動起來的時候，就讓阿蘭把興仔抱到咱們那去了，聲仔看着呢，沒事兒。」

他看着大哥渾身都汗濕了，把自己的外套解開給大哥披上，他上學以後學會了很多道理，也知道自己從前對大哥幹過不少混賬事，這次過年大哥難得回家，還以為兄弟倆就要生分了，沒想到大哥還一如既往地關心他，越發心中羞愧。

「大哥，晚飯的時候我說不念書了不是開玩笑，咱們家這狀況你也清楚，供兩個孩子上學太難了。」林啟揚抬頭看看星光璀璨的天，他大哥就像家裏最明亮的一顆星星，始終照耀着他們。

「我説過，你不能輟學，也不是在開玩笑。」林啟周拿着空碗，看着弟弟稍顯稚嫩的臉，「你好好上學讀書，錢的事有我和爸呢，不用你操心。」

「可是……」

「沒有可是。」林啟周在上學這件事上態度堅決，「我不知道聲仔為什麼不想上學，但是你既然已經讀書了，就好好念，念出個樣子來，只要你能一直學下去，哥就一直供着你。」

林啟揚看着大哥的眼睛，不知道心中是什麼感覺，就好像突然什麼都不擔心了，他相信大哥比相信父親還多。

夜色漫長，主屋一陣陣的呼痛聲不絕於耳，林啟周帶着弟弟一直守在外面，幫忙更換熱水，廚房的灶火就沒熄滅過，他還到村長家換了二斤白麵，給母親煮了一碗麵湯，從櫥櫃裏找出最後兩個雞蛋，用糖水沖開，那邊嬰兒的啼哭聲一響起來，就趕忙端進去。

看着父親懷中襁褓裏露出的小臉，又紅又皺，像一隻小猴子，這是他們家第六個孩子了，比自己小十五歲。

此時天已經微微放亮，正是大年三十的一天，這可是最好的日子，闔家團圓，辭舊迎新，看着這個小生命，林啟周的心軟得一塌糊塗。

「爸，給小弟起個名字吧？」

林明芬抱着小兒子，笑得合不攏嘴，在屋裏來來回回溜達了半晌，説：「就叫林啟鋭吧。」

林啟周用手指輕輕碰了碰小孩軟嫩的臉蛋：「鋭仔乖，你是小弟弟哦，等你長大了大哥給你買糖吃。」

新年添丁進口，林家上下都喜氣洋洋的。

他們家的大紅燈籠都用過許多年了，打從林啟周有記憶開始，他們家就用的這一個燈籠，電線早就老化了，每年都要重新接一根，外面罩着的紅綢布被風吹得掉色，燈光一照，深紅淺紅交織在一起，雖破舊卻也增添一絲喜慶。

除夕夜林明芬借着酒勁，給幾個孩子都發了紅包，一張紅紙裏面夾着一毛錢，林啟周笑意滿滿地給父母磕了頭，一轉身就把紅包悄悄塞給了阿蘭，偷偷擠了擠眼睛，兩人都笑了起來。

院子裏稀薄的落着幾抹紅色，對聯又蓋了一層，圍牆邊上堆放的柳條筐摞在一起，與上次離家之前的位置一模一樣。陽光照不到的角落裏，大片濕潤的青苔，從磚瓦泥塊的縫隙中悄然生長。

所有的思念都仿若此時的夜色一般厚重，這是遊子身在異鄉抹不去的牽掛。

可長夜終有黎明時，當天色泛白，東方既明，一切新的希望與夢想都要重新啟程……

第十一章

亭亭玉立

春天到來，湖南郴州。

廠區的柳樹煥發新生，翠綠的嫩芽與四季不衰的翠柏相映成趣，花壇裏已經有蝴蝶上下蹁躚，到處都是生機盎然。

林啟周挽着袖口將一箱箱料子搬進車間，隨手抹着汗水，他身量隱隱比去年更高，眼睛裏都是濃濃的幹勁，十六歲的小夥子笑起來陽光開朗，已經完全看不出剛到這裏時畏畏縮縮的模樣了。

李國富手裏拿着一張宣傳報，大步流星地走進來，見到他就朗笑着開口：「啟周！」

「咱們廠要舉辦聯誼會，你們年輕人都要參加，你看看有沒有什麼才藝，到時候上去展示一下。」

林啟周接過來眼前一懵，一行字就認識三四個，看不出什麼個數來，反問道：「啥是聯誼會？」

「就是年輕人在一塊玩一玩，看看節目，順便把終身大事解決一下。」

林啟周聽到最後，猛然一鬆手，彷彿手裏的宣傳單燙手一般，說：「我，什麼人生大事，你知道我才……」

李國富擺擺手示意他停下，隨即說道：「也不是去了就要搞對象，你年紀小就當開開眼界，多交兩個朋友也是好的，你師傅可跟我説了，説你性子太悶，一點年輕人的樣子都沒有，你就去湊湊熱鬧，要是能上台表演節目就更好了。」

「我哪會啊……」林啟周就沒才藝，讓他幹活行，表演節目還是算了。

「行行行，不表演節目去當志願者總行吧。」李國富知道他性格，也不強迫，推着他往外走，説道：「去幫着幹點活，只要你在那待着就成，被活躍的環境熏染一下，別總老氣橫秋跟小老頭似的。」

林啟周聽不懂老氣橫秋是什麼意思，但也知道李國富是在埋汰他，也不生氣，順着他的力道就走了出去。

廠區鮮少有什麼娛樂活動，下了工進城的車也停了，女孩子們湊在一塊跳個皮筋，踢踢毽子，或者互相梳頭髮；而男人們則是有打牌的，有補覺的，有三五一堆吹牛的，總之娛樂生活匱乏得很。

每年舉辦聯誼會的時候，就是全廠大狂歡，郎有情妾有意的那種就趁着機會拉拉小手，彼此單身的就説不定在互動時對上了眼成就眷侶，有家有業以及不想找對象的，也能借着時機放鬆放鬆，喝兩口酒。

總之，不管聯誼不聯誼，總能在會上找到屬於自己的樂趣，所以這聯誼會一直在廠區大受歡迎，每年都有人盼着開。

林啟周感受到這狂熱的氛圍，就是不管回宿舍進食堂，都能聽見周圍人議論，伴着銀鈴般的笑聲，讓廠區氛圍都跟着變得輕鬆起來。

「林啟周，晚上到大廣場，幫忙搬桌子。」有人招呼道。

林啟周嚥下嘴裏的茶匆匆應下：「知道了。」

李國富給他報名了志願者，下工之後都會被拽去幹活，不再往床上一躺了。

「聯誼會好啊，想當年，我和你師母就是在一場聯誼會上認識的。」趙寶剛想起往事，眼神變得撲朔，鬢角的白髮彷彿都亮了幾個色號。

「也是礦務局？」林啟周好奇地問道，他只知道師傅二人的感情很好，可是很少聽他提及年輕時候的事情。

趙寶剛眯着眼睛，彷彿陷入了回憶。

「不是在這，那時候還沒梅田礦務局呢，就在一個木材廠，你師母那時候真漂亮啊，追她的人可多了。

「聯誼會的時候，我當時的師傅就把她介紹給我了，兩根麻花辮，穿着工裝，往那一站嘿，就是出眾。

「後來我就天天帶着早飯去宿舍門口接她，晚上送她回去，一來二去的可能也是你師傅我的人格魅力，就把她拿下了，辦酒席的時候我沒啥錢，她也不嫌棄，這一過就是多少年。」

唯一的遺憾，就是倆人一輩子也沒孩子。

村子裏頭風言風語説啥的都有，媳婦受了兩年氣，趙寶剛不忍心了，就帶着媳婦出來，逢年過節才回去一次，耳根子清淨了，也就平平靜靜的過到了現在。

趙寶剛到礦務局之後，就給愛人在食堂找了份活，倆人在家屬院安穩地過日子，現在年紀大了，也不想孩子的事了，每天柴米油鹽從青蔥歲月走到白髮蒼蒼，也算的上一對令人豔羨的眷侶了。

正因為一生無子，在看見林啟周這個純善懂事的孩子之後，趙寶剛生出了憐惜之心，每天教他手藝從不含糊，生活上也盡可能的關照着，可以説在偌大的礦務局，將林啟周保護得很好了。

趙寶剛將盤子裏的魚肉放到徒弟飯盒裏，説：「你的事李國富跟我提過，雖然年紀上有問題，但這麼大的廠子跟你差不多狀況的有都是，也別覺得這事壓在心裏不敢出去交際。」

「多交點朋友，出門在外，多個朋友多條路。」看這孩子天然帶着憨厚，又叮囑道：「就你那個同鄉的事，別往心裏放，對誰都有三分保留，學會保護自己，真心換真心這話沒錯，但也得先學會識人，才能讓自己不受傷。」

林啟周認真聽着，這些話對他這個走出村子步入社會的孩子來説，簡直是金玉良言。

趙寶剛幾十年的人生經驗，每傳授的一點都是不可多得的真知灼見，林啟周心中的感激無以復加，對這個師傅更是尊重到內心裏。

他有少年人的意氣和衝勁，也不怕吃苦受累，但身上也同時有着少年的通病，就是未經世事的單純，看人看事只能摸到表面，但凡有人改變到面目模糊的地步，他心裏就要鑽個死胡同讓自己受傷。

這是少年的簡單心性，也許過了這個年紀，便如同春季萌芽四季榮枯再難找回。

但打拚的一路上風雨如晦，不是被現實磨平棱角，就是隨着世俗變成與最初截然相反的樣子。

旁觀者能遮風擋雨，但不能代替他走過這一路必須要歷經的荊棘叢林，趙寶剛亦是如此。

等到林啟周見過世事萬象，看過人心反覆，還能不能在荒野上開出萬朵玫瑰，端看他這一路前行能否保持初衷了。

世事洞明皆學問，人情練達即文章。

林啟周去年經過林啟德的事，才恍然發覺，他走出鄉村要學習的不只是養家糊口的手藝，還有這些交際往來的規則與亂象。

「我知道了，師傅。」

聯誼會籌備得如火如荼，林啟周作為志願者，每天下工之後都在小廣場幫忙。

説是小廣場，其實就是材料堆放區前面清理出來的空地，給領導們擺上幾排桌椅，用木板搭個台子，掛上橫幅紅綢子大花，再請宣傳科的人畫上幾幅畫報，氣氛就差不多了。

崔翠芬在宣傳科，拿着粉筆在宣傳欄出板報，林啟周在旁邊搬運東西，忙得熱火朝天。

「喝點水歇歇吧。」崔翠芬把茶缸遞過去。

林啟周放下板凳，一手抹着汗，一面看着黑板上工工整整的字跡，笑着說：「你這是寫什麼呢？」

崔翠芬笑着：「就是宣傳聯誼會，號召大家都來參加活動。」

林啟周不認識這些字，有些不好意思，崔翠芬說道：「我看你又去找李大哥寫信了，你就沒想過自己學着寫？」

「這做學問哪是隨隨便便就能學會的，我不認得幾個字，也沒條件上學校去。」林啟周眼中滿是羨慕地看着黑板，他不認得，卻覺得每一個筆劃都格外好看。

「學學寫字哪叫做學問啊。」崔翠芬看出讓他的渴望，「現在國家推崇掃盲運動，號召讓全民都認字，雖然上不了學，可是利用業餘時間認字也不算什麼難事。」

林啟周點點頭：「我家大弟弟是念書人，我以前在家的時候，他回來寫作業讀課文我就跟着看看聽聽，至少兄弟幾個的名字是會寫的，但是再難的就不行了。」

零星認識幾個字，連給家裏寄上一封保平安的信都要找人代筆。

他心裏對知識的渴望從來沒有因為開始掙錢而停滯過，不過是因為沒人肯教，大家都忙着，他也不知道要找什麼途徑才能實現。

崔翠芬沉吟一下說：「我聽說最近廠裏已經在研究開認字班的事了，你要是想學就再等等，等開班的時候你就去聽課唄。」

林啟周聞言，心裏一喜：「真的？」

「當然了，這種事我還能騙你啊。」崔翠芬白了他一眼。

林啟周連連點頭，要是能有這個機會就太好了，他也不求學到什麼經世學問，能認字能寫信，能看懂書本，就已經是意外之喜了。

心裏得知了這個消息，高興得不得了，後面幹活都覺得渾身有使不完的力氣。崔翠芬在黑板前看着，噗嗤一笑，這人真有意思，看着憨憨傻傻直來直去的，可竟然喜歡學習，能有這個見識，也算不俗了。

聯誼會當天，所有車間早下班半個小時，食堂提前開飯，大家都想去湊湊熱鬧，當時在廠子門口搬運水果瓜子的場面可都看到了，一箱一箱的東西，都是為晚上準備的。

林啟周吃晚飯就要往會場去，被趙寶剛叫住了。

「你就穿這個去？」

林啟周低頭看看身上的工裝，衣襟上還沾着油漬，一雙布鞋也灰濛濛的，着實是有點上不去台面。

「我就是搬搬東西，又不表演。」林啟周說。

趙寶剛知道這小子是真不開竅，點了點他，恨鐵不成鋼地說：「回去換一身乾淨的，洗洗臉，再換雙鞋，就算你不上台，難道你還不見人啊。」

「大家都溜光水滑的，就你一個埋汰樣，誰能帶你玩啊。」

林啟周本來想反駁，自己也不跟別人玩，就看看崔翠芬表演，順便聽李國富唱歌，哪裏有需要搬東西的他頂上去就可以了。

但看見師傅那眼神，還是灰溜溜地認慫，徑直回了宿舍。

會場上有要表演節目的，都在大台子後面站着，平時都在車間裏幹活，沒機會塗脂抹粉打扮漂亮，今天很多報了名的女生認真打扮過，彼此相互打量着，整理出最佳狀態。

有些心不在焉的男生，頻頻往那邊投去眼神，引來身邊兄弟們一陣哄笑，被推搡着走到心愛的姑娘面前，兩人對視瞬間就鬧了個大紅臉。

不知男生說了什麼，女孩羞澀地捂着嘴點頭，周圍人紛紛撫掌笑起來，林啟周在旁邊看着，就知道這大概就是聯誼會舉辦的目的吧。

「林啟周，那邊橫幅再固定一下。」

遠處有人喊他，林啟周揚聲應下：「馬上來！」

搬着梯子，腰上掛着釘子和羊角錘，爬上去叮叮咣咣的把橫幅固定住。

「林啟周。」

剛要下去，就聽見有人叫他的名字，一低頭，便頓在了原地。

崔翠芬今天穿了一條草綠色的連衣裙，裙尾垂在小腿上，露出一節線條優美的細膩肌理，腰身盈盈一握，點綴着一條柔軟的柳枝，兩根麻花辮被盤在頭上，形成一個精緻的花苞，如同少女本身，清新怡人，正在含苞待放。

崔翠芬轉了一圈，裙擺在半空勾勒出靈動的線條。

「我好看嗎？」

林啟周怔愣着，半晌才緩緩點頭：「好看。」

比現在天邊的晚霞還要好看，在眼前亭亭玉立，那種清麗逼人的美好，帶着自然的靈秀與婉約，唇邊的梨渦像是在他心上穿鑿出的洞口，緩緩的有一種不知名的感覺注入進去，周遭一切都成了背景，滿眼都是這位少女。

「一會我要表演節目，你記得來看啊，我是第三個上場。」崔翠芬擺擺手就走了。

林啟周站在梯子上，呆呆地站着，一直等少女的身影從台子後面消失，才緩過神來，摸着頭髮嘿嘿笑着。

「呦！這不是林啟周嗎，看什麼呢這是，錢又丟了？」

一陣奚落的笑聲傳來，林啟周看過去，林啟德站在下面，周圍跟着一幫狐朋狗友，個個抱着肩膀看熱鬧。

林啟周不想理他，順着梯子就往下爬，眼不見心為淨，況且他們現在也沒什麼好說的，身上還有沒消下去的瘀青呢。

「欸欸欸，讓你下來了嗎？」林啟德扯了扯胳膊上的袖標，說:「我現在是負責會場安全的管理員，我覺得你這橫幅有掉下來的危險，你再上去好好看看。」

林啟周默默收拾着工具，扛起梯子就要繞過他們。

都不必林啟德出手，身後那些人自然上前幫他把林啟周攔住。

「這要是開始之後掉下來，砸到了哪個領導，這責任你可擔不起。」

林啟周知道他睜着眼睛說瞎話，咬了咬牙，看看他身後那些人把要出口的話憋了回去。

李大哥和崔翠芬都說過，這種敵多我寡的場面就不要正面衝突，不然受傷的還是自己。

見自己一拳打在棉花上，林啟德心裏氣不順，上次讓他在那麼多兄弟面前丟臉，這賬可還沒過去呢。

「我剛釘過。」林啟周眼神微變，帶着警惕，多看他一眼都覺得沒有必要。

「我說了，不安全，再去釘。」林啟德緊緊盯着他，兩人之間的氣氛劍拔弩張，林啟周攥着錘子的手指節泛白，看得出來他在忍耐心裏的怒火。

廠子裏的工人文化水平普遍不高，這種拉幫結派的現象屢見不鮮，只要鬧得不過分，保衛科也沒辦法管，基本都是睜一隻眼閉一隻眼。

林啟德之所以這麼快就找了一幫人站在身後，無非就是在牌桌上交了這麼多臭味相投的人，誰身上都帶着點賭債，互相一合計，都沒心思正經工作，在車間裝孫子，到了下班時間就開始作威作福。

一些老實不愛出頭的人，就是他們開刀「樹立威信」的選擇，比如現在的林啟周。

林啟周環視四周，會場那邊已經有人入座了，三五成群的人站在周圍等着開始，要是但凡出點動靜，瞬間就能吸引很多人的關注。

「我不信你敢在這鬧事。」林啟周輕蔑一笑，他知道林啟德身上聚賭的事，捅出去就算不被開除，也是要記過的，以後跟廠裏的各種福利政策就算徹底絕緣了。

看到他眼裏一瞬間閃過的慌張，林啟周反客為主往前走了一步：「還想群毆嗎？想在這給我個教訓，讓他們看看你的威風？」

「林啟德，我就站在這，可你敢嗎？」

林啟周反問道。

他攥着錘子的手收緊，不知是為了給自己壯膽，還是怒火已經到了要動傢伙的地步，反正身上氣勢是足的。

林啟德咬着後槽牙，雙目赤紅，鼻息粗重，掄着拳頭就往前上，被身邊的人拉了一把。

「保衛科的人來了，別動手。」

林啟德順着眼色一看，果然那邊已經有人開始巡邏了，漸漸往這個方向來。

只能暫時放棄，瞪了他一眼，手指要戳到他鼻子上去，說：「你給我等着！」

看着林啟德帶着人走了，林啟周輕輕鬆了一口氣，要不是今天的場合救了他，只怕還是要吃虧的。

「噗嗤。」身後一聲輕笑，李國富從牆角的陰影裏走出來。

「李大哥你怎麼在這？你不是要表演嗎？怎麼不去準備？」林啟周問道。

李國富抱着肩膀優哉游哉地走到他身邊，撞了他一下：「好小子，學聰明了，還知道扯虎皮做大旗了。」

林啟周無奈地撇撇嘴：「我這不沒辦法嘛，總不能一味認慫，他就是個挑軟柿子的人，以後説不定怎麼欺負我呢。」

「今天他走了，明天可不能善罷甘休。」

「那我就躲着點唄。」林啟周把梯子重新扛在肩上，「我又打不過他，只能躲了。還沒説呢，你在這幹什麼？」

李國富揚了揚手裏的歌詞紙：「練歌啊，我剛到沒一會你就來了，然後翠芬也來了，我就沒出聲打擾。」

説到這，李國富揶揄地看着他：「怎麼樣，翠芬今天好看吧？」

不提還好，一提起來林啟周馬上就想到剛才崔翠芬那秀麗的模樣，縱使情竇未開，也難免羞紅了臉。

「問你呢，好不好看？」

林啟周被他問得沒辦法，輕輕點了點頭。

此時天色暗了下來，周圍幾盞白熾燈都亮了起來，林啟周將工具送回去，回到台下的時候正好有主持人上台。

場面頓時熱鬧起來，大家或站或坐，手裏抓着瓜子花生橘子興致勃勃地看節目。

林啟周也從口袋裏抓出一把瓜子，站在邊緣處靠着樹幹，靜靜觀賞着台上載歌載舞。

「下面請欣賞由宣傳科帶來的詩朗誦《我為祖國獻石油》。」

崔翠芬是第三個上場，不過詩朗誦明顯比歌舞的吸引度低，倒是前排的領導們看得津津有味。

林啟周看到她走上台，站在中間位置，一身草綠色的連衣裙在白熾燈下更顯得小臉白到發光。

顧不得手裏還抓着瓜子，用力鼓起掌來。

崔翠芬也看着台下尋找林啟周的身影，當看見他站在樹下的時候，莞爾一笑，旋即走到話筒前郎朗發聲。

清越的嗓音傳出很遠，台上有四個人朗誦，可幾十年以後，他也只記得那個少女，笑容清甜，姿態明朗，比他見過的所有人都要風姿綽約。

微風浮動，少女的裙角纏着晚風飄蕩，每一個迴旋的角度都觸碰到他心裏，想到她的關心，她的笑，她溫柔遞上手絹擦汗。

可惜的是，他現在還不明白，這種特殊的感覺叫什麼，只是覺得很新奇，與他心中惦念的所有人都不同。

「當你在我身後舞動，

我一定站在祖國最高峰，

我要做英雄，

為祖國獻石油——」

最後一句結束，領導們帶頭鼓掌，場上掌聲雷動，崔翠芬鞠躬下台，走到後場的一瞬間，眼光流動，輕輕瞥向樹下——那個筋骨瘦弱的少年，正在賣力鼓掌，也在看向自己。

「我朗誦得好嗎？」崔翠芬小跑到他身邊，問道。

林啟周一改剛剛目不轉睛盯着台上的樣子，瞬間不知所措起來，少女身上清新的味道趁着晚風，毫不避諱地吹進他心裏，與血液一同顫動。

「好，特別好。」林啟周不會說什麼誇獎的話，支支吾吾地說：「呃，吐字清晰，我都聽懂了，跟村裏的大喇叭似的，就是……很好聽的。」

崔翠芬愣了一下，哪有人把女孩的聲音比喻成大喇叭啊？！

不過看着他漲紅的臉色，還是笑了出來，真是憨憨傻傻的可愛，她弟弟都比眼前這個更會說話。

「你還要接着看嘛？」

林啟周點點頭：「李大哥要唱歌的，我等等看完再回去。」

崔翠芬從兜裏掏出兩個橘子，遞給他：「這個可甜了，我從後台拿的。」

上一次吃橘子，還是在火車上李國富給的，他自己是捨不得買水果的，有的那點工資都精打細算地攢着，除了換食堂的券，一點零食都捨不得買。

剝開果皮，橘子酸甜的香味逸散在空氣中，剝好之後，林啟周遞到她面前：「你吃。」

崔翠芬笑着接過來，一邊吃一邊説：「我跟你説的認字班的事剛剛問過我們科室主任了，好像很快就要辦起來了，咱們預算有限，就在廠子裏找認字的人當老師，別的也交不了，就先識字吧，算是個認字班。」

林啟周一聽這個就嚴肅起來，問道：「誰都能上這個認字班嗎？」

崔翠芬搖搖頭：「廠子裏人太多了，不能都收，估計是讓各個車間推薦，一個車間能有兩三個名額吧。」

他認真點頭，他們車間不算人最多了，那也有三十幾號人呢，要選誰還真不一定。

崔翠芬看他皺着眉頭，便提醒他説：「趙叔在廠子是老資歷了，跟主任説得上話，你找他説説應該就沒問題。」

「那別人豈不是……」林啟周不大喜歡走後門，欠人情不説，要是人人都走後門，那制度制定下來還有什麼意義。

這種觀念已經算是死腦筋了，崔翠芬撇撇嘴：「你以為就你想認字啊，現在想學東西的人多了去了，更何況廠子裏的基層工人有幾個是正經上過學的，現在有這個機會認字，還不得擠破了頭啊。」

「你不找趙叔説，別人也會找的，既然咱們關係近便，有這個捷徑，何樂而不為呢。」

林啟周抿抿唇，他記得當初要謊報年齡到礦務局的時候，父親拿着白糖去找村長，那底氣不足點頭哈腰的樣子，他不喜歡，也不想讓自己變成那樣。

可就像崔翠芬說的，千載難逢的機會，要是錯過了，名額被佔滿，等下一次就不知道要什麼時候了。

他也想像弟弟一樣，能看得懂書，能自己親手給家裏寫信，進城不用別人領路也看得懂招牌，不做個睜眼瞎子。

這種渴望從在村子裏的時候就有，現在有一個真切的機會擺在眼前，他是真的不想放棄。

「再說了，趙叔對你那麼好，幾句話的事情，他不會為難你的。」崔翠芬知道他心裏過不去，年輕人放不下面子求人也能理解。

「你是他徒弟，你要是識文斷字的，他也高興啊，臉上更有面子了。你信我的，只管去找趙叔說，他肯定幫你。」

林啟周沉吟半晌，終究點了頭。

「我明天就去。」

所以是買白糖呢，還是買茶葉呢？

他想到自己剩的那幾張少到可憐的票，這日子捉襟見肘啊，要送禮都不知道從什麼地方擠出點東西來。

正想着，胳膊被崔翠芬搖了兩下：「快看快看，李大哥上來了。」

李國富長得一般，但是生了一把好嗓子，工廠的話筒滋滋啦啦的帶着電流音，可他一嗓子出來，場面瞬間安靜了。

一首《烏蘇里船歌》剛剛開唱就驚豔全場了。

林啟周沒聽過這首歌，村裏的大喇叭只放一些紅色歌曲，有些驚訝地看着台上：「李大哥唱歌這麼好聽啊？」

崔翠芬塞進最後一瓣橘子，說：「對啊，李大哥可是咱們廠各種活動的固定人選，去年的聯誼會還唱了一首俄語歌呢，可有才了。」

「李哥一直沒成家嗎？」林啟周問道。

崔翠芬搖搖頭說道：「結過的，只是李大哥的妻子前些年意外去世了，一直沒有再找，就這麼單身着，廠裏好多人給他介紹對象，李大哥都不同意，我之前去給他送東西，還看見家裏掛着亡妻照片呢。」

林啟周意外地挑挑眉：「什麼意外？」

「廠區的鋼架倒了，嫂子被埋在下面，等救出來的時候已經晚了，後來我們才知道，那是一屍兩命，李大哥很長一段時間都沒走出來。」

那場倒塌事故算廠子幾年中最嚴重的一次了，重傷輕傷無數，只死了一個人，就是李國富的愛人，懷孕兩個月，大人孩子都沒保住，一天之內整個家就剩他自己。

縱然後來廠子給了不少賠償款，可李國富始終都無法忘記亡妻，也不能再接受另一個人走進他的生活。

「我爸說，他們那時候都以為李大哥要廢了，整天抽煙酗酒，領導們對他有愧疚也不刻意去管，後來還是他自己想明白了，重新回到崗位的時候，我們都很震驚。」

林啟周也很難想像，現在李國富的樣子可不像如此頽廢過，樂觀爽朗，與崔翠芬口中的形象截然不同。

人生還長着呢，李國富思念亡妻，卻不能總是陷在這樣的痛苦中無法自拔，只是要什麼時候才給自己機會重新開始新的人生，卻只能由他自己決定。

一曲終了，台下掌聲雷動，不愧是整個礦務局的明星，連領導們都很捧場。

天色完全暗了下來，晚風也染上幾分涼意，崔翠芬打了個冷顫，揉了揉手臂上的雞皮疙瘩，吸着鼻子往後面縮。

林啟周餘光一直關注着她，見狀，猶豫了一下，將身上的外套脫下來遞到她面前：「冷了，穿上吧，別着涼生病了。」

關懷的動作是做了，但那雙眼睛卻四處飄散不敢對視。

崔翠芬看着面前的外套，心裏怦怦亂跳，手指輕輕觸碰一下，卻像被灼傷了一般，迅速抽回來，羞赧着臉說：「不，不用了，我也該回去了。」

「小廣場離宿舍也有一段距離呢，穿着吧。」林啟周垂着眼瞼，看着她的裙擺，小聲說道：「你穿得少呢。」

「我……我還是不……」崔翠芬平時性格爽快，但也是第一次遇到有男生給自己送衣服，手腳都不知道擺在哪裏了。

又一陣風吹過，將她未出口的話變成噴嚏，林啟周直接將外套披在她肩上：「穿着，我送你回去。」

崔翠芬拉着衣襟，正看見李國富下台往這邊走：「欸，你不等李大哥了啊……」

林啟周卻只記得要趕快送她回家的事情，步履匆匆地在前面走，即便只穿着一件短袖，也渾身發熱，手心一直濕漉漉的。

崔翠芬快步追上：「你走這麼快幹嘛？這衣服等我洗完再還給你。」

林啟周擺擺手緊張地說：「不用不用，也不是什麼好衣服，你不冷了就行。」

第十二章

撕破臉皮

兩人走在廠區，這一段回宿舍的路人很少，基本都在小廣場看表演呢，路燈也少，零星幾個能看清路就很不錯了。

「等一會表演結束還有做遊戲的活動呢，宣傳科今年還安排了跳舞，有很多首好聽的曲子，你不回去看看嗎？」崔翠芬跟在他後面走，聽着他不時地提醒哪裏有碎石，輕巧地避開。

「我哪會跳舞啊，就是個莊稼漢，以前在家的時候幹完活就想躺下睡覺，現在還能參加這麼有意思的活動，已經很好了。」

這樣的生活是他以前從未想過的，果然出了村子外面的世界更加豐富多彩。

「讓你參加聯誼會就是想着多交點朋友，可我看你一直站在那也不跟別人説話，只有參與進去才知道有多熱鬧。」崔翠芬説道。

林啟周搖搖頭，然後反應過來，這夜色中光線昏暗看不清他的動作，重新開口道：「我不擅長交際，看着大家熱鬧，我其實也挺開心的。」

他知道自己性格有些內斂，可對於不熟悉的人，總是遲疑着不敢接觸，也找不到什麼可以深交談論的話題。

在家的時候就已經習慣做個旁觀者，看着弟妹們嬉笑玩鬧，看着大家在農閒的時候談天説地，就算自己一言不發，也能感受到其中的美好，久而久之，他已經將自己固定在傾聽者的角度上了。

不擅長發言，卻將別人的每一句話都記在心裏，默默觀察着，看上去與任何人都沒有瓜葛。

至於在身處熱鬧的氛圍中，他的內心是否如表現出的一樣平靜，這就只有他自己才能知曉了。

但想想也知道，少年人那顆不安躁動的心正在最活躍的年紀，只是他的性格和環境，造就了他壓抑收斂的本性，難以更改。

崔翠芬也明白，每個人都有不一樣的活法，對生活的態度也不盡相同，她所認為的好，不能強加給任何人，這一點她心裏清楚。

所以也不再勸説林啟周一定要參與進去，做一個旁觀者，也樂在其中如魚得水。

「呦！又看見你了。」林啟德靠在牆面上，雙手環抱着看向他們，看見身後的崔翠芬的時候，輕佻地吹了聲口哨，「送姑娘回家？你小子在村裏看不出還有這個花花腸子啊。」

林啟周一聽見這聲音就警惕起來，下意識將崔翠芬擋在身後，嚴嚴實實地不讓他看見。

「你又要幹什麼？」

現在小廣場上正熱鬧，話筒傳出的聲音在這都能隱隱約約的聽見，要説是偶然遇見，打死他都不信。

「這你家地盤啊，不讓別人走？」林啟德一邊説一邊靠近。

林啟周不想跟他發生衝突，更何況身後還有崔翠芬呢，要真出什麼事殃及到她，那可得不償失了。

便護着崔翠芬往後退，想避開林啟德。

「你要是沒別的事，我要回去了。」

林啟德吊兒郎當的插着兜，他也説不清跟林啟周到底有什麼深仇大恨，但就是記着他讓自己丟過臉，還總是一副高高在上看不起自己的表情，看着就很想教訓他。

林啟周要是知道他這個想法，肯定要罵他一聲神經病。

「大家都一個村子出來的，怎麼着也算實打實的老鄉，哥們手頭緊了，管你借幾個錢花，沒問題吧？」

沒問題？

問題大了！

林啟周什麼都捨得，就是捨不得錢，更何況去年工資都被偷過一回了，那段時間他能吃上飯都謝天謝地了，現在還敢找他借錢？

「不借。」林啟周沒好氣地說，躲開他就要走。

林啟德往旁邊擋了一下，説：「你謊報年齡的事廠子不知道吧？」

林啟周一下變了臉色，眼睛帶着寒光射向他，語氣低沉：「你要幹什麼？」

林啟德察覺到他情緒波動，幸災樂禍地搖搖頭，上下打量他說：「當時知道你能來礦務局的時候我就納悶，你怎麼就能符合條件呢，看來你這是送禮了啊。」

「送什麼禮了？送了多少？都送給誰了？」

林啟德繞着他轉圈，接着説：「我看你跟那個李國富關係好，當初就是他收了你的禮吧？你説你家都窮得一佛出世二佛升天了，哪來的錢給你送禮啊？」

林啟周把拳頭捏得咔咔響，如果被廠子知道他未滿十八，很有可能將他遣送回去，到時候沒了這份供吃供住有工資的工作不說，以後再想出來找活幹就難了，林啟德這是用前途來威脅自己啊。

「你不要胡說八道，你有證據嗎？」

林啟德像聽見了什麼笑話似的，陰惻惻地笑起來：「哈哈哈哈哈，我跟你是老鄉，很多人都知道，我説的話就是證據，再説了，只要廠子肯查，隨便找一找你的資料不就全知道了。」

說罷，他靠近林啟周的耳邊，輕聲說：「我這個把柄可是實打實的，不像你，說我偷錢還沒證據，連保衛科都懶得管。」

他朝崔翠芬看了一眼，又說：「怎麼樣，在姑娘面前丟臉的感覺不好受吧？」

林啟周身上一顫，崔翠芬還在呢，她要是知道自己用了手段才能來上班，是不是以後就不會再靠近了。

剛要轉頭解釋一番，就聽她脆生生開口：「你和林啟周有怨致使你教唆工人群毆他的事情也有很多人看見，你不讓他好過，這件事報上去，你也一樣好不了。」

「知道這是什麼嗎？這是要被開除的，這可是板上釘釘的事實，人證多的是呢。」

林啟德已經完全演變成一個混人了，根本不怕這些口頭上的威脅，一甩手推了林啟周一下，說道：「少他媽嚇唬我，老子可不是被嚇大的。」

林啟周借着月光看到他臉上的兇色，緊緊盯着他，對身後的人說：「翠芬，你先回去。」

「我不走，我不信他能怎麼樣。」

崔翠芬往前走了一步，跟林啟周站在一起，眼看着就跟林啟德對峙上了。

「想什麼美事呢，今兒不把錢拿出來，誰也別想走。」林啟德扭扭手腕，「跟你好好商量借錢你不給，那就別怪我不客氣了。」

「你這是明搶！是搶劫！」林啟周被怒氣漲紅了臉，啐了他一口。

「就搶你怎麼了？你當着那麼多人的面下我面子，我這口氣還沒出呢！就想着一筆勾銷了？林啟周，你可真是天真的。」

林啟周冷笑一聲：「沒錢，你想怎麼樣？」

「沒錢？那就斷你一隻手，給老子撒撒氣。」

兩邊的氣氛劍拔弩張，林啟周顧忌着崔翠芬在，不想硬碰硬，可林啟德明擺着不會善罷甘休。

此時他想着要是能有一隊巡邏過來震懾一下，至少先把今天的危機度過去就好。

可林啟德不會給他這個機會，一拳揮出去，直接砸在他胸口，林啟周猛然後退，捂着胸口猛烈咳嗽。

反手將崔翠芬往一邊推：「快走，你先走。」

他自己對上林啟德都沒什麼勝算，怎麼能護得住柔弱的崔翠芬。

崔翠芬嚇了一跳，緊張地去扶他，對着林啟德喊道：「你真是瘋子！你就不怕我到保衛科告你嗎！」

「隨便你去，只要我不承認，還能把我怎麼樣？」林啟德上前一步，拎着林啟周的領子，拽到面前，「大家都是老鄉，我本來不想鬧得這麼難看，誰讓你不識好歹呢，那就怪不得我了。」

話音未落，又是一勾拳落在臉上，嘴角瞬間裂開，林啟周臉上掛彩，心裏的血性也被激發出來了。

腳上朝着林啟德的腳面狠狠一踩，趁着他吃痛，狠狠推了一把崔翠芬：「快去找人！」

崔翠芬披在肩上的外套已經掉了，也顧不上風涼，撒腿就跑，林啟德見狀要去抓她，被林啟周從後面一把抱住，在肚子上狠狠來了兩拳。

「林啟周，今天老子弄死你！」

這個時間，前邊小廣場還沉浸在熱鬧的氛圍中，演出的聲音透過話筒飄揚到牆邊，誰都不知道在歡笑之外，有兩個人拳拳相對。

林啟德被抱住腰身，用手肘擊打在林啟周背上，一下下毫不留情。

林啟周悶哼着，眼睛盯着崔翠芬離開的方向，看着沒了人影，才鬆開手，疼得直不起身。

他不求崔翠芬真的能找到人來，只要她不再返回來，自己這顆心就放下一半了。

「呸！」

林啟周吐了一口血沫，揉了揉心口，人心善變他是見識過了，但沒想到林啟德能真的下死手。

林啟德見狀，頗有種趁他病要他命的架勢，一身腱子肉把工裝都撐起來了。

兩人瞬間扭打在一起，不過按照身量懸殊上來看，林啟周是主動出擊，被動捱揍，讓林啟德薅着領子對着肚子一頓硬拳，卻仍舊死死抱着對方的腰，見縫插針地在他身上留下傷痕。

「住手！」

一聲嬌喝，讓林啟周眼前一黑，這崔翠芬平時看着挺機靈的小姑娘，怎麼這時候還往回跑。

崔翠芬剛剛跑出去的時候，沒等到宿舍，就碰見今天正好下礦回來的爸爸，身後跟着一幫工友，顧不得什麼形象，跑上去就拽着爸爸往回跑，生怕慢一步林啟周就被打死了。

「爸，快走，救命去！」

崔增武第一次見女兒如此驚慌失措，聽她喊着救命，也慌了神，扛着工具大手一揮，把工友都叫上了：「一起去，我看看誰敢欺負我姑娘！」

一大幫剛從礦井上來的人，渾身上下都是煤灰，黑黢黢的只有眼睛鋥亮，頭上的頂燈照量着前路。

凌亂地光線出現在林啟周視線裏，知道崔翠芬不是自己回來的，心裏鬆了一口氣。

抱着林啟德的手也鬆了勁，癱軟在地上。

那邊崔翠芬帶着爸爸和一眾叔叔大爺跑回來，指着林啟德喊道：「就是他！爸，他攔着我要搶錢，要不是林啟周攔着，我都跑不出去的！」

「嘿，你他娘的欺負人欺負到我姑娘頭上了！」崔增武舉着板鍬就衝上去了。

林啟德向來有眼色，柿子專揀軟的捏，看見對方人多勢眾，當下就撒開了林啟周的領子，舉着雙手往後退。

「誤會，都是誤會。」

林啟周躺在地上，嘴角還在流血，捂着肚子爬不起來，崔翠芬上前扶着他，抹掉臉上的血跡，說：「你怎麼樣？要不要去醫院啊？」

林啟周無力地搖搖頭，強撐着坐起來，喘着粗氣說：「不用，回去躺會就好了。」

他眼睛在崔翠芬身上看了一圈，見她沒受傷就徹底放心了。

崔增武帶着人將林啟德團團圍住，板鍬就抵在他身前：「你丫的哈巴崽，狗眼睜大看清楚了，這是老子閨女，再敢動彈她一下，老子讓你胳膊腿全廢！」

林啟德陪笑着，指了指地上的林啟周：「我這是跟他的事，不是要找你姑娘麻煩，就是巧合了，巧合。」

順手在兜裏掏出一包煙遞上去，點頭哈腰的：「冒犯了，冒犯了。抽根煙消消氣。」

崔增武揚手打掉，指着旁邊：「快滾，別讓我再看見你，不然見一次打一次！」

林啟德像得了救命符似的，轉身就跑，跑了兩步又轉回來，撿起地上那包煙，頭也不回地溜了。

崔增武轉身看向女兒，看見她扶着的男生的時候，眼神一樣銳利：「他誰啊？」

「爸，就是他救了我。」崔翠芬說道。

林啟周一愣，事情不是這樣的，要不是他執意送崔翠芬回家，也不會讓她遇見這險狀，剛要開口解釋，就被崔翠芬從後面扯了扯衣角，示意他別說話。

這時崔增武的臉色才算緩和下來，點了點頭：「好小子，見義勇為的好孩子啊。就是這身板太小了，沒吃虧吧？」

林啟周捂着胸口咳嗽兩下，搖搖頭：「沒有沒有，多謝您帶着人來幫忙，把他趕走了。」

「都是小事。」崔增武扛着板鍬大氣地揮揮手，「現在廠區監管越來越懈怠了，這幫小崽子都要成氣候了，等下次開大會的時候必須要反映反映。」

林啟周若有所思地點點頭，剛剛他們鬧出的動靜不算小，可從始至終都沒看見一個保衛科的人過來，可見這其中的疏漏有多大。

不過，這都不是他們能操心的事，現在還是處理傷口要緊。

崔翠芬扶着他往回走：「到我家去擦點藥吧，不然你這又要很長時間才能好。」

林啟周往崔增武那邊瞟了兩眼，摸了摸鼻子，小聲說：「不麻煩了，上次的藥酒我宿舍還有呢，我讓舍友幫忙就行了。」

「小夥子，別跟叔客氣，你幫了我姑娘，到我家上點藥沒關係。」崔增武朗笑一聲，一巴掌拍在肩上，差點把林啟周拍斷氣。

崔翠芬家的屋子很小，還是上次那股熟悉的藥味，崔母躺在簾子後面，崔增武下工回家第一件事就是去看看媳婦，然後才出來洗漱。

林啟周被按着坐在小凳子上，崔翠芬用乾淨的棉布清理嘴角的傷口，動作輕柔，生怕弄疼了他。

「這次要不是遇上我爸回來，我還真不知道要去找誰，這個時間李大哥肯定還在小廣場呢。」崔翠芬嘟囔着說。

崔增武在門口洗漱，用水沖掉胳膊上的黑灰，水盆瞬間變得渾濁，林啟周看着就想到父親每天回家的時候。

「下次再有這種事，就直接去找保衛科，把他們全抓起來記過，這幫小牙崽子不給個教訓真不行。」崔增武說道。

崔翠芬煞有介事地點頭：「聽見沒有，以後別忍氣吞聲。要我說今天趁着你這身傷，就該直接去告他，又是打人，又是聚眾賭錢，能把他開除了才好呢，不然他一記仇，以後準保還要找機會為難你。」

林啟周想了半晌，要不要趁着此時直接永絕後患，還沒等他發出狠心，崔增武先開口了。

「那小子敢這麼囂張，指不定跟保衛科的誰有瓜葛，你剛不是還說他打牌賭錢，現在保衛科裏邊也不乾淨，去了就算不直接包庇，也傷不到他筋骨。

「這種人，要麼直擊要害把他清出去，要麼就耐心點等着，一竿子打不死會招來反噬的。」

崔翠芬明顯不服氣，但也聽父親的話，沒再提這個事，就是眉尖一直蹙着，很明顯不高興。

林啟周悄悄看了她幾眼，趁着崔增武出去倒水，小聲說：「別擔心，我以後都跟師傅一起走，保證不落單，不給他機會。」

「實在不行，我就到李大哥家蹭飯，他人高馬大的，林啟德肯定不敢惹。」

提到師傅，崔翠芬想起來，提醒他說：「你明天到車間別忘了找趙叔說情去認字班的事，這才是大事，別耽誤了。」

林啟周心裏一暖，點着頭應下：「我記住了。」

不過他想起林啟德說他謊報年紀的事，還心有餘悸，也不知道崔翠芬記住沒有，偷偷觀察着也沒看出什麼端倪，偏偏也不好多問，只能暫且按下不提。

上完藥，林啟周不好多待，對崔增武再三致謝便要回宿舍了。

剛跨出門檻，就被叫住了。

「小夥子，我送你回去。」崔增武一邊說一邊往外走。

林啟周趕忙拒絕，臉上帶着不好意思：「不用了不用了叔叔，我自己走就行，今天他肯定不敢再找麻煩了。」

「沒多遠的事，我送你一趟，別我前腳給你倆救了，後腳你又讓人堵住了。」

「真不用……」

「別廢話了，趕緊走。」

崔增武常年在礦下幹活，使的都是苦力氣，一身腱子肉站在林啟周身邊像一座小山似的，看着就有安全感。

有崔增武保駕護航自然沒人敢來觸霉頭，可林啟周臉上掛彩，還是有很多人投來目光。

翌日，天色剛剛泛白，林啟周拿着錢到食堂，跟做飯師傅換了半斤茶葉，一大早就去了車間等着。

拿着掃帚將機床附近打掃乾淨，給師傅的茶缸裏泡上新茶，熱氣裊裊帶着茶香。這些雜活從第一天開始幹到現在，趙寶剛每天進來的時候，一切都是料理妥當的，連一整天需要製作的零件原料，都整齊地碼放在角落，不需要操一點心。

「早上好，師傅。」

見到趙寶剛走進來，林啟周端着茶杯迎上去。

「今天這麼早就到了。」趙寶剛喝了口茶水，眉梢一挑，「新茶？你從哪弄的？」

林啟周把包好的茶葉推過去：「早上跟食堂師傅換的，您嘗嘗。」

趙寶剛看看茶葉，又看看他，撥了撥浮沫，問道：「你小子有事吧？」

林啟周嘿嘿一笑，摸了摸後腦勺，有些不好意思的開口：「是有點事求您。」

「聽説最近廠裏要組織開個認字班，但是一個車間名額有限，我想求您幫我跟領導説説，我挺想去的。」

趙寶剛失笑，看着面前身量不高，外形並不出眾的孩子，看上去那麼不起眼，丟在人堆裏都找不到，但從見到的第一天起，就積極上進，不管是工作還是學習，從來都是認真刻苦的，肉眼可見地一天天進步起來。

「這不算什麼大事，我去打個招呼就行了。」他點了點那包茶葉，「你小子也學會這些了，跟我不用整這些事，拿回去自己喝吧。」

林啟周不同意，按着師傅的手說：「就當我孝敬您的，您幫我這麼多，當徒弟的沒別的本事，一點茶葉就別客氣了。」

趙寶剛思索一下，點頭應下。

認字班的事情一傳開，大家都到宣傳欄去看，就像崔翠芬説的，很多人擠破頭都要去學習，各個車間主任的門口都排着隊想要報名，也有暗中送禮走後門的。

但林啟周的消息早，趙寶剛面子又大，大家還在汲汲營營爭取名額的時候，林啟周已經拿着通知單坐在大樹底下傻笑了。

「喝點水吧，別看了，你都看一下午了。」李國富坐在石凳上，給他倒了一杯水。

林啟周眼睛裏的笑意遮都遮不住，他想學習想認字很久很久了，以前只能在家裏聽隔壁的牆角，一字一句地聽，一點一滴地背，會説不會寫。

現在終於有機會正式學習了，他這心裏就像炸開一萬朵花似的，連呼吸都帶着雀躍。

「趙叔疼你，要不是有他的面子，就那個兩個名額，僧多粥少根本落不到你頭上，這情分你得記住啊。」李國富殷殷叮囑。

林啟周鄭重地點頭：「我都記在心裏，到這廠子以後，你們都很幫助我，不然就我這沒什麼見識，性格也內向的，不會過得這麼好，你們的情都在我心裏，以後等我好起來，一定報答。」

不等李國富說話，崔翠芬從屋子裏走出來，懷裏抱着一個小包袱，放在桌子上，笑着說：「誰也沒打算讓你報恩呢，你那點家底還是留着吧。喏，打開看看，給你準備的。」

林啟周拆開包裹，裏面放着兩沓紙，兩枝鉛筆，還有一枝有些掉漆的鋼筆，和小半瓶墨水。

「這……這是給我的？」

崔翠芬點頭：「你要去上課，總不能用手指頭寫字吧，這都是我以前念書的時候剩下的，留着也沒用，分你一份，雖然不多，但夠你用一陣子了。」

林啟周小心翼翼地撫摸着紙筆，那緊張的動作急促又稀罕地掠過，攥着鋼筆的掌心微微汗濕，他那麼渴望有一日自己能拿起筆寫字，沒想到真的會等到這一天的到來。

看着他愛惜的樣子，李國富說：「這個認字班雖然教不了什麼大道理，可只要你好好學，以後能自己看書了，明白的事情就會越來越多，那些知識都會在以後反哺給自己，好好學吧，廠裏能給這個待遇不容易。」

林啟周重重點着頭。

書中自有黃金屋，書中自有顏如玉。

他在家的時候就常聽弟弟這麼念叨，如今他也能學習了，等學會更多的字，他就要自己寫信回家，把這個好消息告訴父母和弟妹。

那個時代物資匱乏，吃穿住行，油鹽醬醋，都有定額分配，一個普通家庭能維持基本生活就算不錯了，在村子裏能讓全家人飽腹不被餓死，就算不錯了，像林啟周這樣的孩子，在家一天餓兩頓的，更是普遍現象。

所以書本原本就是一個高消費的物件，並且不能吃不能穿，對倉廩不豐的人口來說，看書遠沒有下地種田來得重要。

不識字的人一抓一大把，每家每戶能有一個識文斷字的人，都算十分了不起的事情了。

所以自從大弟弟林啟揚上學以後，他就熄了念書的心思。

看着眼前的紙筆，林啟周熱淚盈眶。

這個機會太珍貴了，原本是他做夢都不敢想像的事情。

伸手抹掉眼淚，扯着嘴角笑起來：「謝謝你，我會好好學的。」

對於一個長在農村，沒摸過幾頁書的人來說，能學會寫字，能自己看書，能有屬於自己的知識，絕對是一種致命的誘惑與吸引力。

認字班的開辦為廠子直接點燃了一把大火，被推薦進去的各個喜氣洋洋，走路都高高仰着頭，工裝胸前的口袋裏別着一枝鋼筆，生怕別人不知道他要學寫字了。

而沒選上的，依舊拿着各種禮品找門路，打聽能不能再開一個班，誰都不想放棄這個機會。

林啟周抱着紙筆回到宿舍，小心收在床下，嘴角的笑意怎麼都抑制不住，傻乎乎的坐在床板上笑。

第十三章

讀書認字

認字班一週三節課，文化樓的小屋子裏擠擠挨挨坐滿了人，有去得晚的，就只能蹲在角落，林啟周嘴裏塞着窩窩頭，坐在第一排，腰桿挺得筆直，神態格外認真。

教室中的嘈雜一瞬間寂靜下來，林啟周回身看去。

夕陽下，少女的剪影從門外緩緩步入，一身月白色裙裝長及小腿，襟上繡着幾朵嫩黃的迎春花，襯托着婉約的身段，更顯生機勃勃。

一雙眉目極盡清麗，流轉間帶着瀲灩水波，紅唇不點而朱，微微勾起的弧度比窗外的晚霞更令人着迷。

裙擺輕搖，崔翠芬抱着書本走上講台，纖細的手指夾着一根粉筆，回身的一霎，烏黑的秀髮在肩上撩起弧度，林啟周呼吸一滯，還是那股熟悉的皂粉香味，淡淡的，卻能令心神都安穩下來。

「大家好，我是崔翠芬，負責認字班的教學，以後就由我教大家識字。」

少女的聲音如銀鈴般清脆，轉身的時候，眼光掃過林啟周，俏皮又快速地彎了彎彎唇角，帶着一絲狡黠。

她沒告訴林啟周會來教課，兩人在小小的教室裏眼神碰撞，不約而同紅了臉頰。

林啟周聽着她的聲音收斂心神，展開稿紙，學着她的筆畫一點點的謄抄在紙上。

但沒有系統學過寫字，一個簡單的「礦」字寫得左右分家，歪歪扭扭的看上去就像一撇一捺到紙上玩耍，不成體統。

崔翠芬在過道上走來走去，不時彎下腰耐心教大家筆畫，走到他身邊的時候，林啟周羞赧得想把紙藏起來。

他看過崔翠芬的字，像人一樣娟秀，而他的實在是……太醜了。

「這個石字旁要寫得近一點，小一點，看着就協調了。」崔翠芬溫柔的聲線在耳邊響起，林啟周瞬間紅了耳朵。

白嫩的手拿過他的筆，在旁邊寫下範例：「先寫偏旁部首，這個點不要寫得太大，注意筆順，多練練就好了。」

認字班的水平參差不齊，有大字不識一個的，有林啟周這樣會寫名字的，也有上過幾天小學能完成簡單認讀的，所以教學進度很慢，一節課兩個半小時就學了五個字。

崔翠芬巡視一圈走回講台，笑着說：「大家只要認真學，寫字並不難的，會的多加練習等一等沒有基礎的人，回去也要經常鞏固，別今天學了明天就忘了。」

下面人的年紀也不一樣，最小的估計就是林啟周，最大的都有白頭髮了，看來對學習的渴望是不分年齡的，多大開始都不算晚。

林啟周很珍惜紙筆，一開始掌握不好字寫得很大，後來找到感覺，就開始縮小字體，工工整整地一行行寫，他打算用完一張就用橡皮擦下去，節儉些就能反覆使用。

「今天就到這裏，後天還是這個時間在這上課，希望大家都堅持下去，不要缺席。下課。」

雖然崔翠芬比下面很多人都要小，但沾上老師兩個字，眾人眼中都多了三分尊敬，站起來微微鞠躬，才走出教室。

林啟周落在後面，等了等崔翠芬。

「你可沒説你會來教課啊？」他問道。

崔翠芬一挑眉：「我可不會給你開小灶的，等一個月的課上完是有考試的，到時候你要是不通過，我可不給你留情面，而且他們只考一項，你得加試。」

林啟周一愣，磕磕絆絆地問：「加什麼？」

「讓你自己寫信，不許再找李大哥幫忙了。」

林啟周點點頭，但又有點不自信，一個月他能學會那麼多字給家裏寫信嗎？別到時候寫的不倫不類，連揚仔都看不懂什麼意思。

崔翠芬和林啟周並肩往外走，壓低聲音問道：「最近有沒有再來找你麻煩？」

林啟周搖頭：「沒，可能上次崔叔幫我嚇唬到他了吧。」

「沒有就好，我總覺得他不會死心，你盡量減少自己走，多跟工友一起出行，好歹有個照應。」

林啟周在聯誼會上當志願者的時候，認識了幾個工友，就算是點頭之交，也比之前不跟別人説話好上很多。

他的改變是一點一滴隨着時間和生活開始的，從最初低着頭怯懦的樣子，到如今走路昂首挺胸，見人三分笑，已經有了很大的變化。

見識過人心善變，卻不改赤誠本心，帶着感恩的眼光看待一切釋放善意的人們，他見過師傅的寬厚與包容，見過李大哥的爽朗與不羈，見過崔翠芬的溫柔和善良，與此相比，林啟德帶來的陰霾與創傷，已經癒合。

他是不屑的，因為明確知道自己背井離鄉遠行至此的目標，知道他不管走多遠，身上都背着長子長兄的責任，這份對家庭的責任之心，束縛着他不去學壞，不去恣意探究那些世界荒唐的另一面。

他或許有一日，年歲漸長，會變得圓滑，變得長袖善舞，又或者就一直保持這純善的本相。

無論怎樣又有何妨，少年澄澈的心會通過眼睛讓眾人知道，他將帶着毫無皺摺的心境，行至天光。

白天在車間幹活，跟趙寶剛學技術，下了工就拿着紙筆在窗台上練字，那勤奮的樣子讓李國富都嘖嘖稱奇。

因為勤奮，林啟周成了班裏的尖子生，字寫得雖說不算太漂亮，但一筆一劃的也有模有樣，不再把一個字寫分家認不出個數來了。

「一去二三里，煙村四五家，亭台六七座，八九十枝花。」

崔翠芬在講台上領讀，將這些簡單的字放在詩裏教給大家，教室裏都是朗朗書聲，原本一波波的大字不識一個的莊稼漢和底層工人，都開始念詩了，有些年紀大的人虎目含淚，聲音裏都帶着哽咽。

林啟周沒有笑話他們，因為最開始他有這個學習機會的時候，比他們還要激動。

學習，在他們的腦海中，是一件清高、光耀，甚至可以跨越階層的事，如今有這個機會，不求學成文武藝，只要不做個睜眼瞎子，那都是用之不盡的益處。

原本林啟周只能背誦一些偷聽來的古詩，現在已經可以嘗試着將記憶中的詩句寫在紙上。

他拿着自己默寫的古詩去找崔翠芬，臉色通紅地遞過去，說：「這是我自己寫的，不知道有沒有錯字，你可以幫我看看嗎？」

崔翠芬看紙上寫着一首杜牧的《清明》。

「青明時節雨分分，路上行人欲斷……，介問九家何處有，木同搖指杏花村。」

通篇錯字，但崔翠芬也沒笑，反而覺得他這認學的態度很棒，還知道學以致用，就是用得不大對。

崔翠芬拉着他坐在課桌前，拿着鉛筆將錯字圈出來，把正確的寫在旁邊，溫柔地講解着。

「這個清明時節，是帶三點水的清，清明是個節氣。雨紛紛的紛帶絞絲旁，意思是在清明這一天細雨紛紛飄灑。

「路上行人欲斷魂，這個魂字難一點，你回去多練習練習就會了，這句的意思是因為這樣的天氣，路上的人都神情低迷，非常悲傷。」

崔翠芬的聲線十分柔和，眼瞼低垂着，彎彎的睫毛像兩個小刷子，日落時分的光線透過窗格，與她的溫柔格外相配。

「……借問酒家何處有，借問就是請問的意思，這句話説的是請問哪裏有酒館，所以這個酒字也寫錯了。

「牧童遙指杏花村，牧童是放牛的小孩，遙是走之旁，意思是放牛的小孩遙遙指着遠處的杏花村。」

通過她的講解，林啟周明白了這首詩的含義，不再是之前的死記硬背了。

一首詩半首都是錯別字，林啟周有些不好意思，將崔翠芬的娟秀的字體翻來覆去看了好幾遍，才收起來：「謝謝你。」

「不客氣，你喜歡學我才高興呢。」

窗外夕陽晚照，崔翠芬烏黑的髮鍍上一層金光，眼睫上靈動地跳躍着光線，與空氣中的灰塵共舞。

光影將兩人的影子拉得長長的，參差不齊地落在身後的課桌上，陡然生出一種歲月靜好，林啟周讀着《清明》，眼睛在紙頁和少女的臉上來回逡巡。

自打認字之後，林啟周愈發覺得生活美好。

能跟着師傅學手藝，並且可以自己獨立操作一台機床，各種精細的小零件信手拈來；跟着崔翠芬學習，更是像甘霖一般讓他整顆心都活躍起來，每天都盼着坐在教室裏學寫字，十足的認真。

能讀書認字，能賺錢養家，他收到家裏的來信，阿蘭開春就上學了，還在信尾給他寫了一首小詩，歪歪扭扭的，可也讓他感到欣慰。

無論是自己，亦或家庭，都在蒸蒸日上，這樣的日子更有期盼的價值了……

未覺池塘春草夢，階前梧葉已秋聲。

時間的齒輪不停向前轉動，林啟周隨着廠區的四季變換，見過一茬又一茬的翠柳扶風，穿過層層木棉，在轟然的機器聲中漸漸長大。

手上的老繭越厚，臉上的堅韌和自信就越加耀眼，已經弱冠的少年，身板像小白楊一般堅挺，走路虎虎生風，待人接物愈發穩重成熟。

林啟周從收發室拿到家中來信，一邊拆看一邊往宿舍走。

「大哥，見信如晤。家中一切都好，三個月沒有聯繫，不知大哥近況如何？」

剛看到字跡的時候，就知道是啟蘭寫的，小姑娘現在越發了不得了，常常借着幫母親買東西跑腿的機會攢下幾分錢，等着買郵票寫信，滿紙的童言童語，林啟周看着就笑了出來，接着往下讀。

「去年大哥食言沒能回來過春節，不知道今年能不能回來，阿蘭已經十分想念大哥了，二哥功課很好，已經到鎮上讀高中了，年初你寄回來的錢，剛好夠給我和二哥交學費，謝謝大哥。

「你在那邊一定要注意身體，等我長大了就去找你。」

看到林啟揚上高中的消息，他笑得見牙不見眼。

當初揚仔要念初中的時候，學費翻了一倍，母親險些讓他退學，還是揚仔寫信告訴自己，他郵寄了錢回去，才平安度過。

現在揚仔成績好，已經順利念到高中了，是整個村子第一個高中生，家家戶戶都說他林家祖墳冒青煙，以後必定是能成龍成鳳的。

不過隨之而來的就是學費和書本費，在鎮上上學就不能每天回家，還要交住宿費，這一筆開支又是林啟周每兩個月寄回家的工資解決了燃眉之急。

可以說，家裏兩個孩子上學的費用，都是他每個月勤儉節約一點點攢出來的。

不過只要知道他們都過得好，林啟周這心裏也跟着暖洋洋的，在廠裏上班都有力氣了。

拿着信紙回到宿舍，從床底下扯出一個木箱子，拿出稿紙和鋼筆，準備給小妹回信。

這些年廠裏的認字班一直在授課，崔翠芬已然變成了有名的小崔老師，不少人都跟她學過寫字，林啟周的讀寫能力也提高了很多。

「父母弟妹，展信佳……知道家中瑣事操勞，希望母親保重身體……

「揚仔好好讀書，學費等開銷年底一併帶回家中……」

他的字雖稱不上如何飄逸俊秀，可也是字字端正，很能拿得出手了，正寫着，感覺桌子一晃，筆下瞬間劃出去長長一道墨水。

茶缸中的水開始跳動，飛濺到桌面上，林啟周皺起眉頭，心裏突的一聲，來不及想是怎麼回事，拔腿就往外跑。

此時正是下工時間，宿舍裏跑出不少工人，有的沒穿上衣，有的嘴裏還含着牙刷，有的穿着拖鞋就飛奔出來，三三兩兩聚在空地上。

林啟周想了想，往宿舍區外面走去，發現到處都是驚惶的人，腳步踉蹌，地面還在輕輕顫動，這不像是地震，難不成……

他眼光猛然看向礦區方向，瞳孔驟然收縮，拉住一個工人，冷着聲音問道：「怎麼回事？」

「是二號坑塌了。」

林啟周的心徹底沉了下去，二號坑是正在工作的礦洞，已經投入人力很長時間了，之前雖然也有礦洞出事，但都是剛剛發掘的小洞，沒想到，這一次竟然是二號。

他轉頭跑向家屬區，這個點崔翠芬肯定在家，地上顫動這種表現肯定瞞不過她，他去看看別讓她自己帶着老母親瞎想。

這些年，他獨自在外，沒少受到崔家幫助，關係親近許多，更何況，崔叔就在下礦工人中。

他跑到一半，正好看見跌跌撞撞往礦區跑的崔翠芬，一把拉住她：「崔叔今天下哪個坑？」

崔翠芬腦子一片空白，根本回答不上來，掙扎着就要往礦區走，林啟周拗不過她。

剛進礦區，就聽見裏面亂糟糟的一陣喊聲，到處都是奔走的人，連保衛科都已經在門口集結，人人手中都拎着工具，領隊的正是李國富。

林啟周看他手裏拿着板鍬，就問：「你要去二號坑？」

李國富點點頭，不等説話，就被崔翠芬一把抓住胳膊，哭喊着問：「我爸爸呢？我爸爸是不是不在二號？」

李國富抿了抿唇，不忍心告訴她，可這欲言又止的表情就已經説明一切了。

崔翠芬瞬間脱力，往後一倒，慌得林啟周胳膊一伸將人抱住，安撫着説：「沒事的沒事的，廠裏肯定都會將人救出來的。再説進礦洞也有深有淺，崔叔肯定在最淺的位置，別着急，一定沒事的。」

「你先帶翠芬回去，我去看看什麼情況。」李國富那邊救人如救火，哪敢耽擱，抬腳就要走。

崔翠芬也不知道從哪找回的力氣，掙扎着往前：「我也要去，我得去看看，我爸爸還在那呢！」

「翠芬，翠芬你冷靜！」林啟周哪敢放她，那邊説不準還會有二次坍塌，是最危險的地方，要是再出點什麼事，老崔家簡直不用活了。

「你去了也幫不上忙，就在家等消息好不好，我跟李大哥一起過去，肯定把崔叔帶出來。」

女孩向來都是一副鎮靜溫柔的樣子，現在聲淚俱下，滿眼驚懼，嘴唇白的沒有一絲血色，手心裏都是冰涼的冷汗，一點形象都顧不得了。

崔翠芬搖着頭，眼淚劈里啪啦地落下來，抓着林啟周的手就像抓着救命稻草，哽咽着：「我要去，我保證不搗亂，我就看看，我要看着我爸平安上來。」

林啟周拗不過她，眼看着李國富走遠了，架着她的胳膊快步跟上：「現場肯定很亂，咱們去看看不能添亂，廠裏肯定有安排的。」

見崔翠芬哭得不能自已，又勸道：「家裏阿姨還要你照顧呢，崔叔是有福氣的人，肯定沒事的，你別瞎想把自己嚇到。」

崔翠芬糊了滿臉的眼淚，只要不看見爸爸好好的，這顆心就放不下來。

礦洞坍塌是從未遇見過的事情，對她來說更是遙不可及，猛然聽到這麼大的事，渾身癱軟一絲力氣都提不起來，要不是有林啟周扶着，只怕到達現場這段路都很艱難。

喧鬧聲，哭喊聲，機器轉動的轟鳴聲，碎石土塊層層剝脱的噼啪聲……整個現場一片混亂。

工人們戴着安全帽跑來跑去，叫喊着救人，聞訊趕來的家屬癱坐在地上，一邊拍着地面，一邊捶着胸口，一聲聲喊着家裏的頂樑柱，期望被埋在下面的人能傳回哪怕微弱的一聲回應。

林啟周看着眼前的亂象，眼睛被那個巨大的塌陷勾住，胳膊上的委頓感逐漸加重，側臉看去，崔翠芬已經快要滑坐到地上。

女孩愣愣地看着一切，張着嘴，眼淚不停落下，卻哭不出聲音來。耳畔嗡嗡作響，一顆心像要從嗓子裏跳出來，血液在脈絡中一寸寸凝結，手腳不停地顫抖，嘴唇翕張，半晌也沒說出話來。

「爸，爸——」

「爸爸——」

第十四章

礦難驚變

這一年，梅田礦務局發生了礦難。

林啟周第一次見到如此慘烈的景象。前些年家鄉暴雨損失難以計數的糧食，鄉親們跪地哭嚎，可未曾見血。

但今時今日不同，他看見了明晃晃的鮮血，耳邊哭聲嗚嘯，呼吸的空氣中帶着人命沉甸甸的重量壓在心頭，塌陷的地面彷彿一個巨大的漩渦，將全部心神吸入無盡的哀默之中。

天災人禍，自古都是最悲涼的事。

他難以想像，這一場災禍之後，有多少家庭要掛上白幡，有多少人妻離子散，又有多少人會像面前的女孩這般，陷入深重的絕望和困頓。

他想安慰，卻不知如何開口，一切話語落在此情此景中都顯得格外蒼白，除非神跡降臨，讓碎石歸位，讓地面平坦，讓所有落難的人毫髮無損的再次出現。

但，怎麼可能。

重重坍塌的土層會擊穿脊背，震碎心肺，沒人能從這場礦難中安然逃脱。

崔翠芬掙脱開林啟周攙扶的手臂，連滾帶爬向塌陷處跑去，掌心胡亂抓着碎石扔向一邊，臉上的表情帶着執拗的瘋狂，不管不顧用柔嫩的手挖開土堆。

十根手指漸漸泛紅，石頭尖鋭的棱角劃破皮膚，她此刻彷彿沒有痛覺，只想掀開這層令人窒息的塌陷，讓他的父親重見天日。

林啟周連忙跑過去拉着她，將一雙手小心地護在懷裏：「別這樣翠芬，你答應過的，要堅持住，阿姨還在家等着你呢。崔叔叔吉人天相，肯定會救出來的。」

他將周圍忙着救人的景象指給她看：「你看看，大家都在努力，施救隊馬上就來了，還有很大的希望，咱們不能先倒下了啊！翠芬！」

使勁搖晃着她的肩膀，崔翠芬失神的眼睛漸漸落在他臉上，找回焦距，呢喃着問道：「會有希望的是嗎？」

林啟周狠狠點着頭：「對，一定有的！咱們先離開這裏，不耽誤他們救人，走，跟我到旁邊去。」

他攙扶着脱力的女孩，走到旁邊，那坐着兩排家屬，無一不是嚎啕大哭或默默垂淚，讓人看着都心裏發酸。

崔翠芬一直在抖，眼淚像斷了線的珠子，林啟周想要摟着她安慰一下，手抬到肩膀上猶豫着，最終還是收了回去。

他的家庭雖然貧窮，但父母健康，弟妹和樂，可眼前這個女孩，母親臥病在床，姐姐一年也不見回來一次，家中只有一個父親能支撐生活，可現在埋在下面生死不明，家中的希望瞬間塌了一大半。

天色漸漸昏暗，搶救工作如火如荼，塌陷的面積太大了，三四個小時過去，也只清理出三分之一，可始終沒有見到一個救上來的人。

白熾燈亮如白晝，崔翠芬一直坐在旁邊，不管怎麼勸説都不肯離去，渾身被夜風吹得冰冷，手腳都僵硬着，眼神始終落在現場不曾挪動。

林啟周跑到食堂接了一杯熱水，哄着她喝點暖暖身子。

「你這麼熬着身體吃不消的，況且你不回家，阿姨也會擔心的。」林啟周聲音溫柔地說，「我送你回去，然後我回來幫你盯着，一旦有了什麼消息，就馬上去通知你，好不好？」

「媽媽⋯⋯」崔翠芬呢喃着。

「對啊，阿姨晚上還沒吃藥吧？這件事鬧得這麼大，要是阿姨從別人那裏聽說了，心裏肯定要着急的，還是得你回去在旁邊勸着，這個時候不能再讓阿姨出事了，對不對？」

林啟周費了一番口舌，才讓她麻木的神情有了一絲鬆動，撐着樹幹緩緩站起來，僵硬的腿泛起一陣酸脹的痛感。

她看向林啟周，帶着懇求說：「你一定要去告訴我，不管什麼消息，都要說。」

「你放心，我肯定寸步不離。」

林啟周扶着她往回走，不等走出現場，後面爆發一陣歡呼，有人喊着：「上來了上來了，上來一個！」

「快快快，拉上來！」

崔翠芬腳步一頓，一把推開他跌跌撞撞地往回跑，撥開人群看過去，擔架上躺着一個滿頭鮮血，渾身髒污的男人，可這身材跟魁梧的崔增武大相徑庭，她閉了閉眼睛，又慶幸這個不省人事的工人不是父親，又擔憂父親在下面的每分每秒。

林啟周追上來，握上她的手腕：「走吧，叔叔會有消息的。」

真的嗎？

林啟周心裏也十分含糊，距離塌方已經過去將近四個小時了，時間越久希望越小，更何況出口被堵住了，下面的氧氣會越來越稀薄，人們的生存條件也將逐漸惡劣，即便沒有死於亂石，只怕也會因為中毒或缺氧窒息而喪命。

可這些他不能說，不敢再告訴這個已經瀕臨崩潰的女孩，哪怕她心中只有一絲希望也要保持住才行。

崔翠芬回到家，隔着簾子站在堂屋，遲遲不敢走進去告訴母親這個消息。

她要怎麼說呢？

說昨天還在家一起吃飯的爸爸此刻生死未知？說礦井內塌陷了一個巨大的深坑？還是說她們家此後很有可能失去了頂樑柱？

她伸手觸碰着布簾，眼淚始終在打轉，吸了吸鼻子，也沒有想好如何開口。

「是二妮回來了？」母親有些虛弱氣喘的聲音傳來，二妮就是她的小名。

崔翠芬抹掉臉上的眼淚，僵硬地笑着走進去：「媽，是我回來了，餓了吧？我給你做點飯。」

李月英卻一眼看出女兒紅腫的眼睛，拉着她的手問：「怎麼了這是？誰欺負你了？」

崔翠芬低着頭，根本不敢開口，就怕一出聲音就被看出端倪。

「今天下午外面亂糟糟的，我中午吃完藥這腦袋呀也昏沉，聽不清外邊鬧些什麼，你下了課就趕緊回家，要不然以後你爸爸有時間的時候，就讓他去接你。」李月英在燈下柔聲細語的樣子跟崔翠芬如出一轍。

不提還好，一說到爸爸，崔翠芬這眼淚怎麼都止不住了，她知道不應該在母親面前哭，應該避免讓她受到刺激，可心裏的驚懼惶恐怎麼都抑制不住了。

「怎麼了？你，你爸出事了？」李月英從未見過女兒失態，哭成這樣，心裏咯噔一聲，抓着她的手也緊張起來，撐着身體靠坐在床頭，一聲聲問道：「是不是你爸出事了？」

「礦洞……礦洞坍塌，爸被埋在下面了，現在還沒救出來呢……」

崔翠芬艱難地説出這個消息，伏在床邊哭得不能自已。

「那……」李月英倏地落下眼淚，她想去看看，可常年臥床，雙腿用不上力氣，挪動到床下都困難，捶打着不爭氣的身體，靠在床頭嚎啕大哭。

「天爺啊，這都是什麼事啊！」

崔翠芬抓住母親拍打自己的手，哽咽着說：「搜救隊還在挖人，會有好消息的。」

「你爸當初要下礦井的時候我就不同意，都怪我這身體不爭氣，每天吃那麼多藥都不見好，你爸要是有個什麼三長兩短，我活着還有什麼意思啊！都是我害了他啊！」李月英捶着心口，那痛苦的樣子比崔翠芬還要激動。

母女兩個抱頭痛哭，哭這個岌岌可危的家，哭杳無音信的男人，哭自己命運多舛。

林啟周將她送回去就匆匆回了現場，找了一把鐵鍬，也加入了搜救的隊伍當中。

崔叔在他被林啟德找茬的時候維護了他，那個高大健壯的男人保護過自己，這個時候不管結果如何，他也要盡上一分心力。

趕來支援的工友越來越多，事故調查員也展開了工作，林啟周一邊挖着土石，一邊聽旁邊人議論。

剛剛救上來的礦工在淺層，根本沒下到礦井深處，可也只有他自己，剩下的礦工都在地下正常作業，而且聽説那個渾身是血的男人幾分鐘前已經嚥氣了。

家屬都沒等到去醫院，人在車上就不行了。

臉上的汗一股股往下流，時間流逝的速度在這種與死亡的賽跑中彷彿更加快了，不知不覺，五個小時就已經過去了。

大家心裏的希望越來越少，本想從礦井的另一側直接爆破，打出一個生命通道來，可二號坑下面煤灰煙塵濃度太高，冒然爆破怕引起大規模爆炸，造成二次坍塌，所以只能用機械和人工加緊挖掘。

「鐺，鐺鐺——」

林啟周雙手搬着大石頭，彎着腰聽到了一種響動，像是有人在敲什麼管道。

「停下！快停下，有動靜！」林啟周揮着手，趴在石堆上，耳朵緊緊貼着地面仔細聽着。

過了幾秒鐘，又有一陣「鐺鐺鐺」的響聲傳來，林啟周瞬間狂喜，手指撥弄着石塊，激動地喊着：「快來這，這下面有人！我聽見動靜了。」

大家一擁而上，有聲音就是好的，說明下面還有人存在意識，快速挖開上方的亂石。

林啟周跪坐在上面，沒戴手套，十根手指的指腹都被磨壞了，每一顆石塊上都留下了血跡。

人多力量大，清理出去的東西越多，下面的聲響就越清晰，大家挖了幾個小時，終於看見生存的希望了。

林啟周在心裏默默祈禱，老天爺啊，可一定要是崔叔啊，給這個家一點希望吧。

「加把勁，快出來了。」

「快快，小心一點。」

林啟周憋着一股氣，顧不得手上被磨爛的皮肉，喊道：「是崔增武嗎？是不是崔叔？」

下面一聲敲擊的悶響算是回覆，林啟周更加欣喜，能回應看來保命應該沒問題了。

清理開周圍的亂石，當看見崔增武的臉露出來的時候，林啟周一屁股坐在地上，還好還好，礦井坍塌裏能保住命就算萬幸。

可他身上還壓着一塊厚重的鋼板，專業的搜救隊員進行切割，林啟周一直趴在旁邊，不停地跟他說着話。

「崔叔，再堅持一下，馬上就好了。」

見他眼睛漸漸沉重，林啟周摸着他的臉，提高了聲音：「翠芬和阿姨都在等着你呢，崔叔別睡，再堅持堅持，很快就能把你救出來了。」

「翠芬很擔心你，你要好好地回家去，不能睡覺啊，崔叔！」

拍打着崔增武的臉頰，林啟周焦灼地看着隊員切割鋼板，聽着一二三的號子聲，勸慰着他。

「您想想翠芬，家裏的弟弟還要念書呢，阿姨還等着你回去見面，崔叔，為了家裏人，你再挺一挺。」

看着崔增武緩緩閉上的眼睛，林啟周急得都帶出了哭音：「崔叔叔！為了翠芬好不好，為了你女兒，你堅持住，馬上就好了，翠芬會擔心的！」

「轟」的一聲，鋼板被掀開，可下面的情景，讓所有人都愣住了。

一根拇指粗的鋼筋，從膝蓋下方穿過，整個穿透了他的腿窩，鮮血染紅了一大片碎石，那條腿以一種極其怪異的姿勢蜷縮着。

林啟周手都在顫抖，淚水在眼眶裏打轉，轉過頭拚命嘶喊：「醫生——醫生快來！」

林啟周被推搡到一邊，這個環境太過雜亂，不能貿然切斷鋼筋，只能維持這樣的姿勢抬上擔架。

崔增武微微動了動眼睛，一把抓住林啟周的手，可嘴唇蠕動了幾下卻沒力氣說出話來。

林啟周緊跟兩步追上擔架，回握他說：「我知道你要說什麼，你放心，翠芬和阿姨那邊有我呢，崔叔你好好治病，一切都會好的。」

看着崔增武被抬上救護車，一顆汗珠從額頭落進眼睛，他下意識去揉，抬起手才發現，十根手指都磨壞了，血跡沾着泥土和碎石，齜牙咧嘴地抱着手吹氣，但也扯出一個笑容，不管怎樣，那命算是保住了。

可腿上貫穿的鋼筋他看得清清楚楚，那麼駭人，被壓了五個多小時，那條腿只怕是廢了。

林啟周腳下不停，轉身就往家屬院走，急着給崔翠芬報信。

自從母女兩個哭過一場之後，李月英精神不濟，眼神空洞地躺在床上，而崔翠芬一邊熬藥一邊撐着下巴往門口張望。

「翠芬！有消息了！」林啟周倏地推門進來。

崔翠芬猛然站起來，張着嘴卻問不出來，她生怕聽到什麼不好的消息，整個人僵硬地站在原地。

林啟周快步走過去，站在台階下面，仰頭看着她，說：「剛剛崔叔被救上來了，還有意識，已經送去醫院了。」

崔翠芬一顆心猛然落了下來，眼淚撲簌簌往下掉，手上脱力，扇子啪地一聲掉在地上，手忙腳亂地去抹眼淚。

「活着，活着就好，活着就好。」

女孩捂着臉緩緩蹲下，說不清此時的眼淚是欣喜還是痛苦，淚水順着指縫流出，從哽咽變成低泣，最後連肩膀都不住地顫動起來。

林啟周後面的話不忍心再說出口，張了張嘴卻吐不出來，靜靜等着崔翠芬哭完。

過了半晌，崔翠芬站起來：「我去告訴我媽一聲。」

「欸，等等。」林啟周叫住他，抿了抿唇，緊張地嚥着口水，「崔叔上來的時候⋯⋯」

「受傷了？」

林啟周點點頭。

崔翠芬瞭然，說道：「礦井坍塌不受傷是不可能的。」

「可是⋯⋯」林啟周閉了閉眼睛，一鼓作氣地說出來，「鋼筋貫穿了崔叔的右腿，情況不是很好。」

崔翠芬身體晃了一下，扶着柱子喘息，卻沒再崩潰，平息了許久說：「保住命就好，就是萬幸了。」

「你等我一下，我去跟我媽說一聲，再收拾點東西帶去醫院。」

林啟周坐在院子的石凳上等她，十指連心的刺痛一波波湧來，想攥拳都做不到；只能張着手，小口小口吹着氣。

看見崔翠芬出來，馬上藏到身後。

崔翠芬手裏拿着藥水，放到桌上，說：「別藏了，我都看見了，我給你清理一下上點藥。」

「這是為我家受的傷，這個情我記下了。」她捏着紗布小心地擦掉指腹上的碎石和髒污。

林啟周疼得直抽氣，卻還是說：「崔叔是好人，能幫到你們我也很開心。」

這一家人對他好，崔翠芬教他認字，替他做被子，崔叔也保護過他，知恩圖報都是應該的，換成任何一個人都不會在那樣的情況下袖手旁觀。

「也是奇怪，你每次來我家總會受傷，給你上藥都輕車熟路了。」崔翠芬道。

隨即指了指桌上的包袱，說：「我一會去醫院看着我爸，家裏這邊我想拜託你，我媽要吃的藥她自己知道，你給送送飯就行，明天週末弟弟會回來，你幫忙着看一下，有口飯吃別讓他到處亂跑就可以。」

林啟周看着她微微低垂的側臉，露出一節細膩的頸子，紅着臉說：「我替你去醫院吧，我力氣大照顧人比較方便。」

崔翠芬搖搖頭：「我不自己看一眼總是不放心，要是情況不好，有我這個女兒在那，很多事情都能及時跟醫生溝通。」

「家裏別的都不麻煩你，你抽空幫我看兩眼就好。」崔翠芬仔細地塗着藥水，用紗布包好，「我已經很感激你了。」

林啟周連連點頭：「你放心，都交給我，保證辦得好好的。」

崔翠芬沉默了一下，又說：「我媽還不知道我爸腿受傷的事，等情況好轉一點再說吧，她要是問你就推說不知道。」

林啟周見她眉目間縈繞着淒愁，勸慰道：「說不定沒有那麼糟，你明天就能帶着叔叔回家了。」

「借你吉言吧。」

兩個人收拾好，照顧李月英睡下，林啟周送她到現場的醫療隊，等會就跟着醫院的車一起出去，不然這個時間是沒有辦法到城裏去的。

崔翠芬靠着樹幹，將包袱挎在胳膊上，看着塵煙零亂的現場，搜救隊扔在工作，還有人被困在下面沒上來。

她低聲說：「我不在的時候你幫我聽着點廠裏的事，礦洞坍塌不是小事情，事後的賠償和追責都要逐步跟上，我家沒有能擔事的人了，你多幫我費心。」

林啟周哪有不應的道理，一連聲讓她放心：「我會幫忙的，還有李大哥和師傅呢，都會留意的，你安心照顧叔叔，要是有什麼難事就捎信回來，多個人就多分力。」

崔翠芬借着刺眼的白熾燈看着面前的男人，以前總覺得他不善言辭，沉悶又憨傻，可今天突如其來的一場變故，讓她看到了另外一面。

說話不多，但字字句句都說到人心上，不善言辭，卻用行動把她父親救了上來，十指磨爛也沒叫一聲疼，彷彿從前用看小孩的眼光已經不合適了，這個瘦弱的肩膀比她想像的還要堅挺。

崔翠芬從包袱裏掏出一方手帕，裏面包着幾張糧票，遞到他面前：「這幾天家裏的伙食不能讓你出，這幾張糧票你拿着，到食堂兑換餐券去。」

林啟周縮回手不肯收，神情鄭重地說：「我說了，你，和你們家對我都有恩，不過是幾頓飯，我不能收你的票，你就安心去醫院，家裏不必你操心的。」

說完，又從褲兜裏掏出一沓錢，笑着說：「幸好今天發了工資，你拿着吧，在醫院身上還是要多放點錢，這些雖然不多，但也是我的一點心意，你收着。」

崔翠芬低頭看着一沓嶄新的紙鈔，裏邊還夾着幾張糧票和布票，眼睛一熱，晶瑩的淚珠滴在手背上。

她太知道林啟周有多摳了，最喜歡攢錢，之前林啟德偷他的錢，他一氣之下找人當眾對質，現在卻一股腦拿出來給她，這份心意對他而言已經十分貴重了。

「我不要，我帶了錢的，你自己攢着吧。」崔翠芬抬起頭，含着淚笑着看向他。

林啟周卻強硬地掰開她的手，將錢塞進去，說：「窮家富路，崔叔在醫院情況不明，用錢的地方多着呢，你帶上能用就用，用不上你再還給我唄，這錢又不是扔了。」

崔翠芬不想要，反手想要塞回去，林啟周卻抱着手嘶哈着喊疼，唬得崔翠芬不敢再動了。

「你這……我不能要你的錢……」

「去醫院的上車，快走了！」後面醫療隊喊道。

林啟周推着她往前走，叮囑道：「讓你拿着就拿着，家裏有我照看，你安心吧。」

林啟周看着醫療隊的車離開，在現場站了一會，低頭看了看被包成蘿蔔形的手指頭，無奈地搖了搖頭，轉身離開。

第十五章

開解迷惑

礦洞坍塌的餘波並不會就此散去，經過搜救隊連着兩天兩宿的搶救，十三名礦工都被找了出來，四死九傷，其中三個重傷，上來的時候就已經昏厥，不等送到醫院人就嚥氣了。

這些家屬到辦公樓門前要說法，廠裏只能攔着，卻不敢強硬攆人。

人家出了喪事，領導們卻遲遲不給一個合理的答覆，事故調查始終在進行，卻拿不出對廠子有利的證據，最近所有工人私下討論的話題都是這些，林啟周在食堂吃飯總能聽見。

賠償是一定的了，就是看着這種拖延的態度，只怕是給不到家屬們要求的。

林啟周用飯盒裝好飯，拎着往家屬院去了。

「啟周哥哥你來啦！」

院子裏跑出個七八歲的男孩，手裏拿着一個空藥碗，稚嫩的小臉上揚起笑容。

林啟周彎腰摸摸他的頭：「宗權今天在家乖不乖？給媽媽餵藥了？」

這個男孩就是崔翠芬的小弟弟，崔宗權，今年剛上到小學二年級，平常在城裏上學，寄宿在親戚家，只有週末放假的時候才回家屬院。

因為長姐早年離家，二姐現在又去了醫院照顧父親，孩子雖然年紀小，卻格外懂事，林啟周每次過來都能看見他幫忙打理家事，將院子收拾得整整齊齊，連熬藥這樣的事都做得有模有樣。

「媽剛吃完藥，正說着你會過來呢。」崔宗權放下碗，拉着他往裏走，一邊喊，「媽媽，啟周哥哥來啦！」

李月英躺在床上，臉色又憔悴了幾分，眼底一片青黑，林啟周在心裏默默歎了口氣，丈夫和女兒都不在身邊，只怕誰也不能讓她寬心，難免會夜不安枕。

「又麻煩你過來送飯，以後讓宗權去就好了，你忙着上工，折騰一次也不方便。」李月英虛弱地笑着說。

林啟周將飯盒打開交給崔宗權，在床邊的凳子上坐了，說道：「沒什麼不方便的，下了工也沒事做，翠芬不在，我來幫幫忙而已。」

「阿姨你就好好養病，等你養好了，翠芬就帶着崔叔回來了。」

李月英長長歎口氣，捏着被角說道：「你們吶，都不告訴我實話，其實我心裏都明白，礦洞坍塌這麼大的事，死了好幾個人，我家老崔能活着也避免不了受傷。」

「翠芬去了兩天都沒回家，只怕這傷得不輕，我心裏都有數。」

說着，她慈愛地看着林啟周，眼角的皺紋帶着愛憐：「你們都是孝順孩子，我不會讓你們再替我操心的，放心好了。」

看着在自己身上輕拍的手，枯瘦蒼白，連血管都帶着青黑色，這溫度與母親的很像，卻沒有母親的寬厚柔軟，林啟周眼睛一酸，他有點，想家了。

「你家裏幾個孩子？」林月英問道。

林啟周吸了吸鼻子，笑着說：「算我一共七個，這個月收到家裏來信，正好最小的妹妹出生了。」

「好，多子多福，看你這麼懂事，就知道你父母是個有孩子緣分的。」林月英説道。

他現在還是不太明白，多子多福這個詞的含義，難不成對一戶家徒四壁的人家來説，人丁興旺真的是好事嗎，就算吃不飽飯也是好的？

可大家都這麼説，他雖然不理解，但也笑着應下，陪林月英聊天。

「啟周哥哥，我二姐什麼時候會回來？」崔宗權端着小碗，一口一口餵母親吃飯。

林啟周笑了笑，往他碗裏夾了一筷子肉：「你姐姐過兩天就回來了，明天我送你去上學，好不好？」

崔宗權想了一下，搖着頭説：「我自己坐車就行，媽媽説你要上班，不能總是麻煩你，這兩天要不是有你來送飯，我肯定要忙不過來的。」

「小鬼頭，就説這些見外的話。」林啟周彈了他一下腦門，「你還小，不能自己出門，要小心壞人把你拐走，知不知道？」

林月英看着他倆互動，心裏暖暖的，她一直都想給小兒子再生個兄弟，以後相互扶持也是好的，但身體不濟，活着喘氣都算勉強了，看着林啟周對小兒子這麼溫和，就像看見兄弟兩個一樣，分外和諧。

「他也七歲了，走不丟的，明天又不放假，你該上班就上班，不用這麼着緊他。」林月英説道。

「沒事阿姨，不費事的。」

林啟周見吃得差不多就收拾了碗筷，又擼起袖子把院子裏的柴火都劈了，摞得整整齊齊，後背的工裝都濕透了。

崔宗權端着一杯水遞給他：「啟周哥哥歇會吧。」

「好。」林啟周仰頭咕咚咕咚灌了一大碗水，抹了抹嘴，在他腦袋上拍了一下，「明天在家等我。」

林啟周回到宿舍就看見李國富靠在牆邊抽煙。

「李大哥，怎麼這時候來找我了？」

李國富用腳捻滅了煙頭，說：「去翠芬家了？」

「嗯，進來坐。」林啟周打開宿舍門。

李國富擺擺手，把他拉到牆邊，低聲說：「我剛聽到消息，說這次給的賠償款只有規定的三分之一，那些家屬都把橫幅拉到大門口。真他媽滿大街的丟人了！」

林啟周一愣，臉上浮現怒色：「那翠芬家能得到的就更少了，這日子可怎麼過下去啊，事故調查有結論了嗎？」

李國富往地上唾了一口，說：「眾說紛紜的，有人說是礦工操作失誤，有人說是廠子的安全措施出了問題，還有的說原本開採礦洞的時候就準備不足，總之這些消息沒個定論，大家都惱火着呢。」

其實礙於這次重大事故，其他幾個礦洞的工人都起了不滿的心思，給上邊添了不少亂子，整天忙着安撫人心。

「這麼拖下去也不是個辦法。」林啟周也犯愁了。

崔翠芬的家庭這些年一直給李月英看病吃藥，本就沒什麼家底，現在崔增武也倒下了，本想着能拿着這筆賠償款渡過眼前的難關，可就看現在這領導們的態度，說不上何時才能讓這筆錢進到口袋裏呢。

「我想着你明天送宗權上學，順便去一趟醫院找翠芬，她手裏沒有什麼積蓄，這是我跟你師傅湊了點錢，你給捎過去，崔叔在醫院不能斷了治療啊。」李國富把一沓錢放到他手裏，零零碎碎不同面額的都有，一看就是臨時湊出來的。

林啟周接過來說：「行，我是能送去，可翠芬不一定會收。」

「你把這情況跟她透個底，咱們能幫一時幫不了一世，昨天有從醫院回來的家屬說，崔叔這狀況，這輩子怕是都站不起來了，她得早做打算啊。」

林啟周點點頭，真是屋漏偏逢連夜雨，什麼倒霉事都趕到一塊了，剛要說話，就看見牆邊露出個衣角，驚訝地說：「宗權？你怎麼在這？」

崔宗權從牆角走出來，滿臉的眼淚，慘兮兮地哭着問：「我都聽見了，我爸爸站不起來了？」

林啟周和李國富面面相覷，他走過去蹲下身子看着他：「醫生還沒下結論呢，別亂想，有什麼事情你姐姐和我們都會處理的，你好好上學就行了。」

崔宗權低着頭，哭音顫顫巍巍的，讓人聽着就心疼：「李大哥都說是醫院傳回來的消息，你們別騙我，我長大了都明白，大姐不在家，我還上學，就二姐擔着這些，她太辛苦了。」

林啟周看着他就像看見自家的小弟弟，心裏憐惜：「宗權真是乖孩子，小男子漢要好好學習，以後有大出息，就能保護姐姐，照顧爸爸媽媽了，知道嗎？」

崔宗權抿着嘴不說話，把手裏的飯盒塞進他懷裏，扭頭跑開了。

林啟周歎了口氣，這都什麼事啊，孩子那麼小，知道這些還不得一宿都睡不着覺。

「你也別想了，走一步看一步吧，崔叔人好，受過他幫助的人不少，只有這些人還在，就不能看着他們娘幾個沒着落。」李國富拍拍他肩膀。

林啟周沉默着點頭，回到宿舍，把一直藏錢的小手絹找出來，裏面孤零零的躺着兩張一塊的紙幣，上班兩個月，手裏就剩這點錢了。

想了想，還是把兩塊錢放到了李國富那一沓裏。

他想着，反正一直都在廠子待着，糧票早就兑換成餐券了，住宿也不花錢，他平常更是沒有什麼花銷，就拿去給崔翠芬救急吧，等下個月開了工資就好了。

把空蕩蕩的手絹塞進褥子裏，翻身上床，胳膊枕在腦後，也不知道過年回家之前能攢下多少錢，明年揚仔的學費應該能省出來。

如果可以的話，他想讓聲仔也去上學，家裏多幾個文化人，以後都是有大出息的。

廠區的夜晚並不安靜，外面有保衛科來回走動的腳步聲，有隱隱傳來的機器聲，宿舍裏還有腳臭和震天響的呼嚕聲混雜着，一開始他睡不安穩，但現在已經習慣了。

不論耳邊吵成什麼樣子，翻個身就能進入夢鄉。

翌日一大早，林啟周穿戴整齊跟師傅請了一上午假，徑直去了崔家。

一進門就看見崔宗權跪在院子裏抹眼淚，小身板哭得一抽一抽的。

「這是出什麼事了？」林啟周快步過去，一把將他抱在懷裏，「怎麼了？」

不等孩子說話，裏屋李月英憤怒的聲音就傳了出來：「不想上學你能有什麼出息！家裏不管怎麼困難，都要供你讀書，你現在說不念就不念了，你讓我和你爸後半輩子指望誰去！」

李月英的聲音虛弱，扯着嗓子叫罵，中間說不上兩句就要穿着粗氣咳嗽，動靜鬧得不小，一個院子裏的其他人家都站在窗戶後面看。

林啟周也下了一跳，看着他問：「為什麼不想上學了？昨天不是還好好的嗎？」

崔宗權哭得小臉通紅，抽泣着說：「以前為了供我讀書，二姐就輟學了，現在家裏用錢，我不想再給家添麻煩了，我也不念書了，我出去學手藝，馬上就能掙錢了，二姐就不用這麼累，大姐也能回家了。」

林啟周聽得心裏難受，這孩子才七歲，還不懂讀書能為他的人生帶來多大的轉變，可這份赤子之心足夠令人動容了。

拍拍他的背順氣，說道：「你還小，錢不是你該操心的，你只有好好念書，以後才能掙更多的錢，讓爸媽和姐姐都過上好日子，對不對？」

崔宗權今天格外倔強，使勁搖着頭：「我不念書就能省錢給媽和爸看病了，啟周哥哥，我不想去學校了，我要出去掙錢。」

「你放屁！」李月英在裏面聽着更惱火了，望子成龍是每個父母都有的心思，順手將碗扔出來，砸在堂屋地上摔個粉碎。

崔宗權下意識往林啟周懷裏躲，小身板顫抖着。

「你要是不去上學，當個睜眼瞎子，我和你爸才要被你氣死！」

「你大姐當年離家，這些年寄回來的錢都說要給你和翠芬留着念書，後來你二姐念到初中家裏供不起了，她為了你有前程，也輟學了。」李月英一邊說一邊哭，這些年的辛酸彷彿都要一口氣發泄出來，那聲音又淒厲又悲慘，如同杜鵑啼血。

「我和你爸捨不得吃捨不得穿，只要對你上學好的，多少錢都認花，你自己說，在你身上全家人付出了多少心血？

「現在你說不念就不念了，那學校裏有鬼能吃了你啊？你要是不去上學，這麼兩年的錢都白花了，你兩個姐姐的犧牲也白費了！你怎麼這麼不懂事！」

被母親劈頭蓋臉罵了一頓，崔宗權也不知道從哪生出的勇氣，從林啟周懷裏掙出來，喊道：「我上學你和爸就買不起好藥，姐姐就得去車間幹活，我不想當全家的累贅，我也能給家裏幫忙！」

林啟周看着倔強的孩子，心裏酸澀。

他家不富裕，甚至可以說得上一貧如洗，上學的機會更是只有一個，所以父母選擇了更合適的揚仔，他出來打工上班，舉全家之力供一個讀書人。

崔家現在的情況如出一轍，孩子懂事不想給家裏添負擔，可已經犧牲的都犧牲過了，花過的金錢和精力都無法挽回，只有繼續讀書，以後出人頭地，這個家才能再次看見希望。

「乖孩子，宗權啊，哥哥跟你說。」林啟周拉着孩子的手，抹掉臉上的眼淚，語重心長地說，「哥哥家裏也有一個上學的弟弟，還有好幾個弟妹等着吃飽飯，可只有哥哥和哥哥的爸爸出來掙錢，我們要養家，要讓他好好念書，好好吃飯。」

「既然這麼難了，為什麼還要念書？」崔宗權抽噎着問道。

「因為讀了書就有文化，就能到更好的城市去，見識更大的場面，有更大的出息。」

「什麼是更大的出息？」

「就是不用起早貪黑地幹活，不用讓家裏人餓肚子，能做出實事來，穿得體體面面地賺錢養家。」林啟周整理着他身上的小開衫，笑着說，「你的爸爸媽媽和姐姐們都把希望放在你身上，他們現在養着你，給你最好的條件讀書，以後等你有本事了，就可以回來照顧他們了，那個時候你能給他們比現在更好的生活，給媽媽好好治病，對不對？」

「可我現在也能⋯⋯」

林啟周打斷他：「你現在還小，出去打工沒人要，學手藝也是要時間的，至少你學徒的幾年是沒有工資的，那這段時間誰養家呢？你不念書白白耽誤了時間，你想想，是不是？」

見崔宗權沉默着，能聽進去自己的話，接着說：「上學是給自己找出路，也是給家裏找出路，你這麼聰明，以後肯定能有大本事，到時候你就可以照顧父母保護姐姐了。」

聽着屋裏壓抑着的哭聲，林啟周歎了口氣，拍着他的頭說：「你好好想想，哥哥進去看看你媽媽。」

林啟周拿着掃帚將堂屋摔碎的碗掃起來，撩着簾子走到床前，只見李月英伏在床邊，手緊緊攥着床板，那柔弱無力的樣子，看着就格外悽慘。

李月英捶着心口，聲聲淚下：「都怪我這不爭氣的身體啊，這些年吃了多少藥都不好！我怎麼還不死啊，給我的孩子們多留點錢出來啊！」

林啟周被這一聲哭喊，差點叫出淚來，溫聲安慰道：「阿姨，翠芬和宗權都是孝順孩子，您為他們多想想，現在崔叔是那樣的情況，您要是再垮了，這孩子們就更沒有主心骨了，您說是不是？」

「我就是恨啊！老天爺可着我們一家糟踐，你看看這屋子，哪像個過日子的人家，這些年買藥的錢跟淌水似的花出去，我還是下不了床，一大家子都靠着翠芬自己照顧，我的孩子我哪能不心疼啊！」李月英指着家裏空蕩蕩的房間哭道。

林啟周背過身抹着濕潤的眼角，崔翠芬在醫院顧不上家裏，他受人所託，就得讓她沒有後顧之憂，不然兩頭惦記身心都會受不住的。

握住李月英的手，安撫着拍了拍：「阿姨，您心疼翠芬我知道，現在更是您能幫上翠芬的時候，要是您撐不住了，翠芬身上的擔子就更重了，您也捨不得，是不是？」

「宗權不想上學也是心疼家人，我勸過了，一會我就送他去學校，您在家好好想想，大姐不在，又出了這麼大的事，翠芬現在心裏能依靠的就只有您了。」

「我在認字班的時候，翠芬教過我一句話，叫車到山前必有路，您想想是不是這麼個道理？」林啟周蹲着腿都發麻，可看着這個跟母親差不多大年紀的女人兩鬢斑白，心裏更是酸得發脹。

「遇着難事總會解決的，人好好的才是關鍵。更何況有這麼多朋友呢，您別擔心。翠芬回來看見您好好的，她心裏才高興不是？宗權見您好了，他也能安心上學啊。」

裏裏外外說了一籮筐的話，才漸漸把李月英的情緒控制住，雖然還是垂淚，可不再聲嘶力竭地埋怨自己了。

林啟周緩緩吐出一口氣，扶着床邊站起來，給李月英掖了掖被角：「我去送宗權上學，您好好休息一會，中午的時候李大哥會給您帶飯的，正好啊，我順便去醫院一趟，幫您看看崔叔的情況，回來跟您說。」

一聽他盡心盡力，李月英臉上有些羞愧：「多虧有你在了。」

「您別客氣。」林啟周說着就掀簾子出去了。

看崔宗權背着書包站在院子裏，就知道這孩子不是鑽牛角尖的，能聽進去勸，會心一笑，牽着他小手就出了院門。

今天並不是休息日，工人們很少有進城的，他們上車的時候有不少空位。

昨天還活潑的小男孩，今天全程都格外沉默，林啟周看着他沒再說什麼，有些話都要自己想明白才好，不然別人說得再多都無濟於事。

他當初看着弟弟去上學的時候，心裏也難受，一邊想着父母偏心，一邊較着勁要自己出去闖一番天地。

可當他想通了之後，就不再糾結了，只有自己走了出來，見過更多的人和事，心裏的天地才能真正廣闊起來，所謂見眾生，明自身，就是這個道理了。

看着崔宗權背着書包站在校門口，林啟周有些出神，這就是他夢寐以求的校園，裏面書聲琅琅，連鈴聲都格外悅耳，只可惜他這輩子已經錯過了。

「啟周哥哥，我會好好念書的。」

崔宗權稚嫩的臉上表情格外認真，小拳頭緊緊握着，而他的身後，正是一輪最燦爛的朝陽。

林啟周揮揮手，轉身離開。

他也是少年，只不過環境不同，他沒經歷過校園時光，只是走在另一條為自己爭取的路上，或許很難，或許要吃很多沒文化的虧，但他依然笑着大步前行。

英雄不問出處，這是崔翠芬告訴他的。

林啟周不企望自己能成為什麼蓋世英豪，只要用雙翼庇護家人，這一輩子吃飽穿暖，不再忍飢捱餓，就算成功。

少年的世界從無條框，千種人就能活出千般模樣，而林啟周是芸芸眾生中最普通的一個，也是自己這一生絕無僅有的主角。

第十六章

笨手笨腳

醫院，二樓骨科。

林啟周在護士站詢問崔增武的床號，走到病房門口，隔着窗戶，看見崔翠芬坐在床邊，撐着下巴打瞌睡，不用走近都能看見她憔悴的臉色和烏青的眼底。

「翠芬。」林啟周推門進去，壓低聲音喚了一聲。

崔翠芬揉揉眼睛，看見他錯愕了一下，轉而驚喜地問道：「你怎麼來了？」

林啟周笑了笑，指了指病床：「崔叔怎麼樣？」

崔翠芬眼底佈滿晦暗：「醫生説傷到膝蓋了，後半輩子都要坐輪椅了，再也站不起來了。」

林啟周抿着唇，好半天才乾巴巴地説：「保住命就好，只要人活着就是萬幸了。」

他也不知道要怎麼安慰，扯了扯她衣角，指着外面説道：「你出來，我有話跟你説。」

崔翠芬轉身給父親掖了掖被角，跟着去了走廊。

「是家裏出事了？你怎麼這時候過來了？」

見她着急，林啟周趕忙説道：「沒事沒事，你別瞎想，我就是送宗權來上學，順便過來看看崔叔。」

崔翠芬歎了口氣：「難為你了，我知道我媽那個性子，最是想不開的，這兩天肯定沒少鬧你吧？」

他擺擺手：「沒有，不算什麼，阿姨很堅強的。」

崔翠芬怎麼能不知道自家老媽是什麼性格，見他不說也就不問了，等她回家，李月英看見丈夫這個樣子還有一場好哭呢。

「李大哥讓我告訴你，廠子在賠償金的問題上還有的是時間拉扯，看那樣子不像痛快給錢的，只怕要拖上你們一段時間。

「而且事故原因遲遲沒有結論，死者家屬整天去鬧也不管用，你要做個心理準備。」

崔翠芬苦笑一聲，揉了揉眼角：「我能做什麼準備，過一天算一天吧，這醫院就是燒錢的地方，住不了幾天就準備回家了。」

「崔叔這情況還是在醫院多待一陣子吧，等穩定了再回家，別出什麼岔子。」林啟周說着從貼身的兜裏掏出一張手帕來，裏面鼓鼓囊囊的塞着紙幣。

「這是李大哥和師傅湊的，還有我的兩塊錢，雖然不多，但也是個心意，他們託我帶過來，讓你收下。」

崔翠芬眼睛一熱，推拒着：「你已經幫我很多了，要不是有你那天給的錢，我們連這兩天的醫院都住不起了，那廠子現在也沒人來看看，醫藥費更是沒有着落，這時候怎麼能再要你們的錢。

「趙叔有家有業的，李大哥孤家寡人一個日子也不好過，這錢你拿回去，我不能再收了。」

林啟周堅決地往她手裏一塞：「我只負責帶來，何況你家的情況大家都清楚，你們都是善人，平時沒少幫着鄰里的忙，大家怎麼也不會讓崔叔沒錢看病的。都是一片心意，你就收下吧。」

崔翠芬一直強撐着的心突然崩塌，眼睫一顫，落下淚來。

林啟周逆光站着，看見她晶瑩剔透的淚珠順着臉頰滑下，帶着陽光的色彩，閃過微光，徑直落在他心上。

「你別哭。」他笨手笨腳的想去擦掉那抹淚，卻遲疑着不敢伸手，只能摸摸自己的頭髮，頗有些手足無措。

「謝謝你們。」崔翠芬啞着嗓子說。

「一切都會好起來的，你不是說過車到山前必有路嘛，崔叔那麼堅強的人，一定能挺過來的。」

崔翠芬點點頭，吸了吸鼻子，手心裏緊緊攥着一沓錢：「我爸這個樣子是不能再上工了，我都想好了，等回去之後我就下車間，工資能比現在多不少，這個家我來養活。」

林啟周一愣，崔翠芬在宣傳科，手裏拿的是筆，每天接觸的是書，在整個廠子裏是最輕鬆又文雅的崗位了，下到車間去整天面對的就是機器和灰塵，他下意識覺得，崔翠芬並不應該屬於那樣的環境。

「大姐還不知道這件事，等過一陣子通信的時候我再跟她說，有我們姐妹兩個撐着，這家不會散的。」

她的眼睛裏帶着堅韌，像極了林啟周毅然離開家的時候，一樣的目光，沒有悔恨，全是對未來的不屈。

「我相信你。」

「八床該換藥了。」護士端着藥走過來。

崔翠芬擦擦臉上的淚痕，扯出一絲笑：「我去看看我爸，你回去吧，這心意我收到了，等我回去再跟李大哥和趙叔致謝。」

林啟周瞄了一眼時間，見離下午上班還有一段時間，便挽着袖口說：「我來幫幫你，一會坐中午車回去就行，不着急的。」

護士一進去，崔增武就醒了，看見林啟周站在旁邊，笑了笑：「你咋來了？今天休息？」

林啟周過去幫忙翻身，說：「我來送宗權上學，正好來看看您。」

崔增武一愣，臉上染上一層愧疚：「麻煩你了，事事都幫我家想着。」

「崔叔您説這話就見外了，您也幫過我的，我做的這點事不算什麼。更何況翠芬還算我老師呢，我現在認的字多了，都是她教的呢。」

一提起女兒，崔增武明顯高興，説話聲音都提高了許多：「我這個姑娘啊，念書的時候成績就好，是最懂事的孩子。」

林啟周湊趣地順着崔增武説話，只是當紗布拆開的時候，整個人都愣住了。

膝蓋骨下面一個碩大的血洞，周圍掛着紅黃的分泌物，皮肉跟紗布黏連，就算動作再輕，也讓崔增武渾身冒出冷汗。

林啟周是第一次見，但崔翠芬這兩天都見過很多次了，初次見到的時候，哭得停不下來，現在已經能忍住情緒了，幫着護士換完藥，就擦擦手坐在床邊。

「啟周是來給送錢的，李大哥和趙叔都給湊了點。」

崔增武神色一變，鄭重地説：「這錢不能要，咱家沒到要受人接濟的地步呢，就算到了，咱們也不能拿。」

林啟周坐在床邊，自然地給他按摩手臂，説道：「您平時沒少幫助大家，這時候誰都不能冷眼看着，您就接受大家的心意吧。」

「再説我，吃住都在廠子裏，沒什麼花銷，翠芬教我認字，要是認真算起來，我還得叫一聲老師呢，您要是不收下，才是跟我們見外了。」

崔增武看着認真的看着他，半晌，驀然笑了：「你小子，以前怎麼沒發現你這麼能説會道的。」

「我這個女兒啊，從小就懂事，又貼心，自從她姐走了之後，我下礦時常不在，一個家從裏到外都是她操持着，連書都不念了，我愧對這個孩子啊。」崔增武躺在床上，説起女兒虎目含淚，竟隱隱有些顫抖。

崔翠芬低着頭，也啞了嗓子：「您說這些幹什麼，都是應該的。」

「哪有什麼應不應該，家裏拖累了你的前程，要是你接着讀書，哪用小小年紀就進廠上班，以後前途大好着呢。」

真不是崔增武小題大做，崔翠芬鍾靈毓秀，在念書上比弟弟崔宗權更有天分，一直都是學校裏的佼佼者，要不是家裏實在困難，只能在兩個孩子裏二選一，崔增武這個當父親的，是怎麼都不會讓女兒輟學的。

林啟周看着父女之間流轉的情感，心裏有些酸澀。

如果他的父母也曾說過這些話，他也不會覺得偏心至極，看見弟弟能上學的時候，也不會有那麼大的反應。

說這些都沒有用，他相信自己的生活會慢慢變好，也該到他迎着朝陽向前的時候了。

在醫院待了一會，時間差不多就離開了，趕着回去上班。

到廠子門口下車的時候，正好看見礦難死者的家屬拉着橫幅堵在那。

前邊幾個人披麻戴孝，捧着死者照片，老人帶着孩子跪在那，一聲聲哭嚎，指責命運不公，罵廠區不作為，什麼難聽就說什麼，路過的行人都會停下來看熱鬧，指指點點的議論紛紛。

「我可憐的兒子啊！你走了，留下我這個老太婆帶着兩個孩子可怎麼活啊！」大娘拍着大腿，兩邊摟着孩子，一把鼻涕一把淚地哭嚎：「怎麼不讓我去死啊，把我兒子留下來啊！」

「這廠子喪良心啊，不給賠償金是要餓死我們娘仨啊！大家都來評評理啊，我這老天拔地的豁出去臉面不要了，也得給我兒子討個公道啊！」

身後是一個年輕的小媳婦，也哭得雙眼紅腫，那言辭比大娘還潑辣：「啊呀，我的當家的啊！你死不瞑目啊，礦洞說塌就塌，連個說法都沒有，你到了下邊要索命可就找這幫吃乾飯的領導們吧！」

門裏邊站着的工作人員沒有表情，這幾天每天都會上演這樣的場面，他們已經習慣了，就是那被派出來安撫家屬情緒的人滿面為難，站在那手足無措，腳下攢了一堆煙頭，說什麼都不管用。

家屬們看不見領導，根本不搭理這些小嘍囉，就是自顧自的哭鬧，哭聲震天響，差點就要哭出血來。

林啟周從小門繞進去，他一方面希望這些人鬧，鬧得越大，賠償款就越快下來，崔家的燃眉之急就算解了。

一方面又覺得這樣鬧下去，對廠子的影響不好，作為這裏的職工，看見路人指指點點，臉上也跟着發燒。

不過他就是個車間的小學徒，心裏就算為了崔家再不平，這種事也沒有他置喙的餘地，頂多在沒人的地方偷偷發兩句牢騷罷了。

礦難的餘波遠遠沒有散去，茶餘飯後的話題中不知道有多少人注視着，原本林啟周以為，那些家屬到廠子門口鬧一場就算極限了，沒想到一個多月過去了，遲遲沒有定論，其他礦工們都坐不住了。

唇亡齒寒，死難者的後續安排落不到實處，他們人人自危，生怕自己下去的礦洞也會坍塌，事態逐漸演變成礦工輪番罷工，跟着家屬一起聚在門口，叫喊聲，咒罵聲，討要公道的聲音，隔着幾棟樓區都能聽得清清楚楚。

趙寶剛端着茶杯站在車間門口，歎了口氣：「也不知道上邊怎麼想的，該給的賠償就給，該給的說法就趕快查清，怎麼拖到現在這個局面。」

「那誰知道了，人心不穩，開採那邊已經耽誤很多進度了。」李國富搓着煙捲，說，「之前還要建設鐵路的對接軌道，現在也停工了，大家根本沒心思幹活，都盯着看呢。」

「難不成還得上邊下來人負責督導才能解決？」趙寶剛問道。

李國富冷哼一聲：「都來了兩撥人了，全在前邊的辦公大樓扎堆，據説事故調查那邊有了點發現，是一個負責人工作疏忽導致的坍塌，但那負責人關係挺硬，兩邊正打拉鋸戰呢，所以才沒個結果。」

趙寶剛吐了口唾沫，面上不忿：「人命關天啊，誰家死了人能這麼輕易揭過去。」

正好林啟周搬着材料從裏面出來，趙寶剛問道：「今天老崔不是出院嗎？你不去幫幫忙？」

林啟周撩着衣服擦擦臉上的汗，喘了口氣説：「翠芬沒讓我去，一會下了班我去她家裏看看有什麼能幫上的。」

趙寶剛看看手錶，揮揮手説：「這你甭管了，盡早去吧，就崔嫂子一個人在家什麼都料理不了，你早點下工沒事。」

林啟周在身上拍拍灰，點頭應下。

林啟周這段時間不忙的時候幾乎都消磨在崔家了，劈柴熬藥送飯打掃院子，樣樣井井有條，李月英看在眼裏，是越發喜歡這個麻利又善良的孩子，每次見他去了，都拉着説好半天的話。

「啟周啊，歇會吧，坐下喝點水。」李月英靠床坐着，推開窗戶説。

林啟周抱着一摞柴火在牆角碼好，笑着回應道：「沒事，收拾利索點，一會崔叔回來看着也高興。」

「也不知道他傷怎麼樣了，我也一直不能去看他。」李月英惆悵地説。

「您就別擔心了，已經能出院回家，肯定是好得差不多了。」林啟周叉着腰歇息，正要再説點什麼，門口就傳來一陣説話聲，緊接着，院門就被推開了。

李國富抬着崔增武的輪椅邁過門檻，崔翠芬抱着一大堆東西跟在後面，臉上都有些激動。

「可算是回家了，這醫院住得我渾身難受。」崔增武拍了拍輪椅扶手，隔着窗戶看見妻子盈淚的眼睛，強撐着笑了笑，「別擔心，我沒事。」

可看着原本高大健壯的男人，瘦了兩圈，臉上的肉都陷進去了，還坐着輪椅回來，李月英的眼淚怎麼都忍不住，捂着嘴嗚嗚地哭出聲來。

「你……你這是……」

「阿姨，叔叔這不是回來了嗎，大喜事不能哭。」林啟周幫忙將崔增武抬進屋裏，安慰兩句就把空間留給夫妻倆。

剛關上房門，便聽見裏面嚎啕大哭的聲音。

回身看着崔翠芬，仔細打量一圈，憋出一句：「瘦了。」

少女原本就不盈一握的腰肢越發纖細，裙子在身上都被風吹得晃蕩，臉上憔悴的神情遮都遮不住，但還是微微笑着，像風中脆弱又堅韌的迎春花，不畏春寒，自有風骨。

原本崔翠芬還有些傷感，聽見他這話噗嗤一聲笑出來：「這段時間辛苦你了，家裏和我媽多虧有你幫忙照顧。」

「沒事沒事，那什麼，都是舉……舉……」支吾半天也沒想到那個成語怎麼説，在她面前彷彿總是很笨拙，連口舌都不伶俐了。

崔翠芬笑着説：「是舉手之勞。」

「對對對，就是舉手之勞，嘿嘿嘿。」

李國富在旁邊看着，這林啟周在車間的時候挺機靈的，怎麼一到這就連話都説不明白了，那蠢笨的樣子簡直沒眼看。

「趙家嬸子給做了兩個菜，我去給你們端過來，晚上你就別開火了，剛回來好好休息睡上一覺。」李國富説着就往外走。

崔翠芬叫住他，説：「李大哥，我有事想求你幫忙。」

「我想下車間上班，你看現在哪還缺人，我什麼都能做的，從頭學也可以。」

李國富有些吃驚，隨即説道：「怎麼突然想下車間了？你那宣傳科多好啊，小女孩在裏面又乾淨又清閒。」

崔翠芬搓搓指尖，抿着唇回道：「掙得太少了，下車間掙得多不說，還有補助，現在家裏這情況，需要不少錢的還。」

李國富沉思了一會，點點頭：「行，這事我應下了，你等消息吧。」

「謝謝李大哥。」

林啟周看着眼前這個纖弱的女孩，因為家庭重壓變得憔悴，眼睛裏少了許多從前無憂無慮的光彩，取而代之的，是那些處處擔心事事關懷的愁腸。

「晚上留下吃飯吧，我家還沒好好感謝你呢。」

晚飯的時候，氣氛很好，林啟周坐在中間，李月英不停給他夾菜，眼中滿滿的都是慈祥和喜愛。

「多吃點，真是個好孩子，最近辛苦你了。」

林啟周被關注得有些羞澀，頭都想埋進碗裏：「沒事，阿姨，我不累。」

崔翠芬也感激地看着他，只看乾乾淨淨的院子，碼放整齊的柴火，連堂屋都擦拭得乾乾淨淨，就知道自己沒有託付錯人，不然她也不能安心在醫院照顧父親，家裏一走就是兩個月，絲毫不用操心。

「叔現在不能喝酒，等過一陣子叔跟你好好喝幾杯。」崔增武看這個小夥子也是越來越順眼，就是太瘦了，個子也不算高，看着沒什麼男子氣概，但這細心穩重的勁頭，讓人看着就踏實。

林啟周連連點頭，絲毫沒記住自己沾酒就醉，一杯即倒。

崔家輕鬆和睦的氛圍讓他想起自己沒出來的時候，每天晚上幾個孩子和父母圍坐一桌，揚仔說着學校的見聞，聲仔和阿蘭爭搶一個番薯，或者講着跟小夥伴的矛盾，偶爾最小的弟弟也會啊啊叫上幾聲，表明自己的存在感。

但那時候，他整天被農活和家務折磨得筋疲力盡，根本沒有心思去享受這樣的和樂，現在人在異鄉，不免常常想起家人，便更加喜歡崔家的氛圍。

吃過飯，崔翠芬送他出去到大門口，借着月光，看見他眼睛裏亮閃閃的光亮，説道：「雖然説了很多次謝謝，但我看見媽媽，就更知道你有多上心了。」

崔翠芬看向屋子，燈光下父母依偎在一起，格外溫暖。

「家裏的條件雖然不好，媽媽的身體也常年臥床，可爸爸總是很寵愛她，讓媽媽直到這五十多歲的年紀，都沒經歷過什麼大起大落，所以爸爸出事以後，我總是擔心她受不住，熬壞了身體。

「可今天回來，媽媽哭過一場以後，就一直笑吟吟的，精神也很好，我就知道你肯定沒少勸慰她，這都是你的細心體貼，我要感謝你。」

崔翠芬吸吸鼻子，突然覺得晚風很熱，吹得她心裏都暖洋洋的，可眼睛也澀澀的。

「媽跟我説了，宗權鬧着不想上學，也是你給勸了回來，每週你都請假親自去接送他上學。説真的，宗權那個犟脾氣，要是真的不上學了，這個家才是徹底沒了希望。

「啟周，我知道你比我小，可遇見這種事你比我穩得住，這個家沒散，多虧你了。」

一番話説得情真意切，林啟周看着面前的少女，他不想認下這樣的感激，因為他覺得自己並沒有做什麼，看着李月英日夜擔心，就像看見自己的母親擔憂着孤身在外的自己，難免有幾分惻隱之心，時常寬慰。

而宗權的年紀跟他家的弟弟差不多大，這麼小的孩子就應該好好上學，他看着宗權，就像看見聲仔興仔一般。

以己度人，他也很難不對崔家的事情上心。

可他林啟周不知道，這樣的關照已然十分難得了。

第十七章

初遇盜賊

與廣東的氣候不同，梅田進入冬季的寒冷，是從骨子裏向外發散的寒涼，要是趕上陰雨天，那簡直就像把帶着冰碴的濕布緊緊裹在身上，分分鐘讓人手腳發麻，屋子裏都找不到一絲溫暖。

崔翠芬穿着夾棉外套，將手裏的包袱遞過去：「這是我和我媽做出來的，裏面放的都是新棉花，你穿着吧，在這凍感冒可不好受。」

林啟周今年的身量長得很快，去年的棉衣已經短了一截，還沒來得及去做呢，此時裏裏外外穿了三四層衣服，把能上身的單衣都裹上了，可還是被凍得手腳發硬，一説話，牙齒都跟着打顫。

「幫我謝謝阿姨，又讓你費心了。」

「沒事。」崔翠芬搓搓手，往火爐旁邊湊了湊，「自從我爸腿傷了之後，你沒少去幫忙，我媽説了，你自己一個人在外邊諸多不便，以後有了什麼問題就到我家來。」

林啟周打開包裹，裏面是兩套針腳整齊的棉衣，摸着柔軟的布料，心裏暖洋洋的，趕緊把棉服套在身上抵擋寒意，渾身都舒暢了許多。

「對了，你在車間幹得怎麼樣？」

領導們在礦難發生幾近一年後，終於給大家一個説法，雖然在賠償金額上跟家屬們打了幾場拉鋸戰，但最後的結果也還算看得過去。

因為崔增武落了個終身殘疾，廠子除了賠償金之外，還在家屬區單獨給他們家分了一爿小院，以後吃住都能在自家的院子裏，比之前三家合住寬敞許多，崔翠芬也有了個自己的房間。

但家裏唯一的勞動力不能繼續下井工作，崔翠芬就在李國富的幫住下進了車間，從學徒工做起，每個月能多拿三塊錢，就是起早貪黑不像從前那麼清閒了。

「挺好的，帶我的師傅雖然嘴上壞了點，但人還是不錯的，肯教我，我也能早點上手。」崔翠芬對現狀沒什麼可抱怨的，都是一樣賺錢養家，只要能維持日常生活，不管是在車間還是宣傳科都無所謂。

更何況她還當着認字班的老師，每個月廠子給提供三分之一的食堂券補助，無形之中又省了一筆開支。

林啟周點點頭，用鐵筷子撥了撥爐子裏的炭火，說道：「你要是有什麼不會的就來找我，我可以教你。」

他在趙寶剛手下磨煉幾年，手上功夫已經頗見成效，在車間也算進步最大的學徒了。

「好啊。」崔翠芬笑着，又問道：「這個月給家裏寫信了嗎？」

林啟周有些不好意思地頷首，他學認字以來，每次崔翠芬都要用寫信這件事揶揄他。

因為第一次給家裏寫信的時候，緊張得手心冒汗，那時候複雜的字還不認識，只能把想說的話用最簡單的字表達出來，還讓崔翠芬幫忙看了，結果錯字連篇，差點笑掉大牙。

他收到回信的時候，父母對於他在外面能認字的事情表示欣慰，可看着信紙上弟弟那鐵畫銀鈎的筆跡，他倒是生出了幾分羞赧，沒正經讀過書到底還是不一樣的。

「你進步已經很快了，而且你很聰明，練過兩次的字就記得扎實，現在認字班的很多人都不再被叫文盲了，我覺得過不了多久就要取消了。」崔翠芬說道。

林啟周大吃一驚，鐵筷子啪的一聲掉在地上：「我……我們是不能接着學了嗎？」

崔翠芬點頭：「本來這個班的成立也就是想讓大家認認字，幫大家掃掃盲，現在認得差不多了，更何況我的水平也就只能教導這裏了，再多教下去就要誤人子弟了。」

「你已經學了這麼多字，以後自己看書也行了。」崔翠芬說道。

林啟周雖然很喜歡上認字班的氣氛，但也不能左右領導的安排，只能認了。

「天不早了，我回去了，這衣服你好好穿着，要是壞了就跟我說，我給你補上。」崔翠芬繫上紅圍巾往外走。

林啟周連忙站起來，說：「我送你回去吧。」

冬季天色黑得早，剛剛七點鐘就已經全黑了，廠區的路燈向來不怎麼亮，只能勉強看清腳下的路，林啟周拿着手電筒小心翼翼地護着她往家屬區走。

崔翠芬搬家之後，在家屬院的最後邊，從他的宿舍樓走過去要十五分鐘的路，雖然廠區內有保衛科，可天一黑下來，還是感覺陰惻惻的。

「我那有幾本以前上學的時候看的書，等會到家我拿給你，你沒事的時候翻翻，都挺有意思的。」

林啟周盯着腳下追着那束光走路，看看身邊女孩的側臉，會心一笑，眼中光亮更盛：「謝謝你。」

「客氣什麼，是我要謝你才對。」

兩人並肩走在路上，夜風陣陣，從衣領鑽進去，讓人打出兩個冷戰，可身上穿着棉衣，林啟周一點都不覺得冷。

周圍靜謐，一種安寧的氛圍在二人之間流轉，少女鮮紅的圍巾是冬季夜色中最明亮的顏色。映襯着一張臉更加生動鮮嫩，宛若被鮮花環繞，嬌嫩欲滴。

路程走到一半，斜面跑來一個男人，腳步匆匆，不時回頭向後張望，整張臉都被大大的遮陽帽擋着，看上去非常慌張。

「啊！」

男人速度太快，來不及躲閃，撞上了崔翠芬的肩膀，把她撞了個踉蹌。

林啟周扶住崔翠芬，剛要理論，卻見那男人頭也不抬地轉身就跑，連句抱歉也沒說。

「沒事吧？」

崔翠芬搖搖頭，揉了揉胳膊，看着男人跑遠的背影有些迷惑：「怎麼回事，這個點了跑什麼呢？」

「誰知道呢，快回去吧。」

走了沒兩步，迎面來了一隊巡邏員。

「看沒看見一個男人，黑色外套，慌裏慌張的？」

兩人對視一眼，都想到剛才那個男人，不約而同點頭。

林啟周指着身後說：「就剛才跑過去的，還撞到我們了。」

保衛科緊忙追上去，林啟周問道：「同志，出什麼事了？」

「別管閒事，趕緊回宿舍。」

兩人一頭霧水，加快了腳步。

「說不定是小偷呢？」崔翠芬壓低了聲音說。

林啟周將手電筒調亮，一隻手在後面虛虛圍着她往家屬院去：「那你晚上就別出門了，廠區內的保衛科雖然會巡邏，但有時候也顧及不到，你注意安全。」

「你回去也多注意吧。」

看着崔翠芬進了家門，林啟周轉身就走，回想那個神秘男人的身形，總覺得很熟悉，卻沒看清臉，不知道是誰，揣着滿肚子疑惑回了宿舍。

這件事在第二天就知道了消息。

早飯的時候，林啟周照例打好他跟師傅的飯，一見面，趙寶剛就告訴他一個大新聞。

「昨天晚上廠區鐵路翻修那片地方有人偷料，保衛科整整鬧了一夜，也沒抓到人。」

林啟周心中一凜，下意識就就想起昨晚撞到的那個人，沒想到誤打誤撞還真讓崔翠芬説對了。

「我昨天送翠芬回家碰見一個，説不定就是小偷，保衛科還問我們了呢，前後沒差多久，竟然沒抓住，那個時間，難道是廠子裏的人？」

趙寶剛喝了一口豆漿，慢悠悠地説：「廠區內的用地規劃一直都很亂，要是沒有職工領路，估計也摸不了那麼準。這次沒造成什麼大損失，不然上邊早就鬧開了。」

「哪沒有大損失！」李國富揉着眼睛從後面走過來，一臉的疲憊。

上個月他調到保衛科負責夜間巡邏，當了個隊長，這就遇見了這種事，一大早就被領導罵了個狗血淋頭。

「那幫王八羔子，偷鐵軌不成，就把幾節軌道都砸出深坑了，這下好，全得返工，上邊大發雷霆。」

林啟周推過去一個饅頭，問道：「真的什麼都沒查到？」

「我們是找了一宿，就知道有三五個人，但都跟泥鰍似的，毛都沒摸到一下。已經報給公安局了，但人證物證一個都沒有，估計也夠嗆能查出來。」

李國富頂着兩個黑眼圈，沒精打采地啃着饅頭。

趙寶剛嗤笑一聲，說：「要我說你們那保衛科也真是不像話，有時候我跟我家老婆子出去散步，兩個小時也看不見一隊人，這麼大的空子能有人不鑽？」

李國富擺擺手，辯解道：「整個廠區加上生活區多大面積呢，我們一共就二十個人，就算三班倒，這人手也不夠用啊，只能可着緊要的地方來。」

毀壞公共財產是一件挺大的事情，來調查的公安人員也很重視，連林啟周和崔翠芬這無意中碰見的人都被叫去談話了，可他們倆就沒看見那人長什麼樣，只依稀看清了身高，對破案沒什麼幫助。

走出辦公室大門的時候，崔翠芬心有餘悸，撫了撫胸口說道：「真是危險啊，幸好那人顧着逃跑沒做出什麼來。」

「以後下工我送你回去吧。」林啟周說道。

「不用。」崔翠芬在掌心呵了一口氣，「我們有好幾個女工都住的近，互相搭個伴就行。」

「昨天說要給你的書也忘了，我拿到認字班去了，你一會上課的時候直接帶走吧。」

林啟周點頭：「今天最後一次測驗，不難吧？」

崔翠芬笑着覷了他一眼：「你的水平在全班都是尖子，還怕什麼測驗啊。」

林啟周嘿嘿一笑，摸着鼻尖說：「這不是怕給老師丟臉嘛。」

崔翠芬嬌俏地踢了踢腳尖的石子，低着頭說：「你是我教的最好的學生了。」

認字班上了一年，讓他圓了從小到大想要識字的夢想，從只會寫名字，到現在能看懂書籍，能默寫聽來的古詩歌詞，能走在街上認識每一家店鋪的名稱，林啟周已經格外興奮了。

崔翠芬站在講台上的時候，轉身寫板書的一瞬間，窗外夕陽正好。

最近一直陰雨，難得見到如此燦爛的晚霞。朔風推不動暮雲，穿透雲層灑下金光，剛好越過窗櫺灑在她身上，宛如仙女般的聖潔，照耀着一舉一動。

「窮且益堅，不墜青雲之志。」

崔翠芬寫下這句話，面對滿屋子的人，説道：「這句話出自王勃的《滕王閣序》，意思是境遇雖然困苦，但節操應該更加堅定，不能因為環境不如意就放棄心中的凌雲壯志。」

「我們雖然沒有顯赫的出身，沒有受過正經的教育，可我們現在仍舊讀書習字，仍舊靠自己的雙手努力讓生活變得更好。

「凌雲壯志是不分階層，不分年齡，不論高低貴賤的，只要我們肯努力拚搏，肯為了心中的理想奮鬥，為了我們想要的生活而奮進，總有一天會實現我們的追求！」

二十一歲，年華正好，從小母親重病臥床，剛剛又經歷了父親終身殘疾，全家的重擔都壓在單薄的肩膀上，可此時她眼中卻仍閃耀着光芒，透着一種自尊和驕傲。

「認字班的課程到今天是最後一節了，很高興能在此幫助到各位，學會的字要經常複習，也可以挑選自己喜歡的書去看，從書中獲得更多更有用的道理。

「感謝大家給我這麼好的一段時光，謝謝。」

林啟周坐在第一排，看着女孩謙虛又純善的臉，慢慢站起來。

「是我要謝謝崔老師，教我寫字。」

此刻，他是從心底感謝這個女孩，讓他從面朝黃土背朝天的莊稼漢變成會讀書寫字的人，讓他能親自動筆給家人寫信，讓他不用再蹲在牆角聽人背詩，讓他圓了多少年不曾有過希望的少年之夢。

崔翠芬微微一笑，明眸帶着微光對視上，輕聲說：「不客氣。」

最後一節課結束，林啟周照舊留下。

「這是兩本書，一本是散文，一本是初中的語文書，裏面的文章都很有意思，有些地方我做了註解，你拿回去看吧，要是喜歡的話，我那還有好幾本。」

林啟周有些怔愣地從她手中接過書，此時他不知道要如何形容自己的心情。

像是激動，因為他從未正經看過一本書，也很難奢望自己可以看懂一本書。

像是恍惚，因為他這一雙手摸過最多的就是農具和機床，書本脆弱又珍貴，小心翼翼的生怕弄壞了。

又像是鄭重，因為他的印象當中，能看書的人都是高高在上滿腹經綸，他有了這個機會，即便不奢望能變成什麼多了不起的人，可看書與他而言，仍舊是足以興奮的事情。

「謝謝你。」

不曾因為我的粗鄙而嫌棄，不曾因為我沒文化而輕視，不曾因為我窄小的見識而生出淺薄，幫助我一筆一劃寫字，從偏旁部首開始，到如今默寫詩詞，每一次拿起筆，都想由衷地感謝你。

林啟周並不是一個善於表達的人，心中所想萬千，可說出口的就只有三個字。

但崔翠芬瞭解他，這三個字中表達出的情感她聽懂了。

「不客氣。」

我曾因為輟學失去繼續讀書的夢想，但能教會更多的人寫字也令我找到十幾年寒窗的意義所在，也感謝你在我最艱難的時候站在我的身後，化解我眼前的困境，給我最大的面對生活的勇氣，所以，不要客氣，我亦感激你。

少年情懷總是詩，在這樣的夕陽之下，他們的內心都隱隱長出一棵幼苗，跨越了土地貧瘠，立志要在荒原上開出花朵，這棵幼苗叫做新的希望。

第十八章

入選聯防隊

廠區的日常其實是枯燥的，早上睜開眼睛就要進車間，在被機器的轟鳴與手中零件濺射的火星折磨到頭腦發暈的時候下班。

如果像林啟周這樣既不喜歡打牌，也沒什麼好朋友能天南地北的胡侃，就只好坐在床前，借着頭頂昏暗的電燈看書。

可到了十點鐘，工廠會準時熄燈，不管這一篇故事是否看到高潮，都只能合上書，轉身上床，一邊胡思亂想，一邊朦朧睡去，再睜開眼就又是重複的一天。

「欸，你聽說沒有，昨天晚上又丟東西了，聽說連西邊的鐵欄杆都給拆開了，送出去不少廢料呢。」

「這麼大事能沒聽說嗎，咱這保衛科又抓一晚上也沒抓到人影，就這治安，說不準哪天就偷到咱們頭上了。」

「咳，咱們哪有家底啊，人家還相不中呢。」

「……」

林啟周一邊吃飯一邊聽旁邊的人說話，從去年開始，已經發生五起盜竊事件了，之前他和崔翠芬晚上遇見的男人至今也沒有落網的消息。

可他們廠區的保衛科就算所有人都排上夜班，也是心有餘而力不足。

對面沒精打采的李國富眼底的黑眼圈更重了，以前爽朗的東北大漢，現在像霜打的茄子，蔫蔫的沒有生氣。

「之前不是說公安介入調查了嗎？也沒消息？」林啟周咬了一口饅頭，問道。

李國富有氣無力地搖頭：「已經安排了不少人放哨了，但是他們還挺警覺，要麼避開人，要麼就是繞到盲區去，這要啥啥沒有，肯定是抓不到人的。」

「沒別的辦法了？」

林啟周知道被偷走的東西說是廢料，其實都是鋼鐵製品，在廠子裏回爐重造也能二次利用，拿出去賣錢也能大賺一筆。

「上邊說要組織保衛科晝夜看守。」說到這，李國富歎了口氣，「哪有這麼容易，滿打滿算二十人，這段時間折騰還病倒仨，就這點人手白天整個廠區的巡邏都勉強支撐，哪還有那個富餘去看攤子啊。就算是頭牛也得給個喘息的機會啊。」

林啟周拿着饅頭蘸了點菜湯，將盤子刮得乾乾淨淨，一口塞進去，囫圇着說：「那就擴招唄。」

這破壞鐵軌、偷盜公共財物的事已經很大了，上邊足夠重視，肯定要趁早拿出一套解決方案，人手不夠就擴充人手，資源不夠就增加資源。

李國富眼睛一亮，撫掌大笑：「你這誤打誤撞的還跟上邊的意思差不多。」

他壓低聲音說：「有消息要組建民兵聯防隊，不過還沒確定呢，到時候肯定是要擴招的。」

林啟周也重視了一下，不過他的關注點跟李國富不太一樣，問道：「有補助嗎？」

李國富搖搖頭：「就是個小道消息，具體的還沒說呢。等有消息了我先告訴你。」

點了點他額頭，笑罵道：「你就是個錢串子，掉錢眼裏得了。」

林啟周摸摸腦門，憨憨地笑了。

雖然這麼說，但親近的人都知道，林啟周可不是什麼鐵公雞，就對自己摳門，一天三頓飯都是清湯寡水的，一週能吃一個肉菜就算破天荒了，身上穿的衣服除了工裝，來來回回就是從家裏帶的兩套，上面有補丁也不覺得寒磣，過冬的衣服還是崔家給置辦的。

對別人比如崔翠芬家，只要有困難都是衝在最前面的，一個月的工資都捨得借出去，給趙寶剛孝敬的茶葉，給師母孝敬的花布，給李國富買的被褥都是捨得花錢的。

說他摳門沒錯，要是說他算計錢財一毛不拔那就大錯特錯了。

有時候大家看着他因為一毛錢的飯菜糾結，還覺得挺有意思，互相打趣兩句也無傷大雅。

這件事並沒有被林啟周放在心上，他知道自己的年紀比上報的小，身量也小，要是選聯防隊員，肯定不符合標準，畢竟自己跟李國富站在一起，才勉強超過他肩頭兩三公分。

這件事本想暫且擱置，可在第二天下班的時候告示就傳到了他眼前。

林啟周下工從車間出來，正拍着身上的灰，看見告示欄前邊圍着不少人，就擠進去看。

自從認字班畢業之後，這些告示他自己就能看懂，不用等別人轉述：

因近日偷盜猖獗，廠裏決定組建民兵聯防隊，男女不限，要求十八歲以上，五十歲以下，身體良好，吃苦耐勞，每月補貼五元錢，符合條件有意者，到辦公樓二室報名。

林啟周一眼就看見那補貼五塊錢了，兩眼放光，他掃了一眼條件，雖然他當年招工時虛報年齡，但現在即便實際年紀也已經達到標準，再也不用懼怕被遣送回家了，這些要求算是全部吻合。

剛要往辦公樓跑，轉了轉眼睛，先去了家屬院。

他打算先問問李國富具體情況。半路上遇到了崔翠芬。

崔翠芬笑着走過來：「你來這邊有事？」

林啟周有些興奮地點點頭：「要組建民兵聯防隊，我找李大哥問問具體情況。」

崔翠芬捂着嘴噗嗤一笑：「我就知道是這個，剛才我看見李大哥了，我還說但凡有錢賺的地方，保證少不了你。」

林啟周摳摳手心，嘿嘿一笑：「還是你瞭解我。」

崔翠芬搖着頭，手指轉着一節紅圍巾，說：「李大哥剛出去了，說是要去一趟公安局辦事，他知道你得到消息肯定要找他，讓我要是看見了就轉告你，放心去報名，只要能通過訓練就沒事。」

「還有訓練？」林啟周詫異地問道。

「當然了，既然是聯防隊，總不能找一批手無縛雞之力的人去吧，到時候追小偷，別人沒抓到，還把自己給傷了。」崔翠芬回答道。

林啟周越發覺得自己希望渺茫，廠子裏人高馬大的人數不勝數，更何況還有補助，想去的人只怕不少，他看看自己的身板，無奈地搖頭歎息。

崔翠芬莞爾一笑：「你還真是呆頭鵝，李大哥既然讓我囑咐你，就說明只要通過訓練，這件事就八九不離十了，你竟然還不知道是什麼意思。」

林啟周一開始沒反應過來，想了一會才笑了，壓低聲音說：「看來李大哥是有打算了。」

「明白了就走吧，咱倆報名去。」

林啟周跟着走了兩步，突然停下，轉過頭看着身邊的女孩，詫異地問：「咱倆？你也要去？」

崔翠芬挑挑眉：「怎麼？不行啊？」

「不是……那聯防隊的事，你這……能行嗎？」林啟周沒說出口的話是，崔翠芬嬌滴滴的，以前都是讀書看報的人，現在要參加聯防隊，總覺得比較幻滅。

「只要有補貼，我不行也得行，不就是訓練嘛，我以前上學的時候還是學校長跑運動員呢，肯定沒問題。」

「喔，那你真厲害。」林啟周傻愣愣地邊走邊說，但這個話題也不知道再說些什麼，一路都沉默着。

時不時的提醒崔翠芬注意腳下，避開碎石和不穩當的台階。

辦公樓二層人滿為患，報名的人擠擠挨挨，都想往裏進，辦事員拿着大喇叭維持秩序，看來大家對五塊錢的補貼都很眼熱。

兩人站到隊尾，不一會的功夫身後就站滿了，隊伍已經甩到一樓去了。

「人真不少，也不知道要招多少人。」林啟周說。

崔翠芬四周打量一下，小聲說：「李大哥說打算招七八十人，白天晚上都要巡邏，還要找人在幾個廢料堆附近看守。」

她看沒有幾個女性，周圍的男人看見她，都似有若無地上下打量。

林啟周察覺到這些落在她身上的視線，將人擋在了身後。

崔翠芬看着面前這個不算高大寬厚的肩膀，心裏溫暖，將臉埋到了圍巾裏偷偷笑了。

站了二十多分鐘才排到他們，林啟周進去的時候，登記員看了他一眼，嘟囔着說：「這身板還要參加聯防隊？」

林啟周尷尬地撓撓頭髮，身後的崔翠芬卻聽不得這樣的話，反駁道：「這身板怎麼了？精悍靈活就行唄。」

登記員見這女孩牙尖嘴利的也不對着幹，低着頭寫下序號：「叫什麼？哪個崗位的？」

「三車間，林啟周，啟蒙的啟，周全的周。」

「多大了？」

「二十一。」

林啟周這些年每到涉及年齡的詢問，都會潛移默化告訴自己虛報三歲，現在說起謊來眼神鎮靜，毫不慌亂。

他登記好就站在一邊等崔翠芬，那登記員喊下一個的時候，看面前站着個女孩，那眼神透露着不自量力，不耐煩地問：「姓名，崗位，年紀？」

崔翠芬也看出來的，但是沒理他，脆生生的說：「崔翠芬，翠鳥的翠，芬芳的芬，二十一了，五車間學徒工。」

「行了行了，走吧。」

崔翠芬撇撇嘴，問：「什麼時候訓練？」

「等通知吧，告示欄上會貼。」

倆人沿着長長的隊伍走出辦公樓，連外邊都佔了差不多四五十號人，沒走幾步，就聽見辦事員拿着大喇叭喊：「報名人數夠了，後來的都回去吧。」

兩人都慶幸來得早，要不然連報名的機會都沒了。

「我送你回去吧。」

崔翠芬點點頭：「那就正好留下吃飯吧，今天我下廚做幾道好菜。」

「不不不，太麻煩了，我去食堂吃一口就行。」林啟周還是不太好意思上門，每次去崔家阿姨都會拉着他說很多話，崔叔也會張羅着喝酒，弄得他總是手足無措。

「你也不看看現在幾點了，食堂哪還有好菜吃，走吧，你好些天沒去，我媽都想你了。」崔翠芬拉着他往家走。

沒走幾步，身後就出現一個聲音，讓兩人都停下了腳步。

「呦！手都拉上了，你小子速度挺快啊，這回家是不是要帶回去個小媳婦啊！」

這聲音輕浮放蕩，林啟周不用轉身都知道是誰。

聽着後面一陣哄笑，崔翠芬臊得滿面緋紅，倏地鬆開了手，轉身罵道：「林啟德，你喝多少貓尿，嘴裏不乾不淨的，又欠揍了你！」

「呦呦呦，說你小情郎你着什麼急啊！」林啟德抱着胳膊，嘴裏叼着半截牙籤，身後跟着七八個不務正業的跟班。

「還以為你那爸能趕來救你們呢？可惜他早就癱瘓了吧，腿腳都不中用了，我看誰還能幫你們！」

「呸！小人得志便猖狂，我看你沒什麼能力，就知道耍嘴上功夫，也不知道廠子養着你們這幫雜碎有什麼用！」崔翠芬算是被他兩句話氣着了，言語之間潑辣得很。

林啟德呸的一下吐掉牙籤，扭了扭脖子：「那我就讓你見識見識什麼叫雜碎！」

說着，就要上前動手，林啟周將人往身後一擋，挺着腰桿說：「廠子最近為了抓賊，保衛科增加不少人手巡邏，你要是在這動手，信不信轉頭就能讓人把你帶走。」

遭賊進廠區的事鬧得沸沸揚揚，今天聯防隊報名更是把這件事擺在台面上，頂到了風口浪尖。一時之間，小偷抓沒抓到暫且兩說，不過這廠區的治安確實好了不少，原本他們盤踞牆邊聚眾賭博的事也被幾次三番攪黃了局。

林啟德咬了咬後槽牙，把拳頭捏得咔咔響：「你們這出來的方向是去報名聯防隊了？就你這身材，小心把命搭裏面。不過你放心，你要是因公死了，等我回村的時候，肯定親自替你報喪。」

「林啟德你欺人太甚！」崔翠芬怒氣沖沖的就要往上衝。

被林啟周死死拉住她，眼睛瞪着對面的人：「報喪就不用你了，你什麼時候要是進去了，我會看在你爸媽的面子上，給你送牢飯的。」

林啟德顧忌着保衛科，狠狠往地上吐了兩口唾沫，帶着一幫狐朋狗友走了。

「這個敗類！人渣！」崔翠芬氣得跳腳，臉上的羞紅變成怒氣。

林啟周護着她說：「你不是說對方人多的時候不能硬碰硬嗎，這要打起來咱們可沒勝算。」

崔翠芬不甘心地踢飛一顆石子，抬眼看着他，問道：「李大哥不是說保衛科晝夜不停根本排不開班嗎？你怎麼知道這個時候保衛科會不會來？」

林啟周嘿嘿一笑，看着那幫人離開的背影，低聲說：「我不知道啊，但是前兩天他們打牌被抓的事，李大哥跟我說過，挨個都記了處分，有這個記性在，比什麼都好使。」

崔翠芬有些詫異，以前這人頭腦一熱就揮着拳頭往上衝，現在竟然都學會迂迴戰術了，真是三日不見當刮目相看。

「我看你說得煞有其事，還以為你跟保衛科有什麼關係呢。」

林啟周轉身往家屬院走，說：「林啟德就是仗着人多好欺負人，但我有李大哥給我的內部消息，他們只要不想捲鋪蓋走人，就不敢亂來。」

「你真是機靈多了。要是以前不管對方人多少，早就衝上去了。」崔翠芬笑着打趣，一邊走一邊說：「也是奇怪，這段時間他都消停了，再也沒找茬，我以為他改好了呢，今天這是又犯病了？」

林啟周撇撇嘴：「我也不知道，那件事之後我們之間的同鄉情分也沒了，也不在一個車間，十天半個月的也碰不見一次，哪有那個精力整天關注他啊。」

對於林啟德，因為戰力懸殊，他向來是忌而遠之的，不碰見最好，遇見了也裝不認識，這些年就算偶有摩擦，也都沒吃過什麼虧，沒想到今天故態復萌，也不知道吃錯了什麼藥。

「不管他，回家我給你做好吃的。我最近跟鄰居學了一道廣東菜，你嘗嘗我做的正宗不。」

「好啊！」

林啟周到崔家那是所有人都歡迎的，正好趕上今天崔宗權週末休息在家，更是圍着他哥哥長哥哥短，小嘴叭叭的一刻也不停。

李月英在旁邊看着呵呵直笑：「你快安靜一會吧，啟周被你鬧得都要頭疼了。」

「沒事，阿姨。」林啟周叉着崔宗權腋窩，將人提起來轉兩圈，聽着孩子清脆的笑聲，也跟着心情舒暢。

「我家裏的弟弟跟他差不多大，看見他就像看見弟弟似的，小男孩活潑淘氣點才聰明呢。」

李月英笑着點頭，復而憐惜地說：「想家了吧？年紀輕輕的就離家這麼遠，也難怪你想，你爸媽肯定也惦記你呢。」

林啟周沉默着點頭，他真不確定自己的父母會不會想他，畢竟家裏還有好幾個孩子圍着轉呢，能分到他身上的注意力從小到大都少得可憐。

「當老大的就是吃虧。」李月英伸手給小兒子擦擦汗，接着說，「我家的大女兒，一年到頭也回不來一次，算着時間我都十五六個月沒看見她了，心裏也是疼得很，就盼着她過年的時候能回來看看，我心裏也好受。」

崔家三個孩子，長姐崔玉芬十六歲就離家工作了，不像崔翠芬念完了初中才輟學，她只上了幾年的小學就迫於家庭的經濟壓力主動退學，現在山東，一年都回不來一次，但經常往家中寄錢。

林啟周摸着崔宗權的頭髮，擦擦臉上的汗說：「都是互相惦記的，今年過年說不定就回來了。」

「要我說就在咱們這廠子給玉芬找個班上吧，離家近也放心些。」李月英臉上帶着惆悵。

崔增武自己轉着輪椅撩開布簾進來：「可算了吧，這廠子現在一點都不省心，折騰她做什麼，在那邊好好幹吧。」

「我這不是想姑娘嘛，她都老大不小了，總這麼在外邊也不是那回事啊，回家來安穩安穩找個對象結婚生子，有個家庭啊，也有人能照顧她。」

李月英一邊說一邊摩挲着小兒子的腦袋，崔增武就坐在那靜靜聽着，時不時搭上一句話，氛圍祥和寧靜，外面廚房爆炒的聲音傳進來，端的是一片和樂，滿滿的煙火氣。

「吃飯啦！」崔翠芬在圍裙上擦擦手，揚聲喚道。

兩個小炒家常菜，其中一盤上能看見幾塊肉片，油星都少得可憐。

「來來來，讓一讓，今天的重頭戲來啦。」崔翠芬端着一個砂鍋放在中間，「啟周快嘗嘗，這是豆苗蘑菇湯，你家鄉的家常菜。」

掀開鍋蓋，翠綠的豆苗蓋在上面，口蘑切塊和金針菇一起燉煮，金黃色的湯底肉香四溢。

「放肉了？」林啟周嗅了嗅問道。

「哪有肉啊，這湯底是燉的雞湯，隔壁李嬸子家今天吊的高湯，我要了一碗來。」崔翠芬擺着碗筷說。

崔增武喝了一口湯，舒服地喟歎一聲：「李家兒媳婦正坐月子呢，好不容易燉一回雞湯補身子，你記得一會拿點東西送過去，不白佔這個便宜。」

崔翠芬笑着説：「我知道，都準備好了，吃完飯就送去。」

李月英招呼着林啟周：「快坐下吃飯，就當自己家，敞開了吃，看你瘦的，年輕人還是要強壯點好。」

「謝謝阿姨。」林啟周夾了一口豆苗，火候正好，脆嫩又爽口，加上這雞湯的肉味，更是錦上添花。

這道菜在家裏的時候都很少吃，更遑論有雞湯做湯底了，地不地道不敢説，但這味道是一頂一的好。

三道菜，林啟周夾來夾去都沒碰一口肉，崔翠芬和崔宗權也心照不宣將為數不多的肉留給父母，碗裏只有青菜。

「食堂那些菜啊，成年累月的就那幾樣，早就吃膩了。你以後不忙的時候就到家裏來，咱們換換口味也是好的。」崔增武説道。

林啟周點點頭，他也很喜歡到崔家做客，這是身在異鄉，唯一能讓他感受到家庭氛圍的地方。

吃過晚飯，林啟周又陪着崔宗權玩了一會才回宿舍，剛走進去，就看見床鋪前圍着不少人。

「啟周你可算回來了，你快看看吧。」上鋪的工友拉着他指向床，「也不知道誰這麼缺德，你看看這被褥都濕了。」

床上的被子濕噠噠的往下滴水，一掀開，褥子上還混着泥沙，狼狽不堪，根本沒法睡人。

「這什麼時候的事？」林啟周捏着拳頭，這種惡作劇都不用想就知道是誰幹的，下三濫的手段放在這種穿棉襖的天氣，真是惡毒到家了。

「我們下工就去辦公樓報名了，然後從食堂回來就看見了。」

「這一看就是存心的，你心裏有數沒數是誰弄的啊？」

林啟周冷哼一聲，他可太有數了，除了林啟德沒有第二個人能這麼針對他。

伸手將被褥扯下來，拍拍上面的水，轉身晾在了繩子上，只剩下一個光禿禿的床板。

「這怎麼睡人啊，晚上那麼冷，你睡個床板肯定要感冒的。」上鋪的白勇為說道。

「將就一下吧，我一會把褥子洗了，沒兩天就能乾。」林啟周面無表情，他都不想因為這事去找林啟德，就算當面指着鼻子罵他，也是對牛彈琴。

天作孽猶可恕，自作孽不可活，他相信林啟德這種小人，遲早會自食惡果的。

「這哪能行。」白勇為將腳下的一床被拽下來遞給他：「我有兩床被，你先蓋着吧，好歹別生病。」

林啟周摸着乾爽的被子，看了他一眼：「謝謝。」

他跟這些工友其實並不都在一個車間，平時回到宿舍也沒什麼交集，感情說不上多好，就是點頭之交，這個時候能借給他一床被子應急，也是他沒有想到的。

想到這，林啟周在心裏嗤笑一聲，他就算告訴自己不要因為林啟德的改變而受到影響，可他還是沒能控制住自己。

因為從被林啟德傷害過之後，連他自己都沒有察覺，已經很少與人交心了，很長時間以來，除了李國富和崔翠芬，他身邊再沒有任何一個朋友了，潛移默化地將自己封閉了起來，以為不接觸就不會受傷。

但其實，是他將所有人都先入為主代入了惡意的範疇。

但並不是所有人都像林啟德那樣有一顆善變且骯髒的心，譬如白勇為，就算沒什麼交情，也會在此刻流露出善意。

林啟周拆開髒兮兮的褥子，坐在門口，在大盆裏搓洗着泥沙，清澈的水瞬間變得渾濁。

一下下揉搓着，雙手被涼水凍得通紅，幸虧今天天氣晴了，明天也應該是個好天氣，不然要是再下雨的話，這褥子就不知道什麼時候才能晾乾了。

等他洗完晾好躺倒床上的時候，已經夜深了。

躺在光禿禿的床板上，身上只有一層被子，身下冰涼一片，硬梆梆的硌得骨頭疼，一翻身床板就吱呀吱呀亂響。

為了不影響大家睡覺，林啟周保持着一個姿勢不動，不等入睡，身上就酸疼一片。

林啟德的心已經壞了，且從剛剛進廠那年偷錢開始，就壞得毫無徵兆，他不明白為什麼環境會這麼快改變一個人，只是記憶中那個爽朗的莊稼漢子已經不復存在，變得面目全非，徹底染黑了他的記憶。

第十九章

艱苦訓練

一覺醒來，整個後背都在酸痛，揉了揉肩膀，下床去摸昨晚洗好的床單，還是濕漉漉的，只好祈禱這兩天能有個好天氣，讓他別再睡床板了。

中午吃飯的時候，告示欄上就公佈報名過的人下工之後到廣場集合，林啟周甩了甩僵硬的胳膊，內心歎氣，也不知道訓練是什麼強度，他這睡一宿床板的狀態可不容樂觀。

「你這一上午沒精打采的，是怎麼了？」趙寶剛問道。

林啟周有氣無力地擺擺手：「就是沒睡好。」

「聽説你參加聯防隊了，能扛住嗎？」

「沒事，肯定能行，一個月有五塊錢補助呢。」

林啟周算過了，他自己的所有花銷都在吃飯上，沒事也不進城不買什麼水果飲料，連衣服都不做，要是有了這五塊錢，以後每個月全部工資都能攢下了，錢包很快就能豐盈起來。

趙寶剛無語地看了他一眼：「你啊，就是小財迷，給自己攢老婆本呢？」

林啟周臉唰的一下就紅了，支吾着説：「什麼老婆本……我是家裏兩個弟妹在上學，這學費總得跟上，讓他們一直都能讀書去。」

趙寶剛點點頭，知道這個徒弟最惦記的就是家裏，但還是勸道：「你也給自己手裏留點錢，萬一有個什麼事情能救救急。」

「我知道，要是入選聯防隊，這五塊錢我就自己留着了。」林啟周夾了一口鹹菜，就着免費的青菜湯，一口就咬掉半個饅頭。

他跟家裏的通信隔兩個月就有一次，有時候是揚仔代筆，有時候是阿蘭寫的。

都字體工整，用詞也講究許多，上沒上過學的人到底是不一樣的，看見他們的改變，林啟周就越發遺憾當年沒說服林啟聲一起上學，在學校哪怕熏染上幾年，也比一直在田裏放養要強。

他現在拚命掙錢，就算自己節衣縮食，也要保住兩個弟妹一直上學的機會。

下工之後，林啟周到食堂匆匆吃口飯就往廣場跑，遠遠的就看見崔翠芬跟另一個女生站在樹下。

「啟周！這裏！」崔翠芬眼睛尖，一下就看見他，使勁揮着手。

「這是沈鳳萍，我倆可是聯防隊裏唯二的女孩子呢。」崔翠芬抱着身邊女孩的胳膊，臉上滿滿的都是小驕傲。

林啟周見她笑得燦爛，也微微點頭：「你好，我是林啟周，你們兩個正好做伴了。」

三人寒暄一會，那邊哨聲一起，所有人都向中間聚攏。

這個訓練他們的教官是梅田礦務局保衛科的幹部，往那一站一身氣勢就很驚人，帶着果斷和堅毅，李國富就站在他旁邊，兩人看上去關係不錯。

林啟周不知道訓練是什麼樣子的，沒想到這教官第一天就給他們上了一道大菜。

「全體都有，五公里，跑步前進！」

林啟周耳朵嗡的一下，他腰酸背疼這五公里下來只怕要廢掉半條命，可身邊的崔翠芬眼睛亮晶晶的全是興奮，他那點男子漢的爭強好勝就被激發出來了，怎麼也不能在女孩子面前跌份啊，一邊想着，一邊就抬腳跟上隊伍跑了出去。

「後面的跟上！都沒吃飯嗎，速度這麼慢，還能指望你們守衛廠區？抓緊！」

「最後三名結束的，直接淘汰！」

林啟周跑了兩圈就開始呼吸困難，伸長脖子張着嘴喘粗氣，胸腔像扯風箱似的呼呼作響，一聽到教官說淘汰，就彷彿看見五塊錢在終點跟他招手，一咬牙，提上了速度。

「喂，你行不行啊？我看你臉都紅了。」崔翠芬跟在他旁邊，氣息平穩，步伐輕盈，這五公里好像都不是問題。

林啟周緊緊捏着拳頭，啞着嗓子說：「必須行！我肯定不會被淘汰！」

崔翠芬歪歪頭，笑着說：「那我在前面等你哦。」

說着，就跑了出去，一溜煙地連超四個人，遙遙領先。

被她超越的幾個男人都感覺被打臉了，紛紛提速追趕上去，林啟周不甘示弱，撫了撫脹痛的心口，也緊緊咬在後面。

到最後一圈的時候，林啟周腳步緩慢，雙腿像灌了鉛水一般，回頭看了一眼，就剩下五個人了，這很容易就要落在最後三名上。

崔翠芬站在終點手心攏在嘴邊喊道：「加油啊！再快點！林啟周加油！超過他們！」

陽光下，女孩運動後的臉色燦若朝霞，身後是一片璀璨的夕陽，跳躍起來的時候，兩根油黑的辮子在身前飛舞，那充滿活力的模樣彷彿給他身體注入一股力量。

沉了沉氣息，林啟周咬着牙向前衝刺，提着一口氣，不再管身後有多少人，不管不顧地向前跑去。

「加油——啟周——」

衝過終點的時候，林啟周渾身脱力，棉襖裏面的襯衣濕漉漉一片，撐着腿站在原地，彎腰垂首大口大口呼吸着新鮮空氣。

「緩一緩，先別坐下。」崔翠芬用手絹幫他擦掉臉上的汗水。

林啟周嗅到那股熟悉的馨香，疲憊地抬着頭看了她一眼，微微笑了。

最後三個到達終點的，都癱軟地倒在地上，被教官毫不留情地從名單上劃掉。

「你們三個回去吧，被淘汰了。」

其中有個人不服，叫囂着：「我們沒受過訓練，第一次就這麼大的強度，應該給我們一次機會。」

「這是聯防隊的訓練，不是你們的運動會，難道追小偷的時候，你能跟他們説沒訓練好讓他們等等你嗎？」教官板着臉，負手站在那，不留一點情面。

李國富走過去，照着那人的屁股踢了一腳：「趕緊滾蛋，別給我丟人。」

這一手算是殺雞儆猴，見教官不通情面，大家的態度都端正了不少，不再竊竊私語。

「你們要記住，參加了聯防隊，就要承擔起保護廠區的責任，不強大自身，只會放走小偷，甚至還會威脅到你們自己的人身安全。

「所以訓練不是兒戲，我強調一次，以後但凡有遲到早退的，或者訓練不達標的，一律剔除，我絕對不會容忍有人在這裏濫竽充數。」

偌大的廣場，除了教官訓話的聲音，沒有一絲低語，大家都嚴肅認真，不管是為了五塊錢也好，還是被這一番話激起熱血也罷，總歸都改變了吊兒郎當的作風。

林啟周個子小，幾乎是站在整個隊伍的最後面，雖然不起眼，剛剛五公里的餘威也沒有散去，整顆心都砰砰跳動，像是要從嗓子蹦出來一般。

原本上工一天就已經十分疲憊了，一番訓練結束，他連抬腳的力氣都沒有，一步一挪地往宿舍走。

「現在還算好的，等睡一覺起來，你會覺得全身上下沒有一個關節不疼，不過適應幾天就好了，堅持住。」崔翠芬跟在他身邊說道。

林啟周也對自己產生了懷疑，他也算在田間地頭摸爬滾打好些年的人，怎麼崔翠芬面不改色，他倒是累成了狗。

「回去按摩按摩，把肌肉放鬆一下，揉開你能好受點。」崔翠芬叮囑道。

「我知道了，我送你回去吧。」林啟周推着她走，天已經黑了，小姑娘自己終究不安全。

「不用，鳳萍跟我順路，我倆一起走就行，你快回去歇着吧。」

林啟周敲了敲酸疼的腿，也沒堅持，點了點頭：「那快走吧，早點休息，明天還有訓練呢。」

林啟周深覺以前是低估了訓練的威力，尤其在他拖着雙腿坐在光禿禿的床板上的時候，身心簡直難受到了極點。

躺下翻了個身，就被疲憊拽進了夢鄉，呼呼大睡，一夜無夢。

當生物鐘在清晨五點準時叫醒他的時候，林啟周一睜眼睛，就深覺不好，果真跟崔翠芬說的一樣，全身上下每一塊肌肉，每一節骨頭都像糾纏在一起，叫囂着酸痛，渾身像被人拆開重組過一般，手腳都不靈活了。

在床板上掙扎着坐起來，眼皮沉重地掀開一條縫，摸摸自己有些扎手的短髮，一咬牙下了床，現在的狀態連伸個懶腰都是奢望。

好不容易挪動到食堂，剛坐下就看見趙寶剛滿臉戲謔地坐到對面。

「呦，這是到哪打架了，有氣無力的。」

林啟周哀嚎一聲，抱着碗一口氣喝掉半碗粥，説：「差點連氣都沒有了，這訓練真不是開玩笑的啊。」

「我聽國富説了，昨天可把你們這幫小夥子折騰夠嗆。」趙寶剛一拍大腿，笑着説，「就得這麼練，你多運動運動説不定還能再長長個頭呢。」

「師傅啊，您可別説風涼話了，那五公里差點就要了我命去。」林啟周現在想想腿肚子都直抽筋。

趙寶剛戳了他一下，嗤笑道：「那崔家的小姑娘我看也沒什麼事啊，早上還做飯呢，比你有活力多了。」

林啟周抿抿唇沒説話，暗暗在心裏説，人家以前就是學校的運動員，而他自己跑過最遠的路就是從田壟東邊跑到西邊，一共沒有二里地啊。

「好好鍛煉吧，你不是相中那五塊錢了嗎，堅持住。」趙寶剛把自己的菜一股腦夾到他碗裏，「多吃點，就算你訓練過了，以後熬夜執勤的時候還多着呢，沒有好身體可不行。」

林啟周狠狠咬一口，他現在也就牙口上還有點力氣了。

一整個白天，連加工零件的時候胳膊都在顫抖，速度大打折扣，能完成以前一半的工作了就不錯了。

趙寶剛就端着茶杯在一邊調侃，時不時還在他酸疼的胳膊腿上捏上一把，疼得他一嗓子嚎出來。

而師傅也不顧自己哀怨的眼神，像個老頑童似的，玩得不亦樂乎。

果然，到了訓練的時候，林啟周左右打量一圈，有好幾個昨天熟悉的面孔都沒出現，這才第二天啊，就被教官的嚴苛給嚇走了。

看着意氣風發、梳着馬尾辮的崔翠芬，林啟周暗暗打氣，不管怎麼樣一定要撐住了，就算不是最出色的，也決不能吊車尾！

訓練剛開始，又是噩夢一般的五公里，林啟周今天的狀態比昨天更差，每跑一步都感覺腿上的肌肉在互相撕扯，胸腔如同擂鼓，在耳邊轟轟作響。

崔翠芬不知道什麼時候從前邊減速到他身邊，一把拽住他胳膊，小聲問道：「你還行不行？要不就……」

「行！」林啟周咬着牙應聲。

「那好吧，我還在前邊等你啊。別忘了，最後三名是要被淘汰的。」崔翠芬向他身後看了一眼。

林啟周順着她的眼睛看過去，瞬間絕望地長出一口氣，媽的，他正好是倒數第三個！

提了提氣，連胳膊都跟着用力，緊緊追上前邊的那個人，彎道超速，變成了倒數第四個。

一邊機械地擺動雙腿，一邊想着，這麼下去肯定是不行的，越到後面剩下的人越是厲害，第二天就倒數，那撐不了多久就要被淘汰了，看來還是要自己下功夫提高身體素質了。

等這一次的死亡五公里結束，不管崔翠芬怎麼說，他都癱軟在地上一動不動，睜着眼睛看向天上的暮色流雲，覺得每一口喘息都變得珍貴，吸進去的空氣像一把尖刀從喉嚨一直劃到胸腔，撩起一陣灼熱的痛意。

林啟周艱難地喘息着，看着俯身探視他的崔翠芬，女孩被汗浸濕的頭髮輕柔地搭在臉頰，會心一笑。

他從兜裏掏出一張手帕：「給你擦擦，冬天別吹感冒了。」

崔翠芬拿過來，見正是從前自己借給他用的那塊，已經被清洗乾淨，整齊地疊在一塊，莞爾一笑。

林啟周覺得，這周圍松柏依舊蒼翠，可不及眼前少女嬌俏的萬分之一。

這次的五公里教官依舊不留情面，淘汰了最後三人，列隊之後，慢悠悠地走到他面前，撩着眼皮瞥了他一下，説道：「你是倒數第四個，很快就輪到你了。」

他看見教官的紅筆在他的名字上點了點，心中一緊，教官説得沒錯，如果明天他還是這個速度，被淘汰的人裏就有他一個了。

解散之後，林啟周拉住了崔翠芬。

「你有沒有訣竅啊？我不想被淘汰。」

「體能可不是一天就練出來的，得經常鍛煉才行。」崔翠芬説道。

「我知道，但是明天肯定還有五公里。」林啟周扶着樹幹，看着自己一直哆嗦的雙腿，説：「就我這狀況，真沒辦法了？」

崔翠芬沉思半晌，搖搖頭：「你已經是倒數了，要進步也不是一晚上就能見成效的，唉。」

林啟周捏了捏拳頭，下定決心，以後每天早上都要開始鍛煉，這破身體必須要健壯起來了。

於是第二天一大早，天剛濛濛亮，廣場上還有淡淡的霧氣尚未散去，便有一個身影繞着跑道一圈圈行進，從慢走到快走，再到慢跑快跑，粗重的呼吸聲格外清晰。

林啟周停在終點，眼睫上帶着水汽，五公里還是很吃力，可他知道只要堅持下去，就一定會越來越輕鬆。

他不能被淘汰，五塊錢的誘惑太大了。

早起鍛煉，吃過飯之後就到車間上工，午休就躺在車間的椅子上小憩一會，下午便又是零件加工，等一天的工作結束，就到廣場開始緊鑼密鼓的訓練。

「預備，開始！」

林啟周跟在第三跑道，緊緊追着前面的崔翠芬，他只要保證自己不是倒數三名裏的就好，哪怕還是倒數第四也混過去一天算一天。

「你為什麼非要把他加進聯防隊啊？」教官撞了撞李國富的肩膀，問道。

李國富嘬了一口煙，眯着眼睛看着林啟周奔跑的身影，說：「他缺錢啊。」

「屁！」教官嗤笑一聲，「這裏誰不缺錢啊，甭糊弄我。」

「大概是因為，他跟我很像吧，少年背井離鄉，帶着一大家子人的生計和希望，挺難的，能幫就幫一把吧。」李國富隔着煙霧彷彿看見自己年輕的時候在林蔭道上奔跑的樣子，遠處站着他的家人和摯愛，可等拚命跑到終點，卻發現只有他自己一人。

「他看着挺有韌性的，我以為今天他不會來呢。」

李國富踩着煙蒂，說：「是個好孩子，你要是看他表現還過得去就幫着點，要是實在不行也不用強求，他自尊心強，最不喜歡的就是走後門。」

林啟周跟了三圈，就跟不上了，雙腿肌肉酸澀得彷彿不是自己的，但也咬牙堅持，數着身後的人頭，正好三個，他只要保持到最後，今天這關就算過去了。

當邁進最後一圈的時候，林啟周便只憑藉一股意氣和機械的動作，一步步向終點靠近，他看見崔翠芬站在那歡呼加油，比所有人都有活力，那條醒目的紅圍巾帶着朔風上下翻飛。

衝破白線的時候，林啟周雙腿一軟，不受控制地往地上跪去，下一秒被人一左一右扶住了。

左邊是崔翠芬，右邊是李國富，林啟周看着兩人感激一笑，連說一句話的力氣都沒有了。

「這五公里還要跑到什麼時候啊？」

「就是啊，這聯防隊又不是田徑隊，這麼能跑有什麼用！」

其他人都發着牢騷，大冬天的腦門上都是汗珠，教官環視一圈，點着最後三人的名字遣離隊伍。

「你們知道連續幾天跑五公里的意義嗎？」教官沉聲問道。

眾人搖頭。

「因為聯防隊不是兒戲，高強度的訓練是為了考察你們的意志，也為了提升你們的身體素質，如果有堅持不了的，這幾天下來也篩選得差不多了，今後的訓練才會更有意義。

「你們可以反悔的機會已經過去了，從明天開始，五公里改為三公里，增加其他訓練。」

林啟周心裏一鬆，可算不用提心吊膽擔心被淘汰了。

「今天的科目只有五公里，就解散吧，算是給你們放個假。」

眾人爆發歡呼，林啟周也撫着胸口笑出來，下意識歪頭看向崔翠芬。

「很厲害啊！」崔翠芬豎着大拇指說。

接下來的訓練日常依舊是枯燥的，每天都會挑戰一下他的體能極限，可效果也很顯著。

從前林啟周總是心事重重，晚上腦袋裏雜事太多難以入睡，自從加入聯防隊以後，訓練後的疲憊會讓他沒有心思再去想別的事情，躺在床上幾個呼吸間就能進入夢鄉。

睡得好了，吃得多了，身板便肉眼可見地強壯起來，胳膊上不再是單薄一層，已經鼓起了肌肉塊，連崔翠芬都驚喜地説，他好像長高了。

正是青春年少身體生長的年紀，經常鍛煉，讓他迅速竄起了個頭，不到年關的時候，剛剛入冬做的棉衣袖子就短了一截。

林啟周捧着棉襖去崔家，滿臉漲紅地遞給崔翠芬：「有點小了，麻煩你幫忙改一改。」

崔翠芬放下手裏的火柴盒，笑着接過來：「沒問題，兩天就能改好。」

林啟周點點頭，拿起桌面上堆積的火柴盒，問道：「這都是用完的？」

「不是，這都是新摺的。」崔翠芬往布簾裏面努嘴，說，「我媽和我爸說家待着太無聊了，也沒什麼進項，我就找了這個摺火柴盒的工作，也不大累，總是一筆收入。有時候他倆一天能摺上千個呢。」

「也好，有點事情做就當打發時間了。」

崔翠芬將火柴盒都收起來，低着頭問道：「巡邏的分組名單出來了，你看了嗎？」

「看了，咱倆一組，晚上我來接你。」

最後民兵聯防隊留下了五十六人，七人一組，分成八組，白天晚上分別四組配合保衛科巡邏，好巧不巧，林啟周和崔翠芬正好在同一組，上任第一天就是夜班。

第二十章

夜間巡邏

夜晚的廠區路燈昏暗，鐵軌附近的廢料堆倒是有兩盞白熾燈，民兵聯防隊和保衛科交替行進，間隔的時間差縮短到兩分鐘。

林啟周站在第一排，崔翠芬站在他身後，腰上挎着棍棒，手裏拿着電筒，在每一個角落仔細巡查。

「這晚上越來越冷了，等後半夜哥幾個不得凍僵了啊。」領隊徐大春搓搓手呵了一口氣，嘴裏發着牢騷。

「兄弟，你哪個車間的？」

林啟周眼睛在黑乎乎的角落轉了一圈，說：「三車間，林啟周。」

「啊，那你認識趙寶剛嗎？」徐大春問道。

林啟周點了點頭：「那是我師傅。」

「嚯！」徐大春感歎一聲，伸手就摟上他肩膀，「趙寶剛是我舅舅，咱倆這也算有親戚了。」

突然被一個不熟悉的人勾肩搭背，林啟周頗不適應，聳聳肩膀脫離他的親近，他怎麼從來沒聽師傅說過他有個外甥在廠子裏啊，而且這麼久了他經常去師傅家也都沒見過這人。

「我以前也是下礦工，後來那不是出事了嗎，我這人啊就是惜命，趕緊就轉崗了，到這聯防隊混個零花錢。」徐大春擤下鼻涕，然後隨手在身上蹭了兩下。

林啟周尷尬地扯了扯嘴角，擠出一句：「嗯嗯。」

「你師傅對你嚴厲嗎？」

「還好。」

「認字班你去了嗎？老師教得好不好？」

「啊，挺好的。」

「那你……」

徐大春像個話癆似的在他耳邊不停説話，他回覆幾個字明顯不熱絡，也不影響對方持續講，從頭巡邏到尾，這耳根子就沒清靜過。

「大家進屋喝點熱水，等第三組回來咱們再出去。」徐大春招呼着。

林啟周搓着臉，在火爐旁邊站了好一會才覺得自己僵硬的手腳緩了過來。

見崔翠芬自己坐在角落，走過去問道：「你怎麼樣？今天太冷了，能受得了嗎？」

崔翠芬沒精打采地點頭：「還行，走起來的時候不是很冷。」

見她唇邊的圍巾上都被哈氣結了一層白霜，臉上血色淺淡，林啟周去倒了一杯熱水，塞到她手裏：「多喝點，暖和暖和，一會還有兩趟呢。」

今天崔翠芬格外話少，林啟周以為她一個小姑娘跟這麼多男人在一個屋子裏不自在，也就沒多想，默默地坐在一邊喝水。

「你們説咱們真能碰見那幫小偷？」

「咳，這誰知道呢，不過咱們都操練這麼長時間了，就算真碰上，誰能贏還不一定呢！」

徐大春啪地一拍桌子站起來：「屁！必須是老子贏，還能怕他們那幾個雜碎！」

林啟周被他突然竄起來的聲音嚇了一跳，莫名其妙地看着他，怎麼突然就這麼激動呢？

他們組的人在屋子裏暖和，男人們湊到一起無非就是吹吹牛，侃侃大山，有時候嘮到興起話題葷素不忌，崔翠芬聽得滿臉緋紅，直往圍巾後面躲，林啟周就會岔開話題，引到別的事情上去，然後不動聲色把自己的凳子挪到前面，將崔翠芬擋在身後。

氣氛輕鬆正好，外面隱隱約約傳來一陣喧鬧聲，徐大春在窗戶上擦掉一塊霧氣，往遠處張望。

兩個人跌跌撞撞地往回跑，手中的光束凌亂地上下跳動，喊的什麼倒是聽不清楚，徐大春戴上帽子，抄起棍棒説：「我出去看看。」

林啟周將手捏在腰間的棍子上，默默繃直脊背，左手有些緊張地微微攥拳。

崔翠芬有些涼意的手蓋在他手背上，讓他一激靈，下意識地回身問道：「你手怎麼這麼涼？」

崔翠芬扯着嘴角微微一笑：「沒事。你也別緊張，這麼多人呢，出不了事。」

她這一笑，林啟周才發現不對，今天崔翠芬的唇色格外暗淡，整個人都沒什麼精神，眯了眯眼睛，問道：「你不舒服？」

「沒有啊，你別操心我。」

林啟周心細，上下打量了一番，看她手一直捂在肚子上，問道：「是不是巡邏的時候着涼了？」

崔翠芬眼神閃爍，不等她回答，徐大春就推開門進來，帶進一股涼風。

「第三組碰見小偷了，都在圍牆那邊呢，大家跟我走。」徐大春一揮手，眾人紛紛拎着棍子往外跑。

林啟周剛抬起腳，就回身擔憂地看了她一眼：「你留下吧。」

崔翠芬搖搖頭：「不行，我也是隊員，到時候點名我不在該出問題了。」

林啟周咬咬牙，一把抓住她的手：「跟在我後面。」

整組人快速行進，圍牆那邊一半是磚頭壘的，上面鋪滿了砸碎的酒瓶碎片，一半是帶着尖刺的鐵絲，周圍有不少鋼管，直徑足有三五十厘米，可供一個成人彎腰穿行。

還有不少廢棄的鋼鐵，帶着鐵鏽凌亂地堆放着，這些就是小偷團夥的目標。

「三個人跟我走左邊，剩下的走右邊。」徐大春喊道。

越靠近，那邊傳來的腳步聲就越清晰，不斷有人敲着鋼管，喊着別跑，正在上演一場盛大的追逐戰。

林啟周將崔翠芬往角落一塞，説：「躲着別出來，你不舒服別逞強，遇到危險就往回跑，要是沒什麼問題等我叫你出來點名。」

徐大春那邊叫得緊，他轉身就要走，卻被抓住了衣角。

崔翠芬水汪汪的眼睛滿是擔心，輕聲説：「注意安全，小心為上。」

林啟周狠狠點着頭：「放心。」

他們人多，不再是以前只有保衛科的時候了，四組夜間聯防隊都在此時匯集，二十八人分作兩邊左右包抄，可這裏的地形四通八達，小偷們能進來，就説明圍牆那邊的鐵絲網已經被解決了，小路眾多，想抓到人還是不容易的。

林啟周一手握着棍子，一手拿着電筒，緊緊跟在徐大春身後，靠近一個廢料堆的時候就放輕腳步，等搜尋過再到下一地點。

「這有人！站住！」

左邊一聲大喝，徐大春瞬間轉了過去，林啟周緊跟其後，第一次感受到這樣的氛圍，一顆心都提到了嗓子眼。

這幫人都是慣犯，他們這個廠子就被盜竊過好多次，打起游擊來得心應手，彷彿將這一片哪有坑哪有路都熟記於心。

前方一個黑影閃過，徐大春追了上去，林啟周手心濡濕，壯着膽子也跑過去，可這一片的廢料堆都有一人多高，轉來轉去幾個彎道之後，眼前一個人都沒了。

林啟周心中一緊，屏住呼吸，舉着手電筒四下尋找，可除了黑暗還是黑暗，連個人影子都沒有。

「徐大春？」他啞着嗓子低喊。

圍着兩個廢料堆轉了一圈，連腳步聲都沒聽見了，林啟周不由得加快了呼吸，胳膊上的汗毛隔着厚重的棉衣都能感到在一根根豎起，下意識覺得此地不宜久留。

剛要循着其他隊員的聲音過去，身後一陣疾嘯的風裹挾着力道襲來。

「嘭！」

一根棍子狠狠敲在他胳膊上，林啟周手裏的棍子應聲落地，小臂上一陣陣鈍痛，疼得他瞬間冒出冷汗，連尖叫都忘記了。

左手的電筒朝着襲擊的方向照去，只看見一個戴着寬檐帽子的身影，那人用手擋了一下，林啟周只看見一個下巴。

他被砸了一下，一時間不敢上前，便死死盯着那人，兩人僵持着。

林啟周看看身邊的兩根鋼管，悄悄向後撤了兩步，隨即將手電筒敲在鋼管上，碩大的空心就是天然的擴音器，巨大的聲響傳出，提醒了不遠處的隊友，也驚動了對面的男人。

「找死！」

那人猛地撲了上來，林啟周捂着胳膊慌亂之下只能閃躲，他是第一次感知到被威脅生命的危險，教官教過的防身術都忘到了腦後，只知道躲開襲來的拳頭，狼狽地左右騰挪。

眼前寒光一閃，那人掏出匕首，朝着面門攻了上來。

「來人啊！殺人了！這裏有人！」林啟周大聲喊道。

雖然光線昏暗，但也能看出此人身材高大，他知道自己就算不受傷也不是這個人的對手，只能三十六計走為上計。

他轉身就要跑，卻被腳下的一塊廢料絆了個跟頭，猛地向前撲倒，狠狠摔在地上。

林啟周仰面看着那人舉着匕首過來，心下驚懼，難不成他第一次巡邏就要血濺三尺，為了這五塊錢把命搭上也太虧了。

「去死吧你！」

眼看着匕首落在眼前，啪地一聲，有人一悶棍敲在了那男人身後。

林啟周因為害怕而半閉着的眼睛倏地睜開，那男人一回頭，就把後趕來的人影露了出來——崔翠芬舉着一根棍子顫顫巍巍的站在那，臉色蒼白，眼神慌亂又倔強。

「奶奶的，還是個娘們兒！」

崔翠芬的一棍子只讓男人怔了一下，隨即轉身朝她撲過去，林啟周駭然地瞪着眼睛，猛地往前一撲，死死抱住男人的腿。

「快跑啊你！」林啟周也不知從哪來的勇氣，就是在看見崔翠芬的一瞬間爆發了出來，扯着嗓子大喊。

崔翠芬握着棍子舉起來還要打，男人伸出胳膊一擋，連一聲痛呼都沒有。

林啟周禁錮着他的腿，往腿窩狠狠一敲，男人隨着關節的慣性向前趔趄，崔翠芬抓住時機用棍子砸在了他的頭上。

「咚！」

格外大的一聲悶響，男人去抓她的動作停了一下，遲緩地摸了下額頭，黏稠又溫熱，血順着額角流下。

崔翠芬嚇壞了，雙手抓着棍子左右亂揮，也不知砸在了哪裏，一會是脆響，一會是悶聲。

林啟周趁勢將人壓在身下，膝蓋緊緊頂着男人的後背，眼睛卻落在崔翠芬身上：「翠芬！你有沒有事？」

崔翠芬聽見他的聲音才冷靜了一下，見男人被制服，一下子扔掉手裏的棍子，抖着雙唇，哆嗦着説：「沒，沒事。」

「快叫人。」

崔翠芬慌亂着轉身就要跑，林啟周叫住她：「用棍子敲，教官教過的，三長兩短，敲三遍。」

「啊，啊，知道了。」崔翠芬撿起棍子，在身邊的鋼管上敲擊着，有規律的聲音會告訴其他人，他們這裏有情況。

林啟周喘着粗氣，他一隻胳膊受傷了，只能用半個身體的力量壓制住男人。

「別怕，沒事了，你來掀開他帽子，我看看他是誰。」

他心中對一個人名始終有一道懷疑的影子，但沒抓到證據便不敢隨便説出來，當看着帽子被一點點掀開，他心裏竟然在暗暗思量，可千萬別是他想到的那個人。

崔翠芬扯掉帽子，男人的臉露了出來，林啟周借着手電筒的光看了一眼，心裏鬆了口氣，還好，還好不是，總算沒壞到這個地步。

等有人陸續趕來，林啟周將人交到他們手裏，才捂着手臂緩緩站起，走到崔翠芬身邊，細細觀察了一下臉色，除了有些蒼白和驚嚇之外，倒是沒有新傷，心裏的石頭落了地。

「不是讓你在角落待着別出來嗎？怎麼跑到這了，剛才多危險啊。」

崔翠芬抿着唇，眼睛眨了眨，才泛出一點淚花：「我是待着的，可聽見你的喊聲，我怕你出事，就跑到這了。」

林啟周四周環視一圈，一歎氣，這追着人彎彎繞繞的分不清方向，可不就跑到她藏身的地方附近了嗎，剛剛打鬥的現場對面就是崔翠芬待着的角落。

「回去吧，太冷了，今天出了事應該是結束了。」林啟周說道。

「你受傷了，咱們先去醫務室。」崔翠芬指了指他的胳膊。

原本想說沒有大事，可胳膊稍稍一動就鑽心的疼，未曾說話先倒吸一口涼氣，又嗆得他猛烈咳嗽。

「咳咳咳咳——沒，沒事……」

崔翠芬上前扶着他：「什麼沒事啊，你這說不定都傷到骨頭了。」

前邊的隊員押着那男人走了，林啟周本想再說點什麼，徐大春卻從旁邊出來了。

「受傷了？沒事吧？趕緊去醫務室。」

林啟周搖搖頭，問道：「我剛才追着你，一轉眼你就不見了，有沒有遇到危險？」

徐大春擺擺手，把棍子掛回腰間：「我沒事，那人一轉彎就看不見了，這一片還是得再多裝幾個大燈，這黑燈瞎火的什麼都看不到，上哪抓人去。」

崔翠芬扶着林啟周往外走，低聲說：「這一塊已經算是邊角了，周圍岔路口這麼多他們都能逃走，我總覺得那幫人裏肯定有廠子的工人，不然不能這麼瞭解地形。」

林啟周按了按她搭在胳膊上的手，停止了這個話題，轉而看向徐大春：「三組最先遇上這幫人的，難道就抓住了這一個？」

徐大春點了根煙，攏攏外套說：「可不嘛，就抓到你這一個，一幫廢物。」

「也是剛訓練過第一天，沒什麼經驗，他們損失了一個人，這最近就能消停了。」崔翠芬說道。

林啟周應和着點頭，隨即說道：「還是要都抓起來才能安心。」

「你這對付一個就負傷了，這兩天好好休息吧，別參與巡邏了。」

徐大春説道，「我幫你請假，徹底養好再説。」

胳膊上的鈍痛讓他渾身冒汗，被冷風一吹，打了好幾個激靈，一直到醫務室才算緩過來。

「沒什麼大礙，骨頭看樣子是沒問題的，回去貼點膏藥，幾天就好了。」醫生反覆看了兩眼，從藥櫃上拿下幾盒膏藥遞給他。

徐大春笑着説：「大夫，你給寫個紙條什麼的，我這邊請假要用。」

林啟周穿好袖子，連忙阻攔：「不用不用，這上班不耽誤的，不用請假，正常就行。」

「這要是不養好會留病根的，我先給你請三天，你安心待着。」

「真不用，我這骨頭也沒有問題，貼上膏藥明天就好了。」請假就要扣工資，林啟周最怕少開錢了，説什麼都按着徐大春不請假。

崔翠芬一看就知道怎麼回事，翻了個白眼：「你這就算不是傷筋動骨，一些精細活也做不了，去車間也是待着，不如在家乾脆養好了呢，以後老了這都是病。」

她從醫生手中拿過病假條直接塞到徐大春懷裏：「不聽他的，請三天假。」

林啟周還要説些什麼，看見她那瞪着眼睛的樣子，縮縮脖子把話嚥了回去。

徐大春收好東西，説：「那行，你趕快回宿舍吧，我和崔翠芬同志還得趕回去巡邏呢。」

夜間隊要一直堅持到早上五點才算結束，然後上午能在宿舍補覺，下午上班就行，不扣工資。

林啟周走出醫務室之前管大夫要了一杯熱水，遞給崔翠芬，説：「你肚子疼，喝點再出去吧，身上能暖和點。」

崔翠芬臉色有些紅，小口小口地喝完了。

徐大春抱着肩膀在旁邊嘖嘖感歎：「你怎麼不説也給我一杯呢？」

林啟周眼皮都沒抬一下，說：「裏面有，自己倒去。」

「喊，德行！」徐大春背着手走了，「趕緊跟上，該歸隊了。」

林啟周跟她擺擺手，自己轉身回了宿舍。

躺在床上想崔翠芬說的那些話，其實他早就懷疑盜竊團夥裏有本廠工人，因為每次出事的時間都太巧合，鑽保衛科的空子太準了，公安來人的那段時間一次案件都沒犯過，那一片拐角複雜，卻擋不住他們，這要是說沒有內鬼，反而才奇怪。

可這些他都管不了，今天碰上了算，以後要是碰不上，他也不能端着飯碗去守株待兔。

胳膊疼了一整晚，貼上膏藥倒是管用，但過了藥勁又重新疼起來，他迷迷糊糊聽着有人起床穿衣洗漱，有人推門出去上工，便小心地抱着胳膊接着睡。

等又一覺醒來，外邊天光大亮，已經快到中午了。

他到廠子以後，還是第一次睡到這麼晚起，抱着胳膊坐起來，感覺渾身酸痛，比五公里之後還疼，昨晚打了那一架身上不知道碰了多少塊青紫。

林啟周揉揉眼睛失笑一聲，他這可真是打架了，那把匕首明晃晃地朝着他來，那時候雖然害怕，可當在現場看見崔翠芬的時候，那股對自身安全的恐懼瞬間被擔心淹沒，渾身迸發出的力量和勇氣是前所未有。

收拾一番就去了食堂，這個時間已經不剩什麼好菜了，他買了兩個饅頭，要了點菜湯蘸着吃，隨便一抹嘴，也算填飽了肚子。

不用去車間幹活，不用訓練，他站在外面都不知道要做什麼，陡然間清閒下來，還有些不適應。

想了想，也沒什麼地方可去，索性回宿舍看書，之前崔翠芬給他的幾本書還沒看完呢。

搬凳子坐在窗戶前，雖然凌亂地扔着一堆牙刷茶缸，可陽光正好，落在身上暖洋洋的，閉上眼睛舒服地伸個懶腰，桌上放着喜歡的書，這樣的生活格外美好。

林啟周每次撫摸着書，都會生出一陣恍惚，他能認字，能自己看書，看到精彩的故事撫掌喝彩，這在從前是想都不敢想的事情，但他做到了，他爭取到了機會，美好得不切實際，像做夢一般。

這本是崔翠芬的初中課本，他正看到名著節選《魯提轄拳打鎮關西》，只有一個章節，他反反覆覆看了好幾遍，可惜沒有《水滸傳》的全本，書中精彩的打鬥看不完全，頗有些遺憾。

等下次見到崔翠芬，想問問她有沒有這本書借來看看，不然就到鎮上的書店去買，也不知道外面的書都是什麼價錢。

中午冬季的暖陽被窗玻璃隔絕在外，落在身上只有溫熱，窗外的松柏鬱鬱蔥蔥，不曾因季節的冷酷而變得凋零。

一本書，一缸茶，不是最好的書，也不是什麼好茶，可當他走進書中的故事裏時，那些令人悵惘的、迷茫的、傷心難過的，甚至不知如何解決的事情，都會被拋在腦後，眼中只有那些或意氣風發，或人間悲喜的故事。

林啟周很享受這樣的感覺，彷彿用有限的時間體會着他人的人生，他從書中看見了更加悲苦的家庭，看見了被壓榨被迷信被磋磨的人血饅頭，才知道這世界很大，他為之苦惱的所謂痛苦，相比起來都不值一提，而今能吃飽穿暖有錢掙，已經十分滿足了。

可當看見更加壯美的山河，見到書中描寫的飛瀑、亭台、曲徑幽巷，亦或大江大河，又會生出豪情，想將自己的腳步踏遍這些地方，把他們從眼中的文字變成切實存在於心裏的景象，深知這世上景色萬千，而他沒有見過千分之一。

那種遺憾，會變成他日日進取的動力，鞭策着也鼓勵着他，抓住每一個出現的機會，希望有一天會過上自己最想要的生活。

林啟周合上書本，閉上眼睛，感受陽光在臉上跳躍，鼻尖是灰塵和茶香纏繞的灼熱，指尖在書頁上緩緩摩挲。

他剛剛看見了崔翠芬在書上的筆記，字跡娟秀，見解翔實，可見她上學的時候當真聰慧靈秀。

每次看過一本書，都要在腦海中細細思量，他不想讓讀書變成一種機械的動作，而能真切的從書中學會一些道理，哪怕只是一句微不足道的方言，一個短小精悍的成語，一首孩子都會的歌謠，亦或是一點新奇的生活技巧，都能讓他陷入如獲至寶的喜悅中。

崔翠芬説看書的人不少，可會看並且看出樂趣的人並不多，很幸運，他就是其中之一。

「林啟周在嗎？」

聽見門外有人喚，林啟周對這個聲音分外熟悉，臉上帶笑，起身去開門。

「你怎麼過來了？不趁着這時間午休。」

門外正是崔翠芬，懷裏抱着一個包袱，跑得氣喘吁吁：「你衣服改好了，我給你送來。昨天巡邏的時候我看你工裝裏面的棉襖袖子短了一截，容易灌風，大冷天的別凍感冒了。」

林啟周接過來，笑着説：「也並不着急，熬夜改的吧，謝謝你了。」

「客氣什麼，又不費力。我是有事跟你説。」崔翠芬交握在身後的手摳了摳掌心，説道，「我明天休息要進城，這不是快過年了嗎，去買點年貨，你要不要一起去啊？」

林啟周挑挑眉，隨即點頭：「沒問題，我還有兩天病假，到時候我給你提東西。」

「可不用了，你快好好養着吧。」崔翠芬抿嘴笑了，擺擺手，「那我先回去了，下午該上工了。」

「哎，」林啟周叫住她，摸摸鼻子，有點羞澀地輕聲問，「你肚子還疼嗎？」

崔翠芬臉色騰地一下通紅起來，沒說話，轉身就跑了，林啟周抱着衣服愣在原地，有些搞不明白，這到底是疼還是不疼了？

第二十一章

情竇初開

休息日進城的車一如既往的擁擠，大家穿得多，被人群一壓，感覺呼吸都費力了，崔翠芬找到個座位，林啟周就護着她站在旁邊，還要注意着自己的胳膊不被碰到。

這地方靠近車門，有人上下車的時候就會湧進來一陣涼氣，坐着不動便凍得手腳冰涼，崔翠芬不停地合着掌心呵出一口熱乎氣，不等暖上一分，就被涼風吹走了。

下車的時候，崔翠芬蹦了幾下，念叨着説：「下次就是有位置也不坐了，還不趕站着熱乎呢。」

「你等會。」

林啟周瞥見旁邊有賣手套的，進去挑了一雙粉色的棉手捂子，素面的沒有繡花，就是那粉色格外鮮嫩，他一看就合適。

「給你，戴上就暖和了。」

崔翠芬看着這雙手套，怔愣了一下，推着説：「不買不買，戴不了幾次就弄髒了，浪費錢的，再説我回家自己做就行，還有不少剩棉花呢。」

林啟周抓過她冰涼的手，套進手套裏，稍稍用點力氣握了握：「這樣就不凍手了。」

「你又破費，那點錢自己攢着多好。」崔翠芬嘴上埋怨，可看着粉粉嫩嫩的手套，心裏都跟着暖和起來。

「也沒有亂花錢，你戴着就不能把手凍壞了。」他第一次給妹妹以外的小姑娘買東西，也不知道什麼樣式的好，只是看着這顏色就覺得匹配。

崔翠芬羞赧地笑着，轉身說：「快走吧。」

兩人並肩在路上走，一會買幾張喜慶的年畫，又裁了兩張紅紙，崔翠芬疊起來放進布兜。

「每年的對聯都是我自己寫的，比賣的還好呢。」

林啟周幫忙拎着東西，笑嘻嘻地說：「那今年能不能也給我寫一張？」

「你們宿舍廠子裏就給貼了，我給你寫個小福字吧，夾在書裏當書籤用。」

林啟周連連點頭：「我還想問你有沒有《水滸傳》呢，想借來看，要是沒有的話，正好今天就去書店看看。」

「快別買，我正好有，等回去我就找給你。」崔翠芬手上抓着糖塊，家裏一年四季糖都不缺，母親吃藥的時候會吃一塊，平時崔宗權放假回家也喜歡抓着吃，過年她挑的都是包裝喜慶的，紅豔豔的糖紙看着就讓人欣喜。

林啟周看着店裏的東西，眼睛落在一處櫃台上，擺着好幾種髮卡，鴨嘴夾上黏着一朵花，用鐵絲做的，塗着各種顏色的漆，一碰就顫顫巍巍地動。

「同志，給我拿一個紅色的。」

他答應阿蘭，每年回家的時候給她買一個最好看的髮卡，這城裏的樣式就是好，阿蘭戴上一定是全村最好看的小姑娘。

「給妹妹買的？」崔翠芬稱完糖塊，走過來問道。

「嗯，她年紀小，最喜歡這些小髮卡了。」林啟周攥在手心摩挲一下，他確實有點想家了。

「你過年要是能回去，她肯定特別高興。這哥哥當得真好！」

林啟周接過她手裏的袋子擔在肩上：「家裏孩子多，倒是整天淘氣。」

雖笑罵着，可臉上想到妹妹的樣子，那笑容卻止都止不住，也不知道過年回家的時候，那小姑娘會不會掉金豆子。

「你小心點別抻着胳膊，還沒好呢。」

「沒事，不沉的，還有什麼沒買嗎？」

崔翠芬掰着手指頭數，說：「再扯點布，給爸媽和宗權做一身新衣裳。」

可買布的時候，林啟周在心裏忖度尺寸，發現家裏所有人都有，但沒給她自己買。

在心裏轉了一圈，卻沒說出來，崔翠芬最是要臉面的，平時看着爽快，可操持一大家子的事情早就習慣精打細算了，也是裝着所有人，偏偏忽略了自己。

「走吧，都買完了。」

長姐常年不在，整個家裏，崔翠芬就充當了最大的那個，心裏惦記着母親的藥，看護着父親的腿，還要掛念弟弟在外念書的學費和吃喝，林啟周早就看出來，她穿的裙子乾淨整潔，雖然漂亮，但那布料有的都洗得發白了，一看就是穿了許多年的舊衣裳。

一時間，便有些同病相憐的感觸。

等車的時候，他站在風口那邊，把吹過來的寒風擋去一半，小心護着身旁的女孩。

他不懂這種溢出來的心疼和珍惜是什麼，但此時他就想到要這樣做，一個帶着書香氣內心柔軟又善良的姑娘，合該被好好照顧。

是的，他現在將這樣的舉動叫做關照，原諒這個年輕人，那棵懵懂的春情萌芽尚在青澀。

回到廠區，將崔翠芬送回家，他跑到宿舍從被子的夾層裏掏出一張布票揣進懷裏，興沖沖地去找師傅。

「你不養傷，亂跑什麼？」趙寶剛在家戴着老花鏡看書喝茶，腿搭在暖爐上，老神在在地從眼鏡框上邊看他。

林啟周舔舔嘴唇，有些不好意思地掏出布票，說：「我，我想求師母進城的時候，幫，幫我買點布回來。」

「呦，想開了，要給自己做衣裳了？」趙寶剛笑眯眯地接過來，「你呀就得對自己好……」

「不是。」林啟周更緊張了，手摳着褲縫，半晌才紅着臉說，「是買花布，那種漂漂亮亮的……」

趙寶剛愣了一下，隨即拍着大腿哈哈大笑，指着他說不出話，笑得眼淚花花都出來了。

「老婆子，你快來看看，這臭小子會給小姑娘送東西了。」

師娘圍着圍裙，從廚房走進來，嗔怪地白了他一眼，溫和地說：「我知道什麼樣子的好看，保準給你買回來。」

林啟周被師傅笑得更不自在了，紅着臉點頭：「謝謝師母。」

「不用客氣。」她指着老伴說，「趕緊的，給我端菜來，正好留啟周在這吃一口。」

趙寶剛搓搓手站起來，一邊指着暖爐讓林啟周烤火，一邊跟上去說：「那今天讓我喝兩口吧……」

聽着師傅師母在廚房鬥嘴，林啟周看着房間裏的陳設，家具上都蓋着碎花布擋灰，老照片貼在衣櫃門上，中間一面寬鏡子上也貼着各種從日曆本上剪下來的藥方或食譜，整潔中透着一股子溫馨。

一看就知道這家的氛圍很好，老夫妻的感情十分恩愛。

吃飯的時候，師母沈竹不停給他夾菜，沒多會碗裏就堆出了小山。

他家沒孩子，菜裏有不少肉，生活水平比崔家高出一大截。

「我倆一輩子也沒個子女緣分，你認了他當師傅，就跟自家孩子一樣，以後經常來吃飯，我給你做點好吃的。」

沈竹總聽丈夫說起這個小徒弟，人憨厚老實，可也機靈，平時學什麼都快，最重要的是，趕上什麼節日，給他們倆的禮物雖然沒有多貴重，但從來沒忘記過，足見這孩子的細心體貼。

趙寶剛趁着徒弟在，讓老婆開了金口允許喝一杯酒，抿着小酒杯，滋遛滋遛的，像隻偷油喝的倉鼠，心滿意足。

「你師母以前可從來沒這麼好客，這是喜歡你呢，以後多來兩趟。」趙寶剛舉了舉酒杯說，「你看看，你一來我就能喝上酒。」

「您注意身體，喝酒傷身呢。」林啟周給師傅夾菜勸道。

「你看看，孩子都比你懂事。」沈竹瞪了他一眼，「天天轉着在家裏找酒喝，明天都給你倒出去，看你還喝什麼。」

「嘖，你看看你這老太婆，這脾氣這個火爆，就不能改改？」

「嘿，我給你臉了是不！趙寶剛你信不信我拿擀麵杖揍你！」

「你揍你揍，一輩子了也不是沒被你打過！」

眼看着師傅梗着脖子吵起來，林啟周拿着筷子停在半空，他沒見過這場景啊，孩子有點懵。

正想着要不要勸勸架，旁邊沈竹就笑眯眯地給他夾菜：「吃你的，別理他。」

他話還沒出口，就又看見師傅端着酒杯悄悄擠了擠眼睛，瞬間領悟，這就是人家夫妻的相處方式，可能鬥鬥嘴更有利家庭和諧吧。

孩子年紀小，不懂兩口子之間這點彎彎繞繞，其實是叫做情趣的東西。

林啟周吃完飯又陪着師傅喝了兩杯茶就起身告辭。

趙寶剛端着茶杯，肩上披着衣服，倚在門邊上看着徒弟走出院門，笑着説：「也不知道這小子買花布要送給哪個姑娘去。」

沈竹收拾着碗筷，回道：「還能有誰，你這徒弟不就跟崔家那個二姑娘走得近，一準是給她的。」

趙寶剛笑着咂咂嘴，喝口茶説：「那挺好，這小子眼光不錯。」

沈竹抹着桌面，笑了一聲：「我看吶，這事還早着呢，啟周看着可不像開竅了的，小孩子能懂什麼，估計就是看人家姑娘照顧他，你別説，那姑娘比他好像大三歲呢。」

「大點好，女大三抱金磚。」趙寶剛關上門轉回暖爐，伸着腿説，「這叫什麼來着？青梅竹馬啊！」

「就你知道的多，那孩子臉皮薄，你可別天天問人家，小心孩子臉上掛不住。」沈竹叮囑道。

「嘿嘿嘿，我知道，我偷偷觀察着，這小子可摳了，那不進他眼睛裏的人才不帶給花一分錢的，好不容易關照一個小姑娘，我可得幫他守住嘍！」

趙寶剛優哉游哉地喝着茶水，嘴裏哼着小調，半眯着眼睛好不快活。

師母幫忙買的花布很快就安排到位，林啟周拿到手的時候，原本想送給崔翠芬的心思卻在走到門口的時候有些猶豫。

臉上羞赧着，拿着一塊布來回打轉，想敲門又抬起手再放下，門卻突然開了。

林啟周嚇了一跳，下意識把手往背後藏。

崔翠芬拿着垃圾往外走，面前猛然出現一個人，也往後仰了一下：「你在這幹什麼？到家門口怎麼不進去？」

「呃……我，我那個……」林啟周結結巴巴的説不出來，在肚子裏打好的草稿看見她的時候，一緊張都忘了，摸着頭髮説不出完整的話。

「你怎麼了？」崔翠芬看他背着手問道，「你拿的什麼？」

林啟周攥了攥手心，把花布往她手裏一塞，轉身就要跑，也不管人家懵不懵。

跑了幾步又想到什麼，轉身看向門裏的少女，眼睛明亮地說：「你穿裙子很漂亮的！」

崔翠芬看看懷裏的布料，又看看一溜煙跑開的背影，噗嗤一笑，笑罵着說：「這個呆子。」

林啟周徑直跑回車間，靠在機床旁邊發呆，想着剛才自己那話都說不清楚的慫樣子，又是懊悔又是羞澀，也不知道師母挑的樣式她喜不喜歡，等過年的時候她穿着新做的裙子站在紅燈籠下，一定格外漂亮。

「哎，想什麼呢，這麼入神？」趙寶剛摘掉手套在他肩上拍了一下。

「花布送出去了？」

林啟周點點頭。

「怎麼樣，人家喜不喜歡？」

林啟周搖搖頭，他也不知道啊，根本沒來得及看，就跑了。

趙寶剛看這呆頭呆腦的徒弟，都替他着急，也不知道什麼時候才能開竅。

靠近年關，林啟周早早地就將申請回家的假條交上去了，大包小包的收拾了不少給家裏準備的東西，土特產裝的滿滿的，可左等右等也不見有消息。

沒過幾天，晚上巡邏的時候他跟崔翠芬念叨起這件事。

徐大春晃晃悠悠的在前邊插話：「今年過年你就甭想了，咱們聯防隊全員都得留在廠區，說是最近治安不好，讓咱們都警醒着點。」

林啟周目瞪口呆，他都給家裏去過信了，怎麼臨門一腳的時候還出了變故。

「前兩天一二組巡邏的時候跟那幫小偷都打了個照面，可惜愣是沒按下一個人，也就咱們命好，再沒遇見過。」徐大春搓了搓鼻子。

崔翠芬就不愛聽這話，反懟道：「我看是命苦才對，啟周剛受過一次傷，多危險呢。」

「這聯防隊不就是幹這個的嗎，有危險咱們不上等誰往上衝呢！」徐大春斜着眼睛瞥了她一下。

「好了好了。」林啟周一看倆人又要吵起來，趕緊在中間和稀泥，「回不去就算了，明天我再跟家裏說一聲吧。」

就是阿蘭又要不高興了……

去年他就沒回去，這麼一算都兩年沒回家了，也不知道家裏變沒變樣子。

隔日，他剛到郵局寄信回來，就看見徐大春站在門口，嘴裏叼着一節煙屁股，手指搓着鼻子靠在門框上。

「可算回來了你。」

林啟周把自行車送回收發室，哈着白氣問道：「什麼事？」

「你師傅知道你今年回不去家，讓我告訴你一聲，大年夜上家吃飯去。」

林啟周斜着眼睛看了他一下，真是奇了怪了，之前有不能回家的時候到師傅那去，也沒看見徐大春能進家門吃一頓餃子，今年怎麼還換他來告訴自己呢。

「別這麼看着我。」徐大春翻了個白眼，「以前那是我遊手好閒，我舅看不上我，現在我在聯防隊幹得好好的，這餃子咱也能吃上熱乎的了。」

林啟周鼻子嗯了一聲，不置可否地說：「那恭喜你唄。」

正說着話，遠遠走來一個藏藍色身影，脖子上圍着一條紅圍巾，格外鮮豔奪目。

林啟周眼睛亮了一下，挺着腰板，緊緊盯着那身影看。

「啟周，你郵完東西了？」

一道少女音色傳來，那身影慢慢走近，果然是崔翠芬，兩邊白嫩嫩的臉蛋被冷風吹得通紅，可那雙大眼睛裏滿是喜色。

「嗯。」林啟周側身掀開簾子，把人往裏讓，「屋子裏生火了，進來坐。」

徐大春搓了搓牙花子，「格老子的，我在外邊站那麼長時間不見你讓我進屋，你這是搞區別對待啊！」

林啟周替崔翠芬擋着門簾，另一隻手在後面狠狠擰了他一下，警告他閉嘴。

「今年聯防隊留守，我就知道你肯定要給家裏去信的。我跟我爸媽說過了，今年請你去我家過年。」

不等林啟周開口，徐大春就搶先道：「你說晚了，我舅讓他去那邊過年，你等明年吧啊。」

林啟周隨手抓了一把花生砸過去，他剛才聽見崔翠芬的話，心裏忍不住生出一萬分的雀躍。

搓着雙手，莫名有些緊張，眼神亮晶晶地說：「師傅那邊我有年禮送過去。那……那今年就打擾你們了。」

崔翠芬也有些臉紅，不知道是不是被這屋子裏的炭火熏的：「那你記得來啊。」

等人走了，那一抹紅消失在門口，林啟周還沒緩過神來，看着外邊嘿嘿傻笑。

徐大春嘖嘖喟歎：「你小子上輩子積了什麼德。那崔翠芬可是咱們廠有名的一枝花，多少人都跟崔家打聽呢，你說你小子要啥沒啥，竟然都能到人家過年去了，嘖嘖。」

林啟周知道他嘴賤，但此時心情好，也不跟他一般見識，盤算着要帶些什麼年貨過去。

一轉眼，整個廠區就張燈結彩起來，家家戶戶貼上嶄新的對聯，門口掛上紅燈籠，食堂門口擺了幾大盆豬肉，家家戶戶都敲着盆去領，等着晚上包一頓熱騰騰的餃子。

林啟周一大早就到崔家幫忙了，一進門，就看見崔翠芬穿着一身新衣裳，花團錦簇的布料穿在她身上，襯得臉色格外明媚，一頭油亮的秀髮變成辮子垂在胸前，含笑站在桌子旁邊，素手執筆，眉眼溫柔，一筆一劃地寫着春聯。

「冬去山川齊秀麗，喜來桃李共芬芳。」

崔增武坐在板凳上，一邊揉腿，一邊看着女兒寫對聯，皺着眉頭說：「這又是桃又是李子的，不好不好，我看別人家貼的都是什麼富貴平安啥的，那個聽着就喜氣，你這文縐縐的。」

崔母難得下床，坐在床邊摘菜，聞言呸了一聲：「就你沒文化，姑娘這寫得多好啊，快趕在上午就貼上去，別誤了吉時。」

林啟周站在門邊看着他們一家四口，癱瘓的癱瘓，病弱的病弱，卻依然滿臉笑容，好像這些磨難都不曾被放在心上一般，日子依舊欣欣向榮，而那個扛着整個家庭的女孩，也笑得如沐春風，眼神始終溫柔。

「我來貼吧。」

林啟周闊步走進去，把手裏拎着的袋子放在地上，接過崔翠芬手裏的對聯：「外邊冷，抹漿糊凍手，我去吧。」

「你看你這孩子，讓你來過個年一起吃飯，你還買東西來，真是見外。」崔增武笑着說。

「叔叔阿姨過年好！」林啟周摸着後腦勺，憨笑着，「東西多，過年才熱鬧呢。」

這一上午，就看林啟周裏裏外外地忙活，一會端着小盆去大門上貼對聯，一會挽着袖子將斧頭揮得虎虎生風，一口氣劈了能燒半個月的柴火，一會又蹲在灶台旁邊拉風匣，吹了滿頭滿臉的灰。

看着在廚房做飯的女孩，林啟周笑得露出了牙花子：「這布料穿你身上真好看。」

這就是之前他託師母給選的花布，送給崔翠芬做新衣裳的，今天見她穿着，心裏暖呼呼的高興。

崔翠芬圍着圍裙，愛惜地摩挲着袖子，說：「還要謝謝你，這料子很好，就是太破費了。」

「不不不，一點都不貴，你穿着好看的。」林啟周撓撓頭髮，一時之間想不到什麼形容詞，乾巴巴地說，「就是、就是整個廠子最美的姑娘。」

崔翠芬被他說得臉上羞紅一片，一汪清水的眼睛嗔了他一下，低下頭切菜，再也不說話了。

林啟周嘿嘿一笑，賣力地拉着風匣。

「啟周啊，快來歇一歇，咱倆喝點茶水嘮嘮磕，讓她們忙活去。」崔增武隔着窗子喊道。

「你去吧，這我自己能忙得開，一會午飯對付一口，晚上咱們好好吃一頓年夜飯。」崔翠芬說道。

「行。晚上我幫你包餃子。」林啟周擦擦手起身進了屋子。

在崔家過年，一開始還有些拘束，當手裏被瓜子花生塞滿，耳邊都是崔家小弟嬉鬧的聲音，整個人就漸漸放鬆下來。

冬季天色總是黑得很早，當門楣上高懸的紅燈籠一盞盞亮起，喜慶的紅色將在燈下佇立的人兒，臉龐都熏染上霞光。

爆竹聲聲脆響，劈里啪啦迸發出一股火藥味，崔宗權撫掌笑得開懷，而腿腳癱瘓的崔增武就坐在簡易輪椅上，看着妻子兒女，唇邊帶笑，彷彿他的雙腿一如往常的健壯，絲毫不見陰霾。

林啟周和崔翠芬並肩站在燈籠下面，女孩臉上沾染着一絲麵粉，林啟周不知從何來的勇氣，抬手在細膩的臉頰上輕輕抹去。

他看着女孩一瞬間面色緋紅，只覺得他觸碰的指腹也火燒火燎般滾燙起來，略有些尷尬地輕咳兩聲，眼睛雜亂地瞟向別處。

「有，有點麵粉。」

崔翠芬原本是羞澀的，她比林啟周大上幾歲，也曾在閒暇時，躲在被窩裏看過幾本閒書，裏面或隱晦或轟烈的愛情總會在少女的心上留下些許痕跡，此種光景下，便不由自主從心裏跳出來，惹得心水蕩漾。

「我去煮餃子。」崔翠芬一扭身跑回灶房。

林啟周兩根手指的指腹輕捻着，彷彿還能感受到剛剛的柔膩。

窗內，崔母用胳膊肘碰碰崔增武，小聲說：「你看啟周那孩子怎麼樣？」

「挺好啊。」崔增武顯然沒聽懂妻子的弦外之音，捻着煙捲回答。

崔母白了他一眼：「就說你個大男人粗心，自己姑娘的事都不上心。」

「你說這話什麼意思？」

「那整個廠子多少人不能回家過年呢，怎麼你姑娘就把啟周帶回來吃年夜飯了？你也不多想想。」崔母抿着鬢角，坐在床沿上。

崔增武這才明白點妻子的意思，說道：「那啟周還是個毛頭小子呢，這事是不是早了點，再說咱們姑娘也不大啊。」

崔母一邊説着一邊透過窗戶看院子裏的兩人，説道：「我看這事有眉目，等過了年我找啟周他師傅問問，八成是有這個意思的。」

崔增武也喜歡林啟周這孩子，但仍舊叮囑道：「八字沒一撇呢，你一會吃飯可別説出來，讓孩子們不自在。」

……

熱氣騰騰的餃子剛一出鍋，香味順着蒸汽四下飄散，崔宗權歡呼着跳到椅子上，一手抓起個胖嘟嘟的餃子，燙得左右手倒換，嘴裏直吸氣，也捨不得放下。

好日子的人家一年到頭也只能吃上這一頓，還是沒有多少肉餡的，基本上都是青菜，可這已經很讓人嘴饞了。

比如林啟周這家裏孩子多、勞動力少的，每年年終結算還要給大隊倒找糧食的人家，過年都撈不到一頓餃子吃，崔家這青菜肉末餡的餃子已經算是頂好的日子了。

崔母一直往林啟周碗裏放餃子，笑得和藹可親：「多吃點，就當自己家，千萬別拘束，你可沒少幫襯我們，跟叔叔阿姨別見外。」

「欸，謝謝阿姨。」林啟周捧着碗，對這樣的熱情還是有點緊張。

「來來來，咱們喝點。」崔增武拿着酒杯，給林啟周倒了滿滿一杯白酒，「她們都不能喝，今年可算有人陪我一起喝酒了。」

林啟周很少喝酒，笑着説：「我酒量不好，以前在家也很少喝。」

「男人還是得端得了酒杯，今天我給你練練酒量。」崔增武笑得豪氣。

手臂被妻子拍了一下：「大過年的，別給孩子灌多了。」

年夜飯桌上，林啟周跟崔增武喝酒，崔翠芬和母親一邊聊天，一邊照看小弟，氣氛融洽。

這一桌上，只有兩盤菜裏面零星帶着油花和肉片，但每個人都吃得盡興，笑得眼睛眯起來，這算得上是這貧瘠的年代裏最樸實的歡樂。

「今年你姐來信了嗎？」崔母問道。

崔翠芬夾菜的手一頓，輕輕搖頭：「還沒收到。」

林啟周敏鋭察覺桌上的笑聲有些凝滯，開口道：「聽説有幾個省份今年遭了雪災，交通不便，説不定信件都堵在路上了，過兩天就能收到了。」

崔增武乾笑着説：「是啊是啊，廠子的喇叭都廣播過的，玉芬那麼大人了，往年都好好的，不會出什麼事的，別瞎擔心。」

崔翠芬知道林啟周是有意緩和，也順着話題説道：「是啊媽，別嚇自己，等過了初三我去郵局問問。」

「也不知道你姐什麼時候能回家，這工作再忙，也沒有兩三年不回來的説法啊。」崔母對這個常年不在身邊的女兒滿心掛念，話匣子一打開，就止不住地念叨。

崔翠芬和林啟周都順着她説些喜慶的話，再有崔宗權人小鬼大，這桌上的氛圍才算徹底活躍開。

一頓年夜飯，林啟周喝得臉上微醺，紅紅的眼眶，坐在門檻上看着崔翠芬有些發怔。

崔翠芬還是頭一次見到他這個樣子，憋着笑往他手裏塞了一杯熱茶：「去去酒氣。我爸很能喝的，喝點茶能舒服點。」

林啟周被熱氣熏了眼睛，眨巴兩下，突然嘿嘿笑着説：「你穿這布衣裳真好看。」

「你白天的時候都誇過了。」

「你好看，我就是天天誇，也不過分。」

崔翠芬原本打趣他的笑容突然羞赧起來，沒想到喝多了的林啟周説話都大膽了。

再看林啟周在燈光下濕漉漉的眼神，看上去清澈，實則已經帶着朦朧的水霧，明顯是不知道自己此時有多「口出狂言」，要是等他醒酒之後想到自己這些話，肯定要結結巴巴的連眼睛都不敢對視。

崔翠芬在他身邊坐下，輕聲問道：「喜歡在我家過年嗎？」

林啟周想了一會，點點頭，語氣憨直的說：「喜歡！」

「那以後每年都在我家過年好不好？」崔翠芬大膽詢問，她也說不清楚自己為什麼會問，但今年的年夜飯因為有他在，總覺得多了幾分不一樣的味道，比往年更加香甜，也看得出家裏人都是喜歡他的。

林啟周想了半晌，揉了揉有些發花的眼睛，搖搖頭：「不行。」

崔翠芬唇邊的笑容一暗：「為什麼？」

「我還要回家過年啊，我家沒有餃子吃，但是弟弟妹妹爸媽都等着我呢。今年回不去，等下次寫信的時候，阿蘭肯定要嘮叨我的。」

聽見是這原因，崔翠芬倏地笑出來，少女的笑容在昏暗的燈火下變得明亮，連院子裏的薄雪都變得嬌美起來。

「呆子。」

第二十二章

敗露對峙

仲夏夜，茂盛的樹冠下潛藏着一簇簇蟬鳴，在燥熱的風中嗡嗡作響。

一盞盞白熾燈點亮高牆，將鋪設的鐵軌統統暴露在自衛巡邏隊的眼中。

林啟周腰間挎着棍子，胳膊上套着明晃晃的袖標，雙眼機警又靈活地注視着四周。

「咔噠。」

角落的鋼料堆發出一聲輕響，眾人瞬間轉頭，渾身的肌肉都緊繃起來，腳步輕移過去。

林啟周的手放在腰間，緊張地吞嚥着口水，不動聲色地將崔翠芬擋在身後。

「喵——」

一隻黑貓在靠近的時候，從旁邊竄了出去，大家提到嗓子眼的心，瞬間落了下來。

怨不得聯防隊如此小心謹慎，這些年盜竊的風氣屢禁不止，日夜巡邏不停也只抓到了一些小嘍囉，背後的領頭羊始終摸不到邊。

尤其是這廠區裏一段鐵軌，雖然沒被偷過，但隔三差五都會被砸壞一節，彷彿是對方團夥的挑釁，讓聯防隊氣急敗壞，卻每每都抓不到人。

徐大春踢了一腳碎石，彈在鋼管上叮噹亂響。

「他奶奶的，這幫狗娘養的，有種出來讓老子見識見識，總做些摳摳搜搜的行徑，呸！等老子抓到他們，狗爪子敲折他！」

林啟周抹了一把額頭上的冷汗，他是跟團夥罪犯正面交手過的，對方的窮兇極惡至今記憶尤深。

「是一隻貓，沒事了。」他安撫地拍拍崔翠芬肩膀。

「也不知道什麼時候能抓到。」崔翠芬歎了口氣。

這夥人猖狂太久了，林啟周看看周圍夜色，他總有一種感覺，這幫人的狡猾和對聯防隊不停變換的巡邏方式瞭如指掌，必然是有內部眼線，才能一次次從他們眼皮底下溜走。

可他沒有證據，因為他認為的那個眼線始終都沒有露過蹤跡。

徐大春趁大家休息的間隙，走到他身邊，小聲說：「你有沒有點頭緒？那人能知道是誰嗎？」

林啟周心裏的疑影一閃而過，最終搖了搖頭：「這種事沒見過正臉，不好下判斷的，廠裏就沒什麼對策把這人篩出來？」

徐大春叼着一截草棍，說：「也搞了兩次大篩查，可也沒什麼結果，就知道是車間的職工，肯定是能直接接觸到鋼料的。」

他環視一圈，接着說道：「這裏堆放的廢料，前後三天就會更換一批，每次的位置也都有改變，但那幫團夥每次都能精準找到，這裏邊要是沒問題就見鬼了。」

林啟周點點頭，低聲說：「不止如此，咱們巡邏隊一天三班輪換，路線更是經常更改，頭頂的探照燈整夜不停，可是連個狐狸尾巴都摸不着，肯定是被人盯上了，對方對咱們的佈防也清楚得很。」

「他奶奶的，就這種吃裏扒外的王八蛋才最可恨。」徐大春狠狠唾了一口。

凌晨三點，月亮逐漸收斂光輝，而太陽尚未升起，正是一天之中最暗沉的時刻，巡邏隊三兩成群依靠在牆邊打盹，同樣是最人睏馬乏的時刻。

林啟周把外套輕輕搭在打盹的崔翠芬身上，看着沒精打采的徐大春，說：「今天看樣子也不會有什麼動靜了。」

徐大春打了個哈欠，淚水在眼眶裏打轉：「他奶奶的，這不活受罪嘛，就等着天亮咱們交班，回去好好睡一覺，下午還得上工呢。」

說着，他看看睡着的崔翠芬，碰了碰林啟周的肩膀，說：「你倆這是到哪步了？」

「什麼哪步？」林啟周沒明白他的意思，疑惑地問道。

「嘖，跟我還藏着掖着，就你倆這狀態，郎情妾意的，誰還看不明白啊。」徐大春一說起這事就沒個正經樣子，賤嗖嗖地說：「你也真有本事，這小崔老師多好的姑娘，就被你給拿下了，你不知道咱廠子多少人都眼紅你呢。」

林啟周臉上一紅，用手裏的木棍戳着土：「瞎說什麼，人家好好的大姑娘，別壞了她名聲。」

「我去！你不是吧！」徐大春怪叫一聲，「這都多長時間了，你都上人家過年去了，竟然還沒定下來？」

「哎呀八字沒一撇的事呢，你別到處胡說。」林啟周偷偷看了一眼睡得酣甜的崔翠芬，他年歲漸長，也漸漸知道對崔翠芬那種特殊的感覺是什麼意味，卻始終都沒捅破這層窗戶紙。

潛意識中，崔翠芬是讀書寫字的文化人，而他只是一個鄉下來的毛頭小子，沒念過書，身上還牽掛着一幫弟弟妹妹的生活費，可以說全身上下都是拖累，哪敢真的肖想廠子裏人氣旺盛的小崔老師啊。

「要我說，你倆那眼神都快勾到一起了，這些年互相什麼態度心裏還能沒點數？」徐大春勾着他肩背，「要不你找我舅，幫你到崔家說和說和，這事沒準就成了。」

林啟周下意識搖頭：「我倆家庭環境差太多，不合適。」

「怎麼就不合適了。那崔家大叔要說以前下礦幹活是把好手，可自從那年礦上出事壞了腿，他家的生活來源不都靠小崔老師嘛，還有個念書的弟弟，這壓力不比你小。家庭上都差不多的，咱可算不上高攀。」徐大春苦口婆心地勸說。

實在是這兩個人的關係始終沒能再近一步，他這個朋友看着都着急，覺得林啟周平時挺拎得清的一個人，腦子也不笨，怎麼就在感情問題上猶猶豫豫的。

「實話告訴你，是我舅讓我來探你口風的。」徐大春說道，「你這在他眼裏可比我這親外甥還親呢，你喜歡人姑娘，又不趕緊定下來，誰看着不着急啊。」

徐大春的舅舅就是林啟周的師傅，可這種人生大事，他越重視崔翠芬的想法，越是不敢輕舉妄動，生怕搞砸了，以後連面都見不到。

「得，看你這態度我就明白怎麼回事了。」徐大春吐掉嘴裏的草棍，說：「兄弟，別猶豫，這好姑娘可不好找。」

林啟周聽着他的話，眼睛一直落在女孩身上，這兩年多的時間，他們都在聯防隊裏，時常見面，感情也越發親近，就連崔家都是經常登門的，可就最後這一下，他不敢說出口。

原生家庭的貧苦，已經把自卑深深鐫刻在他心裏，平時為人處世看不出端倪，可面對自己親近喜歡的人，這種難言的晦澀就會冒出來，尤其是看見女孩明媚的笑容時，越發羞手羞腳，連對視都覺得緊張。

夜間巡邏之後，會有一上午的休息時間，用來補充睡眠，下午才去車間上工。

可今天回到宿舍，躺在床上，他卻怎麼都睡不着了。

閉上眼睛，腦海裏全是崔翠芬穿着花裙子，站在楊柳樹下，帶着笑意的模樣。

那時在崔家過年，那一身花布衣裳，被大紅燈籠映襯着，在他心中是比年畫上的仙女還要美麗動人的存在。

他忙於上工，即便認字，也很少去看閒書，貧瘠的知識讓他竟難以找出更貼切的詞句，來形容他眼中的崔翠芬，只知道，在每一次相見的時候，自己的眼睛裏都再容不下別人。

休假進城的時候，遇見好看的髮卡，漂亮的花布，甚至是一根紅豔豔的糖葫蘆，都會想着給她帶回來，看到她的笑容，比這個月多掙兩塊錢工資還要滿足。

林啟周不知道這是愛，是喜歡，只知道，崔翠芬是他至今生活中，最溫柔繾綣的所在。

當貧瘠的山村生活被小鎮廠區大院替代，當他遠離了土地，當他開始讀書寫字，以為自己漸漸找到所謂未來的方向，卻在看到崔翠芬笑意盈盈的面龐時，意識到，他骨子裏還是那個村路上沒多少見識的羞澀少年。

不管經歷了多少時間和人事，總有那麼一個人，會猝不及防地，讓你找到最本真最初時的自己。

對林啟周而言，崔翠芬就是這樣一個人。

這天，剛剛從食堂出來，正端着茶缸子準備給師傅沏茶，就聽見廠區廣播嘶嘶啦啦傳出聲響。

「請聯防隊成員放下手中一切工作，馬上到廣場集合，其他職工待在本車間，不要隨意走動。再說一遍——」

這樣的緊急集合以前從未有過，畢竟聯防隊幾經擴招，人數達到了二百多，要保證廠區日常工作不受影響，在排班巡邏上都格外講究，更別提讓所有人全部集合了，意味着至少一半以上的車間要耽誤工時。

林啟周來不及跑到車間，只好抱着茶缸子往廣場去，路上遇到徐大春，對方還趿拉着鞋，一蹦一蹦地往上提。

「出什麼事了？這麼着急集合？」

「我也不知道啊，剛還吃飯呢。」

林啟周一頭霧水，在廣場上看見李國富的時候，對方給他使了個眼色，腳步慢了下來。

擦肩而過的時候，李國富在他耳邊低聲說：「聽命令，別亂走。」

林啟周詫異地看了他一眼，抿了抿唇，他覺得這恐怕是廠裏要來一波大動作了。

人陸陸續續來齊了，崔翠芬站在他旁邊，偷偷給他手心塞了一個饅頭：「留着中午吃。」

林啟周被太陽晃花了眼睛，微微一笑，將饅頭小心地揣進兜裏，微微側頭叮囑：「一會你跟着我，別亂走。」

林啟周站在前邊，一直觀察着李國富和他身邊那個穿着公安制服的男人，兩人低聲說了點什麼，那男人就轉身離開了。

徐大春拽拽他衣袖，仰着下巴示意。

他轉頭一看，不知道什麼時候，進來一隊上邊的人，分成幾波往各個車間去了。

「什麼情況？」

林啟周沉吟一下：「怕是要清查了。」

不等他說完，李國富就開口道：「所有人按照分組，往各車間核查人員名單，凡是隨意走動，不在崗位的，一律記錄在冊交給上級審查，有瞞報謊報的，立即開除，遣回原籍。」

林啟周聽着心裏一動，果然最近盜竊團夥的猖狂讓上級容忍不下去了，這一次希望能把那個內鬼徹底揪出來。

徐大春手裏拿着名單，由一個公安人員帶隊監督，整個廣場的人都動了起來，就算互相嘀咕看不清狀況，也都不敢拿開除這樣的大事開玩笑，一個個整裝待發向車間行進。

「姓名，籍貫，擔保人是誰？」

「有沒有見到誰不在崗位？」

「車間人數對嗎？」

林啟周會寫字，跟崔翠芬一起承擔記錄工作，跟在徐大春身後，一波波人被詢問，挨個車間巡查，搞得人心惶惶，連車間主任的面子都不給。

一段時間過去，內鬼沒頭緒，倒是查到好些工作時間出去聚賭不在崗的人，各個都喊着冤枉，卻沒人敢網開一面，當即就被上級帶走了。

徐大春看着那些被拉走的人，說：「這次就算不能找到內鬼，也能把這聚賭的風氣好好殺一殺。」

「盼着點好吧，要是再抓不到，指不定要鬧出多大的事呢。」林啟周的本子上已經寫了十幾個人名，都是被帶走的人。

有他臉熟的，也有素不相識的，有的人被拽出來的時候，懷裏還揣着撲克牌，臉上的驚慌大快人心。

「八車間少一個人！」

那邊有人一喊，徐大春趕忙帶着他們過去。

「少誰？」

「林啟德，沒人注意他去哪了，早上還在車間的，現在找不到了。」

林啟周眉心一跳，難不成真像他猜測的那樣？

徐大春看了他一眼：「這不是總找你麻煩的老鄉嗎？」

林啟周點點頭:「他有過聚賭的前科，説不定在哪個角落賭牌呢。」

話音剛落，旁邊負責監督的上級就説:「帶人去找，少一個都不行。」

林啟周把本子交給崔翠芬，讓她待在原地，主動站出來説:「我帶人去，他常待的地方我知道。」

「那我跟你一起。」徐大春按了按腰間的棍子，隨即跟上。

一行人出了車間，林啟周直奔往常林啟德常在的地點，幾乎都是廠區內鮮有人到的角落。

「打牌掛賭這樣的事屢禁不止，這些地方都常有人在，今天倒是一個也沒看見。」

林啟周撥開牆邊的野草，説:「正常，剛過午飯時間，廠子就説嚴查，只要不是做賊心虛的人，都會原地不動，誰找不到誰就有問題。或者是賭牌，或者就是……」

後半句就算沒説完，徐大春也明白是什麼意思，但這林啟德有人看見他上工，查人的時候又消失了，他要真是這內鬼，真不知道該説他聰明察覺到風聲，還是該説他自亂陣腳，給自己徒增嫌疑。

「這裏也沒有人。」

已經是第三個地方了，以前打牌的地方都沒看見林啟德，這樣看來，是真的躲起來了。

林啟周覺得自己心裏的猜想已經八九不離十了，可是，一次次從他們眼皮下通風報信的人，真的會蠢到這個地步，頂着風頭玩失蹤？

一種種猜測在心裏誕生，他有的時候希望不是林啟德，畢竟是一個村子出來的，這要是真的做實了他盜竊，這後半輩子就算毀了，連他家人在村裏都要被戳脊樑骨。

可現在找不到人，懷疑層層疊加，這個念頭已經剎不住車了。

「這平時聚賭的地方可都找遍了，也沒見到人啊。」徐大春低聲說道。

林啟周想了一圈，沉吟着開口：「如果……真的是他，聽見風聲會想到做什麼？」

「那當然是跑啊！」

「可廠區幾個門早就封了，有人看着他跑不出去。」

他眼睛轉了一圈，說：「要跑就得有錢，他要真是那個內應，這勾當做了這麼久，想必有不少偏財進賬……」

「宿舍！」

兩人對視一眼，不約而同抬腳往宿舍區跑去。

林啟周心如擂鼓，那一大筆錢林啟德不可能時刻帶在身上，除了宿舍以外，其他地方都是公共區域，以他的多疑不會把錢放在外面，所以要跑路就得先回宿舍取錢，只是他們在外面查了這麼久，不知道還能不能堵住人。

一邊跑，林啟周一邊回想從前在村子裏的時光，林啟德也是面朝黃土背朝天的農家漢子，也曾憨厚地靠天吃飯。

沒想到，到了外面，接觸了截然不同的世界，人心之變竟能如此震撼。

林啟德啊，真希望抓到的人不是你……

一行人氣喘吁吁的跑到宿舍樓外，林啟周抹了一把汗水，一腳踹開房門，裏面林啟德的床鋪翻得凌亂，衣服扯得到處都是，連枕套都被扯開了，看見這幅場景，林啟周一顆心直接沉到谷底。

可以想像，他離開的時候何等行色匆匆，再加上此時的敏感時段，幾乎就要把做賊心虛四個字標到表面上了。

「來晚一步。」徐大春踢了一腳地上的衣服。

穿着制服的人從門外走進來，說：「以此為中心，向四周排查，既然各個門口都封了，人肯定還在廠區裏，務必要找出來。」

聯防隊成立這麼久，各項訓練從未懈怠過，此時的執行力，已經不能與往常同日可語。

林啟周想到因為盜竊團夥興風作浪，他們夙夜不眠的巡邏，他自己被毆打，所有人提心吊膽，即便心裏還有那麼一點的不舒服，也都隨着急促的腳步煙消雲散。

林啟德啊，你可真是糊塗至極，等過年回家，我要怎麼向你家裏交代你的事情啊。

各種思緒混亂的隨着四下的風裹挾進腦海，一間間屋子搜尋，每一個路口都進去查找，他是見識過那幫人的兇惡，此時更是不敢懈怠。

眼神一動，腳下微停，林啟周有個想法一閃而逝，他停下仔細思索。

手指在衣角捻動，林啟德能給外面人通風報信，肯定走的不是正路，那幫團夥每次作案也都不是從幾個廠區大門進來，説明這片地方還有別的出口。

既要隱蔽，又要離廢料場進，説明必然有新的不被他們掌握的出口在那邊，所以，林啟德要跑，那裏才是最佳選擇。

「廢料場！」

林啟周捋清思路，眼神一亮，抬腳就往廢料場跑去，徐大春緊隨其後。

廢料場的鋼材疊摞在一起，中間留出的小路都墊了沙子，上面還有上午運送廢料的車轍印，沒發現什麼可疑的腳印。

林啟周把腰間的棍子握在手裏，貼着牆根一點點往前走，緊張地吞嚥口水，每一個岔路口都先探出半個身子，看不到人影才迅速通過。

連大直徑的鋼管裏面都彎腰瞧個仔細，不放過任何一個可能藏人的地點。

「吵吵。」

旁邊一絲摩擦音傳來，林啟周腳下一停，手裏的棍棒緊了緊，試探着腳步往那邊走去。

聲音是從鋼管裏面傳來的，剛彎腰看過去，一道深藍色的影子倏地從另一端爬了出去。

林啟周眼神一厲，大喝道：「站住！」

一邊拔腿追上去，一邊在鋼管上敲出節奏，給其他人報出位置。

前面疾跑的背影他熟悉的很，就是那個一起長大，一起走到村外，最終殊途陌路的林啟德。

「林啟德！站住！別跑了，外邊都是人，你跑不掉的！」

可前面奮力逃跑的人絲毫沒有停下的跡象，兩人在廢料場你追我趕，在岔路裏左右追擊。

林啟周對這片的地形瞭然於胸，在路口果斷左轉，緊緊盯着那個身影不停閃現，最終堵到了一個死胡同。

撐着膝蓋狠狠喘着粗氣：「別跑了，盡早回頭吧。」

林啟德見前面被一道帶着尖刺的鐵絲網攔住去路，轉頭惡狠狠地盯着林啟周，手放在後腰上。

「看在咱們一起長大的份上，你讓我走，我可以……可以把錢分你一半。」

林啟周盯着他，腳下步步逼近：「盜竊公共財產是要判刑的，你現在投案説不定還能少判幾年。」

「呸！少嚇唬我，林啟周，就你自己還攔不住我！」林啟德臉上兇相畢露，從後面掏出一把水果刀，在身前比劃着。

「外面都是人，都在往這邊趕，你出不去的。」林啟周忍住劇烈運動後胸腔的悶痛，穩住氣息，「那個一直監視聯防隊動向，給外面通風報信的人是不是你？」

「問這個問題還有什麼用，我不過是想多賺點錢，這份錢就算我不掙，也有的是人要掙，為什麼就不能進我兜裏。」

「這是犯法的，這是不勞而獲！」林啟周看着他那熟悉的臉，卻恍然間覺得陌生起來，原來那個年輕人真的已經變了，此時猙獰的面相，哪還能找到從前的痕跡。

「你少在這説教我，以為認了幾個字，就能洗掉你的泥腿子嗎？」林啟德手中的刀鋒對準了昔日的同鄉，「老子掙的錢比你兩年都多，只要我出去，就是天大地大！」

林啟周歎氣：「你出不去，做這件事的時候，你想過家裏的爸媽嗎？你那些弟弟妹妹有你這樣一個大哥，他們要怎麼面對村子裏的流言？」

「只要有錢，名聲算什麼！我不想過這種起早貪黑的生活，只要我有錢，我有的是逍遙自在！」

林啟德死不悔改地嘴硬：「周仔，咱倆一起長大，你放我一馬，我肯定報答你。」

他從懷裏掏出一沓錢在眼前晃了晃：「看見了嗎，這是你一年都掙不到的工資，都給你，只要你讓我跑出去。」

「林啟德！」林啟周的語氣裏含着痛心疾首，可他也知道這個人救不回來了。

「你要是跑了，廠子偌大的損失怎麼辦，你家裏怎麼辦，林叔和嬸子都老了，你忍心讓他們整天被人戳着脊樑骨過日子嗎？」

「跑……」林啟德有一瞬間的恍惚，卻馬上變回臉色，「只要我跑出去，我帶着錢，就能給他們好好養老，再也不去種地，這是我的本事！」

「你以為抓到我，就能解決所有問題嗎？我告訴你，你們聯防隊都做夢去吧！」林啟德指着周圍高高摞起來的廢料堆説，「這些不過都是已經作廢的東西，沒用了，我拿去換點錢怎麼了？不是説自食其力嗎，我這也是憑藉自己的能耐，給自己找個出路！」

林啟周一點點往前挪動，心裏想着徐大春怎麼還沒找過來，警惕地看着那把水果刀。

「別過來！」林啟德一手抓着錢，一手握着刀在身前比劃着，「我告訴你，再往前一步，我要你命！」

林啟周停下步子，卻不往後退，兩人在這個死胡同裏針鋒相對。

「啟周！你在哪呢？」

遠處隱隱傳來徐大春的聲音，林啟周剛要出聲，就看見林啟德猛地衝過來：「躲開！不許喊！」

林啟周下意識將棍子往鋼管上狠狠一敲，側身躲開攻擊，刀鋒臉頰險險擦過，他看清楚了，林啟德眼中真的帶着殺意。

棍子一下敲在林啟德後背上，一隻手抓住他的胳膊，絕不讓他跑出這個胡同。

「鬆手啊！」

林啟德彷彿瘋魔一般，揮動着手裏的刀，一下下往林啟周的方向劃去。

「唰！」

林啟周畢竟不是正經練過拳腳的人，能躲過兩下，卻沒躲掉第三下，刀鋒刮過胳膊，鮮血從工裝裏面滲透出來，吃痛之下，抓着林啟德的手鬆開了。

有機會脱身，林啟德抬腳就往路口跑去，剛邁出去兩步，後腦一痛，踉蹌了一下，手抬起來一抹，整個掌心都是血跡。

林啟周不能讓他跑掉，情急之下，將棍子朝着他腦袋扔了過去，正好砸在頭上。

「你找死！」

林啟德被鮮血刺激紅了眼睛，抓着刀就朝他撲了過來，一下下都朝着胸口扎，林啟周矮身躲過，可身量比對方矮小，力量相差很大，被逼着後背撞上了廢料堆。

鋒利的刀劍近在咫尺，瞳孔中倒映着對方兇惡的面容，兩隻手死死鉗住林啟德的手腕，不讓刀扎在身上。

「為什麼逼我？我説了可以給你錢，你為什麼要逼我！」

林啟德瘋了一般地質問，猶如癲狂的野獸，林啟周不敢掉以輕心，一腳狠狠踩在他腳面上，趁着他猛然吃痛，從逼仄的角落裏轉出去。

「啟德，收手吧，別再犯錯了。」

「你放屁！我要是跑不出去，也要拉着你給我墊背！」

林啟德知道已經到了絕路，爆發出的兇猛比往常更甚，林啟周身上逐漸掛彩，胳膊和腿上都添了新傷，血痕一點點從工裝散開，可他絕不會讓開一步，哪怕林啟德比他高壯得多。

等徐大春帶着人匆匆趕到的時候，林啟周整個人都被林啟德壓在身下，刀鋒沒入肩膀，地上的沙石被染紅，而臉色蒼白如紙。

可那雙緊緊抓着林啟德的手，絲毫不曾鬆開。

徐大春被眼前這狀似同歸於盡的一幕嚇出一身冷汗，一棍子敲在林啟德身上，身後聯防隊的人一擁而上，將人制伏。

「啟周！」

林啟周頭上冒着冷汗，嘴唇哆嗦着，胳膊腿都帶着血，肩膀插着一把刀，卻死死盯着被反剪制住的林啟德。

林啟德帶着逃跑的包袱被扯開，裏面的錢散落一地，他掙扎着往上撲，瘋狂叫喊：「我的錢！錢！」

林啟周痛苦地閉上眼睛，他在疼，也痛惜曾經同村的少年變成這般面目可憎的模樣。

那時候，村子裏家家戶戶都窮，鍋裏能有幾個番薯果腹已經實屬不易，大家耕地種田，靠着老天爺吃飯，可家裏孩子多的仍舊食不果腹，他們甚至沒見過大米白麵，也嘗不到什麼水果零食。

外面的世界宛若傳奇，聽過，卻不相信會親眼去見一見。

後來，他們走出了村子，見到長長的轟隆隆載着他們駛向遠方的火車，那一截濃白的蒸汽，打濕了他們乾涸貧瘠的心靈，漸漸駛離家鄉。

他們見到了樓房，穿上嶄新的衣裳，嘴裏嘗到軟糯香甜的白米飯，菜裏飄着油花，也吃了從未見過的新奇水果。

日子是變好了，可人變了。

生活環境的驟然改善，讓人心浮動，被越來越多的花花世界迷住雙眼，新鮮和獵奇成為原罪，推着不知滿足的心裏一步步跨進深淵。

林啟周闔上雙眼，失血讓他意識模糊，彷彿，周圍的廢料堆還是年少時一望無際的稻田，而田埂上站着一個高壯的少年。

「周仔，一起回家嗎？」

第二十三章

情真意切

再睜眼時，周圍一片潔白，微微動動手指，劇烈疼痛讓他清醒過來，視線變得清晰，

崔翠芬紅腫着雙眼坐在床邊，林啟周想説話，喉嚨卻乾澀着發疼。

「你醒啦！」崔翠芬驚喜地看着他，端着水杯餵給他。

「你不知道有多危險，那麼多人去抓他，就你受傷了，醫生説那刀再扎深點，你胳膊就不用要了。」

林啟周歪頭看向肩膀，被包裹得嚴實，一股股疼痛直衝腦門，洇濕後的嗓子還有些沙啞：「抓到了吧？」

崔翠芬點頭：「林啟德肯定是沒跑了，被帶走以後，聽説還交代出不少人，我聽説你受傷就趕來照顧你，昨天回廠區拿東西的時候，看見有不少人被帶走了。」

林啟周閉了閉眼睛，忍過一波失血後的眩暈，又説道：「林啟德不是聯防隊的人，咱們巡邏的時間和路線不能是他透露的，這個人找到了嗎？」

崔翠芬卻突然失了聲一般，攪動着杯裏的水，遲遲不肯開口。

林啟周見她面上一片為難，心裏咯噔一聲，問道：「是誰？」

「是……李大哥。」

嗯？

林啟周以為自己聽錯了，手下意識攥緊床單，上半身急切地抬起來：「誰？！」

崔翠芬怕他崩開傷口，連忙把人按下去，一邊掖着被角，一邊說：「是林啟德交代的，說李大哥一直都在提供消息，把聯防隊的路線和時間給出去，然後找個盲區將人放進來，這些都是他做的。」

是了，李國富相當於聯防隊的二把手，這些消息對他來講易如反掌，並且可能在佈置給他們這些隊員的時候，就已經告訴給盜竊團夥了，怪不得他們抓了那麼久都沒抓到一個關鍵人物。

這次抓林啟德之前，他們聯防隊被叫到廣場集合，又是訓話，又是安排分組查找，只怕就是為了給林啟德爭取逃跑的機會吧，要不是他自己貪心非要回宿舍取錢耽誤時間，只怕他們趕到廢料場的時候就已經遠走高飛了。

林啟周想了很多人，卻從未懷疑過李國富，從他自己進入廠子工作開始，李國富就像大哥一般照顧着他，處處體貼，給他介紹了最靠譜的師傅，生活工作沒有一處不熱心幫忙，可從崔翠芬口中說出的消息是不會作假的。

「他……為什麼？」

「不知道，李大哥被帶走以後就什麼消息都傳不出來，很多人都不敢相信，可廠子已經把他開除了，連平時住的房子都封了，大家這才完全相信。」

見林啟周臉色難看，崔翠芬勸道：「你這次傷得很重，別想那麼多了，領導給你一個月假，因為你抓到了林啟德，還獎勵你二十塊錢，等你傷好了還有表彰大會呢，大家夥兒誰不說你是英雄。」

林啟周臉上扯出一絲苦笑，他是英雄，他一個髮小同鄉、一個敬重的大哥，卻都鋃鐺入獄，人人喊打。

這其中滋味，真是難說得很。

林啟周全身上下八處刀傷，右肩上的最嚴重，縫了幾十針，廠子的領導來了兩波，又是勉勵又是讚賞，可讓他出了不少風頭，人還沒出院呢，他的大名就在宣傳欄上掛着，風靡全廠了。

「我什麼時候能出院啊？」林啟周身上纏着紗布，手裏拿着一本書翻了兩頁實在看不下去，憋了半天終於看着崔翠芬問出來。

「什麼時候好利索了，就能出院了。」崔翠芬削着蘋果頭也不抬，這問題已經回答好些遍了。

林啟周長歎一聲，把書拍在臉上：「我都好多了，這傷在哪不是養啊，在醫院待着我哪都不舒服。」

崔翠芬聳聳肩：「不行，這事免談，你那肩膀傷多重你不知道啊，一不小心就要落下病根的，可不敢大意。」

「不成不成，都住十天了，我是真待不下去了。」林啟周覺得在床上躺得骨頭都軟了，「我回去也有病假，在廠子裏還能走動走動，總躺着也不是回事啊。」

「沒得商量，養好了才能出院。」崔翠芬切下一塊蘋果塞到他嘴裏。

嘴唇碰到指腹，一觸即離的柔軟讓他怔愣，咬着蘋果，覺得這汁水彷彿比以往吃的都香甜，唇齒間咀嚼着，臉上卻通紅一片。

崔翠芬指尖有些濡濕，眼神飄忽，臉上飛紅，她已經明白自己為何對這個男生有種種不同。

知道他受傷的時候，耳邊嗡鳴，什麼都顧不得了，只想馬上看見他。在醫院見到他渾身血染，面色青白的樣子，向來穩得住的崔翠芬也忍不住踉蹌，晝夜守在床前，不敢合眼。

經此一事，若是還不明白自己的心意，那她也太過遲鈍了。

就是因為明白了心意，這中兩人獨處的空間裏，一點點曖昧的氣息，就讓她心神淩亂，忍不住生出更多羞赧來。

「呦，倆人說什麼呢，鬧個大紅臉！」

徐大春嘻嘻哈哈的聲音傳進來，就見他拎着一袋水果，身後跟着趙寶剛夫婦。

「我就說在廠子裏好些天看不見你人影，一猜就是在這陪他了。」徐大春的打趣，讓崔翠芬臉上更紅了。

站起來拿着熱水壺，連人都不好意思看了：「我，我去打點熱水。」

那打開門小跑出去的樣子，頗有些落荒而逃。

趙寶剛在外甥頭上敲了一下，坐到床邊，打量一下徒弟的臉色，緩緩開口：「你啊，聯防隊那麼多人，就你能耐，非要往前衝，這下好了，落一身傷舒坦了？」

師傅教訓，林啟周哪敢還嘴，訕笑着摸摸胳膊上的紗布，說：「都好差不多了，就是翠芬管着，不讓我出院。」

趙寶剛瞪他一眼，想說什麼，話到嘴邊卻嚥了回去：「……你也別多想，養好身體，出那麼多血可不是鬧着玩的。」

「你師傅說得對，反正廠子也給你病假了，別逞能，那錢什麼時候不是掙啊。」師娘在旁邊幫腔，林啟周只能點頭應下。

徐大春靠在旁邊，抓着一個蘋果在衣服上蹭蹭，咔嚓咬一口，囫圇着說：「這崔翠芬一直照顧你，你倆什麼進展了？」

看着他擠眉弄眼的，林啟周臉紅了：「什麼，什麼進展……」

「還裝呢你，你倆那表情眼神，就差把那什麼郎情妾意寫臉上了。」徐大春嘖嘖感歎，「那天你昏迷，人家姑娘急得直哭，說什麼都要留下照看你，誰勸都不走，就這還叫沒什麼進展？」

林啟周抿着嘴沒說話，他雖然比崔翠芬小三歲，可在宿舍裏住着，一幫男人湊在一塊難免聽到些你儂我儂的話題，那點早就種下的萌芽不知道什麼時候就破土而出了，可他心裏的自卑卻在一次次的相處中越發敏感。

一個長在城鎮，受過教育，能念詩寫字，出口成章；一個縱然在認字班念過幾天書，可骨子裏還是那個從鄉村土壤裏摸爬滾打出來的莊稼漢。

林啟周垂着頭，餘光看着床沿出神。

他想到剛睜開眼看見的那雙紅腫的眼睛，裏面的關心和着急。

想到在認字班溫柔博學侃侃而談的女孩，陽光就那般恰好的落在她身上，聖潔又美麗。

想到大年三十，一身碎花衣裳站在雪夜的大紅燈籠下，兩頰紅暈如同落霞，眼睛裏盛滿細碎星光，那般動人。

相處過的一幕幕一種種場景都在他心中。

動心嗎？

林啟周不想欺騙自己，他確實動心。

什麼時候有了這樣喜歡的念頭呢？

他也不清楚，只知道在少年懵懂、情竇初開的時候，滿心滿眼便都是她了。

每一次不經意對視後加速的心跳，蔓延到耳尖的羞紅，被細膩關懷後胸口湧動的熱意，亦或在人潮中不小心地對望，都是少年青澀又真誠的心動。

師娘摸摸他手背，輕聲説：「你也別顧慮太多，要我看，人姑娘在這照顧你這麼多天，她家裏也沒説出什麼話來，估計就是看好你的意思，不然早就把她帶回去了。」

「這人啊，難得能遇見一個疼你關照你還互相喜歡的人，這是不容易的緣分，你要是把握不住，以後難免要後悔的。」

「可我家裏……」林啟周縱然已經柔腸百轉，可一想到自己那一大家子人，就像被潑了一桶涼水。

「這日子是兩個人過的，你就人口多，她家也父母都不能上工，要說家境可沒差什麼，只要你對人姑娘好，兩人齊心協力的，這日子總有過起來的一天。」趙寶剛也喜歡崔翠芬這姑娘，跟自己小徒弟在一塊，那自然是樂見其成的。

師娘看着林啟周那欲語還休，又緊張又羞澀的勁，已經覺得這事八九不離十了，當即說：「你父母都不在這邊，離得遠也顧不上，你要是真有這個意思，我就替你到崔家說合一下，看看人家父母是什麼意思。咱們是正經處對象要過日子的，禮數上可不能差。」

林啟周的頭都要埋到胸口了，只覺得傷口也不疼了，腦袋也不暈了，哪哪都透着一股子歡快勁。

支吾着說：「還，還是要先問問翠芬的意思。」

師娘撫掌一笑：「好，等你們倆談完了，師娘就去。」

林啟周心裏存着事，等病房裏就剩下倆人的時候，心砰砰直跳，眼睛隨着崔翠芬打轉。

「你怎麼了？都不說話，是有哪裏難受嗎？」

對上女孩含着關心的眼神，林啟周的心思百轉千回，想要問出口的話就在嘴邊打轉，可總差那麼一點說不出來。

見他不吱聲，崔翠芬一下就緊張了，「我去叫醫生！」

「不是。」林啟周一把抓住她手腕，隔着衣袖，纖細的腕骨握在掌心，灼熱的溫度直逼心臟，熱浪一股股將他淹沒。

心下一沉，林啟周實在不願意放過這個機會，就像師娘說的那樣，他怕自己因為不敢說出口的怯懦而錯過，以後要後悔的。

對上少女的視線，林啟周緊張地吞嚥了口水，結結巴巴地開口：「你，我……我，我是農村來的，也沒念過什麼書，也沒錢的，但是我有一把子力氣，我能吃苦的，在車間跟着師傅也算學了點手藝，我會好好努力賺錢……」

本來只想問一問她的心意，可話到嘴邊，一慌亂，就說了這麼多他認為沒用的話，最主要的那個問題遲遲說不出來。

可崔翠芬就在這樣混亂的詞句中聽懂了他的意思，看着真誠的有些笨拙的男人，心裏生出一種細密的感覺，讓她生出一萬種期待來。

「……所以，你願意，跟，跟我處朋友嗎？」

林啟周說完，手都在顫抖，抿着嘴，緊張得紅了眼眶，卻又倔強地不肯躲開視線。

崔翠芬緩緩勾起一抹淺笑，她很喜歡這個樸實又坦誠的年輕人，縱然不會說什麼漂亮話，也有些詞不達意，可她明白了這份笨拙裏潛藏的深情和真誠。

他在捧着一顆易碎的心，雙手奉到她面前，任由她挑揀斟酌，看似大膽，實則掌心的濡濕和顫動，暴露了他所有不安的情緒。

「我願意啊。」

少女淺笑，此時病房安靜，微風從窗口捲着紗簾，揚起一陣光暈的迴旋，不算最完美的時刻，但亦是最美好的時刻。

林啟周眸中化開一池春水，指腹輕柔地在她手腕上摩挲，笑着，不可抑制地不斷放大唇角上揚的弧度，滿滿的，春水四溢，從眼角滑下，他在陽光中見到了自己的珍寶。

慢慢地，額頭貼在少女的手背上，虔誠又真摯。

只有他自己知道，那一聲願意，勾起了心中多麼劇烈的心跳，多麼歡喜的雀躍，如浪湧，如海潮，如十月金秋稻浪，如青春年華最美好得春光年歲。

林啟周和崔翠芬心意互通之後，兩人稍一對視就臉上羞紅一片，那含情脈脈的樣子看得人眼睛疼。

「在醫院住了快半個月，可算能回去了。」林啟周單手疊着床被，語氣歡喜。

崔翠芬把東西從他手裏拿過來，說：「你傷口才結痂還不穩當，小心點別抻開了。」

「沒事啊。」林啟周看着心上人的側臉，滿心滿眼都是甜蜜蜜的，拉過她的手說：「我託師娘給我買了點禮物，等回去了，就去你家看看叔叔阿姨。」

崔翠芬還不太適應牽手這樣的親密，總是要害羞得濕了掌心，小聲說道：「去我家還買什麼禮物，又不是沒去過。」

「這次登門不一樣的。」

聽到他話裏的意思，崔翠芬臉色更紅了。一直到出院回家，臉上的熱意都沒有消退。

林啟周因為英勇追擊悍匪，名字和事跡在光榮榜上掛了足足半個月，他一進大門就有人認出來，笑着打招呼。

他早已不是剛剛走出村莊那個羞赧怯懦的少年了，即便不認識對方，也能得體應對他們釋放的善意。

一路上牽着崔翠芬的手，大家看了，眼神中難免揶揄，倒是把這對初出茅廬的小情侶鬧了個大紅臉。

「行了，你在醫院陪了我半個月，家裏肯定惦記，你回吧，我明天就去找你。」

「也……不用這麼着急吧，還是養傷重要。」崔翠芬站在他宿舍門口，羞澀地捻着裙邊。

林啟周撩起她頰邊垂下的一縷秀髮夾在耳後，肌膚相觸的細膩，讓他心中更加柔軟，輕聲說：「是我着急。」

去崔家拜訪原本是很平常的事，他也沒少去過，但這次意義不同，林啟周早上起來對着僅有的兩件衣服猶豫許久，都覺得不夠正式，最後眼看着日上三竿了，才拎着禮物往崔家去了。

正巧在門口碰上今天充當男方長輩的趙寶剛夫妻，看着師娘揶揄的眼神，臉上還不大好意思。

「老崔啊，咱們兩家也算是拐着彎的有親戚了。」趙寶剛和崔增武認識多年，說起話來輕鬆得很。

在長輩面前，兩個年輕人臉上緋紅，對視都覺得羞赧，匆匆看一眼就轉開視線。崔翠芬更是聽見討論婚事，羞得手腳都不知道往哪放，拎着茶壺就躲到廚房去了。

林啟周將禮物放在堂屋，攥了攥拳頭，彎腰就給崔家父母來了個九十度大鞠躬。

「你這孩子，又不是沒來過家裏，還買這麼多東西。」李月英早就相中這個女婿了，這八字的一撇一捺都湊上了，笑得合不攏嘴。

林啟周摸摸頭髮，笑着說：「這次不一樣，我想跟翠芬好好在一起，是真心實意的，以後自然要更孝順二老，這些東西是一點心意，您別嫌棄。」

「哈哈哈哈，不嫌棄不嫌棄，你有這個心思，人又好，我們當爹娘的，只有盼着你倆好好在一塊。」

趙寶剛一看進行得這麼順利，就知道崔家對自己這個徒弟一萬分的滿意，心裏的石頭也就放下了。

「他家離得遠，父母都難過來，我這個當師傅的總要替他多操心點。」趙寶剛喝口茶水，接着說：「這來回走一趟太遠，他家裏還有弟弟妹妹走不開，這難見親家一面，希望你們理解理解。」

崔增武看的本身也就是林啟周這個人，熱心穩重，這幾年看着對他姑娘也是實心實意的好，自然沒什麼可挑剔的。

「這些年相處下來，他家的情況我們都知道的。要說窮，我這雙腿癱瘓，翠芬她娘又幹不了重活不能下地，都幫襯不了兩個孩子，沒什麼好挑剔的。」崔增武説完看着渾身都緊繃着的林啟周，接着説道：「你是好孩子，也別想那麼多，咱們也不是那眼高手低的人家，你倆過得好比什麼都強。」

這當家做主的沒什麼話，可李月英想的就多了點，斟酌着開口：「雖説你父母來不了，可這總歸是在一起了，翠芬這要做兒媳婦的人，總不能連婆家門朝那邊開還不知道，你有什麼想法沒？」

林啟周趕緊表態，把琢磨了一晚上的話説出來：「我現在正好有病假，還剩半個月，我想着要是能行的話，就帶着翠芬回一趟家，讓我爸媽也見一見，叔嬸你們放心，我爸媽肯定都喜歡翠芬的，她，最討人喜歡了。」

這一句話説完，又鬧了個大紅臉，李月英看着哪有不同意的，連連撫掌含笑。

屋裏笑語晏晏，再一場酒喝下來，賓主盡歡，就沒有不高興的。

林啟周跟準老丈人多喝了兩杯，走的時候腳步都有些虛浮，還是站在門口，拉着崔翠芬的手，柔聲説：「等你請完假，我就帶你回家，醜媳婦也要見公婆了。」

崔翠芬笑着拍了他一下，嗔道：「你才醜呢！」

「趕緊回去吧，小心明兒頭疼。」

剛剛確認關係的年輕男女，那親暱的眼神就像積攢了許久的火山，黏黏糊糊地勾纏在一起，走出十幾步遠都要一再回頭張望。

崔翠芬倚靠在門上，含笑目送，真好，她也很喜歡這個不善言辭卻踏實，又能真心欣賞她的男人。

第二十四章

一起回家

回廣東老家的事情很快就敲定了，兩人在城裏買了不少東西，大包小裹的拎着去開介紹信，才買上回去的兩張車票。

崔翠芬從沒坐過長途火車，折騰得臉色蒼白，林啟周給補了一張硬臥票，強制她躺下，自己就坐在床邊假寐。

饒是這般，等到了縣城，崔翠芬也是渾身沒勁，嘴唇上一片青白。

林啟周心疼壞了，背着行囊，一手牽着她，要找招待所住一晚，讓她緩一緩，崔翠芬搖着頭沒同意。

「眼看着到家了，怎麼能還在外面住呢，那招待所一晚上可不便宜，不花這個冤枉錢。」

林啟周向來依着她，這次卻格外堅決：「正好今天週五，揚仔在城裏上學明天也是要回家的，咱們等他明天一起，你住一晚沒事，別把身體熬壞了。」

想當年他第一次坐長途火車，一宿連覺都睡不踏實，還是小夥子呢都受不了，何況崔翠芬這小姑娘了，那滿眼的心疼就差溢出來了。

好說歹說才同意，拿着介紹信安頓好，林啟周轉身要出去，崔翠芬拽住他衣角，咬了咬嘴唇說：「那，那你住哪？」

林啟周一笑，安撫地拍拍她手背，說：「別擔心，我就在另外一頭，你要是有事就喊我一聲，我馬上就能聽見。」

崔翠芬休息了以後，林啟周出門先去林啟揚的學校找人，兄弟倆許久不見面都分外高興，約定明天一起回家之後，林啟周就回了招待所。

林啟周和招待所央求了許多好話，讓他隨便找個角落將就一晚。招待所沒什麼客人，也就睜隻眼閉隻眼。他在崔翠芬房間附近找了個角落，找了把椅子，靠着牆面就閉上眼睛休息。招待所一晚要三塊錢，他給崔翠芬花不心疼，但放在自己身上便能省則省，是絕不肯再多花一分的。

好在此時廣東的晚上不涼，不然在外面待一夜準是要生病的。

天剛矇矇放亮，林啟周就醒了，收拾得看不出痕跡，又把身上在牆面蹭的白灰都擦掉，才去買了早餐，等崔翠芬醒來。

「睡得好嗎？」林啟周將手裏的腸粉遞過去，「嘗嘗，這是這邊的特色，咱們廠子裏是吃不到的。」

休息一晚，崔翠芬臉色好多了。兩人吃完早點，一邊收拾行李一邊說着回家的事，將近中午，就看見林啟揚已經到了。

崔翠芬第一次見到林啟周的這個弟弟，只見他比兄長還高出一個頭來，笑起來滿口白牙，渾身都是學生的朝氣，一眼就能看出兄弟倆的分別。

「這是我二弟林啟揚，你叫他揚仔就行。」林啟周拍拍弟弟肩膀說，「這是我對象，叫人。」

林啟揚眼睛在兩人身上一轉，張口響亮地喊道：「嫂子好！」

這下把崔翠芬叫得滿面羞紅，卻也大方地打了招呼。三人往汽車站走去。

一路上林啟揚將家裏的情況講給大哥聽。

「阿蘭明年就上初中了，她腦子比我活絡，學東西快成績也好，老師都誇她聰明。

「聲仔還是不念書，我勸了幾回也沒用，現在在家裏幫着下地幹活，長得可結實了，我每週只能回去一次，家裏的事幾乎都是他一把抓起來的。

「咱爸之前的供銷社效益不行了，總是沒活，我勸他想辦法換一換，這事還沒着落呢。」

林啟揚陪着哥哥和準嫂嫂坐在汽車後排，一點點將家人的情況說出來，也在觀察崔翠芬的表情，生怕自己這麼多弟弟妹妹放在長兄身上是個龐大的累贅，心裏生出些愧疚和自卑來。

「……咱媽剛生了小妹妹叫雪蘭，才兩個來月，正養身子呢。」

說起這個，兄弟倆沒有不歎氣的，家裏左一個孩子右一個孩子地生，都要沒米下鍋了，林啟揚上學明理之後就越發懂得當年大哥是什麼無奈的心情了。

「這次你回來勸勸他們吧，咱們年紀也不小了，孩子也不少，再生下去，那身體可就受不住了。」

林啟周很無奈，他又不是沒勸過，當年生完興仔他就旁敲側擊地提醒過，後來不還是又有了銳仔和雪蘭，這老兩口對「人丁興旺」簡直就是有種執念，生下來也不管能不能健康養大，反正有了孩子就是好事。

關於這事，林啟周覺得自己就是磨破了嘴皮子都沒用。

「興仔也有八歲了，是不是要研究着上村小學了？」林啟周問道。

家裏現在就兩個念書的，一個揚仔一個阿蘭，成績都不錯，看着大弟弟現在這懂事明理的樣子，林啟周那讓全家人都有知識文化的想法，便更堅定了。

林啟揚卻搖了搖頭，皺着眉說：「家裏就爸一個人掙錢，種的地你也知道，當年就總在結算分糧的時候，倒找給大隊上，現在弟妹越來越多，嘴一張就要吃飯，哪有富餘的糧食賣錢。」

「我和阿蘭的學費都是你給寄回來的，興仔就算到了年紀，可實在沒那個錢張羅他上學，咱媽管錢越來越⋯⋯唉，你回去自己看吧。」

林啟揚剩下的話在嘴邊打了個轉，看看沉默不說話的崔翠芬，還是嚥了回去。

他大哥用工資幫着家裏沒關係，可要是結了婚有了自己的家庭，總不能還讓他月月補貼，那再好的姑娘估計也很難跟他把日子過下去。

林啟周這兩年的年假都沒休上，平時書信也兩三個月才有一封，家裏兩個識字的都只挑最要緊的事情寫，具體情況他還真不知道，但聽着揚仔這麼說，再看看那一言難盡的表情，他這一顆心，直直往下墜。

好不容易晃悠到地方，林啟周只覺得渾身都是汽油味，扶着腳坐麻了的崔翠芬，往村子裏走去。

道路兩旁的水稻尚未成熟，還是連片的青色，風吹過，起起伏伏的顯得生機勃勃。

「聲仔！快看誰回來了！」揚仔站在村道上，手攏起來向遠處田裏的男人大喊。

水田裏的林啟聲穿着白背心，褲腿捲到膝蓋上，小腿踩在水裏都是泥，身板倒是健壯，看着比林啟周這個大哥還高壯。

「大哥！」林啟聲雙眼放光，直接跳上田壟，往村道上跑。

等走近了，大家才看見身後還跟着一個蘿蔔頭，眼睛大大的，疑惑地仰頭看着眾人，一直往聲仔身後躲。

「你回來怎麼沒先寫信說一聲呢？我們好去接你啊。」林啟聲看見兩年不見的大哥很是興奮。

「我是回家，又不是找不到路，還要人接嗎？」林啟周看着陽光開朗的弟弟，拍拍他肩膀，介紹說：「這是我對象，崔翠芬。」

林啟聲驚訝得瞪大眼睛，真不愧是當大哥的，出去幾年連媳婦都找到了，但面對這麼白嫩又好看的姑娘，他一個膀大腰圓的小夥子手足無措起來：「崔，崔……」

林啟揚照着他屁股踹上一腳：「叫嫂子。」

「欸！嫂子好！」林啟聲笑得憨厚，接過大哥手裏的東西，說：「快回家，爸媽知道你們回來肯定高興。正好今天阿蘭放假在家，咱們做點好菜吃。」

林啟周拉着崔翠芬的手往家走，輕聲安撫她道：「家裏人都很和藹，你別緊張，肯定都喜歡你的，就當自己家一樣，我媽雖然不愛說話，但人是好……」

剛走到家門口，不等他說完，就聽見院子裏有個婦人的聲音傳出來，又尖利又刻薄。

「那些尿布不趕緊洗了明天你妹妹穿什麼？中午飯還沒做，你平日裏念書去也指望不上你，這在家也不知道幫幫忙嗎！都是你大哥給你慣壞了，女孩家讀什麼書，省着點錢給你弟弟們添兩個雞蛋吃多好！」

林啟周的腳一下定在了原地，原本喜氣洋洋的表情也瞬間落了下來，這聲音他太熟悉了，就是他母親的，可原來這種話不可能從她口中說出來啊，一時間讓他又不敢確認了。

林啟揚兩兄弟的臉也登時尷尬了，剛聽大哥誇完家裏人和睦，這沒等進門呢就打嘴了。

「媽！你胡亂說什麼呢！」聲仔拎着行李推門進去，一邊使眼色一邊說：「大哥回來了，還把嫂子給你領回來了，你快看看。」

院子裏驟然安靜，林啟周牽着崔翠芬走進來，看見偌大的院子掛滿了尿布，牆角雜亂地堆着竹筐柴火，還有兩桶沒來得及倒掉的髒水。

那棵樹下坐着個瘦弱的姑娘，雙手泡在水盆裏，背上背着的紅包褓裹着個孩子。女孩瘦得皮包骨，更顯得眼睛大，圓溜溜的噙滿淚水。

「大哥……」林啟蘭喃喃道。

不等她再說什麼，那邊梁玉珍嗷的一嗓子就哭喊開了，衝上去一把抱住林啟周，又哭又捶地罵道：「你這個天殺的死孩子啊，出去了就翅膀硬了是不是，多少時間也不回來一次，老子娘想你想的呀，以為你死在外邊了呢！」

這哭的倒是真心實意，就是這話聽着不入耳，林啟周拍拍母親的背，又是賠禮又是道歉才好了。

「媽，這是翠芬，我在那邊找的對象，正好我休假領回來給你和爸看看。」

崔翠芬被剛才梁玉珍哭嚎的兩嗓子嚇了一跳，但也笑着說：「阿姨好，我是崔翠芬，第一次上門不知道您喜歡什麼，就買了些點心糖果，您別嫌棄。」

梁玉珍上下打量着她，勉強扯出個笑臉：「啊，你好你也好。」

說完就拉着兒子走到旁邊，眼神還覷着崔翠芬，小聲說：「怎麼不打個招呼就找對象，你要是結婚，咱家也沒有條件給你娶媳婦啊。再說……」

林啟周聽着就覺得不可思議，自己找個這麼好的兒媳婦，當娘的怎麼還要往外推呢。

當即打斷她，說道：「就是帶回來讓您看看，也給翠芬認認門，咱家這情況，我也沒說指望你們給娶媳婦，到時候我有什麼能力就置辦成什麼樣，不用你們掏錢。」

梁玉珍現在只要聽見不要她的錢，兩隻眼睛就放光，瞬間變了一副表情，親親熱熱地去拉崔翠芬的手：「快走，跟阿姨進去坐着。」

一邊往裏面走，一邊扭頭喊：「阿蘭，給你嫂子倒水，做好飯菜！」

林啟周去看樹下怔愣着的阿蘭，這個妹妹實在是他一手帶大的，一直有通信，但兩年沒見到面，阿蘭變化得跟他記憶中截然不同。

以前開朗愛笑，古靈精怪的妹妹，瘦得脱相，眼睛裏的精氣神都看不見了。

「阿蘭，大哥回來了。」

愣了幾秒，阿蘭眼裏噙着的眼淚撲簌簌地掉下來，哽咽着：「大哥……」

林啟周走過去拍拍妹妹的頭，看着她被水泡得發皺的手，心裏一酸：「長高了，怎麼不見長胖呢。」

説着從兜裏掏出一隻手絹捲成的包，一層層打開，裏面放着一個紅色蝴蝶髮卡，款式精美，笑着別在她頭上：「這是你嫂子挑的，城裏姑娘都喜歡這款式，果然我妹妹戴着最好看了。」

阿蘭哭得不能自已，卻什麼話都説不出來，好半天才緩過來，把手在衣服上蹭蹭，抹着眼淚説：「我給你們倒水去，咱爸還剩點茶葉梗子，我找出來給你和嫂子沏點茶水喝。」

看妹妹進了廚房，林啟周臉上的笑容就沒了，轉身看向兩個弟弟，問道：「媽和阿蘭怎麼成這樣了？」

揚仔抿抿唇，一言難盡地看向屋子裏，長歎口氣，那糾結的樣子，讓林啟周感覺不好。

倒是聲仔爽快，扯着背心抹掉臉上的汗，説：「這有什麼不能跟大哥説的。」

「就是咱媽看整個村子都沒阿蘭這樣整天上學的姑娘，又趕上興仔到年紀了，家裏又拿不出多餘的錢，就把主意打到阿蘭身上了，讓她退學，好把學費省下來給興仔念村小學去。

「阿蘭不同意，大吵兩架之後，咱媽覺得她不聽話，態度越來越不好，已經許久沒好好説話了。」

「而且……」聲仔聽着屋裏母親笑呵呵的聲音，壓低了聲音説：「咱媽這兩年變化極大，暴躁易怒不說，說話也……唉，你也看見了，我們說什麼都勸不住，阿蘭只要放學在家，就被指示得團團轉，家務活一幹就沒頭，稍有一點慢了就捱罵。」

「阿蘭堵着一口氣不肯鬆口放棄讀書，就寧願這麼僵持着。」

林啟周也實在是被母親剛剛的話嚇到了，也知道這不是一日之功，便說：「那我郵回來的錢，是給你們倆交學費了嗎？」

林啟揚點點頭：「你的信是寄到縣裏的，都是我收着的，要是有錢就直接留下給我和阿蘭交學費了，要是放到咱媽那就不好說了。」

兄弟三個就站在院子裏說話，林啟周看着一直躲在聲仔身後的弟弟興仔，跟自己並不親近，自己當年走的時候他還不記事，這些年回來的天數也有限，倒是一直用眼睛在他身上打轉。

想了想說道：「興仔要上學的話，我就多……」

不等他說完，林啟揚就打斷了他：「我知道你怎麼想的，但是不行。」

「咱家不是只剩興仔一個孩子了，銳仔和雪蘭總有長大的一天，你這也有對象了，說不定什麼時候就要用錢結婚。

「咱家這情況幫不上你什麼，就不能接着給你增加負擔。難不成你的錢是大風颳來的，還花不盡不成。」

林啟聲摸摸弟弟的頭，說：「大哥，你這些年出去總往家裏寄錢，你自己還好說，咱們都是親兄弟，可你要是成了家，總有自己的責任了，再這麼幫襯養着弟弟妹妹，嫂子看着也不是那回事，這樣總歸不好。」

林啟揚煞有介事地點頭：「聲仔說得對，我這眼看着高中就念完了，到時候也能掙錢了，興仔的事交在我身上，不用你再操心。」

林啟周看着兩個比自己都高的弟弟，一個比一個懂事，不像小時候爭強好勝覺得父母偏心的樣子，又高興又心酸。

「走吧，進屋坐着。」

他常年不在家，難得回來一次，大家有說不完的話，圍坐在一起聊天，時不時問問崔翠芬家裏的情況。

但一聽說她家父親癱瘓，母親纏綿病榻，梁玉珍的臉色當時就不好，臉子拉得老長，也不親熱地拉着她一口一個好姑娘的叫了。

林啟揚看出來不對勁，就給阿蘭使個眼色。

阿蘭雖然瘦弱，但那聰明勁還在，眼睛一轉就知道怎麼回事，拉着崔翠芬笑着說：「我聽大哥說過，嫂子讀過可多書了，我有幾個地方讀不懂，你來教教我好吧？」

崔翠芬自然沒有不答應的，笑着就跟出去了。

屋子沉寂下來，梁玉珍盤腿坐在木板床上，林啟周臉上陰雲密佈，剛才母親那瞬間改變的臉色，讓他很不是滋味。

「周仔啊不是我說你，怎麼能找個這樣……」

「媽你小點聲。」林啟聲起身看着阿蘭和準嫂嫂坐在房檐下。

「我說錯了嗎？」梁玉珍拍着大腿，「你說你找個什麼樣的不好，找個父母都不行的，一分錢幫襯不了，這以後你這日子怎麼過得下去！」

「這話是怎麼說的？我的日子過不過得下去，跟人家父母有什麼關係，難不成找個家大業大的，你兒子我趕着去當上門女婿不成？」林啟周放下茶缸，語氣生硬，「我領翠芬回來，就是認準了她，崔家叔叔阿姨都是開明的老人，從沒說個不字。」

「再說了，您還挑剔人家呢，咱們家就能拿出錢來了？那興仔至今上學沒着落呢，廚房的米缸都空了八百年了吧，您看看阿蘭和下邊三個弟妹，都瘦成什麼樣了，哪還能看不上人家家庭呢。」

林啟周把弟弟們說給他的事都擺開了說，就這家庭條件，崔家沒看不上自己都謝天謝地了，他和翠芬感情好，哪能讓自己媽這麼光明正大挑鼻子挑眼的，沒得回來一趟再把媳婦弄沒了。

梁玉珍沒想到大兒子出去之後這麼伶牙俐齒的，被頂得哽了半天，哆嗦着手說：「你是當大哥的，咱家還得靠你呢，你找個爹癱瘓娘下不了床的，以後你那工資不都貼補到別人家去了！咱們這一大家子怎麼辦？」

這話說得讓人臉紅，啟揚啟聲兩兄弟尷尬得臉上掛不住，聲仔整天在家最瞭解現在母親什麼樣子，這話要是不名堂正道地說清楚了，大哥這親事說不定就要被攪黃，當即就開口反駁。

「媽，這家是咱們共同的家。以前我們都小，幫不上大哥的忙，他掙的錢哪個月沒往家裏給？現在我和二哥都大了，沒有再讓大哥自己支撐的道理，以後這話就別再說了，免得我們兄弟都沒得做。」

梁玉珍被兒子刺了這麼幾句，心裏的火氣更重了，上手就一巴掌拍在聲仔背上，說：「怎麼就做不成了？你們那是有血緣的，都是我肚子裏爬出來的。他是當大哥的，就得負起這個家來，誰家不是這麼過日子的？」

「這話您從小說到大，我也聽到大，沒做過一點不合這句話的事。」林啟周將茶缸蓋子扔在桌子上，鐺一聲脆響。

「以前我在家的時候，裏裏外外都是我操持，後來揚仔和聲仔長大了，我能走出去了，那也按時寄錢回來，足夠揚仔和阿蘭的學費不說，總能有幾塊錢的剩餘，這大哥當的還不到位嗎？

「我跟翠芬的事是我自己的事，我也說了，就算結婚，也不要家裏拿一分錢，以後我們逢年過節回來，孝順您和爸，這日子有什麼不能過的？」

林啟周越說越難受，他實在沒有想到，回來一次，竟然要跟家裏把話說得這麼露骨，簡直要把每一分錢都劃清界限。

「至於我的日子怎麼過，我的錢怎麼分配，那都是我自己掙的，我自己說了算。」林啟周抿抿唇，接着說：「在外邊這些年，崔家對我關照得多，以後要給他們養老也是應該的，這些既不用你們掏錢，也不用你們操心，就算過不下去苦着誰，也不用你們給我分擔。」

「這話說得夠清楚明白了吧？」

梁玉珍被大兒子這嘴皮子說得一愣一愣，拿捏不成，反倒被教育了一頓。

「好啊，好啊。」梁玉珍氣得胸膛急促起伏，撫着心口說：「你真是翅膀硬了，也長大了，那行，既然這麼說，之前你給家裏的錢不能停，得接着給。」

看母親從生氣上升到蠻不講理，啟揚臉上燙得要燒起來。

「媽！我明年就畢業了，到時候就找班上，以後不用大哥給錢，阿蘭的學費我來負責，您就別總是欺負大哥一個人了。」

對，在他眼裏就是欺負。

以前他不懂事，總覺得家裏倚重大哥，是格外偏疼他，這麼多孩子，偏偏父母只能看見大哥。

可後來他明白了，這就是仗着大哥心裏有家裏人，有這份責任感，人還老實，就可着勁在他身上索取。

不掙錢的時候就沒日沒夜地幹活，能掙錢了也攢不下，都貼補回來了，大哥沒一句怨言，可母親卻日漸習慣了，並覺得大哥這些付出都是應該的。

可，母親忘了，即便有血緣的羈絆，也沒有什麼應當應份持續付出的事情。等大哥被作得煩心了，與家裏親子離心，兄弟鬩牆，豈不就在眼前？！

林啟揚越想越深，把自己嚇出一身冷汗，當即拍着桌子站起來：「就這麼定了，以後不要大哥再給錢了，我的學業和阿蘭的學業我都能負責，大不了我就一邊上學一邊做事，總能掙出來。」

說完，就負氣走了出去，梁玉珍被二兒子搶白，不但沒把錢留在手裏，説着説着還直接給整沒了，整個人都跟天塌了一般，坐在床上又哭又喊。

林啟周聽得頭疼，看見聲仔使眼色讓他出去，也起身就走了。

站在院子裏，看着熟悉的景物，那棵粗壯的從小看到大的老樹，心裏生出沉重的無奈來。

原來母親不是這樣的……

那個時候雖然孩子多，落在他身上的疼愛沒有多少，可母親尚算明理，看他幹的活多了還會主動關心，但現在怎麼就變成這樣了。

不講道理胡攪蠻纏，他是長子沒錯，這麼多年沒做過一點對家裏虧心的事，就這樣竟然還不能讓母親和顏悦色些，不求她如何心疼自己，至少在他難得回來的時間，多有些笑臉，別總是張口閉口地索取，這樣竟然都做不到。

林啟周也實在是不知道要説些什麼才好。

轉頭看見崔翠芬和阿蘭坐在房檐下，共同捧着一本書看，翠芬輕聲軟語地講給阿蘭聽，小姑娘也聽得認真，時不時還用一截鉛筆頭在書上寫字。

阿蘭好學，崔翠芬好為人師，這場景竟讓他生出些歲月靜好的感觸，如果聽不見屋裏母親嚎啕的聲音，這種感覺當更加真實。

「啟周。」崔翠芬抬眼看見他，輕柔地笑笑，摸摸阿蘭的頭髮走過去，低聲問道：「是阿姨不太同意我們嗎？」

「你不用管這些，我既然帶你回家就是認定你了，誰不同意都沒用的。」林啟周生出一萬分的愧疚，本來他就覺得自己身上背負的一大家子就很是委屈了崔翠芬，沒想到母親這態度，更是直接將他夾在中間。

崔翠芬張張嘴想説些什麼，卻覺得自己畢竟還沒過門，不好摻和他的家事，索性也不想了，把話嚥回去，就找阿蘭接着看書去了。

晚上吃飯的時候，昏暗的煤油燈放在中間，火苗顫顫巍巍地提供光亮，彷彿誰要是一口氣吐重了，馬上就能熄滅。

林明芬下工回來，看見兩年沒歸家的兒子帶着準兒媳婦回來很高興，一疊聲的要喝酒，要做好菜。

這可難為了掌勺的阿蘭，在廚房轉悠了好幾圈，咬着牙把過年之後剩的那點臘肉從房樑上拽下來，在鍋裏蹭上兩圈，沾着油花，一片片切得又薄又勻稱，本想借借味就算了，一想到家裏根本沒什麼能拿得出手的吃食，怕給大哥掉面子，咬咬牙，全切進了菜裏。

但也只有這一個臘肉炒青菜像樣，其他的真是巧婦難為無米之炊，只能用醃製的小鹹菜湊數，再按着人頭蒸上一鍋番薯，這些端到桌面上的時候，阿蘭都覺得臉上火辣辣的。

崔翠芬倒是沒什麼異色，依舊輕柔地笑着坐在林啟周身邊。

梁玉珍全程沒有好臉色，正眼都不看人一下，林啟周也憋了一肚子火氣，不過是強忍着不願意毀掉好不容易的團聚。

吃過一頓不尷不尬的晚飯，阿蘭帶着崔翠芬去自己房間安置，原本家裏只有兩間房和一個雜物棚子，阿蘭日漸長大以後，不好再跟父母睡在主屋，就搬到了原來兄弟們睡的房間，而林啟聲就帶着弟弟們把雜物棚子整修出來，安好門窗，住在了那裏。

現在林啟周回來，就跟兄弟們擠在原來的雜物棚，最近總是陰雨天，屋子裏的泥地上一踩就是一個淺腳印，潮濕的被褥混着汗味，即便開窗通風，也不解決問題。

「大哥，你在外面做工怎麼樣？是不是比家裏舒服？」林啟聲一邊擰着發黃的毛巾擦臉，一邊問道。

林啟周給興仔脫衣服，塞進被子裏，回答道：「要說吃喝是比家裏好一些，但是接觸的人多了，那些煩心事都是在家遇不到的。」

「等興仔長大了，我也想出去闖闖。」林啟聲眼睛裏的光亮，與當年決定離家的林啟周如出一轍。

「村子太小了，我不想一輩子都困守在這裏。」他將衣服疊好，翻身上床，穿着起了毛邊的背心坐在大哥身邊。

「二哥有學問，以後肯定是要留在縣城的，就算再不濟，也能在廠子裏混口飯吃。」林啟聲雖然年紀不大，但看事情的早熟程度，已經遠超同村其他男孩了。

「大哥你呢在外面有了工作，也找了媳婦，肯定不用再回村子刨食了。」他摩挲了一把興仔的腦袋，笑嘻嘻地說：「就等他長大了，能照顧爸媽和妹妹們了，我也就能跟你們一樣，出去長長見識。」

林啟周躺在木板床上，被興仔第六次一腳丫踹在臉上，沉吟着問道：「聲仔，你真的不要去念書嗎？你二哥已經……」

林啟聲直接打斷他的話，說：「我是真的不想讀書，我也不是那塊料，二哥和阿蘭回家的時候也會教我寫寫字，但是我一看見書就腦袋疼，會寫點就不錯了。」

「再說了大哥，你現在也該多為自己考慮考慮了。咱們兄弟之間不說暗話，我們都漸漸大了，你也要娶媳婦了，嫂子那一看就是個好人，那咱家別的忙幫不上，總不能再給你拖後腿。」

林啟聲把屁股往旁邊挪，將小弟弟早上尿過的那塊床單讓開，戳了戳二哥的手臂，讓他也說說話。

「這些話下午我就說過了。」林啟揚說，「咱媽現在脾氣不好，不能頂着幹，要我說，大哥你待兩天就帶着嫂子回吧，家裏這邊總歸有我和聲仔，出不了什麼事，回來看一眼就行了。」

「那阿蘭上學的事？」林啟周還是不放心。

林啟揚擺擺手：「這有我呢，反正咱媽也碰不着這個錢，總能讓阿蘭接着讀下去的。而且我白天說的話，都不是開玩笑，等我明年畢業了，就不用你再給錢了，那點工資留着娶媳婦吧。」

林啟周沒反駁，如果他還是孑然一身，不管是阿蘭也好，興仔也罷，只要說想念書，他二話沒有，供到什麼時候都行。

但現在他心裏有了喜歡的人，是想要成家好好過日子的，肩上的責任已經增加了，便不能只看得見家裏的弟弟妹妹，要對那個溫柔美好得女孩負起責任。

好在，弟弟們長大了。

第二十五章

胡攪蠻纏

清晨，陽光還未傾瀉，天邊泛起白霧，連院子裏的老樹都披上了一層白紗。

林啟周起得很早，坐在牆角編竹筐，細長的竹篾在指間上下交疊，雖然很久沒做過了，但絲毫不見生疏。

阿蘭攏着頭髮從房間走出來：「大哥，你怎麼起這麼早？」

「編些竹筐，到時候拿去換幾個雞蛋，你看看你都瘦成什麼樣了。女孩子家，身體最重要，要是虧了底子以後可不好往回找補。」林啟周說着話，手上的活也沒停。

阿蘭看着大哥嘮叨的樣子，抿嘴笑着：「你這找了媳婦以後是不一樣，以前你可不會這麼念叨人。」

林啟周一愣，無奈地搖搖頭，這小妮子真是長大了，都會打趣人了。

不過他自己也不得不承認，崔翠芬對他影響甚大，從生活到工作，從心理到信念，彷彿遇見她之後，一切都變得不一樣了。

隔了一會，林啟周兀自笑着，說道：「確實不一樣了。」

阿蘭看着自家大哥這一臉甜蜜有點傻的樣子有點傷眼睛，索性去了廚房。

這邊院子裏歲月靜好，林啟周編着竹筐動作麻利，阿蘭圍着灶台燒火，炊煙裊裊，林啟聲和林啟揚捲着褲腿，打算去田裏看看有沒有跑水，崔翠芬臨水梳頭，油黑的烏髮編成辮子，一截紅頭繩挽成花結，格外漂亮。

「大哥二哥三哥，吃飯……」

阿蘭話音未落，柴扉外傳來一陣急促的腳步聲，隨着一老婦人哭天搶地的聲音闖進了院子裏。

「哎呀我的兒子啊！」

那婦人蓬頭垢面，進門就往林啟周面前衝，一把鼻涕一把淚地哭：「你也被攆回來了？我家德仔呢？他怎麼不回來啊？」

林啟周自然認識這人，就是林啟德的老母親，是十里八村有名的潑婦，但早年瞎了一隻眼睛，家境也不好，是村子裏少有的比林家還窮的人，大家可憐她，總也不跟她計較。

聽着她哭喊，林啟周上前要將人扶起來：「大娘，我是放假回來的，林啟德他的事村上應該跟您説了吧。」

老婦人用力一推，毫不領情：「都是騙人的！我兒子那麼老實憨厚，怎麼可能蹲監獄去，你們就是合夥把我兒子賣了扔了要不就是治死了，不然憑什麼你沒事，那麼多出去的都沒事，就我兒子有事！」

林啟周簡直被這無理取鬧的樣子鬧得頭疼，門外已經有左鄰右舍來看熱鬧了，他彎腰説：「地上涼，您先起來，他的事我可以好好跟您説。」

「我不聽！」老婦人根本不聽道理，一味地胡攪蠻纏。

拉扯着林啟周的衣裳，別看她乾癟瘦弱，那一拳砸在身上也很疼，林啟周肩上的傷還沒好利索，被拳頭結結實實的砸上一下，頓時疼得齜牙咧嘴。

崔翠芬跑過去，把老婦人拉開，將林啟周擋在身後。

「林啟德偷廠子的廢料，毀壞鐵軌，這叫挖社會主義牆角，薅國家的羊毛，他不坐牢還有天理嗎？我們啟周被你家兒子扎了好幾刀，沒追究他傷人罪都是看在情面上了，你別在這胡攪蠻纏！」

那老婦人聽崔翠芬把醜事全抖摟出來，像瘋了一般，也不在地上坐着了，跳起來就往她臉上抓，那隻瞎了幾十年的眼睛早就增生了，渾濁不清，看上去恐怖得很。

林啟周手疾眼快，將崔翠芬拉到身後，卻來不及擋住抓向臉上的手，腮上瞬間出了三條滲着血的指甲印。

「不可能啊！那是我兒子，我還能不瞭解他？你們滿嘴噴糞以後都是要遭報應的，我得為我兒子討個公道！兒呀！」

他聽着老婦人聲嘶力竭的一聲聲質問，心裏也不好受，那林啟德算得上是他親手抓住的，可外出務工這些年，林啟德做下的那點爛事，早就把同村情誼磨沒了，可他看着剩下的老母親還是忍不住為林啟德感到心酸和不值。

整個院子裏滿是老人的哭喊，一聲兒啊，一聲心肝啊，哭的人心裏難受，耳朵也跟着嗡鳴。

砰的一聲，梁玉珍從屋子裏推門出來，抓起牆邊的掃帚就往老婦人身上拍。

「還為什麼你兒子沒回來，偏偏我兒子回來了！」梁玉珍可不管她年紀大小，一邊拍一邊罵：「那是我兒子優秀！你家那個孽障幹了什麼，你心裏不清楚？出去丟人現眼，我跟你同村都覺得沒臉面，你還好意思來拉扯我兒子！我家周仔那是頂天立地的，你少上這來無理取鬧！」

林啟周一邊安撫崔翠芬，一邊去護着老媽，林啟揚早就跑出去找村長了，林啟聲攔着那老婦人，妥妥的就是在偏架。

自家老媽的掃帚往人家身上拍了好幾下，自己卻連頭髮都沒亂。

「都住手！像什麼話！」村長踩着布鞋，被林啟揚拽着衝進來。

手裏的煙槍都沒來得及滅掉，一聲聲咳嗽，像有一口黏痰堵在嗓子眼上。

「啟德媽，你這又是幹什麼，我都跟你說好幾遍了，這事跟人林家小子有什麼關係，丟不丟人啊！」

「我不管，你們就是一夥的！我兒子要是回不來，我以後天天來鬧，我過不好日子，你們也別想好過！」老婦人不依不饒，還往林啟周那邊抓撓。

梁玉珍上去又是一掃帚，連拉架的村長都被無差別攻擊，肩膀上捱了一下子。

「少撒潑，都一個村住着，誰不知道誰啊，你家的名聲都臭大街了，可別往我們家的院子裏鑽，我還嫌晦氣呢！」

這一場單方面的胡攪蠻纏，最終演變成兩人罵街，村長夾在中間左邊勸一句，右邊勸一聲，頗有些無助。

眾人看熱鬧看得興起，對着老婦人指指點點，最後還是林啟周兄弟們將人分開，又架着老婦人強行送到了門外，大家才漸漸散去。

崔翠芬早就從包袱裏翻出來消毒水和紗布，剛才那兩下拳頭和臉上的傷，讓她膽戰心驚。

「快讓我看看，這要是裂開了可不是鬧着玩的。」

見女朋友急得眼淚花花都冒出來了，林啟周傻憨憨地笑着，按着她的手說：「沒事，一點都不疼。咱出院的時候就拆線了，現在肯定沒事，別擔心。」

崔翠芬陰沉着臉不搭話，小心翼翼地把臉上的傷處理好。

梁玉珍拄着掃帚喘氣，想到剛才崔翠芬說林啟德扎了兒子好幾刀，這心裏就七上八下的，說：「揚仔，給你哥上藥，翠芬啊，你進來我問你點事。」

林啟周一脫上衣，胳膊上，肩膀上，好幾道傷疤，把林啟揚都嚇住了，尤其是肩膀上那蜈蚣似的縫線，看着心都打顫。

「這……這麼嚴重，你回來怎麼一聲都不說啊。」林啟揚想上手摸摸，又怕碰疼了大哥。

林啟周無所謂地笑着：「沒事，這都好差不多了，就是留點疤，我一大男人還怕留疤嗎。」

林啟揚前前後後仔細檢查着，確定沒有裂開，才放下心來。

「之前你寫信說參加了聯防隊，我以為就是巡邏治安什麼的，沒成想還得抓賊，這麼危險都動刀子了。」

林啟聲在地上看着，一腳踹翻了凳子：「他奶奶的，狗東西林啟德，以前看着挺好的人，出去了就變成狗腦子了，都一起長大的，竟然對自己人下這麼重的手，他也不怕遭報應！老子踹了他家的門去！」

「聲仔！」林啟周趕緊叫住他，「林啟德早就被抓起來了，他家老的老小的小，咱們可不能去欺負他們，要不跟林啟德有什麼兩樣。」

「已經遭了報應，以後就算出來了，後半輩子有這麼一筆也算是毀了。」林啟揚歎道。

林啟周剛把衣服套上，就聽母親在院裏喊，崔翠芬還一聲一聲地攔着，心裏咯噔一下連忙跑出去。

「媽，怎麼了這是？」

他們倆帶回來的行李都放在阿蘭那屋，現在扯得滿院子都是，梁玉珍拽着行李袋子往主屋拉，崔翠芬就抱着她胳膊攔着，場面一片混亂。

「這又是鬧什麼呢？」林啟周一個頭兩個大。

「我兒子出去能掙錢，但是不能賣命，這回是被刀子扎，下次還不知道我林家的祖墳能不能再保佑他好好回來了！這工作不能幹了，以後就在家種地，哪也不許去！」

崔翠芬不敢拉扯得太用力，被拖着往前走了兩步，林啟周大步邁過去，將她攬在身後推到阿蘭身邊，自己去哄着母親。

「這不就是有驚無險嗎，況且林啟德那樣的人也是例外，這工作幹得好好的，突然就不幹了，你兒子上哪掙錢去啊。」

梁玉珍現在發起火來，可不管那三七二十一，嘴裏像放炮似的，一句比一句生硬。

「以前你也沒出去幹活，咱家也沒餓死了誰！不掙錢怎麼了，你好好種地，賣了糧照樣能過日子！」

林啟周捏捏眉心，問道：「我不出去掙錢，賣糧那點收入能供揚仔和阿蘭上學嗎？媽，您就……」

「不上就不上！」梁玉珍把手裏的行李往地上一摔，「揚仔念書也有幾年了，不當個睜眼瞎子就行，那阿蘭到底是個姑娘，讀書有什麼用？以後還不是嫁到別人家去，你少拿這些理由搪塞我，你媽我還能不知道你腦子怎麼想的！」

梁玉珍覷着眼睛往他身後看，陰陽怪氣地說：「你也別怕回了村裏就娶不上媳婦，我看咱們這也有不少好姑娘，媽肯定……」

「媽！你越說越離譜了！」林啟周簡直要被老媽這不着四六的話氣暈過去，回頭一看，崔翠芬臉色都僵住了。

「我好不容易回來一次，您就別鬧了，我都這麼大了，該做什麼心裏有數。」林啟周說到。

「我還不都是為了你好！我這個當媽的還能不心疼你？」梁玉珍被兒子吼了一聲，也眼淚汪汪的，卻不瞪自己兒子，反倒狠狠剜了一眼崔翠芬。

林啟周頭更疼了，直接擺明態度：「您為我好就能不能多替我考慮一下，我不出去工作，就在這村子裏，能賺來什麼錢，揚仔和阿蘭的學還怎麼上。」

「再者，翠芬是我自己相中的姑娘，我受傷的時候盡心盡力的照顧我，我在外邊這麼多年，人家裏沒少關照，做人不能不念良心，這道理可是你和我爸從小教我的。」

「你！好啊，好啊，我這是辛辛苦苦給別人家養了個兒子啊！以後你要真跟她結了婚，還能記着我這個媽？你那點工資不都得讓人家給哄過去？」梁玉珍抹了一把鼻涕蹭在門框上，踩着門檻越說越難聽。

林啟周看着崔翠芬渾身緊繃，臉色鐵青，站在院子裏，周圍都是林家人，格外孤單，這心裏猛地一抽。

「真是越說越離譜。媽，我跟誰過日子，怎麼過日子，您看着我好就行了，以後養老送終我這個當長子的絕沒二話，但是您要想把我拴在身邊那是不可能的。」

梁玉珍眼睛一豎還要開口，林啟揚跟林啟聲上前一左一右把人帶進屋裏，回身就用腳將門關上了。

阿蘭見準嫂嫂的臉色，也知道剛才媽那些話實在傷人，也不多嘴，鑽進廚房就不出來，院子裏就剩下林啟周二人。

「翠芬，我……」

「你媽不喜歡我。」崔翠芬昨天就已經看出來了，他媽嫌棄自家爹娘都沒本事，怕是林啟周身上的累贅。

林啟周見她這平靜的樣子心裏反倒慌亂，要是大哭大鬧一下還好，這麼抑制着情緒就怕將人憋壞了。

「翠芬，以後過日子的是咱倆，我喜歡你就夠了，回來之前我都想好了，反正我以後是不打算再在村裏討生活了，到時候咱倆就住在外面，我好好對你，補償你，要是有什麼事或者逢年過節的，我也不會逼着你跟我一起回來，我媽見不到你也不能追着到咱們家去，你別放在心上。

「我心裏肯定是最喜歡你的。」

崔翠芬一扭頭，不正眼看他：「那我成什麼人了，不真變成搶人兒子的人了？」

「不是不是，怎麼就是搶兒子呢。」林啟周急得汗珠子冒了一腦門，「你這麼好，我媽早晚會發現的，我也站在你這邊，咱們也不常回來，好好的在外面過咱們的日子，好不好？」

崔翠芬認真地看着他，過了半晌，說：「我想回家了。」

她從小就是家裏最小的姑娘，大姐沒走的時候跟爸媽一起疼她，連弟弟長大些了也知道維護着她，哪怕後來家裏條件不好，她也是那個穿着乾淨裙子，看書寫字的姑娘，從沒被人拐彎抹角地嫌棄成這樣，心裏的委屈像水漫金山一般，一發不可收拾。

林啟周看着只覺得滿眼心疼，輕輕攬着她：「行，咱們回去。」

當天晚上的飯桌異常沉默，林啟周一說明天就要開介紹信買票回去，梁玉珍當時就扔了筷子。

崔翠芬卻連眼神都沒動一下，反正她的意思已經跟林啟周說得很明白了，她相中的原本也只是他這個人。

林啟周滿心都是無奈，該說的話都說盡了，可母親現在這個狀態，什麼都聽不進去，他再多說也是浪費口舌。

林明芬拿着筷子在桌上敲了兩下，開口道：「工作忙就回吧，別耽誤了。」

梁玉珍還想說些什麼，卻被丈夫攔住了：「吃飯。」

林啟周走的時候，只有家裏的孩子送到村口，梁玉珍根本沒露面，他往裏面看了一眼，跟兩個弟弟說：「照顧好家裏，有什麼事就給我寫信。」

然後摸摸阿蘭的頭髮：「好好念書，別擔心。」

阿蘭眼淚汪汪地點頭，目送着林啟周和崔翠芬步步走遠。

稻田吹着陣陣新綠的風，吹進遊子的心裏，帶着他的苦澀和無奈再次遠離家鄉。

第二十六章

喜結連理

又是一個春天到來，柳芽初萌。

崔家紅綢高掛，院子灑掃一新，引來送往地接待賓客。崔增武笑得合不攏嘴，身上的新衣裳襯得他臉色極好。

崔翠芬坐在床上，穿着一身喜慶的鮮紅，烏黑的鬢髮旁別着一朵嬌豔的紅花，不過此刻任何花朵都不及她臉上盛開的笑容。

「啟周是個好孩子，你嫁給他，媽也不擔心別的，你們好好過日子，家裏也不用你擔心，我和你爸雖說沒有以前能幹了，但是手還能動，賺點手工錢都夠花，你就安心維護好你們的小家庭。」

崔母每一句透着喜悅，但看着從小長在身邊的姑娘就要嫁到別人家了，難免帶着幾分酸澀，不知不覺間就紅了眼眶。

原本羞澀的崔翠芬也漸漸哽咽起來，拉着母親的手不知道要再安慰些什麼。

外面鞭炮噼啪響起，淡淡瀰漫的硫磺加重了喜慶的味道，林啟周穿着一身嶄新的中山裝，胸前掛着大紅花，跨進崔家的院子。

看見崔增武，登時彎腰鞠躬，響亮地說：「爸！我來接翠芬了。」

崔增武眉眼帶笑，連連點頭：「好孩子好孩子，都準備好了，你們房子也收拾好了？」

林啟周點點頭，他早就申請了廠區宿舍，雖說不是獨門獨院，但也有了自己單獨的房間，裏面被褥床品都是新做的，水壺上都貼着崔翠芬親手剪的喜字，但家裏唯一帶電的就是手電筒了，「三轉一響」他還辦不到，但也盡自己所能收拾得乾淨齊整。

「新娘子出來嘍！」

崔翠芬從屋子裏走出來，紅色的上衣長褲，紅色的皮鞋，從頭到腳都是他沒見過的喜慶模樣，當時就看直了眼睛。

徐大春推了他一下，揶揄道：「以後有的是時間看，先辦正事啊。」

林啟周手心滲出汗水，偷偷在身上蹭了兩下，向崔翠芬走過去，但因為太緊張，都順拐了，引得周圍一片哄笑。

看着媳婦這嬌豔的樣子，林啟周心裏歡喜，先對旁邊的崔母叫了一聲媽，才過去拉住了崔翠芬的手。

「我，我來接你回家了。」

崔翠芬剛剛哭過，眼睛還紅着，輕輕點點頭，兩人站在一塊齊刷刷紅了臉。

林家離得遠，沒人能到場，拜天地的時候直接在崔家拜了高堂，然後一路吹吹打打去了新家。

宿舍院子裏早就擺開席面，徐大春和趙寶剛齊齊張羅開，崔翠芬坐在新房，聽着外面熱鬧的聲音，滿心都是甜蜜。

林啟周說：「你坐一會，我敬完酒就回來陪你。」

他很難形容此時的感覺，只是無比慶幸當年決然離開家鄉的自己，他收穫的所有都從那一條漸行漸遠的村路開始。

從前那個只能蹲在牆角聽人背詩，寫自己名字都毫無章法的男孩，如今有了自己的生活，會認字讀書，能兢兢業業地上班，眼中是鄉村沒有的風景，現在，連妻子都安穩又嬌羞地坐在身旁。

他的愛情不知從何時有了萌芽，開花結果，但他知道，從有了懵懂愛意的那一刻，眼中心中就只有面前他親自接回家的這個姑娘。

今天來敬酒的人他來者不拒，一杯接一杯地喝，收下祝福，臉色潮紅，眼中的紅色都變得帶着光暈。

月上梢頭，熱鬧了一天的院子安靜下來，送走醉醺醺的徐大春，他看着那一扇為他亮起的窗戶，心中燥熱翻騰。

曾經的人生野草衰敗，老樹的枝椏裏滿是晦暗，日復一日在荒蕪裏插秧，用生鏽、喑啞、暗沉的農具耕種原野。

然後他看見千山萬水的遠方有一絲天光，便赤腳追逐，踏過泥濘艱難，走過人心坎坷，一步步靠近那處帶着新綠的潮濕，觸手生溫。

很幸運，他成功找到了天光。

從此，有一位蝴蝶般靈動的姑娘，在他的心裏蹁躚，與心跳一起共振，成為餘生全部的修辭與華章。

「翠芬，我很高興。」

「我也是。」

新婚燕爾該是什麼模樣兩人都不知道，但他們你儂我儂，眼神對視間的萬千勾纏，足以道盡情意綿綿，足足的小兒女情態。

「翠芬，阿蘭又來信了，晚上你提醒我給回一封。」

崔翠芬擺着碗筷，應了一聲之後，招呼道：「快來吃飯。」

林啟周甩甩臉上的水珠，往飯桌上瞥了一眼：「呦，今天有饅頭啊。」

「你這個月發了二斤白麵票，我都換出來了，蒸點饅頭吃。」

「別忘了給爸媽送去點。」

崔增武夫妻雖然能做點零碎的手工活賺錢，但各種票就和過去不一樣了，想吃白米白麵或者糖茶日用，常常得在他們這換，每每要給錢，林啟周都不要，拉扯好幾回才能安心。

崔翠芬喝口粥，說道：「還有點糖票和布票，等明天寄信的時候放一塊寄回去，阿蘭愛吃糖，那些布票能給爸媽做身新衣服。」

林啟周心裏暖暖的，他結婚的時候家裏沒人過來，他們也沒想着千里迢迢的回去廣東再辦一次，總是覺得怠慢了崔翠芬。

可妻子從未表露出不滿，但凡給了崔家的，她都想着找機會給林家也送上一份，也從不攔着林啟周往家裏寄錢。

「等過年的時候我都想好了，總歸是結婚第一年，不回去看看也說不過去，到時候我多請兩天假，咱們多買點東西帶回去。」崔翠芬一邊說着一邊掐着手指頭盤算，「這布票攢一攢，到年底肯定能夠給你們家人都做套衣服，說不定還能匀出幾尺布做個新被套呢……」

林啟周從後面抱着她，感歎道：「我這是哪輩子積德，娶了這麼好的媳婦。」

崔翠芬嗔笑着捶他兩下：「趕緊吃飯吧，油嘴滑舌的。」

林啟周結了婚之後只覺得每天都神清氣爽，愛情美滿，工作順心，就沒有不如意的事。

剛邁進車間，就看見師傅靠在機床旁邊咳嗽，臉都憋紅了，連忙跑過去敲背順氣。

「您這兩年咳嗽越來越嚴重了，大夫給開的藥還得好好吃啊。」

趙寶剛深吸一口氣，接過他手裏的水杯，一邊平喘一邊說：「都是上年紀的老毛病了，沒大事。哎呀，這一轉眼，我都快七十了。」

「您這身子骨可不像快七十的人，趕緊把這咳嗽調理好了，看着還跟五十一樣。」林啟周往杯子裏加着熱水。

趙寶剛點點他，笑着說：「你啊你，這結了婚別的本事不見長，就是這嘴皮子越來越利索了。」

他嘶啞的聲音，就像灶火旁老舊的風箱，只有他自己知道，喉嚨裏帶着粉紅色泡沫的病症，就着熱水吞下幾粒綠色的藥片，漸漸平順着呼吸。

「不服老不行了，去年冬天生一場病，到現在都覺得渾身骨頭不舒服。」

林啟周幾乎每天都跟師傅在一塊，他的身體是肉眼可見的衰老，這兩年的變化尤其嚴重，彷彿一到了七十歲的門檻，人就突然間被抽走了精氣神。

「趙師傅啊，我這有一批零件，你給看看做出來。精度標準很高，別人我不放心。」車間主任走過來説。

趙寶剛接過來看兩眼，遞給林啟周：「你做去，這數據你以前練過。主任，讓他幹吧？」

車間主任無所謂地擺擺手：「你帶出來的徒弟誰不知道啊，那手上的功夫可是沒得挑，做出來直接讓人搬走就行。」

林啟周這些年兢兢業業上班，得益於趙寶剛的嚴格，現在所有零件加工車間，就沒有不知道他手上功夫厲害的，也算小有名氣了。

機床轉動嗡嗡作響，手裏的鐵塊在指間微微一動，兩毫米的數據絲毫不差，趙寶剛站在旁邊看，滿意地頷首。

林啟周想着師傅有些彎曲的脊背，心裏很不是滋味。

他從鄉村走出來的時候是個什麼都不懂的娃，這裏的機床零件操作見都沒見過，生活上格格不入，交際上游走邊緣，是師傅一手將他帶出來的。

教他技術自食其力，在廠子站穩腳跟；推着他參加各種活動，加入到這個異鄉的生活中；也是師傅處處關懷，像對待自家子侄一般呵護。

不，林啟周知道，徐大春這個親外甥，都沒有他在師傅面前自在。

他心裏存着事，下班回家也沉默着，坐在燈下發呆。

崔翠芬打了洗腳水進門，看他還保持着半小時前的姿勢，上去推了他一下，問：「你怎麼了？發什麼呆呢？」

「唉。」林啟周長歎一聲，「師傅眼看着老了，這生一次病總也不見好，這兩天我聽着咳嗽好像又嚴重了。」

「要説師傅年紀也不小了，還是退休吧，好好養着身體，忙活一輩子了也該歇歇了。」崔翠芬説，「他倆也沒孩子，掙再多錢也沒那麼大的開銷。」

林啟周一聽更愁了：「師傅忙一輩子了，讓他歇下來他還不肯呢。」

「你跟師娘多勸勸，他現在也就能聽你倆的話了。」

林啟周知道師傅年輕的時候虧了不少身體，上了歲數病痛都找回來了，車間的活雖然他分走了大半，但是剩下的那些對即將七十的人來講還是一個負擔，看來真要勸着他退休了。

「行了，你也別發呆了，洗完腳趕緊把回信寫了，我明天去縣裏順路郵回去。」

「去縣裏幹嘛？」林啟周問道。

崔翠芬眉頭一擰：「我姐一年沒消息了，我這心裏七上八下的，還得再寫信去問問。」

崔家長女崔玉芬多年來極少回家，有的時候會寄回來一封信和錢，但最近這一年杳無音信，崔翠芬寫出去信也都沒有回音，實在讓人免不了擔心。

林啟周寫完信，將媳婦準備好的票子一併裝進信封。熄燈沒多久，正在昏昏欲睡的時候，一陣急促的敲門聲將人驚醒。

第二十七章

苦口婆心

林啟周爬起來，一開門就看見崔宗權站在門外。

「宗權？你怎麼跑來了？」

一聽是自己弟弟，崔翠芬也披着衣服下地了：「這麼晚了，出什麼事了？」

崔宗權喘着粗氣，說：「快回家，咱、咱姐回來了！」

「咱姐……大姐？！」崔翠芬也腦袋一懵，都幾年沒回家了，怎麼突然一下毫無徵兆的就出現了。

崔翠芬領着弟弟往外跑，林啟周手忙腳亂地登上鞋子，到抽屜裏摸出手電筒，隨手將門鎖掛上：「等等，我送你們一起去。」

一進崔家門，崔翠芬和林啟周都一愣。

坐滿了一屋子的人，都誰啊？

「爸媽，二姐回來了。」崔宗權跑進去喊着。

崔翠芬走進去，兩個蘿蔔頭坐在板凳上，大的得有八九歲，小的比宗權都小，自家爸媽一臉愁雲。多年不見的大姐乍然出現，她根本不敢認，蹉跎得像個三四十歲的婦人，旁邊還坐着個面生的男人。

「姐？」

崔玉芬看見妹妹，眼淚唰就掉下來了，緊緊抓着她手：「都長這麼大了，姐走的時候，你還是個孩子呢。」

看見林啟周站在後邊，問：「這位是？」

「這是我丈夫，林啟周。」崔翠芬也淚花撲簌簌地掉，哽咽着說，「我春天時候結的婚，給你寫信，你也不回我，你說你這一年半載的沒有消息，家裏多擔心啊。」

兩姐妹一邊說，崔母一邊抹眼淚：「這回能待多久？」

不等崔玉芬說話，她旁邊的男人就開口道：「這次就不打算走了，玉芬離開家這麼久，也該回來盡孝了。」

崔翠芬上下打量着這男人，蒜鼻頭，香腸嘴，身量還沒啟周高，袖口比胳膊長出一塊，料子雖然好，但並不合身，說不定是拿來充門面的。

「你是？」

男人拍掉掌心的花生皮子，拽拽衣裳，說：「我是吳文華，玉芬丈夫，孩兒他爹。」

崔翠芬雖然進門看見孩子的時候心裏就有了點猜測，但聽見他說出來，還是忍不住眼前發黑。

「姐，你結婚生孩子，怎麼都不跟家裏說啊？這孩子……都這麼大了！」

林啟周聽着媳婦聲音陡然尖利，上前扶住肩膀，帶着坐在丈母娘身邊，輕聲說：「大姐回來就好，有什麼話慢慢問。」

崔玉芬臉上也尷尬，看着父母的臉色也不好，拉過最大的孩子說：「這是老大，八歲了，原本想跟你們說的，但是這人是我自己挑的，那時候也不確定什麼時候能回家，索性就瞞着了，免得你們知道了擔心。」

崔翠芬不知道姐姐怎麼想的，孩子都生了兩個，他們這些親人竟然今天才知道：「那你這次是不打算走了？在這邊能做什麼工作啊？」

「不，不走了。」一說到工作，崔玉芬就摳着手支支吾吾的，「我們想先安頓下來，再……」

「哎呀，你跟爸媽客氣什麼。」

吳文華見媳婦說不清楚，直接扒拉到後面，崔翠芬看着簡直兩眼冒火。

「本來還擔心我們兩口子帶着孩子沒地方住，現在正好小姨子嫁出去了，空出一間房，我們也不覺得小，就給我們先安頓着。」

「我聽玉芬說了，爸在礦上也是個能耐人，有幾分面子，雖然現在……」吳文華在崔增武有點萎縮的腿上看了一圈，嘿嘿笑着，「想來求爸給安排個工作，畢竟我也得養家啊，這兩個孩子可都是您的親外孫。」

崔翠芬聽着心裏火燒火燎的，這股氣奔着天靈蓋就去了，恨不得馬上把這個厚臉皮在他家指手畫腳的男人扔出去，再一看姐姐那立不起來的樣子，更生氣了。

「你要養家，怎麼不自己找廠子去？」崔翠芬眼角上挑，語氣嘲諷，「我還沒問清楚呢，怎麼在外面十年，結婚生子都不說，現在就突然想着回來了？」

「爸媽年紀大了，玉芬想回來盡孝……」

崔翠芬卻懶得聽他說話，直接打斷，看向姐姐：「姐，你說，是不是遇着什麼難處了？」

崔玉芬下意識看向丈夫，張了張嘴，最後還是搖頭：「沒什麼事，就是想爸媽和你們了。」

崔翠芬哪能看不出她眼睛裏的閃躲，要接着追問，林啟周在後面拽拽她衣袖，示意她別說話，這才好不容易按下心裏的氣。

過了半晌，崔增武清着嗓子，說：「你們帶着孩子晚上回來，也肯定沒休息好，先睡覺吧，有什麼事明天再說。翠芬，你帶着你姐把你以前住的那個屋子收拾出來，要是有什麼還沒來得及帶走的，趁着啟周也在，都搬到你自己家去，那房間就給他們和孩子住了。」

崔翠芬拉着姐姐一摔門簾就出去了。

林啟周留了個心眼，坐在板凳上沒動，就聽老丈人說：「你娶了我姑娘，但是什麼時候辦的喜事，你家什麼情況，我都不清楚，這些年她不說也就算了，你這個當丈夫的都不想着帶她回娘家看看？」

「唉呀爸媽，我和玉芬在外省做工，那回來一次就耽誤多少工作呢，實在是忙得走不開，她還得帶着孩子，但這絕對是我的問題，我檢討我道歉。」

吳文華用拳頭在掌心捶了一下，咧着嘴說：「這好在以後咱們一家人就在一塊了，白天晚上都能見着，有我們孝順您二老的時候呢。」

林啟周沒少見過拍馬屁的，但笑得這麼假，好像一下就能把小臉扯下來一樣的人，還是頭一次見到，這貨不會把老丈人當成沒見識的傻子了吧。

果不其然，崔增武的臉色更難看了，崔母捂着心口靠在床頭直哎呦，可見對這個突然冒出來的大姑爺，是一萬分個不滿意。

林啟周一看丈母娘這情況，哪還敢讓便宜姐夫多說話，連忙開口：「爸，大姐好好回來了就是喜事，咱們也不用成天惦記了，今天太晚了，你們都好好休息。」

「明天我買點肉，給大姐和姐夫接風，到時候您二老有多少對姑娘的話不能說啊？也讓我們兩個姑爺陪您好好喝兩杯，今晚就跟媽休息吧。」

林啟周一邊說，一邊往丈母娘那看，崔增武看老妻氣得不行，也止住了話頭：「都回去吧，明天再說。」

吳文華還沒得個準話呢，哪能這麼走，還要說話，被林啟周擋在面前，拽着胳膊就往外拉，嘴裏還笑着說：「大姐夫，咱倆可是第一次見，明天咱們好好聊，多喝幾杯，大姐和孩子還等你睡覺呢。」

推搡着就把人弄出去了，出了屋門，就看見媳婦攏着外套站在那發呆，臉色鐵青，顯然是氣得不輕。

「走吧，有什麼話回去説。」

林啟周牽着她，手電筒的光束在腳前搖搖晃晃，拉着人走回去。

一進屋，崔翠芬就摔了門：「你説她還拿我們當家人嗎？一年年的沒個音信，媽整天擔心她過了年紀嫁不出去，你看看，她可倒好，大兒子都八歲了才領回來，把我們瞞得死死的，這是防賊呢？！」

林啟周看媳婦氣得眼睛都紅了，倒了熱水放在她手心，安撫道：「這原因咱們不知道，但大姐估計有自己的苦衷，你明天好好問問就是了。……我看着，那大姐夫好像不太靠譜的樣子。」

崔翠芬柳眉倒豎：「你也看出來了是不是！腆着一張臉開口就佔房子要工作的，也不看看自己多大年歲了，還得讓人幫襯着才能討口飯吃不成！」

媳婦越説越生氣，把衣服往床上一甩：「不行，明天我得去問個明白。」

折騰了一晚上，林啟周也睏得厲害，摟着老婆就躺下了：「明天再説吧，先睡覺。」

一大早，林啟周扒了兩口飯就趕着上車間去，崔翠芬拾掇完家裏就鎖門往娘家去。

「啟周啊，今天來這麼早？」

「張叔，我師傅沒來呢？」

「可別提了，一大早過來一趟，我看他咳得厲害，就勸他回去歇着了。」張叔嘬着旱煙，説：「現在車間沒啥要緊活，不缺他一個人。」

林啟周心裏咯噔一下，他師傅那人堅強慣了，小病小災的根本不缺工時，這都回家了估計不是咳嗽兩聲那麼簡單。

把手裏的工具塞進張叔手裏，急匆匆往外走：「幫我跟主任請個假，晚點我回來。」

張叔無所謂地擺擺手，這整個車間就沒有不羨慕趙寶剛的。

一輩子無兒無女，背地裏沒少有人笑話他，但到老了收了這麼個徒弟，頭兩年林啟周矮小不愛吱聲，大家都覺得沒什麼，這年紀長上去以後，說話辦事麻利又乾脆，最難得的是心腸好，對趙寶剛夫妻倆孝順不說，還格外貼心，比親兒子都強。

林啟周可不知道別人對他這麼高的評價，一溜小跑着往家屬院去，沒等進門就聽見裏面撕心裂肺的咳嗽聲，院子裏瀰漫着苦澀的中藥味。

「師傅？師娘？」

他推門走進去，熟門熟路的進屋，看見師傅趴在床沿上，咳得滿臉漲紅，喘氣都不勻稱，連忙上去扶住，看見正臉的時候，嘴角一抹紅色讓他心都涼了。

「師傅……」

趙寶剛擺擺手，剛要說話，又是一陣咳嗽，胸腔劇烈起伏，喉嚨像是被一塊黏土卡住了一般。

過了好半晌，才喘着粗氣說：「沒事沒事，上了年紀都這樣。你怎麼跑這來了？」

「我聽張叔說您回來了，就來看看。」林啟周疊好枕頭讓人靠在床頭上，撫着胸口順氣，「這麼咳嗽下去不行啊，我帶您去醫院看看吧，咱們好好檢查一下。」

「不去，我自己的身體我還能不清楚？不花那個冤枉錢，那醫院啊進去沒病都檢查出一大堆問題來。」趙寶剛倔強得很，說什麼都不動地方。

「師娘呢？」

趙寶剛抹掉嘴角的紅，說：「我怕她嚇着，把她支出去了，你別跟她說漏嘴了，她看着風風火火的，其實膽子小得很，都膽小一輩子了，沒得現在嚇唬她。」

林啟周眼角一酸：「師傅，轉過年您都七十了，要不咱就退了吧，車間現在也忙得過來，最近分到這的工作量少了三分之一，我也能頂事了，您別這麼累了。」

趙寶剛卻不接他這話，打着岔，指着他笑罵：「都說教會徒弟餓死師傅，你這是翅膀硬了，不要我這個師傅了？」

林啟周知道他在開玩笑，也沒往心裏去，但還是擔心着：「您說師娘年紀也不小了，要是您一直這麼病下去，師娘放心不下再給自己折騰病了，到時候難受的不還是您。」

「咱們廠有政策，您這麼大歲數的，就算退下去了也能在這住着，咱們也不算沒地方落腳，何必這麼撐着呢。

「您沒兒沒女的，掙了一輩子錢，也不愁吃喝了。再者說，我和翠芬也都在身邊，能照顧你們，再說大春也在呢，不用您老兩口這麼上工了。」

林啟周想了一大堆的話來勸他，老頭滿口答應下來，但看那不走心的樣子，也知道是再明晃晃的敷衍人。

再要說些什麼，趙寶剛就開始攆人了：「去去去，回去上班去，現在都敢隨便請假了，你真是腰桿子硬了。」

林啟周見說不通，怕念叨多了他煩，歎了口氣，索性等明天再來。

剛推門出去，就看見師娘站在窗戶下面抹眼淚。

「師娘……」

趙妻趕緊擺手讓他小點聲。

林啟周走下台階扶着她：「您都聽見了？」

「他晚上睡着了都咳嗽，我還能不清楚？一張床上睡了幾十年，他什麼德行沒人比我瞭解，眼睛裏誰都有，就是沒有他自己，一輩子都這樣。」

師娘恨得咬牙切齒，可那眼角的淚水止不住似的往下淌。

「您勸勸他，別這麼幹了，車間現在閒着的人一大把，他就是不去也沒事的。」

早些年機床不發達，好些零件的精度都得幾十年的老師傅才能有這個準頭做出來，那時候是真的離不得趙寶剛。

但現在機床更新換代了一批，效率上去了不説，從年初開始，他們車間的工作分配都下來了，根本沒有那麼忙，林啟周一天做二三百個零件就頂天了。

師娘點點頭，拍着他手説：「我知道你的心，我會勸他的，都這麼大歲數了，一輩子也沒留下個一兒半女的，我現在也什麼都不想了，就想着再多跟他過幾年，別到老了留遺憾，讓我死都……」

「師娘。咱們不説這話，師傅身體還能調養呢，等過兩天放假我帶着他去醫院檢查，您也別多想了。」

又勸了幾句，林啟周才拖着沉重的腳步往回走。

上個月還沒咳血呢，今天竟然都帶着血絲了，那嘴邊上一抹紅，就跟釘子一樣，扎在他心裏，疼得緩不過氣。

出來這些年，跟趙寶剛相處的時間，比跟任何人都多，那感情已經不是單純的師徒了，説是親人也不為過，現在清楚他身體每況愈下，這心裏怎麼都不舒服。

下午忙着主任上次送來的圖紙，最大兩毫米的零件，整個車間就林啟周有這個水準，能做到分毫不差，一下午都眯着眼睛操作機床，時不時直起腰捶一捶，然後接着幹活。

這門手藝就是他看家吃飯的本事，全是趙寶剛幾年如一日嚴格要求訓練出來的，現在這機床對他來講，閉着眼睛都比摸自己手還順溜。

第二十八章

翠芬動怒

「啟周！啟周！快別幹了，跟我走！」徐大春咋咋呼呼地跑進來，帶着滿身的汗味。

林啟周手下絲毫不亂，屏着一口氣將手裏的零件加工完，才關了車床，拍拍袖套上的灰，問：「怎麼了你？」

「哎呦祖宗啊，趕緊跟小爺走，你媳婦在娘家發瘋了！」

一聽崔翠芬在娘家有事，連袖套都顧不上摘，一溜煙地往外跑。

昨天聽見她說要回去跟大姐問清楚，但這沒說要動手啊，也不知道都說了些什麼，能把羔羊似的媳婦逼得發瘋。

這一天天的，都什麼事啊！

顧不上多説，兩條腿倒騰的，比往師傅家跑的時候還快。

一進院門，就知道徐大春說的發瘋，絕對不是誇張，他那向來文文靜靜，笑起來像花開了一樣的小媳婦，此時左手掐腰，右手舉着菜刀，追着吳文華在院子裏繞着石碾跑，頭髮也亂了，氣息也不穩當了，那大姑姐崔玉芬站在一邊抹眼淚，哪邊也不敢伸手。

「媳婦！怎麼了這是！」林啟周看她舉着菜刀，心裏直突突，連忙上前搶下來，「有什麼事好好説啊，這要是傷着你自己多划不來。」

崔翠芬氣的臉色通紅，抹着耳邊的頭髮，眼睛也紅紅地看着丈夫，指着吳文華的手直哆嗦：「這，這王八蛋……他，他就不是人！」

林啟周看吳文華那躲閃的眼睛，崔玉芬那只知道哭的弱氣樣，屋裏還有丈母娘隱隱約約的嚎啕聲，腦瓜子嗡一聲，一個頭兩個大。

「你好好說，發生什麼事了？你看你，給自己氣成這樣，大熱天的別中暑了，咱們進去……說。」

林啟周扶着人往屋裏走，一進去就是一愣，滿地的玻璃碴子，連熱水壺都砸碎了，可見是屋裏亂得沒地方下腳，媳婦才拎着菜刀追院子裏去砍的。

他一邊安撫媳婦激動的情緒，一邊觀察着其他人的臉色，顯而易見，都不是很好，而吳文華剛剛被追殺完，踩着門檻蹲在門口不敢吱聲。

崔翠芬看着姐姐趴在母親懷裏掉眼淚，心裏又無奈又生氣，兩個孩子都鵪鶉似的縮在角落，眼神警惕又小心，讓人看了就心裏發酸。

咬牙切齒地把她早上過來發現的那些事說出來，林啟周越聽越離譜，簡直重新認識了吳文華這個人。之前的第一印象也就是覺得這男人愛佔便宜，其貌不揚就算了，臉皮還厚，不是個能有大胸襟的人，看上去也不太靠得住。沒想到，媳婦那小嘴叭叭叭往外一說，林啟周要不是顧及一家老小，簡直要拍案而起，狠狠罵一句：「呸！人渣！」

原來，崔玉芬當年十八歲離家的時候就去了北方，一度困難得不行，然後被吳文華幫了一把，還幫忙拿着介紹信找個廠子上班，吳文華又油嘴滑舌，把崔玉芬迷得七葷八素。後來兩人日漸生情，即便吳文華愛喝點酒，可崔玉芬根本不在乎，沒兩年就在一起了，但是她沒手續領結婚證，一直到現在也是沒受法律保護的。

後來吳文華逐漸暴露本性，柔情蜜意一去不返，喝酒之後就從罵罵咧咧逐漸演變成動手打人，崔玉芬原本也有三分脾氣，本要一鼓作氣跑回家，哪成想就是這麼不巧，有了第一個孩子，為了這個孩子，就沒捨得跑，接着忍氣吞聲過下去。

但是怕家裏知道她嫁個這樣的人渣，面子也好，孩子也好，豬油蒙了心也罷，總抱着一絲期待，相信吳文華那張臭嘴，一次次的暴力後的賠罪，就這麼一拖再拖，生了兩個孩子，再大的心氣也被多年如一日的折磨打掉了。

崔翠芬今天到娘家之後去廚房幫大姐做飯，抱柴火的時候，崔玉芬一彎腰，露出一截腰上有塊瘀青，她眼睛尖，一下就看見了，推搡着將人帶進屋，扒了外套才發現，胳膊、腰、大腿竟然都有新新舊舊的傷，這一下子就炸了廟。

直接掀了吳文華的桌子不説，兜頭兜臉地潑了他一身淘米水，向來穩得住的崔翠芬頭一次發火，就像火山爆發似的，一屋子老老小小沒一個上去攔的，就一直鬧到林啟周來。

「好了好了，別氣了。」林啟周拍着媳婦後背順氣，心裏也無奈極了，打女人這種事説出來都替吳文華臊得慌，什麼人渣啊！

「大姐，你給個準話，反正你倆這麼些年一直沒領證，只要你説不過了，這男人就能打出去，這輩子也進不了這個門，也不會再動你一根手指頭！」崔翠芬憋着火氣説。

崔玉芬早就被小妹這做派嚇着了，此時哭哭啼啼也拿不出主意，看見她這樣子，崔翠芬只覺得心肝脾肺腎都跟着疼。

都是一個爹媽養出來的，怎麼性格就天差地別，她雖然輕易不發火，但也沒讓人欺負到頭上去，這當大姐的反倒立不起來，遇事不知道解決就算了，還只會掉眼淚，崔翠芬看着就眼睛疼。

「那可不行！她都給我生兩個娃了，就是我媳婦，誰也別想搶走！」吳文華這時候搓着鼻涕站起來了。

「我呸！」崔翠芬剛被安撫下去的火苗騰的一下又竄了起來，指着他就罵：「你還有臉說是你媳婦？你問問這左鄰右舍，哪家男人沒本事就知道窩裏橫？還打老婆，我就恨早些不知道，不然我砸碎你骨頭！」

林啟周看着媳婦這威武霸氣的樣，心裏啪啪鼓掌，但臉上還擰着眉頭克制表情。

「我……我都道歉了，反正她就是我媳婦，我老吳家的人，我孩兒他媽。」吳文華理虧，也是怕了這個小姨子，生怕下一秒菜刀真就飛到自己腦瓜子上。

「大姐，你說！這日子咱們不過了，你回家來，怎麼說都是爹媽的姑娘，餓不着你，也不用跟這個人渣拉扯。」

崔玉芬看看怒火中燒的妹妹，又看看角落擠在一起的孩子，細聲細氣地說：「可是，畢竟孩子都這麼大了……」

崔翠芬閉了閉眼睛，抓着丈夫的手緊了緊，說：「他說了，孩子都是他吳家的，你要是捨不得就留下一個，但要是都養着，你也知道咱爸媽不掙多少錢，貼補不了你們多少，兩個肯定是養不起的。」

「我……我哪個都捨不得。」

崔翠芬咬咬牙：「那就都留下，你跟這男人徹底分開。」

「他是孩兒他爹……」

「他也是家暴你的男人！」

崔翠芬真是忍不住了，她鬧成這樣，就是把娘家的態度擺出來，但凡姐姐能立起來一點，借着這個機會，直接把這男人跟她們家撕扯開，可大姐這樣……唉。

崔玉芬被妹妹嚇一哆嗦，往李月英懷裏縮，母女倆抱一塊哭，崔翠芬狠狠按着太陽穴，這腦袋突突的跳着疼。

林啟周輕咳一聲，小聲在媳婦耳邊說：「要不聽聽爸怎麼說？」

「爸？」

崔增武眉頭皺成川字，能夾死好幾隻蒼蠅，看上去老了好幾歲。

看着大女兒弱氣的樣子，歎了口氣：「這日子你想怎麼過？」

「我……畢竟有孩子呢……」

這是要在姓吳的身上耽擱下去了。

「那就在家住下，我跟你媽看着，他再對你動手，就滾出去。孩子已經生了，你捨不得我也由着你，但是你也得拎清楚，這種男人留着好歹算是個當爹的，別的事情就別妄想了。」

這姓吳的就是知道崔玉芬捨不下孩子，用兩個孩子將人吃得死死的。

崔翠芬翻了個白眼，一刻也不想多待，起身就往外走，林啟周見狀也站起來。

崔增武點點頭：「你去看看吧，別氣壞了，這種事怎麼處理，不管好不好，都是她姐自己受着，總有……唉。」

後面的話沒說出來，但林啟周聽懂了，總有崔玉芬後悔的時候，畢竟他也是不相信，一個打老婆的人渣能這麼輕易痛改前非。

徐大春知道崔家處理家事，就一直在院外蹲着，嘴裏叼着根狗尾巴草，看見林啟周出來，屁顛屁顛追上去。

「啟周，我有事跟你說。」

林啟周心裏惦記着老婆，哪有功夫理他：「改天再說。」

徐大春追在屁股後面：「廠子裏要辦技能大賽，跟其他幾個廠聯合辦的，聽說得名次能漲工資，還能去更好的車間呢。」

「跟我什麼關係？我在這車間跟師傅幹得挺好的。」林啟周腳步不停，不以為然地說。

徐大春吐掉嘴裏的草桿，說：「別以為我不知道，我舅那身體幹不多久了，眼看着就要退休，你再在那小車間待着多屈才啊，不如趁這個機會跳到別的車間去，還能多掙點，你也成家了，這用錢的地方……」

「你到底要說什麼？」林啟周猛然停下，徐大春一頭撞在他後背。

「嘿嘿嘿。」徐大春搓着手，「你也知道，我舅把技術都教你了，我這手上功夫不行，但是誰還沒有個追求上進的心了，咱也是一顆紅心向着組織啊！」

「不說我走了。」林啟周看媳婦都要拐彎了，抬腳就要走，不想聽他囉嗦。

徐大春趕緊拉着胳膊，腆着臉說：「你要是參加，能不能帶我一個，咱們成立個小組，一起拿名次，讓我借借你的光，這趙寶剛的大弟子拿在咱們廠，可是這個！」

徐大春豎着大拇指，一個勁拍馬屁。

林啟周眼睛盯着媳婦，擺擺手說：「等我信吧，明兒去找你。」

「好嘞！等你啊！」

林啟周回家關上門，看着媳婦坐窗邊生悶氣，他們屋子裏貼着喜字的箱籠還沒褪色，殘留的喜氣看着都溫暖，他心裏也軟得一塌糊塗。

上去摟着肩膀好一頓哄，至於為什麼哄到月上梢頭才有動靜出來，那就不得而知了。

三廠聯合的技能大賽，集中了各家的人才，要先在廠內甄選，走出去可就代表了廠裏的面子，還有那麼優厚的條件在前面吊着，但凡手上有點本事的，都擠破腦袋往前衝。

林啟周和徐大春算是一個小組，一起填了報名表，他自己還好，覺得就是個比賽，名次什麼的都看得不重，大不了就還在原車間，跟着熟悉的同志幹也不錯。

而徐大春拿着報名表就明顯上頭了，那美滋滋的模樣，好像他已經預定了第一名似的。

「至於這麼高興嗎？」林啟周斜着眼睛看他。

「要是我自己那肯定心裏沒底，但咱這不是有你呢嘛，只要捎帶手教教我，拿不上第一，還拿不上第三了？」徐大春眉飛色舞的樣子，好像比他自己都有信心。

林啟周嘬嘬牙花子，他覺得不太對勁，這小子多少年了都吊兒郎當的，什麼時候這麼上進了。

「你……撞邪了？」

「呸呸呸！這種不利於社會主義團結的話可不能隨便說！

「小爺我這是積極進取，要為社會主義建設添磚加瓦，熱烈響應中央號召，做紅旗下的好少年！」

「少年？就你？你沒病吧？」林啟周看他雙手插兜，叼着草棵，抖着二郎腿的樣子，渾身起雞皮疙瘩。

徐大春摸摸頭髮，眼神飄忽，臉上閃過一絲紅暈，轉移話題：「為了慶祝即將到來的成功，下午小爺請你下館子，再來二兩小酒。」

林啟周沒注意他的不對勁，把肩上的手扒拉下去：「沒時間，師娘早上帶師傅去醫院檢查了，我要去看看。」

「啊，那我也去，我可是最孝順的大外甥了。」徐大春大言不慚。

林啟周冷哼兩聲，沒理他，徑直走了。

說到去醫院檢查這事，不知道師娘是怎麼說的，反正趙寶剛在家待了兩天之後就妥協了，一大早老兩口就互相攙扶着坐車進城了。

林啟周趕到醫院的時候，師傅正打吊瓶呢，師娘站在病房外面跟醫生說話。

「師娘！結果怎麼樣？」

師娘看見他來了鬆了一口氣，醫生說的有些地方她聽不太懂，連忙讓再說一遍。

「根據表徵，初步懷疑是肺部結節，至於有沒有癌症病變，還要看進一步的檢查結果，相關的檢查都已經開了，先給老爺子用了點止咳藥，你們留一晚，明天等結果出來我看看再說。」

林啟周一顆心高高懸起，他不懂醫，但這癌症病變四個字就讓他渾身害怕，連忙扶着師娘應下。

「別擔心，我們都在這呢，醫生說了只是懷疑，還沒下定論，您別先嚇自己。」

林啟周和徐大春忙前忙後的交款拿結果，抽個時間還給廠子門衛室打了電話，轉告媳婦晚上在醫院陪床，不回家住了。

醫院病床緊張，趙寶剛打完針醒了，拉着老伴在一張床上擠擠，一頭一尾也算勉強能躺下。

林啟周二人就慘了點，只好在走廊的硬板凳上靠牆坐着，等到晚上走廊沒那麼多人了，也能幾張凳子合在一塊，好歹輪流躺着直直腰板。

好不容易等到醫生上班，林啟周拿着一摞化驗單直奔辦公室，這一晚上癌症病變四個字就像大石頭高高懸在心上，閉上眼睛也睡不安穩。

「……目前來看，還沒有病變的徵兆，但是要多加小心，患者年紀偏大，一旦病變只能採取保守治療，開刀的話風險太大。」

林啟周在褲子上擦擦手心的汗，緊接着問：「那現在要緊不？這咳嗽總也不好，還有血絲是怎麼回事？」

醫生掛着眼睛又對着光看看片子，說：「肺子上的炎症可以控制，打幾天消炎針，炎症消了就能減輕咳嗽，但是要讓患者戒煙，能少抽就少抽點吧，還是要以保養為主。」

林啟周這顆心算是徹底放下了，還不是最壞的結果。

回去病房跟師傅師娘好好囑咐一番，留下點錢，將住院費和醫藥費都交好，就坐車回了廠子。

師傅對他而言，意義重大，從家人層面來講，不過差着一道血緣。

在尚且稚嫩的年紀就受到源源不斷的關照，至今所收穫的財富和關愛讓他受用不盡。

如果師傅真的有了什麼難以逆轉的病灶，只怕他要跟師娘一樣感覺天塌地陷。

很難形容一個長輩在少年心中的地位，也許就是泰山列錦，江河做屏。

晚上跟崔翠芬說起的時候，兩人還在唏噓，人一旦上了年紀，哪怕是個咳嗽，都足夠讓人提心吊膽了。

「大姐那邊怎麼樣了？」林啟周一邊洗腳問道。

崔翠芬撇嘴：「還能怎樣，就在家住下了唄。」

「爸把話說得也很明白，能管住，但不管吃，之前吳文華說讓爸給他找工作，也被爸拒絕了，讓他自己想辦法去。

「反正大姐就在娘家住着，在爸媽眼皮底下，也不擔心她再被欺負，左右沒領證，吳文華要是再起幺蛾子，打出去就算了。」

林啟周知道這話是這麼說，但那三個孩子可是崔家的親外孫，都張嘴等着吃飯，老兩口也不可能看着孩子受罪，拿毛巾擦擦腳上的水珠，說：「你看什麼時候合適，給爸媽那送點糧票吧，也別說就是給大姐和孩子的，就給爸媽，他們知道怎麼回事。」

崔翠芬知道丈夫對家裏人一向手腳大方，可看他對娘家這麼上心，不藏私，這心裏還是暖呼呼的，輕聲答應一句，就端着洗腳水出去了。

林啟周仰面躺在床上，枕着胳膊，他家裏還有好幾個弟弟妹妹呢，不說要吃飯，還要有學上有書念，就他和父親兩個勞動力掙錢，真是夠緊張的。

媳婦沒挑理，娘家也沒說什麼，投桃報李這麼簡單的意思他心裏明白，不願意在這上面小肚雞腸，更何況他和媳婦都有工資，聯防隊也沒解散還有補貼，兩個人的小家怎麼吃喝花用都夠了，手腳大方一點也沒毛病。

看着玻璃外邊崔翠芬的側影，心裏一陣暖意。

要說現在的生活已經很好了，好到自己從前根本想像不到。

有穩定工作，有糧食吃，有如花美眷，有親朋師長，好像一切都在最完美的地方停下腳步，讓他安心享受生活，無數次慶幸自己當年走上了那條離家的路。

「你報名技能大賽了？」

林啟周收回思緒，點點頭：「怎麼，對你老公沒信心？」

崔翠芬笑着瞪他一眼：「你這些年什麼水平我還不知道？」

說着疊好衣服，坐到他身邊，說：「其實我早就想勸你換個車間了，你看你在這也幹了好些年，來來去去都是那些活，沒什麼長進不說，賺的也少了點，以你的能力去大車間綽綽有餘了。」

林啟周噗嗤一笑：「你這想法跟師傅一樣，但是我還不想換呢，在這幹得挺好的。」

去了新環境，別看只是換了個車間，那裏裏外外都是不熟悉的人，林啟周在現在的地方都混熟了，幹的也輕鬆，要是低頭抬頭都是不認識的，心裏難免就要彆扭幾分。

崔翠芬只當他是捨不得師傅，說：「師傅上了年紀，這回檢查出院之後，師娘肯定讓他退休，你再留下也沒意義，不如趁這個技能大賽的機會就換了，以後發展也有前景，說不定還能當個車間主任呢。」

「這大賽的影子還沒有呢，你連車間主任都給我安排上了？」林啟周打趣道。

崔翠芬順手拍他一下：「少貧嘴，我跟你說認真的呢。」

「我知道，肯定好好考慮一下。」

第二十九章

賽事奪冠

三廠聯合技能大賽剛提上日程，徐大春比他要興奮多了，每天一大早就端着打好的早飯來敲門，吃完就拽着他去車間，叮叮咣咣練到開工，跑回自己車間，等下工之後又顛顛跑過來學習，那勁頭比三伏天的太陽都足。

林啟周被他帶得也猛勁準備，倆人天天滿車間尋摸廢料，他負責技術指導，徐大春就包了一日三餐，順帶連崔翠芬的早飯都省了。

兩口子晚上一合計就覺得不對勁，徐大春原來可是廠子有名的遊手好閒不務正業，要不然趙寶剛也不能放着親外甥不管去收徒弟，這突然轉性了，就讓人看着有貓膩。

倆人蓋子被子說悄悄話。

「你說徐大春是受什麼刺激了？」林啟周觀察他好幾天，都不知道因為啥。

崔翠芬抿着嘴偷笑：「你不知道啊，他相中一個姑娘，就是當年組建聯防隊的時候，跟咱們一起的姑娘，怕沒本事惹笑話唄，這不就開始上進了。」

林啟周瞭然了。

難怪他覺得奇怪，這小子滿口社會主義紅旗，一聽就不是他能有的高尚覺悟。

「不管怎麼說，知道上進就是好事，師傅知道也高興，不然老爺子這一輩子沒孩子，就這一個外甥，要是不爭氣心裏也難受。」

崔翠芬點頭：「你還擔心別人呢，你自己有沒有把握啊？」

「我？」林啟周捏着她的臉，「你還不相信我了？」

崔翠芬嗔笑着，拍掉臉上的爪子：「對你那肯定要求不一樣啊。你可是要拿第一名的。」

「老婆期望這麼高，我肯定好好努力！」

「你煩不煩人！」

三廠技能大賽準備得如火如荼，林啟周不上班的時間都被佔用上了，連每週一次的休息徐大春都沒放過，早上五點準時到門口蹲點，一口一個好兄弟，叫得林啟周渾身起雞皮疙瘩。

摘掉護目鏡，林啟周看着手心直徑一點五毫米的零件，眼中帶笑。

徐大春眼睛都直了，他都沒看清怎麼操作的，就已經結束了：「你、你這也太牛了吧，有這個手藝，你在哪個車間都是人才啊，怪不得我舅和車間主任拿你當寶貝呢。」

林啟周也高興，他這些年沒少在手上下功夫，現在別說車零件了，就是用機床穿針引線都能試試手感了。

「有你在，咱們這個小組絕對所向披靡，戰無不勝，誰與爭鋒！」

林啟周翻了個白眼，這廠子的大喇叭廣播真是不白聽，那幾個成語徐大春是全學會了。

中午吃飯的時候，兩人面對面坐着說話。

「我說，你比賽之後想去哪個車間啊？」

林啟周咬了一口辣椒鹹菜，想了一下，說：「二車間吧。」

「怎麼不去一車間？」

「二車間的機床型號師傅講過，我上手更快，能早點漲工資。」林啟周説道。

徐大春點點頭：「也是，你都成家了，用錢的地方多。對了，我舅跟你説了嗎，他退休報告交上去了，估計這兩天就能辦手續了。」

「我知道，昨天碰見師娘了。」林啟周笑笑，「還是師娘説話有用，我勸了多少回都不行，這回就能好好保養身體了。」

「嘁，他敢不聽話，我舅媽就敢拿擀麵杖追着他揍。」

一想到老兩口平時歡喜冤家似的相處模式，林啟周就忍不住想笑，這樣相知相伴一輩子不知道羨煞多少人。

要不是師傅退休，他也不會下定決心給自己轉換車間，畢竟他更依賴待在師傅身邊。

轉眼，兩週的準備期過去，就是廠內的選拔賽。

會場定在場地最大的三號車間，所有車床都擦拭的整潔乾淨，最裏面掛着標語，擺了一溜桌椅板凳，桌上放着用紅紙寫的領導名字座位牌，標配的搪瓷缸子上印着紅色語錄，後勤部調來兩台吹風機，對着主席台猛吹，力求在熱辣辣的三伏天送來一絲涼爽。

林啟周和徐大春站在台下，袖標上掛着數字三，他們就站在第三台機床，他自己倒是氣定神閒，四周環視一圈，果然是廠裏有名頭的工人都來了。

趙寶剛作為技術專家，雖然退休了，還是在主席台掙了一席之位。

徐大春還是一副吊兒郎當的樣子，一直念叨着不緊張不緊張，如果忽略即將被他薅脱線的褲縫，就更有説服力了。

「你説一會會不會掉鍊子啊？咱們能拿第幾名啊？能不能順利參加到三廠聯賽？我……」

「你再念叨，我就把你扔出去。」林啟周被他念了一早上，耳朵根子嗡嗡響。

徐大春吞吞口水，拽拽他胳膊：「說好了啊，一會你上難的，我上簡單的，咱倆就是所向披靡，戰無不勝，誰與爭鋒！」

哨聲一響，車間二十六台機床同時開始運轉，轟鳴聲瞬間蓋過了主席台的兩台風扇，廠內的溫度也隨着時間不斷攀升。

林啟周戴着手套和護目鏡，指尖捏着的材料不足五毫米，他要在規定時間內，按照圖紙車出一個內徑零點五毫米、外徑兩毫米的空心圓柱螺母。

拿到圖紙的時候，徐大春眼睛都直了，連連擺手，一邊擦汗一邊後退。他練這一段時間的水平，只能搞搞簡單的活，這麼精細的，他得把手指頭留在機床上。

林啟周倒是不慌，這尺寸雖然小了點，但是以前也沒少跟着師傅長見識，穩住心神還是沒有大問題的。

汗珠順着腦門，啪嗒一聲砸在機床上，火星在眼前四下迸射，後背上的工裝逐漸被汗水洇濕，林啟周手都不抖一下，眼中只有指尖的那一小點材料。

手感、準度、速度，他這些年都練出來了，時間剛剛過半，就按停機床，將零件交給前面的監督員。

「三號，通過！」

林啟周吐出一口氣，摘掉護目鏡，下沿已經積攢了一個小水窪，看着主席台上師傅滿意的表情，他笑了。

「哇哇，我就說你最棒了！咱倆組合那就是所向披靡，戰無不勝，誰與爭鋒！」

林啟周捶了他一下：「我的完成了，下一道就是你的了。」

「沒事，第一個難，第二個肯定簡單。」徐大春胸有成竹的樣子憨態可掬。

林啟周擦掉額頭上的汗，他完成的時候，場內只有零星幾人能跟上自己的節奏，有這個成績兜底，只要徐大春穩定發揮，進入三廠聯賽肯定沒問題。

第二場的時候，徐大春明顯緊張了，手心嘩嘩冒汗，戴手套都費勁。

林啟周拍拍他：「你嫂子今天帶了個姑娘來看比賽，就在那邊站着呢，好好發揮，可別發怵。」

徐大春眼神飄忽，往牆角瞟了好幾眼，那偷偷摸摸的樣子，看着就好笑。

圖紙發下來，徐大春手一抖，林啟周趕緊瞄了一眼，還好還好不算太誇張，小聲提示他：「把鋸條往上換個尺寸，手上穩一點，這個咱們練過，別慌，沒問題的。」

徐大春緊緊抿着嘴唇，隨着哨聲響起，腦門上的汗跟機床上的火花都滋滋往外冒，一時間竟然分不清到底是火花更燙，還是他的汗珠子更熱。

場內漸漸有人完成開始檢驗，林啟周站在旁邊，不能說話也不能幫忙，但是看着徐大春還算穩的手，也漸漸放心，就算時間上佔不到優勢，尺寸上也沒問題了。

徐大春關停機床的時候，將眼睛閉上了，渾身緊繃着，等檢驗結果。

「三號，通過！」

「啊——」徐大春當即摔了手套，整個人都興奮了。

抱着林啟周激動得要哭出來：「我就知道，我就知道這麼多天的努力沒白費，老子做到了！」

林啟周也為他高興，原來的徐大春遊手好閒，那一身痞子習性，看得人渾身不舒服，現在有了努力的目標，就算底子差一點，但肯用功，不愁抓不到鐵飯碗。

往牆角看去，崔翠芬巧笑嫣然地豎起大拇指，旁邊的姑娘也一臉羞赧，知道這就是徐大春相中的人了。

有徐大春穩定發揮，加上林啟周超強戰力，兩人毫無疑問地進入三廠聯賽。

這次選出四個小組，一共八人，半月後就是比賽的正日子。

徐大春能在廠內選拔賽脱穎而出，都算有驚無險，整個人一直處於興奮狀態，像一隻開屏孔雀，在心上人面前晃來晃去。

林啟周看着礙眼，拉着崔翠芬就走，頭也不回地説：「明天接着練，早飯多給我帶兩個豆沙包。」

崔翠芬笑着跟他走回家，洗了涼水毛巾遞給他，説：「你都沒看見，你第一個完成的時候，師傅臉上多驕傲，比他自己得名次都高興。」

「師傅對我是最好的。」林啟周擦掉身上的汗，一轉眼看見桌上的信封，説：「老家的回信到了？」

「嗯，早上取回來的，還沒看呢。」

林啟周坐在桌子前，拆開信封，上面娟秀的字體一看就是阿蘭的。

崔翠芬過來看一眼：「呀，小妹的字越來越好看了。」

林啟周笑着讀：「大哥大嫂，見信好。你們送回來的糧票布票和糖票很多，夠家裏用很久的，二哥説下次不要再寄了，你們也有自己的家庭了，省着點用。家中一切都好，爸媽身體如舊，我雖然上學晚，但成績還不錯，老師説我能考上鎮裏高中，也去二哥的學校念書。鋭仔和雪蘭長大很多了，興仔整天跟在三哥後面跑，曬得像小黑猴子……你們照顧好自己，希望過年的時候能回家過個團圓年……」

林啟周越看越高興，家裏現在兩個讀書人，成績都挺好，揚仔眼看着高中畢業，以後留在鎮上也算是個出路，阿蘭也好，能讀書就讓她一直讀下去。

看着信上説有希望到鎮上念高中，他笑得更歡快了，轉瞬想到家裏的經濟狀況，説句捉襟見肘也不為過，到時候阿蘭在鎮上又要交住宿費學雜費書本費食堂費，一筆筆算下來，估計母親又要念叨許久。

摩挲着信紙，林啟周沉默半晌。

「怎麼了？弟弟妹妹都好你還不高興？」崔翠芬見他發呆，問道。

林啟周斟酌了一下，説：「阿蘭要上鎮高中，也不知道媽能不能同意。」

「有念書的本事還能念的好，做什麼不同意？」崔翠芬説完，轉念想起之前婆母的樣子，這句話也沒什麼底氣，繼而説：「你是不是怕媽不給拿錢啊？」

林啟周點點頭，剛要開口，崔翠芬就搶白先説：「咱倆一個月工資加一起能有二十四塊，聯防隊我早就不去了，但你還有五塊錢補助，一共就是二十九塊。咱倆三餐都吃食堂，有餐券能便宜不少，花不了幾個錢，布票糧票那都是有數的。再者，我沒少給娘家貼補，你都不説什麼，有好吃的好用的都想着我家，這些我心裏都有數。」

崔翠芬手裏擰着抹布，伴着嘩啦啦的水聲，念叨這些家長里短，林啟周聽着不知怎麼就生出溫暖的感覺來，覺得彷彿最美好的人間煙火就在眼前，在這個小屋子裏。

「……你家裏就兩個念書的，我知道你對上學是最看重的，這兩個弟弟妹妹都是好苗子，不上學可惜了，那學費住宿費咱們不説都掏了，但能幫點是點，不能讓阿蘭因為這個輟學，你説是不是？」

崔翠芬説了一大堆，身後沒聲音，回頭一看，就見林啟周笑眯眯地看着自己，眼中隱約還有淚光。

「怎麼了這是？」

林啟周拉住媳婦的手，笑着説：「我娶了個好老婆。」

「去！」崔翠芬被說得滿臉通紅，把手裏冰涼的毛巾蓋在他臉上。

「我可沒說那點工資都讓你寄回去，咱們怎麼都得留點過河錢，剩下的你怎麼支配我是不管的，左右你也沒花別人家去。」

林啟周拿掉臉上的毛巾，眼淚都滲進了纖維裏，笑嘻嘻地說：「我和媳婦辛苦賺的錢，花別人家去豈不是腦子有病！」

見崔翠芬沒意見，林啟周從抽屜裏拿出一沓稿紙，一枝掉漆鋼筆，寫了回信，然後把手上的錢數數，十七塊五毛，用廢報紙包好，一起塞進了信封裏。

轉天送到郵局的時候，在供銷社拿着肉票買了個蹄髈，用紅繩拎着就去了崔家。

一進門就看見吳文華大馬金刀地坐在搖椅上曬太陽，崔玉芬坐台階上搓着一木盆的衣裳。

「呦，這不咱們廠的大能人嘛，這回比賽你可出大風頭了，以後當了車間主任別忘了提拔提拔姐夫啊。」吳萬華滋溜着茶水，也不起身也不正眼看人，滿口的陰陽怪氣。

崔玉芬臉上尷尬地笑着，連忙往屋裏讓：「快進去，爸媽還念叨你呢。」

崔增武就在堂屋坐着，還能沒聽見大女婿的話嘛，臉上鬱色滿滿，看林啟周進門，手哆嗦着往外指，說不出話來。

林啟周笑着，也不放在心上，拎着蹄髈說：「晚上加個菜，我陪爸喝兩盅。」

「唉！」

崔增武以前心心念念讓長女在身邊，現在自從帶着丈夫孩子回來，那就沒有一天有笑臉的，看見吳文華遊手好閒他生氣，聽見夫妻拌嘴生氣，看見孩子身上的衣裳短了一截更是生氣，完全沒有以前自在的模樣了。

往常吃飯，都是歡聲笑語，或是崔翠芬做的拿手好菜香氣撲鼻，或是林啟周和老丈人推杯換盞，或是崔宗權講在學校裏的趣事，總之妙語橫生大家都很快活。

現在，林啟周左看看右看看，除了吳文華旁若無人的自在之外，崔增武夫妻陰沉着臉，兩個孩子瑟縮着不敢動筷子，崔翠芬看着大姐那怯手怯腳的樣子更是賭氣，臉色也不甚明朗。

説起這個大姑姐，林啟周也是不明白。

以前過得不好，可以説是遠離娘家沒人撐腰，現在就在爹娘眼皮底下住着，怎麼還能把自己過得如此憋屈，坐吳文華旁邊大氣都不喘一下，這要是換了崔翠芬……不不不，翠芬不會這樣，他才不會是吳文華那樣的畜生呢。

「快吃吧，一會涼了就不香了。」崔增武歎着氣，仰脖先乾了一口酒。

吳文華一筷子下去，夾走一大塊肉，吃得滿嘴流油，孩子在身邊看得眼饞，也不敢伸筷子去夾。

崔翠芬看得難受，給孩子碗裏夾了一塊肉，摸摸頭，問道：「大姐，孩子也該上學了吧？」

崔玉芬攥着衣角，吃兩口鹹菜，看看丈夫，搖了搖頭。

「上什麼學，他老子都沒念過書呢，以後能出力掙錢就行了唄，老子哪有那個閒錢給他們上學！」吳文華大手抹掉嘴邊的油漬，嘖嘖喝着白酒，長個人樣子卻偏偏不説人話。

崔翠芬氣得張口就要懟回去，林啟周在桌下扯扯她衣袖，然後轉移了話題。

等到一頓飯吃完，他們回家，崔翠芬問：「飯桌上怎麼不讓我説話？」

「大姐和吳文華都沒收入，吃喝都是爸媽的，難不成爸媽還有餘錢供兩個孩子上學？大姐做不了主，吳文華根本沒有幹正事的心思，你就是説了也沒用。」

不提崔家的煩心事，林啟周照樣每天上工，陪着打了雞血的徐大春起早貪黑練習，每天從車間出來，身上都要落一層浮灰。

「明天就比賽了，你有信心沒？」林啟周拿着手套上下拍打着衣服上的灰。

徐大春叼着一截草棍，雙手插兜，晃晃悠悠的跟在旁邊：「笑話，爺爺我什麼時候慫過！」

「那就行。」林啟周説，「聽説這次小組賽不但比速度、精度，還要求兩人分工製作的零件能按照圖紙要求合二為一，所以一點都不能差。」

「放心放心，你不相信我，也得相信你自己啊，我可是你這個車間高手一手教出來的。咱倆在一塊那就是所向披靡，戰無不勝，誰與爭鋒！」

看他展開雙臂那自信的樣子，嘴裏翻來覆去就會這幾個詞，跟每天中午廣播大喇叭的台詞一模一樣，林啟周笑了一聲，轉身回家。

三廠聯賽當天，豔陽高照，被炙烤過的樹葉都蔫蔫的失去水分，夏蟬躲在草叢裏陣陣鳴叫，伴着高溫一起，聽得人心中煩躁。

這次領導席上兩個大風扇都解決不了暑熱，三廠的領導都坐在那，不停地搧風。

林啟周早上新換的工裝，出門前還帶着肥皂香氣，這比賽還沒開始，悶熱的會場就將前心後背都逼出了汗珠，幾十人站在一塊，鼻尖都是汗味。

「尊敬的各位領導，各位同志，在這炎炎夏日，和風送暖的日子裏，三廠聯合技能大賽……」

領導帶着濃重的口音在台上慷慨激昂地發言，徐大春搖頭晃腦地往觀眾區私下張望。

「哎哎，怎麼沒看見你媳婦啊？我舅也沒來。」

林啟周抹了一腦門的汗，說：「咱們廠車坐不下，就來了一些宣傳和後勤的人。別晃了，馬上開始了。」

按照順序走到機床旁邊，林啟周看着一溜專業工具調整呼吸，這種規模的比賽他也是第一次參加，心裏不緊張是不可能的，蹦蹦亂跳的心在胸膛裏抑制不住，只好儘量忽略周邊有些嘈雜的環境，當作在自己的工位上工一般。

「這圖紙，是給人看的？！」徐大春抽籤回來，恨不得把剛才臭手的自己打死。

林啟周拿着仔細分析，是一組螺紋套管，一共三層，內外嚴絲合縫，加上每部分的尺寸要求，密密麻麻畫了一整張紙。

「你做最外面的一層，裏面的留給我，按照這個要求來，別差了就行。」

徐大春一向嘴硬，現在也有點哆嗦：「一共就十分鐘，能行嗎？」

林啟周攥攥拳頭，抹掉掌心的汗，戴上手套：「沒事，努力幹，別慌。」

徐大春一邊做準備工作，一邊念念叨叨的說：「行行行，我不緊張，所向披靡，戰無不勝……」

哨聲響起，機床同一時間開始運行，轟鳴聲瞬間將眾人私語嘈雜的聲音掩蓋，不管有沒有準備好，現在已經開始了。

林啟周深呼吸，剛剛看過的圖紙數據都記在心裏，齒輪和材料碰撞，火花從機床上迸射，映在他臉上如同點點星子，與眼中的謹慎和專注相映成輝。

時間一分一秒過去，汗珠從臉上匯成一條，啪的一聲砸在台面上，小臂和手指動作的幅度並不大，卻依然穩定，沒有絲毫差錯。

旁邊的徐大春也難得一見的慎重起來，雖然切割得慢，卻格外認真，屏着一口氣，不敢疏忽。

旁邊聲音一停，林啟周耳朵動了一下，卻沒有分心。

「喂喂喂，我完事了，還剩四分半。」

徐大春說完，就看見林啟周手邊已經放了一個成品，第二層套管早就完事了，可第一層直徑不到兩毫米，還是空心的，要保證精準和弧度完美流暢，那一點點的操作空間太難了。

林啟周深吸一口氣，就剩最後一下了，不到零點五毫米的內徑，要保證手眼在極短的時間內反應配合，就是他都沒做過這樣的零件。

三，屏住呼吸。

二，靠近操作台。

……

一。

徐大春只感覺林啟周的手指彷彿輕輕動了一下，然後腳下一鬆，整個機床停止轉動，連火花興起的時間都沒有，就結束了。

兩人都沒敢卸下緊繃，內層的空心通道太小，透過的光線也只有一點點，小心翼翼地將三層組合在一起，每一道螺紋都流暢的旋轉進去。

「成，成了？」

林啟周眨眨眼，一顆汗珠落進眼中，即便沒有火花燦爛的加持，此刻一點點綻放的笑容，也格外耀眼。

「按暫停，送檢吧。」

聲音聽上去四平八穩，可他自己心裏知道，最後這一下完全算得上突破自己，從未練習過的精度和速度，竟然真的成了，希望與標準不要相差太遠。

等待結果的時候，兩人都有些沉默，周圍的同志都在說這次的圖紙太難，很多人都懊惱內層開孔沒有做好，功虧一簣。

林啟周看着有人走到台上，手心緊張的冒汗。

「三廠聯合技能大賽，經檢查組同志反覆校驗後裁定，第三名大新工業加工廠藍山、許百合。第二名……」

林啟周耳邊嗡嗡作響，胳膊被徐大春緊緊拽着：「哎哎，沒聽見咱倆啊，不會沒名次吧。」

「……第一名梅田礦務局車間林啟周、徐大春。恭喜！」

耳邊歡呼聲鵲起，徐大春原地蹦起好高，林啟周在巨大的歡愉中被淹沒，他這一次的突破自我竟然獲得了幾十人的喝彩。

從迷茫懷疑，到歡喜雀躍，到緊張領獎，林啟周走出會場的時候，雙腳像踩在棉花上一般。

他不像徐大春那般情緒外露，可眼角眉梢的欣喜卻騙不了人，抱着紅彤彤的證書，跟着人群登車，靠在玻璃上，兩邊景物飛快後退，他彷彿在這條路上看見了自己二十四年的人生……

蒼勁古樸的老樹依然是幼年的樣子，瘦小的身影圍着灶台忙碌，蹲在牆角洗衣，矮小的身高背着圓鼓鼓的襁褓，手上還拿着一把竹篾編筐。

青苔是那般濕滑，磕破的膝蓋和掌心血淋淋的，母親抱着孩子踩在門檻上，若有若無的關懷不等落到實處便被嬰孩啼哭聲奪去，父親早出晚歸眼中除了勞力活再沒有別的事物。

小男孩拖着比自己還高的鋤頭走在村路上，他眼中的茫然比大霧四起後的遠方更加濃烈。

直到有一天，村裏的廣播嘶嘶啦啦響起，眼中燃起光亮，周圍大霧彌散，一條通往遠方的筆直的村路若隱若現。

少年不顧一切地向前奔跑，一雙草鞋，一個破包袱，一身填滿補丁的衣衫，可少年眼中的光，像大片大片的綠色曠野湧入身體，眼中有壑壑山風，松濤萬里。

他遇見了光，一束束暖人的光，拖着他乾涸貧瘠的心向前走，陽光下的少年在蛻變——草鞋換成膠鞋，補丁變成嶄新工裝，破包袱成了一床柔軟的棉被。

少年一腔孤勇地奔跑，在人心跌宕，處處陌生的環境裏破浪逐風。

他見到了一株清新含苞的豆蔻，就那樣綴着盈盈月光掛在枝頭，他見到了，也被牽住了腳步，伸出手想要摘下來帶回家，卻發現自己的手是務農後粗糙的老繭層層堆疊，想要一直停在樹下看着豆蔻花開，卻發現他的破包袱還掛在身上，不停地拍打着脊樑。

幸運的是，少年貧瘠的荒原上有了一股清泉，脈脈流水帶着從未有過的清新甘甜，滋養着荒原，他耳邊不再是迅疾剛烈的風，變成了朗朗書聲，昭昭日月，而他踩着從未有過的高度離枝頭豆蔻愈來愈近。

花開了。

綻放成一朵嬌美的帶着晨露光芒的花，飄揚着落在掌心，少年輕輕托着嬌嫩的花瓣，帶回家悉心珍藏。

「吱——」車停了。

林啟周眼中的景色戛然而止，抬眼間，唇邊帶笑。

看啊，那朵最美的豆蔻花就站在窗外，笑意盈盈地等他。

第三十章

血脈相連

盛夏。

林啟周雙手緊握，靠在白牆上，雙腿不自然地打顫，眼睛在走廊盡頭的門上不停打轉，一股股冷汗順着臉頰往下淌。

身邊坐着常年不下床的丈母娘和腿腳不便的崔增武，兩位老人也都焦急地看向那扇門。

「進去多久了？」

「有兩個小時了。」

林啟周的指甲狠狠掐着掌心，碎碎念着：「快了快了，應該快了。」

時間一分一秒過去，他來回踱步的速度越來越快，腳下毫無章法，凌亂的步子像極了此時的內心。

「哇哇……」

林啟周眼神一亮，兩步衝到門邊，扒着門縫往裏看。

「恭喜恭喜，六斤九兩，是個胖小子！」

看着護士懷裏紅紅的皺皺的，像隻小猴子似的嬰孩，二十五歲的男人慌了手腳，上下調整的角度，練習過很多遍的姿勢，卻不會抱了。

「我老婆呢？」林啟周往後探頭，卻沒看見妻子，不由得着急起來。

「產婦沒事，還在睡着，一會就推回病房了。」

「你看這孩子胎髮黑亮黑亮的，以後長得肯定好，又濃又密跟翠芬小時候一樣。」丈母娘看着孩子滿眼歡喜，愛不釋手地抱着。

林啟周一直守在病床前，用棉籤蘸着水給崔翠芬洇濕嘴唇。

他還能記得住當初聽見妻子懷孕的時候，那種驟然降臨的喜悅將他整個人都砸懵了，抱着妻子轉了好幾圈。

可當看見臨產時痛得滿頭大汗的妻子，喜悅都沒了，只剩下慌亂和惶恐，坐立難安。

現在妻子靜靜地躺着，孩子也在旁邊酣睡，他看着妻兒，眼中是柔情，是歡快，是初為人父的緊張，和一家三口血脈相連的溫柔。

崔翠芬醒來的時候，林啟周在額頭上印下一吻：「辛苦了。」

「不辛苦。」崔翠芬左右動動腦袋，「孩子呢？好不好？」

林啟周將孩子放在她枕邊，崔翠芬用手指碰碰臉蛋，又碰碰小手，有些虛弱地笑着説：「真好看。」

他仔細瞅瞅，那小鼻子小眼的模樣，實在看不出哪裏好看，不過老婆這麼説，那老婆説的都對。

「你想想給孩子起什麼名字啊？」

林啟周抽屜裏那本字典，從孕期開始的時候就翻，翻了好幾個月，封面都翻壞了，只覺得哪個字都不夠好。

「你有文化，你取的名字肯定比我好。」

崔翠芬拍了他一下：「我好不容易生下來，你別想着連名字都偷懶，趕緊取一個。」

「對了，別忘了給老家寫信，爸媽知道肯定高興。」

聽着妻子叮囑，林啟周點點頭，沉思了一會，説：「劍鋒。怎麼樣？希望他以後無論走到哪裏，站在什麼樣的地方，都能鋒芒鋭利，棱角分明。」

林啟周看着孩子稚嫩的臉，那般脆弱，他沒有想過以後孩子會長成什麼樣子，只希望他的成長路不會重複地印在孩子身上，應有萬山無阻，一馬平川的英勇銳氣。

「好，就叫林劍鋒。」

夫妻相視一笑，孩子像是聽懂了父母的言語，輕輕哼唧兩聲，咂着嘴沉沉睡着。

林啟周一年前轉入二車間，憑藉過硬的技術，工資直升到二十五塊，但聯防隊隨之解散，那五塊錢補助沒有了。

崔翠芬是個勤儉持家的人，除去必要花銷，每月都能攢下一點，孩子出生的時候，林啟周心疼媳婦，大手一揮，直接住了七天醫院才回家。

月子裏不能受風，大夏天的給媳婦上上下下包裹嚴實，一路抱着回去，連腳都沒沾地。

「不用這樣，我又不是多嬌貴。」崔翠芬結婚這幾年被丈夫疼愛，從沒紅過臉，娘家又在身邊，可謂是一順百順，不知道多少小媳婦都羨慕她。

「等再歇兩天，我就上工去，總這麼待着，人都要待傻了。」

看媳婦順手拿起抹布，林啟周一把搶過來：「水涼，你別碰。」

「不急着上班，好好養着，大姐有經驗，請來照顧你幾天，把月子坐完再出門。」

這廠子裏很少有坐完整月子的，都是不疼了就急着上工，多掙點錢。

崔翠芬心裏甜蜜，臉上笑得好看：「那就辛苦你了。」

「有這麼好的媳婦孩子，我不辛苦，渾身都是幹勁。」林啟周一點沒撒謊，看着老婆孩子滿心都是歡喜，幹活都有使不完的勁。

崔翠芬給孩子換尿布，問道：「你們車間還閒着？」

林啟周歎口氣：「可不嘛，閒了一大半人，任務指標量上不去了，再這麼下去，早晚得降工資。」

「不會吧，這麼大個廠子，你們那點問題還解決不了。」崔翠芬托着孩子屁股，將換下來的尿布扔進盆裏。

林啟周看着尿布，陡然覺得，他好像又回到了蹲牆角洗尿布的時候？

這一個院子裏住了三戶人家，林啟周端着盆，打了井水，坐在房門口，一邊跟屋裏的崔翠芬聊天，一邊搓着尿布。

這手感，這動作，一下就找回以前的感覺了，速度又麻利。

「喲，看看人家這老公，還能洗尿布，這小崔真是享福了！」隔壁的張大娘端着洗衣盆出來，笑着說。

「她坐月子呢，不能碰涼水。」林啟周擰着尿布憨憨的笑着。

以前家裏那幾個弟弟妹妹的尿布，哪個的沒洗過，這自己兒子的還不是駕輕就熟。

甭說洗尿布了，就論帶孩子的經驗，崔翠芬都沒他熟練，畢竟從林啟揚到林啟蘭，都是他一手帶大的，又當爹又當媽，什麼把屎把尿吐奶拍嗝都是一把好手。

「小崔家也是苦，爹媽都幫不上忙。」張大娘搓着衣服，跟他對着聊天，「你大姨子不來幫幫忙？」

林啟周說：「來。今天剛出院，明天就來幫忙了，我白天上班的時候請她過來照顧一下。」

正說着，林啟周想着等會忙完了，就買點東西送過去，不能白請人照顧，不然吳文華那張破嘴又該囉嗦了。

要說這個大姐夫真是厲害，在老丈人家一住就是一年，萬事不管不說，好不容易在廠裏找個看廢料場的活，還上班時間喝酒，幹了沒有兩個月就被攆回家了，這在家又是啥也不幹遊手好閒。

要說這人，臉皮厚吃遍天，真是沒錯，簡直無敵了。

下午的時候，趙寶剛夫妻和徐大春都過來了，拎着點雞蛋之類的禮物，尤其徐大春，從懷裏掏出兩盒奶粉。

「他們說這東西嫂子和孩子都能吃，對身體好，你們喝着，喝沒了我再找人買。」徐大春笑呵呵的說。

林啟周寶貝似的放進櫃子裏，媳婦奶水不多，經常後半夜起來孩子吃不飽，這奶粉解了燃眉之急。

等出門的時候，他包了點錢塞給徐大春：「你看看能不能再給我買兩盒。」

林劍鋒能吃，胃口好，兩盒奶粉就算跟母乳搭配着吃，也吃不了多久，還是要早早備上。

徐大春擺手不要錢：「都是哥們兒，別跟我整這些。」

林啟周不同意，塞進他兜裏：「孩子得常吃，不能一直讓你花錢，你要是不收，我就找別的門路買去。」

「行行行，你快回吧。」徐大春晃悠着走了。

林啟周回屋看孩子睡着，讓崔翠芬也眯一會，自己拎着東西去了丈母娘家。

請大姐來照顧娘倆，崔玉芬一口答應下來，雖說林啟周拎了不少東西來，但難免聽吳文華說幾句酸話，他也不計較，說完事就回家了。

林啟周就這麼白天努力掙錢，雖然沒有多少活分到手裏，晚上就抱兒子洗尿布沖奶粉送飯外加洗一家三口的衣服。

雖然比以前二人世界的時候累，但樂在其中，天天臉上都掛着笑。

崔翠芬出月子的時候，養得面色紅潤，比從前多了幾分母性風韻，愈發奪目了。

「等晚上咱們帶着酒菜去一趟爸媽家，好好謝謝大姐，幫了不少忙的。」林啟周挽着袖子給媳婦擦頭髮，「我想過了，大姐他倆帶着孩子也沒個正經收入，天天跟着爸媽糊火柴盒掙不了多少錢，咱們給包個紅包，比買別的有用。」

崔翠芬沒啥意見，左右這錢也是給了娘家人。

「十塊怎麼樣？」林啟周問道。

崔翠芬不同意：「我一個月沒上班，這十塊錢趕上你半個月工資了，太多了，五塊就行了。劍鋒花錢的地方還多着呢，可得省着點。」

林啟周想了想：「行吧，等會咱就去。」

進崔家大門的時候，老兩口都在院子裏曬太陽，崔玉芬給孩子洗頭，在太陽下曬得熱乎乎的水有一種特殊的味道。

如果忽略那個在搖椅上喝得爛醉還不停嚼着花生米的男人，那這個場景也算十分溫馨了。

「小妹、妹夫來啦。」崔玉芬笑着招呼人。

林啟周將手裏拎着大包小裹的東西放下：「翠芬出月子了，我們想着這段時間沒少麻煩大姐，就給孩子買點東西送來，甜甜嘴。」

崔玉芬擦着手笑得溫和：「都是自家人，還這麼見外，你白天上班忙，反正我也是在家閒着，就過去搭把手，何必這麼破費。」

崔翠芬進來連個眼神都沒給吳文華，拉着大姐，將包好的紅包塞進手裏：「大姐可幫我不少忙，這紅包討個好彩頭，可別拒絕。」

崔玉芬連連擺手：「這哪能行，紅雞蛋都給過了，哪有用紅包討彩頭的，你們倆也有孩子了，這錢可得省着點花，快拿回去。」

崔翠芬強硬地按着她：「咱們姐倆就別讓了，拿着給孩子做兩身新衣裳，我家劍鋒小着呢，以後少不得還有要你幫忙的時候。」

吳文華晃晃悠悠地站起來，打着酒嗝：「給錢還不要，傻子！」

「趕緊做飯，我餓了，這都幾點了還不趕緊着。」吳文華醉醺醺的路都走不直，「一天就知道操心別人家，自家都吃不上細糧了。」

崔玉芬被老公這兩句話説得滿臉通紅，拿着紅包不知道怎麼辦好。

崔翠芬拍拍她手：「安心拿着，別理他。」

這錢直接給到大姐手裏，崔翠芬就是想給她自己的私房錢，不至於買個頭繩買雙襪子都要張嘴管家裏要，二十多歲的人了臉上過不去。

崔增武現在已經修煉得眼觀鼻鼻觀心，就當滿院子沒有吳文華這個人，笑眯眯地看着兩個女兒：「弄菜去吧，我跟啟周喝點。」

「好！」林啟周一向不在崔家人面前開口管事，説什麼都笑着答應。

「宗權小學快念完了吧？」林啟周擺開棋盤，把紅象放到老丈人那邊。

崔增武抿着嘴笑：「是啊，明年就升中學了，也不知道能不能考上鎮中，全看他自己的努力了。」

「宗權聰明，成績好，肯定沒問題。」

「幸好啊，我跟你爸這些年糊點紙殼子火柴盒，要不就做點別的零工，給他攢點學費，還有你們幫襯着，好歹能讓他把書念完。」李月英打着毛線，陽光落在頭髮上，鬢角都白了，看着滄桑了不少，好在眼睛裏還帶着笑。

「一家人不説兩家話，讓孩子念書肯定是好的嘛。」林啟周摸摸鼻子，走了一步馬，「我家那兩個弟弟妹妹也上學呢，我就想着我沒讀過書也沒文化沒見識的，總不能讓家裏孩子都跟着我一樣，多看兩本書那是好事。」

李月英咂咂嘴：「你這個當大哥的是真到位，這些年我看都是你幫襯了，幫着你家裏，現在結了婚又跟着翠芬幫襯我們，真是沒的説。」

林啟周嘿嘿一笑。

崔增武樂呵呵地飛象，擺弄着手裏吃掉的黑方棋子：「我聽不少人說，幾個車間都不怎麼景氣。左邊關了兩個礦口，也不知道怎麼回事，按說現在這大環境不應該這樣啊。」

「可不，我們車間好幾個人都閒着，一天就兩三個小時的活，忙不起來。」

李月英扯着線團：「總歸還有個班上，也不是成日閒着，沒個正經營生，人都廢了。」

這話一語雙關，對着林啟周，卻是說給吳文華聽的，那臉上的嫌棄都要繃不住了。

這話不好接，林啟周索性專心跟老丈人下棋，止住了這個話茬。

等一大家子吃完飯，兩人才抱着孩子回家。

上午陽光熾熱，梅田屬亞熱帶季風氣候，九月正是最熱的時候，人站在外面，不需動，就能悶出一身熱汗。

林啟周頂着太陽從家出來，路過大操場，廠裏的籃球隊正在打比賽，紅藍交織的身影矯健迅捷，腳下一躍，完美的籃板球精準落進球框，引起一片喝彩。

再往前走，柳樹尚在蒼翠時節，長長的絲絲隨着輕風拂過臉頰，雖沒有什麼爽意，看着也心神舒暢。

這些年的建設，整個廠區已經相當成熟完善，廠區北拐角挨着家屬房還有一個幼兒園，專門為員工寄託幼兒設立的，裏面時時能聽到孩童的歡聲笑語。

不過一進車間，跟外面積極向上的氛圍天差地別。

角落裏三五成群坐着工人，屁股下面墊着紙板，或閒談，或打鼾，或爺們間互相開着些葷素不忌的玩笑，只有零星七八台機床還在運轉。

「周仔來啦！」

「周仔你大中午的還專門回去送飯，真是疼老婆欸！」

林啟周笑笑，甩甩飯盒上的水珠，放進提兜裏：「她得餵奶哄睡，我送飯就順手的事，要不一個人忙不過來。」

一群爺們哄然笑起來，林啟周疼老婆孩子是出了名的，一天兩趟往家跑，颳風下雨都攔不住，比上班都積極。

林啟周走到自己的機床旁邊，不管有多少活做，他都習慣將台面收拾得乾淨整潔，廢料統一放在框裏，等下班的時候一起送到門外讓人收走。

不過他看了一眼，從前一天能產出三四筐邊角料，現在一天能裝滿一筐就不錯了。

眼睛在車間裏轉了一圈，默然地收回來，心裏止不住歎氣，這種狀況遲早是要被整頓的，到時候會發生什麼都説不好，總之不是什麼好事情。

這些事情想想就頭疼，他也改變不了什麼，除了幹活也沒別的辦法，只能走一步看一步了。

第三十一章

長風破浪

十月，廣播和家書帶着振奮的消息一同傳到了林啟周的身邊。

家書近年向來是阿蘭執筆，這一次是林啟揚的筆跡，字裏行間能看出他的緊張、興奮和難以言表的激動。

「……大哥，當年你決然離開面朝黃土背朝天的日子，我覺得你有常人不能及的勇敢和堅定，而此刻，我想重新回到屬於我的路上，再拿起筆和書本，我想遠離貧瘠的村子，遠離乾涸的思想，遠離窮是原罪的定理，要真真切切的全力以赴走上屬於我的戰場……

「弟不及你勇敢，能在一無所有的時候走出家鄉，不及你無私，在十幾年溫飽難繼的日子為家人擋住風雨，不及你堅韌，在陌生的城市落地紮根。可弟願意做一棵樹，承繼大哥的責任，用另一種方式改變家裏父母貧窮的生活……

「……或許一個月的備考時間短暫又倉促，結果難料，可只要拿起筆，我就贏了一半。

「請等着我的消息，再一次走進課堂，弟依然能好好讀書……」

林啟周一邊看，一邊熱淚盈眶，不知為何，念書的不是他，能重新考試求學的也不是他，可看着這些文字，他就能想像到此時的學校該有多麼沸騰。

那些激昂的青春文字，曾經落寞蒙塵，學子走出校園，落在曠野之上，埋在灰塵土壤之間。

可當春風又綠，仍舊能喚起如啟揚一般的學生，亦或曾經是學生的人，再一次走回學校，用已經生繭的手拿起筆，用見過滄桑的眼看着書，用如從前一般的聲音再次傳出朗朗書聲。

他想，十月，真是個最好的季節啊。

收到家書的好幾個晚上，林啟周數次提筆，都不知道寫些什麼能鼓勵弟弟又不給他壓力。穿着白背心，坐在書桌前，煤油燈只剩下一點點黃豆大小的燈油，只借着窗外明晃晃的月光照見信紙。

「還不睡？」崔翠芬披着衣裳坐起來，低聲怕吵醒了孩子。

林啟周眨眨眼睛：「不知道怎麼回信。」

「都寫好幾天了，要我説你就寫個背過的詩，你那二兩墨水，啟揚還能不明白你的意思？」崔翠芬每天看丈夫因為回信措辭，愁眉苦臉的，就暗暗好笑。

「唉，讀的書少啊。」

林啟周歎氣，往鋼筆尖上哈口氣，慎重地落筆——

「長風破浪會有時，直掛雲帆濟滄海。」

往常幾百字延綿不絕的家書，此時滿篇只寫了兩句話，卻筆畫堅挺，入木三分。

林啟周的字和人一樣，沒有什麼鐵畫銀鈎的修飾，也看不出什麼或飄逸或灑脱的風骨，只見橫平豎直，樸素又實在。

仔細疊好，放進信封，摩挲了好幾遍，咧着嘴笑道：「今年過年咱們回家去，説不準我們家要出個大學生了。」

崔翠芬打趣他：「考場還沒進呢，你這樣子就像已經中舉了似的。」

「我們林家往上數三四輩子人，有文化的一個巴掌都能數出來，這可是大事，肯定要好好支持。」林啟周翻身上床，枕在胳膊上，還在笑，「揚仔小時候又淘氣又不講理，沒想到讀了書就變了個模樣，以後咱家鋒仔也得好好讀書，跟他二叔一樣。」

崔翠芬睏得睜不開眼睛，打了個哈欠，說：「行行行，快睡吧。」

入冬了，臃腫的棉襖都擋不住凜冽的寒風，湖南鮮少有這麼冷的時候，在這生活多年的林啟周也被這氣溫打了個猝不及防，凍得手腳發抖。

鑽進屋子，跺跺腳，拍掉身上的雪沫子，站在火爐邊上烤火，凍得發皴的手逐漸被火烤得通紅。

「太冷了，今年真是奇了怪了。」

崔翠芬倒了一缸熱水，塞到他手裏：「快把棉襖換下來，散散寒氣，喝點熱水一會就好了。」

林啟周嘶哈着，只想躺在火爐邊上，一口氣躺到來年開春再起來。

「前兩天不是說要進城買東西，明天休息我帶你一起去。」

崔翠芬拿掃帚掃掉他身上的雪：「那行，明天我讓大姐來幫忙看會孩子，突然這麼冷，鋒仔咳嗽兩聲就好了，沒生病真是萬幸了。」

「那就好，胖小子身體健康着呢。」林啟周烤到身上都是暖意，到床上貼着大兒子親香，用鬍茬去磨白嫩嫩的小臉，非等孩子哼哼唧唧的哭出來，自己被媳婦拍了一巴掌才罷休。

第二天上街的時候，看見滿牆都還貼着高考動員標語，林啟周搓搓牙花子，說：「也不知道揚仔考得怎麼樣了，怎麼也不來封信呢。」

崔翠芬看着商店裏的貨品，沒有理他，這些話從考試那天就開始念叨，都念了一個月了，她聽得都煩了。

「你不是說過年回去嘛，也沒多久了，咱倆攢的假期夠用，早走幾天能多待一陣子，到時候有多少話都夠你說了。」

林啟周掐着手指計算，二月初就能走，等過了春節趕在開工前再回來，確實夠用了。

「那咱們先把爸媽家的年貨置辦了，給大姐那倆孩子秤一斤糖塊，爸媽棉襖都舊了，買點新棉花新布都做一身。」

崔翠芬點頭：「我心裏有數，手裏還有點票，我家能勻出來點，剩下的給鋒仔和你爸媽也能留出一身衣裳的布料。」

林啟周皺皺眉：「就剩這麼點布票了？那明天我找師娘換點去，你過年也得穿新衣裳呢，得買最好看的花布。」

崔翠芬嗔笑他：「我去年才做的呢，省着點吧，棉花票也沒那麼多的。」

「那不成，新衣裳就得是從裏到外都嶄嶄新的，這你別管了，把別的能用上的買了就行，等晚上送爸媽那去，說一聲帶你回去過年的事。」

崔翠芬扯着兩尺布，蹙着眉尖：「鋒仔也不知道能不能受得了坐這麼遠的車，今年又這麼冷，別再凍病了。」

「沒事，咱們穿厚厚的，等往老家那邊就比這暖和多了，車上人多，咱們少拿點東西，牢牢看好孩子就成。」

比春節更早到來的是工資調整通知。

因為產量下降，根據各車間不同定量階梯式減工資，林啟周所在的二車間一口氣降了七塊錢，從二十五直接降到十八塊，崔翠芬也每個月只有十五塊，兩個人加一起不到四十塊。

他倆拿着剛發的工資，對坐無語。

「這……才多久啊，就降這麼多。」林啟周數着發下來的各種票，「你看看，肉票糧票布票都少了，工業票一張都沒有。」

崔翠芬戳着爐火裏的煤：「我的也一樣，幸好之前攢了點，還能夠花一段時間。明天你趕緊拿錢去把票買了。」

林啟周披着棉襖長歎一聲。

之前一分不掙的時候，每頓番薯都吃不飽的日子也過了十幾年，現在還有點收入反倒不滿足了。

崔翠芬聽到他的話，嗤笑一聲：「那時候你沒掙錢的責任啊，餓着就餓着也沒辦法。現在咱倆帶着個孩子，要是餓他一頓試試，你兒子能嚎得把房頂掀開。」

林啟周搓搓手：「奶粉還有嗎？」

「有，大春又託人買來兩盒，喝到年後是沒什麼問題的。」

崔翠芬纖瘦，從月子裏奶水就不多，現在更是一點都沒有，林劍鋒一天三頓都吃奶粉，偶爾吃點麵糊糊米湯，但孩子被養刁了嘴，不愛吃這些，只能喝着奶粉。

林啟周把錢放進抽屜，薄薄一層，也不知道這奶粉還能買得起多久。

突如其來的降工資讓整個廠都蒙上一層陰沉，連松樹彷彿都沒那麼有精神了。

冬季的球場也被打掃乾淨，沒有一點積雪，但看不見人在上面玩了，一下子精氣神就沒有了。

丁巳年臘月廿四，南方小年。

林啟周帶着老婆孩子踏上春運列車，背着一個麻絲袋子，塞着一套鋪蓋捲，裏面塞着置辦的各種東西，精簡幾次才勉強封上口袋。

崔翠芬緊緊抱着孩子，用兩根繩子牢牢綁在自己身上，林啟周擁着娘倆順着人流往前走。

車上摩肩接踵，過道站滿了人，連座位下面都有人鋪上紙殼躺着，臭腳、汗味、鹹菜，吵架聲、熙熙攘攘的方言⋯⋯各種味道聲音疊摞在一塊，刺激着感官極限。

林劍鋒還不滿一歲，突然在這樣的環境裏並不適應，張着嘴嗷嗷大哭，眼睛臉都紅了，崔翠芬大冬天急出了一身汗。

火車轟隆隆開動，一天的行程，林啟周不敢睡實，時刻警惕着。

這種人員混亂的時候最危險，趁人不防備偷孩子的，甚至有在上下車的時候從女人懷裏硬搶的，林啟周上廁所的時候聽說，簡直嚇出一身冷汗，後半程連水都不敢多喝。

搖搖晃晃，列車進入廣東的時候，氣溫明顯沒有那麼低了，崔翠芬給孩子撤掉一層棉被。

「下車在城裏住一晚吧，好好歇歇，看你熬得眼睛都紅了。」崔翠芬摸着他下巴硬硬的鬍茬有些心疼。

林啟周想想三層衣服裏包着的錢，剛想說自己沒事，但看見媳婦憔悴的臉，咬咬牙：「行，在招待所住一晚。」

上次住招待所時還沒結婚，林啟周只在走廊將就了一夜。如今孩子都有了，一間房一張床上躺着一家三口，雖然擠了點，小小的窗戶，通風採光都不夠好，可他看着旁邊躺着的母子，滿心都是幸福。

當坐在回村的汽車上，他看着熟悉的道路。

這裏沒有白雪覆蓋，車輪碾過的地方還有塵土飛揚，道路兩側沒有茵茵垂柳，卻有高大的棕櫚樹，帶着蒼翠的冠蓋，看着一位位離家或還鄉的人。

林啟周帶着老婆孩子，他知道轉過這個彎還有兩道拐角，三條土路。這條四十分鐘路程、走了多次的路已經隨着年年對家鄉的思念，在他心中一次次鐫刻深重。他不再是離家那個時茫然四顧、不知遠方何處的少年人了。

年少時，只覺得家鄉處處不好。

鄉土貧瘠，沙石頑固，思想落後，甚至到處充斥着窒息和壓抑，心底覺得，是環境禁錮了他渴望放肆生長的靈魂。

當真正走出去，腳踩着截然不同的陌生土地——那是其他人的家鄉，是他的遠方——卻又覺得，每一夜都在想念家鄉十幾年淹留在記憶中的一切。他懷念起層層稻浪，懷念村口的大黃狗，懷念院子的老樹，甚至見到院牆角落的苔蘚、醃鹹菜的土缸，都能興致盎然地說一聲「跟我家的一模一樣」。

他開始知道，原來遠離家鄉產生的縷縷思念，不受自己控制，因為那裏是他出生而血脈相連的地方，一磚一石都聽見他第一聲啼哭。只有家鄉的陽光才照耀着他降臨世間——此情，叫做牽掛。

試問嶺南應不好，卻道，此心安處是吾鄉。

村口的大黃狗也許年老，見到外來人也叫不動了，只能呼嚕嚕地發出低吼，林啟周背着行囊，牽着崔翠芬的手，迎着炊煙飄來的方向，往家走。

「爸媽，揚仔聲仔阿蘭——我回來了。」

林啟周推開門，老樹落了一地的樹葉，與上次回來並沒有什麼特殊分別。

只是那個聽見聲音開門出來的少女又長高了兩寸，兩根辮子黑得發亮，紅撲撲的臉蛋，眼睛晶晶亮。

「大哥！嫂子！」

阿蘭跑過來，先是看着大哥的臉，然後轉向嫂子，和懷裏那個蓋得嚴嚴實實的紅色襁褓，手心癢癢的想看小侄子，卻知道外面涼，連忙往屋裏讓。

大屋裏，只有阿蘭帶着年小的銳仔和雪蘭在床上玩。

「爸媽和揚仔他們呢？」

阿蘭一邊拾掇，一邊說：「爸還沒下工，咱媽找了個零工活在隊上呢，得晚上才能回來。二哥被隊上叫走了，三哥帶着興仔下地了，應該快回來了。」

話音剛落，屋門被猛地推開，林啟聲高高壯壯的站在門口。

「大哥嫂子！我在地裏聽人說你們回來了，就趕緊跑回來了。」看見嫂子懷裏的孩子，眼睛一亮，又皺着眉，「還沒一歲吧，抱出來這麼遠能行嗎？」

崔翠芬把襁褓解開，輕輕放在床上，大大小小兄妹幾個都湊上去，稀罕地看着小孩，一會摸着軟軟的小手，一會戳戳胖臉蛋，都喜歡得不行。

林啟周拍拍弟弟肩膀，觸手就是梆硬的腱子肉：「行，這身板夠結實。」

等梁玉珍和林明芬都下工回來，一家子都圍着小孩轉，林啟周插着手站在旁邊，被忽視得徹徹底底。

梁玉珍抱着林劍鋒，親親臉蛋：「奶奶的乖孫孫，長得可真好，跟你爸小時候一點都不像，白嫩嫩的。」

說完看着崔翠芬，眼神裏也分外滿意，不像之前那看不順眼的樣子了：「孩子頭髮又黑又亮，就知道你照顧得上心精細，真好。」

阿蘭捏着小手，撇着嘴說：「這是嫂子的親兒子，能不上心嘛。」

「對了，揚仔怎麼還沒回來？」

林啟周剛問完，房門被嘭的一聲推開，林啟揚滿頭大汗，站在門口喘着粗氣，眼神亮得嚇人。

「你這怎麼了？出什麼事了？」

林啟揚手裏捏着信封，隱隱有些顫抖，嘴唇哆嗦着，未語淚先流。

「我，我考上了。」

屋子裏瞬間一靜。

林啟周拿過信封，看着上面紅豔豔的印章，鋼筆寫着弟弟的名字，也激動得語無倫次。

大學生啊，以前想都不敢想的事，相當於林家這個雞窩飛出的金鳳凰，光宗耀祖，祖墳都冒青煙了啊！

「好啊！好啊！」向來情緒不外露的林明芬也吧嗒着煙捲，笑得眼睛眯在一起，黝黑的臉上皺紋疊在一起，透着歡喜氣兒。

林啟周拍着弟弟的肩膀，眼前比他還高的人早就不是從前蹦着跟自己叫板的男孩了，有了自己的前程，考上大學，就能徹底飛出這個貧瘠的山村，以後的未來有無限可能。

「大哥，我考上了。」林啟揚聲音顫抖，眼眶濕潤。

從接到消息到走進考場，只有一個多月的時間，將從前的知識都撿起來。

課本短缺，他就用手抄書，點燈熬油地學習，起得比雞早睡得比狗晚，吃飯的時候都拿着書本不放，一日日的懸樑刺股，終於，他做到了。

喜歡讀書，要用知識改變命運。

林啟揚不是説説而已，他在寫給大哥的信裏説的話，都實現了。

「好弟弟。」林啟周羨慕他，恢復高考意味着國家給千千萬萬人送來機遇，可自己沒有這個本事。

因為有了這個好消息，晚飯一片歡聲笑語，加上林劍鋒的哼唧哭鬧，屋子裏更熱鬧了。

「什麼時候開學？」

「過了年，二月末就去學校。」林啟揚逗着大哥懷裏的侄子。

梁玉珍吃着鹹菜：「學費要多少錢？」

此話一出，林啟揚的喜悦瞬間沒了大半，放下筷子説：「學費不要錢，剛恢復高考，學費國家都包了。但是……」

但是車費、零用、吃飯還是要錢的。

林啟揚考到外省的師範學校去了，那邊人生地不熟的，就算去了能勤工儉學，但過去的車費也是要錢的。

梁玉珍意圖很明顯，直接把臉轉向大兒子：「他大哥，你給拿點錢，你弟弟考上大學是多好的事，說出去你臉上也有面子。這麼多年你都供着讀書了，也不差這點錢了。」

這話但凡說得緩和三分，都能更中聽。

崔翠芬在心裏撇嘴，這婆婆還知道是她丈夫供着弟弟妹妹讀書呢，那面子又不能落到實處當飯吃。

也不愛聽婆婆說話，就從丈夫懷裏抱過孩子，說：「鋒仔睏了，我帶他睡覺去。」

林啟周這些年沒少給家裏寄錢，但他願意拿是一回事，被理直氣壯地索取就是另外一回事，性質截然不同。

不等他說話，林啟揚臉都漲紅了，攔着說：「媽，這還有好些天我才走呢，去隊上幹點零活就能賺車費，足夠了。」

梁玉珍狠狠擰了他一下：「你傻呀，出門在外，窮家富路懂不懂，兜裏沒錢什麼都做不了，你大哥他……」

「嗤。」林啟聲嘲諷地笑着，漫不經心地開口，「媽，您也知道窮家富路啊，那當年大哥離家的時候，您怎麼沒給多拿點錢呢？」

梁玉珍被兒子頂了一句，哽了一下，又說：「你大哥那是打工去的，你二哥是文化人，是要有大造化的，這能一樣嗎！」

林啟揚一直看着大哥的臉色，嫂子走出去的時候，表情更不好了，扯着母親的袖子：「媽你別說了。」

他實在臊得慌：「大哥這些年供我讀書不容易，我都這麼大了，這些事我都能自己解決，去了那邊不上課的時候就幹點零活，總能掙錢的。」

母子兩個拉扯着，梁玉珍就覺得這兒子傻，這時候有好理由幹嘛不要錢去。

「好了。」

林啟周一直穩穩坐在那，看着母親的樣子，看着揚仔滿面羞慚，看着父親一言不發，看着弟妹各自不安的眼神，他心裏五味雜陳。

為何這麼多年了，在父母眼中，他仍舊是那個有需要時才會想到的「外人」呢？

弟弟妹妹們或會念書，或年紀小都需要呵護，好像唯獨他自己，彷彿沒有過年幼稚嫩需要保護的時候。

到底是為何呢？

「揚仔考上大學是喜事，我這個當大哥的沒道理不支持，該給的我會給。」看着弟弟要開口阻止，擺擺手，接着説，「算是我和你嫂子對你的一點心意。」

林啟揚聽着並沒有高興，他聽懂大哥話裏的意思了。

從前大哥都是説，他是長子，照顧家人是責任，是義務，讓他們沒有憂慮的好好念書。

可現在，大哥説，是心意。

他苦笑一下：「謝謝大哥，謝謝嫂子。」

梁玉珍不懂這裏面的機鋒，兀自笑着：「這就對了嘛，當大哥的就要有長子的樣子，多照顧弟妹家裏。」

長子的樣子？

他林啟周不知道別人家的長子是什麼樣子，但林家的長子，他做了二十幾年，小時候洗衣做飯，下田幹活，編筐帶孩子，樣樣都能抓起來，長子要吃苦，要謙讓讀書的名額，要吃不飽飯，要孝順恭謹友愛兄弟，要拿出大半工資供弟妹念書，讓家人吃上飽飯……

若這些能換來父母偏愛，不，他不求有所偏愛，只要能一視同仁，體諒他的不容易，林啟周都不會有一點反感。

很可惜，他所求並沒有成功。

母親將他的付出認作理所應當，父親冷眼旁觀彷彿被為難的不是他的孩子，弟妹們倒是懂事，可兄弟之情終究彌補不了父母之愛的缺憾。

林啟周吃完飯，走到院子裏，像小時候一樣，抱着膝蓋坐在樹下，仰頭看着一輪明月。

這些年他一直在刻意忽略父母對自己情感上的缺失，弟弟妹妹爭氣，供他們讀書的錢就不白花。

可今天母親理直氣壯的樣子，還是給他當頭棒喝，讓自己從逃避中醒來。

「大哥。」

阿蘭走出來，她總覺得大哥身上帶着一股寂寥，好像不屬於這個家，但怎麼會呢，要是沒有大哥，他們這些弟弟妹妹都不曉得要過成什麼慘樣子。

林啟周不想讓妹妹見到自己的脆弱，笑着說：「你二哥這是第一屆高考，等你高中畢業的時候也能接着讀書了。」

阿蘭搬着板凳坐在他身邊，問：「大哥，你累不累？」

林啟周一愣，笑着在她頭上揉了兩下：「哪有不累的人，你們讀書累，大哥上班工作也會累啊。」

阿蘭眼神澄澈，她知道大哥明白自己的意思，卻不願意說。

「我問的是，大哥，你心裏累不累？」

「其實你不說我也知道，從小到大家裏最累的就是你了。嫂子是好人，沒嫌棄你帶着我們這些累贅。」阿蘭嗤笑一聲，可不就是累贅嘛，如果大哥不管他們，工資都能攢下，日子肯定過得紅火極了。

林啟周拍了她一下：「什麼累贅，只要你們好好的，大哥就高興。」

「不一樣的。」阿蘭眼神認真，「大哥，我們都漸漸長大了，與仔鋭仔和雪蘭雖然還小，但我們也是當哥哥姐姐的，以後都能幫着照顧，我是真的希望大哥過自己的日子，別再、別再為我們付出了。」

這話說得暖心，林啟周承認自己被妹妹的懂事撫慰到了，這些年的付出終究不算白費。

「別說傻話，你還小呢，好好念書，以後跟你二哥一樣，考上大學，給自己謀個更好的出路。」

阿蘭知道，大哥終究對父母有了心結，可她不知道怎麼勸，也沒法開口說些體諒父母的話，她沒這個厚臉皮，只能笑着不再說話。

兄妹倆抬頭看着從枝丫中滲漏下的月光，皎潔得像小時候一樣。

林啟周回房間的時候，孩子已經睡了，崔翠芬側臥在床上沒出聲。

「翠芬，睡了沒？」

崔翠芬轉身看着他沒說話。

林啟周走過去，抱住她，兩人靜靜相擁，誰也沒開口。

崔翠芬知道林啟周心裏有成算，不是愚孝的人，但也正是因為他能看得透，才越發心疼他，父母的偏心對孩子的影響深遠，從小到大日復一日的傷害，哪是三言兩語就能填平的。

「等咱們走的時候，給啟揚留點錢吧。」

「好。」

林啟周聲音暗啞，再說不出別的話。

一夜無話，靜待天光。

春節的時候，全家都換了新衣裳。

布料和棉花都是用崔翠芬帶回來的票置辦的，嶄新厚實，從老到小，一個人都沒落下。

阿蘭多了一個紅頭花，如往年一樣，是城裏最新的款式，帶在烏黑的髮上，紅紗纏繞的蝴蝶翅膀，隨着眼波流轉格外靈動。

她給嫂子做了一副花手套，是用攢下來的碎步拼接做的，看着花花綠綠的，卻有幾分童趣。

「謝謝阿蘭。」崔翠芬喜歡這個小姑子，心地善良柔軟，拎得清是非。

喜慶的紅燈籠從櫃子上拿下來，擦掉一層積灰，有的地方已經褪色，可只要掛在門上，仍舊有紅彤彤的顏色照耀着新年。

物資匱乏的年代，年夜飯上能有一盤放了豬油的素餡餃子就相當不錯了。

林啟周買回來的臘腸臘肉切了炒菜，年小的弟弟妹妹嘴裏含着糖塊，一個個圍在廚房門口，被肉香饞得口水直流。

這就是極為豐盛的年夜飯了，在林啟周小時候，過年是吃不上這麼一頓的。

「大哥，快進去坐着吧，剩下的菜我來炒。」阿蘭挽着袖子走進來。

林啟周眉眼被煙火熏得柔軟，笑着說：「我難得回來一次，就這一頓飯，讓我做吧，大哥的手藝你們可很久沒吃到了。你快進去跟你嫂子看孩子去，順便把這幾隻饞嘴花貓帶走。」

阿蘭一低頭，噗嗤一笑，可不就是一排花貓嘛，口水淌得衣襟上都是，臉蛋沾着黏糊糊的糖水，小手扒着門框在臉上一蹭，就是一條黑道道。

當晚，一家人團團圓圓，誰也沒提不高興的事，因為林劍鋒是第一個孫輩，林明芬給包了個一塊錢的巨額紅包，塞在紅色襁褓裏。

「今年是個好年景，周仔有了孩子，揚仔考上了大學，都是大喜事，來年好好努力，咱們林家就越過越好。」林明芬端着酒杯說了一通話。

一家人圍坐在一起，高堂鬢角染霜，年輕人仰頭飲盡杯中酒，孩子把肉塞進嘴裏，氛圍暖意融融，大紅燈籠高掛。

林啟周離開的時候，將一個包着二十塊錢的手絹塞進揚仔打包好的行囊，卻沒有高聲，只是拍拍弟弟日漸強壯的手臂，轉身離開。

第三十二章

揮淚離別

1983 年，湖南省宜章縣廣東省梅田礦務局關閉部分礦口，車間批量停產。

籃球場寥寥幾人呆坐，熱氣騰騰的夏日，柳樹彷彿沒了生機，蔫蔫地看着往來背着包袱的工人。

林啟周看着冷清的車間，十之八九的機床已經落灰，他手中的抹布滴着水珠，面前一塵不染的機器是合作多年的老搭檔了，重新添上機油，最後一次轉動。

卻沒有做出最精美的零件，只是一個簡單樸素到初學者都能掌握的圓形螺母。

將帶着餘溫的零件攥在掌心，林啟周靜靜站在原地。

這裏迸射的每一簇火花，都是他這些年努力工作的見證，是養家糊口的證明，而一再下滑的工資，卻用最殘酷的事實告訴他，這份工作已經到了朝不保夕的末路。

「這次大調整也是為了廠子以後考量，啟周啊，你能力不錯，但是很抱歉，我們只能優中擇優。」

主任的話言猶在耳，林啟周不知該如何接受這樣的結果。

他沒有遠大的理想，也不想成為什麼了不起的人物，從頭到尾，都只想用雙手庇護家人，看着妻子安然度日，孩子健康成長，家庭和樂。

從背井離鄉至今，他只會與機床打交道，所有手藝都圍繞着機器展開，而今，再也不行了。

「啟周。」趙寶剛拄着拐杖走進來。

林啟周轉身看見師傅，猶記得當年初見，師傅端着茶缸意氣風發，説話中氣十足，現在也垂垂老矣，脊背彎曲，不知道什麼時候開始，手中多了一根拐杖，走路的時候總是帶着咳嗽和喘息聲。

「師傅。」

林啟周眼睛發熱。

趙寶剛拍拍他肩膀，粗糙的手指撫觸着機床，説：「知道你有感情，但是沒辦法，你還年輕，以後還不知道要遇到多少這樣的情況，但總會過去的。」

林啟周感受着掌心零件的棱角，聲音艱澀：「我不知道自己還能做什麼，我好像除了您教我的機床，什麼也不會。」

唇角的弧度帶着苦澀，離開車間，他沒學歷沒文化，沒有手藝，沒有足夠的眼力和見識，他甚至知道自己並不是雷厲風行的性格，彷彿又回到了當時年少離開家鄉的時候。

不同的是，當年尚有一腔孤勇，而現在早已被平和的生活磨掉了棱角，落寞中多了一絲遲緩。

趙寶剛從胸前的口袋裏掏出一封介紹信，遞給他：「我有個朋友，在廣東茂名電白縣羊角氮肥廠上班，你拿這個去找他，雖然不是什麼特別好的工作，但給你當個過度應該沒問題。」

「師傅，我……」林啟周拿着薄薄一張紙，哽咽了。

「男兒有淚不輕彈，這點小事不至於。」趙寶剛也被這氛圍弄得情緒低落，「安頓好了給我來封信，以後也不知道能不能常見面。」

「您和師娘跟着大春去縣裏住？」

徐大春前年結了婚，在廠子剛有頹勢的時候，就自己辭職出去了，在縣裏幹得風生水起。

趙寶剛沒有孩子，以後徐大春奉養兩個老人。

「你別擔心我，大春這孩子心腸不壞，我和你師娘是有口吃的就行，不比你還要養孩子養家。好好的，沒有過不去的坎，這個工作不行了，咱們就換一個，人挪活樹挪死，總有辦法的。」趙寶剛看着徒弟，心裏也一陣陣緊縮着難受，恨不得將所有道理都叮囑給他。

「從你那年來到我身邊，咱爺倆相處了這麼多年，你恐怕見我比見你爹娘都多，跟我的孩子沒有兩樣。這快走了，我就再多說你幾句。」

林啟周看着師傅殷殷叮囑的樣子，眼淚刷刷往下掉。

「這人啊，最要緊的就是真誠，不管做什麼工作，坐什麼位置，遇見什麼人，都要真誠，為人處世不能走邪門歪道，一步一個腳印踏踏實實的，就像咱們做零件，沒有捷徑可走，不然就做不出最好的零件。

「你啊，什麼都好，人又不壞，以後跟翠芬好好過日子，那姑娘也好，你們倆就都差不了。」

趙寶剛不記得那天說了多少話，只記得當年瘦小怯懦的徒弟已經長成了大人，卻在他面前又哭成了孩子。

東西已經收拾得差不多，大包小裹堆放在地上。

「你說，咱們結婚的時候，這屋子裏除了床，桌子，幾個箱子之外，什麼都沒有。現在竟然裝了這麼多東西，真是嚇了我一跳。」崔翠芬抹着眼淚。

林啟周摟着她肩膀：「沒事，就是換個地方，以後咱一家三口還是在一塊的。」

又說：「真的去？回廣東就是離你娘家太遠了，以後見面不方便，但是你如果想家了，我就帶你回來，不會讓你像大姐那樣的。」

崔翠芬原本還有點神傷，一聽他這話，反倒破涕而笑。

「去，幹嘛不去，別人都找不着工作呢，師傅就給你聯繫好了，咱們可不能不識好歹。」

崔翠芬的大姐這些年的日子是越過越慘，丈夫靠不住不說，好不容易靠做零活攢點錢把孩子送去讀書，還得日夜防着丈夫偷錢出去買酒，現在廠子裁人，她連零工都找不到地方了，現在也發愁呢。

「爸媽那邊去看過了？」

崔翠芬點點頭：「讓咱們不用擔心，宗權長大了，能養着他倆。宗權不是軟弱的脾氣，以後肯定不能容忍大姐夫再扒着爸媽白吃白喝，肯定還有好一頓官司要打。」

「等咱們走之前再去看看。」林啟周看着裝錢的盒子，想了一下說：「咱倆要不要給爸媽留點傍身錢？」

「我給了，他們不要，宗權也讓我放心，從前就是男孩子贍養父母，沒道理讓我這個當女兒的天天往娘家拿錢，我就又拿回來了。」崔翠芬拍拍他手臂說，「你天天想着這個想着那個，還是多想想咱們家吧。」

「那羊角氮肥廠什麼情況還不知道呢，咱們去了兩眼一抹黑，用錢的地方多着呢，再說鋒仔也該上學了，今年可不能再拖了，到時候哪裏不花錢？我可跟你說，這兩個月你都別往老家寄錢了，咱們都沒攢下多少。」

林啟周知道理虧，嘿嘿笑着，滿口答應下來。

林啟揚大學畢業以後吃了公家飯，前程不用家裏操心，阿蘭讀書比揚仔還好，考到首都去了，通知書送到的時候，可把大家震驚壞了。

聲仔不愛念書，默默扛着家裏的大旗，在老家奉養父母，伺候田地，這些年林啟周每每想起，都要心疼這個最懂事的弟弟。

興仔、鋭仔和雪蘭該上學的都上學了，也不指望他們念出什麼了不得的成績，就比照着前面的哥哥姐姐，懂事明理不當睜眼瞎。

可三個孩子的學費仍舊不便宜，林明芬夫妻倆上了年紀，尤其是梁玉珍，頻繁的生育終究傷了身體，年老的時候病痛都找上門了，沒有一點收入。

一大家子都靠林啟周和林啟揚供養，林啟聲每天在地裏刨食那點收入，只能勉強維持着糊口罷了。

崔翠芬知道他家的情況，每個月往回寄錢也都不説什麼，只是人心都有個遠近，自己的孩子眼看着也到了上學的年紀，漸漸長大，這重心肯定要偏移回來，要是再按照從前那般不計以後的給錢，少不得就要夫妻翻臉。

林啟周知道這些道理，自然不會跟妻子對着幹，滿臉堆笑地應承着，遠近親疏四個字，這些年他都體會過了。

師傅給找的羊角氮肥廠雖然也在廣東省，但跟老家也不在同一個市，但到底是離得近了，以後回家探親也不必再坐一天的火車了。

有了介紹信，入職是沒什麼問題，但好崗位卻不能隨便他挑，接待他的人叫黃國棟，在人事方面算廠子裏的老油條了，一眼看過去就覺得此人腦滿肥腸，油膩得很。

「阿周啊，看你這拖家帶口的，是不是得申請個宿舍？」黃國棟看見崔翠芬懷裏的孩子，説，「哎呦，這孩子這麼小，合住怕是不行。」

林啟周連連點頭，這人生地不熟的，跟別人合住總是不安全的。

「還麻煩黃哥給我們找個獨戶的房間，孩子小，別打擾其他人休息。」

黃國棟大包大攬下來，一邊説一邊用小眼睛覷着他：「好説好説。就是現在咱們廠子辦得紅火，這資源方面自然搶手，好房子好崗位都有人搶着要啊。」

林啟周默了一下，他聽懂了，但不妨礙他覺得不舒服，這是要給點錢財孝敬的意思。

「我跟你講，現在的好崗位真的不多了，你看你們夫妻倆帶着孩子，還是要輕鬆些的崗位才方便不是？」

黃國棟一邊走一邊說：「我在這廠子幹了十好幾年，哪個崗位好哪個輕省哪個有油水，我都清楚，要不我也不能大包大攬的跟你們說這些。」

他拎着一串鑰匙往宿舍區走，回頭跟林啟周侃侃而談。

「到了，你們看看這個房子行不行。」

走進一個小院，左右兩邊門口都堆着東西，看上去是早有人住的，中間一扇小門，推開之後一眼就能看全整個房間。

兩張小床，一張摺疊桌子，牆皮因為雨天潮濕都開裂起皮，牆角長着青苔，整個空間充斥着一股霉味。

「別看小了點，但是勝在這屋子都是你們的，好好收拾一下也還不錯，左右鄰居都是咱們廠子的員工，安全！」

林啟周是真沒相中這屋子，大人怎麼都好說，但還帶着一個孩子，太潮濕的房間怕他生病。

「黃哥，還有沒有再好點的了？您看這窗戶不大，採光不好，太潮了，孩子受不了啊。」

黃國棟撇撇嘴，擠着小眼睛說：「哎呀阿周呀，這可不是黃哥不給你辦事，實在是好房子它也搶手不是……」

這暗示已經不能再明顯了，林啟周雖然反感，但為了孩子咬咬牙，從兜裏掏出一盒煙，塞到黃國棟衣兜裏。

「黃哥幫了大忙，當弟弟的心裏有數，以後相處的機會還長着呢。」林啟周拍拍他衣服口袋。

黃國棟雖然收着一盒煙，心裏怕也不是那麼滿意，但面子都架上去了，只好鎖上門，又領着他們去了另外一邊。

「喏，朝南的大房間，這夠寬敞了吧，一般人都住不上的。」

林啟周看這個確實比上一個強很多，至少牆角沒有青苔，霉味也輕了不少。

「謝謝黃哥！」林啟周招呼着媳婦，「快收拾着，帶孩子先安頓下來。」

「黃哥你看，這工作什麼時候能上崗？」

黃國棟見他一盒煙想辦兩件事，當時臉色就不對勁了。

「你們先收拾着，我今天還有別的事，等我閒下來就帶你辦手續去。」

等屋裏只有一家三口，崔翠芬給孩子拍拍衣服上的灰，說：「明天去買點東西給他送去吧，我看這就是不收錢不辦事的人，好歹弄個差不多的崗位，多掙點也就不虧了。」

林啟周使勁搓搓臉：「行吧。」

他不是不知人情世故，只要雙方都帶着善意的，他能處理得很好，真心換真心向來不會被辜負。

但這種擺明了揩油水的，就讓他從心裏感到厭惡，可這種人到處都有，也不獨獨黃國棟這樣。

兩人將屋子裏裏外外打掃出來，鋪上被褥，再安置好東西，外面天就黑了。

崔翠芬挽着袖子出去，打聽了公用爐灶，借着灶火煮點素麵，一家三口草草對付一下就睡下了。

這邊氣候潮濕，與梅田大有不同，林啟周從小在廣東長大倒也能適應，但崔翠芬只有跟着他回老家的時候才住幾天，只覺得身上全是悶熱的汗水，被子也像能擰出水來一般，蓋在身上怎麼都不舒服，翻來覆去睡不着。

「小學下半年入學就要開始了，咱們得盡快給鋒仔找學校了。」崔翠芬側臥枕着胳膊對丈夫説。

林啟周閉着眼睛，應答下來：「怕是要廠子的證明信才行，等我入職以後吧，就給他辦學校。」

「對了，別忘了給爸媽和揚仔那邊去信，給個新地址，別還不知道再去梅田聯繫咱們。」

「行，我都記住了。」

兩人在黑漆漆的屋子裏，聞着清水擦洗過屋子的清涼味道，低聲説着家長里短，慢慢睏意來襲，不知不覺間沒了聲響，安然入睡。

第二天，林啟周去周邊供銷社買了送禮的東西，打聽着黃國棟的住址，就送了過去，説了一大堆好話，等出門的時候，黃國棟跟他儼然已經勾肩搭背，好得像親兄弟一般。

不但當天下午就在機修車間入職，還答應幫忙打聽學校。

林啟周覺得那十塊錢的禮沒白送，至少這個崗位算得上不錯，每個月的工資，也能夠一家三口的嚼用，等一切都走上正軌了，再給崔翠芬找個工作，兩人的工資也就看得過去了。

等一切事情辦妥，時間就到了下半年。

第三十三章

風氣不正

剛剛颳過颱風的天氣，到處都濕漉漉的，人走在外面，彷彿被一塊熱手怕迎面蓋在臉上，呼吸困難，汗流浹背。

崔翠芬逐漸適應這裏的氣候，和空氣裏足夠飽和的水分，每天送孩子去學校以後，就到食堂幫忙，做了洗菜工，廠子工人都下班的時候她還要留下洗碗備菜，所以接林劍鋒放學是事情就交給了林啟周，等一家三口都回家，便已經天黑了。

「好在當年在認字班跟你學了點東西，不然還真看不了鋒仔寫作業。」林啟周給妻子揉着肩膀，變戲法似的摸出一袋雪花膏，「你手整天在水裏泡着，抹點這個能舒服點，我看供銷社好些人都買。」

崔翠芬心裏暖呼呼的，看着丈夫指甲裏洗不掉的機油印記，心裏酸了一下。

縱然現在只能擠在這個小房間裏又怎樣，她有疼愛的老公，有可愛的孩子，日子總會紅火起來的，不是沒有盼頭。

兩人如何柔情蜜意自不必提，總算是從梅田大裁員的陰影裏走了出來，在茂名市站穩了腳。

這天，崔翠芬一下班就聽見丈夫和兒子的笑聲。

「什麼事這麼高興？」

林啟周眉眼帶笑：「快來看看，咱們鋒仔寫個小作文，被老師誇獎了，還得了小紅花呢。」

林劍鋒舉起肉乎乎的手，奶聲奶氣地說：「媽媽你看，我的小紅花好看嗎？」

崔翠芬親了一口臉蛋：「真好看，鋒仔真棒。」

「我和爸爸媽媽住在一個小房子裏，門口有綠綠的草，爸爸說這叫青 tai，我不 zhidao 什麼是青 tai。媽媽回家會帶好吃的菜，爸爸的大手很大很大，打屁股很 teng 很 teng……」

崔翠芬看着兒子工整的字，雖然是一段稚嫩的話，還有很多不會寫的字用拼音代替，但表述清楚，形容詞也很有童趣。

誇獎的話一口氣說出來，把小劍鋒哄得眉開眼笑，舉着手背上的小紅花在屋子跑來跑去。

崔翠芬洗完臉，笑着說：「我家來信了，說宗權跟大姐夫打了一架，把他給攆出去了，現在大姐帶着孩子跟爸媽住在一起。」

「在縣裏找的房子就兩個房間，宗權把一個雜物間收拾出來，現在住裏面呢。唉，我就說吳文華早晚要被宗權教訓一頓，也不知道他哪好，大姐就是捨不得離開他。」

林啟周一邊泡腳，一邊把兒子不會寫的字標在旁邊，說：「大姐哪是捨不得吳文華，明明是被孩子絆住了，有個爸爸在身邊總也算是個完整的家。」

崔翠芬感慨兩句也就撂開了，這日子終究是要自己過，別人說破嘴皮子也沒用。

「我聽說你們車間有變動？」

林啟周頷首：「嗯，主任換人了，提拔了好幾個親近的，還借着評選廠勞模的機會漲了工資。」

他剛上崗不到半年，各方面沒人脈，也沒資歷，勞模評選漲工資什麼的都輪不上他，但也敏感地感受到最近車間的暗流波動。

後來提上來的這幾個人，平時幹活不見積極，倒是跟主任喝酒吃飯是一把好手。

林啟周撇撇嘴：「我看不慣這風氣，也不往上貼，老老實實掙我自己的錢，總也不能找個藉口就給我開除。」

崔翠芬知道丈夫心裏還是乾淨的，縱然參加工作這麼多年，也很少為了什麼機會就卑躬屈膝刻意逢迎，之前為了入職給黃國棟送禮，那臉色足足陰沉了好些天才緩過來，所以也不說什麼讓他往上疏通關係的話。

她也喜歡丈夫這簡單還有點固執的底線，純粹的人就算一時不得志，被排擠，總也能走得更穩當，不必擔心籌謀到的關係何時就倒塌了。

把換下來的髒衣服收拾起來，翻出兜的時候，在林啟周兜裏看見一張郵票，隨口問道：「你給老家寫信了啊？」

林啟周臉色一僵，擦腳的動作有些不自然：「嗯，昨天寄的，給家裏說一下咱們的地址。」

這話題原也沒什麼，崔翠芬問過也並沒有多想，但林啟周一直不太自然，等兒子睡覺了，才踟躕着開口。

「翠芬，我昨天寄信的時候，給家裏和阿蘭都帶了點錢過去。」

林啟周心裏忐忑，之前剛答應媳婦不隨便大手大腳的給錢了，更何況他們剛安定下來用錢的地方也多，兩人的存款屬實不剩多少。

崔翠芬抬眼看他，伸手拉開放錢的盒子，數了數，臉色就全黑了：「給了二十塊？」

林啟周點點頭，知道自己理虧，尷尬地摸着鼻子也不吱聲。

顧忌着兒子睡覺，崔翠芬沒鬧出大動靜，運着氣講道理：「以前咱們吃住都在廠子，一個月也花不了多少，你給了也就給了。但這氮肥廠跟以前不一樣，吃飯住房都是花錢的，是，價格比外面便宜，但咱們工資也不高啊。」

「更何況，鋒仔還上學了，學費書本費買吃的用的，哪樣不花錢？你一下就把存款給出一半去，等咱們用錢的時候怎麼辦？他們能把錢送回來？」

越說越生氣，林啟周不敢回嘴，上前給媳婦捏肩，手也被打下來了。

「我知道沒事先跟你說是我不對……」

「這是說不說的事嗎？」崔翠芬根本不聽，「這是咱們沒那個接濟的能力了，得先顧好自己家吧？」

「是是是，你說得對。但現在阿蘭在北京上學，學費家裏是一點幫不上，你說我這當哥的能乾看着嗎？家裏的弟妹也……

「阿蘭和弟妹們就你這一個哥哥嗎？再說了，阿蘭一年學費多少我不知道？你還是擔心家裏沒錢花，少拿阿蘭當藉口糊弄我。」

崔翠芬從來沒這個強硬地跟他說話過，此時氣得臉都紅了。

林啟周摟着媳婦肩膀，輕聲說：「沒糊弄你，我這不都交代了嘛。就這一次，怕你生氣沒跟你說，剛才你發現郵票了，我就全招了。」

崔翠芬一直都知道，丈夫那個家庭環境，注定了不可能當個沒事人，時不時就要惦記着能不能吃飽飯有沒有衣服穿，弟妹上不上去學，可這在父母那得到的回報已經很明顯了，人家明擺着把丈夫當銀行，沒錢就說窮，這麼下去他們這小家能攢下什麼家底，還不漏得像無底洞似的。

「我跟你說，這麼下去真不行。

「以前我沒攔過你，你有責任感很好，我也喜歡，但凡是都得先看看自己眼前吧，咱家可不是大富大貴，就那點錢還是省吃儉用留下的呢。

「你少給點我也不說什麼，這次是不是太多了？而且爸媽那個態度，你別以為我不知道。揚仔上班掙錢了，聲仔雖說還下地幹活，但掙點口糧沒問題了，還這麼讓你接濟着，不就是都已經習慣你給錢了嘛？這麼下去什麼時候是個頭啊！」

林啟周滿心都是無力：「可我這個當大哥的也不能看着他們……」

崔翠芬直接打斷他：「你這個大哥當個夠好了，這些年沒虧待過家裏。」

「今時不同往日，咱家什麼情況你也知道，鋒仔一天天大了，不得不多考慮點，反正這錢不能再這麼給了，不然你別怪我翻臉。」

崔翠芬知道這件事必須要拿出態度來，由着丈夫給錢可不得了，關了燈轉身上床，多一句都不說。

林啟周體諒妻子，心裏也知道這麼瞞着給家裏錢不對，雖然糾結了一陣子，也沒到吵架的地步，跟着上床去就哄着睡覺了。

第二天崔翠芬直接把放錢的盒子收起來了，帶着孩子出門也沒說話，林啟周自覺理虧，主動把房間收拾乾淨，才鎖門去上班。

戴上手套進了車間，就看見幾個人勾肩搭背坐牆邊抽煙，桌上還放着兩盤花生米，工作時間猖狂得像在自己家。

原本想視而不見，但聽見叫自己名字，還是停下了。

「什麼事？」

「周仔，這不有點活不會幹，聽說你以前手上功夫不錯，幫忙給分擔一下唄，下了班哥請你喝酒。」張建成叼着煙，伸手就要搭肩膀。

林啟周被他撲面而來的煙酒味嗆了一下，往他身後一看，整整一大框準備修理的零件，皮笑肉不笑地說：「我自己的活還沒幹完呢，怕是幫不上你了。」

「沒事，你幹多久，咱們就陪你多久，你看看。」張建成踢踢旁邊的啤酒箱子，「有酒有肉，你幹完咱們就吃飯，保準虧不着你。」

一桌坐着四個人，都笑嘻嘻的看笑話，眼睛裏滿是戲謔。

林啟周是不喜歡逢迎，但也不是傻子，哪能不知道這是逮着自己初來乍到要欺負人呢，勾了勾嘴角：「幹不了，我下工還得接孩子，沒時間加班。」

説着就走到自己位置上，埋頭幹活，多餘的眼神都沒分過去一下。

「嘿，你這人……」

一男人站起來就要罵，被張建成攔住了。

「大家都是同志，找你幫個忙不至於這個態度吧？」張建成把煙頭扔在地上，用腳尖狠狠碾滅。

林啟周用餘光看他一眼，還是沒有起身幫忙的意思，説：「你們比我來得早，又拿着最高的工資，我想着怎麼也不能是什麼都不會做的蠢貨吧，我還有得要想你們學習的呢，這個忙幫不了。」

這陰陽怪氣的嘲諷，直接讓張建成陰沉了臉色，伸手拽出一截鋼管，在他工作台上敲得梆梆響。

「你幫了這個忙，以後就是自己人。」語氣裏滿是警告。

林啟周根本不為所動：「我覺得做個陌生人也沒什麼不好。」

張建成上面有人罩着，在車間橫行霸道慣了，大家顧忌着他們背後的大樹，都給三分薄面，可惜了，林啟周偏偏就是那個連三分面子都不想給的人。

「嘭！」

鋼管砸在肩膀上，林啟周渾身一哆嗦，手裏的螺絲刀掉在地上，臉色瞬間蒼白。

「別打別打，這都是同志來着，別鬧得不好看。」旁邊人一看都開始動手了，也上來拉着架。

林啟周捂着肩膀，疼得汗珠子直掉，這種仗勢欺人的手法他早十幾年就見識過了，根本嚇唬不到他，要説張建成這幫人還沒有當年林啟德身後的小弟多呢。

挺着腰桿走到他面前，林啟周疼得發抖，説出的話卻一點不打顫：「公共場合，眾目睽睽，你敢打死我嗎？張建成，有靠山不是醜事，仗着靠山為非作歹就是你不知好歹了。」

「你他媽活膩了！」張建成的鋼管戳在他受傷的肩膀上。

林啟周半步都沒退：「你猜把我打出事來，你靠山能不能保你？」

他眼睛在四周轉了一圈，車間二三十人都看着這邊，張建成要真鬧事，絕對捂不住。

「算你厲害。」張建成指着他，恨恨吐了口唾沫。

一桌四個人都往外走，張建成落在後面，林啟周從腳邊的啤酒箱裏抄起一瓶酒，啪一聲砸在他相同的肩膀位置上，酒瓶碎了一地，酒灑了一身。

張建成被砸得懵了一下，估計還是第一次有這麼個茬子敢直接硬碰硬，回身就要開幹。

林啟周也不怕，指了指周圍看熱鬧的人。

説到底也不過是在一個車間裏作威作福的本事，頂了天跟主任有點關係，還能真在整個廠子橫着膀子逛不成，鬧到保衛科去，都討不了好處。

林啟周根本不在乎，鬧大了，正好把這些人的臉皮都扒下來，反正光腳的不怕穿鞋的，他什麼根基都沒有，赤手空拳，誰惹到頭上，就別怪他無差別攻擊。

張建成終究被人拽了出去，林啟周這才抱着肩膀，疼得渾身打顫，冷汗大顆大顆掉下來。

「你說你惹他們做什麼，以後肯定盯着你針對。」旁邊工友圍上來，勸道。

林啟周蒼白着臉色：「沒事，早就看不慣了。王大哥，你幫我看一會，我去衛生室處理一下。」

「行，你快去吧，實在不行去醫院拍個片子，別傷着骨頭，落下病根。」

林啟周沒敢從食堂那邊走，這個時間崔翠芬可能跟工友在外面洗菜，就繞着遠路拐去了衛生室。

一脫衣服，肩膀上一大片青紫，沒破皮，但皮下的瘀血看着就瘮人。

醫生抓着胳膊前後上下動了動，說：「沒傷到骨頭，給你開幾貼膏藥，回去先冰敷，最好把瘀血散開。疼是要疼上幾天的，貼膏藥吧。」

「行，謝謝醫生。」林啟周垂着左肩，小心翼翼套上袖子，不用去醫院就萬幸了，不然拍個片子還要花錢。

當晚林啟周帶着傷回家的時候，崔翠芬給他貼膏藥，心疼好一陣，然後想起當年他被林啟德帶人暴揍的樣子，又笑出聲來。

「你說你，不管在哪上班總有人找你麻煩。」崔翠芬將膏藥貼平，「幸好這張建成不像林啟德那麼愣，不然就你這小身板，還得吃個更大的虧。」

林啟周得意地揚揚眉：「你不是跟我說過，對方人多的時候就不能用暴力解決問題，我這回可是以理服人，直接嚇跑的。」

這一次之後，他也算在車間揚名了。

所謂橫的怕愣的，愣的怕不要命的。林啟周就是那個愣的，抓準了張建成一幫人不敢鬧大，見面就當不認識，聽見他們冷嘲熱諷只當狗放屁。

但這後果帶來的隱憂也慢慢顯現了，張建成雖說出了車間狗屁不是，但架不住對工人所有的好處都是車間垂直施行的，有他們擋在中間，林啟周是評優選不上，漲工資也沒有他，每天拿着最基礎的錢幹活，還幹的不比任何人少。

就這樣，林啟周也沒說再主動緩和關係，整天到點上工，下班接孩子，忙活得不亦樂乎。

第三十四章

弄瓦之喜

這一年，林啟周已過了而立之年，越發沉穩，心氣也越發平和。

看着滿牆整齊排列黏貼的獎狀，嘴角都能咧到後腦勺。

兒子林劍鋒的學習能力隨了他二叔林啟揚，但僅限於文科，作文的獎狀一張張往家拿，數學課一睡就是一整節。

林啟周自己都奇怪，偏科的孩子他見過，但小學二年級就偏成這樣的，也是頭回見識。

「十二加八等於多少？」林啟周搖着蒲扇，一手抓着西瓜，坐在燈下輔導功課。

林劍鋒坐在書桌前，小短腿晃晃悠悠的，嘴角還沾着西瓜汁，面對老爸的問題，眨巴着眼睛一臉懵懂，彷彿在問，這個大人在說什麼？

林啟周運氣，生平所有的耐心都給了兒子：「爸再教你一遍啊。二加八等於十，個位滿十進一，給十位數一個，最後就等於二十。」

林劍鋒小手搓搓橡皮，嫣紅的小嘴講故事的時候能稀罕死人，但現在說出的話差點把老父親送走。

「為什麼要給十位？他不想給不行嗎？」

林啟周血壓飆升，大蒲扇啪啪敲在桌子上：「不行！必須給！」

林劍鋒很正式的反駁他：「那這不叫給，這叫搶走一個一，搶東西是不禮貌的！」

老父親差點吐血三升。

崔翠芬笑着進來：「在外面就聽見你倆的話了，好兒子，別氣你爸，好好寫，明天媽給你買大蘋果吃。」

林劍鋒抿着嘴笑，不再氣老父親，自己乖乖掰着手指頭算數。

林啟周啃着西瓜，看崔翠芬拿着衣裳縫縫補補，説：「明天休息買二尺布重做一件吧，你這都貼了多少塊補丁了。」

崔翠芬拿着針在頭髮上抿了兩下：「鋒仔長得快，他跑跑跳跳的，膝蓋最費衣裳了，這給他補上一點還能穿呢。」

她手巧，就算貼了補丁，也能在周圍繡上一片小花或者小動物，看着也不醜，

「你這個月的工資還沒發下來？」

林啟周把西瓜啃到露白皮，擦着嘴說：「説是再晚幾天發。」

「這廠子也不知道怎麼了，不僅你們在車間的拖欠，我這在食堂上班的，也拖兩個月了，這個月我看還沒消息呢。」

每個月都是月初開工資，但今年開始總是不能按時發放，有時候晚一兩天，有時候晚十幾天，像後勤這樣的部門，乾脆壓一個月才發，弄得工人怨聲載道。

「咱們攢的錢用沒了？」

崔翠芬掐着手指算算：「倒是還有一點，但也不能靠花本錢過日子啊，那不總有花完的時候嘛。」

「這情況什麼時候是個頭啊！」

崔翠芬愁，林啟周也愁。

愁也沒辦法，全廠都這樣，多少工人找上辦公室去，下個月該拖還是拖，一點用都沒有。

有人說是廠子效益不好，工資都拿去流動了，有的時候收不回來就只能拖着，一次兩次的大家都理解，這已經演變成常態了，大家幹活都沒勁。

「最近也不知道怎麼了，沒什麼胃口，一天也吃不了多少東西。」崔翠芬按着胃。

林啟周從兒子的作業本上收回視線，趕忙坐到媳婦身邊去：「你怎麼沒跟我說呢？是不是苦夏了，我給你買點清爽的東西吃。」

「看什麼都不想吃。」崔翠芬放下針線，想了想說，「倒是昨天李姐帶了幾個家種的李子，我吃了兩個，覺得還挺好吃的。」

李子？

現在李子也不應季啊，好像還青着呢，林啟周想想嘴裏就犯酸了，說：「行，那就買李子吃。」

隔天林啟周就拿了兩塊錢和一斤老蛋糕找上李姐了，把人家半生不熟的青李子薅走一半。

看着崔翠芬一口一個咔哧咔哧的樣子，他牙都倒了。

「你這胃口也開了，我從食堂帶了點菜回來，你順帶着吃幾口。」

飯盒剛打開，臘肉炒韭黃，浮着一層油花，他話都沒說完，崔翠芬捂着嘴就跑出去，扶着牆好一頓吐。

林啟周臉都嚇白了，給媳婦拍着背順氣：「怎麼了這是，剛才吃李子不還好好的？」

崔翠芬吐得昏天暗地，林啟周又是餵水又是擦嘴，急的團團轉。

隔壁張大姐聽見動靜出來看，笑嘻嘻地說：「翠芬啊，你這不是有了吧？」

「有了？」林啟周沒反應過來，愣愣地問，「有什麼了？」

崔翠芬捂着嘴倒是聽明白了，一回想最近的狀態，嗜睡乾嘔沒食慾，是跟當初懷林劍鋒的時候差不多，就是沒吐得這麼嚴重。

看丈夫還傻乎乎問，一胳膊肘捶在他肚子上，笑着說：「謝謝張姐提醒，要不我還當自己是苦夏呢。」

張大姐樂呵呵的，小眼睛眯起來：「沒事，還是要去醫院查一查，真有了就得好好養着了，你這身板啊太瘦了。」

林啟周後知後覺，扶着媳婦飄忽忽地走回去，像腳踩棉花似的，摸着她肚子，喃喃道：「懷……懷孕了？」

崔翠芬笑着拍他一把：「還沒準呢，萬一就是胃口不好呢。」

「沒事沒事，明天我請假帶你去醫院。你快坐下，別動了，我，我給你倒水泡泡腳。」

林啟周歡喜得手腳都不知道往哪放了，同手同腳的就走出去了，嘭一聲撞在門框上，又傻呵呵的笑着。

第二天兩人一起把林劍鋒送去學校，就直奔醫院。

等結果的時候，林啟周緊張得手心冒汗，雖然已經有一個孩子了，但當知道可能要迎來一個新生命的時候，還是忍不住激動。

他有些明白為什麼父母要一個個生下孩子了，這種血脈相連的悸動，真不是可以輕易捨棄的。

「恭喜，有孕一個月了，好好養胎，母親和孩子都沒什麼問題。」

醫生說出來的時候，林啟周和崔翠芬的喜悅溢於言表，林啟周一直看着檢查單，小心翼翼地扶着妻子，恨不得扛在肩上一步路都不讓走。

「看你這樣子，哪像已經有了一個孩子的人。」崔翠芬打趣道。

林啟周嘿嘿傻笑：「那不一樣。希望這個是女兒，咱倆就兒女雙全了，多美啊。」

再來一個林劍鋒那樣古靈精怪，用十二加八把老父親氣吐血的臭小子，真是想原地升天。

「傻樣吧。」

「你想吃什麼我給你買去。」林啟周摩拳擦掌，已經盤算要買什麼了，「還要給爸媽們寫信，他們知道肯定高興。」

「對了，你那食堂的工作是不是太累了，要不我給黃哥送點禮，換個崗位吧，輕鬆點的，你這次反應大可不能馬虎。」

崔翠芬有些無奈：「哪就那麼嬌貴了，我幹得挺好的，別亂花錢。」

「這又有了孩子，以後花銷更大了，各種東西都要準備起來。」崔翠芬蹙着眉尖，「也不知道這次奶水怎麼樣，要是再喝奶粉，還是一大筆開支。」

「別愁，你就好好養胎，剩下的都交給我，保證不能讓你們受罪。」

當晚，兩人就跟林劍鋒説起這件事。

小孩歪着腦袋，摸着媽媽的肚子，驚訝地問：「這裏面有一個我？」

崔翠芬溫柔地笑着，散發着母性光輝：「是有一個像鋒仔一樣可愛的小孩。」

「那媽媽你是先把他吃進去，再吐出來嗎？」

小孩稚嫩的問題讓大人哭笑不得，又不好意思解釋，林啟周就用一個大紅蘋果轉移注意力。

氮肥廠的效益一如既往的不景氣，工資壓了兩個月沒發，林啟周看妻子買東西都算計着，一分錢掰成八瓣花，心裏難受，就在早晚又找了個裝卸工的崗位。

有運輸車來的時候，就過去卸貨，幾十斤的重量壓在肩上，一天下來肩膀都是腫的，工裝一摩擦，油皮就蹭去一層，渾身都是灰塵，流下的汗水將灰分割成一道道痕跡。裝卸一車原料，只賺幾毛錢，卻壓彎了男人的脊樑。

林啟周下工回家，站在院子裏脱掉工裝，拍掉身上的灰，洗乾淨手臉才進門，生怕嗆到媳婦。

崔翠芬這胎懷得辛苦，孕吐得厲害，從吃不下東西，到聞見些特殊氣味都要乾嘔，整個人迅速消瘦，林啟周急在心裏，無計可施。

「快喝點水歇歇。」崔翠芬扶着腰，用毛巾輕輕的擦丈夫肩膀上被壓壞的油皮，「一會再塗點藥水吧，別發炎了。」

「沒事，明天就好了。」林啟周渾不在意，今天卸了好幾車，能賺點家裏就輕鬆點。

「你這車間和卸料兩頭跑，身體哪能吃得消，要不就別去卸料了。」崔翠芬心裏難受，小心地往傷口吹氣，眼睛熱熱的。

林啟周摸摸她肚子：「我一天好的時候能多掙一兩塊呢，留着給你買好吃的。媳婦你別哭，你懷孩子辛苦，我掙錢養你呀，沒事，我現在力氣可大了，你看，這胳膊都有肌肉了。」

林啟周鼓起胳膊上的肉，拉扯到肩膀上的傷，疼得齜牙咧嘴，笑意怪怪的，但崔翠芬看着卻覺得美好極了。

他們的愛情並沒有書中戲劇性的開端，也並不轟轟烈烈，就藏在柴米油鹽家長里短中，平淡得與世間大多數夫妻一樣，卻漸漸密不可分，成為彼此的命運共同體。

一簞食，一瓢飲，三餐四季，共同期待着新生命的降臨，平凡的抓不住任何特徵，但一樣令人心熱。

1986 年，廣東省羊角縣衛生院產房，嬰兒的啼哭聲響徹走廊。

林啟周倏地從板凳上站起來，臉上的冷汗砸在地上，一瞬間，安靜得只能聽見一聲聲嬰啼。

「恭喜你，是個千金。」

他已經抱過林劍鋒小時候了，此時還是緊張地在褲子上擦掉手汗，屏着呼吸接過襁褓，小心翼翼的，大氣都不敢喘。

看着孩子紅撲撲的臉蛋，他問：「我媳婦怎麼樣了？」

「好着呢，就是睡着了，等會你去病房看就行。」

林劍鋒出生的時候，還有林月英和崔玉芬幫忙帶，現在只有夫妻倆，兒子要接送上學，小女兒嗷嗷待哺，妻子還不能下地走動，林啟周恨不得生出八隻手來，忙得團團轉。

晚上女兒一哭，林啟周就坐起來，半眯着眼睛，把女兒往媳婦胸前一放，母女倆熟門熟路的一個進食一個拍拍，然後林啟周等吃完再抱起來拍嗝哄睡，一套動作熟練又流暢，全程林劍鋒都騎着被子呼呼大睡。

白天在車間上班順帶扛原料袋子，下班接孩子給媳婦送飯，然後洗尿布，晚上哄睡把尿餵奶，林啟周一手全包，可把隔壁的張大姐驚到了，紛紛説崔翠芬好福氣，找了個知冷知熱的好老公。

一個月子坐完，崔翠芬面色紅潤，神清氣爽，林啟周瘦了兩圈，是那種又黑又瘦還帶着黑眼圈的，但眼睛還是炯炯有神，看着老婆孩子就笑。

「我假期休完了，等明天就帶着家羽上工去。」崔翠芬擦着頭髮説。

林家羽，是小女兒的名字。

林啟周要背背扛扛不能帶孩子，白天只能老婆帶着走。

「行，我接送鋒仔，你帶好阿羽就行，等我下班給你帶飯回來。」

崔翠芬一頭烏黑的髮披在肩上，在燈光下泛着瑩潤的光澤：「奶粉還得買點。」

「嗯，我記着了。」林啟周在錢盒子裏數兩張揣進兜裏，看着不剩多少的存款，心裏歎氣。

這他奶奶的廠子，還不發工資，真是要命。

隔天，崔翠芬將還睡着的阿羽包好背在背上，用帶子綁好，林啟周帶着鋒仔，一家四口就出門了。

等送完孩子，直奔供銷社，買了兩盒奶粉，兜裏就剩三毛錢，坐車花掉一毛，連水都沒捨得買，回廠子在自來水龍頭低下咕咚咕咚灌了一肚子涼水。

「林啟周！來車了，快走！」

「哎，這就來！」

林啟周抹掉臉上的水珠，轉身就去扛石灰袋子，一袋五十斤，壓在肩上，瞬間胸悶，有的人能一次扛兩袋，他瘦小沒那個力氣，只能一口氣不歇地幹。

卸完車，又馬不停蹄回車間幹活，每個人都是定量的，如果不想加班耽誤接孩子，就只能加快手上的速度，忙得四腳朝天，中午對付一口。

如果中間還有原料車到，林啟周就又跑出去扛袋子，就這麼忙忙碌碌，身上的汗就沒乾過，一整天眨眼就過去了。

下工趕緊坐車去接孩子，林啟周滿身灰塵，臉上倒是乾淨，因為出的汗太多，灰塵不等粘住，就被沖掉了。

看着車窗外倏忽而過的景色，他難得在一天當中喘口氣。

雖然累，但他知道自己沒別的本事，只能賣一身力氣，有時候看見辦公室走出來衣裝整潔的人，他都要感歎，終究是吃了沒文化的虧。

尤其弟弟林啟揚大學畢業之後，直接進了政府工作，體面不說，福利待遇也好，也沒有這拖欠工資狗屁倒灶的事，不用肩扛手提就拿着工資，說不羨慕是假的。

所以他對鋒仔的學習成績很重視，奈何鋒仔除了小作文寫得好，數學是一塌糊塗。

他把林啟揚當作目標講給兒子聽，這小子嘴上答應，但數學課該睡的覺是一點沒耽誤，哪怕罰站，都抵擋不住聽見數字就犯睏的心，林啟周聽老師隔三差五的告狀，也覺得心累。

「妹妹今天哭了嗎？」鋒仔肉乎乎的爪子抓着他兩根手指，蹦蹦跳跳地走着。

林啟周動動酸疼的肩膀，現在肩上已經不會破皮了，磨出一層厚厚的繭子。

「你媽媽帶着她呢，妹妹很乖，只有餓的時候才哭。」

「那我小時候也乖嘛？」

「鋒仔也乖，如果數學課不睡覺就更乖了。」

「……」

一大一小牽着手往家走，一個矮小的背着書包，一個脊背有些彎曲，身後是橙紅的夕陽，慢慢落下，擋在建築之間，背影越拉越長，格外溫馨。

林啟周站在辦公室裏，對面是正在喝茶的車間主任，數量不多的頭髮以一種詭異的弧度搭在光亮的頭皮上，根根分明。

「主任，上個月和這個月的工資什麼時候發？」

主任端着茶缸，說話之前先吐出一根茶葉梗：「這個嘛，都是上面決定的，這錢也不在我手裏，我說了不算啊。」

林啟周皺眉，每次都是這一套說辭，除了踢皮球什麼問題都解決不了。

「主任，我家兩個孩子，都等着張嘴吃飯呢，這不發工資實在是難為人啊。」

「嘿你這個同志，那你讓我發，我也沒這個錢，你不也是難為我嘛。」主任啪的一聲蓋上蓋子，「但凡我要是有這個錢，不用你們說，一分都不差你們的。」

「不是，主任，您能不能往上反映一下，這拖欠工資的事回回都說解決，到現在也沒個消息，這日子真快過不下去了。」

「反映了，怎麼不反映。但這咱們不得跟着組織的政策走嗎，那還能跟組織對着幹啊！」主任把桌子拍得嗶嗶響，就是嘴裏沒有一句準話。

林啟周又被打發了，出了辦公室門，外面都是聽牆角的工人，紛紛問道：「怎麼樣？咋說的？」

林啟周垂頭喪氣地晃晃腦袋，大家一看就明白了，還跟之前一樣，既不說什麼時候發，也不說徹底不發，一個皮球在車間和上邊踢來踢去，找到哪裏都沒有準信。

他摸摸懷裏的信封，昨天收到的，信中說母親病了，看病要用錢，他也着急，但自家的錢盒子也沒有幾張了。

阿羽胃口好，一盒奶粉最多吃半個月，那點錢還輕易動不得，急得他嘴上起了一圈火皰。

尋思今天問問能不能發工資，三言兩語就被打發出來，現在感覺火皰更疼了。

低着腦袋回家，一進家門就看阿羽躺在床上嗷嗷哭，妻子挖着一勺奶粉，在蓋子上刮了又刮，平平整整一勺，小心地倒進杯子裏，一絲都沒灑出來。

鋒仔用紙塞着耳朵坐在旁邊寫作業，手邊的糖塊用包裝紙蓋着，這塊糖吃三天了，每次甜甜嘴就吐出來包好，第二天饞了再舔兩口。

林啟周看着心裏堵得慌，悶聲出去坐在院子裏搓尿布。

崔翠芬每天背着阿羽上工，沒時間洗，換下來的就裝在袋子裏，等他下班回來一起搓乾淨。

一邊洗，一邊想着當年自己小時候，也這麼坐在房檐下面洗尿布，只不過那時候是餓着肚子的，而現在，他還差一點點就要讓老婆孩子也餓肚子了。

兩口子的伙食費一降再降，已經是最低那檔，一頓兩個粗麵餅，一碗免費的菜湯，有時候他幹力氣活多，就多加一個餅，菜湯要勻速喝，喝快了後面吃餅子就只能乾噎。

一手搓着尿布，心裏直歎氣，這日子過得一天不如一天，兒子吃個糖都得節省着，小嘴吧嗒吧嗒兩口就放起來，他這個當爹的，好像也沒比自己爹好到哪去。

「啟周，你進來我跟你說點事。」崔翠芬抱着孩子餵奶，掀開布簾叫他。

林啟周在身上擦擦手：「什麼事？」

崔翠芬揚揚下巴，順着方向看過去，桌面上整整齊齊放着兩張十元錢，有一張破了一角，用膠帶黏在一塊。

林啟周瞳孔震動：「翠芬……」

「你不是能藏住事的，這兩天心不在焉的，我就知道是有事了。」崔翠芬抱着孩子哄，「寄回去吧，有病治病，這是大事不能耽誤了。」

林啟周緊緊看着兩張紙幣：「可家裏已經沒錢了。」

「阿羽的奶粉還有，鋒仔的學費也都交過了，我帶着他們去食堂吃飯便宜不少，有吃有喝的不用擔心。」

「我想着，寫信終究不方便，你還是請假回去一趟，看看媽到底是什麼情況，心裏也安穩。」

「阿羽還小，我要是走了，你自己顧不過來。」

林啟周一走，這家裏家外都得崔翠芬自己擔起來，真忙不過來。

崔翠芬翻了個白眼：「有什麼不行的，你也不是不回來了，幾天而已。我帶着阿羽接送鋒仔上下學，晚上收拾收拾家而已，不難辦，你該走走你的。」

第三十五章

子欲養，親不待

這次回老家坐車遠比以前在梅田方便，林啟周收拾好東西當天去車站，第二天晚上就能下車。

一路上心神不寧，他知道母親這兩年身體一直不太好，但這是第一次在信中表露出來，語焉不詳的，也不知道具體怎麼樣了。

到村口的時候，已經月上梢頭，兩邊的稻田被風吹拂，撲簌簌的吵吵作響。

吱呀一聲，推門走進去，院子靜悄悄的，沒有一盞燈亮着。

剛要往小屋走，就聽一聲低喝：「誰！」

林啟周順着聲音看過去，林啟聲舉着鋤頭站在陰影裏，渾身肌肉都緊繃着，像一隻蓄勢待發的狼崽。

「聲仔，是我，你大哥。」

「大哥！」林啟聲扔了鋤頭迎上來，「你怎麼回來了？」

把包袱遞給他，説：「阿蘭在信裏説媽病了，我不放心就回來看看，媽怎麼樣？」

林啟聲垂着頭，聲音落寞：「媽在縣裏醫院呢，爸在那陪着，二哥也在，阿蘭也趕回來了，我留在家看着興仔他們。」

一進屋，兩張木板床上躺着興仔鋭仔，小妹妹雪蘭住在主屋，都睡得酣甜。

林啟周壓低了聲音問：「這次病的很重？」

「醫生說咱媽是年輕的時候身體虧損嚴重，現在年紀大了，越發不好了。

「前兩天我從田裏回來，就聽見雪蘭嗷嗷哭，一進去就看媽摔在地上，嚇得我趕緊借車往醫院送。

「醫生說再晚點就救不回來了，昨天聽說剛醒過來，但說話不太清楚，認人也迷迷糊糊的。」

林啟周聽着心裏難受，他一年年長大成熟，自己的孩子都有兩個了，父母自然也在逐漸衰老，總有一天，要面對生老病死，可再多的心理建設，當事情發生在眼前的時候，也會情不自禁擔憂難過。

「你這趕回來還沒吃飯吧？我給你弄點吃的，吃完就睡覺吧，明天我陪你進城去醫院看看。」林啟聲說着就站起來。

林啟周就搬着凳子跟着坐在廚房門口，兄弟倆一句句說着話。

「你這麼回來，嫂子自己能行嗎？我還沒見過小侄女呢，等過年的時候你帶回來，我見見。」林啟聲這些年從未出過遠門，一直安安靜靜地守在爸媽身邊，除了種田就是做家務，儼然是另一個林啟周。

「行，到時候我都領回來。」林啟周看着高大的弟弟熟練地圍着鍋台，問道：「你也不小了，有沒有喜歡的姑娘？也該成家了，我孩子都兩個了。」

林啟聲嘿嘿笑着：「家裏這麼多事呢，再說我也沒什麼大本事，就村裏這些姑娘，那都是從小一起跑到大的，一塊打架還行，過日子可沒戲。」

「大哥，你別說我眼睛高。我就是想找個像嫂子那樣的，跟你情投意合，有共同話題，互相喜歡，不然那日子過得也太沒意思了。」

林啟周指着他笑罵：「你這眼睛還不高？你嫂子那樣的可不好找。

要我説，你也該變一變了，總在村裏待着也不是辦法，往外走一走才好。」

林啟聲笑得無奈：「大哥，你看這家現在，你和二哥一年不回來一次，阿蘭離得更遠，以後也必然不能回村子裏落戶。」

「興仔鋭仔雪蘭都在念書，咱爸媽年紀又大了，我要是再出去，萬一有什麼事情，家裏連個能擔事的都沒有，到時候後悔都來不及。」

是啊，這次就多虧林啟聲回來的及時，要是都走了，有什麼後果真說不好。

「終究耽誤了你。」林啟周長歎一聲。

「也別這麼説。」林啟揚添柴燒水，看着燃起來的火星，説道：「當年，你是怎麼在爸媽面前給我們爭取上學機會的，我都記着，是我自己主動放棄的，跟你們都沒關係。退一萬步説，以後你們都出息了，還能扔下我不管？」

「大哥，以前咱們就在這個院子裏長大，那時候你自己擔着一個家，就算到了現在你也沒少出錢出力，要是沒有你，二哥和阿蘭上不了學，也沒今天的好路走，興仔幾個的學費我也知道，一半都是你拿的。」

林啟聲嗤笑，自嘲地説：「反倒是我，除了一把力氣，也沒什麼本事。以前遮風擋雨的是你，我就佩服你，你們都走得遠，我離得近我就多照顧爸媽，一家子兄弟姐妹，不説那些見外的話。」

林啟周深深覺得，這些弟弟妹妹真是長大了，一套套的説辭總能讓他啞口無言。

「飯好了，快來吃。」

林啟周一看那熱騰騰的碗就笑了：「是番薯啊。」

「嘿嘿嘿，小時候家裏吃不上飽飯，你偷吃兩塊番薯還被二哥告狀，媽還打你呢。」林啟聲把拌好的鹹菜放在旁邊，把筷子塞過去，

「你隨便吃，我肯定不告狀。」

離開家以後，就算吃的再不好，也沒有餓過肚子，可當年食不果腹的感覺，林啟周覺得自己這輩子都忘不了。

熱乎乎的吃完飯，月亮已經升到頭頂，林啟周和弟弟蓋着一床被子躺下。

透過窗戶向外看，還是小時候的庭院古樹，也許時間太久，老樹亦有些頹敗，枝葉遠沒有三十年前茂密，可月光依舊，一如往昔。

不知睡了多久，大門被人砸響，迷蒙中看見聲仔披着衣服出去，不多時，腳步凌亂地跑回來。

「大哥！大哥快醒醒！」

林啟周被這驚慌的語氣驚醒，騰地一下坐起來：「怎麼了？」

「醫院電話打到村部，咱媽怕是不行了。」

健壯的漢子未語淚先流，林啟周麻木着，穿衣叫醒弟弟妹妹，走出院門，微風拂面，涼意從肌膚滲透四肢。

林啟周抹了一下眼睛，才恍然驚覺，已經淚流滿面。

兄妹幾人坐着拖拉機，頂着月光往城裏去，一刻不敢耽誤，誰也沒説話。

林啟周手腳都是冰涼的，他還記得當年走的時候，母親就站在村口目送，記得每年回來過年，母親不管多大的脾氣，都會拉着他説瘦了。

母親也會因為偏心將不多的精力分給弟妹，也會張口要錢，也會因為一個番薯落下巴掌……

可現在，他看着空寂深沉的夜色，母親身影不在，他發現這天驟然變冷了。

拖拉機的轟鳴叫醒了全村的貓狗，可叫不醒他的心，劇烈的心跳比機械音更響，震動得讓他聽不見任何聲音。

反覆不停的在心中念叨着，媽媽，請再等等我，再等一等。

醫院的白熾燈將牆壁照的越發蒼白，林啟周跑進病房的時候，趕回來的阿蘭正撲在床邊哭得癱軟，林明芬低着頭坐在旁邊，整天拿煙的手，此時緊緊抓着妻子的手腕。

「媽……」

林啟周腳步踉蹌，站在門口的一瞬間，他甚至都沒有看清母親的樣子，眼淚便止不住地模糊了視線，渾身冰冷着，從頭到腳的血液都在此刻凝滯。

「媽。」

林啟周顫抖着去摸母親的手，貼在臉上，眼睛緊緊盯着母親的面容，他惶然地看向周圍人。

「媽怎麼沒反應？她怎麼不睜眼睛？」

林啟揚雙眼紅腫躲開對視，阿蘭也埋頭哭泣，林明芬低啞着聲音說：「媽，剛剛走了。」

林啟周張了張嘴，嗓子像被堵住了，發不出聲音，可那種心塞的哀痛宛若洪流，從心臟開始翻湧，鼻子一酸，肆無忌憚地噴發出來。

眼淚撲簌簌往下掉，一下下砸下來，他緊緊抓着母親的手，生怕一鬆開，母親就徹底消失了。

「您再等等我啊，就差一步，我都沒看見您最後一面，媽！」

三十多歲的男人跪在床前痛哭，彎着脊背，額頭一下下磕在床邊，顧不得青紫，只想用肌膚上的痛感模糊掉心裏的痛。

後來，林啟周被拉開，醫生將死亡證明交在他手上。

他就看着母親了無生氣的被翻來覆去，套上一身壽衣，那花紋刺痛了眼睛，卻不敢眨眼，他知道到了此刻，便是真正的見一面少一面了。

從前對母親的怨懟和不忿都清空了，只要稍微想一想，以後就是沒有母親的人，這顆心就像被扔進攪拌機，在疼痛和窒息中來回穿棱，最後化成一灘爛泥。

當母親被推着送去太平間的時候，林啟周宛若瞬間爆發的野獸，追在後面，一聲聲哭着叫媽，緊緊抓着那雙冰冷的手，不敢放開。

弟弟妹妹們都跟在身後，可他看不見任何人，他在害怕，在恐懼，在不捨。

鐵門轟然關閉，冷氣和母親的身影從視線中被隔絕。

嘭！

雙膝砸在地上。

林啟周悲痛得無以復加。

聲中如告訴，未盡反哺心。

梁玉珍的葬禮並不盛大，幾朵白花搭在柵欄上，棺材就放在堂屋中間，兒女跪在兩側，一捧捧紙錢扔進火中，化成灰燼。

鄰居親朋來弔唁，林啟周拄着麻木的膝蓋磕頭還禮，眼中的紅血絲昭示着幾夜不曾合眼。

母親的遺像就掛在牆上，可他不敢看，男人越發沉默了。

「啟周。」

溫和的聲音在身後響起，林啟周回頭去看，妻子領着兒子，懷裏抱着女兒，站在靈堂裏。

林啟周才想起，是了，他讓弟弟給家裏打過電話。

「翠芬。」

崔翠芬抱着孩子跪在他身邊，摸着他的手，看見丈夫憔悴的模樣，準備了一路的安慰措辭說不出口，只說：「我還在。」

林啟周的眼淚倏然落下，滾燙地落在彼此交疊的手上，燙得人從心到血脈都在發顫。

起靈的時候，林啟周作為長子，在最前面摔盆送靈，一把把紙錢揚上天際，落在梁玉珍曾經生活了幾十年的地方，飄飄蕩蕩。

「孝子孝女靈前走，西南大路歸天嘍——」

哭聲此起彼伏，此時沒人再想起梁玉珍年邁後暴躁的脾氣，隨着棺材一路走上墳地。

林啟周披麻戴孝，跟着村裏的老人完成儀式，是對母親的告別，也是埋葬了母親身後遺體。

可棺材能入土，但留下的痕跡卻依然清晰的存在着。

林啟周回到家，看見院子裏燒過的紙灰，想起母親坐在這洗衣裳，看見土缸就想起母親醃過的鹹菜，看見老樹一樣能想起母親坐在樹下的身影……

懷念從不是一朝一夕的事情，而是在以後未來的某一刻，看見某個事物，恍然想起，曾經這裏有過那人的痕跡，於是空蕩蕩的心再次活躍，提醒着人已不在，而回憶仍在反覆折磨着每一個人。

林啟周是在母親頭七過去之後離開的，身邊站着妻子，兒女雙全，可他沒有媽了。

他想，今年的紅燈籠該是不那麼溫馨的。

第三十六章

再次下崗

1987 年，廣東省茂名市電白縣氮肥廠對一批員工實行停薪留職，林啟周再次下崗了。

夫妻倆一邊收拾東西，一邊唉聲歎氣。

「你說這日子還沒過起來呢，又變了，現在找個工作多難啊。」崔翠芬疊着衣服，一件件裝進箱子裏。

林啟周的眉頭多少天就沒鬆開過，他覺得自己這些年走背運，這氮肥廠以前雖然拖欠工資，但好歹一兩個月的能看見錢，現在直接停薪了，他有一大家子要養活，實在耗不起。

「我租好房子了，是一個自建房的一樓，有兩個房間，比這寬敞一些。」

崔翠芬想了想，點頭說：「也好，鋒仔也大了，不能總跟咱們擠在一起，讓他單獨住個房間挺好，水電怎麼說？」

「單獨扯個電表，以後自己算自己的，不跟樓上一起。廚房廁所都是公共的，我也看過了，離鋒仔的學校不算太遠，黃哥那自行車要賣，我買下來以後接送鋒仔正好。」

崔翠芬聽着，想到黃國棟那自行車，真是除了鈴聲不響哪都響。

「唉，這七七八八的加在一起也是不少錢，你想好要幹什麼了嗎？」

林啟周搖搖頭，現在什麼廠的效益都不好，不怎麼招人了，而且這些年他一直都在廠裏，實在是不想再進了，要是能學個別的手藝，以後自己幹點什麼，也挺好。

但這也只是想想，他們兩口子沒有本錢，沒有鋪面，兜裏的錢都得算計着花，畢竟吃吃喝喝都是要錢的。

「等安頓好了，我出去轉轉，看能幹點什麼吧。」

事到如今，再怨天尤人也沒用，走一步看一步吧。

搬家的時候，林啟周利落多了，這房子住三年，遠沒有當年在梅田的時候依依不捨，用自行車馱着行李，一家四口步行離開了廠區。

新租的房子是個獨院，一樓給了他們，二樓也是一對夫妻帶着孩子，比他們住的時間長，看上去還算好相處。

東邊是夫妻帶着阿羽住，西邊小屋給林劍鋒住，比在氮肥廠的時候寬敞多了，院子收拾的也乾淨，忙活一整天，看着心裏可算舒服一些了。

晚上吹了燈，崔翠芬搖着蒲扇，將女兒臉上汗濕的頭髮撩開，小聲說：「咱們什麼時候能有個自己的房子啊，不用這麼搬來搬去的。」

林啟周現在兜比臉乾淨，只能說：「會有的，讓你跟着我吃苦了，也沒過上好日子，我再努努力，肯定讓你和孩子住大房子。」

「我不覺得苦，就是這麼想想。你明天出去找活的時候順便幫我看看，有沒有適合的，只靠你自己養家可不行。」

崔翠芬確實知足，結婚這些年，孩子都生兩個了，但夫妻倆很少紅臉，林啟周早出晚歸地掙錢，也沒有別的心思，吵架的時候少，就算偶爾有個磕碰，也不等過夜就伏低做小的開始哄，這樣的男人外面可不多見。

所以即便搬家沒個定所，生活也拮据些，崔翠芬也不捨得再給他壓力。

夫妻倆親密地說着話，夜深了，才兩相睡去。

林啟周走在街上，兩邊林立着個體商鋪，紅色的招牌上用藍字寫着名稱，大到修車店、餐館、旅社，小到早餐鋪，煙酒糖茶等，各式各樣的東西都能拉出來做生意。

可他走了幾條街，也沒找到自己能做什麼，那套在機床上運用的手藝，放在什麼店裏都覺得沒有用武之地。

走了一小天，看什麼生意都覺得能賺錢，再想想家裏快要見底的錢盒子，剛熱乎起來的心氣又涼了。

回家的時候滿頭大汗，垂頭喪氣，沉悶地嚼着大餅。

「吃菜，別乾吃啊。」崔翠芬給他夾了一筷子青菜。

林劍鋒噘着嘴說：「都吃好些天菜了，媽，我想吃肉。」

「哪有肉！沒錢買肉！你作業寫完了嗎，就要吃肉！」林啟周憋悶了一天的心，像是被兒子鬧着吃肉點燃了一般。

崔翠芬氣得給他一下子：「你跟孩子較什麼勁。鋒仔聽話，明天媽給做肉，別理你爸。」

林劍鋒小聲哼哼着，吃完就跑回房間，不說一句話。

崔翠芬也歎氣：「你別着急啊，這工作也不是一天就能找到的，慢慢來，誰也沒催你不是，你看你跟孩子那態度。」

「還說我的態度，你是沒看見他老師跟我告狀，這孩子從小就偏科，現在更嚴重了，考試都敢給數學交白卷。」

林啟周氣沖沖的，今天找工作失敗，去接兒子放學，被老師在校門口好一頓數落，憋着一肚子火氣回來。

還好意思要肉吃，不給他一頓竹筍炒肉就不錯了！

「我看他考中學的時候怎麼辦！」

「好啦好啦，先吃飯。」崔翠芬給他夾一筷子菜，「我今天聽樓上的鄰居說，她男人在一家修車廠上班，一個月能掙幾十塊錢呢。」

林啟周放下飯碗說：「我也不會修車啊，這去了不得當學徒工啊，那能掙幾個錢。」

「嘖，你是不會修車，但是你手巧，當年你跟師傅做的零件，全廠子都吃香的，不會就學，你上手快，時間上不愁人的。」

聽媳婦提起師傅，林啟周也有點恍惚，他自從離開梅田之後，就沒回去過，倒是跟徐大春有點書信往來，知道師傅師娘都過得還好。

「那我明天先去修車廠看看，要是能行的話，就研究研究。」

有了目標，林啟周第二天出門的時候，就專門往修車廠找。

這個時候騎自行車的多，路面上的汽車很少見，修車廠的手藝也算是吃香，有的一家店，兩個會修車的大師傅，身後跟着七八個學徒。

林啟周進去不修車，倒是打聽一些技術上的事，都不等見到大師傅，就被學徒給打發走了，這東西少一個人學，就多一個成手的機會，誰也不願意往前領新人。

他一看自己不受待見，趁着回家吃午飯，就把自己那破破爛爛的自行車推出去了，七拐八繞地找到一家汽車和自行車都能修的廠，借着由頭打聽。

「師傅，您看我這車胎用不用換？這車鍊子總掉。」林啟周遞過去一根煙。

修車師傅接過來夾在耳朵上，對着自行車敲敲，說道：「兄弟，你這要是修可得大換啊，就沒有沒問題的地方，你看你這剎車片都生鏽了，這腳蹬還少一半。」

林啟周嘿嘿一笑：「您看着給弄弄，用不了的就換了。」

那邊叮叮噹噹的開始幹活，林啟周就蹲在旁邊給遞遞工具，眼睛一直往汽車修理那邊瞟。

「師傅，你這修一個月車能掙多少錢啊？」

「掙不了多少，一個月幾十塊錢，賺個養家糊口的錢。」

林啟周在旁邊殷勤得很：「我看您幹活這麼麻利，修自行車大材小用了。」

師傅抬頭看他一眼，往裏面揚揚下巴：「那都是技術活，比我這個高級多了，你看看有人去學修汽車，我這都是多少年前的舊手藝了，不吃香了。」

「怎麼説都是手藝，這才叫鐵飯碗呢。」林啟周嘿嘿笑着，「現在開車的越來越多了，但咱這自行車更輕便，您這一門手藝還有多少人不會呢。」

他敲敲車胎：「看看這修的，我在家弄了小半天還趕不上您幾分鐘的能耐呢。」

師傅沒抬頭，擦着手上的黑泥，拿下耳後的煙，點着了使勁嘬了兩口：「這算什麼能耐，裏面的一個月都奔着百十塊掙，我這才幾個錢。」

林啟周一臉不信：「不能吧，那一輛車前前後後站着多少人呢！」

「嗤，那都是學徒工，掙錢可輪不上他們。一天管一頓飯，頂多給十幾二十塊的零花錢，平時打打雜，站在邊上看看，想真正學東西那就看自己本事了。」

林啟周有一搭沒一搭地嘮嗑，眼睛一直在裏面打轉，觀察了小半天，果然就像這師傅説的，上手的都是年紀大的老師傅，學徒太多，連遞工具都有人搶，在旁邊一站就是一天的才是大多數。

推着修好的自行車，一邊往家走一邊想着今天看見的境況，他要是找個修車廠，十有八九就是學徒工，工資少不説，想學出成手還有得日子熬，但成手修車工的收入也很可觀，讓他有些搖擺不定。

「你丟魂兒了啊？心不在焉的。」崔翠芬伸手在他眼前揮揮。

林啟周回神，接着往灶台裏添柴，説：「學徒工太耽誤時間了，我今天走了幾個地方，最少的學了兩年，但是那些成手的能自己修車的，一個月都不少賺，看着真是眼熱。」

「這有什麼好糾結的，兩年學個手藝時間還長啊？你也不想想當初跟着趙師傅學了多久才自己分機床開工，這投入和回報都是有比例的，想掙那個錢，可不就得付出，不然人家吃飯的手藝憑什麼交給你啊。」崔翠芬掰着白菜葉，放大鍋裏用清水燙熟，一邊做飯一邊跟丈夫説話。

「樓上的夫妻我問了，他們那廠子就一個能上手修車的師傅，現在帶着兩個學徒工，人手緊張，你要是想去，他説能給你牽牽線。」崔翠芬拿着勺子攪合，「到時候咱們請吃頓飯，買點東西，全了禮數。」

林啟周拍拍手上的灰，也就下定決心了，反正找來找去，也就這個修車工還能做，不糾結之後，到食雜店買了兩瓶酒，拎着就上樓找人去了。

崔翠芬在家做針線，指點着孩子寫作業。

林劍鋒揪着腦袋上兩根豎起來的呆毛，看看外面黑黢黢的天，問：「天都黑了，我爸還不回來？」

「他有事呢，你快點寫，寫完好睡覺。」崔翠芬在他腦門上戳一下，「你看看這褲子，這個月都補過兩回了，穿衣服也不知道省着點。」

燈光下，母親拈着針線跟孩子念叨，一家之主為了請人前橋搭線，請人喝酒吃菜，一家子都在為了前程努力。

等林啟周帶着酒氣回來，搖搖晃晃地砸在床上，崔翠芬起來給他擦擦手腳，黑髮尾垂在他臉上，泛起一陣癢意。

將頭髮捉在掌心纏繞，嘿嘿傻笑着：「媳婦，成了。」

崔翠芬抿嘴微笑：「成了就行，你好好學，以後咱也幹個修車廠。」

她對丈夫一直都是鼓勵為主，只憧憬未來了，絲毫沒提學徒工一個月十幾塊錢的收入，怎麼養家糊口。

林啟周喝了酒腦子昏沉，翻個身就睡了。

崔翠芬披着衣裳坐在書桌前，看着錢盒子裏幾張薄薄的鈔票，剛才對丈夫那盈盈笑臉都消失乾淨，眉尖若蹙，滿是惆悵。

林啟周有熟人推薦，這修車廠學徒工算是正式上線了。

每天五點就到，拿着掃帚從裏到外清掃一遍，給大師傅的茶水填滿，做完這些就要開門營業了，如果有車進來，就拿着抹布上上下下擦車，一邊擦一邊豎着耳朵聽師傅溝通。

等開始操作的時候，比他先來的學徒自然圍在師傅身邊，他就墊着腳從縫隙裏看，能看到啥算啥，一點能學到知識的機會也不放過。

遇上來洗車的人，就是他們這些學徒工上，手腳都泡皺了不說，還沒有提成。

等晚上下班，大師傅都走了，他還要打掃衛生，給師傅刷杯，然後把今天用過的工具都清潔乾淨，最後關燈鎖門回家。

一天下來，腰酸腿疼，回家隨便往嘴裏扒兩口飯，倒頭就睡，呼嚕聲震天響，什麼聊天乘涼的心思都沒有，眼皮像被膠水黏上了一般。

林啟周天不亮就爬起來，跟媳婦小聲說：「這累得我，做夢都是刷車，那身上還在水裏泡着呢，嘖嘖。」

不等他感歎完，崔翠芬噗嗤一聲笑噴出來，掀開被子說：「你女兒尿床，尿你身上了，什麼刷車啊。」

林啟周臉黑了一下，磨磨牙，到底捨不得像對兒子似的拍一巴掌，拎着被尿濕的被褥出去晾起來。

「我這整天不着家，你帶着倆孩子辛苦了。」

崔翠芬攏着頭髮，往鍋裏扔了一把米：「說什麼廢話，那不是我孩子啊？好好學手藝，你可說以後讓我們娘仨住大房子的。」

「放心吧。」

林啟周吃過早飯就出門了，修車廠只管一頓清湯寡水的午飯，早晚都得在家裏解決，要是當天有什麼着急要幹的活，錯過了飯點，就得一直忍到下班回家。

午飯的時候，林啟周端着碗，裏面是筷子都立不住的粗麵粥，配上點鹹菜和小炒青菜，連油星都看不見。

啼哩吐嚕的往嘴裏倒，不等吃完，那邊大門敞開，就有人喊：「林啟周！刷車了！」

他趕忙把飯碗收起來：「來啦，發財哥！」

這個發財哥叫趙發財，是最早來當學徒工的，每天干活不積極，圍着師傅轉是一個頂倆，總能仗着比別人多出幾天交情，佔據最有利的位置，要是有人越過他在師傅面前出頭，第二天必然要包攬所有刷車任務。

林啟周剛來的時候不知道這些事，搶着給師傅遞了兩次扳手，就被趙發財記住了，現在整天刷車，那邊修車的時候他也沒時間過去看，時不時還被發配到別的師傅那幫着修三輪車自行車。

師傅不在的時候，趙發財就頤指氣使，但凡有其他人在，趙發財就誇他勤快能幹，簡直讓林啟周有苦說不出。

「王哥，今天有時間自己過來了？」李師傅在身上擦着手迎上去。

「車壞了，過來你給看看什麼問題，早上發動的時候抖得厲害。」

「沒問題，等我看看。」李師傅招呼着，「發財，給王哥倒點水。」

林啟周拿着抹布擦車，小聲問另一個學徒工：「少見李師傅這麼熱情啊，這王哥什麼來頭？」

「南邊兩個蛋糕鋪都是他的，好像還開了一個五金店，有錢着呢。」

林啟周在心裏咂舌，這還真是有錢，買賣做這麼多，手上更勤快了。

等他擦完，那邊也修完了，林啟周有點失落，又什麼都沒看見。

「你這學徒工手腳真麻利，幹活也細緻，連這輪轂都擦乾淨了。」王哥拍着林啟周肩膀，往手裏塞了一張小費。

李師傅看看他手裏拿張五塊錢，笑呵呵地說：「他最勤快，我這院子裏裏外外的衛生都是他管着。」

林啟周攥着錢還有點愣，這王哥隨手給的小費就跟他半個月工資差不多了。

趙發財晃悠到身邊，皮肉緊繃着笑道：「今天有額外收入了哈，運氣真不錯。」

林啟周摸着頭，憨憨地笑：「晚上我買點豬頭肉，咱們也喝兩口。」

二斤豬頭肉加一瓶子散白酒，林啟周張羅着晚上一起吃飯，李師傅搖着蒲扇抿着白酒，趙發財似笑非笑，絲毫不提林啟周花錢置辦的事，拿着酒瓶子殷勤地給李師傅添酒。

「林啟周啊，你來了有一陣了，學到什麼沒？」李師傅半眯着眼睛問。

林啟周心裏呵呵，就這成天刷車肯定什麼都學到，但臉上笑着說：「學了學了，這些工具啊什麼的都認全了。俗話說隔行如隔山，以前沒接觸過，幸虧在這能好好打基礎。」

對，現在擦車用幾成乾的抹布擦得最乾淨，他心裏門清。

李師傅點點頭，老神在在的一邊乘涼一邊喝酒，時不時夾一口豬頭肉，也不知道這幾個學徒工的明爭暗鬥他聽懂了沒有。

等一頓酒喝完，趙發財主動送李師傅回家，林啟周留下收拾攤子搞衛生，等他鎖上門，月亮都升起老高了。

他也沒想着剛到就上手，但現在明顯被排擠在外，心裏多少有些過不去，板着臉回家也不愛說話。

他從小就最不喜歡人事複雜的地方，幹活就是幹活，學手藝就是學手藝，非要把簡單的時候搞成你死我活的競爭，他不適應，也不想逼着去變成自己都陌生的樣子，只能在心裏忍着。

好不容易找到一家能學手藝的地方，要讓他什麼回報都沒收回來就放棄，林啟周也不甘心。

這天，他去五金店買螺絲回來，路過外間的自行車維修區，看見張師傅捂着手齜牙咧嘴。

「碰着手了？」林啟周放下東西走過去。

「手滑，割個口子。」張師傅手指上的口子一股股往外冒血。

「你去處理一下吧，趕緊消消毒包上，別感染了。」

張師傅皺着眉頭：「這幾個螺絲精細，一會就要來取，我裝完再去。」

這麼説着，一鬆手血就冒出來了，林啟周看着都疼。

「我幫你裝，你快處理傷口吧。」

林啟周挽着袖子蹲下就開幹，他十幾年在車間打磨出來的手藝，對付一些精細零件信手拈來。

小螺絲只有拇指蓋大小，一層一層摞着，也不知道這是什麼牌子的自行車，看精細程度也便宜不了。

安裝完，腦門上的汗順着臉往下淌，一回身才看見李師傅在後面站着。

「李師傅。」林啟周在抹布上蹭蹭手裏的機油，「螺絲我買回來了。」

李師傅微微點頭，眼神有幾分探究：「手挺細，以前幹過？」

「沒有，這都是之前在工廠車零件練出來的，這點小東西不在話下。」林啟周這話只是聽着謙虛而已。

「挺好。」

李師傅沒說別的，轉身就進去了。

林啟周拎着袋子跟上，他知道不能着急，但能表現自己的機會也不能放過，不然就這麼被趙發財左右擋着不讓學手藝，他得猴年馬月才能出師。

當天下班的時候，擦完工具都擺整齊，看李師傅從屋裏走出來，迎上去說：「您今天還沒下班呢？」

「上年紀了，容易乏，在屋裏睡着了，這就下班。」李師傅走過去，眼睛在工具上掃過，「都是你保養的？」

「嗯。」林啟周摸着頭，還是那憨憨的笑容，「都是以前的習慣，回家之前總得收拾好，第二天用着不亂。」

屁話，都是趙發財沒活找活給他安排的，不然早就回家老婆孩子熱炕頭了。

「知道你手腳勤快，都認識嗎？」李師傅隨便拿起一個問道。

林啟周點點頭：「金屬鉗。」

「這個呢？」

「一千克的金工錘子。」

一連問了幾個，有常用的，也有比較冷門的，林啟周對答如流，李師傅眼神裏就帶着幾分滿意。

「明天王哥來換輪胎，你跟着我遞遞工具。」

林啟周心裏歡喜，臉上帶出幾分真誠的笑：「行，謝謝李師傅。」

李師傅無所謂地搖搖頭，背着手就走了。

林啟周知道這是要開始正式學手藝了，回家的腳步都輕快幾分，美滋滋地想着，還是老婆說得對，機會都是留給有準備的人，他默默無聞地幹了這麼長時間活，有眼睛的人都能看得見。

第三十七章

自責愧疚

月色昭昭高歌，十月大雨滂沱。

林啟周踩着雨水，足跟點地，濺起一灘水窪，頭頂舉着一塊塑料布，急匆匆往家跑。

「剛要給你送傘去，快進來，擦擦身上的水。」

崔翠芬站在門口，頭頂是一盞昏黃的門燈，光暈將整個人籠罩在一層瑩潤的水汽中，顯得親切又平易。

林啟周先把媳婦推進門，在門口將塑料布團好，抖抖身上的雨水。

「今年颱風來得晚，這兩天都有暴雨。聽説沿海有的堤壩都衝垮了。」

下雨天生意不好，沒人這個時候出來修車，但林啟周回來的依舊很晚。

「又留下練習了？」崔翠芬拿着毛巾給他擦頭髮。

林啟周點點頭：「李師傅教我修發動機，我看有廢棄不用的堆在牆角，就給拆了，看看裏邊什麼樣。」

他算不上頭腦聰明，但這些年有一個好處，就是足夠認真，不管學什麼都有一股韌勁。學不會，就用休息時間加倍練習，多看多練，總有能學會的時候。

李師傅也常能看見他自己留在廠子裏練習，這段時間漸漸跟他説的話更多了，趙發財隱隱覺得地位動搖，白天依舊總讓他去刷車，有時候會被李師傅攔下來，有時候刷上幾台耽誤的時間，他自己晚上再補回來，論勤奮刻苦，也算學徒工裏頭一份了。

「給你在鍋裏留飯了，你喝點茶水去去濕氣，我給你端去。」

林啟周把媳婦按下，自己撐着傘：「我去吧，風大，你別淋濕了。」

他在桌子上吃飯，崔翠芬手邊堆着一麻袋元寶金紙，手上飛快地疊着元寶，一會就疊了幾十個。

「歇歇吧，明天再疊。」

林啟周當學徒掙得少，崔翠芬要帶孩子也不方便出去上班，就找了這麼個疊元寶的零活，有時候一天要疊兩麻袋，每週搬到壽材店去結賬，掙的雖然不是大錢，但好歹也能給家裏補貼點。

「沒事，不累的。」崔翠芬用力眨眨被金紙晃得有些發花的眼睛，「我還學會紮紙船紙花籃了，等下週就能多做點花樣，那個比疊元寶給的錢多。」

林啟周放下筷子，把崔翠芬手攏在掌心，以前拿書的手，現在指尖都磨出繭子，一層金粉沾在指腹上，輕輕印下一吻。

「辛苦你了。」

崔翠芬臉紅着，覷了一眼酣睡的女兒，嗔笑着推他：「孩子都兩個了，老夫老妻的説這些做什麼。」

「再老你也是我媳婦，當年我可是非你不娶。讓你跟着我過苦日子了，我好好學修車，爭取早點出師多掙點錢。」

林啟周眼裏的歉疚不是作偽，當年結婚的時候，以為能在廠子裏長長久久的幹下去，誰能想到後來哪個工作也沒做長，搬家不説，掙得也越來越少，每個月看着收支不平衡的賬本，他頭髮都要愁白了。

「知道你努力。」崔翠芬抽回手，接着疊元寶，「別把自己逼太緊，現在家裏錢還夠花。」

林啟周蹙着眉，心裏直歎氣。

崔翠芬勤儉持家，一分錢都要算計着分成八瓣花，家裏常日看不見水果，肉蛋奶都緊巴巴的，什麼時候饞得不行才吃上一頓，娘三個很久沒做過新衣裳了。

那天他看見崔翠芬把以前穿過的裙子找出來，在身上比量半天，又裝回箱子裏，還是穿着一套灰布衣裳，袖口都補過三次了。

遙想當年，崔翠芬一身碎花裙，梳着整齊的辮子，頭上帶花，眉眼帶笑，俏生生地站在燈籠底下，何等美貌。

如今這圍着家裏轉來轉去，身上積重的油煙味，手上粗大的骨節，還有捨不得換掉的灰布衣裳——每一樣都在告訴林啟周，他沒讓喜歡的女人過上更好的日子，反倒一日不如一日。

那種愧疚和心疼，在看見兒子對着一個蘋果嚥口水的時候，瞬間達到頂峰。

「不早了，睡吧。」

這年冬天，氣溫驟降，冰雨陣陣。

「咳咳咳。」

崔翠芬面色蒼白似紙，蜷縮在床上，肚子疼得冷汗直冒，須臾，起身穿衣服跑出去上廁所，一上午折騰七八遍，渾身癱軟，手腳都不聽使喚。

林啟周被兒子急匆匆叫回來，一進門看見媳婦，嚇得手都麻了。

「這是嚴重了？不是說吃藥了嗎？」

林劍鋒倒了熱水給媽媽餵到嘴邊，說：「媽吃的是聽隔壁奶奶說的鄉下來的土方子，不管用不說，還吃嚴重了，今天鬧肚子更厲害了。」

崔翠芬鬧肚子斷斷續續有小半個月了，一開始沒在意，後來聽説有偏方，吃上就管用，結果第二天就這樣了。

林啟周抖着手給她穿衣服：「快起來，我帶你上醫院，那偏方能信嗎？不是讓你去藥房買藥嗎。」

崔翠芬推着他手：「沒事，就鬧肚子，又不是大病，你快回去上班，我躺躺就好了。」

「媽騙人！都好些天了，又嚴重了。」林劍鋒撇着嘴在旁邊拆台。

「小孩懂什麼，我真沒事，不用上醫院。」崔翠芬一邊冒冷汗，説着話就往地上挪，又踉蹌着跑廁所。

林啟周急得不行，要不是孩子放假在家，看情況不好跑去找他，這非得耽誤出大事不可。

林劍鋒扯扯父親的袖子説：「媽就是心疼錢，説藥太貴，一個鬧肚子吃點偏方就好了。」

聞言，林啟周眉毛都要擰在一塊了，伸手去拉錢盒子，裏邊就剩兩張五塊錢，心裏咯噔一下。

自從他出去上班之後，家裏就都交給了媳婦，每次問都説錢夠用，説不用擔心，他累了一天之後也沒心思深想，果真就大咧咧的信了，哪想到媳婦藥都捨不得吃了。

心裏像被一雙大手翻來覆去地揉捏，疼得他恨不得為媳婦以身相替，推着兒子説：「你去門口接你媽，帶着外套，咱們去醫院。」

林啟周把僅剩的十塊錢揣起來，走到門口停了一下，轉身上樓，不多時又下來，用自行車馱着媳婦往醫院去。

冬天的風格外冷硬，帶着刺骨的涼意，此地沿海，潮氣被風速加持，打在身上更是説不出的難受。

可想到媳婦這樣，又心如擂鼓，那股自責像一團火焰，在臟腑內四處燎原，讓他手腳發麻，踩着腳蹬的頻率時常凌亂。

「幸虧過來了，這要是來晚了，容易腸穿孔的，現在已經有些脱水了，血鉀也低，是不是一直貧血啊？這身體太虛了……」

醫生拿着化驗單，一邊説一邊搖頭，林啟周聽在耳朵裏，摳在掌心的指甲越嵌越深。

「……先開兩針吊瓶，打完看看情況，拿着單子去藥房拿藥，每天按時吃，多吃補鉀補鐵的食物。」

林啟周伸手接過來，就被崔翠芬按住了，虛弱地笑着説：「醫生，能不能不打針？我這回去吃點藥就能好，打針這……犯不上。」

醫生有點愣：「你這已經脱水了，再不控制拉下去，容易腸穿孔，你這不是小事情。」

林啟周攬着她，劈手拿過單子：「打針，吃藥，馬上就去打。」

「欸，啟周……」

林啟周卻不聽她説，抱着人去繳費，然後按在輸液室，等着護士來打針。

他蹲在妻子面前，甚至不敢抬頭看一下她的面容，將臉埋在她掌心，半晌，才聲音低啞地開口。

「對不起，對不起翠芬，我讓你受苦了，是我沒用，掙不來錢，還讓你變成這樣，對不起。」

往常要強好面子的男人，脊背從不彎曲，此時伏在妻子腿上，肩膀有些瑟縮。

崔翠芬眼眶一紅，骨節變得粗大的手，輕柔地放在他頭髮上，一下下的摩挲着，安撫着：「沒事的，你對我很好，這麼多年都沒吵過架，事事都想着我，有你在，我一點都不發愁。錢也不是一天能掙來的，慢慢就好了。」

慢慢來，不着急。

沒關係，我相信你。

很快就好了，你別把自己逼太緊……

崔翠芬一直都這樣跟他說，彷彿是天生的樂天派，不肯施加一點壓力在他身上，而他竟然真的心安理得相信了這些，相信了妻子用委屈自己營造的表面，讓他忽略了日漸清淡的飯菜，和逐漸空蕩蕩的錢盒子。

「對不起。」

他現在真的想明白了，身上背着家庭，應該先解決溫飽，先滿足生活所需，至少要讓孩子吃上一頓好飯，讓妻子敢去吃藥看病，讓家良好地運轉起來。

而不是花費這一年的時間，去學什麼遲遲不能出師的修車手藝，整天想着在李師傅面前露臉，他以為的進步，對家庭而言，太微弱了，連菜盤子裏的一片肉都供不起。

陪着崔翠芬打完針，拿了藥，又騎着車帶她回家。

「打針吃藥的錢，你從哪拿的？咱們家沒這麼多錢啊。」崔翠芬拉着他袖子問道。

林啟周給她蓋上被，摸着她鬢角上毛茸茸的碎髮，說：「管樓上借的，你就別操心了，等我發了工資就還上了，睡一覺吧，養養精神。」

坐在床邊看着妻子逐漸閉上的眼睛，林啟周說不好此時的心情，雙手掐着虎口，泛起一圈青白，半晌，等崔翠芬呼吸平穩，才起身出去。

翌日清晨，崔翠芬醒來，睜眼看着擺放碗筷的丈夫，有點懵，眼睛在鐘錶上轉了一圈。

「你怎麼還沒上班？」

林啟周聽她醒了，拿着熱毛巾去給媳婦擦臉，說：「我不幹了，昨天已經跟李師傅說過了，工資都算清楚了。」

崔翠芬一口氣沒喘勻，推着他說：「怎麼就不幹了？你都堅持這麼久了，這時候放棄多可惜。我沒事，你別管我，趕緊上班去，學好了手藝你以後就有鐵飯碗了。」

林啟周淡然得很，按着她手一點點擦拭：「我想好了，這學徒工不知道要做到猴年馬月，一直都不掙錢也不是辦法，沒有讓你和孩子跟着我遭罪的道理。」

「我給揚仔去信了，讓他幫我看看有沒有合適的工作，掙得多一點，家裏就更輕鬆。」

「那你的手藝……」崔翠芬有些怔愣，她太瞭解丈夫了，骨子裏有一種固執，認為只有學到自己手上的才是真本事，現在這是突然轉性了？

「只要能掙錢的都叫手藝，等信吧，這段時間我就好好照顧你。」林啟周垂着眼瞼，抿了抿唇，聲音有些低沉，「就是揚仔能找到的工作估計都在老家，到時候說不定又要你跟着我搬家了。」

「沒事，你說去哪咱們就去哪，只要一家人在一起，沒有過不去的坎，別想太多，咱們還年輕呢。」

林啟周仔細看着妻子的臉，眼角已經生出細紋，看着比當年結婚的時候蒼老許多，臉色也不好，更顯虛弱。

「不說了，快起來吃飯，我早上做的粥，還加了白糖，街口那家小菜你愛吃，我買了幾樣，多吃點好得快。」

林啟周不去修車廠以後，包攬了裏裏外外所有活，接送孩子，洗衣服，收拾衛生，然後幫着崔翠芬疊金元寶和紮紙花，順便等着林啟揚的回信。

一連十天都沒有消息，就在林啟周等不住的時候，郵遞員給送來一封信。

放下手裏的活，拿着信進屋，坐在桌子前一下撕開。

「兄，展信佳。上次說的事情已經有眉目了，大舅目前在老家任領導，說交警隊正好招人，可以從中安排招工面試。我想着，做什麼生意也不如吃公家飯，你還有過幾年的聯防隊經驗，大舅說沒什麼大問題，讓我告訴你一聲，盡早辦好侄子的退學手續，轉回老家。

「另，如果你不滿意這個交警大隊的工作，我也勸你和嫂子回到老家來，父親年紀漸老，母親過世以後身體一直不太好，咱們兄弟在一起，還能互相照應。拿定主意就買票，給我提前來電，住房等事宜都有我置辦，不用擔心。

「盼早日與兄見面。」

林啟周看完心緒翻湧，他原以為能在某個廠子或者店鋪找個零工的工作就不錯了，至少能養家糊口。

雖然沒有什麼大見識，但交警隊的工作想也知道前景可觀，不只是工資待遇上，只要努努力抓住一星半點的機會，以後有什麼機遇高昇都是說不定的，這才是真正的好工作。

林啟周拿着信，眉眼都是喜悅，走到院子裏，說：「媳婦，咱收拾東西，買車票，回家。」

崔翠分從廚房走出來，也含笑：「這是有什麼好事？」

「揚仔和大舅給找了個好工作。」林啟周揮揮手裏的信紙，語氣明顯高昂。

崔翠芬搬家都搬出經驗了，收拾東西不在話下，林啟周則是到兒子學校辦手續，然後買車票，等一切都安排好，時間已經到了十二月。

「眼看着再有倆月就過年了，之前還以為不能回家過年呢，這次正好，我回去給老房子好好收拾一下，陪爸過個熱熱鬧鬧的年。」崔翠芬把小包袱都塞進麻袋裏。

林啟周抱着女兒在屋裏玩七巧板，笑着說：「等安頓好了，給家裏去封信，別讓爸媽找不着你。」

「我知道。」

這已經是第三次搬家了，從一家三口變成一家四口，帶着妻子兒女和行李，踏上綠皮火車。

林啟周內心無比渴望這是最後一次奔波，不求大富大貴，只要不再居無定所，讓家人衣食無憂，他就知足，可這些願望竟十幾年都沒有實現。

綠皮火車轟隆隆停在月台上，林啟周搖醒睡着的兒子，懷裏抱着女兒，肩上扛着行囊，擁着妻子下了車。

抬眼就看見林啟揚拚命招手。

「揚仔！」

「大哥！」林啟揚迎上去，「好侄子，都長這麼高了！」

抱着林劍鋒轉了兩圈，接過大哥肩上的麻袋，說：「房子已經租好了，裏面要用的東西我也買了點，你們看要是還缺什麼，就自己添置吧。」

看見家人林啟周自然是高興的，看弟弟穿着板正的中山裝，一身的精氣神，跟以前大不相同，拍拍肩膀說：「出息了，真好。大哥謝謝你。」

「你跟我說謝謝不是打我臉呢嘛，沒有你當年供我念書，我也沒今天。」林啟揚不放在心上，指着身邊的姑娘說：「大哥嫂子，這是我對象，周萬芳。」

崔翠芬笑着去拉她手，稱讚道：「看着就是好姑娘，跟着啟揚過來接站，累壞了吧？」

周萬芳微微笑着，不動聲色地抽回手：「沒事的，不累。」然後在身側輕輕把掌心往褲子上蹭蹭。

崔翠芬看見了只當沒看見，牽着兒子的手跟着往外走。

林啟揚給租的房子就在城裏，標準的兩居室，客廳不大，但平時一家人吃飯是足夠的。

「我不知道鋒仔上學校的打算，就按照你上班的地方，就近租了房子，往北騎車十分鐘就是交警隊。」林啟揚打開窗戶通風，說道：「大舅說了，等週一帶你去報到，剛進去肯定只能從基礎做起，每天站站崗什麼的，具體的等大舅跟你說吧。」

林啟周頷首：「應該請大舅吃個飯的。」

「我約好了，明天晚上就在樓下的飯館。」林啟揚拿行李的手一頓，接着說：「媽雖然走了，但舅舅們還是要走動。」

提起母親，林啟周也有些黯然，崔翠芬在旁邊轉移話題：「你平時住哪？要不要搬過來咱們一起住，嫂子也能給你們做做飯，吃得舒服點。」

林啟揚笑着：「不用，我有宿舍，平時吃食堂就行。」

「大哥你們收拾着，我先回去了，明天我來找你們吃飯。」

林啟周打開行李袋，叫住他：「你等會。」

把一個包好的信封塞到他手裏，說：「你沒掙多少錢，這房子不能讓你花，你拿着這個，要是少了再跟我說，大哥給補上。」

林啟揚說什麼都不要，推搡着往回送：「大哥沒你這樣的，再說也就一個月房租，等下個月你開了工資就自己交了，親兄弟別這麼生分。」

「正是親兄弟才明算賬，你還沒娶媳婦呢，多攢點錢好。快拿着。」林啟周板着臉往他兜裏放。

林啟揚一邊躲一邊往門外走：「不說了我還有事呢，明天見。」

他滑得像泥鰍似的，出了門反手就關上了，不給大哥拉扯的機會。

周萬芳跟在他身邊，拎着手提袋，墊着腳尖躲開路上的泥灰，說：「你這幫人家又是找工作又是租房子的，你大哥拖家帶口的回來，不就是打秋風嘛。」

林啟揚擰着眉頭：「説什麼呢，什麼叫打秋風，這是我們老家，自然想回來就能回來。再説，我從小到大要是沒有大哥供我念書，我現在還在地裏刨食呢，這種話以後別説了。」

周萬芳還是第一次見他這麼疾言厲色，噘着嘴就走了。

林啟周這邊如何安頓不必贅述，第二天見到大舅的時候，滿口感謝，一連乾了三杯酒。

「哈哈哈，好小子，快坐下吧。」梁愛黨長着一張國字臉，看着就一身正氣，「我這個當舅舅的也沒別的本事，給你在交警報名面試還算能行，等週一你就去報到。」

林啟周摸着後腦勺有些不好意思：「這會不會為難大舅……」

梁愛黨明白他什麼意思，打斷他説：「正好趕上隊裏招人，揚仔跟我説了，你以前參加過聯防隊，還立過功，這都是好事，你進去絕對沒問題，不用想太多。」

「那待遇工資上……」

「一個月三十塊，平時節假日都有補貼，日常工作就是站站崗，指揮交通，配合其他部門維護秩序之類的。」

「一開始有老交警帶你，等你掌握了，就能自己執勤了。」梁愛黨眯了眯眼睛，説：「一定要注意安全，這幹警察啊，不管是什麼警察，都有一定的風險，你自身的安全很重要，不能上的別逞強，及時通報，命只有一條。」

「哎，我知道了。」林啟周一聽三十塊的工資就已經滿意得很，給大舅點枝煙，笑着説：「我一定好好幹。」

「從小就知道你踏實，努努力，以後能走到什麼位置就看你自己了。」

第三十八章

入職警隊

1989 年，三十七歲的林啟周正式入職陽江市交警大隊，成為一名身穿制服的交通警察，命運的齒輪終於在此刻，順暢轉動。

林啟周也想給兒子找城裏最好的學校，但一想到那慘不忍睹的數學成績，簡直頭疼，多好的教師資源都是白費，索性在離家最近的陽江二小辦了入學手續。

崔翠芬還是在家帶孩子，林家羽還小離不開人，打算等到能送幼兒園的時候，再出去找工作。

為了方便照顧兒子，林啟周執勤的崗位選在學校附近，跟着帶他的交警每天執勤，穿上制服的時候，他還有些恍惚。

這輩子種過地，進過車間，幹過工人，也修過車，現在竟然還穿上了制服，成為八十萬警察隊伍中的一員。

每天早上站在街口，迎着朝陽指揮交通，其實這個行業並沒有他想像的那麼輕鬆，執勤的時候吃到滿嘴的汽車尾氣，滿臉油光，剛開始的時候不適應，被嗆得咳嗽。

趕上熱天，頂着大太陽，眼睛被陽光晃得刺痛，汗水順着脖子往下流，制服沒多一會就從裏濕到外，一上午下來腿腳都是僵硬的。

早晚接送孩子的高峰期，校門口格外熱鬧，人擠人摩肩接踵，交警在中間來回穿梭，讓汽車給行人讓路。

「林叔叔早上好！」

一群小朋友從人行橫道上跑過來，圍着林啟周蹦蹦跳跳，稚嫩的臉上笑容燦爛。

林啟周常在這裏站崗，他兒子又是陽江二小的學生，很多同學都認識他，在這一片的交警裏人氣最高，孩子們都喜歡圍着他轉，每天看見都會仰着笑臉打招呼。

挨個摸摸頭：「你們好，快去上學吧，以後過馬路不許跑啊！」

「好的，林叔叔再見！」

林劍鋒背着書包站在同學中間，看着爸爸穿着制服備受歡迎，小小的虛榮心被大大滿足，但也有一點不好。

老師同學都知道他爸經常在校門口執勤，他要是在學校表現不好，別人還能等到第二天找家長，而他只要出了校門，就有同學去打小報告，或者老師直接就找上去，有什麼問題馬上就能得到爸爸一劑兇狠的眼神，回家免不了一頓教訓，連夜都不用過。

「爸，我去上學了。」林劍鋒打着哈欠説。

林啟周在他腦袋上拍一下：「趕緊去，在學校聽話，別給老子惹事。」

看着兒子走進去，林啟周身邊的同事白小山打趣道：「我就説當時讓你選地方，你就要來這呢，原來是要看着孩子啊。」

「臭小子不愛上學，一點也不讓人省心。」林啟周想到那考試成績，簡直要氣得鼻子冒煙。

白小山説：「前兩天還拿獎狀呢，你還不知足？我家那個都開始早戀了，我媳婦天天逮着他揍。」

早戀？

想到兒子那蘿蔔頭的個子，覺得離早戀還有一段時間，要真敢早戀，非得把鞋子抽壞不可。

等早高峰過去，他們就要坐着摩托車，沿街巡邏，這也算一天當中最輕鬆的時候了，當然吃的灰也不算少就是了。

「回家喝點茶水清肺，咱們這行，沒幾個不咳嗽的。」白小山搧着眼前的灰塵，嗆得睜不開眼睛。

「走吧，巡邏去。」

林啟周坐在後面，白小山發動摩托，沿着街道往前開，遇上有糾紛的，或者擁堵的街道，就停下來，等解決了再走。

他坐在摩托車後座上，摸摸腰間佩戴的硬傢伙，心裏還是有些不適應。

當初在聯防隊的時候，那麼大操大練的，也沒接觸過這個硬傢伙，三十幾歲的年紀，摸都沒摸過幾次，這次當上交警，培訓了不久就直接上崗，雖說沒必要不能拿出來，但這個是否必要本身就是一個有彈性的規定，林啟周心裏也有些忐忑，至今都沒真正用上過。

交警每週都有訓練，得益於聯防隊的經歷，他在這一批的新人裏身體素質還算不錯，日常訓練成績都走在前面，很是給梁愛黨長臉。

坐着摩托車，嗚嗚的風聲從耳邊颳過，一身橄欖綠成為街上最耀眼的風景，從行人身邊路過，都會被多看幾眼。

當了幾十年的平民百姓，警察這個職業有多大的光環，他心中十分清楚，所以更加愛護這一身制服，工作的時候從不敢有一星半點的馬虎。

他負責的區域內，每條街道每天都要走上兩三遍，哪家飯店老闆熱情，哪裏的刺頭最多，哪個路口容易發生事故，他都認真聽白小山講過，記在心裏。

「抓小偷啊！快抓小偷——」

一聲尖利的叫喊破空出現，林啟周眼神瞬間改變，白小山剛熄火，他就竄了下去。

一個女人披頭散髮的在街上跑着，追着前面的男人，林啟周二話不說就追上去，身上的襯衫被風鼓起來。

「站住！警察！」

這裏緊挨着商鋪，兩邊還有零散的商販，摩托車進不來，他只能靠兩條腿追。

緊緊跟在後面，眼看着前面拐彎之後就是一片小巷，一般人跑進去都要繞好半天才能出來。

林啟周摸到腰上的警棍，瞄準那男人的腿，唰地扔出去，他從小打水漂就準，這距離不算遠，瞄準不在話下。

男人被砸得一個踉蹌，在地上滾了一圈，林啟周緊追兩步，直接擒着胳膊按在地上。

「別動！」

他們交警不配備手銬，只能薅着他後脖領子，往剛剛事發的地方走。

白小山在後面帶着女人追上來：「搶什麼了？」

小偷還一臉不忿的不說話。

「趕緊的，搶什麼拿出來，你少蹲兩天。」

「是錢包，紅色的。」

林啟周直接上手，在他身上翻找，從懷裏掏出一個紅色錢包，遞給失主：「你看看，少東西沒？」

女人欣喜地接過來：「沒有沒有，謝謝你們。」

「沒事。應該的。」

林啟周抓着小偷，和白小山一起移交派出所，再做個記錄，就恢復正常巡邏。

出了派出所大門，白小山上下打量他，說：「看不出來啊，你跑得真快，我剛停好車，你都已經竄出去二百多米了。」

林啟周摸摸鼻子:「這不是着急嘛。」

「我以前抓小偷的時候比你還猛，這次算你走運，一看就是生手，遇上老油子，手裏不一定帶着什麼刀啊棍子啊，可得注意安全。」白小山挽起袖口，胳膊上一道十多厘米的刀疤，猙獰地盤踞着。

「這就是以前傷的，縫了七八十針，差點就廢了，可不是鬧笑話的。」

林啟周心頭一凜，正了正神色:「好，我記住了。」

一整天巡邏下來，林啟周覺得耳邊都是摩托聲，如果不值班，他下午在校門口執勤的時候，就能順便接着兒子一起回家。

自從受到小朋友歡迎以後，他兜裏就會揣着糖果，遇見小孩子，就給發一塊，然後講講交通規則，有糖吃，孩子們都格外聽話。

回到家，他換下制服做飯，林劍鋒寫作業。

「爸，咱們過年回爺爺家嗎？」林劍鋒咬着鉛筆頭。

「回啊，但是爸爸只能待到初一就要回來值班。」林啟周把青菜倒進鍋裏，開始爆炒，香氣瞬間飄散。

崔翠芬聽見聲音從臥室走出來，問:「你年假定下來了？幾號走啊？」

「二十九回去，初一晚上回來，我初二值班。」林啟周抓了一點鹽撒進去，一邊翻炒着説，「我剛來，值班排的多，這已經挺幸運了，沒趕在大年三十值班，還能陪你們過個年。」

「行，阿蘭給我來信了，説過兩天放假先到咱們這，那我就帶着孩子跟她先回去，給爸收拾收拾房子，你二十九跟啟揚一起走吧。」

「你自己帶倆孩子能行嗎？」

林啟周有點不放心，尤其開始巡邏以後，幾乎三四天就能遇見一起臨街搶劫，有的慣犯猖狂得根本不屑跑，還有打配合的同夥，抓進去蹲幾天，再出來還是「一條好漢」。

崔翠芬不以為然：「沒事，還有阿蘭呢，我們大白天的，離得也不遠，坐着車就回去了。」

林啟周炒完菜，從鍋裏端出熱騰騰的米飯，摘掉圍裙之後，從兜裏掏出一沓紙幣：「這是這個月的工資，還有幾張票，你收着，我留了五塊錢零花。」

崔翠芬數了數，正好二十塊，還有一些布票糧票，現在有些副食票已經停止發行了，他們拿着錢到商店就能買到，但糧食還要用到票，好在林啟周每個月都有發補助。

「給，五塊錢哪能夠。」崔翠芬又拿出五塊給他，「你不是說白小山和幾個同事都對你很照顧嗎，年前請人吃個飯，手裏別緊緊巴巴的。」

林啟周笑着接過來：「咱們家你管錢，你怎麼安排就行，我想着咱們都離你家遠，過年了就跟信件一起寄點錢回去。」

崔翠芬嗤笑一聲，翻了個白眼：「你真是發了工資就開始飄，兜裏多少錢心裏沒數？還給錢呢，這都得攢着，一分都不能亂花，等過了年開學，還得給鋒仔交學雜費呢。」

「我這不是想着一年也回不去，沒法孝敬二老嘛。」

「爸媽知道咱倆的情況，不能挑理，還有大姐和宗權在身邊呢，不用操心。」崔翠芬懷裏抱着女兒餵飯。

丈夫惦記着她娘家自然高興，但家裏什麼情況她清楚，沒必要打腫臉充胖子，等什麼時候攢下點家底再說吧。

阿蘭是臘月二十七到的，穿着一身紅色針織長裙，頭髮從麻花辮燙成了時興的捲髮，穿着黑色坡跟皮鞋，俏生生的站在門口，整個人的氣質與從前大相徑庭。

崔翠芬第一眼都沒敢認。

「嫂子！」阿蘭笑容滿面地走進來，身上帶着淡淡的梔子花香。

「是阿蘭啊，真是大姑娘了，嫂子都沒認出來。」崔翠芬拉着小姑子的手上下打量，嘖嘖稱讚，「大城市就是養人，真好。」

「嫂子還像以前一樣漂亮。」

崔翠芬抿着嘴笑，以前她這個廠花可不是吹噓的，但現在明顯見老，生活給她的壓力，讓她再也找不回從前那輕鬆愜意的氣質了。

「這是侄子侄女吧？姑姑抱抱。」

阿蘭從小對大哥就親近，雖然上大學後去了北京，可每個月的通信從未斷過，對林劍鋒和林家羽這兩個小傢伙，也是喜歡得很。

從包裏掏出禮物，一股腦塞在孩子懷裏：「拿去玩，姑姑送你們的新年禮物。」

林劍鋒是一輛黑色的玩具汽車，林家羽是兩本圖畫書，都是符合年紀的禮物，做工比陽江能買到的精緻許多。

崔翠芬連連擺手：「你可別給孩子亂花錢，自己留着點，在外面不比在家裏。」

阿蘭拿着一條絲巾圍在嫂子身上，説：「我掙得不少的。以前你們總給我買好東西，現在我掙錢了，這點東西不算什麼，嫂子還要跟我算得這麼清楚嗎？」

崔翠芬嗔笑着説：「看你哥回來要説你的。」

「好嫂子，我坐好久的車，快給我弄點吃的吧，要餓死了。」阿蘭抱着嫂子撒嬌。

她在外面也是雷厲風行的脾氣，一回到家，見到哥哥嫂子，就變成當年在老院子裏的小姑娘，軟言軟語的讓人心都化了。

「好，我給你做。」崔翠芬把絲巾摘下來，仔細疊好放在櫃子裏，才穿上圍裙走到廚房。

「你哥二十九才放假，咱們等他一起回爸那去，不過他初一就得值班，咱們倒是能多待幾天。」

「行，正好我在家，幫你帶帶孩子，你趁着過年也輕鬆輕鬆。」

阿蘭看着嫂子，心裏很不是滋味。

當年崔翠芬第一次到她家的時候，她驚歎於那清麗的氣質和美貌的面容，覺得大哥真是撞了大運，能找到這麼仙女似的老婆。

可是後來再見，嫂子一年比一年憔悴蒼老，臉上生了皺紋，身形也沒有從前婀娜，說話不再是書中的詩詞歌賦風花雪月，變成了家長里短，一切都圍繞着家庭。

當年那個曼妙的渾身帶着仙氣兒的女孩再也找不到了。

阿蘭一邊慶幸大哥找到一個真心實意過日子的人，一邊心疼嫂子被家庭拖累，變成芸芸眾生中最平凡普通的那一個，終究被生活磨平了所有特質。

「嫂子，要是大哥對你不好，我幫你收拾他。」

突然來了這麼一句，崔翠芬愣了一下，看着小姑子那心疼的眼神，瞭然一笑，這孩子還像當年那麼實誠。

「說什麼傻話呢，你大哥要是再不好，就找不到更好的男人了，這話要是讓他聽見，一準要說你。」

「喊，我可不怕他，大哥看着嚴肅，其實對我們最好了。」

阿蘭說：「我和二哥這輩子都記得大哥的恩情。」

是啊，當初那個窮到揭不開鍋的家庭，要不是大哥自己在外拚命掙錢，供他們讀書，哪有她和二哥如今的好日子。

「當年，媽覺得女孩讀書沒用，幾次扣下我的學費，逼我退學，要不是兩個哥哥幫我，我這書早就念不下去了，後來更不可能去北京。」

看阿蘭有些神傷，崔翠芬摸摸她手腕，說：「別想這些了，一家人就是要互幫互助的。」

「你這個高材生有學問得很，快去幫我看看鋒仔的作業，他淘氣着呢，不肯好好學習，幫我管管他。」

阿蘭知道嫂子有意轉移話題，莞爾一笑，利落地轉身出了廚房：「成，我去看看，我帶孩子最有一套了。」

阿蘭在北京找了個家教的兼職工作，這時候能請得起家教的人家都有些家底，一個月價格不低，她自己又能說會道的，對孩子也有耐心，積攢了一身跟孩子打交道的本事，對付自己的侄子那當然是手到擒來。

當晚吃飯的時候，林劍鋒就被姑姑收拾得面如菜色，離得遠遠地坐着。

以前寫作業尤其是數學，糊弄糊弄就過去了，爸媽都沒時間好好檢查，現在姑姑回來了，一道題都混不過去，必然要都做對了才肯放過他，一個下午的時間，就嚷嚷着再也不跟姑姑好了。

林啟周下班回來，就看見妻子和妹妹有說有笑的模樣，電燈明亮，空氣裏滿是飯菜的香氣和歡聲笑語，站在門口，心裏就滿是暖意。

「傻站着幹什麼，快洗手吃飯了。」崔翠芬招呼着。

林啟周脫鞋進門，阿蘭就站在面前，歪着頭說：「真別說，大哥穿制服還有模有樣的。」

「我爸爸可帥了！站在校門口可威風了！」林劍鋒揪着小呆毛與有榮焉，語氣裏滿滿的驕傲。

「對對對，你爸最帥，快給你爸倒酒。」阿蘭笑着，在小孩腦袋上揉了幾下，徹底把一頭呆毛揉亂，氣得小孩直跳腳。

「你什麼時候回北京？」林啟周抿了一口白酒，味覺辛辣，可心裏高興。

「過完正月就走，還早着呢。」阿蘭給他夾菜，「大哥，你這次回來了就算安定下來了吧？之前二哥給我寫信的時候我還不敢相信呢，還是老家好，到處都熟悉，待着也舒服。」

林啟周點點頭，看着妹妹這明快爽利的笑容，再也看不見一絲當年自卑怯懦的樣子，這心裏就像被溫水沖刷着一般，陣陣暖流。

終究都是有出息了，在大城市念書，然後安家落戶，這一輩子都不用受苦受累，他這個當大哥的看着也高興。

至於當初是怎麼省吃儉用供弟妹讀書的，他是一點都沒想起來。

吃過晚飯，阿蘭抱着一盞熱茶，站在陽台跟林啟周聊天。

「這陽江的冬天真是暖和，北京哪都好，就是太冷了，那風吹在臉上像刀子似的，要一直冷到來年三四月份才回春呢。不像咱們這，一年四季都溫暖濕潤。」阿蘭微微笑着，她走得再遠，心裏牽掛着的還是家鄉。

但她長大之後就明白了大哥當年為何一意孤行要離開家，因為只有走出去，才能遇見更多機遇，掙到錢，讓家裏人不餓肚子，有衣穿，有書念。

這份恩情，她記得，二哥記得，現在仍然拿着哥哥錢讀書的幾個弟妹也要記得。

「出門在外要保護好自己。」林啟周看着一手帶大的妹妹，心裏感慨，「你也長大了，知道什麼好什麼不好，大哥不會説什麼大道理，但你要是遇上難處了，就跟我説，大哥永遠都支持你。」

阿蘭看着大哥憨厚的表情，笑出聲來，眼睛卻濕潤了：「沒有什麼難處，有大哥在我什麼都不怕。」

從小，她是怕過的。

怕像同村其他女孩一樣，不識字不明理，做個睜眼瞎子，只能看得見眼前的一畝三分地。

怕十六七歲就被家裏用二斤白麵的彩禮嫁出去，成為等價置換的物品，終其一生被捆綁在山村裏。

怕這雙眼睛見識不到大好河山，怕被磋磨，怕一生幾十年都過得毫無意義，即便那時候年幼，並不明白什麼才是人生真正的意義。

可後來，大哥說，女孩子也要走出去，也要讀書識字，也要為自己的人生做主。

然後，她見到十幾年都沒跟父母高聲過的大哥，為了爭取她能上學，在飯桌上發火，那時候，她真的以為大哥是天神，在昏暗的屋子裏給她開闢出一道陽光明媚的角落。

再後來，她收到了大哥準時寄來的錢，她開始念書了，早起晚歸，捧着書本捨不得放下，她憋着一股氣，一定要學出個名堂來，讓大哥看看他的妹妹真的能走出一條不同的路。

享受着同村女生豔羨的目光，拿着大哥的血汗錢，像二哥一樣，從村小學念到鎮中學，從鎮上又讀完高中，然後一鼓作氣考到北京。

人人都說她是陽江飛出去的一隻金鳳凰，說林家真會培養孩子，一個兩個的都這麼有本事。

但她知道，二哥也知道，林家只不過是萬千落後村莊裏最平凡的一戶人家，思想頑固，見識短淺，這不是林家的錯，是環境帶來的掣肘。

而她也不是什麼金鳳凰，只是很幸運的，有一個世界上最好最好的大哥，用臂膀托着她，為她造就華美的羽毛，看着她一路飛出曾經囚籠一般的人生。

阿蘭也不知道今天怎麼了，就是看着大哥一家都在身邊，屋子裏暖洋洋的氣氛，讓她熏紅了眼眶。

吞嚥下哽咽的音色，看着茫茫夜色中閃爍着的星辰，她笑了。

「大哥，謝謝你。」

林啟周愣了一下，上揚的嘴角暴露他驕傲又感性的內心，像小時候一樣，從兜裏掏出一隻蝴蝶髮卡，別在妹妹頭上。

「傻姑娘。」

阿蘭見過更多更精美的髮卡，可每年在大哥手中收到的，都是她眼中最好看的。

就像當年在老樹下面，林啟周答應她要送她最好看的髮卡，結果真的是每一年都沒落下，現在已經攢了滿滿一大盒子，阿蘭一個都捨不得丟掉，即便已經過時老舊，仍然捨不得。

第三十九章

萬物逢春

大年三十，林家一大早敞開大門，重新休整過的籬笆柵欄錯落有致，老樹一改頹敗氣息，樹梢上掛着紅福字，喜氣洋洋。

崔翠芬挽着袖口，站在院子中間，素手執筆，在紅紙上寫下對聯，一筆一劃雖有生疏，卻能看見勁瘦風骨，不輸當時年少。

林啟周搬着凳子，手裏攪拌着漿糊，等媳婦寫好就馬上貼到門楣上去，一刻都不耽誤。

林啟揚帶着幾個弟弟上上下下地掃塵，將院子收拾得乾乾淨淨，再撣上水，保證　絲灰塵都濺不起來。

阿蘭帶着妹妹雪蘭坐在房檐下摘菜，一邊説笑，一邊看着嫂子寫毛筆字的身影，給雪蘭講當年嫂子進門何等靚麗的容貌。

林明芬更老了，拄着一根棍子，佝僂着腰，坐在門檻上抽煙，吧嗒着嘴看向滿院子的兒女，眼角帶着一點淚意，他回身張張嘴想説些什麼，猛然看見床榻上空空蕩蕩，只得再轉過頭來，默默抽一口旱煙。

「你這字還那麼好看。」林啟周看妻子放下筆，小心翼翼地拿起來端詳。

崔翠芬得意一笑，她許多年沒寫過對聯了，有了孩子以後，過年最忙的就是操持家務，眼睛要一點不錯地盯着孩子，這等閒情逸致早就丟了。

要不是阿蘭提起來，在弟弟妹妹們面前吹捧她寫的字一絕，她也不好意思獻醜。

推了一下丈夫：「快貼起來吧，我去幫阿蘭做飯。」

歡聲笑語在院子裏此起彼伏，有人從外面走過，都要伸着頭看進來，這一大家子熱鬧的人氣，誰看了都要說一聲林家有福氣。

「大哥，這柴夠不夠？」

「阿蘭再拿點青菜來。」

「二哥，你上冰箱拿塊肉出來，晚上炒了吃。」

「鋒仔！你又欺負妹妹！」

「……」

熱熱鬧鬧的氛圍，所有人都在林明芬眼前晃，都心照不宣的未曾提起過世的母親，只是在吃年夜飯的時候，在父親身邊留出一個空位。

「爸，新年了，您說兩句吧。」林啟周是長子，最先端着酒杯開口。

林明芬看着這一桌子圍坐的兒女，大兒子還成家立業帶着兩個孫輩，眼眶濕潤着，自己低頭抹了抹眼睛。

「人老了，就是容易哭。」林明芬笑着自嘲，說道：「你們平時上班的上班，上學的上學，過年的時候才能團聚，爸看着就高興，但是爸今天要多說幾句。」

林明芬看着林啟揚和阿蘭，說：「你們兩個都是有出息的人了，爸也不操心什麼，就是你們得記住，這輩子咱們家拖累了兩個人，一個是你大哥，一個就是聲仔。」

「爸……」林啟聲開口要說話，被爸爸攔下來。

「聽我說完。」林明芬老態龍鍾，眼神與年輕時大不相同。

「以前啊，我和你們媽總說周仔是當大哥的，總要多付出，他也真的做到了，自己一個人跑出去打拚，捨不得吃穿，也給你們寄錢回來念書交學費，那時候他也才十幾歲。」

他說着，看向幾個年紀小些的孩子，從銳仔興仔和雪蘭身上一一看過去：「你們小，不知道當年咱們家過的是什麼日子，那真是頓頓吃不飽飯的。」

「你們大哥餓着肚子，將你們一個個的都供出來了，不容易，就是現在，你們念書的錢也有你大哥的貢獻在。」

「所以以後，誰要是忘了這份感情，跟你們大哥鬧出矛盾來，我頭一個就看不下去，就滾出這個家。」

林明芬一口氣說了這些，有些大喘氣，仰頭喝了一杯酒。

林啟揚和阿蘭都若有所思，沉默着灌酒，腦海裏不由自主地想起當年生活拮据的歲月。

「還有就是聲仔。」林明芬指着三兒子，「你這些弟弟妹妹哥哥都上了學，可他們能毫無顧慮地走出去，就是因為你留下了，看着咱們家，看着我這個老頭子，他們才能走得出去！」

「這些年你日日在我眼前，照顧我，照顧地裏的糧食，沒見過大世面，走出這個村子的機會都很少，是爸對不住你。」

林明芬抹掉眼角的水光，說：「以後等我走了，這老房子和地就留給你，爸不能讓你以後沒有着落。你們也都記住了，要是沒有聲仔替你們扛着家裏的一切，你們這讀書的上班的都順利不了。」

「爸，照顧您那是應該的，大過年的您說這些幹什麼。」林啟聲黑黑壯壯的，有些不好意思。

林明芬往右手邊的空位上看了一眼，隨即若無其事地收回目光，喝了一口酒：「老了老了，就得早點安排，省得哪天就閉眼睛了。」

林啟周知道父親這是想母親了，畢竟老夫老妻過了幾十年，自從母親病逝以後，父親一天比一天精神短，時常看着母親留下的東西發呆，在門檻上一坐就是一天。

於是開口轉移話題：「您都是當爺爺的人了，這過年得聽聽孫子孫女都說什麼啊。」

於是就提溜着埋頭大吃，塞了一嘴臘肉的林劍鋒站起來：「兒子，說兩句拜年話。」

林劍鋒：「？」

在家的時候沒說有這環節啊？！

看着小孩兩頰塞得鼓鼓的，眼睛茫然四顧，像隻被嚇到的小松鼠，大家都齊齊笑出聲來。

林明芬看着大孫子也笑了。

大年三十晚上，一家人挨挨擠擠的住下了，林啟周跟兄弟們擠在木板床上，彷彿又回到了年少時光。

只不過那時候，銳仔還是個光屁股到處跑的小孩，他也是個一心嚮往外面世界的少年。

現在弟弟長大了，他也在外走了一圈重新回到家鄉，有了事業家庭，這木板床睡着自然與曾經別有不同。

所謂如花美眷，似水流年，恰如啟周此時心境。

1990 年，萬物回春。

林啟周正式開始獨立執勤，學校門口仍舊是每日固定打卡的地點，林劍鋒因為擁有一個交警爸爸，在校園積攢了超高人氣，每天放學，都領着一幫熊孩子一窩蜂衝向爸爸，伸手要糖。

「臭小子，又帶人來掏你爹的兜！」林啟周一巴掌呼在兒子後腦勺。

林劍鋒都習慣了，撓撓頭髮不以為然，剝開糖紙，把糖塊在嘴裏吧嗒幾下，說：「今天值班嗎？」

林啟周點點頭。

林劍鋒早就習慣了，自己甩着書包說：「那我找白伯伯去，在隊裏等你啊！」

林劍鋒每當爸爸值班的時候，就會被白小山或者其他叔叔伯伯輪流接到交警隊，一邊寫作業，一邊等爸爸下班，然後一起回家。

崔翠芬將林家羽送到幼兒園以後，因為本身有些學問，還曾經在梅田礦務局的宣傳科待過，便託大舅梁愛黨的關係，在財政局幹後勤工作，不忙，正好能照顧家裏。

「好好寫作業，別偷懶！」

「知道啦！」

林啟周的超高人氣一半來自於每天發出去的糖塊，一半來自盡職盡責靠譜的警察形象。

每當早晚校門口人流密集的時候，一些小孩子都喜歡掛在他身上，被帶着過馬路，有些瞭解他的家長，隔着馬路就鬆開孩子，反正這一片的人行道都有林啟周站崗，車輛都被指揮着給孩子們讓路，一點危險都沒有。

「林叔叔明天見！」小孩蹦蹦跳跳的揮手走遠。

林啟周笑得溫和：「回家吧，明天見。」

等學校關門，他也騎着車開始巡邏，晚上都是兩人一組，吹着微風，騎過每一個路口，心裏祈禱着別有事故，平平安安熬到下班時間。

「我說，今天弟妹給做什麼宵夜啊？」白小山嘻嘻哈哈地問道。

林啟周挑眉：「不知道啊，應該還是麵條吧。」

「你跟弟妹說說，天天夜宵吃麵條也沒意思，反正菜都是隊裏買，給做點新鮮花樣唄，弟妹那手藝真是絕了。」

「行，我回去跟他說。」林啟周自從當上交警以後，很喜歡這工作氛圍，大家有說有笑的，沒有什麼惡性競爭，都很隨和，整天臉上的笑容也多了。

「我跟你説，你們都沒吃過我的手藝，比我媳婦做的還好吃。」

白小山騎着摩托跟在旁邊，一臉不信：「就你？你就一大老粗，我可不信。」

「你等有時間的，都來我家吃飯，我給你們露一手。」

「行，沒問題啊！」

兩人説説笑笑閒聊，一左一右注視着夜晚的街道。

遠處，一輛車開着遠光燈，林啟周被晃了一下眼睛，發現對面開來的車左右搖晃，蛇形前進，一看就是司機有問題，這麼長時間的經驗告訴他，八成又是一個酒後駕駛。

「你左我右，逼停他。」

林啟周擰着油門，神色嚴肅：「好嘞。」

兩輛摩托離弦之箭一般，朝着前邊的車迎上去，林啟周剛好在駕駛位旁邊，保持速度與汽車並駕齊驅。

「停車，接受檢查！」

喊了兩遍，車速還是沒降下來，他和白小山直接加速，在車前攔截，趕在下一個路口之前，將車逼停。

林啟周熄火下車，伸手敲敲車窗：「你好，請出示駕駛證，接受檢查。」

車窗剛搖下來，一股濃烈刺鼻的酒味撲面而來，林啟周看着司機滿臉通紅，車裏還有嘔吐後的污穢，眉頭緊緊擰在一塊。

「喝這麼多還敢開車，不要命了？這要是遇上事故，都不夠你反應的。」林啟周開口説教，「駕駛證給我看一下。」

對方動作緩慢，他剛伸手去接，不成想司機瞬間放下手剎，一腳油門竄了出去。

林啟周下意識拉住車窗邊框，雙腳緊跟着跑，卻趕不上車輛開出去的速度，兩隻腳被拉在地面上拖行。

眼看着前面路口紅綠燈變色，林啟周死死拽着車窗，現在要是鬆手，十有八九要被這加快的車速捲到車輪底下。

迎着風聲對司機喊：「馬上停車！你不要命了！停車！」

後面白小山被突然的變故嚇了一跳，趕忙跳上摩托追在後面，眼看着一道血跡從林啟周腳下蔓延，隨着車身劃出一長條的紅色痕跡，急得眼睛都紅了，按着對講呼叫。

「豐台大街與興安路交匯，車牌粵 Q83X2 酒後駕駛拖行交警，立刻支援。」

前面林啟周的喊聲被耳畔呼嘯的風吹得破碎，他感受不到腿腳被劇烈摩擦的痛感，前面的信號燈橫向變成綠色，車輛不管不顧地往前衝，很容易被側面來的車撞飛出去，身上冒出一層冷汗。

「停車！停車啊！」

林啟周一手抓着車窗，一手使勁往裏去夠手剎，卻終究差了點距離。

「你他媽不要命了！」白小山從後面追上來，看着他兩條血肉模糊的腿，聲音都變了。

想要去前面截停，可車速太快，這司機明顯醉酒後神經興奮，一直踩油門，摩托車在前面也會被撞飛出去。

就這樣拖行了四五百米，警笛聲由遠到近駛來，白小山一手握住車把，一手去拉快要脱力的林啟周。

「吱！」

兩輛警車直接用車尾將車輛逼停，砰的一聲，撞在一起。

林啟周因為慣性身體撞在車身上，兩條腿已經沒有知覺了，幸好白小山抓住了他，不然這點力氣就夠他直接癱軟到車底下了。

「快，救人！叫救護車！」

飛奔下來的警察看着後面長長的兩條血跡，都嚇懵了，一幫人去抬林啟周，一幫人直接將司機按住。

「放開老子！老子撞死你們！」司機酒氣沖天，被從車裏拽出來也嚷嚷着喊叫。

「去你媽的！拖行警察，我讓你進去喝一壺！」白小山在司機腰上踢了一腳。

林啟周掌心割出口子，兩條腿在四五百米的水泥路面快速摩擦，褲腿上的布料早就不知道飛哪去了，血肉模糊，腳趾的指甲蓋都沒了兩個。

停下來之後，躺在地上，才緩緩感受到痛覺，冷汗一層層往外冒，吸着氣，拉着手邊的同事。

「把我兒子送家去，別嚇着他。」

「我知道，咱們先去醫院，走！」

三個人七手八腳地抬着他上車，都是當警察的，鐵血漢子，此時看着不成樣子的腿腳，都紛紛扭過頭去。

林啟周被劇烈的疼痛折磨，沒等到醫院，就眼睛一翻昏了過去。

白小山親自押着那司機回警隊，正趕上崔翠芬下班帶着孩子在警隊等林啟周一起回家。

崔翠芬看見他，滿臉笑容的迎上來，還沒等開口，就看他神色不對，被拉去了走廊。

「弟妹，啟周在醫院呢，我讓人送你去，孩子都交給我，我給你帶家裏去。」

崔翠芬臉色瞬間蒼白，一把抓着他胳膊，死死咬了一下後槽牙，問道：「他怎麼了？」

「遇上酒後駕駛的車了，被拖行了一段距離，腿腳傷着了，具體的我還不清楚，你去看看吧，照顧一下，跟着去的都是老爺們。」

崔翠芬恍惚踉蹌着，扶着牆壁好半天才緩過來，進去跟孩子交代一聲，上車就去醫院了。

她趕到的時候，急救室的燈還沒熄滅，四個人圍在門口，看見她來了都叫嫂子。

崔翠芬撐着有些顫抖的腿，問：「怎麼，怎麼樣？」

「推進去了，醫生還沒出來，嫂子你別着急，林哥抓得穩沒被車輪碾到，應該沒什麼大事。」

但是他們都看見那兩道血痕了，這話說得沒什麼底氣。

崔翠芬屏着呼吸，就站在門口一動不動，眼睛盯着手術燈，彷彿要把門看個洞出來。

原本丈夫當交警的時候，她還有些慶幸，覺得交警就是管管車輛通行，不像刑警之類的危險度那麼高，成天出生入死的。

不成想，這才幹了不到兩年，人就進醫院了，躺在裏面不知道什麼情況，她這一顆心高高的提着，堵在喉嚨裏，憋得整個人手腳冰涼。

「噔。」

燈滅了，崔翠芬呼吸一滯。

醫生從裏面出來，後面林啟周躺在床上，小腿到雙腳被紗布緊緊包裹着，崔翠芬撲上去，想摸　摸，卻怕弄疼了他，忍着眼淚看向醫生。

「他怎麼樣？」

「小腿和腳部軟組織受損嚴重，要臥床好好修養等待癒合，現在麻藥還沒有過，明天就能醒來。」

醫生摘掉口罩接着說：「至少要臥床兩個月，家人好好照顧，要防止傷口感染造成術後併發症，一旦發熱要及時通知我們。」

崔翠芬抖着唇，問出：「對以後的行走有沒有隱患？」

「放心，右腿有些骨裂，但好好養着癒合的話，對以後沒有影響，完全可以徹底恢復，只是會留下疤痕。左右腳都有腳指甲脫落，這個重新生長回來週期會長一點，但也不影響行走坐臥。」

崔翠芬算是放下一點心，不留殘疾就是萬幸，她聽白小山說了當時的情況，只是想像着，就嚇得渾身冷汗，可想丈夫當時該有多疼。

孩子在白小山家並不擔心，崔翠芬就留在醫院，守在病床前，等同事都走了，她才輕輕虛握着丈夫的手，眼淚不受控制地一串一串往下掉。

「你說你這人，早上出門的時候還好好的，晚上就躺這了，弄得渾身是傷，怎麼就這麼嚇人呢。」

崔翠芬鼻子發堵，眼圈紅紅的：「早年你在車間的時候，我擔心你操作切着手指，現在這心還沒放下多久呢，你就給我嚇成這樣，比鋒仔還不省心，等他知道了，肯定要嘲笑你。」

「啟周啊，你別嚇唬我，咱倆過這麼多年了，別到現在還讓我跟着你提心吊膽，好不好？」

崔翠芬當年見着他的時候，就只覺得這是個懂事的讓人心疼的弟弟，心裏想着家人，想着對他好的人，就連後來因為廢料區偷盜事情被抓進去的李國富，當年因為對他的維護，不管別人怎麼罵，他都始終沒說過一句不好。

他說，不管李國富對外人品如何，是否十惡不赦，可當年他是實實在在庇護過自己的，就衝這個，自己也不會說他一句壞話。

對趙寶剛夫妻更是十幾年如一日地當成父母孝順愛護，即便現在，每年也會隨信寄去些禮物，始終不曾忘記那些恩情。

可就是這樣的人，心裏裝着許許多多，偏偏就是沒裝着他自己。

一套衣裳縫縫補補五六年捨不得換，可給她買布料買裙子從不手軟，捨不得委屈一點。

在梅田的時候，對她娘家父母姐弟也是當成親人一般，但凡有事都衝在最前面。

結婚這麼多年，沒紅過臉，即便頂着壓力入不敷出的時候，也沒將壞情緒釋放在她身上，都是自己扛着。

只要他在家，裏裏外外大大小小的事情，都不用自己操心，但凡接觸過的鄰居，誰不說她崔翠芬命好，嫁了個知冷知熱的好男人。

她自己也慶幸，即便遠嫁，也沒有遇到大姐夫那樣的男人，反而被捧在手心裏，一過就是這十幾年。

守在病房一夜沒合眼，崔翠芬頭髮亂着，眼睛紅腫，佈滿血絲，卻看着丈夫昏睡捨不得眨眼睛。

看見天亮了，她起身出去問護士有沒有忌口，就下樓買早餐。

等再回來，走到門口，就聽見裏面有說話聲，推門進去，看見丈夫靠在床頭正跟白小山說話。

「弟妹回來了。」

崔翠芬拎着早飯放在床頭，深深看着丈夫，他一笑，這眼淚就又止不住地往下掉。

「沒事了，沒事了，別哭。」林啟周想伸手給媳婦擦掉眼淚，看見包得嚴嚴實實的手，又收了回來。

崔翠芬撇着嘴，像個小姑娘似的，埋怨道：「就你能耐，就你厲害，那多危險啊，你說你要真有個什麼事，我和孩子可怎麼辦！」

這嗔怪的語氣，一點都沒有晚上獨自神傷的嬌柔。

林啟周卻能聽出她的徹夜擔心，輕緩着說：「你丈夫這可是英雄行為，增光添彩的，以後咱兒子寫作文又有素材了不是？」

崔翠芬看他笑得沒心沒肺，捶了他一下：「你還開玩笑！疼死你！」

白小山站旁邊看着兩人親密的說話，摸摸鼻子，覺得自己十分多餘。

「咳，那什麼，孩子我都送學校去了，晚上我再接回來，你就好好在醫院照顧他吧，不用擔心。」

林啟周拍拍妻子的手背，說道：「你和嫂子都忙，不好麻煩你們。我這沒什麼大事，平時讓她送個飯就行，等晚上讓翠芬去接孩子吧。」

「你這下地都費勁，自己待着可不行。」白小山擺擺手，「我就是值班，家裏還有你嫂子呢，鋒仔和阿羽都是聽話的孩子，好帶的很，別操心了。」

「你就好好養傷，領導說了，等你傷好了，要辦嘉獎做警隊典型的。」

林啟周還是第一次被這麼表揚，一時間也不覺得腿疼了，嘿嘿傻笑：「這有什麼好表揚的，職責所在嘛。」

「行了，我回去了，你養着吧。」

白小山一走，崔翠芬拉着臉不肯笑，林啟周自知理虧，讓媳婦擔驚受怕，一邊享受老婆餵飯，一邊逗她笑。

晚上的時候，林啟揚收到消息帶着女朋友周萬芳趕來醫院。

「大哥，我去你家發現你們都不在家，打電話到交警隊才知道你受傷了。」林啟周把水果放下，看着包上的腿腳，問：「怎麼樣？嚴不嚴重？」

「沒事，就是得養一陣子。」林啟周招呼着弟弟，對妻子說：「給周姑娘洗水果，快坐下。」

「以後來別買這麼多東西，我都吃不了。」

林啟揚搭在床邊坐着：「沒事，你吃不了給孩子。對了，你倆都在醫院，孩子放哪了？」

「你大哥同事幫忙接送帶着呢。」崔翠芬扒了一個橘子遞給周萬芳，「吃吧，挺甜的。」

周萬芳墊着手絹接過來，一直拿在手裏沒動。

林啟揚看她一眼，沒說什麼，接着跟大哥對話：「總麻煩人家怎麼行，我下班早，我去接吧。」

剛説完，林啟周眼睛一亮，不等説話，周萬芳就搶白道：「你又要開會又要寫報告，哪有時間，別瞎出主意。」

崔翠芬把手搭在丈夫胳膊上，輕輕點了兩下，笑着説：「你工作忙，還是跟領導打交道的，不能馬虎，你哥這沒幾天就能出院了，沒事，你別操心了。」

林啟揚看看女朋友，眼睛在剝好的橘子上掠過，覺得今天那手絹格外多餘。

「沒那麼忙，別聽萬芳胡説，明天我去接孩子，嫂子你跟大哥同事説一聲就行，把家裏鑰匙給我，我那住不下兩個孩子，就在你們家蹭幾天。」

周萬芳還要説什麼，被林啟揚一個冷淡的眼神看過去，就閉嘴了，只是那臉色不虞，嘴角僵硬地扯出弧度，像在臉上貼着一張面具似的，看着就不舒服。

等林啟揚走了，林啟周才開口説：「你感覺揚仔這個女朋友怎麼樣？」

崔翠芬拾掇着桌面上的果皮，説：「接觸不多，沒法評價，就是看着瞧不上咱們似的。」

林啟周活動着手指：「揚仔要是喜歡就最好，反正也不是跟咱們一起過日子。」

「妻賢家安寧，要是個省事的姑娘能少很多矛盾。」崔翠芬對周萬芳的觀感真算不上好，那個剝開的橘子從頭到尾也沒用手指接觸一下，墊起來的手絹就幾乎是在明晃晃地説嫌棄髒了。

林啟周不想對弟弟的感情評論太多，兩人心照不宣地轉移話題。

在醫院養病的日子平靜得很，每次林啟周換藥的時候，掀開的紗布裏面，皮肉綻開，露出鮮紅的肌肉組織，摻雜着血水和黃色的藥水，看着心裏便揪在一起疼。

林啟周隱忍的表情，也表明他在努力忍着，哪怕疼到面容變形，也不在妻子面前出聲痛呼。

崔翠芬後來就拿着東西避讓出去，她不在，林啟周還能自在一些，至少能喊出來。

在醫院一住就是半個月，林啟周發了兩次燒，崔翠芬晝夜不停地看守，幸好有驚無險，這一關算是過去了。

「什麼時候能出院？我這骨頭都要躺退化了。」林啟周拿着勺子百無聊賴地攪弄着碗裏的湯。

崔翠芬收拾着碗筷，説：「你還沒長好呢，醫生説再等兩天。」

「這得慢慢養，要是一直在醫院待着，好人都要憋瘋了。」

「這事必須老老實實聽醫生的。」崔翠芬不理會他發牢騷，接着説道：「隊裏給你放病假，孩子也有啟揚和白大哥幫忙帶着，你有什麼不放心的，安心養病就好了。」

林啟周這次被列為警察隊伍英勇執勤的典型，據説還要由領導舉薦參加今年的勞模評選，算是在整個交警隊徹底揚名了，提前漲了工資不説，連帶她這個家屬都能請假專心照顧他，可謂一路綠燈，大開方便之門。

「我就是待得鬧心了，回家躺着也比在醫院好，在這感覺哪哪都不舒服。」

林啟周嘟嘟囔囔地表達不滿，但看着妻子不為所動的樣子，就知道沒什麼用，在養病的事情上，他一點自主權都沒有，除非哪天醫生鬆口，説他可以出院。

「別像孩子似的。」崔翠芬在他腦門上不輕不重地拍了一下。

説起孩子，林啟周就想到那天林劍鋒猴在啟揚身上，一起到醫院看他。

本以為這孩子要被嚇住，沒想到，圍着他兩條包紮嚴實的腿來回轉了好幾圈，回去就寫了一篇歌頌英雄的作文，站在國旗下大聲朗讀，在全校面前都出了大風頭。

第二天就帶着獎狀和小紅花到他面前好一頓炫耀，可見他對父親的英雄事跡崇拜到極點。

只不過等離開醫院的時候，軟乎乎的小身子趴到他耳邊，小聲說：「老師說了，不是只有受傷的才叫英雄，我希望爸爸以後不要再受傷了，會很痛的，但爸爸一直都是我的大英雄。」

「你不去校門口站崗，同學們都在問我呢，大家都想你了。」

林啟周看着面前跟自己八分像的孩子，那股血脈的悸動和自豪油然而生，摸着孩子的頭髮，他笑了。

「爸爸很快就好，還去校門口給你們發糖吃。」

林劍鋒這才站起來，眨眨眼睛，眼睛濕漉漉的：「我會聽二叔話的，爸爸再見。」

自己有了孩子以後，他越發能明白當年父母對生孩子的執着了。

那種息息相關，血脈相連，長着一張與自己相似的臉，有着相同的習慣，單純的眼睛裏黑白分明，尚且沒有被生活磨平稚嫩，是這世界上撫平庸碌和浮躁最好的良藥。

只要看着他，就恨不得，將最好的一切都捧到他面前。

然後看着他從小小的軟軟的一點，慢慢長大，開始有了自己的思想，自己的觀點，開始上天下地地調皮，鬧出一些啼笑皆非的故事，成為大人們在人世間另一重放不下的牽絆。

這種感覺，不是為人父母者，感受不到。

他愛自己的孩子們，愛為他帶來這樣鮮活的生命的妻子，也愛這樣平凡到極致的生活。

林啟周對自我的認知十分明確。

或許年輕的時候，還有些乘風上青雲的雄心壯志，渴望到更加繁華的城市裏打拚，年少輕狂誰又沒經歷過呢。

但時代和經濟的局限，終究用一種潛移默化又難以忽略的手段，將他一點點變成現在這平凡的中年模樣。

與面容一起改變的，是他不知道從什麼時候開始，對繁華和青雲的追求淡化，一心想守着小家過日子，從大展宏圖到柴米油鹽，看似相差甚遠，其實不過是一日三餐的距離。

他並不覺得可惜，因為知道自己的能力有限，拚盡全力，日夜掙扎着，也只是要在街頭巷尾做個普通人。

普通到，能在社會的任何一個角落裏，找到無數與他命運軌跡相同的人。

但他又是不同的，他有最相愛的妻子，最可愛的兒女，最好的兄弟姐妹。

林啟周想，他是知足的。

第四十章

颱風悲鳴

入秋的氣溫並沒有什麼大的起伏，空氣水潤中帶着悶熱，夏季的暑熱並未全身而退，依然能讓人在午後曬到眩暈。

林啟周躺在沙發上，雙腳搭在凳子上，身邊有熱茶，手邊放着報紙，廚房裏是妻子忙碌煲湯的身影。

仔細看看，他養病這麼久，整個人都胖了一圈。

腿上的傷癒合得差不多了，脱落的指甲也長出淺淺一層新的角質，只是非常柔軟，輕輕一碰，與薄膜沒有什麼區別。如果不小心踢到某處，當即就能泛出血絲，疼得人齜牙咧嘴。

剛要端起冒着熱氣的茶水，就被妻子在手背上啪地拍了一下。

「跟你説多少遍，不要喝這麼燙的茶，就是不聽！嗓子潰瘍的時候忘了？你多大的人了，還好了傷疤忘了疼。」

崔翠芬圍着圍裙，手上還拿着鍋鏟，比比劃劃地教訓人。

林啟周摸摸鼻子，最近感覺媳婦火氣越來越大，他都不敢出聲反駁了。

在媳婦轉回廚房後，端着茶杯淺淺吹了兩口，行吧，媳婦不讓，只能等涼了再喝。

咂咂嘴，口感沒有以前好了，但只能將就着喝了。

吃飯的時候，崔翠芬說：「中午白大哥問你養得怎麼樣了，能不能上班？」

林啟周啪一聲放下筷子：「能啊！我這渾身都要長毛了。」

「你那腳指甲能行？」

正常人指甲下的肉都有保護，他這剛剛新長的指甲根本起不到什麼保護作用，平時走路要極其小心，可執勤免不了經常走動，到時候疼起來鑽心。

「動彈動彈也好，要是等它長好不知道要等到什麼時候。」

他是真的待不住了，在家喝茶看報，最多下樓轉兩圈遛彎，他自從參加工作以後，還沒休息過這麼長時間，每天不忙碌了，都不知道自己要做些什麼。

崔翠芬打趣他就是勞碌命，林啟周嘿嘿一笑，可不就是勞碌習慣了，從小就開始幹活，手裏不抓着點工作，人就不舒服。

入秋第一場雨落下的時候，林啟周正式回到工作崗位。

領導帶頭給他辦了個簡單的歡迎儀式，喜慶的大字報上寫着他如何英勇，貼在警隊宣傳欄上整整一週，他帶着大紅花拍了人生第一張表彰照片。

當他重新站在校門口，看着孩子們驚訝的臉，變魔術般從兜裏掏出糖塊，掌心彩色的糖紙在陽光下格外耀眼。

孩子們還記得他，一窩蜂地撲到他身上，嘰嘰喳喳地叫着林叔叔。

林啟周突然感受到這份職業的神聖和責任，抱起一個低年級的孩子，大步流星穿過馬路，然後在孩子們期待的眼神下，挨個揉了揉頭髮，目送着走進校園。

有些不認識他的家長，問身邊的人他是誰。

有的人說，這是校門口的交警林啟周，是孩子們的林叔叔，是車流中最可靠的守護神。

林啟周挺直腰版。

現在的學校與從前真的大不相同，飄揚的五星紅旗與孩子們胸前的紅領巾遙相呼應，整潔的柏油路通向教室，明亮的磚瓦房裏是朗朗書聲，不再有漏雨和破舊的窗櫺，滿眼都是充滿活力的孩子們以及銀鈴般的笑聲。

他對沒有上過學的執念遠沒有少年時強烈。

他想，於校門口站崗，也算是用另一種形式，參與到學校的教學中，圓了他置身書聲中的夢想吧，並且，擁有格外的榮光。

「林警官，歡迎歸隊！」白小山騎着摩托停在他身邊。

林啟周轉身，敬禮：「謝謝白警官。」

白小山在他肩上捶了一下，目光在他腳上停留，問道：「全好了？」

「還差點指甲沒長好，不礙事。」林啟周跨坐在摩托上，手指摸過警徽，擰動油門。

「走，巡邏！」

「蘇亞」颱風在海面形成的時候，被預判為建國以來最強大的一次颱風，尚未靠岸，就已經用暴風雨打了前站。

聽着收音機裏的播報，林啟周身上的雨水還在嘩啦啦往下流。

剛剛組織人手在校門口堆放了一袋袋泥沙，上級停工停課的決定還沒有消息，有些街道就已經因為連日降雨形成水路，下水道被淤泥堵塞，行走都成為問題。

林啟周連着兩天穿着雨衣泡在水裏，用沙袋和木板墊起來的小路並不穩當，每到上放學的時間，他都站在門口，將孩子或背或抱的扛在身上，運送到馬路對面，交到家長手中，然後一刻不停地返回門口。

「這還沒登陸呢，雨就下成這樣，要是真在咱們這登陸了，那不得發大水啊。」崔翠芬用毛巾給他擦着頭髮上滴下的水。

林啟周捧着熱茶，一口一口驅散身體裏的寒意：「哪年不打幾場颱風，上面有應對措施，不用擔心。」

「一會你還出去？」崔翠芬擔心他的身體，「都好幾天沒睡個整覺了。」

「轄區有的地方交通癱瘓了，不去看着不行，得配合路政及時搶修。」

他們這些國家部門每到這個時候都是最忙的，所有人手都要用上，一點不能閒着。

剛要多説幾句，門被咣咣敲響。

「啟周，快走，有個村子水位上漲得厲害，橋被衝斷了，隊長叫人集合呢。」白小山穿着雨衣，雨靴裏都是水，一步一個水腳印。

林啟周放下茶缸，一邊説一邊抬步跟上去：「報導説今晚就要登陸，你在家帶着孩子，別擔心。」

沒有多説幾句話的時間，迅速站在隊伍裏，坐着扣上防水布的卡車，搖搖晃晃地往下轄區的村子裏去。

白小山打開地圖，用手電筒照亮，説：「這河斷橋附近有一塊小島，面積不大，上面都是石頭地，但當時有一夥水文觀測隊滯留在上面，橋斷的時候沒及時撤離，現在還在上面。」

「據報導，颱風最多還有兩個小時登陸，看路線就在咱們城市，可能是西邊也可能是東邊，準確的消息還沒有。」

林啟周心裏咯噔一下，這村子就在東面，如果颱風真從這登陸的話，暴風雨很可能席捲過來，到時候這些人的生命安全很難保障，畢竟小島周圍全是湍急的河水。

「橋樑搶修工作開展困難，而且颱風馬上登陸，此時作業危險很高，用時長，所以只能採取其他方式救人。」

林啟周聽着他的話，手指一寸寸掠過地圖上的河道，這地方他知道，平時雨季的時候亂流就多，水下有淺灘有石頭有淤泥，複雜得很，而且就現在的大風等級，橡皮舟都很難橫渡。

「浮橋呢？」林啟周指着小島和相鄰岸邊，說：「在中間搭浮橋，給身上綁上安全鎖，雖然不夠穩當，但即便落水也不會被沖走，或者在橋上匍匐着到岸上。」

白小山看他一眼，眼底閃過一絲激賞：「特警那邊已經安排了，咱們離這裏最近，要率先趕到，加固岸上堤防，為營救工作做好準備。」

「上級命令！」

所有人正襟危坐，認真傾聽。

「全力配合相關部門完成營救，此水文觀測隊攜帶該流域重要勘測數據，必須保證全員萬無一失。」

「是！」

狂風捲着暴雨，帶着駭人的聲浪，一陣陣地衝進耳孔，如失去理智的瘋子般撞擊着車身，轟隆隆的雷聲從遠處漸漸逼近，驚雷響在不遠處，刺目的閃電照亮前方數丈。

林啟周渾身冰冷，他從小長在廣東，歷經的颱風天很多，卻是第一次如此裸露地直面登陸前的風雨。

黑壓壓的烏雲鋪天蓋地，除了閃電，找不出一絲光亮。

家用電線都被狂風扯斷，上下齊黑，暴雨聲，風聲，大樹的悲鳴聲，汽車碾過水坑時，身體撞在車身的悶響聲……

一處處都在為「蘇亞」颱風助長聲勢，仿若大戰開始前的戰鼓，喧囂而鼎沸的聲威如驚濤駭浪，讓人十步之內迷失方向。

林啟周隨着眾人跳下車，碩大的雨滴密密麻麻連成雨幕，在車燈的映照下，如同湍急的飛瀑，落得又快又急。

有先來的河道工人，頂着大雨深一腳淺一腳地跑過來，扯着嗓子喊道：「水位一直在上漲，按照這個速度，用不上一個半小時，那個小島就要被沒過去了。」

白小山大手一揮，開始佈置任務：「現在開始做準備工作，保證專業救援到了，馬上能開展營救。」

「黑子，用手電筒給島上發信號，告訴他們別慌，咱們來了。

「林啟周，帶人裝泥沙袋子，加固河堤，打長釘，等待安裝安全鎖。」

林啟周帶着人到後車上拿下板鍬和麻袋，一下下往裏填裝泥沙，再扛到河堤上。

水流比他想像的還要湍急，河面上漂浮着磚瓦、木頭、電器，甚至還有掙扎着的家畜，可見上游已經有村莊遭災了。

這些東西會隨着水勢順流而下，遇見河道彎曲，或者水下暗流，隨時都有撞擊河堤的危險，別小看這樣的力量，被水勢加持以後，撞擊力暴增，再堅固的河堤都有隨時崩潰的風險。

肩上扛着裝滿泥沙的麻袋，雨衣濕滑，踩在泥濘的路面上，稍不注意就會摔個四腳朝天，而周圍沒有明亮的燈光，持續亮着的車燈，只能看清腳下四五步的距離，不知道哪一處就露着尖鋭的石頭，倒下的那一刻如果不夠幸運，磕壞了什麼地方，就是血流不止。

林啟周絲毫不敢分心，肩上的重量和隔岸人命的重量同樣壓在他心頭，分外沉重。

轟鳴的雷聲彷彿更加急促了，兩道驚雷之間的時間越發縮短，他和隊友一刻不停地運送沙袋，不給後續的救援工作留下隱患。

時間一點點過去，路政的人來了，有上級領導也到了，但他們單位都沒有造價高昂的專業浮橋。

有人提議先用人在腰上綁上安全鎖，強行橫渡，哪怕用滑索也先開展救援，時間就是生命，不能再拖了。

可當一棵兩人合圍都保不住的樹幹從上游席捲而下，嘭的一聲撞在河堤上，這個方法就被全面否定了。

上游不斷有漂浮物下來，那小島露出水面的高度越來越少，林啟周看着都一陣心焦。

「救援隊怎麼還不到？」

準備工作都差不多了，可救援隊帶着浮橋遲遲沒來。

白小山撂下電話，報告説：「途徑長山街，路面被積水衝塌了，正在繞行，預計還要十分鐘。」

他們沒有比救援隊更加專業的設備，那些土辦法在呼嘯的風雨中不堪一擊，現在除了等待，沒有別的辦法。

林啟周肩上和手上都在疼，他分不清順着皮膚流下去的是血水還是雨水，總之，這慢慢逼近的颱風帶來的威壓，讓他從頭到腳都是震駭且麻木的。

「報告，最新氣象預測出來了，蘇亞將在陽江西側登陸。」

林啟周站在白小山身後，聽見這個消息，心稍稍放下一點。

萬幸，萬幸沒有直接奔着東邊來，不然再好的浮橋也擋不住颱風過境瞬間的風力，連人帶橋都會被掀翻。

可這點放心在看見救援隊的時候，瞬間跌到了谷底。

「怎麼才四個人？！」領導看着從車上下來的四個人，眼睛都直了，直接發飆。

領頭的那個也很委屈：「沒辦法啊，好些地方受災，橋斷了路塌了，還有山體滑坡，沿海還在組織高危人員撤離，實在挪不出來，我們四個還是剛從隔壁村子分出來的。」

領導攥着拳頭，罵了一聲娘。

「不説別的了，你們負責專業的，我們派人輔助。所有人都要掛上安全鎖，一個都不能少，都得好好回來。

「白小山，你帶人幫他們搭橋救人。」

林啟周就站在他旁邊，自然要跟着往前上，剛邁出去一步，手腕就被抓住了。

「大舅？」

梁愛黨是帶着秘書一起來的，看着大外甥不管不顧地跟着往前衝，心裏一梗：「你在後面幫忙就行了，水太急了。」

「沒事，我水性好你知道的。」林啟周一腔熱血早就湧到頭頂了，白小山一叫人，根本想不到什麼安危。

「林啟周！」梁愛黨簡直要急死。

「大舅，沒事，相信我。」林啟周從小就在村子的河裏摸魚，趕上暑熱，一個猛子扎下去，什麼時候肺裏的氣用光了，什麼時候才冒頭浮上來。

梁愛黨氣的鼻子冒煙，看着他跟着人往腰上扣安全鎖，心就高高懸了起來，攥着拳頭，終究走過去，給他檢查裝備，沉聲道：「千萬注意安全。」

架設浮橋這種技術活用不上他們，林啟周等人的任務就是盡量穩住浮橋，不在大風中劇烈搖晃。

但他們想的實在過於簡單，雖然颱風還未登陸，但這風力仍舊不可小覷，鋪到一半的浮橋已經開始左右搖晃，一不留神，就有人被慣性帶着壓到水下去。

幸而腰上綁着安全鎖，岸上的人一眼不差地盯着，直接能將人拽上來。

可是，危險遠遠不止有大風。

持續的暴雨會模糊視線，滿眼漆黑的夜色，不斷上漲的水位，和上游被沖下來的泥沙磚瓦樹木，只要被磕碰上，就是命懸一線的危險。

「這些漂浮物不能攔一下嗎？」

梁愛黨看着那些漂浮物從林啟周他們身邊流過，心砰砰直跳。

白小山捶着掌心，說：「不行，水流太急，沙袋站不住，小舟也橫不過來，反而會增加危險。」

「快艇呢？」

白小山苦笑：「快艇全市也沒有多少，都調去沿海了，還有一半在主要橋段上，那邊比這更重要，所以根本沒有多餘的能調過來。」

梁愛黨看着保證隊員生命安全的繩索，被大風吹得打圈亂轉，根本不能平靜呼吸，只得緊緊盯着河面。

林啟周泡在水裏，腰上的安全鎖箍在身上，即便有些緊，卻不敢鬆懈，雙手扶着浮橋板面，水位上漲的速度很快，下水的時候尚且能保持在腰上，隨着力氣的流失，水面已經到了胸前。

湍急的水流和水中的壓力，給胸腔造成負荷，還要左右變換姿勢，躲開上游飄下來的東西，簡直手忙腳亂。

浮橋架設完成的時候，小島已經只剩下不多可以站腳的地面了。

整個觀測隊有八名隊員，可安全鎖卻沒有那麼多，只能兩名交警爬上小島，將安全鎖讓給隊員，然後以此類推，等所有人都過去之後，他們再行折返。

林啟周負責最後一批渡河的隊員，在水中扶着浮橋，讓隊員踩在上面，可水流根本不給他們尋找重心的機會，踩不穩直接摔下水。

林啟周連忙抓着他手臂，托着一條腿，幫他重新登上浮橋，然後匍匐着，抓着板面邊緣，一點點往岸上挪動。

中間遇上漂浮物撞擊，十有八九又被甩下去，或者停在原地，提心吊膽地接着前進。

林啟周就這樣護着兩人橫穿河面，然後拿着他們空下來的安全鎖，再重新回到小島。

為了大家保留體力，護送過一次的人，將在小島上停留，等待下一次更換。

林啟周爬上小島的時候，手腳都已經泡軟了，扛沙袋的時候在掌心割出的口子在頭頂燈的照射下，泛出慘白，傷口被泡得翻出來，卻已經麻木得感受不到疼痛。

盤腿坐在地上，平穩着急促的呼吸。

人在水中會因為對抗水壓和浮力使體力急速下降，他只是水性好，但沒有經過正規的水中作業訓練，能堅持到現在，已經摸到了極限邊緣。他按住有些發抖的手，盼着早點結束救援。

小島上只剩下他和白小山，最後兩名觀測隊員已經走到了河中間，身上背着包裹好的儀器，小心翼翼地渡河，水流讓橋面晃動，恐懼和疲憊會讓人手腳發軟，行動緩慢。

每一次呼吸都伴隨着心臟的劇烈跳動，兩岸所有人沒人敢掉以輕心，就算所有觀測隊員上岸，他們還有人留在島上和水中。

現在，那個小島已經不能稱之為島面了，可站立的地方都被水沒過，林啟周站在上面，河水已經淹過腳面。

原本這段流域的上游有一個蓄水的水庫，但看這水位上漲的速度，和漂浮物，可以斷定，水庫應該是泄洪了。

林啟周眉頭緊緊擰在一塊，再不快一點，他們站着的小島就不安全了，迎面留下來的漂浮物不知道何時就會撞上來，而不斷上漲的水位，也會大大增加他們最後回到岸上的難度。

暴雨還沒有停下，他不知道陽西那邊颱風過境的狀況，可他渾身濕透被風吹着，冷的直打擺子，牙齒打顫，他覺得自己不太好。

看着最後兩個觀測隊員被拽到岸上，然後同事迅速帶着安全鎖返回，林啟周緊張得手腳冰涼。

「快點！有樹幹下來了！」

就在返回的人游到一半的時候，梁愛黨站在岸上大喊，眼睛都嚇直了。

一棵兩尺粗的樹幹順着水流出現在河面上，直直朝着小島而去。

而林啟周和白小山站着的位置，水位已經漲到了小腿，樹幹如果飄到這裏，借着浮力，也會直接撞向他們，而不會被小島擋住。

林啟周手腳發抖，那麼粗的樹幹，別說不在水裏，就是在陸地上被砸一下都是要吐血的，何況，何況這加速度這麼快，簡直是要人命！

「快呀！再快點！」

所有人都屏着一口氣。

可游來的方向和水流根本不是相同的，阻力更大，在水裏撲騰的人也着急得很。

林啟周看着樹幹越來越近，白小山當機立斷，對他說：「先上浮橋，躲開樹幹再說。」

「不行！水太急了，沒繩子掉下去就會被沖走的。」林啟周看着那流速，心裏都緊成一團了。

樹幹逼近。

白小山冷喝一聲：「沒時間猶豫了，抓住浮板就還能有機會，下去！」

浮板只有一人寬，白小山把林啟周率先推上去。

林啟周猛然砸在浮橋上，死死抓着浮板邊緣，往前匍匐，他得讓出身後的位置給白小山下來。

收回腿，往後回頭的時候，眼睛瞬間瞠大，樹幹已經到了。

「快下來！」

白小山抓住最後的時間，往前一躍——

樹幹撞在小島淹沒在水下的石頭上，一端阻滯，可暗流卻借着這股力道，將另一端直直豎起，水流向前，樹幹嘭的一聲砸在白小山腰上。

林啟周眼睛都紅了，和浮板旁邊的同志，抓着白小山向前挪動，但他只能空出一隻手，因為那條安全鎖還沒有扣上。

水中帶鎖的同志拚了命往這邊游，林啟周伸長胳膊去夠，他身後的白小山雙腿以一種詭異的曲度垂在水裏。

林啟周拽着安全鎖，摸向白小山腰間的鋼扣。

鋼扣在水下，看不見位置只能憑藉手感，而他們額頭的頂燈隨着身體上下浮動，照在湍急的水面上，顯示出他此刻的焦躁。

林啟周慌亂得很，他第一次置身這般奇絕的險境，與他日日相伴執勤的白小山氣若游絲，手上抖得厲害。

「不能慌，不能亂，扣上，扣上啊。」

林啟周半個身子泡在水裏，一股股水流越過胸膛，不時從他的鼻子口中灌進去，眼睛和掌心火辣辣的疼。

試了兩次都沒扣上，而他和另一個同志緊緊拽着往浮橋下滑去的白小山，還要應對自身的重力。

心跳聲在此刻比任何狂風驟雨的聲響都要劇烈。

不行，不能再耽擱了，那個被小島擋住的樹幹只是短暫的給他們喘息的機會，暗流會帶着它繞過小島，而且水裏還有負責浮橋的人，不能都留在水裏。

林啟周也不知道哪裏來的力氣，自己趴在浮橋上，一隻胳膊和另一個同志合力，將白小山擔在背上，然後將安全繩索繞着兩人的腰緊緊綁在一起，反扣在自己腰帶的鋼扣上。

岸上的人看不清他的動作，只知道現在兩個人的命都靠着一條鋼索維繫。

一個成年男人的重量突然壓在背上，林啟周被砸得順着浮橋潛到水下，兩隻手拽着安全鎖，一下下往岸邊游去。

可白小山已經昏迷，根本沒有配合他動作的能力，急速向下的水流將他推得左右晃動。

林啟周將一節繩子繞在掌心，承載着兩個人的重量，繩子勒進了皮肉。

他咬緊牙關，彷彿沒有感受到這鑽心的疼。

他想跟白小山說話，讓他保持清醒，但應對水流已經筋疲力盡，憋着一口氣不敢鬆，只能拚命往岸上游。

「快，快拉，把他們拉上來！」梁愛黨眼睛都紅了，水裏掙扎的是他親外甥啊。

一陣風襲來，加速水流，浮橋晃動得更加厲害了，林啟周擔着白小山，根本來不及調整，整個人就被掀翻到水裏。

一瞬間，兩人順着水流方向甩了出去，掌心的安全鎖繃直，兩人的重量都落在他一個人的胳膊上。

林啟周臉色蒼白，咬着牙往前游，但水流實在太快，他控制不住身體，大水漫灌淹沒了口鼻，嗆進去的水將胸腔憋得劇烈疼痛。

梁愛黨站在岸上，已經顧不上注意安全了，跟眾人合力往上拽繩子。

林啟周看着面前的浮橋，知道只要攀上去，就不會被淹沒，但根本不敢鬆手。

「用力！快啊！」

風雨在周身肆虐，雨點瘋狂砸在臉上，林啟周睜不開眼睛，這場颱風帶來的風暴，彷彿要將雨幕中所有生命全部帶走。

雷聲轟鳴，閃電在一瞬間照亮臉龐——林啟周臉色青白，嘴唇被咬出鮮血，不等流下就被大雨沖刷乾淨，肩上是白小山的頭，水下是一雙奮力撲騰的腿，和半點沒有反應的腰身。

林啟周在心裏怒罵老天。

身體不知道被水中的亂石磕碰多少次，喝進去的泥水也不知凡幾，等他背着白小山被拽到岸上的時候，安全繩已經嵌進掌心，狼狽的樣子，像經過錘鍊的水鬼。

看見白小山被挪下來，林啟周脫力，仰面躺在地上，任由雨水沖刷，失去了知覺。

第四十一章

一等功勳

當他再次找回五感，耳畔先聽見女人的啜泣，然後眼前一陣柔光，慢慢的，看見了純白的天花板，眼球轉動，人影變得清晰。

崔翠芬伏在床邊掉眼淚，林啟揚站在身邊滿臉凝重，還有穿着橄欖綠的人，都是同志。

「醒了！大哥！」林啟揚撲到床邊，眼睛裏滿是紅血絲。

林啟周想說話，但微微喘氣，從喉嚨到胸腔都疼得不行，張張嘴，只發出嘶嘶啦啦的沙啞。

崔翠芬含着眼淚，用棉籤給他洇濕嘴唇，緩緩渡進去一絲清涼。

林啟周忍着疼痛，嘶啞着開口問：「白……小山怎麼……樣了？」

沉默。

是凝重的沉默，連崔翠芬都躲開了視線。

林啟周心裏猛跳，看向那些隊友，嚅動着嘴唇：「怎麼了？」

平時站在車流中來往指揮的警察此時紅了眼眶，攥着拳頭，說：「那個樹幹砸到了他腰上，砸斷了脊柱，你們被捲到水裏的時候，重力加重傷勢，送到醫院的時候，已經……」

他哽咽着說不下去。

另一人接着開口：「昨天你昏迷的時候，搶救無效，犧牲了。」

轟！

林啟周被這消息砸懵了。

牙齒打顫，嘴唇抖動，張着嘴，胸間窒息帶來的悶痛讓他發不出聲音，眼球淩亂地轉着，看向在場每一個人，企圖在他們的臉上尋找到一絲玩笑的痕跡。

濃重的悲哀像極了那晚的颱風，肆無忌憚地漫上心頭。

他彷彿又被拖回那條湍急的水域，可洪水淹沒頭頂的時候都沒有此刻的悲愴深重。

崔翠芬啜泣着開口：「你嗆水過多，昏迷了兩天，那水不乾淨，泥沙劃破喉嚨和食道，感染發燒差點要了你的命。」

林啟周感覺自己渾身冰冷，僵硬着，手腳都不聽使喚。

明明，他那麼努力地將人帶回岸上，明明，他們出發前還在一起説話，明明，那根安全鎖擔着他們的命啊。

「隊裏説，後天給小山開追悼會，領導給他申請了烈士，授一等功勳，後事和家屬由國家負責。」

林啟周不想聽這些，再榮耀的身後名譽也換不回白小山的命。

他想，如果當時他沒有猶豫，如果他讓白小山先跳到浮橋上，是不是就不會有這樣慘烈的後果。

或者他沒有被從浮橋上甩下來，是不是就不會加重傷勢，白小山就還有搶救的機會。

林啟周陷入巨大的自責中，心裏的鈍痛讓他自虐一般捶着床板，包紮好的掌心滲出血跡，崔翠芬嚇得緊緊抱着他。

「啟周，你別這樣，別這樣，這樣的結果誰都不想的，啟周你冷靜點。

「老公你別嚇我，林啟周！」

妻子灼熱的眼淚落在他臉上，林啟周感受到滾燙的肌膚彷彿打開了悲鳴的關口。

躺在枕頭上，一聲嗚咽從喉嚨溢出，絲絲縷縷的哭聲帶着沙啞，兩行淚從眼角滑落，落進鬢角和枕頭，消失不見。

他就這樣睜着眼睛，緊繃的身體讓脖子和胳膊鼓起青筋，任由眼淚一股股滑下，心中難過得想要嚎啕，可他張着嘴，只能嗚咽——是帶着血沫腥甜的悲鳴。

在場無人能收拾起心情，所有勸慰都在此刻顯得單薄。

林啟周的情緒一直低落，時常看着某處發呆。

他在水裏背着白小山掙扎那麼久，身上不知道剮蹭了多少傷口，掌心最嚴重，被水流捲進河裏的力道很大，安全繩嵌進肉裏，傷口橫穿整個掌心，皮肉都翻滾了。

兩條胳膊上，肩關節肘關節和腕關節都有不同程度的脱臼和肌肉拉傷。

因為水流一波波漫灌口鼻，喝進去的水帶着泥沙和細菌，在喉嚨食道和鼻腔柔軟的內壁上留下傷口，繼發感染，整個人發燒不退，臉燒得通紅。

一天時間人部分都在昏睡，偶爾醒來也不説話，沒精打采的，看着床頭櫃帽子上的警徽出神。

換藥的時候紗布黏在傷口上，撕扯帶來的疼痛都恍若未覺，隨便別人怎麼處理。

崔翠芬看在眼裏急在心裏，她聽梁愛黨説了當時的情況，嚇得整個人渾身冰涼。

天知道，那天她接到消息趕來醫院，看見丈夫又人事不知地躺在床上，她無比後悔當初支持他做這個交警。

三天兩頭受傷，遇見危險就頭腦發熱，什麼安危都顧不上了，悶着頭往前衝，也不知道他從哪來的那一腔熱血。

林啟周總說，職責所在。

可崔翠芬很想告訴他，一個半路出家的交警，他原本只是一個車間裏最平常的工人，跟流水線上的每個人都沒有分別，怎麼就生出這麼大的責任感。

可崔翠芬知道，原本也許還有機會勸他轉到文職，但現在有了白小山犧牲在眼前，丈夫怕是要蹚着這條路，一直走下去了。

警察啊，這個職業有榮光，有責任，有地位，說出去都以英雄為標桿的，但她做了警嫂以後，才知道那些被人稱讚敬佩的背後，是多少傷痛壘起來的。

局外人喝彩，而當事者只有沉痛。

追悼會當天，林啟周一早起床，沉默着洗臉刷牙，將張牙舞爪的頭髮用水抹平，一絲不苟地穿上制服。

橄欖綠制服熨得板板正正，穿在身上卻有些寬大，繫上風紀扣，將帽子托在掌心。

包裹着紗布的手，緊緊握着帽檐，指尖搭在警徽上，冰涼的質感讓他有些瑟縮。

會場上，素白和黑是主色調，白花在碩大的奠字周邊圍城一圈，警隊的人整裝站在兩側，棺槨上蓋着鮮豔的紅旗，是整個空間中唯一的亮色。

林啟周從門口一步步走向靈前，國旗遮蓋住白小山的臉，他記得這個人不久前還在跟他同桌喝酒，與他嬉皮笑臉開着玩笑，吐槽媳婦做飯實在難吃，他不止一次覺得聒噪。

可如今看着他安安靜靜的躺在這，在冰涼的棺槨裏，不能再站在馬路中間指揮，不能再說說笑笑。

多想讓他再在自己耳邊充滿活力的說笑，四十歲的人了，身上還有用不完的精力，他絕不會再說他吵鬧了。

林啟周得知消息後哭過那一場，再也沒掉過淚。

他知道白小山有多喜歡當警察，因守護百姓而死，或許他會認為值得吧。

此刻，站在靈堂和國旗前，林啟周肅立，抬手，端端正正地敬了軍禮。

白小山的妻子是個脾氣爽快的人，而女兒今年剛上高中，學習成績極好，是白小山整日掛在嘴邊的驕傲。

現在穿着一身黑，站在旁邊，滿面悲痛，不停垂淚。

林啟周走到母女面前，受傷的嗓子還嘶啞着，每一次發聲都伴隨着刺痛。

「嫂子，對不住，我沒好好帶他回來。」

未亡人淚眼朦朧，抹着臉上的淚痕，輕聲説：「領導都跟我講了，我要感謝你，幫我把他帶回個全屍，要是留在那河裏，他得多冷啊。」

林啟周不忍心再聽下去，彎腰鞠躬後，腳步凌亂地匆匆離去。

當晚出任務的交警授集體三等功，白小山被追授一等功，他家門楣上也掛着一等功臣之家，鄰里都去致意，可未亡人臉上分外勉強，無論怎樣的榮光，終究換不回她的丈夫，她女兒的父親。

林啟周在醫院修養了半個月，掌心傷口癒合，開始長出粉嫩的新肉，嗓子也舒服多了，咳嗽的時候不會帶出血沫。

重新回到警隊的時候，看着白小山的座位空空蕩蕩，他心裏還是會忍不住疼一下。

陪同的警隊領導站在他身邊，沉聲説：「每年警察隊伍裏都會有人犧牲，因為救災，因為意外事故，因為執行任務。也每年都有新面孔，可過不了幾年，他們有的活着，有的死了，有的落下殘疾，交警遠沒有別人想的那麼輕鬆，所有需要警察出動的任務，都要有交通上的全力配合。只要你在這個職位上一天，隨時準備面對犧牲，就是你要時刻記在心裏的事情。」

「無論是自己還是他人。」

林啟周站在原地消化着這些話，白小山的犧牲對他而言是沉重的打擊，他覺得自己拚盡全力也沒能救回他的命，隨之打倒的是一個原本完美的家庭。

推己及人，他甚至不敢去想，如果當時最後爬上浮橋的人是他，崔翠芬和孩子們會變成怎樣。

林啟周難受，因為他每天巡邏的路線上，留下了太多和白小山同行的回憶，他也曾再次到出事的流域去看過。

恢復平靜的河面看着一點也不可怕，但他牢牢記得當晚，這裏的水有多冰冷。

歲月不居，時節如流。1991 年冬，歲聿云暮。

村莊裏的黑夜並沒有盞盞燈火，四處都是亮的。

這裏的黑如墨水一般濃重，星星點點的涼意帶着沉悶的潮濕，讓黑如浪潮一般湧來。

今夜無月，樹影上綴着幾顆殘留的星光，顯得格外珍貴明亮。

林啟周過了今晚子時，就整四十歲了，不惑之年。

站在老家的院子裏，他在想，這幾十年他究竟有沒有過成功。

十幾歲離家打拚，他是廠子裏精工零件上名列前茅的人，可後來他下崗了，自從去年趙寶剛師傅因病過世以後，只怕少有人再記得他當年也曾是聯合技能大賽上出類拔萃的一等獎吧。

後來在氮肥廠工作不滿三年，平凡庸碌地混日子，最後成為停薪名單上的一人，扛着家庭的壓力潦草離職。

再後來，他想再學一門屬於自己的手藝，於是一頭扎進了修車廠，忽略了少得可憐的工資根本支撐不起一家四口的生活，在妻子生病卻求助偏方以後，再次以失敗告終。

然後就是現在，他是一名交警。

每天站在車流中吸入二氧化碳，濃重的汽車尾氣鑽進鼻腔，熏得人作嘔。每天執勤，巡邏，站崗，騎着摩托車風裏來雨裏去，像千千萬萬的交警一樣，做着普通的交警日常工作。

這能算成功嗎？

他年少的時候，腦海中的成功，該是評書裏說的五花馬千金裘，亦或威風赫赫的風雲人物，總之應是意氣風發的時代英豪。

可少年時他只是一個瘦弱怯懦，背井離鄉掙扎求存的窮苦孩子。

所以，少年便不是成功的。

如今身值不惑，中年人的成功該是什麼樣呢？

他想，應該是有一棟房子，房子裏住着嬌妻愛子，有一部車子，車裏坐着摯愛親朋。

他笑了，白身一個，無車無房，租來的兩室一廳還因為潮濕整天剝落牆皮。

所以，中年也不是成功的。

林啟周苦笑着攏了攏身上的外套，嘲笑自己四十年虛度光陰，拚盡全力，也只活成了普通人的模樣，甚至還是不那麼成功的普通人。

「想什麼呢？」

崔翠芬從屋子裏走出來，將冰涼的手塞進他臂彎，像年輕時那樣依靠着丈夫。

「在想我失敗的一生。」

「失敗？」崔翠芬詫異。

她思緒轉了幾下，便瞭然，她這個丈夫哪哪都好，就是喜歡自己萌生出一些亂七八糟的想法，帶着那麼一點憂鬱和無病呻吟的矯情。

「怎麼會是失敗的呢。」

崔翠芬聲色平和，與丈夫一起看着濃墨般的夜空。

「你年少離家，一己之力供出兩個大學生，你創造的精神是帶他們走出村莊的財富，你一直是他們最好的榜樣，以身作則的榜樣。

「你刻苦，認真，勤奮，學認字的時候就遙遙領先，學手藝的時候也一絲不苟，起早貪黑地去磨練自己。你現在能自己讀書明理，學過車零件和修車，這些都是你自己努力所得，沒有人能奪走。

「結婚以後，你我相愛，是最好的丈夫和父親，我愛你，孩子們愛你，你對家庭的責任從未缺失過一點。

「啟周，做長子你問心無愧，做工人出類拔萃，做警察盡職盡責。

「所以怎麼會是失敗的呢？」

林啟周看向妻子，那雙眼睛生出了細紋，可明亮的就像當年初見時一般，澄澈乾淨。

將妻子的手攏在掌心，他説：「可我還是很普通，沒帶你們去更好的城市，沒讓你們住上自己的房子，也沒有提供輕鬆的生活。」

崔翠芬還是那般平和的笑着：「做個普通人有什麼不好嗎？」

「一萬個人就有一萬種不同的活法。你總是把自己逼得太緊，眼睛只能看見自己的受過的罪，我倒覺得身邊有你，有孩子們，有敬愛你的弟弟妹妹，有穩定受人尊敬的工作，這就是最好的普通人和普通的生活。」

崔翠芬用她的眼睛，看見了林啟周否定自己的一切，告訴他，你很好，是很好的長兄，很好的丈夫，很好的父親，很好的警察。

林啟周出生在逼仄窮苦的山村，自卑與節儉一起成為性格中抹不去的底色，即便他行走社會幾十年，見過了形形色色的人，經歷了各種各樣的事情，還是會在某一刻，某一個安靜平常的時候，被這樣的性格左右思緒，否定自己。

這樣的人很多，這樣的性格也不知凡幾。

心性本就是哲學中百家爭論的複雜詞彙，不能說這樣的性格是一種缺陷，因為人本身就是由環境、情感、認知等不同因素交雜形成的，最難以捉摸的生物體。

幸運的是，林啟周身邊有一位通透的妻子，能在他身陷自我懷疑中時，用溫暖和愛牽着他走出來。

一次次不厭其煩地告訴他，你是成功的，做個普通人並沒有什麼不好。

今夜無月，今夜無竹柏，但有常人如吾兩人者爾。

第四十二章

追擊兇犯

交警隊的工作一直都是忙碌的，每天進進出出，遇上交通擁堵或是舉辦什麼活動，那連吃飯的時候都要硬擠出來。

「同志們。」大隊長走進來拍拍手說，「上級任務，各轄區抽調警力配合一次抓捕行動，沿建工紡織廠向省道方向，封鎖各個路口，包括鄉道村路。要求全員配槍，下午兩點前完成封鎖。行動！」

林啟周碗裏的麵條剛吃兩口，隨便抹一下嘴，放下筷子就往外衝，集合、登車、出動，兩分鐘內已經開出了警隊大門。

最近陽江進了一些不法分子，涉嫌走私和拐賣人口，鬧得風聲鶴唳，他們每天日常執勤都能經常看見其他警種呼嘯而過，看來這次大動干戈的封鎖道路，應該是有了不小的進展，開始抓捕了。

車內的收音台全隊統一調頻，一直在協調各方配合行動。

總指揮的聲音傳出來：「收到消息，要求封鎖路段在逃嫌疑人兩名，控制着一名人質，可能攜帶危險武器，各警備人員提高防範，如果發現嫌疑人蹤跡，立刻上報。」

林啟周摸摸腰間的配槍，不由自主地跟着緊張起來。

他被分配到正雅村的村口，這個村子出了村道直接就能上省道，但周圍一片開闊，稻田剛剛收割過，一望無際，沒有遮擋物可供藏身，並不是一個逃跑時掩人耳目的好地點。

林啟周靠在車門上，灼熱的日光晃得人昏昏欲睡，向遠處眺望，彷彿有層層熱浪不斷湧來，不斷逼出汗水。

這個路口只留下了兩人，一人看着村路，一人盯着省道，車內的收音台不斷有人彙報進展，下午一點五十分，全面封鎖完畢。

「抽一根？」邵興華遞過來一枝煙。

他是今年剛招進來的交警，年輕有活力，正經警官學校畢業的，據説夢想一直都是當一個威風赫赫的刑警，斷疑難雜案，不知道什麼原因變成了交警，小夥子每天都有些鬱悶。

林啟周接過來，借着火機點上：「快轉正了吧？」

「還有三個月了。」邵興華抽煙的時候習慣咬煙頭，兩口下去，煙屁股就變了形狀。

「我知道你，警隊用你的事跡當過典型，英雄形象嘛。」

雖然這麼説着，但邵興華眼中並沒有多少敬重，倒是看出了一絲挑釁和不屑，彷彿覺得他正值壯年，如果有機會也能當英雄。

林啟周看出來了，但不以為然，年輕人多少都有點傲氣，何況是原本雄心壯志卻偏偏調劑成交警的落差呢，忿忿不平是正常現象。

「英雄可不是那麼好當的。」

吐出的煙霧與熱浪混在一起，隨着一股暖風，吹回臉上，鼻腔灌進一股苦澀和辛辣。

邵興華撇嘴，不想當英雄算什麼警察，他就喜歡刑警那種驚險刺激的感覺，那才叫一個痛快，真漢子都得過這樣的生活。

林啟周是見過生死的，這些年他認識的英雄，有一半都躺在地下了。

年輕人啊，對生死沒有敬畏。不怕死是勇敢，但沒有敬畏只知道刺激，就是莽撞了。

看樣子，邵興華沒有這個覺悟。

林啟周不理他，靠着車門安靜地抽完一整支煙，扔到沙地上，碾滅。

邵興華看他着沒有激情的樣子，覺得這警服穿在他身上就是彆扭。

刻意地伸手正了正風紀扣，用車鏡端詳着自己，嗯，意氣風發，是個當英雄的好材料。

林啟周不知道要怎麼形容他這自戀的樣子，想到帶兒子去動物園看到的那隻求偶的公孔雀……嗯，差不多。

把注意力放在村路上，時間一分一秒過去，收音台的彙報聲停止，只有負責搜索的人一直説着沒有發現。

遠處一輛破舊的麵包車緩緩開過來，林啟周走到中間，伸手截停。

車窗降下，林啟周敬個禮，説：「同志你好，這裏封鎖了，暫時不能通行。」

駕駛位是個黑瘦的男人，手臂上帶着一個煙花形狀的疤痕，一看就是用煙燙的。

「同志啊，我老婆肚子疼得厲害，要去醫院啊，您行個方便，讓我們過去吧。」

林啟周從駕駛位的車窗探頭往裏看，後座還有一個男人，旁邊確實有一個女人被摟在懷裏，看不清臉。

「不行，這裏不能走。」林啟周收回目光，轉而看向司機，「從這就上省道了，你們村南出口那條路，橫穿兩個村子就能進市區，別走這了。」

司機遞過來一支煙，賠笑着説：「村路顛簸，我老婆受不了，從這過去不是舒服點嘛，您給個方便？我們絕對不給組織工作添麻煩！」

林啟周眉頭一挑，把煙推回去：「我不吸煙。」

用下巴指了指後座問：「那男人是誰？」

「我弟弟。」

林啟周微微頷首：「我看你老婆確實挺嚴重，但這條路真的走不通，不如讓你老婆坐我們的警車，我們送她去醫院。」

司機臉上的笑有一絲僵硬閃過，林啟周掐腰，不動聲色地將手指搭在槍套的鈕扣上。

「怎麼，交給警察還不放心？」

司機乾笑兩聲：「這多不好意思，我老婆認生……」

林啟周往後退了兩步，在身後給邵興華打聯絡的手勢。

這小夥見只是幾個村民，根本沒上心，對着鏡子扒拉那兩根劉海。

林啟周忍下一口氣，旋即笑着讓開說：「既然是這村裏的鄉親，就通融這一次吧。直接去醫院，別耽擱了，我看你老婆確實挺難受的。」

司機馬上應承下來，點頭哈腰地笑着：「謝謝，謝謝警察。」

看着麵包車從面前開過去，林啟周臉上的笑意瞬間消失，迅速拉開車門，朝外面還傻愣着的邵興華喊道：「趕緊上車！」

不等那邊的車門關好，林啟周一腳油門竄出去，唰地拐上了省道。

「幹什麼幹什麼？咱們在執勤啊！」邵興華嚇了一跳，手忙腳亂地繫安全帶。

「給上邊彙報，正雅村發現嫌疑車輛，往省道駛去，白色麵包車，車牌粵 Q85X6，十三號小組正在尾隨。」

邵興華滿臉驚訝：「怎麼就嫌疑車輛了？再說這不是封鎖了嗎，你不會因為同情心就放他們過去吧？這要是出了問題……」

「閉嘴！」林啟周真是服了他，剛才打手勢看不見，現在還反應不過來，這智商怎麼從警校畢業的。

「你沒聽那人怎麼説嗎，後邊的一個是他老婆，一個是他弟弟。」

「聽見了啊，這怎麼了？」

林啟周翻了個白眼，一邊盯着前面拐彎的麵包車，一邊説道：「誰家當小叔子的能把嫂子緊緊抱在懷裏？」

「他説村南的道顛簸，但正雅村附近的幾個村子，這兩年正在響應號召，開始建設模範村莊試點，所有村路為了方便引資，都進行了村村通工程，一水的柏油馬路，哪來的顛簸，一聽就不是本村人。」

邵興華緊緊抓着扶手，張着的嘴都沒合上，他剛剛錯過了什麼？怎麼有點聽不懂呢。

「彙報啊！發什麼愣！」林啟周一生氣，腳下的油門踩的更猛了。

那麵包車上了省道就開始加速，行駛方向那邊除了一家破舊到瀕臨倒閉的郊區醫院，什麼都沒有，林啟周冷笑，真以為警察是吃素的呢，隨便偽裝一個村民就能渾水摸魚。

他瞟了一眼旁邊哆嗦着手的邵興華，哎，還真有吃素的！

「既然發現嫌疑人，咱們應該立即拿下，還放走他們幹什麼！」邵興華順着腰間掏出槍，咔嚓兩聲上膛。

「出發的時候説了，他們有人質，身上還有武器。剛才我給你打手勢你沒看見，就咱們兩個保證不了人質的安全。」

林啟周咬了咬牙，這時候又開始熱血了，早幹什麼去了。

他追在麵包車的屁股後面，既要不跟丟，還要不把他們逼急，幾個大轉彎直接漂移着過去，輪胎摩擦路面的聲音，給這氛圍再添上一層緊張。

邵興華坐在副駕駛上，兩隻眼睛冒着精光：「太帥了，沒想到你車技這麼好！這簡直像電影裏一樣！太酷了！」

林啟周在心裏破口大罵，這是傻缺吧？

當警察的竟然覺得追着劫持人質的嫌疑車輛很酷？

「要發瘋就滾下去！那車上有人質！你腦子沒病吧你，對方那是窮兇極惡的罪犯，不是浪費警力資源，在這陪你拍電影呢！」

隨着向上彙報，沿途不斷有警察崗哨收到信息，在身後的緊緊跟上來，在前面的也說已經設置了截停區域。

林啟周雙手握着方向盤根本不敢掉以輕心，那兩個嫌疑人演技是差了點，但一顆黑心確實練就得爐火純青。

「別愣着，持續彙報車輛位置，說確實看見了人質，女性，遮着臉年紀不清。

「司機白色短袖，三十歲左右，手臂上有煙花狀煙疤，後座嫌疑人控制人質，黑色短袖，四十五上下，眼角帶疤。

「車內初步觀察沒看見危險武器，但不排除嫌疑人身上有。建議準備談判專家進行交涉，保證人質安全。」

邵興華重複完，問道：「你這觀察力怎麼不當刑警？」

「都是警察，你怎麼還分出三六九等了。」

「那不一樣。」邵興華下巴一抬，「刑警多威風，咱們現在做的就是刑警該做的事情。」

林啟周連罵都懶得罵了：「可我是交警，遇到有人的生命和財產受到威脅，不管什麼警種，都有責任一馬當先。你那套狗屁不通的理論，等你什麼時候當上刑警再來跟我說吧。」

當不上，就這資質，當上刑警除非警隊領導眼瞎了。

邵興華不說話了，老老實實地坐在副駕駛，隔一會就彙報位置。

「離截停區不遠了。」

林啟周從後視鏡看，後面跟着十幾輛警車，統一的車身響着警笛，沿途不斷有新的警車加入，他獨自領先，死死咬住前面的麵包車，不管路過幾個岔路口都沒跟丟。

前面隱隱已經能看見截停區了，路面鋪着釘墊，警車弧形攔路，特警制式整齊，荷槍實彈站在中間，頗有一夫當關萬夫莫開的氣勢。

前前後後警力充足，林啟周咬咬牙，抓着方向盤的手臂泛起青筋，悶熱的車裏汗珠子嘩嘩流下。

眼看着嫌疑車輛向前衝去，輪胎被釘墊扎破，林啟周猛打方向盤，離合和油門迅速切換，一個漂亮的擺尾，將車橫在嫌疑車輛後面。

然後拔出腰上的槍，迅速下車，槍口從車窗裏直指前方，整個人呈防禦姿態。

後面警車齊刷刷圍在旁邊，幾十支槍口齊刷刷對準中間的麵包車。

林啟周額頭上的汗珠順着臉頰砸在衣服上，橄欖綠被洇成深綠。

炎熱的午後，呼吸被熱浪挾持，變得逼仄，路旁的棕櫚樹並不能為眾人帶來一絲隱蔽，所有的一切都赤裸裸地暴露在陽光下，包括罪惡。

林啟周不是第一次參加封鎖抓捕的任務，但直面嫌疑人並且追擊是首次。

他發現端倪的時候，心跳直逼一百二，但臉上要鎮定，對話要自然，他不知道自己做的是否合格，但已經盡了全力。

開車是後來學會的，因為自己就是交警，平時上路都很穩當，沒闖過紅燈，沒有超速，但今天他真的讓自己開出了生死時速的感覺。

油門離合交替，檔位不停變換，那時候他沒有想過自己是否應該害怕。

在沒有當上警察的時候，這樣的生活離他很遠，也從未想過這一雙手還有拿槍的一天。

但當他真正走到這個崗位上，在一次次任務中認識到警察職業的責任，直面兇犯時的勇氣就毫無徵兆跑了出來，他只知道自己應該那樣做。

對峙的時間是煎熬的，他看着麵包車門打開，看着嫌疑人帶着人質走下車，看着人質臉上露出的驚悚和恐懼。

他們很謹慎，一個人質，就只有一個嫌疑人下來，另一個將自己藏在車裏。

談判專家的職業素養不是吹出來的，那些身經百戰的警察也不是徒有虛名。

林啟周不知道用了多長時間，只記得在一段冗長的，與蟬鳴交替的對話後，有了兩聲槍響。

人質癱軟在地上，穿着制服的特警衝上去，將那個柔弱的女人護在身下。

嗡——

嘶——

林啟周看見一顆子彈正中兇犯眉心，在腦後開出一個血洞。

然後就是耳鳴，看着身邊人跑上去，他手臂有些脫力，拿着槍的手有些顫抖，而他有些慶幸。

幸好，人質安全。

幸好，他洞察到破綻，沒讓兇犯在眼前溜走。

這是一場貓捉老鼠的追擊，他有幸做了先行者。

收隊的時候，領導特意過來，拍着他肩膀：「幹得好！」

林啟周笑了，他一直是個庸俗的人。

他可以在任務中一馬當先，也可以憑藉勇氣向前衝鋒，可以將車速開到極限，但他也同樣需要有人見證到他的勇猛，給予讚賞和肯定，明明白白告訴他，你很好，是個成功的警察。

邵興華整個過程都是懵的。

在他眼中，交警就是沒有刑警威風，指揮車輛哪有追捕兇犯刺激。

但林啟周讓他真切地看到，在守護生命捍衛人民的時候，所有警察都是一致的，同樣擁有榮光。

追擊事件過後，林啟周重新恢復日常工作，騎着摩托沿街巡邏，站在校門口護送學生過馬路。

但他身邊來了一個新搭檔，在白小山犧牲以後，接替這個位置的人，正是邵興華。

「林哥，你每天走一樣的路有意思嗎？」邵興華亦步亦趨跟在身後，目光灼熱。

林啟周仰頭灌下一口水，看着早高峰後恢復平靜的校門：「警察就不能是一個有意思的職業。」

有意思，這個描述太戲謔了，配不上這個崗位。

「那是什麼？」

他指了指川流不息的車道，又指向校門：「是讓該受到保護的人始終安全。」

很粗淺的話，都是字面意思，但邵興華想了很久。

林啟周聽着身後熟悉的摩托車聲，但他後視鏡裏看見的臉，那麼稚嫩年輕，帶着驕傲和自負，永遠都不會是嘻嘻哈哈沒心沒肺的那張臉了。

風過長街。

第四十三章

生死一線

金秋九月，陽江二小剛開學沒幾天。雖然兒子早就升入初中了，但林啟周還是選擇留在小學這條街上，看着熟悉的校門，他覺得安心。

「咳咳咳！」

「師傅，還咳得這麼嚴重啊。」邵興華熟練地擰開保溫杯，將溫熱的羅漢果茶遞到他嘴邊。

林啟周捂着胸口，平復了喘息，接過杯子：「老毛病了。」

自從那年落水被泥沙傷了喉嚨以後，每年季節變換的時候都要咳上幾聲。

邵興華自發叫他師傅，一開始他是拒絕的，但說了幾次之後這小夥子根本不聽，便隨他去了。

「早高峰車多孩子也多，家長都願意擠在校門口，要格外注意。」林啟周擰上杯蓋，「不止要關注汽車，那些電動車自行車也要關注，前邊的街口沒有紅綠燈，比較亂，車流也雜，不能疏忽。」

他在校門口站崗了多久，就保護着這裏的孩子多久，他當職的時候沒有一個學生因為交通問題出過事故。

不止校門口的保安認識他，一些家長看見他的熟面孔，也會熱情地上來打招呼。

邵興華是真覺得這男人有點東西，能開車漂移追兇犯，也能讓兩三個孩子掛在身上帶過馬路。

「早上的時候有貨車在這撞了，車上都是食用油，漏了一地，你跟市政聯繫一下，趕緊處理了，那麼大一片，要是車輛打滑可不是開玩笑的。」林啟周指着馬路中間的一片油漬說。

邵興華連忙點頭：「行，我先弄點土墊一下吧，孩子都陸續來上學了。」

林啟周點點頭。

「林叔叔早上好！」

小姑娘背着書包，牽着媽媽的手蹦蹦跳跳的，兩根羊角辮上下飛舞。

看見她就想到自家的阿羽，也一樣活潑可愛，林啟周笑着回應：「早上好啊。」

「這是我帶給林叔叔的糖，很甜很甜，是橘子味的。」

林啟周也不奇怪，給他投餵的小朋友多了去了，當然，他每個月發出去的糖果也不少。

伸手拿過來，直接剝開放進嘴裏，砸吧兩下，笑得眯着眼睛，半蹲着摸摸小姑娘的頭。

「果然很甜，謝謝你。」

剛跟孩子說完話，臉上的笑容還沒消下去，掛在車上的對講就響了起來。

「緊急呼叫緊急呼叫，龍勝路一運輸車剎車失靈，正向陽江第二小學方向駛去，附近交警立刻組織車輛人員避險，車上……」

不等聽完，車輛碰撞的聲音就已經穿進耳朵，林啟周臉色大變，握在掌心的糖紙滑落。

一把撈起身邊的孩子送進學校，大喊着：「快進去，進去！有貨車失靈往這邊來了，快進學校裏去！」

校門口瞬間亂了起來，家長帶着孩子往裏面跑，有獨自上學的孩子被突然的變故嚇得愣在原地，林啟周一手一個夾起來跑進學校。

然後跑上馬路中間，指揮所有車輛靠邊快速通過。

就在他正前方，一輛滿載麵粉的貨車搖搖晃晃開過來，剎車失靈，車速只增不減，兩邊都是車道，車身周圍繚繞着濃重的粉末。

吹着銜在嘴裏的哨子，林啟周急得直冒汗，指揮着其他車輛避險，但此時已經是高峰期了，校門口還有學生滯留。

「快進去啊！」

林啟周揮着手，嗓音都喊劈了。

「師傅，快讓開！」

邵興華去鏟土的時候，對講落在了車上，端着板鍬回來的時候，簡直要被嚇出心臟病。

林啟周站在車流中間，兩側是快速通過的車輛，可他正對着的就是失控的貨車。

貨車載重太大，左右搖晃帶來的慣性，帶着車頭搖擺不定，猛地往右衝去，車身擦着兩輛私家車劃過，非但沒有讓車速降下來，還擠着小車連環相撞。

車流被截斷，林啟周趁機跑回學校門口，但是看見邵興華端着的土灰時，一顆心沉沉墜了下去。

早上漏出來的油漬足足佔了路面一半還多，失控的貨車只要開到油漬上，濕滑加上車身的慣性，極有翻車的危險。

電光火石之間，車子就已經逼近了。

他顧不了那麼多了，喊道：「先抱孩子！」

林啟周張着雙臂，將還沒擠進校門的孩子護在懷裏。

車速很快，飛揚的麵粉已經被風帶了過來，林啟周每一次張口呼喊，每一次呼吸，都被嗆得不停咳嗽。

連邵興華這樣的年輕人，也被嗆出了眼淚。

可他們沒有時間採取保護自己的措施，甚至沒有多餘的手捂住口鼻，拽着孩子的領子推進校園。

林啟周回身去抓其他被嚇傻的孩子，可來不及了，他眼孔中映着車輪碾在油面，載重的車廂傾斜，箱門劃破了袋子，麵粉傾瀉而下，帶着車頭開始打滑——瞠大的瞳孔裏還有一個愣在原地的孩子。

「師傅！」

林啟周衝過去，滿天瀰漫的粉塵在他身後宛如瀑布。

一隻手緊緊捂住孩子口鼻，將幼小的身體護在胸前，向學校撲去。

貨車側翻，順着慣性滑向學校，林啟周幾乎與車體擦身而過。

刺耳的聲音嚇翻了在場所有人的心，車頭撞向校門口的石墩，林啟周撲進去的一剎那，一雙手臂磕在地上，將懷裏的孩子遮得嚴嚴實實。

麵粉遮天蔽日，空氣變得混沌，眾人在驚嚇的嗡鳴過後，都劇烈地咳嗽起來。

林啟周跪趴在地上，身下的空間有一個孩子，他的手捂在孩子臉上，而自己不受控制地猛咳，一聲聲，彷彿要將喉管撕裂。

一手扯下懷裏的手絹，按在孩子的口鼻處，才緩緩鬆開雙手，跪伏在校門口。

「師傅，師傅！」邵興華連滾帶爬地跑過去。

林啟周蜷縮着身體，胸膛起起伏伏，數以噸計的麵粉傾瀉，空氣中的粉塵含量極大，引發劇烈咳嗽，癱在地上一時間爬不起來。

邵興華過去抱住他，一手在他胸前順氣，看着摩擦的血肉模糊的手臂，嚇得六神無主。

「師傅你怎麼樣？快叫救護車！」

周圍的學生都被趕出來的老師護着，家長們也還沒從剛剛貨車側翻的巨大響聲中回過神來，還是門口的保安率先反應過來，用收發室的電話叫了急救。

林啟周咳嗽着，邵興華將他面前的粉塵都搧走，呼吸才一點點平順下來。只是手臂上痛到麻木，讓他仍舊感覺不太好。

「師傅。」

邵興華抱着他遠離門口，在樹蔭坐下來。

等救護車到的時候，林啟周兩隻胳膊滲透下的血跡，已經染紅了衣襟，不自然地垂在身側。

救護車呼嘯而過，林啟周暗想，這已經不知道多少次進醫院了。

崔翠芬收到消息的時候，正在廚房洗碗，聽見丈夫又在搶救，手中叮咣亂響，濺起的水花落在臉上，不知不覺就淚流滿面。

這工作到底是為人民服務還是在殯葬場預定床位啊。

匆匆趕到醫院的時候，醫生正在跟邵興華交代事情，看見他身上手上的血跡，崔翠芬一陣腿軟。

「怎麼樣了？」

「患者雖然吸入了不少粉塵，但好在並沒有化學上的灼傷。」

醫生翻看着手上的病理，說：「不過他的胳膊收到撞擊，關節錯位，皮膚組織也有不同程度的損傷，我們已經進行了處理，一些大傷口也縫合了，一共十八針，只能好好養着，不要用力。」

崔翠芬都不用想，連忙點頭，又問道：「會不會有後遺症？」

「只要好好養傷，基本不會影響以後的，你們做家屬的可以放心，這段時間就讓他靜養吧。」

崔翠芬看着丈夫身上換下來的血衣，指甲狠狠摳進掌心，這都什麼事啊，怎麼每次出問題都能落在丈夫身上。

林啟周醒來的時候，看見純白的天花板，就知道又住進病房了，有了以前的經驗，他倒沒有那麼緊繃。

看見妻子的第一句話就是：「醫院食堂不好吃，我想喝你煲的湯。」

崔翠芬簡直要被他氣死，兩隻胳膊都包成豬蹄了，還有心情開玩笑，狠狠剜了他一眼，沒好氣地說：「喝什麼喝，餓死你算了。」

林啟周想再多逗逗她，卻知道她的心情，也就只能用眼神看着她求饒了。

崔翠芬抹了抹鼻子，壓下哭音：「醫生說了，兩條胳膊就沒有一塊好肉，關節也錯位，你說你怎麼也不注意保護自己，這多危險啊，你都不知道我看見邵興華身上那麼多血，都要嚇死了！」

林啟周張張嘴，想抬手去擦掉她臉上的眼淚，微微一動，就疼得渾身冒冷汗。

「別哭，沒事。」

「什麼叫沒事！」崔翠芬想捶他兩下，看見那臉色又下不去手，就在他大腿上擰了兩圈，看着林啟周疼得變形的臉，才鬆手揉了揉。

「以前雖然掙得少，但好歹你平平安安的。你說這現在才幹幾年交警啊，時不時的帶一身傷，不是昏迷就是搶救的。」

「我現在最怕的就是，突然有人來找我，不知道要聽見你什麼消息。」

「我就怕……」崔翠芬哽咽着，「怕有一天見着你，不能全鬚全尾的躺在這。」

林啟周知道妻子嚇壞了，用包着的手去摸她，急得張嘴就被口水嗆到了：「不會的，咳咳，別擔心，咳咳咳咳——」

「你快別說話了，我不用你安慰，下次你再衝上去的時候，多想想家裏還有我們呢，好歹把自己的命當回事。」

崔翠芬發着牢騷給他擦拭，嘴上說着狠話，但動作很輕柔。

林啟周這次是真的感受到縫合後麻藥褪去的威力了，在醫院住了三天，反反覆覆稍不注意就發燒，喝口水都要人餵，用意志力忍着胳膊上火燒火燎的疼，就像有一股火二十四小時在皮肉上燃燒着。

梁愛黨作為代表，前來慰問他的時候，手上捧着獎狀：「這次雖然不能請功，但是學校做了錦旗送到了警隊去，隊裏給你撥了補助和獎金，我一起給你送來。」

崔翠芬伸手去接，信封裏是三百塊錢，可以算得上巨款了，那獎狀通紅的顏色，讓她想到那天丈夫身上的血，鼻子一酸，險些又掉下淚來，連忙背過身去。

林啟周動了動，想要坐起來，梁愛黨按住他：「知道你傷得不輕，別逞強了。」

「宣傳科的人說要給你做一期專訪，被我攔下來，你現在這狀況還是靜養最好，至於宣傳報上隨便他們怎麼寫，對你沒有壞處。」

林啟周知道大舅的意思，也沒有當無名英雄的高級覺悟，他做了好事，得到相應的回報，也不必覺得不好意思，誰也不是聖人。

梁愛黨壓低了點聲音，說：「據我所知，系統內部要培養一批幹部人才，送到警官學校進修，回來就能提幹，這對你來說是個好機會。」

「這兩年你大大小小的功勞也立了一些，簡歷也好看，雖然名額緊張，但你還是有機會使使勁的。」

林啟周嚥下口水，斟酌着開口：「能上去最好，上不去大舅也別費太多神。」

梁愛黨瞭解自家這個外甥，在這種需要運作的事情上，好聽地說他是正直，說不好聽了就是有點迂腐。

能力所及怎麼都行，但凡要涉及到走後門送禮，那不管是有天大的好處擺在面前，林啟周都彎不下去這個腰。

「你這剛剛因工受傷，就算看在面子情分上，也沒多大問題。」

梁愛黨還想說些別的，但邵興華拎着飯盒推門進來，他就止住了話頭，站起來說：「你好好養着，我還要回去開會，就先走了。」

「師傅，我今天給你帶了川貝百合湯，燉了好長時間呢。」邵興華每天都來醫院打卡，他現在對林啟周的崇拜，已經到了頂峰，看着他好像自帶聖光。

林啟周點點頭，一邊喝湯，一邊想着剛才梁愛黨說的事情。

如果真的能去進修，他就能真正坐在學校裏上課了，回來還能提幹，到時候說不定就不用整天待在一線，崔翠芬也不用提心吊膽了。

不過只是有這麼個小道消息，還沒定準，可能從梁愛黨口中說出來，估計八九不離十了。

他要好好養病，早點出院，不能等事情定下來他還在病床上躺着。

養病的生活枯燥乏味，好在林劍鋒和林家羽每天放學都會過來陪他一會，聽着小女兒稚嫩的聲音讀課文，就渾身舒暢。

當然，聽林劍鋒說起學校的事情也很高興，前提是，不看他的數學卷子。

上了初中以後，林劍鋒的數學仍舊吊車尾，那成績跟文科差了十萬八千里，尤其在多了物理化學以後，就變成了三門理科一起不及格。

剛剛過去的期中考試，語文全班第一，數學物理化學三門加在一起才剛剛踩到及格線，林啟周看着卷子上的分數，眼前發黑。

偏科能偏成這樣，也是一種本事啊。

從崔翠芬手裏接過勺子，林啟周愁得直歎氣。

「你說鋒仔這個數學怎麼就上不去呢？一點都沒隨上他叔叔和姑姑，唉。」

說了幾個字覺得心裏堵得慌，就停下，喝兩口湯，接着說：「語文好這點倒是隨你，從小就喜歡看書。」

崔翠芬給自己也倒了一碗，這是用高壓鍋壓爛了肉，再加上補養身體滋潤肺子的食材，燉了三個小時的，香得很。

「還說呢，那天我接他放學去，他老師跟我告狀，說你兒子不知道從哪看的鬼故事，到班級給同學講，嚇得兩個小姑娘晚上都不敢睡覺，人家長都問到學校去了。」

林啟周聽着，噗嗤一聲，一口湯全噴到衣服上了，嗆得咳嗽起來，臉都憋紅了，緩了好半天才順過勁。

崔翠芬也笑了：「後來回家我問他，他說是自己想的，編出來就講給同學，也沒想到反應會這麼大。」

林啟周一時間都不知道要誇他才思敏捷，還是說他淘氣，不過鋒仔從小寫文章就有一手，那些用詞啊，邏輯啊，有的時候他這個大人都比不上。

等他一口口喝光碗裏的湯，崔翠芬把碗收起來，說：「醫生說這次的檢查結果比之前都好，炎症下去了，但還是不能輕忽，得好好養着，還得疼上一段時間。」

林啟周眼睛一亮，這意思就是他能出院了？

崔翠芬看着丈夫一下精神起來，笑着點頭：「明天給你辦手續去。」

昨天大舅過來，已經說了，送人去北京進修的事情這兩天就要下通知，這時候出院不早不晚剛剛好，什麼都不耽誤。

在醫院住了快一個月，感覺手腳都僵硬了，等他出去了一定騎着摩托好好在街上轉兩圈。

去北京警官學校進修的事情在隊裏傳得沸沸揚揚，這機會難得，眼看着回來就能更上一層樓，提了幹就是妥妥的青雲直上，誰不想在履歷上填上一筆啊。

不管年輕的還是資歷老的，最近都跟打了雞血一般，從門口到食堂，大家談論的都是這件事。

林啟周的嘉獎宣傳報就並列貼在通知旁邊，大紅的紙張已經有些褪色了，但上面貼着的照片，還那麼精神。

有些人覺得幾次三番出生入死的，檔案足夠精彩了，有些人覺得他資歷不夠，但當看見他胳膊上斑駁的疤痕，以及再也不離手的保溫杯，又覺得好像真有那麼幾分希望。

林啟周靜觀其變，雖然心裏急切地想去，但平時該怎麼巡邏還怎麼巡邏，也從不往領導辦公室鑽，大家都看不懂他的做法了。

「咳，你不知道？他根本不用給誰送禮，據説他舅舅是領導，什麼關係能比得上人家自己人啊，我跟你説，咱們隊就兩個名額，他説不準早就是內定的了。」

「不能吧，我聽説他連學都沒上過多少，跟那些警校出來的小年輕怎麼比啊？」有人滿臉詫異。

另一人説：「比？那個年代的有幾個是正經念過書的，人家又不是不識字，那小年輕就算正經警校畢業的怎麼了？人家是立過功的，這不剛從醫院出來，宣傳科給他寫的文章都不知道換過多少次了。」

「你要這麼説還真是沒法比。」

幾個人湊在走廊一邊抽煙一邊閒聊，邵興華站在拐角處端着師傅的保溫杯，出去也不是，留下也不是，尷尬得很。

等眾人都散了才走出來，走到辦公區門口，借着玻璃上的倒影，看着林啟周，眼神有些發愣。

「師傅。」

林啟周正擦警棍呢，看見保溫杯，對他微微點頭。

「我還是那句話，沒教你什麼，不用叫師傅。」

邵興華摸摸後腦勺：「叫這麼長時間了，改不過來，就叫着吧，反正我跟着您自己也懂了不少事情。」

林啟周不想多説話，抿着嘴也就不再開口了。

「師傅，你知道去北京進修的事嗎？」

林啟周挑眉。

邵興華有些尷尬：「就是覺得是個好機會，大家都比較想去，然後我聽到點話……就……」

他明白了，無非就是説他跟大舅的關係嘛，他知道但並不想理會，畢竟做人不能吃飽了就砸鍋。

「你到底要説什麼？」

「您會去嗎？」

「如果我選上了，為什麼不去，我的檔案，我受過的傷得過的榮譽難道都是假的嗎？」林啟周自認有這個底氣，雖然沒有大舅疏通的話不會這麼順暢，但他的事跡拿出來也的確可圈可點。

邵興華沒想到他能説得這麼直白，漲紅着臉，轉身走了。

林啟周並不放在心上，他覺得自己拿得出手，但管不住別人的眼睛只能看見那點親戚關係。

從通知出來到名單敲定公示出來，歷時十五天，所有被拿到會上討論的，都是整個警隊叫得上名號的人。

林啟周雖然來的年頭不多，但每次都能趕上比較惹人注目的突發事件，並且在上次抓捕任務中起了重大作用，只這一點就讓很多領導對他印象很好。

更何況，梁愛黨可不是什麼舉賢避親的人，好就是好，外甥做的好就得被看見，被拿到台面上稱讚，酒香落深巷在這件事情上可是容易吃虧的。

最後，珍貴的兩個名額，一個落在林啟周頭上，一個給了從警二十年的老警察。

林啟周看着公示板上的名字，心裏的悸動，躍於眼角眉梢，這個平素工作最嚴肅的人，也壓不住嘴角的笑意。

回到家，抱着崔翠芬就轉了個圈。

「媳婦，我能去學校上課了！」

崔翠芬正在揉麵，滿手的麵粉，也高興：「選上了？」

「嗯！」林啟周此時興奮得像個孩子。

崔翠芬明白他這份激動，也不打消他的熱情，看着丈夫笑眯起來的眼睛，突然就想到當年在認字班的時候。

那年他的眼睛也這麼明亮，只是現在眼角有了皺紋，臉上佈滿滄桑。

林啟周坐在沙發上，看着茶几上整齊擺放的通知，緊張激動得不停搓着褲腳。

他想上學，是從年少時就開始的夢。

那時候因為貧窮，因為偏心，因為各種原因，沒能走進校園。

蹲在牆角聽隔壁背詩，聽到腿腳酸軟也捨不得離開，那種感覺，他至今都記得。

後來他進廠有了認字班，他從錯字連篇變成字跡工整，能獨立看書，看那些小時候無比渴望閱讀的書籍，又咬牙從小學到初中、高中的知識都自學了一遍。

原以為，這輩子已經四十歲了，兒子都上初中了，進入學校離他已經越來越遠，這個夢只能埋在心裏，當成一個遺憾帶進棺材。

沒想到，如今竟然真的要去進修了，整整一年的時間！

林啟周想到這個，連坐都坐不住，敲着掌心在客廳來回走。

他有一年的時間坐在課堂裏，窗明几淨，眼前是板書，耳邊是書聲，粉筆灰在空中飛舞和光同塵，老師的聲音教給他從未接觸過的知識……

這樣的場景，只是想一想，就會熱血沸騰。

他終於不是只能站在校門口的人，他會帶着裝滿書籍的手提袋，一步步走進真正屬於他的課堂。

林啟周想淚流滿面，卻記起自己已經四十歲，可四十歲又怎樣，他能坐在課堂念書了，真真正正的去上學。

當晚，是林啟周四十年人生中真正第一次喝醉。

房間內，孩子們早已酣睡，他端着酒杯坐在桌邊，飯菜已經失去溫度，妻子溫柔地笑着，一隻白蠟燭，點燃了滿桌溫情。

「翠芬，當年揚仔和阿蘭上學的時候，我就羨慕，沒想到，我也能上學了。」

林啟周不知道第幾次説起這句話，不惑之年的男人，淚流滿面。

他不再年輕了，皮膚粗糙，眼白渾濁，掌心帶着厚繭，眉眼擔着風霜。向前是教養子女，向後是奉養高堂，身邊愛人環繞，抬頭便是柴米油鹽，低頭更有萬千煩惱束縛。

最重要的是，年少時候的夢，時至今日已經乾涸，成與不成彷彿變得不那麼重要，午夜夢迴也不會心心念念輾轉反側。

可突然，他感到一點濕潤，一股緩緩的柔和的雨露一般的力量流進土壤，填滿了寸寸開裂的土地。

他在激動，像久旱國度的老農，恨不得趴在地上確認這是不是拯救他的甘霖。

皸裂的土地就這樣被灌溉，他欣喜得像已經看見此地開出一萬朵玫瑰。

不知不覺，這個端着酒杯的男人又哭又笑，外人看着像瘋癲了一般，可愛人並沒有阻止他的發癲。

她明白此間的不容易，也知道年少經歷對她的丈夫一直影響深遠，不然交警可站的街口那麼多，為何始終如一地留在學校門前。

林啟周忘了那天何時睡下，也忘了酒後像個孩子，只是宿醉醒來，看見床頭放着嶄新的筆記本，一枝鋼筆，和冒着熱氣的蜂蜜水。

心，被瞬間填滿。

第四十四章

圓夢少年

北京，國家政治經濟文化的心臟，紅牆綠瓦下是時間留在空間中的蜿蜒，營造恢弘的中軸線寫滿了皇城的生生不息。

每個踏進這座城市的人，都會站在長安街上久久佇立。

林啟周人生地不熟，同行的老警察裴立剛對着天安門和紫禁城侃侃而談，說起十幾年前來這公幹的往事，對來過首都的驕傲溢於言表。

他靜靜聽着，靜靜看着，看書上的圖文躍然眼前，看他即將上學的城市有多熱鬧，聽豆汁傾倒進碗中的氣泡聲，聽來過這裏的人有多驕傲，說出多少褒獎。

手指撫觸着牆面上的宣傳畫，深秋的北京到處都是金黃的，肌膚感受到乾燥的風，讓他喉嚨發癢，是始終生活在南方的他，不曾感受過的氣候，不適卻也新奇。

他像個開啟新天地的孩子，也許是因為這座城市在六百多座城中足夠特殊，也許是這裏即將帶着他圓夢，也許這裏是他曾走過的最遠的地方。

不過林啟周畢竟是四十歲穿着橄欖綠的男人，再多的激動，也只是多看了看周邊街景，多駐足了一些地方，多了一絲難以名狀的顫抖。

這次進修的警察來自五湖四海，北京警官大學給他們分配的宿舍，標準的八人間。

林啟周自從離開梅田礦務局的工廠以後，還是第一次在一個房間裏，聽到四五種方言。

第一天上課的時候，林啟周站在教室門口，腳步微停，下意識整理着裝，撫平身上的褶皺。

邁進教室的第一步，切切實實地踩到地面，這一瞬，他感覺心跳停了一秒，笑容慢慢攀上嘴角。

走到空位上，手指一寸寸拂過書桌，能看見細碎的顫抖，他坐在這裏，方知道是真的在等待上課，每一下撫觸都明明白白告訴他，在生命走過四十年之後，他成為了一名學生，如願以償。

窗外的陽光灑滿教室，老師走上講台，粉筆在黑板上留下字跡，一切的一切都與他想像的一樣。

這種激動讓他有些耳鳴，心跳聲和講課聲交融，林啟周捨不得有一絲走神，腰板挺直，享受着這坐在課堂夢寐以求的感覺。

認真聽講，筆記工整，他比自己的兒子更像名學生。

北京的隆冬，朔風凜冽，吹在臉上像刀子一般割得人生疼。

林啟周圍着厚厚的羊毛圍巾，棉襖裏面穿着兩件厚毛衣，腿關節上圍着護膝，站在胡同口，深深吸氣，寒冷的空氣順着鼻腔直入胸膛，消解全部睏意。

家鄉的冬天總是帶着一股潮濕，而北京是乾燥的，屋裏屋外都乾燥得讓人喉嚨發癢。

這裏的冬天在落雪以後，有一種特殊的味道，乾淨清新，又帶着強勢，讓人不能忽略。

林啟周想，原來冬天是有不同氣息的。

抓起一把雪，潔白瑩潤的堆在掌心，體溫融化了最下層，雪水順着掌紋流進袖口，凍得他渾身打顫，雞皮疙瘩爭先恐後地冒了出來。

「來碗豆汁兒不？」早餐鋪老闆攏着袖子，鼻頭凍得通紅，招呼着來往行人。

林啟周咬了咬舌尖，他承認北京的美食很多，是與廣東截然不同的風味。羊肉涮鍋裏滿麻醬滿口留香，烤鴨一片片晶瑩剔透也是回味無窮，鹵煮滿滿一大鍋香味往鼻子裏竄，可唯有這個豆汁兒，他真是享受不了，每次看見裴立剛喝得痛快，嘴裏都會泛起一股無法形容的味道。

「來碗鹵煮，大腸多切點，兩個焦圈，一碗豆漿。」

林啟周坐在暖氣旁邊，搓着手哈氣，這第一次經歷北方的冬天，還真是不太好受，從內到外的冷，冷風像是能從厚厚的棉花裏穿透似的，在外面多站一會就凍透了。

不過這裏的暖氣也很足，靠一會就暖和了，再來一碗熱騰騰的湯，能逼出一層汗意，讓人從頭到腳舒坦起來，第一次見識到暖氣的威力的時候，林啟周眯着眼睛，甚至想倒頭睡上一覺。

一邊吃着早飯，一邊看着玻璃上結的霜花，冰瑩的，折射着陽光，是大自然在窗上留下的畫作，每一幅都不同。

他想，這很有趣，至少在南方是見不到的，三千公里外也並沒有這鋪天蓋地的大雪和寒風。

吃完一大碗鹵煮，將熱湯喝光，重新套上棉襖和手套，一步步緩緩走回學校。

此時已經是寒假，很多學生都回家了，校園安靜的很。

腳步踩在雪面上，吱吱呀呀的聲音聽得格外清楚。寒風吹過，落在松枝上的雪，吵吵作響，天地靜謐，連心神都跟着平靜下來。

林啟周很享受散步的感覺，這裏的一切，從人，景色，口音，連朝陽日暮都覺得新奇美麗。呼吸帶出的哈氣，也能在風中變換出各種姿態，然後消散。

回到宿舍，靠着暖氣緩解一身寒意，活動着有些僵硬的手指，拿着筆開始給家裏寫信。

「翠芬，展信佳。今年過年我就不回去了，等課程結束再回家，提前問新年好。北京風物上下一新，風是冷硬的，大雪柔軟，會堆積到窗台，在咱們家裏終年也見不到一片雪花……水汽留在窗戶上，被凍過之後就有晶瑩的窗花，比貼的彩紙還要好看……

「……我和裴大哥去了故宮，以前皇帝住的地方，巍峨宮闕紅牆黃瓦，游龍畫鳳，確實與你我在書中看見的一模一樣，有機會我想帶你們都來看一看……

「還有頤和園、恭王府，此時的湖面都已經結冰，很多人在上面滑冰，熱鬧極了……這裏的冬天聽上去寒冷荒蕪，花都謝了，但枯枝落在紅牆面上，別有生趣，人們穿着彩色的衣服在湖面上暢行，是我從未見過的自由和歡樂……

「課程為期一年，已經過去三分之一，有些想念你們，尤其想你。

「我學到了很多知識，很有意思的是，我坐在教室裏聽課的時候，感覺自己很年輕，不像四十歲的老男人，不，過了這個年我就四十一歲了。

「北京城和課堂以前都只出現在我夢裏，而現在，我正身處其中，每一次寫信，都想把見到的新鮮事物記下來，寫給你看。

「……等我回去，給你帶北京城最好看的衣裳。一切安好，勿念。」

林啟周伏案寫了很久，洋洋灑灑三四張紙，裴立剛打趣他，現在到收發室打個電話就行，寫信多麻煩。

他微微一笑，寫信是這麼多年留下的習慣，字裏行間更能體現出他的心緒，想要傳達給家人的話，總是落在筆上才顯得更真切。

炮竹響起，劈里啪啦的聲響中，新年就到了，林啟周抱着暖水瓶站在門口，身後裴立剛和幾個沒回家的同志，熱火朝天地包餃子。

他看着空蕩蕩的門框，想着不知道今年翠芬有沒有寫對聯。

他剛到北京的時候，就跟阿蘭見面了，阿蘭帶着他在北京好好玩了一大圈，聽着她越來越重的北京口音，恍然發覺，妹妹長大以後，好像已經跟自己生活在截然不同的世界了，如果他沒有到北京進修，只怕不會有機會接觸她的生活。

阿蘭回廣東過年的時候，他在車站送她。

很奇怪，明明自己才是這座城市的過客，站在月台上，看着火車遠去，卻生出了一種看着妹妹遠行的擔憂，明明她是歸家而已。

「啟周，快來一起包啊！」

「哎，來了！」

爆竹聲中一歲除，春風送暖入屠蘇。

千門萬戶曈曈日，總把新桃換舊符。

北京城已經三月份了，樹上剛剛冒出綠芽，林啟周身上的厚外套還沒脱下，他已經習慣這裏的生活了。

早上起來去巷子口吃早點，或者跟學生們一起擠食堂，每當此時，都覺得自己被青春氣息感染着，也年輕了許多。

上午在教室裏上課，看着頭髮花白的老教授講課，中氣十足，精神矍鑠，轉身寫板書的腰板也挺得筆直。

中午回宿舍午睡，熱烘烘的暖氣熏得人骨頭都軟了，躺在被子裏不願起來。

下午一般都是實訓課，他們進修生有單獨的場地，迎着料峭春寒，在外面摸爬滾打，或者觀看實驗項目，總之是在交警隊裏看不見的新奇科目。

晚上一般隨意在食堂解決，如果實在嘴饞，就拉上幾個室友，一起到街口吃上一頓銅鍋涮肉，薄薄的一片羊肉，透過脈絡能看見穿透的燈光，在翻滾的銅鍋裏涮上兩秒，肉香混着麻醬，一起在口中綻放。

當家書寫到第十封的時候，林啟周結束了為期一年的進修，最後一次坐在教室裏上課，他像初到時一樣，將整間教室都仔仔細細地看了一遍。

不捨，卻並沒有遺憾。

如果當年不是當了警察，只怕這輩子也沒有這一年的機會成為學生，完成上學的夢想。

從去年到現在，他也算在北京經歷了四季，當再次回到廣東的時候，熟悉的潮濕氣撲面而來，竟有一種久違了的感覺。

崔翠芬帶着孩子來接他，林劍鋒又長高一大截，阿羽圓溜溜的大眼睛更漂亮了，小女兒完全遺傳了母親姣好的容貌，更多了一種孩童靈動的狡黠。

「回家。」林啟周緊緊牽着妻子的手，外面再好，景物再吸引人，也不及妻子兒女環繞身邊的溫暖。

從背包裏拿出一條粉色的旗袍，衣襟袖口裙角都繡着玉蘭花，清新雅致。

「我在逛一家老店鋪的時候，看老闆娘穿着旗袍，就覺得你要是也穿上肯定很好看。挑了好久，覺得這件跟你最合適。」

林啟周每年都會親自給妻子買一身新衣裳，以前供銷社不賣成衣，就拿着布票挑選最好看的布料，後來就趁着休息去店裏挑，他審美始終如一，覺得妻子不管什麼時候，都應該穿最好看的花衣裳，所以每年買回來的衣服，不管什麼款式，上面一定有花，各種各樣的花。

崔翠芬有些臉紅，摸着光滑的料子：「這得多貴啊，就會亂花錢。」

林啟周去進修，每個月隊裏都有補貼，他從家帶去的錢，平時用不了多少，自己又節儉，幾乎一半都花在這件旗袍上了。

「沒花多少，你喜歡就不貴。」

崔翠芬是喜歡的，眼睛裏都透着高興，不自然地摸摸鬢角，今年已經有了幾根白頭髮了，再有幾歲就到五十了。

「我都什麼年紀了，哪能穿這麼嫩的顏色。」摸着裙角的玉蘭花，說，「給阿羽留着，她長大了穿。」

林啟周按着她手，熟悉的觸感，雖然沒有年輕時候細嫩，但依舊是他最愛的感覺：「就給你穿，快換上，一定很漂亮。」

要說林啟周這個人，平時板着一張臉嚴肅又刻板，一點都看不出是個浪漫的人，這輩子所有的柔情都留給了崔翠芬，幾十年婚姻生活中，體貼細緻，稱得上是好丈夫。

林啟周在北京這一年學到的東西，都是目前最先進的技術和理念，領導安排他和裴立剛整理一下，每週都給其他警員講授。

他聽是聽了，筆記也做的很好，但上台講課還是頭一遭，怎麼措辭，怎麼深入淺出，怎麼說得通俗易懂又不露怯，可是讓他好幾晚上沒睡着。

不過看着裴立剛比他還嚴重的黑眼圈，還是忍不住笑了出來，看上去也不只是他自己睡不好，這還有一個更焦慮的。

「這可真是，老了老了，當學生就不說了，回來竟還當上老師了。」裴立剛捏着鼻樑滿臉無奈。

剛站上講台的時候，林啟周還是緊張的，後來講到自己熟悉的內容，就順暢多了，只是眼神一直落在台下聽講的人頭頂。

這天，自己總結的筆記已經分享得差不多了，領導把他叫進辦公室。

林啟周敬了禮，板正地站在中間。

幾年的警察生活，把他身上那股謙卑的氣質徹底洗去，無論站在哪都是抬頭挺胸的，一身正氣。

「啟周啊，這次進修就是組織上想着重培養你們的，這個現在不比以前了，提幹的機會難得，總要留給有能力的人，你從北京回來以後我們考慮了一下，還是要讓你充分發揮自己的能力。」

說話的是警隊一把手，平時也就能在一些會議上見到。

林啟周是知道回來有可能提幹的，現在提到面前了，就知道自己升職的事已經板上釘釘了。

「是，一切服從組織安排。」

領導哈哈一笑：「這個經濟放開以後啊，人民生活都好了，買車的人越來越多，車管所那邊呢提了好幾次人手不夠用的問題，所以打算讓你去那邊，具體負責這個駕駛員的考場指導考試培訓的工作，你看怎麼樣？」

什麼怎麼樣？

當然是很好啊，轉到文職上，不用風吹日曬，沒有危險，還能提高工資待遇福利，這肯定棒極了。

林啟周面色鎮定地答應下來：「謝謝組織栽培，我一定好好幹。」

「好，人事手續這兩天就能下來，你手上的工作就開始交接吧，下週一就去車管所報到。」

消息傳開的之後，大家都知道從北京回來勢必要提幹，但調出交警隊還是意料之外，那車管所待遇再好，想要往上走，可沒有在警隊方便，只能一年年熬資歷，都覺得這不是好去處。

林啟周自己滿意得很，他本來就沒什麼大志向，也不想當多大的官，有個不上不下的職位，月月拿着工資，逢年過節還正常放假陪老婆孩子，再也不用頂着危險往前衝鋒，免了崔翠芬的提心吊膽，這車管所對他來說，簡直就是最理想的工作了。

樂滋滋的就開始收拾東西，看着亦步亦趨跟在身後的邵興華，開口叮囑道：「東風一路的車流量不算太多，但那個小學門口每天早晚高峰的時候都不能大意。」

「左轉第一個路口的紅綠燈電路可能有些老舊了，時常跳動，你多跟市政反映一下，盡快修好，不然容易引起交通事故。」

一邊將筆記本收進箱子，一邊說：「當交警啊，每天吃灰吃尾氣，很傷身體，多喝點潤肺的茶水。再有，執勤的時候油門不能踩太大，要是有什麼突發事故，來不及反應的……」

「師傅。」

「怎麼了？」

邵興華臉色有些糾結：「您……真要走啊？」

林啟周點了點桌面上的調動通知，說：「命令都下來了，肯定要走的。」

「您警察不是當得好好的嗎，您以後肯定是個好警察。」邵興華從聽到他要走，就不痛快。當年他不是想當交警的，但是因為師傅才按捺住性子，好好做一個交警，把師傅當成偶像一樣，現在偶像要走了，他覺得不適應。

而且在他心裏，林啟周那麼兢兢業業的，就應該一直當一個警察。

林啟周知道他又犯軸了，放下手裏的東西說：「警察也好，去車管所也好，對我來說都是一個工作。當警察的時候，我問心無愧，就做個好警察。現在要去車管所，我也會管好我那攤子事，在哪都要好好幹工作。」

「可警察是神聖的。」

「別的工作就不神聖了嗎？」林啟周有點頭疼，這孩子的毛病什麼時候能治好啊，「以前你覺得刑警最好，最刺激，但警察不是一個應該追求刺激的職業，警種之間也沒有高下之分，這個道理放在其他職業上一樣通用。」

「我不會說什麼大道理，但我就是個普通人，現在只是從這個工作換到了另一個工作，對我沒有什麼影響，我照樣每天上下班，每個月領工資，沒什麼不同。」

說完，林啟周就不管他怎麼想了，他沒有興趣去關注一個已經成年的男人有什麼內心活動，抱着箱子就出了交警隊。

走到大門口的時候，回頭看了一眼這個工作好幾年的地方，心裏沒有波瀾。

他還記得自己從梅田礦務局下崗的時候，在車間哭成了淚人，因為那裏是見證他從少年走向成年的地方，是他愛情家庭的開端。

後來換過的工作多了，那種感覺越來越少，四十多歲的人了，已經不會用眼淚來表達情感，心尖微動一下，轉身離開。

他選擇步行回家，路過小學門口的時候，正趕上放學，接替他的交警已經到位，他抱着箱子從門口走過，有些孩子還是一眼就認出了他。

「林叔叔！」

林啟周笑着蹲下來，把箱子放到一邊，像從前一樣摸摸她的頭，從口袋裏拿出一顆糖果：「回家好好寫作業啊。」

「我會的！林叔叔你今天怎麼沒站在那裏？」小孩指着他平時站崗的地方。

林啟周看着那裏站着另外一個挺拔的身影，笑笑說：「林叔叔跟你請個假，不去那站崗了。」

小孩子嘴裏吃着糖塊，舌尖從唇上舔過，留下一層晶瑩的糖水。

「那好吧，等你回來再送我過馬路吧。」小孩看着對面跳起來，揮着小手，「媽媽！」

林啟周想起過去每天在這裏護送孩子們上學的日子，不知道有多少小朋友吃過他的糖果，牽着他的手上學，今天應該是最後一次了。

於是，他一隻胳膊夾起紙箱，一隻手牽着小孩：「今天林叔叔也能送你過馬路，好不好？」

「好！」

夕陽下，男人穿着橄欖綠制服的身影顯得格外高大，一層橘黃色的光落在他身上，身邊的小朋友羊角辮上下翻飛，裙角飛揚，輕紗帶起一片濃重的夕陽，影子越來越長……

第四十五章

歲月安然

1996 年，林啟周入職車管所，任駕駛員管理科副科長。

早上八點，林啟周拎着公文包，一手拿着保溫杯，踩着陽光走進大門，熟練地跟收發室保安打招呼，一路帶着笑臉走進辦公室。

幾年交警生活，起早貪黑，哪裏有事就去哪站崗，颱風暴雨也要在外奔走，總有人需要他們幫助。

年復一年的執勤，站在汽車尾氣中來往，一呼一吸都帶着灰塵，給喉嚨留下不可磨滅的損傷，譬如茶水不離口，捂着胸口咳嗽成了常態。

車管所的工作並不算忙碌，經手的事項都有舊例可循，每天按時上下班，加班都很少。

「林科長，這個您簽下字。」

「好的。」

作為副科長，林啟周從入職開始就有自己的獨立辦公室，雖然不大，但麻雀雖小五臟俱全，朝南，窗明几淨，對面還有一排檔案櫃，背後掛着國旗和全國地圖。

陽光好的天氣，整個辦公室都充滿陽光，中午靠在椅背上閉目小憩，陽光曬在身上，風扇帶來陣陣涼風，愜意得很。

如果不是出去開會，林啟周喜歡一整天都待在辦公室裏，自成一方小天地，處理處理工作，喝喝茶水，看看書，不忙的時候就閉目養神，舒坦極了。

科員都説，新來的林科長性格隨和，事不多，對誰都很和藹。

林啟周對現在的工作滿意極了，踩着朝陽上班，踏着晚照回家，領着比以前高的工資，攢錢買房或者給老婆買花衣裳。

進門就挽着袖子做飯，當崔翠芬接孩子回來，直接就能吃上一口熱飯。

「今天什麼事這麼高興？」林啟周關掉灶火，端着菜盤放到桌上，聽見兒子哼着歌進門。

林劍鋒書包一扔：「數學模考，我及格了！」

林家羽在旁邊補刀：「嘁，我都是考滿分的，你才及格，羞羞臉！」

林劍鋒過去把妹妹的辮子扯亂：「小屁孩你懂什麼，你多大我多大！」

崔翠芬換下衣服，笑着對女兒説：「你哥哥像你這麼大的時候，都不及格的。」

「媽！」林劍鋒氣得拽着書包回房間。

崔翠芬忍俊不禁，走到廚房拿碗筷：「炒紅燒肉了啊，好香！」

林啟周夾起一塊，吹吹餵到她嘴邊：「昨天不是説要吃？今天下班順路買了點。」

自從林啟周換了工作以後，力所能及的家務就沒用崔翠芬操過心，一手包辦，在家忙活得開心極了。

飯桌上，一家四口其樂融融吃飯。

林家羽白白嫩嫩，小嘴吃得油汪汪，時不時抱着懷裏的椰子肉啃兩口，這八竿子打不着的吃法也不知道跟誰學的。

吃過飯，孩子都進屋寫作業，林啟周沖了一壺茶水，滾燙着倒進杯裏，端起來就要喝。

被崔翠芬搶下來放遠：「不長記性？你咳嗽的時候忘了？」

林啟周接受妻子的白眼，也不對着幹，大不了不在她眼皮底下喝唄。

沒聊多久，林劍鋒抱着被子出來了：「我要睡覺了，你們回去聊唄。」

林啟周到車管所當副科長以後，單位分配了宿舍，兩室一廳，因為阿羽漸漸大了，小臥室就留給女兒住，兒子每天在客廳睡。

沙發是後改的，拼了一截木板，厚厚的鋪着棉被墊子，除了沒什麼私密性以外，還夠一個大小夥子翻騰。

半夜睡得正熟，崔翠芬聽見一陣咳嗽聲，熟練的伸手給丈夫敲背順氣，眼睛都沒睜開，可見這動作做過多少次。

「沒事，睡吧。」林啟周抿了一口水，臉咳嗽得泛紅。

崔翠芬拉着被子，翻身接着睡。

這咳嗽也算是當了交警的職業病，常年累月吸入的粉塵，還是給他的身體帶來隱患。

一開始還是換季氣溫浮動的時候才咳嗽，這兩年就變成一年到頭不停咳了，潤肺的茶水，對症的藥吃了多少都不管用。

林啟周漸漸習慣了，也不當回事，咳嗽的時候就喝點茶水壓一壓。

日子周而復始，一天天過去，車管所的工作內容單一，上手以後就沒有什麼改變，林啟周平平穩穩的在這落地紮根。

「小劉，那邊貨車進進出出的，幹什麼呢？」林啟周端着茶杯站在窗口往外看。

小劉給茶壺裏添了水，説：「據説是拆房子，要重建。那一排都在動工，咱們陽江這幾年經濟比以前強多了，好些人手裏有點錢，都開始研究自己翻新房子了，這地段好，挺熱鬧的。」

林啟周挑了挑眉，心裏有了點想法。

他從參加工作到現在，一直都在員工宿舍和租房之間被動選擇。

現在住的也是車管所給分的員工房，兒子越來越大，今年高中畢業以後，儼然已經是大人了，總不能一直在客廳將就着。

要是能自己買塊地自己蓋房子，那也是挺好的選擇。

咳嗽幾聲，按下心裏的想法，打算下班的時候順路去看看。

正在動工的地方塵土飛揚，林啟周被嗆得咳嗽，捂着口鼻站在旁邊看，幾輛鈎機貨車在往外清運，看見管事模樣的人，他踩着磚瓦走過去。

「同志，同志！問一下，這是個人的地皮推翻重蓋嗎？」

林啟周揮了揮面前的灰塵，掌心的手絹死死按在口鼻上。

「對，都是自己的，原來都是平房，現在想翻新，蓋個二層小樓。」男人看看他，指着另外一邊說，「你要是想問這地方賣不賣，就去旁邊問吧，我這都是自己用的，不賣。」

林啟周愣了一下，反笑道：「你怎麼知道我想買地？」

「這兩天像你這樣來打聽的人不少。」

林啟周點點頭，轉身推着車接着往前走，這一片他在車管所上了這幾年班，也算熟悉。

一排排的平房，還有些原本是商鋪，但現在基本都掛上了暫停營業的牌子，就算不是要推倒，也都在內裏翻修。

在附近溜達了一個多小時，還真讓他找到個好地方。

離主街有幾步距離，現在地面上的老房子已經破舊，窗戶都不全，一看就沒人常住，最妙的是，房子後面有一片竹林，這要是在有風的時候，穿過竹林，龍吟細細，最風雅不過的地方，比臨街的地方還好。

他前後左右轉上一圈，就騎着車回家了，滿心盤算着能不能買下來自己蓋房子。

「今天回來這麼晚呢？」崔翠芬端着盤子從廚房出來，「這怎麼搞的，身上都是灰？」

林啟周去衛生間洗手，站在客廳看整個家，越看越不滿意，太擁擠了，一家四口就兩個臥室，不方便。

「我有個事跟你商量。」林啟周端着飯碗，説，「咱們一直都沒有自己的房子，鋒仔這麼大了，總在客廳住着也不方便。」

崔翠芬聞言沉吟了一下：「要説這幾年也攢下點錢，要不然去買一套？」

林啟周道：「我想的就是能不能買塊地，然後咱們自己蓋，也不用多大，臥室夠住，客廳廚房衛生間什麼的齊全就行。」

崔翠芬抬眼看他：「你都這麼説了，是計劃好了吧？」

林啟周點點頭，他回來的時候，已經把家裏的存款盤算過了，應該夠用，如果哪裏超預算了，就去揚仔那借點，用不上兩年就能還上，這地皮買下來就一直是他們的了，自己蓋房子限制還少。

「就在車管所後面沒多遠，走路十幾分鐘吧，那現在有一個房子，看着很久沒人管了，後邊還有一片竹林，你要是看過肯定也喜歡。」

崔翠芬想了想，也沒什麼意見。他們兩口子帶着孩子，都不知道搬了多少次家，也該有個自己的家了。

「我沒意見，反正家裏的錢你也知道有多少，你想怎麼來就怎麼辦吧。」

有妻子這句話，林啟周就徹底忙活開了。

除了上班，就找那地方附近的鄰居，牽線搭橋聯繫上原主人，在價格上來回拉扯好幾天，簽合同的那天，林啟周很高興，一整天都是樂呵的。

等房子蓋好了，他們一家就算徹底有個固定的家了。

「明天我去找工人，挑材料，你也想想，要怎麼蓋。」

崔翠芬思忖着說：「怎麼也要多幾間，三四層才夠住的。」

「咱倆一間，鋒仔和阿羽一人一間，要我說咱爸歲數可算是不小了，現在時常有個頭疼腦熱的，不如帶到咱們這來，離醫院近，比在鄉下方便。」

聽着妻子的打算，林啟周擺擺手：「蓋幾個臥室都好說，但爸不會來的。之前說過，聲仔負責養老，村裏的房子和地都給他，所以爸不見得能進城來住。」

「那以後弟弟妹妹什麼的來也有個房間住，廚房要大一些，最好在院子裏搭個涼棚……」

崔翠芬搖着扇子想像以後的家，林啟周仔細聽着，慢慢腦海裏就有了雛形。

等手續什麼的全都搞定，找了個宜破土的日子就動工了。

於是，林啟周下了班回家之前，都喜歡去繞一圈看看進展，雖然總是被灰塵嗆得咳嗽，但看着自己的房子從地基開始一點點建成，心裏的滿足不言而喻。

2000 年初，房子落成，林啟周攜妻子兒女入住，一家四口有了真正意義上自己的家。

「咳咳咳咳——」

崔翠芬熟練地往他手裏塞溫水，打發他道：「裏面掃塵呢，你出去坐着。」

林啟周以前當交警的時候在街面上站崗，沒少被尾氣和灰塵嗆，現在還真受不住。

裏面忙得熱火朝天，林劍鋒對於有獨立的私人空間非常興奮，阿羽和崔翠芬一起鋪床掃塵，林啟周搬着小板凳，自己去了後面的竹林。

此時剛剛入夏，還沒有到廣東最熱的時節，蓋房子的時候，他特意在房檐下延伸出去搭了一處涼亭，坐在下面能遮陰涼，直接就能看見面前一片翠竹。

微風襲來，穿過竹林，嫩綠色的竹葉與竹竿摩擦，吵吵作響，看着就別有一番意境。

此時若能喝上一盞熱茶，當是説不盡的風流愜意。

買地皮的時候，林啟周就是看上了這竹林的幽靜雅致，是跟原主人一併買下來的，此時坐在這裏，吹着風，看着深淺綠意，深覺這錢沒有白花。

竹深樹密蟲鳴處，時有微涼不是風。

林啟周眯着眼睛，享受得很，盤算着要再添一張搖椅，對着這竹林，什麼煩心事都沒了。

「爸。」

不，還是有點煩心事的。林啟周睜開半眯的眼睛，看向兒子。

他這一輩子，普普通通，因為吃了沒文化的虧，所以在兩個孩子的課業上都抓得很緊，但這個兒子文科向來不錯，可念書這麼些年，理科也穩定的不行——持續一塌糊塗，偶爾及格。

以至於，高考的分數並不理想。

他就想趁着自己在車管所還能説上幾句話，給他安排個工作，雖然説不上多好，但月月有穩定工資拿，活還輕鬆不累，也算吃上半碗公家飯。

當然了，按照他一貫的脾氣秉性，是不會動用權力給安排什麼了不得的崗位，頂多寫一封推薦信，跟老同事打一聲招呼，讓兒子進去上班，連編制都沒有。

「想得怎麼樣了？」

林啟周從旁邊拽出一個板凳，給他坐：「你但凡學習有你妹妹一半好，我也不給你操這個心。」

林劍鋒抿着嘴明顯不高興，自家老爸在車管所工作多年，那是個什麼地方，他最清楚了，簡直就是一眼看到頭的生活，枯燥乏味，實在是沒意思。

「你總想着它枯燥，就這麼個工作，外邊多少人搶着往裏進呢。」林啟周鼻子哼一聲，晃着腿說，「輕鬆，不累，有穩定工資，福利待遇等你考進編制那樣樣都是不差的，你還挑什麼？」

「你可要知道，以前我小時候，別說進公家門上班了，出個村子打工都算了不得了。你爸我沒有大本事，只能給你安排到那去，也算不讓你吃苦，走我到處奔波的老路。」

林啟周因為這件事沒少跟兒子吵，今天也許是環境太過安逸，他說話語氣都和緩許多。

林劍鋒撇嘴：「那一個小職員有什麼好做的。」

「嚯，你想的倒是遠大。還看不上小職員。咳咳。」林啟周斜着眼睛，「你要是有本事往上爬，以後做到科長處長局長的當大官，你爸我也不管你，現在你就一高中畢業生。還當是我以前那時候呢，高中生了不得？咳咳，現在大學生都一抓一大把，你能有我給安排個工作，不用在家待業，就偷着笑去吧。」

林啟周抱着水杯喝，壓下嗓子的癢意。

「你爸小時候沒見識，每天見得最多的就是老家院子裏那棵樹，後來拚了命要往外走，吃了多少苦頭，換了多少地方，才有了今天。」

「雖說比上不足比下有餘，但好歹我有這個安穩的生活。」林啟周覺得嗓子緊繃着難受，趕緊又喝一口水，「我不想你像我一樣，非要走上幾十年的彎路，才能穩定下來，現在趁着我能給你安排，過去待上幾年，有了資歷往上提拔也好說。」

林啟周跟兒子伴着竹林晚風說了一大堆話，林劍鋒始終低垂着眼睛，不發表意見，也不鬆口答應。

說到最後，他實在是忍不住咳嗽了，捂着胸口好一陣咳，從口袋裏掏出一張推薦信，塞給兒子。

「週一就去報到，既然自己做不了主，就聽我的，我當爸的還能害你不成。」

晚間，林啟揚提着水果和酒也過來了。

崔翠芬眉開眼笑張羅了一大桌子菜，看着處處嶄新的房子，心裏舒坦。

「你媳婦怎麼沒來？」林啟周端着酒杯問道。

林啟揚當年跟周萬芳打得火熱，但人家姑娘明擺着看不上他的家庭，他自己也不是拖泥帶水的人，直接分手，後來找了個同事，跟人家沒處兩年就領證結婚，現在兩口子都在機關單位上班，小日子過得紅紅火火。

「她今天值班，改天我再跟她過來。」林啟揚看着大哥大嫂，明顯比前兩年見老，「我看她買了好幾套新床品，估計都是要給嫂子的。」

「費這個錢做什麼，你們自己用吧，家裏什麼都不缺。」崔翠芬給他夾了一塊肉。

「這新房子就得添置新東西。」

「咳咳咳。」林啟周被白酒辣了一下，「你們好好過日子，咱們兄妹幾個，現在就你和聲仔離我近了，你們過得好，我這當大哥的就高興。」

阿蘭到北京讀書以後就算定居了，逢年過節才回來一次，成家以後一年也見不到一面，其他幾個弟妹到外地念書的念書，上班的上班，都不像小時候，在院子裏跑跑跳跳了。

「現在應該反過來了，你跟大嫂過得好，我們這些當弟弟妹妹的才高興。」

五個人圍坐在燈火下，給新建好的房子，帶來濃烈的煙火氣，把冰冷的磚瓦，變成暖意融融的家。

吃完飯，林劍鋒送林啟揚出門，在大門口被拉住了。

林啟揚往亮着燈光的屋子裏看去，問道：「你爸還總咳嗽呢？」

「嗯，都是老毛病了，以前當交警的時候落下的病根。」林劍鋒踢着腳下的石子。

「這我知道。但你爸眼看着五十了，總這麼咳下去，對身體不好，還是要好好查一下。」

「他不去，自己說沒事，我們都勸了，他自己不同意。」林劍鋒抿着唇，眼角往下耷着。

林啟揚輕歎一聲，轉身走了。

林啟周坐在客廳沙發上泡腳，一聲舒服的喟歎還沒結束，就被咳嗽聲打斷了，他自己都習慣了，敲敲胸口就過去了。

晚上躺在新房子裏，崔翠芬翻來覆去睡不着。

「折騰什麼呢？」

「你說，我這還有點不真實呢？」崔翠芬側身，看着丈夫的側臉，「真住進自己的房子了。」

林啟周隔着被子，拍拍妻子的手：「早些年就跟你說要讓你們住上大房子，過了這麼多年才實現，以後這就是咱們的家了。」

「再也不用搬家了？」

「嗯，不搬了。」

「咱倆就在這養老？」

「嗯，以後就住這了。」

「那我明天得買點花種子，給院子裏佈置的好看點。」

「好，種花，你種花，我澆水。」

「……」

夫妻倆說着夜話，像年輕時候一樣，竊竊私語，不是什麼深入的話題，卻字字句句都帶着溫情，如同所有老夫老妻一樣，彼此默契，連嘴邊的笑容都是相似的角度。

第四十六章

病魔無情

2010 年後的日子，彷彿按下了暫停鍵。

平靜無波，像天上的流雲一般，緩慢移動，每天走路上班下班，回家做飯，飯後跟崔翠芬坐在院子裏看花，或者到房子後面看着翠竹喝茶。

等到黃昏，起風了，兩人搬着板凳回屋，泡泡腳，小聊幾句，早早就關燈睡覺。

陽江的文化建設越來越好，在附近蓋了一座公園，林啟周像眾多老頭一樣，過去坐在大樹下面下兩盤象棋，圍着湖水遛彎，按着飯點回家。

有時候他想想年輕時候的事情，都遙遠得像上輩子。

不同的是，他嗓音愈來愈沙啞，經常咯痰，兜裏總是揣着一沓手紙。喝熱茶的毛病還是沒改掉，趁着崔翠芬不注意，就要自己添一壺熱水，喝得津津有味。

他這個車管所的副科長一做就是很多年，因為不愛鑽營，人事浮動上的糟心事，向來有多遠躲多遠，自己管着那一畝三分地，自在得很。

沒有多姿多彩的生活，也不必再跑到一線執勤，不必提心吊膽，三天兩頭的住院，在小院子裏過的安逸。

就是經常能聽見他的咳嗽聲，比年輕時嚴重些，頻率高了不少，妻子兒女勸他檢查，他也不聽，總説着沒有大事，背着手該澆花澆花，該給竹林修籬笆就叮叮噹噹忙活一上午。

等年紀再大一些，工作上也逐漸退居二線，上班也變得悠哉起來，從大門口走進去，人們叫着林科長問好，他就挨個點點頭，笑着應一聲，或者乾脆到收發室，跟保安坐在一起喝茶，兩個老頭湊在一塊，聽着收音機裏的評書戲曲。

需要他處理的文件也少了，開會的時候露個面，大家都知道他這是要開始養老的節奏，也多有包容，隨着他開心去。

林啟周的生活就這麼平淡又普通，隨便一個公園，就能找出一大堆他這樣的老頭。

在他兒女雙全，沒有什麼煩心事的時候，他老父親林明芬過世，回去奔喪的時候，林啟周很平靜，不是沒有感情，而是自己都五十幾年的風雨看過了，父親高齡過世，對生死早就有了準備。

站在老院子裏，那棵從小看到大的老樹也還在那，周圍壘着一圈石台，枝葉遠沒有從前茂盛，樹幹上坑坑窪窪的瘢痕也越發粗糙。

「大哥。喝點水。」林啟聲遞給他杯子，「這樹有年頭了，院子翻新的時候我就給圍上了。」

林啟周看着弟弟，鬢角也有了白髮，皮膚黝黑，常年幹農活，被風吹得粗糙。

院子裏依然有孩子跑跑跳跳，只不過，從他們，變成了他們的後代。當年稚嫩的弟弟妹妹都成家立業，姑娘小子一大堆，在院子裏玩耍，像極了他們小的時候。

「我們都老了。」

「是啊，都老了。」

他脊背有些彎曲了，聲音沙啞，有時候說話快了，就聽不清發音，頭髮白了一半，當真是已經過了知天命的年紀。

風過樹梢，緊密的咳嗽聲與樹葉的沙沙聲，隨着風，一起飄遠。

……

「林科長。」

「林科長早上好。」

林啟周拎着公文包，一如往常地踩着早上的陽光走進車管所大門，跟收發室的老保安寒暄幾句，約好下班去公園下棋，就走進辦公室。

給窗台上的杜鵑澆水，這花還是從自家院子移栽的，崔翠芬的種花事業很成功，滿院子都是花，多的種不下了就給鄰居分兩盆，他的辦公室也分來一盆，每天精心伺候，長勢喜人。

「林科長，咱們這次體檢的結果出來了，您的放在桌子上了。」

林啟周應了一聲，他手下的科員這些年換了好幾批，唯有他這個副科長穩坐，大家都打趣，車管所裏鐵打的副科長，流水的科員。

林啟周放下噴壺，坐下先猛猛喝兩盞熱茶，滾燙的茶水順着喉嚨流進胃裏，灼熱的溫度讓整個人都暖洋洋的。

摸出老花鏡帶上，將紙張拿的稍遠一些，從上往下都沒什麼異常，他暗暗自得，這身體保養得真不錯。

看到最後的時候，一行字用黑筆加粗——經檢查，喉嚨處有疑似陰影，建議復查。

林啟周挑眉，碰了碰老花鏡，重新看了兩遍，喉嚨有些癢，熟練地從兜裏掏出紙巾，用力咳出一口痰，扔進垃圾桶。

隨手把檢查報告塞進兜裏，顯然沒當回事，該喝茶喝茶，該曬太陽曬太陽，手指打着拍子哼曲，愜意地等下班。

這些年哪次檢查都有這麼句話，他咳嗽習慣了，最多咳點痰，從來也沒放在心上，症狀既不減輕，也不加重，早就省慣了。

當晚，林啟周照常坐在沙發上泡腳，手邊放着滾燙的茶水，推着老花鏡看報紙，早把檢查單忘到腦後了。

崔翠芬拎着外套，說：「明天穿晾乾的吧，這個我給你洗洗。」

一邊說一邊掏兜，順着口袋就把單子拽出來了。

兩根手指一捻，看見醫院的抬頭，就知道是體檢單，直接去看最後，還是那行建議復查的字樣，崔翠芬展開放到茶几上。

「你這兩年體檢，回回反饋都是這樣，讓你去查查你三推四推的，也不知道你拖着個什麼勁。」崔翠芬拍打着外套上的浮灰，念叨着。

林啟周抖了抖報紙，淡定的翻開下一頁：「老毛病了，查什麼，去醫院，沒病都查出病了，我自己有數。」

「有數有數，說你什麼都有數。」崔翠芬念叨着，看他又喝熱茶，直接過去，把一壺滾燙的茶倒進他洗腳盆裏，「就是不聽話。」

「你看看你。」林啟周被燙得一抖，腳面紅了一片，無奈地搖搖頭，這老妻，年紀越人脾氣見長。

崔翠芬在衛生間聽着客廳的咳嗽聲，念叨着：「我是管不了你的，等兒子回來，讓他說你去。也不看看自己多大年紀了，還敢不把身體當回事。」

說到兒子，林啟周哼了一聲，不接話了。

早幾年，林劍鋒在車管所幹不下去了，不知道什麼時候自己搞了個網站，嚷嚷着去上海創業，父子兩個大吵一架，非逢年過節不聯繫，一直僵持着。

「你這脾氣也是倔，那兒子有自己的想法出去闖蕩，難道不是好事？就你非要攔着，倔驢一樣。」

「車管所哪裏不好了？他自己考不上編制，怪我？老子辛辛苦苦給他弄進去的，固定工資，工作輕鬆，他自己非要出去吃苦，我還能慣着？」

一提起這件事，林啟周就覺得心口疼，他年輕的時候為了找個穩定的工作，多掙幾塊錢，吃了多少苦頭，這他給兒子都安排明白了，臭小子非要唱反調，跑去上海要人脈沒人脈，要房子沒房子，一個小縣城出去的，也不知道要受多少刁難。

崔翠芬手裏拎着洗衣粉，踩着門檻上，說：「這是什麼年代，咱們年輕那是什麼年代，能比嗎？鋒仔敢想敢幹，我覺得就挺好，你別替他做決定，現在年輕人都有想法得很。」

林啟周捂着胸口咳嗽，一口老痰咳出來，隨手扔進垃圾桶，擺着手說：「你就護着他吧，我是管不了，我看看他能闖出什麼名堂來。」

「咳咳咳咳，那大城市是那麼好待的？要不是我兒子，我還不願意操心呢。」

他踩着熱水，裏面飄着幾根茶葉，想着遠在上海的兒子，心裏惦記，臉上卻還是板着，不肯主動聯繫說一句軟話。

這事就這麼過去，林啟周自己不願意去復查，主動忽略，崔翠芬耳提面命卻管不住他，就這麼一日日的拖下去。

公園草木如期生長，林啟周和崔翠芬牽着手在石子路上遛彎，兩人都鬢角泛白，不復年輕時的情態了。

「過年那臭小子回來吧？」林啟周眼睛看着花，看似不經意的問。

崔翠芬知道他嘴硬，心裏哼笑：「回，前兩天就打電話了，阿羽在他那上班呢，他倆一起回。」

說起女兒，林啟周氣性更大了：「你說阿羽上學那會的專業多好，也不知道怎麼被她哥忽悠的，畢了業一頭扎進去，兄妹倆都去搞什麼，什麼網絡小說了。」

崔翠芬不留情地捶了他一下：「不會説話就別説，你要當着兒子面説這個，還想不想過個好年了。」

「我是他老子！」林啟周橫眉豎眼。

崔翠芬懶得理他，敷衍道：「誰也沒説他是你老子啊。走走，往前邊看看去。」

「咳咳咳咳，你慢點，慢點。」

林啟周跟在後面咳嗽着，崔翠芬熟練的往他手裏塞紙，頭也不用回的往前走。

最近公園裏組建了一支樂隊，都是些退休後的老頭老太太，有拉二胡的，有吹嗩吶的，有拉手風琴的，還有唱歌的，崔翠芬覺得熱鬧，每天吃完飯都跟老姐妹來湊熱鬧。

「老伴，翠芬啊……」

「哎呀你什麼事？那邊馬上開始了，今天唱《紅梅讚》呢。」崔翠芬站在前邊回頭不耐煩地看向他。

林啟周站在原地，神色有些怔愣，攥着紙巾的手有些顫抖：「你過來，你看看這是……」

崔翠芬不知道他又出什麼幺蛾子，快步走回去：「什麼事？」

眼睛落在紙巾上，那一團刺目的紅，讓她瞬間失聲——痰中帶血，濃重的紅色將痰色掩蓋，猩紅的讓人心悸。

咳了這麼多年，他還從沒見過血，一時間有些反應不過來。

崔翠芬慌着手腳，拉着他往回走：「去，去醫院，走，檢查去。」

上了年紀之後，他聲音嘶啞，絲絲拉拉總像卡着一團異物，咳嗽逐年加重，時常有潰瘍。

但林啟周一直以為是年紀大了，從來也沒當成病症，如今咳出一口血，才有些恍然。

等結果的時候，林啟周是手腳冰涼的，坐在板凳上，連周邊的聲音都覺得恍惚。

看着妻子在身邊來來回回地走，已經記不清是從什麼時候開始，他們兩個都已經有了明顯的老態。

妻子依然鍾愛花衣裳，只是從鮮豔的花色，變成了低調深沉的土黃、灰棕。眼睛不復年輕時明亮了，可那明顯的快要溢出來的擔心，還幾十年如一日。

「別擔心，不會有事的。」林啟周拉住不停踱步的妻子，這話說出來，嗓音乾澀，很沒有說服力。

「078 號，林啟周。」醫院廣播念到名字。

林啟周站起來的時候，腳下有一瞬間的虛軟，掌心扶了一下膝蓋，才緩慢的走過去。

「就你們老兩口來的？兒女不在嗎？」醫生看着手上的 X 光片，問道。

林啟周把有些汗濕的掌心藏在衣袖下面，說：「他們忙，有什麼您就跟我說吧。」

「看這個片子，喉嚨上有明顯異物，結合你跟我說的主訴症狀，初步懷疑是喉癌，至於是哪個階段，還要具體看進一步的檢查結果。」

「喉，喉癌？」林啟周有些沒聽清，下意識的側耳，前傾着身體又問了一遍。

醫生點了點頭：「你的表徵已經很明顯了，常年咳嗽，逐年聲音嘶啞，聽你說話還有一些含混模糊，再加上現在的檢查片子和咳血，已經有理由懷疑是喉癌。」

第四十七章

託遺響於悲風

林啟周怎麼走出醫院的記不太清了，一路上回家的時候，妻子亦步亦趨跟在身邊，兩人緊緊交握着手，佈滿皺紋和老年斑的手，此時彷彿是為了從對方身上汲取能量，來消化這個突如其來的結果。

他沒有說話，一句都沒說，沉默着搬着板凳，坐在院子裏。

這些年他逐步將房子周圍都種上翠竹，只要是符合氣候的，不管什麼品種，在這一片竹林裏都能找到。

滿院子開的花，出門之前他們還澆了水，花瓣上仍舊濕潤着帶着水珠，五顏六色生機勃勃，隨着風輕輕擺動。

喉癌啊，癌症，聽上去有些恍惚，彷彿這個詞一度離他很遠，不成想，如今在自己的檢查結果上聽見了。

他看見妻子拿着電話站在窗邊，一定是給兒女們打去的吧，他可以想像到，收到消息的時候，他們一定慌亂了，也許會打翻杯子，也許要慌不擇路，也許連夜就要趕回來。

林啟周剛要說些什麼，一陣咳嗽打斷了所思所想，一手捏着紙巾捂嘴，一手捶着胸口，等劇烈的顫動停下，掌心又多了一灘血絲。

他看着紙巾怔怔地出神，醫生今天那番話已經說得很明確了，喉癌沒跑了，只不過是多活幾年和少活幾年的區別。

但癌症啊，他身邊聽過的見過的癌症患者，長壽的少之又少，哪個不是被折磨得瘦骨嶙峋，偷來幾年時光，仍舊在煎熬中離去。

想一想還真是令人害怕。

林啟周緩緩將紙巾揉成一團，手臂泛起青筋。

這雙手，跟着他歷經風霜，垂垂老矣，竟也沾上自己的血了。

眼前竹林搖曳，滿目的蒼翠欲滴，林啟周躺在搖椅上，雙眼微闔，他一開始的確是慌亂的，甚至有害怕，可現在聽見確切的結果，他又變得不那麼害怕了。

死亡，並不能讓他六神無主，活到這個年紀，無論是病痛而死，還是自然垂暮，亦或意外身亡，他都見過不少了，除去最開始的驚疑不定，現在躺在這裏，已經算得上心平氣和。

隔着窗子，他能聽到妻子的啜泣，他想告訴她別哭，沒什麼大不了，也不是明天就不復相見。

但他張不開這個口，與崔翠芬少年夫妻，一路風霜雨雪走過來，從貧困中掙扎立業，兩人生兒育女，從湖南輾轉到廣東，從年輕相伴到垂暮，感情深厚得已經從戀人變成不可或缺的親人，他要怎樣才能説服她不必傷心，不可能的。

眯着眼睛看向陽光，刺目得讓他溢出眼淚來，光暈模糊，伴着光圈，卻讓他想起從很多很多年以前開始，自己這無法評説的一生。

林啟周時常認為，他這一生忙碌、平庸，從苦難中來，如今又要從病痛中結束，想想就覺得悲涼。

幼時因為家徒四壁，並未享受過所謂童年，會幹活時就圍着掃把泥土打轉，還沒有灶台高，便踩着凳子做飯，胳膊上一溜小水泡。

那時候有多大呢？五歲還是六歲？記不清了。

後來他能清楚的記得，每隔幾年，家裏就要多出一陣啼哭聲，於是便有了總也洗不完的尿布，雙手浸泡在肥皂水裏，泡出褶皺，泡得通紅發癢，尿布晾了滿院子。

白天在田地裏做活，稻芒又尖又刺，扎的他渾身都是紅點點，晚上躺在硬板床上，吱呀聲和他的嚶嚀聲一起傳出很遠，但總有哭聲比他的更嘹亮，吸引去父母的全部注意力。

所以，他從很小就開始習慣被忽略。餓肚子、勞累、疼痛，一起形成了他短暫的童年。

後來，他開始意識到，世界並不只有眼前這一片，村子外面遼遠廣闊，只要走出去，就能擺脱這些，不用背着弟弟或妹妹，還要沒日沒夜地幹活，美其名曰「長兄」。

於是，他開始瘋狂地吸取外面的一切，書上的圖畫，大人口中的談論，哪怕是一些被踩進泥裏的包裝袋，都彷彿是打開世界的窗口。

那一天，他在廣播中聽見了招工，他知道，機會來了。

於是不顧一切地，拚命去爭取，終於走出了那個村子。

可外面的世界並沒有他想像的那麼好，但一開始他是滿足的，因為能吃飽飯，只要做完自己的活，就能睡一個安穩的覺。

可後來，他發現自己連牌匾上的字都不認識，發現他同村的人變了面孔，發現成長中的是非並不是非此即彼。

他日夜練習手藝，被鋸條割傷沒關係，練到手腕浮腫也沒關係，只要能在這裏站穩腳跟，不必再回到鄉村去，林啟周就是高興的。

於是，在那個礦務局裏，他落地生根，有了親朋好友，有了愛情，有了一個水仙一般的姑娘，愛穿最美的花衣裳。

後來，在十幾年的時間裏，他一度是滿足的，覺得得到了世上最好的一切，然後，他下崗了。

變得無所事事，好像突然就被淘汰掉了。

再然後，他有些記不清了，只恍惚地記得，那段時間家裏吃不起肉，用不起煤油，兒子一塊糖要吃很多天，妻子生了病去不了藥房⋯⋯

而他的家，那個在農村的老家，弟弟妹妹們的學費依舊壓在身上，他彷彿習慣了背負責任，兼祧兩房。

再然後呢？

林啟周的腦子被清風吹得有些凌亂，後來他當了警察，數度生死徘徊，有時候危險到了面前，都來不及去考慮安危，便帶着一身傷痛從醫院中醒來。

灰塵和尾氣成為引雷，在離開崗位的多年以後，炸了。

再後來，他到了車管所，在副科長的位置上一坐很多年，沒有寸進，大家好像不約而同地忽略了他，升遷或降職，都沒有他的份。

他知道是因為自己那股不肯鑽營的傲氣，很難理解，他那樣的出身，哪裏來的這份骨氣，但就是一直堅持到了如今。

總之這一輩子幾十年過來了，每一個人生階段，好像都充滿了各種各樣的苦難，或勞累，或心酸，或人心反覆，或生死大關，亦或如今的病痛。

……

眼淚順着眼角滑落，在半白的鬢角中消失，他落淚了，粗糙的指節抹掉淚水，看着晶瑩的濕潤，隨手抹在衣服上。

早已過了探究為何要落淚的年齡，因為傷感也好，因為陽光刺眼也罷，總也不重要了，幾十年風風雨雨走過，總能為一行清淚找到藉口。

餘光看見窗前失神垂淚的妻子，林啟周驀然一笑，他還是幸運的，有人與他攜手一生，成為苦難生命中一束明媚的光。

知不可乎驟得，託遺響於悲風。

那日，陽春垂暮，日色斜陽，拂照斑竹。

流螢將暮色燙出孔洞，野貓親吻着花朵上的霞暈，滿院子的暮光溢滿傷懷，搖椅隨着晚風吱呀亂響。

有人步履蹣跚邁進門檻，那一步，沉重得彷彿從少年邁入白頭……

後　記

我爸是在 2022 年 12 月 24 日早上凌晨 2 點多走的。

過後我再回去陽江舊屋的時候，對着空蕩蕩的房子連叫了幾聲爸爸！爸爸！爸爸！！卻是再沒有人理我了。

也沒有人再揣着一盤熱騰騰的豬雜湯，跟我説這是早上專門給我買的，裏面有很好吃的粉腸，多吃點。

我再也見不到我爸爸了！

有人説死亡不是人生的終點，遺忘才是。

我怕忘記了我的爸爸，所以記錄一下。

我愛你，爸爸！

2024 年 7 月 1 日晚上 10 點 48 分，慈母崔翠芬也追隨父親而去。

媽媽也走了，世界上又少了一個愛我的人。

責任編輯　梅　林
書籍設計　彭若東
插畫繪製　艾米丁
排　　版　周　榮
印　　務　馮政光

書　　名　希望被這世界愛着
作　　者　寶劍鋒
出　　版　山頂文化
Hong Kong Open Page Publishing Co., Ltd.
香港北角英皇道 499 號北角工業大廈 18 樓
http://www.hkopenpage.com
http://www.facebook.com/hkopenpage
http://weibo.com/hkopenpage
Email: info@hkopenpage.com
香港發行　香港聯合書刊物流有限公司
香港新界荃灣德士古道 220—248 號荃灣工業中心 16 樓
印　　刷　美雅印刷製本有限公司
香港九龍官塘榮業街6號海濱工業大廈4字樓
版　　次　2025 年 6 月香港第 1 版第 1 次印刷
規　　格　32開（148mm × 210mm）552面
國際書號　ISBN 978-988-70420-4-4